丝路之殇

敦煌国宝劫难记

SILU ZHI SHANG
DUNHUANG GUOBAO JIENANJI

蒋季成 著

地图出版社
西安地图出版社

图书在版编目（CIP）数据

丝路之殇 敦煌国宝劫难记 / 蒋季成著. — 西安：西安地图出版社，2015.7
ISBN 978-7-5556-0070-1

Ⅰ.①丝… Ⅱ.①蒋… Ⅲ.①长篇小说—中国—当代 Ⅳ.①I247.5

中国版本图书馆CIP数据核字（2015）第121110号

著作人及著作方式： 蒋季成 著
责任编辑： 张海潮 陈菊菊 陈扬眉

书　　名 **丝路之殇 敦煌国宝劫难记**

出版发行 西安地图出版社
地址邮编 西安市友谊东路334号 710054
印　　刷 西安地质矿产研究所印刷厂
开　　本 787mm × 1092mm 1/16
印　　张 23.25
插　　页 22页
字　　数 457千字
版　　次 2015年7月第1版 2015年7月第1次印刷
书　　号 ISBN 978-7-5556-0070-1
定　　价 46.90元

【世界文化艺术宝库】

敦煌莫高窟

SHIJIE WENHUA YISHU BAOKU
DUNHUANG MOGAOKU

莫高窟（又名千佛洞），位于甘肃省河西走廊西端敦煌市东南鸣沙山东的断崖上。创建于前秦建元二年（三六六年），迄今有保存北凉、北魏、西魏、北周、隋、唐、五代、宋、西夏、元历时一千多年多种类型洞窟七百多个，壁画四万五千多平方米，彩塑两千多身，木构窟檐五座。一九零零年于藏经洞（后编号为第17窟）发现两晋至宋代经史子集各类古代文书四万余件。莫高窟是集建筑、彩塑和壁画为一体的文化艺术宝库，其内容涉及古代社会的艺术、历史、经济、文化、宗教、民族、科技等领域，也是世界上现存规模最大、内容最丰富的佛教艺术圣地，具有珍贵的历史、艺术和科学价值，是中华民族的艺术瑰宝，人类优秀的文化遗产。一九六一年由中华人民共和国国务院公布为第一批全国重点文物保护单位；一九八七年被联合国教科文组织列为世界文化遗产。

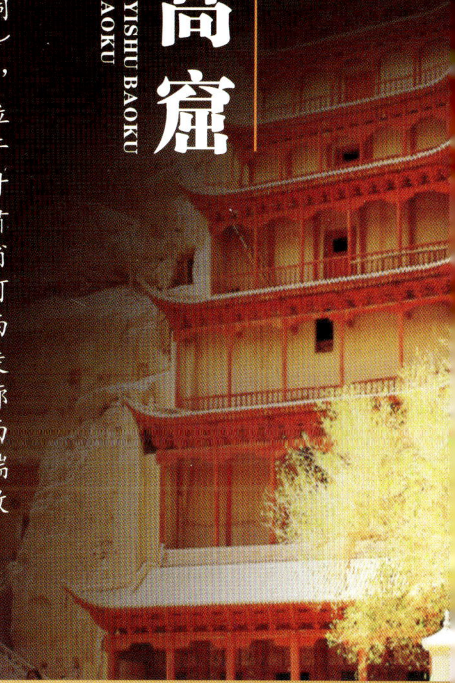

时光追溯

时间上溯一千六百多年，公元四世纪。一扇自西向北的普通崖壁，南北绵延一千多米。鸣沙山和三危山寂静地环抱着这一处小小的绿洲。大泉河水日复一日地在崖壁前流淌。

公元三六六年的一个黄昏，行游到此的乐僔和尚看到一个奇异的景象——对面的三危山突然霞光万道，似有千万神佛在熠熠金光中浮现，乐僔确信这是佛祖对自己的暗示，他决定要在三危山对面的崖壁上开凿一个洞窟。于是，莫高窟一千二百多年的营造历史就此开始……为了纪念乐僔开创首窟之功，后人将这里称为『莫高窟』。意思是莫高于此僧。这就是莫高窟的由来。

第323窟 张骞出驶西域图（初唐）

东来西往的驼队，一路浩浩荡荡。从长安出发，可以一直延伸到古罗马帝国。而敦煌是这条路上重要的中转站。行走在丝绸之路上的不只是那些驮着货物的商队，还有那些背着经卷四处传法的僧侣。在他们的东行之路上，往往会在敦煌停驻。留得久的便寻找他们认为具有佛缘且适合修行的山崖开建石窟，用以坐禅和静修。

距离敦煌县城二十余公里，大泉河畔的那块崖壁正是这样的理想之所。沙砾崖的硬度非常适合开凿，而干燥的气候又恰好适合泥胎和壁画的保存。这里距离交通要道不远，附近的百姓和商旅可以前来礼佛造窟。平日里又相当幽静，是参悟佛理的好场所。

在第二百八十五窟的主室左右各有四个小型禅窟，在窟顶的四周一共画了三十五个禅窟。禅窟之外野兽出没，猎人拉弓追射野牛，而禅窟内修行的禅师却结跏趺坐闭目沉思，显露出参禅入定的宁谧。东壁龛内的尊禅僧像，更是让我们可以如此具体的看到僧侣在莫高窟内的洞窟中打坐修禅时的情景。一切宛如当年。

第285窟（西魏）

从乐僔开辟第一个洞窟一直到元代，莫高窟的营造史像是一场永不间歇的接力。崖壁上的洞窟如同蜂房一样密密麻麻。后来的洞窟营造者常常因为选择不到一块合适的开窟位置而苦恼。莫高窟这种兴盛的局面很大程度上缘于一位使者的西行之旅——

公元前一百三十八年，汉武帝刘彻派张骞出使西域。他希望能说服大月氏人对抗匈奴。张骞的两次西行虽然没有完成汉武帝的初衷，但他十几年生死卓绝，却踩出了著名的丝绸之路。

在莫高窟三百二十三窟的北壁（初唐）可以看到最早的张骞出使西域的壁画。此后汉武帝先后派大将卫青和霍去病攻打匈奴。汉朝的版图逐渐扩大到河西地区。武威、张掖、敦煌等河西四郡先后设立，并增加了玉门关、阳关两个边塞要地。从此，丝绸之路得以畅通无阻。

第一百五十八窟的墙壁上画着很多人举刀自残、伤心欲绝，他们是各国的王子，因为佛祖涅槃而赶来奔丧。当时西域有的少数民族有用自残来表示悲痛的习俗。但是涅槃的释迦摩尼去时展含笑意，双目半闭，安枕佛坛。丝毫没有临终前的痛苦和悲哀。整个姿态表现了寂灭为乐的涅槃境界。

第二百八十五窟窟顶的壁画中出现中国神话中的风、雨、雷、电四神以及种种神禽瑞兽，还有传说中人面蛇身的伏羲女娲。在敦煌当地出土的汉墓画像砖中也发现了和壁画中形象相似的伏羲女娲像。他们手持规矩墨斗，胸前的圆轮中分别画着三足乌蟾蜍，代表着日与月。

第285窟

今天编号为二百五十七窟的西壁留存描绘九色鹿故事的壁画距今已有一千五百多年。还有第四百二十八窟萨锤那太子饲虎图。这些都是著名的壁画。佛经故事中九色鹿、萨锤那太子都是佛教创始人释迦摩尼的前世。因为释迦摩尼在前世轮回中做下种种善事才终得正果，这种颂扬释迦摩尼前世善行的故事画被称作本生故事画。第二百八十五窟五百强盗成佛图，是讲释迦摩尼成佛后普度众生的故事，这叫做因缘故事画。

第158窟 释迦摩尼涅槃像（中唐）

第285窟 五百强盗成佛图

第428窟 萨锤那太子饲虎图（北周）

第257窟 九色鹿本生图（北魏）

敦煌莫高窟
DUNHUANG MOGAOKU

第二百七十五窟交脚弥勒菩萨，是保留下来较早的洞窟，开凿时间在公元五世纪左右。公元前三世纪亚历山大的远征把他们的人种和艺术植入印度犍陀罗地区。交脚弥勒菩萨头部的光环与太阳神相似，一副挺拔雄健之态。

第二百七十二窟、第四百二十八窟壁画中的人物面部肌肤晕染使用了传自印度的凹凸法，即以朱色层层叠叠染，再用白粉画鼻梁、眼睛和眉骨，以示面部的隆起。用圆形晕染标示肌体的立体感。

第二百五十九窟西壁的佛龛内，释迦牟尼和多宝佛身披袈裟并坐说法。他们的衣褶用刻刀刻出深浅不一的线条，标示密集流畅的衣纹线，看上去似薄纱透体，好似刚从水中出来一样。这种手法被称为湿衣法。它也是从犍陀罗艺术脱胎而来。中原画家曹仲达以此技法出名，这就是中国画中著名的『曹衣出水』。如今，曹仲达的画早已绝迹。但传说中的『曹衣出水』还能在莫高窟看到。

敦煌莫高窟

SHIJIE WENHUA YISHU BAOKU
DUNHUANG MOGAOKU

公元五百八十九年，隋文帝杨坚统一全国，一个崇信佛教的皇帝开始统治天下。在隋代短短三十余年间，莫高窟的营造呈现出繁荣景象，以每年平均三个洞窟的速度扩张。洞窟中的雕塑逐渐圆融大气。壁画中的飞天渐次地展现曼妙的身姿。这似乎都在暗示着一个伟大的时代即将到来……

敦煌城东南二十五公里的莫高窟在唐代迎来了最为重要的营造时期。木工、塑匠、画师等开凿洞窟所需的工匠纷纷来到这里，开凿、雕塑成了当时敦煌地区的一种风尚。这个时期的壁画气势恢宏，大气而磅礴，犹如唐代强盛的国势。

大唐是一个开放的国度。通过丝绸之路，西域的文化前所未有地同中原文化相互影响融合。我们可以通过壁画中的乐舞来审视当时的这种中西交流。

第45窟（盛唐）莫高窟中最富神采的一铺彩塑

藏经洞的由来

公元七百五十五年安史之乱。六十二年后，张议潮起义，收复失地。在张议潮的起义队伍里面有一个叫洪辩的和尚，他率领敦煌寺院的僧侣和起义军并肩作战。因为辅助有功，洪辩成了收复河西地区后第一任河西督僧统，这是当时敦煌地区佛教的最高管理者。公元八百五十一年，由洪辩组织修造的第十六窟开始了营造。他特意命人开凿了一个小方室以作修禅之用。

十一年后，洪辩去世。他的族人和弟子将禅窟改为影堂。在洞窟中塑立了洪辩的真容像。

在端坐了一百多年后，公元一千零六年，洪辩的塑像被人从洞窟中请了出来。不知道是为了躲避战乱还是为了挪作他用，洞窟中被堆上了密密麻麻的经卷后，突然关闭了。

此后的近一千年，这些经卷静静地躺在幽暗的洞窟中，似乎已经被人们彻底遗忘了。

敦煌莫高窟

SHIJIE WENHUA YISHU BAOKU
DUNHUANG MOGAOKU

第3窟 千手千眼观音经变图(元末)

经历了唐朝的强盛和宋朝的羸弱之后，到了元朝莫高窟的营造已经大不如前。自从朝廷将数万民众东迁从事农耕后，敦煌变成了单一的军屯区。莫高窟的衰落就已经注定无法避免。

元代末年，和尚智宝法师请了画师捐资修建洞窟。在新开凿的洞窟内画了一幅『千手千眼观音经变图』。画中观音最重要的部分——四十二只手和十一张脸。画师调动所有不同的线条和描法将不同的形体、质感和人物的神情动态表现得淋漓尽致。

这个洞窟今天的编号为第三窟。它曾经是古代敦煌城通往莫高窟的首站，现在则偏居莫高窟南区的一隅。窟门长期关闭着，已经完全不对游客开放了。尽管开凿的年代晚于大部分的洞窟，但它遭受自然的破坏却出奇的严重。壁画上的墨迹已经越来越淡，但无论怎样，它都可算莫高窟壁画艺术中最后的精彩一笔。

公元一千三百六十八年，元朝灭亡。又过了四年，明朝在河西设置了嘉峪关。敦煌被抛之关外。莫高窟逐渐退出了人们的视线。

“借着道上摇曳不定的灯光，我睁大眼睛。向着阴暗的密室中看去，只见一束束经卷，一层一层地堆放在那里。密密麻麻、散乱无章。”斯坦因在后来的考察笔记中这样描述。

1907年斯坦因终于通过看守藏经洞的王道士进入藏经洞，从这里拿走了9000多经卷和500多幅绢画，尤其是这些绢画几乎是藏经洞最珍贵的物品。当他拉着二十四箱经卷和书画离开时，他身后莫高窟的藏经洞一下空了许多，像一道被划开的、流血的伤口。

如果没有王道士，如果没有斯坦因，莫高窟被遗忘的时间也许会更长。但具有讽刺意味的是在这些经卷重见天日之际，厄运也紧随而来……

斯坦因之后各国的考古探险队闻风而至。莫高窟遭受着一次又一次的劫掠……今天，莫高窟藏经洞的数万件文物散落于世界上许多国家。

曾经那个身材矮小、如此普通的王道士，也许只是想重振莫高窟的香火，或许只是认为找到了跟他一样崇尚玄奘的知音。但他终究因为没有看守好藏经洞里的国宝，而注定要留在历史纷争的漩涡中……

列强劫宝路线示意图

SILU ZHI SHANG DUNHUANG GUOBAO JIENANJI

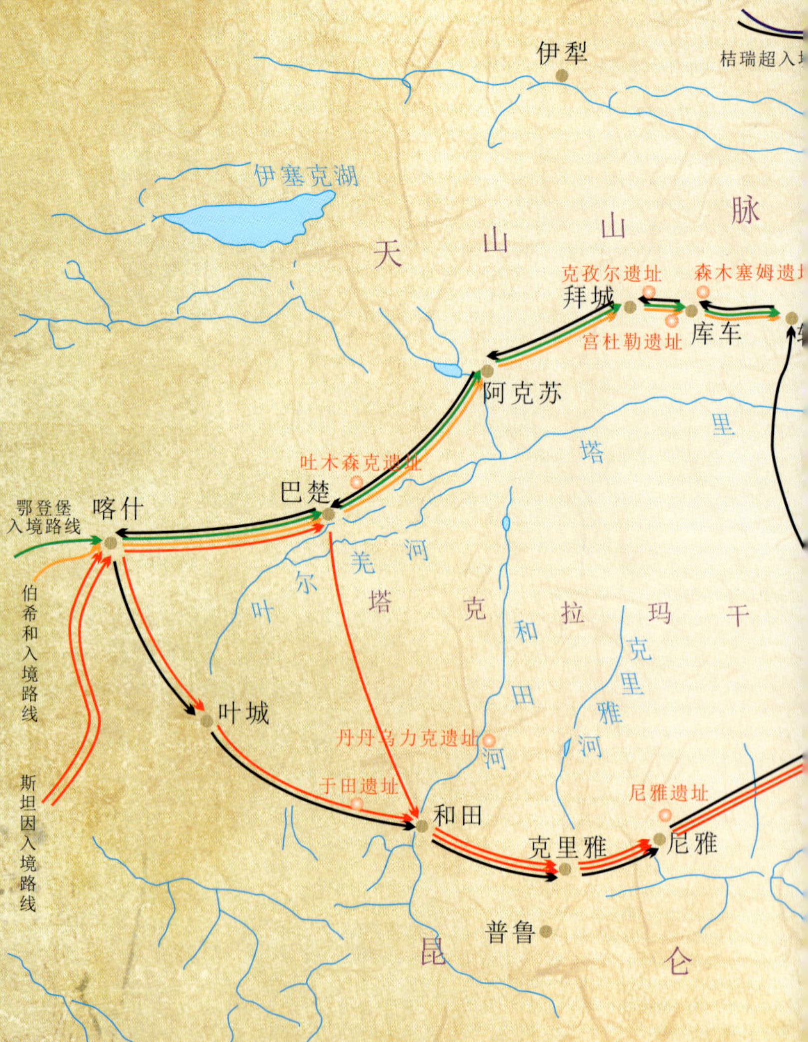

鲁切夫入境路线
乌鲁木齐
伯孜克里遗址
土峪沟遗址
阿斯塔那遗址
喀拉和卓遗址
雅尔和图遗址
吐鲁番
鲁克沁
哈密
焉耆
博斯腾湖
库鲁克塔格山脉
罗布沙漠
罗布淖尔
河
漠
楼兰遗址
米兰遗址
若羌
阿尔金山脉
脉
玉门关遗址
阳关遗址
敦煌
莫高窟
华尔勒入境路线
巴慎思入境路线
俄 奥勃鲁切夫1905年
英 斯坦因1907年
法 伯希和1908年
日 桔瑞超1911年
俄 鄂登堡1915年
美 华尔勒1924年
英 巴慎思1937年

敦煌莫高窟的新生

DUNHUANG MOGAOKU DE XINSHENG

丝路明珠敦煌莫高窟历经劫难，藏经洞数万件珍贵文物被劫掠流落海外。直到伯希和将得手的大批文物偷运出境后，为向世人炫耀他的“丰功伟绩”，仅用留下的少量文物在清廷首都北京展出，引起中国文化学术界一片哗然。罗振玉、王仁俊、王国维等学界志士力促清政府将剩余文物收入国库，这才有敦煌“遗书”解入京师图书馆的亡羊补牢之举。

中华民国时期，诸多爱国文人奔走呼号，促成1944年敦煌艺术研究所的成立。

1949年9月28日敦煌解放，莫高窟也迎来光明。敦煌艺术研究所直属中华人民共和国中央人民政府政务院文教委员会社会文化事业管理局，更名为“敦煌文物研究所”。1961年3月4日，莫高窟由中华人民共和国国务院列为首批全国重点文物保护单位。从此，历经辉煌与劫难的千年艺术宝库，在新中国的怀抱里重获新生。

1951年和1962年，中央人民政府先后拨巨款对莫高窟进行抢修，为莫高窟再现辉煌打下了坚实基础。随着国家对敦煌艺术宝库保护与重建的持续进展和敦煌学学术活动的开展，莫高窟的艺术风采已重新赢得世界的喝彩。1987年12月11日，被联合国教科文组织列入世界文化遗产名录。

新中国建立后，历届中央领导极为重视敦煌艺术保护。1951年，周恩来总理在北京举办的大型敦煌艺术展览中看到被劫到英、法、俄、美等国的敦煌文物照片时说：“这

1961年3月4日，莫高窟由中华人民共和国国务院列为首批全国重点文物保护单位。

1984年，原敦煌文物研究所扩建为敦煌研究院。

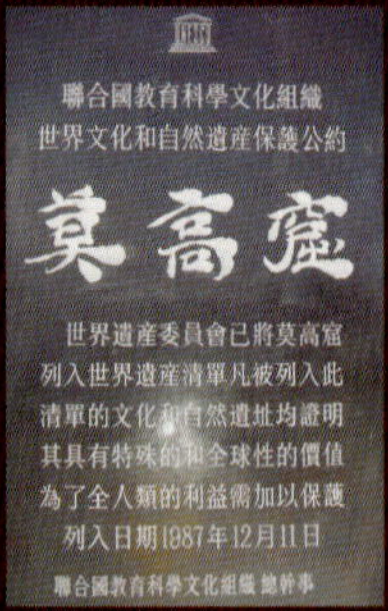

1987年12月11日，莫高窟被联合国教科文组织列入世界文化

些铁一般的证据雄辩地说明了帝国主义者近百年来用各种方法，巧取豪夺我们祖先遗留下来的文化遗产的罪恶行径。你们这个画展必将起到激发我们爱祖国、爱祖国灿烂文化的作用。”他预言：“相信敦煌艺术大发展，一定会有一个全盛时期。”邓小平同志1981年参观莫高窟时，指示一定要想方设法保护好这座艺术宝库；江泽民同志1992年亲临莫高窟参观，胡锦涛同志2000年参观敦煌图片展，都曾对敦煌文物保护做出重要指示，为敦煌艺术宝库的保护和发扬光大提供了重要保证。2013年，国家主席习近平在哈萨克斯坦共和国访问期间，提出了共建丝绸之路经济带的战略构想，为丝绸之路的再度辉煌吹响了号角，丝路明珠敦煌莫高窟必将迎来“全盛”的春天！

莫高窟的兴衰荣辱史，既是近代中国国运兴衰的一个缩影，也使中国人民懂得了一个伟大真理：国家有殇，则民族有殇，文化有殇，丝路有殇，莫高窟也必然有殇；国家强盛，则民族兴旺，文化繁荣，丝路畅达，莫高窟也必然走向新的辉煌。

在莫高窟与新中国近70年光辉历程同步共荣的今天，我们不能忘记那段被列强肆意蹂躏、劫掠却无力挽回的屈辱悲痛史。《丝路之殇 敦煌国宝劫难记》以历史纪实小说的形式，客观真实地向世人再现那段不堪回首的国宝劫难史。这不啻是一剂忆苦思甜、催人奋进的良药！

永不干涸的神奇鸣沙山月牙泉今日风姿

2014年，敦煌论坛：丝绸之路古遗址保护国际学术研讨会会场。

焕然一新的敦煌莫高窟标志性建筑——九层楼。

主要人物表

王 道 士 —— 原名王圆禄，出家后改为王圆箓，敦煌莫高窟下寺住持，1900年发现“藏经洞”。

芙蓉姑娘 —— 王道士出家前搭救过的落难女子。

三　　青 —— 藏族孤儿，王道士的徒弟。

韩　　禄 —— 王道士的助手，为护窟、抗粮而英勇就义的壮士。

玉　　梅 —— 韩禄的妻子。

韩　　辛 —— 韩禄的儿子。

韩　　茹 —— 韩禄的女儿。

张 壶 铭 —— 清光绪甲午科武举人，后在敦煌抗粮斗争中牺牲。

张 鉴 铭 —— 壶铭之兄，清庠生，护窟、抗粮带头人之一。

张 盘 铭 —— 鉴铭之兄，支持佛窟维护的敦煌地方绅士。

朱 掌 柜 —— 敦煌新店台兴隆客栈掌柜。

杨 先 生 —— 落魄师爷，莫高窟下寺的抄经人。

汪 宗 瀚 —— 1902—1906年敦煌知县。

林 太 清 —— 敦煌参将。

肖 娇 力 —— 林参将义子。

何　　林 —— 敦煌县署衙役。

宋　　福 —— 韩禄的挚友。

林　　芝 —— 宋福的妻子。

宋 大 泉 —— 宋福的儿子。

朱 夏 莲 —— 出关寻夫的山东武术世家女子。

朱 秋 莲 —— 夏莲的三妹，武艺高强，人称“飞刀客”。

滢　　珠 —— 夏莲的女儿。

廷　　栋 —— 安肃道道台。

奥勃鲁切夫 —— 沙俄帕米尔地质队队长。

马 继 业 —— 英国驻喀什噶尔领事、总领事马嘎特尼的中国名字。

斯 坦 因 —— 原籍匈牙利的英国考古学家，1900—1931 年间曾先后四次进行中亚探险考察。

蒋 师 爷 —— 蒋滋生，斯坦因聘请的教读兼文案书启。

扎依德伯克 —— 在敦煌经商的土耳其商人。

严 道 长 —— 严教荣，榆林窟住持。

伯 希 和 —— 法国汉学家，1906—1908年间曾以考察之名在我国新疆、敦煌活动。

载　　澜 —— 清光绪帝堂兄，曾封辅国公，后革去爵位流放新疆，人称澜公爷。

丁 金 泉 —— 载澜的卫士，朱夏莲的丈夫。

石　　虎 —— 载澜的卫士，丁金泉的好友。

端　　方 —— 南京两江总督，时为中国考古学界之盟主。

陈 泽 藩 —— 1910年敦煌知县。

吉川小一郎 —— 日本大谷探险队成员，1911—1914年赴新疆、甘肃探险考察。

桔 瑞 超 —— 日本大谷探险队成员，1905—1912年间两赴内蒙、新疆、甘肃探险考察。

刘 师 爷 —— 敦煌知县申瑞元任上的师爷。

阿 连 阔 夫 —— 窜入新疆的白俄溃军首领。

伊拉列耶夫 —— 阿连阔夫部副司令。

华尔勒 —— 美国东方艺术史学家，1923、1925年，先后两度率队赴中国西部考察，因用胶布沾剥、盗窃敦煌壁画而臭名昭著。

杰 恩 —— 东方学家，华尔勒的副手。

巴慎思 —— 英国人，自称北平英文《实事日报》特约记者，1935年去莫高窟，暗自剥取壁画，为当地群众发现并截获赃物后，被驱逐出境。

王近仁 —— 燕京大学学生，曾两度担任华尔勒一行的翻译。

陆恩泰 —— 1921—1924年任敦煌县长。

陈万里 —— 北京大学医学院学者，受本校研究所国学门委派参加华尔勒第二次中国西北考察。

何 贵 —— 何林之子。

肖一虎 —— 芙蓉之子。

目 录

序　幕

1900 年（清光绪二十六年），时值八国联军入侵中国，炮击大沽，攻陷天津，进占北京，清军无力抗击，义和团勇士惨遭杀戮，慈禧、光绪仓皇西逃，丧权辱国的清王朝被迫割地赔款……在这惶惶不可终日的垂死关头，地处西北边陲的古丝绸之路上存有佛窟 735 个、彩塑 2415 身、壁画 45000 平方米，被誉为旷世瑰宝、丝路明珠的敦煌莫高窟，又发现了秘藏千年的几万件经卷、文书、绘画、绣品的藏经洞。腐败无能的清王朝政府自顾不暇，无力保护这批稀世珍宝。而帝国主义列强却闻风而动，一些打着“探险”“考察”“考古”“游历”等旗号的“探险家”“学问家”争先恐后地窜入敦煌，在庄严圣洁的佛地，展开了一场惊心动魄、骇人听闻的文化掠夺，上演了一场场令国人刻骨铭心、永世难忘的国宝劫难史。

在那场持续了四分之一世纪的莫高窟文物巧取豪夺大劫难中，有英、法、俄、日、美等国的斯坦因、伯希和、奥勃鲁切夫、鄂登堡、吉川小一郎、桔瑞超、华尔勒等，被他们劫走的几万件经卷、文书、绘画、佛像、壁画等国之瑰宝，至今仍深锁在欧洲、美洲、亚洲的一些博物馆、图书馆中，连同那些劫掠者用强盗逻辑和傲慢标榜的狂言著述巧取豪夺经历，无一不是他们肆无忌惮地劫掠中国珍贵文物的抹不去、赖不掉的罪证。

在那长夜难明的几十年的漫长岁月中，敦煌儿女面对腐败无能、崇洋媚外的官府和贪赃枉法、昏庸无知的官僚，他们从迷惘到觉醒，从屈从到抗争，爱乡护窟，无私无畏，流血流汗，前仆后继，以生命和鲜血，谱写了一支支可歌可泣、光照千秋的抗争曲。

第一章 道士西游临三危 莫高重启尘封门

1899 年（清光绪二十五年）春，在横贯戈壁荒漠的沙州古道上，走着一位头戴道冠、身着道袍、满身尘土的云游道士。他既不跟随铜铃声声的驼队，也不依傍结伴而行的马帮，耷拉着脑袋，顶着烈日，牵着一匹驮有清水和干粮的小毛驴，摇摇晃晃地迈步西行，像一个孤独的幽灵在空荡荡、静悄悄、渺无人烟的荒丘秃岭间飘移。

西出嘉峪关，越过疏勒河，步入平地风沙起，从春刮到冬的“世界风库”瓜州后，风暴突起，狂风越刮越紧，沙尘越扬越高，霎时间飞沙走石，把头顶上明晃晃的太阳遮没了，天地间乌黑一片。飞扬的沙团活像披头散发的魔鬼在旋舞、在狂欢。他的耳边，凄厉的风声好似鬼哭狼嚎；他的眼前，混沌的天地仿佛沉入了阴曹地府一般。

一直迈着轻快碎步的小毛驴哪能抗拒得住狂暴的风沙，势若雷霆的劲风狂扫大地，席卷着小毛驴由碎步改小跑、变狂奔，随风而去。那道士深恐失去性命攸关的清水和干粮，死死地把毛驴的系绳紧套在手腕上，任由毛驴拖曳着不辨南北东西、跌跌撞撞地瞎窜乱跑。也不知过了多少时辰，跑了多远路程，直至撞上一棵被积沙半掩的胡杨枯树才被挡了下来。又不知过了多久，风暴渐渐平息，被毛驴拖得遍体鳞伤、遭沙石打得头破血流、早已昏厥过去的道士苏醒过来，禁不住感念苍天有眼，神灵保佑，让他在暴风中又度过了一场劫难。一息尚存的他，既感到周身疼痛，更觉得腹中饥渴。他活动了一下手腕，知道系绳犹在；他睁开眼瞅瞅，毛驴就躺卧在身旁。但当他挣扎着拂开积沙抬起上身，伸手想取水解渴时，这才发现驴背上空空如也，他备以维生的清水和干粮早已荡然无存。

在渺无人迹的茫茫大漠中，水是生命的保障，失去水就意味着失去了一切，惊恐万状的道士当即感到了死亡的威胁。心地善良的他不愿让毛驴为自己殉葬，当即解开套在手腕上的系绳想放它去自寻生路，但忠实的毛驴却不肯弃主而去，经他一再驱赶，这才一步三回头慢腾腾地离开了。

直望着毛驴的身影渐渐模糊，道士那虚弱得难以支撑的上身又斜靠在死而不倒的胡杨树干上，默念着超度自己的经文，等候死神的降临。但念着念着，两眼一闭，随即跌入了一个漆黑的洞穴，一股劲风托着他向前飞荡，片刻后又飞出洞穴，来到一处朦朦胧胧的岔路口：一边有神人接引他上天堂，一边有鬼蜮拉扯他下地狱，就在他差点被撕碎的时候，猛然传来一阵驴叫声。平日那么难听的驴叫，此时却那么悦耳。他再次睁开眼睛，竟发现他放生的毛驴在不远处出现了，驴身后还跟有骑马的人。难道真有神灵出现了？不肯坐以待毙的他，深恐失去这一线生机。他想站立但四肢已虚弱得站不起来，想喊口里塞了不少沙子又发不出声音，万分紧急中他突然从贴身的上衣里摸出一片绣有黄字的红绸巾，举在手上用力地摇晃求救。

毛驴的引导和红色的求救信号，引来了从附近经过的云游僧人静海法师。当他走到干死的胡杨树前下马查看，一眼便认出了那濒临死亡的道士，不正是在危难中投奔过净土寺，又因情欲难舍、尘缘难断，一拖再拖不肯削发受戒皈依佛门并悄悄离去，害得他四处寻找的王圆禄么！没想到竟在此处相逢，似乎真有一份难了之缘。

救人一命胜造七级浮屠。面对气息奄奄的王圆禄，大动恻隐之心的静海法师毫不吝惜地拿出自己备以为生的清水，细心地喂进他的嘴里，待他舒缓过来又给他进食，直到他伸展四肢，渐次恢复了生气，这才站起身来。侥幸能拣回一条命来的王圆禄心想这般巧遇应是佛祖的安排吧！他在法师面前愧疚万分，连忙跪地发誓愿追随法师，皈依佛门。静海念他似有悔意，不免心有所动，但见他又将那片红绸巾塞进上衣时，入骨三分地猜测透了他的心思，便摇摇头，叹了口气，分出一葫芦清水、一小袋干粮递给他说：“圆禄，你的情缘不了，我们就很难同道。我告诫你千万别往西去自寻烦恼了。过去唐僧大法师往返万里走丝路是去西天取经，有佛祖的保佑才能经灾历险，功德圆满。而你去干什么你心里明白。苦海无边，回头是岸，你就直直地向南去

敦煌莫高窟五层楼

吧！那里也许能找到你的归宿。”

九死一生的王道士不敢再违拗静海法师的教诲，沿着他指引的方向一路南行。又经几日劳顿，当他咽下最后一口干粮，喝下最后一滴清水，牵着相依为命的毛驴步履蹒跚地翻过一道沙脊后，终于看见远处的天空霞光万道，前方的山下一片绿荫。在黄沙茫茫的大漠腹地，在乱石遍地的戈壁深处，绿是原野的生命，是迷途者的希望，是历险者的生机，是对行者的激励，是对游子的召唤。深受鼓舞的他猛然打起精神，催赶着毛驴，向那诱人的绿荫疾步而去。

王道士牵着毛驴沿着大泉河，穿行在绿树丛中。但见柳枝依依，随风婆娑；桃杏花开，纷红骇绿；但闻鸟语嘤嘤，流水潺潺；微风轻拂，林涛欢歌。这对于曾在荒漠历险，脑海中尽是褐色戈壁，黄色沙丘，如火烈日，心里充满对“黑风暴”惊恐的他来说，好像来到了世外桃源，人间仙境。此时的莫高窟，似一条衰老、困顿的苍龙，静静地横卧在鸣沙山下，残鳞败甲，百孔千疮。透过疏疏落落的树隙，映入王道士眼帘的层层洞窟，如天宫，似仙阁，像古寺，似殿堂，时隐时现；窟檐角上铁马迎风摇摆，那叮叮当当的响声，那呼呼啦啦的风声，那流水声，那鸟语声，似天国之音，如仙宫之曲，听得他如痴如迷、如醉如梦。他仿佛步入无人之境，沉溺于幻觉之中，径自扔下毛驴，踉踉跄跄地跑进那依崖而立、雕梁画栋、飞檐翘首、层檐重重、金碧辉煌、高接云天的大雄宝殿，又迷惑又惊奇，诚惶诚恐地跪倒在高大的弥勒佛像前，虔敬地顶礼膜拜。说不清他是崇佛还是信道，只见他嘴唇嚅动，口中念念有词，似在对佛祖求告，又像在对道君祈问：“佛祖啊！道君啊！这是西方净土，极乐世界，还是九霄福地，瑶池仙境？”话未毕，也不知是饥渴、是困倦、是激动，还是亢奋，突然人事不省，双目一闭，又一头晕倒在地……

当王道士睁开眼睛时，发现自己正躺在弥勒佛脚下，他的身旁一个有着红红的脸颊、大大的眼睛、眉清目秀、天真无邪的小喇嘛，正端着木碗、拿着木匙，小心翼翼地往自己嘴里喂水。见他睁眼，小喇嘛兴奋得叫了起来：“师父！他醒了！”原来，在小喇嘛身后还有一位慈眉善目的红衣大喇嘛，捧着食物静候在那里。眼前的红衣大喇嘛，在王道士心里既像是换了装的静海法师再现，又像是救苦救难的观音菩萨显形。回顾半生经历，他不得不相信天上的神、佛无处不在，无时无刻不在观察着自己。

原名王圆禄的他祖籍湖北麻城，生在陕西，长在甘肃，早年在肃州巡防营当伙头兵。一次外出采买时，在东城外遇见一位自远方随父经过此地，因父病故、陈尸道旁、无力收殓，而愿卖身葬父的年轻女子。出于善心和同情，他去棺材铺赊了一副薄板棺材帮她把亡父埋葬。又念她举目无亲、孤苦伶仃，就在净土寺旁找了间破屋将她暂时安顿，并常以粮、菜相济，很是关照。此女见他仗义疏财，心地善良，欲践诺言，以身相许。而他对该女虽有好感，也不时地想入非非，可他心里明白自己是个当兵混饭吃的穷光蛋，哪有能力供养家室，对她的许诺只好一再推诿。

随着时间的推移，频繁地接触，融洽地相处，大男大女之间的感情油然而生，以致在一个风雨之夜，他终于留在那里，沉溺于温柔乡中，尽兴通宵。直到次日天明，一夜风流后疲困至极的他刚刚进入甜美的梦境，突然被敲门声惊醒。巡防营来人把他抓了回去，一是申斥他夜不归营，二是诬陷他拐骗妇女。整整关了半个多月禁闭，在挨了 40 军棍重责后又被逐出营房。被打得皮开肉绽的他回到净土寺旁的破房，见那里已是人去房空。听寺院的静海法师讲，就在他被抓走后的次日，那女子即被路过的一队兵丁劫持，可能往哈密方向去了。慈悲为本的静海法师留他在寺院养伤，并将那女子被劫出门前悄悄托付的一片红绸巾转交给了他，他展开来看，但见那红绸巾上用黄色丝线绣了一个大大的“义”字。一对患难中的情侣就这样活活地被拆散了，他虽不明白那红绸巾上所绣“义”字的意思，是仁义还是情义？但毕竟是难忘的寄情之物，以致他独自一人时睹物思人，往往对着红绸巾出神，常常在夜梦中叫出那女子的名字“芙蓉、芙蓉”。

王圆禄在净土寺养好伤后无计为生，因少年时常听唐僧取经的故事，又常听众僧念经，常得法师规劝，感念尘世苍茫，世态炎凉，便拜静海为师，既在斋房做饭，又跟法师习经，日子倒也过得平静。但当法师要给他削发受戒，让他正式皈依佛门时，他又犹豫起来了。因为静海法师多次宣讲出家人要信守的不杀生、不偷盗、不邪淫、不妄语、不饮酒等戒和“色即是空，空即是色”的道理，而他掂量自己难以完全信守，但又不敢当面向法师说明，便不辞而别，改投到了神泉观马道长座下。究其原因，是他听说道教中的道士在寺观中可与家属同居，嫁娶生子，与俗人无异，而他梦寐以求的正是有朝一日还能与那曾将情爱与贞节都奉献给了自己的芙蓉姑娘相聚啊！

追随马道长后，虽然道长把他名字中俸禄的“禄”字改为符箓的“箓”字，赐名法真，又教他诵读道经、打醮作法，但始终未能让他解脱尘缘，以致在马道长允许其东去甘州、凉州化缘时，他走至半道竟又调头西行，想去哈密方向寻找心上人以圆他的美梦。没料到一场黑风暴让他梦断大漠。危难中静海法师的指引，南行中莫高窟佛境的召唤，大佛前红衣喇嘛的出现，接二连三的意外遭遇，都使身处恐惧、虚幻和迷茫中的他深感到这一切好像是神灵的暗中安排，让他吃苦，让他受难，让他感悟，让他觉醒。这一切都像是佛祖在指点迷津，要他看破红尘，渡他脱离苦海。

王道士喝了水，进过食，身子舒缓过来后，听红衣大喇嘛介绍，说这莫高窟又称千佛洞，地处丝绸古道东来西去必经的门户——敦煌城东南五十余里处的三危山西、鸣沙山南、大泉河畔的断崖绝壁之上。相传是1600多年前，一位名叫乐尊的和尚西行礼佛经过此地，看见有千百尊菩萨出现在万道金光四射、五彩祥云缥缈的三危山上，深感灵异，为求往返丝路平安，说服一位身家富裕、礼佛虔诚的朝圣者捐资在崖壁上架空镌岩，大造龛像。由于当年沿丝绸古道出玉门、阳关西行的使节、商人、朝圣者、士兵，要穿戈壁、越沙漠、经风雪、历酷暑、忍饥渴、防豺狼……出关前往往要去敦煌寺院祈求神灵保佑，归来后又要去焚香还愿。故对凿佛窟、塑佛像之举纷纷效仿，历经各朝各代营建，至今有佛窟数百，佛像数千，佛画不计其数，已成为佛教圣地。每逢节日佛会，四面八方的善男信女蜂拥而来拜佛敬神，观光游览，香火鼎盛，热闹一时，佛会过去人去林空，又是个绝好的修行之地。但偌大的佛窟虽有上、中、下寺，但毕竟只有几个仅仅会念藏经的红衣喇嘛，既无能力妥善管理，更无实力保护维修，致使众多千年佛窟难以经受风沙的吹蚀。有的门朽墙塌，有的土塞沙埋，真是破败不堪，一片凄凉。王道士听出了红衣大喇嘛话中之意，想想自己的处境，不禁喜出望外，当即表示愿长留在此，维护佛窟。红衣大喇嘛见他愿意留下，便爽快地许诺，愿佛、道共处，将下寺划归给他管理，并先支持他一些口粮。

下寺在莫高窟北端，16窟（七佛殿）以东的林荫中，一围不高的院墙拥着一座不大的山门，院墙里几间简陋的平房虽已破败不堪。但对于漂泊半生，至今仍无安身立命之地的王道士来说，有了固定的居留之地和住持的寺院，自是心满意足了。

当时的莫高窟，因无情的风沙摧残和年久失修，除大雄宝殿（当时为五层楼）整饰不久雄姿犹存外，许多佛窟窟檐朽塌，窟门破损，佛像毁坏，壁画失色。上层栈桥多为断柱残栏，下层洞窟多遭流沙埋没，崖壁下堆积的黄沙已形成一道沙梁，南低北高，在16窟前几乎堆成了一座沙山，整个莫高窟一派破败景象。王道士在下寺安身后，像是给自己找到了出路。他竭力排除心中杂念，以清除下层洞窟积沙为己任，每天起早摸黑，迎风雨，顶烈日，清沙不止。小喇嘛为他锲而不舍、勤奋劳作的精神所感动。开始每天给他送来茶水，接着便扛来木锨、柳筐，跟着他干得热火朝天，后经红衣大喇嘛同意，干脆搬去下寺，拜王道士为师，成了他的“开山弟子”。

王道士热心护窟的举动和用汉语诵经的做法渐渐地得到许多香客的赏识。他们不仅对下寺施舍香烛钱粮，而且以一种尊敬、亲切的口气称他为“王阿菩”。深受鼓舞的王道士，在莫高窟初步站稳脚跟后又渐渐地萌发了一些新的打算：一是想进城找施主化缘维修下寺以壮气势，二是想去求其他道观借几本道经来撑持门面。为此，他牵着毛驴，驮着他的徒弟，走出莫高窟谷地，穿越一片荒漠，沿小道北行约20里到了新店台。因此地正当安西至敦煌驿道之旁，又处莫高窟去敦煌城路口，故道边多有日杂店铺、车马客栈、小吃摊点，道上时有马队、驼队、马车、骡车、商旅、行人经过，自有几分热闹。

兴隆客栈是新店台道旁的一个比较大的院落。客栈门上旗幌高悬，门柱上张贴着“未晚先投宿平安至上，鸡鸣早看天前程为大”的纸书楹联。客栈的朱掌柜是位吃斋敬佛的忠厚长者，刚刚出门送过客人，遇见早已见识过的王道士一行走来，便主动招呼：“王阿菩，辛苦了，快进店歇歇。”

王道士停步门前，抱拳答礼：“多谢朱掌柜，赶路要紧，不进去了，就讨碗水喝吧！”

朱掌柜吩咐伙计取水，接着问王道士：“你这是要去县城？”

伙计端来大碗热茶，王道士接过喝了几口，转递给小徒弟后方才回答：“莫高窟清除流沙，维护洞窟，修缮寺院，工程浩大，就我们师徒俩，不知要干到何年何月。想去城里，广结善缘，募化点钱粮，也好添个帮手。”

“那好，我先捐一石粮食，别让你们饿了肚子。”朱掌柜乐呵呵地认捐后接着说，“你是该进城走走，敦煌城里乐善好施的殷实富户不少，像去年维修大雄宝殿，就是‘戴号家’戴掌柜挑头捐的银两。”

“那我进城后就先去拜望他。”

“这次不行，前几天见他经过这里去肃州（酒泉）了。”朱掌柜想了想建议道：“我看你最好先去拜望张举人家，他们家三兄弟有文有武，正直好义，热心公益，爱护桑梓，对维护祖先留下的佛窟盛迹，定会施舍相助。”

谢过朱掌柜，王道士牵着毛驴沿着驿道西行，直去相距约30里的敦煌城。

敦煌城，地处鸣沙山北、党河东岸，当河西走廊之要冲，扼丝绸古道之咽喉。这里商贾云集，寺观众多，人文荟萃，市场繁荣，曾扬名于古道，极盛于丝路。王道士一行入城，经过鼓楼，但见街头巷尾店铺林立，有作坊、当铺、货栈、饭馆、酒肆，有经营皮毛、丝绸、百货、烟酒、食品的商号，有贩卖布匹、日杂、土特产及冷热饮食的摊档，有测字算命的先生，有游街串巷的货郎……车马行人，熙熙攘攘。

平生第一次进城的小喇嘛，像刘姥姥进了大观园，骑在驴背上左顾右盼，真是目不暇接，禁不住又是兴奋、又是惊奇地问：“师父，这城里咋就像我们那儿四月初八的浴佛节，城里人天天都过节吗？”

第一次进敦煌城的王道士也说不清楚：“也许今天逢集吧！”

小喇嘛感慨不已："我们那儿天天都这么热闹就好了！"

王道士随口回答："等我们把洞窟维修好，再塑上道君的金身，你也学会念诵道经，去我们那儿的香客准会越来越多。"

小喇嘛听后提醒道："师父，你不是要借经书吗？"

西云观

王道士早已打听过，敦煌城内外除有莫高窟、东千佛洞、榆林窟、五个庙石窟等中外闻名的佛窟外，还有西云观、药王洞、龙王宫、三清观、娘娘殿、老君庙等道观多处，而其中以西云观香火最盛，便选择先去西云观看看。

西云观在敦煌城西郊，是始建于清雍正年间的一座道教寺院。此日正值农历七月十五——道教中元节，去西云观路上，行人络绎不绝。道路两旁设有许多供应茶水、食品的凉棚和售卖香烛的小摊。王道士行进间，忽遇一个肩负褡裢，售卖面杖、木杵的青年站在路旁叫卖，便顺口求问："小兄弟，前面是西云观吧？"

"没错，是西云观。"卖杵青年看了看王道士，"道长，今天是中元节，你也是去打醮？送你个磬棰，结个善缘吧！"

"多谢施主。"王道士含笑接过磬棰。

小喇嘛问师父，什么是中元节？

王道士想了想解释道："你的师爷马道长说，道教认为农历七月十五中元日是地官从天上下来考查人间善恶的日子，人称中元节。"

小喇嘛似乎明白了点什么，他看着拥向寺院的人群数落道："难怪有这么多人去敬神拜佛，原来是想讨好地官。"

王道士当即斥责："休得胡说！静海法师讲过，佛教因目连僧之母堕于饿鬼道中，食物入口即化着烈火，目连求救于佛，佛说《盂兰盆经》教他作盂兰盆以救其母，人称盂兰盆会，是后人追忆父母养育之恩，救先人于倒悬之苦的日子。"

小喇嘛听师父一番讲述后虽并不完全明白，但再也不敢言语，悄没声地跟着走到寺门附近停放车马牲口的树林前，这才滑下驴背跟在师父身后。

掩映在绿树丛中的西云观，有东、中、西三重正殿和南北相应的配殿，形成两个宽敞的四合院。寺院四角，前有钟楼、鼓楼耸立，后有朱雀、玄武高阁相望，布局对称、古朴庄重。王道士带着徒弟进入观内，但见灵官殿、太乙救苦殿、真武宫、观音殿、三清宫等宫殿前烛光灼灼，香烟袅袅，道士们正设坛祈福。众多的善男信女或供盂兰盆，或献素食，或面对神像作揖、叩首，或在香炉旁焚香、烧纸，把前前后后的殿堂围得水泄不通。王道士带着徒弟无法挤入人群，只得远对三清宫就地跪拜后，无可奈何地候立于人丛之外观望。静候了好一会，才有一位寺院的杂役见状过来招呼，听说要借经书，劝他改日再来，他才领着徒弟十分扫兴地离开了。

王道士走出观门去林边牵毛驴，凑巧又与那卖面杖、木杵的青年相遇。那青年似感意外地问："道长没在寺里挂单？"

王道士平静地回答："我们从莫高窟来，只是想借几本经书。"

"借到了吗？"卖杵青年表现出关心。

"观里住持太忙，让我们改日再来。"王道士解开毛驴后问，"小兄弟，去张家堡怎么走？"

"是去张举人家？"

"是的，你知道吗？"

"知道！知道！他们一家三兄弟是敦煌城里的大好人。"卖杵青年热情地表示，"还挺远的，走！我领你们去！"

"你不做生意啦？"王道士一边问一边把徒弟扶上驴背。

"我也想去看看他们！"卖杵青年不由分说，伸手牵着毛驴便走。王道士只得跟上步伐问："小兄弟，请问你贵姓？"

"免贵，姓韩名禄，福禄寿禧的禄。拜问道长仙号？"

"贫道道名法真，俗姓王，名圆箓。这（箓）字原本与你相同，只因我师马道长要我看破红尘，看淡功名利禄，方才改成符咒符箓的箓。"

"啊！韩禄，圆箓，咱们真是有缘啊！"

一路上，王道士与韩禄谈笑风生，聊得十分投机。由县城西郊至东郊好几里路，不知不觉地便踩在了身后。直到日头偏西，鸦雀归林，韩禄才指着树林前方高地上一处庄院说："那就是张举人家——张家堡子。"

张家堡子是坐落在敦煌城东门外、地处高势的一座四周围有夯土高墙（俗称"打墙"）的大庄院。堡子的土墙既厚实又坚固，墙沿设有垛口和枪眼，四角筑有墩台及岗楼，坐北向南的门楼五彩起脊，显得十分庄重和气派。

韩禄与张家的人很熟识，来到门楼前他请看门人通报后，便陪同王道士一行进了大院。堡子的主人闻报后也很重礼貌，齐集在客房里接待客人。

张家堡子里的客房宽敞、明亮。后墙上供着至圣先师孔子和武侯关公画像，条形供桌上置有花瓶、香炉等陈设，左墙上挂有宝剑、宝刀，右墙上挂有自书横幅，一眼便让人感到这是个习文尚武的忠义之家。

张家三兄弟，大哥张盘铭擅长书法，人称大先生、张大贡；二哥张鉴铭，庠生出身，人称二先生；三弟张壶铭，光绪甲午科（1894 年）武举，人称张举人。

主客相见，听王道士大肆渲染地讲述了他西行云游，遭遇风暴，迷途荒漠，幸得神灵庇护，法师指引，终于落脚莫高窟的传奇经历。详细介绍过莫高窟被流沙半掩的现状和他住持下寺的作为及抱负后，性情坦率，性格豪放，正直好义的张壶铭一边请他进茶一边说："莫高窟年久失修，是该有人看管了。王道长得高僧指点，自是佛祖的意旨，而住持下寺，维护洞窟，又确实是难能可贵，功德无量，令人敬佩，所以不论有什么困难，你就尽管提出来，我们兄弟定当全力支持。"

见张举人如此热情，王道士当即直言相告："今年农业受灾，化缘募捐十分困难……"

不待王道士把话说完，心性善良、乐善好施的张鉴铭已听出眉目，当即主动表示："农业受灾，更当礼佛敬神，以消灾免难，永保平安。王道长既有维护佛窟、清除流沙的宏愿，我们自当资助钱粮，以保先祖留下的千年佛迹不致损毁。"

王道士听得心花怒放，忍不住提出了进一步的要求："那里积沙太多，要能再添一两个帮手就好了。"

"那就把我算上！"谁也没想到韩禄自告奋勇地站了起来。

王道士见韩禄立在身旁，惊讶不已："你不卖木杵啦？"

韩禄率直地回答："卖木杵只是混碗饭吃，人活在世上图个什么？不修今生修来世，谁不想干点积德积善有益于乡里的事？"

对韩禄身世十分了解的张鉴铭关心地问："你去莫高窟，两个孩子咋办？"

"他们一直就由姥姥照看，我想办法挣点粮食补贴补贴就行了。"

"粮食好办，你就从这儿拿些去。"张鉴铭爽快地承诺后见小喇嘛正对韩禄做笑脸，便转问王道士："王道长，你这小徒弟叫啥名字？"

"他很小就成了孤儿，父母没给他留个正经的名字，我读书太少也不知该取啥名字好。"王道士反过来求张鉴铭，"就请二先生赐教，代我给他起个法名吧！"

张鉴铭连忙转求张盘铭："大哥，你给取吧，这事你比我在行。"

处世谨慎，为人敦厚的张盘铭毫不推辞，他略略沉思片刻便脱口而出：“莫高窟地当三危山下，《山海经》说‘三危山，青鸟居之’。三青鸟为西王母取食，栖息在那里。你这小徒弟既是在三危山下皈依，为了勉励他永留在三危山下，守护佛窟。我看王道长，你就给他取名‘三青’如何？”

张盘铭的话既赢得在场众人的赞许，更受到王道士的尊重，他当即对着小徒弟宣布：“那我就赐你法名‘三青’吧！”

眼明手快的韩禄应声推三青下跪领受法名，向师父叩谢。

得到张家三兄弟的支持，王道士设想的以下寺为依托，护佛窟、兴道教的计划日渐形成，繁重的劳动也促使他把牵挂的往事暂时压在心底，全身心地投入了清扫佛窟的工作。

转眼间，莫高窟进入了雪花纷纷扬扬的数九寒天，在银装素裹的崖壁下，不时传出韩禄高呼“三青加油”的声音。透过压雪的枝头，朦胧中影绰可见王道士、韩禄、三青顶风冒雪在崖壁洞窟前奋力清理积沙的身影。

清沙不止的三青，从吃苦耐劳的韩禄身上获得巨大的鼓舞，也为受到韩大哥的关爱欣喜不已。挥锨不停的王道士却始终在想，这么厚道的一个青年，这么能干的一把劳力，怎么会放弃糊口生计、离家别子、无条件地跟他到这冷冷清清的山沟里来，默默无闻、无怨无悔地干起这清沙护窟的苦差事？难道他也有过什么苦难的遭遇？难道他也有什么深藏的隐忧？王道士真想仔细了解一下他这位得力的帮手。

过了很久，在一个寒风怒吼之夜，师徒仨挤在炕上难以入眠，韩禄在王道士的一再探问下，终于开口讲起了自己的身世。

韩禄家在新店台，与兴隆客栈相邻，父母去世后与岳母、爱妻玉梅和一对龙凤胎儿女住在一起。他打过工，赶过车，当过泥瓦匠，一家人生活艰辛，但夫妻恩爱，家庭和睦，日子倒也过得和和美美。不幸的是前年秋天，敦煌林参将的三姨太去甘州省亲归来，经过新店台暂宿于兴隆客栈时，三姨太途中不适停奶后，襁褓中的婴儿因缺奶啼哭不止，喂给牛奶羊奶仍号啕大哭，拒绝进食。玉梅去客栈院中水井汲水，从三姨太的客房经过，听见那孩子哭得声嘶力竭，不免动了恻隐之心。就是这样一个纯朴、善良、极富同情心的农村妇女，根本未作任何思考，便放下水桶，叩开客房，替三姨太奶了孩子，解了她一时之急。

玉梅急人之所急，主动把好事做了，但令人意想不到的是那看似花枝招展、人模人样的三姨太却恩将仇报。当她得知玉梅刚生下一对儿女不久，看见玉梅给孩子喂奶时露出一对滚瓜溜圆的大奶，旺盛的奶汁洇洇外溢时，她又是羡慕又是嫉妒，竟然在

次日离开客栈登上骡车后，以征雇奶妈为名，指使护送的兵丁，强行把舍不下儿女、哭得死去活来的玉梅，生拉活扯地拖上了骡车。韩禄抱着惊哭不止的儿女挡在门前，被凶神恶煞的兵丁架开。朱掌柜冲上前去说理，被蛮横已极的兵丁推倒。围观的人众被激怒了，人群中有人高喊：“光天化日，这不是抢人吗！”“你们胡作非为，到底还有没有王法？”……骡车扬尘而去，韩禄抱着儿女，随着飞扬的尘土紧紧追赶，嘴里不停地高声呼唤：“玉梅、玉梅，孩子不能没有娘呀！”那声音凄凄切切，路人闻之无不心碎。可是在那官兵如虎似狼的年月，在新店台这样的穷乡僻壤，对贫苦的老百姓来说，哪有什么王法可言呀！

玉梅被拉走不久，便有人捎信来说她已被投入大牢。韩禄一听心急如焚，连忙带着儿女和玉梅她娘一道赶去县城探监。这才得悉是人称“小叫驴”的参将义子肖矫力，见玉梅有几分姿色，多次调戏，意欲强暴。玉梅宁死不从，一面告诉了三姨太，一面设法逃跑，但尚未逃出县城即被抓回。三姨太嫉恨交加，“小叫驴”恼羞成怒，便捏造罪名，诬陷玉梅偷盗他家祖传兵书潜逃未遂，串通县衙，把她打入了大牢……

韩禄正讲到伤心处，猛然一阵狂风吹破了他们的房门，师徒们起身堵塞，讲述不得不中断了。

枝头雪融，新叶展姿，转眼间便到了 1900 年（清光绪二十六年），冬去春来的莫高窟前，桃红柳绿，春意盎然。

经过师徒仨一个冬天的奋战，长年积聚在崖下的黄沙虽已清除了不少，但展眼一看余下的更多，特别是正对下寺的崖壁下积沙最多，堆积如山的沙土几乎淹没了整个一层 16 窟的洞门。王道士、韩禄、三青虽然起早摸黑清沙不息，但三个人的力量与大量的积沙相比，确实显得势单力薄。以致有一天，年幼体弱，累得精疲力竭的三青一边不停地干又一边不住地抱怨：“师父，这沙也实在太多了，就咱们仨，得挖多少年呀？”

面对徒弟的问话，王道士信口回答：“我也许能挖 20 年，韩禄，你哩？”

“30 年吧！”韩禄脱口而出。

“那我得挖 40 年了！”三青大叫起来。

王道士说开了大道理：“是呀，咱们只要拼命地挖，挖一点少一点，为佛窟尽力嘛，豁出去了。挖他十年八年，哪有挖不完的。”

韩禄另有见解：“王师父，话是这么说，但要能想出点道道儿，能早些挖完那不更好么？”

“能有道道儿当然好，可这沙总得一锨一锨地除，一筐一筐地搬呀！”王道士对韩禄的话并不在意。

“也许能有好办法。”韩禄心里像在盘算什么，“王师父，咱们明天先歇歇吧。”

王道士：“累了吗？”

“累了！累了！”三青不待韩禄回答，抢先叫了起来。

王道士只得宣布：“那就歇上一天！”

休息一夜后，第二天一大早起来，韩禄便叫上三青，像是踏青春游，沿着莫高窟前的大泉河，由北向南逆流而上。

入春后的大泉河，水波激荡，绿水欢歌，夹河两岸碧草如茵，野花盛开，姹紫嫣红，五彩缤纷。但行进中的韩禄却无心欣赏眼前的大好春光。他虽然走走停停，却只是望望河面宽度，量量河水深度，看看河岸高度，心里似在筹划什么事情。三青不明其故，一路上哼着藏族民间小调，又是采摘野花，又是投石击水，活像一只撒欢的马驹，玩得十分开心。

下午，王道士有了闲心为大家改善生活，特意采了些榆钱，淘洗干净拌上面粉蒸了满满一笼屉，也舍不得先吃，便守候在寺门外等韩禄、三青回来会餐，谁料到左等右等，直到日头偏西才见到两人的影子向寺院走来……

王道士返回厨房，赶紧盛了三大碗蒸榆钱，拌了些油炒沙葱，一碗递给韩禄，一碗递给三青，一碗留给自己。饥肠辘辘的三青接过大碗蹲在厨房门前，就狼吞虎咽地吃开了，一眨眼工夫便来了个底朝天。他正起身去盛，却意外地发现蹲在身边的韩大哥一动不动地端着他那碗蒸榆钱发愣，不禁俯身问：“韩大哥，你咋不吃？”

正在苦思冥想的韩禄忽听三青叫他，回过神来，兴奋地大声自语：“我想出道道儿来了！”

三青蹲到韩禄身旁，急不可耐地追问：“快说，是啥道道儿？”

“引水冲沙！”

“怎么引？怎么冲？”王道士也很有兴趣地凑了过去探问。

韩禄干脆把大碗递给三青，腾出手来一边用筷子在地上画图一边解释说：“我们敦煌，每年当河涨水时都有人筑堰、挖渠，引水冲沙造田，这里的地势南高北低，完全可以把大泉河的水引上来冲走积沙……”

韩禄设想的道道儿好像有根有据，合情合理，自然得到了王道士的认可、三青的支持。第二天，师徒们便齐心合力沿崖壁前由北向南开挖引水小渠，三青一边挖一边念叨：“挖好渠，咱们就不挖沙了！”

小渠挖到上游河边，师徒们都卷起裤管下到水中垒石筑堰，阻截河水。三青一边垒石又一边叨叨：“垒好堰，咱们就不搬沙了！”

王道士对这引水冲沙的事听说过，没见过。虽然嘴上同意，但心里多少有些半信半疑，他冲着三青的唠叨不冷不热地赏了一句：“别高兴得太早，谁知道能不能成？”

三青反问：“师父，你不是念过经求菩萨保佑吗？”

“菩萨也不是啥事都赞成。”王道士回答。

说话间，垒筑的河堰已经伸向河心，被石堰拦截的河水一阵咆哮后终于流入了引水渠。喜得三青高声欢呼：“成啦！成啦！要冲沙啦！”乐得王道士也抿嘴直笑，在心里暗自感谢佛祖、道君的保佑。一直悬在韩禄心上的石头也落了下来，他扛着铁锨追着水头一路小跑，但跑不多远突然止步不前，原来那缓缓前行的河水突然阻滞渠中，不仅不再向前，反而缓缓回流。三青跟上惊问：“怎么啦！韩大哥，水怎么不走了？”

韩禄双眼直盯着停滞不前的渠水，如坠五里雾中，只是沉思不语。

三青像泄了气的皮球，一屁股坐在渠边上嘟囔：“完了完了，菩萨也不保佑，咱们就只有挖沙的命！”

王道士匆匆赶来，前后查看一通后揣测：“怕是石堰太低了！”韩禄、三青连忙去垒高石堰，但滞留的渠水并不见动静。王道士来回琢磨后又认定：“怕是渠底太高了！”韩禄、三青赶紧加深渠底，但一直挖到天黑，滞留的渠水也不肯前移。十分扫兴的师徒三人无计可施，只得收工回寺。

晚上，念经祈祷后的王道士回居室休息，刚推开门，夜空中突然传来两声枪响，三青惊问：“师父，哪儿打枪？”

“听说南边山沟里来了土匪。”王道士关好房门。

“不会来抢咱们吧？”

“除了那点粮食，还有啥值得抢。”王道士走到炕边不见韩禄，便问，“你韩大哥哩？”

“去新店台了。”

“他家里有事？”

“不，他说要去请个引水冲沙的能人来。”

韩禄请来的能人，是新店台兴隆客栈的朱掌柜。别看他现在已是体弱多病的老头儿，知底细的乡邻都知道他年轻时曾是城北荒原鼎鼎有名的引水冲沙、造田种地的老手，后遇大灾之年，又遭官府盘剥，独子被讨税的差人杖毙，发妻积郁病故。妻离子散、家破人亡的他，孤身流落到新店台。先是替人赶车，后是置业开店，因待人谦和，为人厚道，善济乡邻，经过多年苦心经营，这才撑起了客栈并赢得善人的好名声。

朱掌柜来到下寺门前下马后，没喝一口水、吸一口烟，当即由韩禄指引着由北向南、又由南往北逐段对引水渠反复查看一阵后，这才回到阻水渠段分析判断说："可能是渠底不平。"

韩禄不信："不会吧，你看这地势南高北低。"

"虽说眼见为实，但眼睛不一定能看得准，我们来测测。"朱掌柜从韩禄手里接过一块长长的木板平置在渠底，又叫三青盛来一碗水放在木板正中，倾斜的水面当即证实了他的推断：这一段看似南高北低的渠底，实为南低北高，流向北方的渠水自然受阻。

王道士看过测试，乐呵呵地赞扬朱掌柜："看来姜还是老的辣！"

韩禄当即跳下渠底，口服心服地招呼三青："快来挖！"

在朱掌柜的指导下，不平的渠段挖开了，清清的大泉河水哗啦啦地流过水渠，水量虽不是很大，水势却着实不小。激流所至，高高的沙堆遇水崩塌，厚厚的沙层随波而走，曾被流沙长期埋没的 16 窟也渐渐露出门楣，重现古朴的风光。

引水冲沙之举大大地提高了效率，节省了时间，并且迎得了香客、游人的赞誉，也大大地鼓舞了师徒仨维护佛窟的信念。在崖前积沙基本清除后，他们又挥动扫帚，对尘封的佛窟逐一清扫。而韩禄直到此时，也才能挤出点晚上的时间，用他带来的简单工具和附近采集的木材来加工些面杖、木杵之类的生活用品，以求换得一点小钱，接济家用。三青经常给韩大哥帮忙，这才从他断断续续的言谈中对他的家事有了更多的了解。

原来当年韩禄带着儿女和玉梅她娘探监后，花钱请人写下状子，去那石狮对峙、大门紧闭、兵丁值哨、戒备森严的县衙喊冤告状。衙役听说是状告参将署的衙内，根本不问情由，当即挥舞棍棒将其驱逐。

可怜的韩禄，有苦无处诉，有冤无处申，抱着一双儿女在街头徘徊。忽听得铜锣震响，呵声连天，过路的好心人指着他高喊："快让路！县太爷出巡了！"

顷刻间，只见衙役列队而来。有的鸣锣开道，有的高举"肃静""回避"的红底黑字木牌，有的打着红缎大伞，前呼后拥，护着县太爷的人轿，浩浩荡荡、威风凛凛地招摇过市。满街群众听见铜锣声、呵斥声，便像被马蜂蜇了似的立即闪出一条通道，一个个低头垂肩噤声肃立，恭候县太爷的轿子大摇大摆地从眼下通过。

突然，道旁人丛中一阵骚动。求告无门、冤恨满腹的韩禄双手抱着儿女，头上顶着状子，拼死挤出人群，跑步上前，跪在道上拦轿喊冤："青天大老爷，冤枉呀！"

轿夫见状连忙止步，但左右护轿的衙役，既恐县太爷受惊，更怕县太爷责难。一个窜到韩禄面前，以身护轿；另一个叫何林的冲到韩禄身后，不问青红皂白，举鞭要打。人群中当即发出一阵惊叫："不许打人！""不许打人！"危急中，有人大步冲出人丛，伸手抓住那高举的皮鞭。何林定神一看，见是本县堂堂有名的武举人张壶铭，自知不是对手，但又不知该怎么收场……

多少有些受惊，一动不动龟缩在轿中的县太爷，透过纱窗看见轿外的情景，不敢冒犯众怒，这才掀开轿帘喝令衙役："快把状子呈上来！"

张举人闻声松手。何林顺势放下皮鞭，极不情愿地取下韩禄头顶的状子，转呈给县太爷。

轿夫随即起步，衙役们也紧紧地护着轿子迅速离去。人们围向韩禄，张举人连忙把他从地上扶起。

一场拦轿喊冤的冲突虽以县太爷接状暂时化解，但本与参将沆瀣一气、狼狈为奸、贪赃枉法的县太爷，不仅以查无实据为由否定了状子上对"小叫驴"的指控，反而严刑逼供，将玉梅屈打成招，身陷大牢。多亏张举人一家打抱不平，仗义相助，并忍痛割爱，拿出那参将久求不得的自家珍藏的一本古兵书"相赠"，这才疏通了关节，获准由二先生张鉴铭将玉梅保外就医，回家调养。

当韩禄赶车从大牢里接出玉梅时，昔日身体健壮的她，已是遍体鳞伤、奄奄一息了。半昏半迷的她躺在铺满麦草的车槽中，嘴里还不时发出惊恐的呓语："我没拿过那古书！""我大字不识，拿它干啥？"……

韩禄赶着大车缓缓地走到兴隆客栈门前，即被等候在那里的众多乡邻拥进院内。停车后，韩禄小心翼翼地将玉梅的上身扶起，她老娘扑了上去紧抱着她失声痛哭。

老泪横流的朱掌柜，见玉梅的一只手在轻轻地摇动，会意地急忙让人把她那对苦命的孩子辛儿、茹儿抱了上去。

终于见到日夜思念的亲骨肉了，玉梅旁若无人地解开血迹斑斑的衣襟，深情难禁地伸出满是伤痕的双手，将孩子搂在胸前，把一双已见干瘪的乳头塞进他们的小嘴……

儿女们像小鹿似的用力地吸吮，虽然吸得玉梅揪心地疼痛，但却又给了她无比的温馨、无限的宽慰，她那饱经磨难、深含愧疚的脸上终于露出了一丝苦涩的笑意，而她眼里的泪水却像断了线的珠子，倾洒在儿女们的小脸上……

突然，玉梅力尽气绝。她两眼一闭，两手一松，仰身向后一倒，一双乳头也顺势从两张小嘴里滑了出来。骤然失去乳汁的孩儿，似也通晓灵性，当即拉开嗓门，像是为亲娘的永诀放声大哭……

看着这一幕母子相聚又生离死别的人间惨剧，围在车旁的乡邻们有的失声痛哭，有的低声抽泣。一位住店的老驼工，竟发出低沉、苍劲、忧郁的声音，唱起了悲痛、深情的挽歌：

生在人世上，有娘最幸福；
长在风雨中，有家最安全。
牵驼去荒漠，企盼得水源；
遍尝人间食，母乳最香甜。
荒漠中的绿洲啊！驼工的希望；
毡房上的炊烟啊！游子的思念；
母亲的乳汁啊！生命的源泉；
亲娘的泪眼啊！铭刻儿心间。

韩禄的悲惨遭遇，博得了王道士的深深同情，更勾起了他对往事的回忆。韩禄的玉梅被抓进官府如陷入虎口，自己的芙蓉遭兵丁掳走不也是落入狼群么？韩禄还能把玉梅接回家，而自己除了深埋在心底的思念之外又能有什么作为呢？为了化解心中的苦闷他只得埋头于维护佛窟的劳动中，竭力忘却往事，暂求一时的解脱。

经过师徒仨的初步清理，莫高窟下层长期被黄沙淹没的佛窟终于又见天日。消息传开，观览的游客日渐增多，进香的施主赞不绝口，下寺的景况大有改观。直到此时，一来是思念儿女，二来是为挣点儿钱补贴家用，韩禄这才向王道士请了几天假，背上他起早贪黑抽空加工的那些面杖、木杵准备进城销售。临行前，他一再对三青叮咛："这些日子老是听见枪响，说不定南山的土匪会来骚扰。我走后你千万要小心，把耳朵放灵醒些，要是风声紧，就劝师父到新店台去避上几天！"

事态的发展，果然被韩禄言中。他离开后，莫高窟虽然平静了几天，但后来便出现了一些不三不四的人在寺前寺后转来转去，在窟里窟外看来看去……接着，在一个夜晚，几声枪响惊破了静寂的夜空，随即自南向北，从上寺到中寺传来一阵阵惊心动魄的钟声和人呼马叫声。不久，便有一群脸上抹着黑烟的骑匪，趁着浓重的夜色呼啸而来，飞身下马，砸开下寺大门，蜂拥而入……

第二章 秘窟沉睡历千载 天响惊雷宝洞开

韩禄进城，挂着一褡裢木杵、面杖、磬槌在街巷集市上转悠叫卖，一连几天也卖了些小钱。没想到冤家路窄，一天下午竟又与县衙的差役何林狭路相逢。那恶棍酒后撒泼，仗势欺人，先是强行勒索，继又寻衅滋事。韩禄正被纠缠得无法脱身，幸有二先生张鉴铭不期而至，掏了点钱打发何林，这才替他解了围。二先生早已从朱掌柜处得知莫高窟引水冲沙取得成效，原以为韩禄已离开那里，听他解释后又关切地问："家里有困难，怎么不告诉我们？"

韩禄腼腆地回答："一再打扰，实在不好意思。"

张鉴铭直言相劝："那有什么，都是乡里乡亲的，亲帮亲，邻帮邻，也是人之常情。再说你协助王阿菩维护莫高窟，不也是在为乡里尽力么！走，现在就去我家！"他不由分说，叫上韩禄便走。

张举人家又接济了韩禄一些粮食，当他牵着驮粮的马匹走出张家堡与主人道别时，二先生又对他殷殷嘱咐："把粮食送回家后，尽快回莫高窟去。近日多次听说南山很不安宁，王阿菩体弱，三青年幼，我们很担心土匪去骚扰佛窟！"

本来韩禄心里就不踏实，听二先生叮嘱后心里更是牵挂，他往家里送了粮食，也顾不上与儿女们亲热便急匆匆赶回莫高窟。当他骑马走近下寺，见寺门损坏，门前地上散落着器物及粮食，深感情况不妙。他立即跳下马背，跑进寺院，不停地呼唤："王师父！""三青！"惊慌失措地在各房间进进出出，但除了到处都留下土匪乱翻乱砸的劫后遗迹外，整个寺内空空荡荡、冷冷清清。

心乱如麻的韩禄，沿着崖壁由北向南把下层的洞窟细细搜索了一遍，除了安坐莲台和静立法坛的菩萨之外，根本不见师徒二人的身影。

心急如焚的韩禄，费力地爬上洞窟高处，放声向四野呼喊，直喊得声嘶力竭，也听不到一声回应。

焦虑万状的韩禄寻罢洞窟又寻至中寺，一进寺门便见寺院住持红衣大喇嘛被捆绑在木椅之上。他连忙替大喇嘛松绑，在询问情况后，又急切地返回下寺。但就在他快步行进中，发现距离寺院不远的草地上留有明显的血迹，循迹望去，突然看见附近草丛中躺有一人。他急出了一身冷汗，生恐那是王师父或三青，惊恐不安地走近细查，才看清是被土匪杀害的一具香客的尸体。这令人发指的暴行，不仅令他深恶痛绝，而且更增添了他对王道长和三青的担心。

心力交瘁的韩禄拖着疲乏、困倦、饥饿的身子回到下寺，走进伙房想看看有没有充饥的东西。但四下一看，别说吃的，连平日盛茶的瓦罐都给打碎了，气得他一屁股坐在一只翻扣在地上的大柳筐上，十分纳闷地暗自寻思。突然，他觉得柳筐里有什么响动，吓得他急忙起身把柳筐翻开一看，不禁大吃一惊：原来三青被土匪结结实实地捆成一团硬塞在柳筐里，韩禄掏出他满嘴塞的棉絮，一面为他解绳一面急切问："王师父哩？"

三青吐出嘴里乱塞的东西，语无伦次地回答："师父，师父，你没见到？"

"我进城了！王师父哩，遭土匪绑走了吗？"韩禄提心吊胆地追问。

"你说师父遭土匪绑走了？"惊吓之余的三青似有几分糊涂。

韩禄拍拍三青的脑袋："三青，三青，是我在问你，王师父哩？"

"呸，呸！"三青直盯着韩禄，眼睛眨巴了好一阵才清醒过来说，"师父，师父前两天进城借经书去了。"

听过三青的回答，悬在韩禄心上的石头这才落了下来。

过了几天，王道士回来了。他喜滋滋地从褡裢里取出《道德经》《玉皇经》《三宫经》《清静经》等厚厚一叠道经得意地说："看，在西云观借的，真给面子，借给这么多。不过他们也要用，得尽快送回去。"

三青好奇地接过经书在手里掂掂，又看看封面上那些他根本不认识的字，多少有些惊讶地问："哇！这么沉，这么多，师父，你有过目不忘的本事？"

"我小时候家里穷，肚子里喝的墨水不多，怎能有那样的本事。"王道士对徒弟实打实地说。

三青又问他尊敬的韩大哥："你怎么样？韩大哥。"

韩禄更是老实巴交地回答："我大字识不了一箩筐，别说看书，听见说书都心烦。"

三青捧着书傻眼了："那怎么办？人家不是说要尽快送回去吗？"

王道士好像故意卖关子，见三青急成那样，脸上露出几分憨笑，从容地宣布："莫急、莫急，张举人家二先生比你想得周到，他给请了个姓杨的先生来替我们抄写一份，这不，我把笔墨纸砚都背回来了。"他随手把沉沉的褡裢递给韩禄。

三青听后多少有些担心："人家先生来了，咱们这儿又没个书房，在哪儿摆书桌呀？"

王道士早有打算："我们这儿虽然没安闲的书房，可有的是清静的佛窟。"

"你看，人家张家堡子的书房多美气！"三青仍在犟嘴。

王道士哈哈一笑："你再想想，我们这儿的佛窟多神气！"

其实三青也是嘴上说说而已。师徒简单商量后，王道士便拿定主意安排打扫16窟。他之所以选了这里，一是它的洞门外有一座依山而立的三层楼阁七佛殿，虽年久失修已破败，但从外观看，在莫高窟众多的佛窟中，它也是鹤立鸡群，算得上仅次于大雄宝殿（五层楼）的第二高层建筑；二是它正好在下寺以西不远处，近近的距离便于进出、关照；三是它曾长期被干燥的流沙封埋，窟内极少损坏，环境较好；四是它位于下层洞窟北端，从此下手逐次向南清扫也是顺理成章的事。

随着王道士、韩禄、三青的清扫，曾被黄沙长期掩埋的16窟渐渐展露出它那高大、幽深的容貌。在微弱昏暗的光照下，一尊尊佛像影影绰绰，一幅幅壁画朦朦胧胧。这座初露尊容的古窟，既显示出庄严、肃穆的神威，又笼罩着神奇、神秘的色彩，确实令人敬畏。特别是当洞门大开，流沙逐渐除去后，阴森森的窟室深处一股股凉气外溢，实沉沉的洞门上方一阵阵热风内渗，一冷一热在甬道中交汇，幽深的洞窟里除了飕飕风声和王道士掀沙的响声外，沉静得令人恐惧，令人发憷。

清扫洞窟的工作进行得顺顺利利，王道士一锨锨往柳筐里装沙，韩禄、三青一筐筐往洞外抬沙。当除去黄沙，一侧洞壁壁画供养人中露出了一位身着红衣的女子。王道士见后闪念之间想入非非，禁不住有些走神，刚刚联想起芙蓉姑娘留给他的红绸巾时，突然听见"轰隆隆"一声震响，像洞窟的穹顶响彻一声霹雷，像山崩地裂掀起一阵震颤，震得王道士昏头昏脑地扔下木锨，情不自禁地跪倒在地，连连磕头，以为又是自己动了杂念，闯了大祸，引得天神震怒。

三青、韩禄抬着柳筐进来，见王道士瘫倒在地，不知他是受了伤还是得了病，急忙围了上去，一边扶他一边问："师父你怎么了？""王师父，出啥事了？"

王道士惊魂未定，呆若木鸡。他双目凝望着窟顶，嘴唇不住地蠕动，但又听不清他说了些什么。韩禄和三青连忙把他扶出洞外，陪他休息了好一会儿。清醒过来后，王道士又疑神疑鬼地返回洞内查看，见佛窟未塌、佛像仍在，心里却蒙上了一层阴影，总害怕又有什么大祸降临。

深夜，下寺屋内，一支残烛的荧荧烛光忽忽悠悠。土炕上，韩禄、三青已经入睡，而王道士却紧盘双腿，微闭双眼，两手捧着一本借来的道经，一动不动地坐在炕头苦思冥想。躺在王道士身边的三青翻了个身，睁开眼睛见师父捧着经书在打坐，不禁问：“师父，你还在诵经？”

王道士好像还笼罩在洞窟震响的恐惧之中，他似觉三青在说话但又没听清说的什么，反而问道：“三青，你们在洞外没听见响雷？”

“没有，大晴天的，根本没有打雷。”

王道士迷迷糊糊的：“真没有响雷，你不会骗我吧？”

“谁敢骗你，不信你问韩大哥。”

“这就怪了，我明明听见洞顶响了炸雷，轰隆隆、轰隆隆、轰隆隆……”王道士沉浸在幻想之中……

忽忽悠悠的烛光熄灭了，落入沉沉黑夜包围的王道士，渐渐地进入了梦境。他看见蓝蓝的天空好像一幅高挂穹顶亮丽无比的天幕，白白的浮云恰似一团团随风起舞千变万化的飞絮，而他正依托着一团白云，飘飘浮浮乘风直上蓝天。在他眼前：天女散花，乐伎飞舞，仙乐声声，霞光四起……

面目慈祥的大慈大悲观世音菩萨脚踏莲花、手托宝瓶徐徐飘来，摇动手里的柳枝轻洒净水，似要渡他出苦海……

神采飘逸的张天师，脚踩祥云缓缓而过，挥动手中的拂尘，像要掸去他的俗念……

灿烂霞光中，释迦牟尼现身了。高立于佛坛之上的佛祖对着他正言教化：“尔须了断情欲尽心守护佛窟，才能修成正果。”

七彩祥云里，太上老君显形了。端坐于青牛之背的道君指着他朗声训示：“汝要努力弘扬道义，方得羽化升天！”

看着天宫中的千变万化，望着若隐若现的诸佛诸神，听着佛祖、道君的谆谆教化，王道士若痴若迷，似梦似醒地频频下拜，连连称诺：“弟子谨遵师命！”“弟子牢记不忘！”……稍后，风起云乱，王道士眼前的天宫消失了，盘膝打坐的他又回到沉沉夜色中，似幻似真地对他梦中的天宫念念不忘，嘴里不停地喃喃自语：“弟子谨遵师命！”“弟子牢记不忘！”

王道士的呓语声惊醒了三青和韩禄，三青急忙呼唤：“师父！你怎么了？”

呼唤声中，王道士大梦方醒。他睁开眼直直身，先是把梦见佛祖、道君显灵的景象绘声绘色地讲述了一通，等他们相继入睡后，心里很不踏实的他又轻声溜下炕去，找出一块黄绫绸，神经质地把那片绣有“义”字的红绸巾包裹起来藏进了一只小木匣里。

又经几日扫除，终将 16 窟打扫干净。按王道士安排，在离洞口不远处的甬道北墙下新摆设了一张条桌、一把木椅，桌上陈设了笔墨纸砚，煞费心思地为要来抄写经书的杨先生精心地布置了一间特别的“书房”。

杨先生来了，这是一位中等身材、身体瘦弱、面容清癯、书生气十足的先生。他衣衫虽旧，但洗得干干净净；年岁不高，但蓄的胡须很长。他走路慢条斯理，讲话轻声细气，但不时又露出生不逢时、怨天尤人的感叹，处处都显示出孤影自怜、孤芳自赏、自命清高的读书人气质。原来他确实是一介书生，早年也曾在肃州、凉州、安西官府干过差事，后来不知是什么原因丢了饭碗。安西家中虽有些薄地尚可维持生计，但既不懂农事，又无缚鸡之力；既放不下身份，更拉不下面子。只得远离家小，落魄在外，靠着笔下的一手好字，替人抄抄写写，聊以为生。此次受张举人家之请来莫高窟为王道士抄经，也是想离开喧闹纷争的城市，给自己找个清闲与安静之地。

杨先生是第一次来莫高窟。当王道士陪他进入 16 窟后，高大深幽的窟室，彩色斑斓的壁画，慈祥端庄的佛像，令他惊奇不已。更让他意想不到的是在走出窟室后，王道士竟指着甬道北墙下的条桌恭恭敬敬地对他说：“杨先生，这洞窟虽然简陋，却也清静凉爽，你的书桌就安排在这儿。”

杨先生既露出惊讶之色，又似有不满之意。他立在桌旁，看看桌上摆的文房四宝，客客气气地问：“就让我在这儿抄写？”

王道士敷衍道：“你也看到了，寺院太小，房舍破旧，真没个合适的地方，只得委屈你了。”

三青见杨先生不肯落座，主动帮师父劝解：“杨先生，这洞里冬暖夏凉，师父说菩萨和神仙还在这儿显过灵！”

韩禄也跟着帮衬：“杨先生常坐这儿抄写经书，积善积德，说不定哪一天功德圆满也会得道成仙哩！”

“啊，我只是靠抄抄写写挣几个小钱聊以糊口的凡夫俗子，哪敢有什么得道成仙的痴心妄想。”杨先生不便过多僵持，只好对王道士头点称谢，勉强坐下。

王道士毕恭毕敬地把几本道经端端正正地呈放在条桌正中，双手抱拳施礼：“杨先生，这就是我从西云观借来的经书。”

坐得端端正正的杨先生伸手取一本经书翻了翻，又取了纸张放在面前说：“那我就动笔了！”

韩禄见状，示意三青研墨……

杨先生提起毛笔润润墨正要下笔，王道士又想起了急事：“杨先生，这里一年一度的四月初八浴佛节快到了，你先给写几个字吧！”

莫高窟浴佛节会场

原来敦煌这座四海闻名的古城，不仅以佛窟多、佛寺多、道观多称雄，而且以节日多、庙会多闻名。在俗称“四大节”（正月十五元宵节、五月初五端阳节、八月十五中秋节、冬至节）“八小节”“二十四个末糊子节”之中，仅以元宵节而言，相传在汉唐时期，敦煌城元宵灯会的规模就列在京都长安之后，江苏扬州之前，在全国排名第二。

在几乎月月有节日、天天有庙会的敦煌，农历四月初八的浴佛节可以说是四方百姓最崇奉的节日之一。因为相传这一天是释迦牟尼的诞辰，所以每逢节日庙会，各地的善男信女都要到莫高窟敬香、拜佛、还愿，乞求消灾免难，岁岁平安。王道士请杨先生写字，就是为节日佛会做准备。

经王道士等初步清扫过的莫高窟，又迎来了浴佛节庙会。自农历四月初一开始，各地的善男信女、香客游人，或携友相伴、举家同行；或徒步跋涉、骑马、骑驴、骑骆驼；或乘马车、骡车、大轱辘牛车，穿沙漠，越戈壁，从四面八方汇聚而来。他们有的备足了馒头、烤饼、油糕等素食品，以供往返之用；有的带上米、面等主副食及铁锅等炊具，一路就地搭灶做饭，解决生活之需；路途上，一些积德行善的人，在道旁临时搭棚、砌灶，设立供行人歇脚饮水的“茶房子”；佛窟前，各寺的僧侣、道人也烧上茶水、备足柴火，敞开膳堂、伙房大门，任由香客、游人使用……盛大的佛节庙会，不仅是四乡信徒朝圣敬佛之日，而且是八方人士游春观光之期，真是盛极一方，热闹一时。

节日庙会期间，在绿树覆盖的林荫中，随处都有没挤进洞窟，没住上寺院的香客、游人。他们有的搭起帐篷落脚安身，有的铺上毛毡席地而坐……在清流潺潺的水溪边，有人烧水煮茶，有人支锅做饭，有人围坐而食，融融乐乐。有些人聚在一起，谈笑风生……在弯弯曲曲的小道旁，有售卖香烛的商贩，有烤烧饼、炸油糕、拉条子、煮粉条、卖酿皮凉粉的小摊……在芳草萋萋的草坪上，有人舞枪弄棒，尽力展示武艺；有人拨动三弦，吟唱敦煌曲子；有人合着铿锵的锣鼓唱秦腔；有人随着悦耳的琴声唱眉户；有人清唱民间小调……平时莫高窟前空旷宁静的大泉河畔，如今车水马龙，人流如织，乐声不绝，笑声四起，成了欢腾的海洋。

按佛经所说，释迦牟尼佛的诞生、出家、成道、涅槃均在四月初八。但中国佛教以四月初八为佛诞生日，二月初八为佛出家日，十二月初八为佛成道日，二月十五为佛涅槃日。又传说太子（释迦牟尼）诞生时，右手指天、左手指地称："天上天下，唯我独尊。"故每逢四月初八，莫高窟都要在大雄宝殿为太子隆重举行"浴佛法会"。

1900 年（清光绪二十六年）四月初八，高峻的大雄宝殿内，烛光闪烁，钟磬齐鸣。在旗幡舞动处、香烟缥缈中，气度宏伟，高达 34.5 米的弥勒佛金身巍然耸立。千秋岁月，大佛始终以他温厚慈祥的笑脸，面对纷争不息的大千世界；用他深邃睿智的目光，俯视着蜂拥而来的芸芸众生。大佛像前神桌上，玉雕太子像被供奉在一只盛满香汤的大盆里接受僧侣和信士的沐浴。红衣大喇嘛用藏语念诵经文，众多的善男信女拥来挤去。有的进香上烛，顶礼膜拜，以显示信仰的虔诚；有的敬奉瓜果，献上美食，以表达对佛祖的崇敬；有的还愿施舍，为儿孙、为来世积善积德；有的敬奉经幡锦幛，以了却此生此世许下的誓愿；更有些心灵至诚者，在手摇法铃、口中念念有词的红衣大喇嘛指引下，从佛座左边的观刹洞钻进，再从右边的洞口钻出来。以求消灾弭难，增福增寿。

当大雄宝殿法事兴盛、人声鼎沸之时，"三层楼"下杨先生抄经书的 16 窟前又是另外一番景象。敞开的洞门两侧，贴上了杨先生书写的楹联：维护佛窟修正果；弘扬道义求升天。洞外左右设了两张条桌：一张上摆有茶壶、茶碗，三青侍立一侧供应茶水；另一张上摆有功德簿、功德箱，杨先生坐在桌后提笔登记施主们的布施。

许多从大雄宝殿出来手捧香烛，继续沿着各洞窟逐一上香的善男信女，经过打扫得干干净净的路面慢慢走向 16 窟时，无不由衷地发出赞扬之声："下寺的道人还真勤快！""搬走这几百年的沉沙也真不容易！""看来这佛地仙境又兴旺了！"……

恭候在洞门前的王道士身着干净的道袍，精神焕发地接待走进来的各方香客、游人。他不停地与客人相互施礼、相互问候，融融洽洽，不时发出一阵阵欢声笑语。

韩禄陪着张举人三兄弟和朱掌柜等走过来了，围在王道士身旁的人们客气地让开一面。性格豪放的武举人张壶铭一见王道士便抱拳施礼，赞不绝口："王阿菩，辛苦一年多，清除了百年积沙，功德不小呀！"

王道士在赞扬声中显得有些拘谨，他十分谦恭地回礼相答："这都是各位施主的功德。贫道只不过尽了微薄之力，何足挂齿！”

张盘铭迎上问：“王阿菩，说一说下一步还有什么宏愿？”

当着众人面前，正是寻求施舍的好时机。王道士抓住机遇，毫不迟疑地指点前后左右，和盘托出了面临的诸多问题：“几百个佛窟要清扫，破损的门窗要修缮，‘古汉桥’、古栈道要修补，‘三层楼’也亟待重建……”

张鉴铭见他言犹未尽，追问道：“就这些？”

王道士稍稍迟疑了一下，接着说：“如蒙众施主成全，贫道还想把下寺改为道观，重建道宫，供奉道君。念诵道经，弘扬道义，引人向善。”

王道士之言一出，当即得到周围信奉道教人士的认同，张鉴铭也是喜形于色，大加赞许：“多年来，莫高窟上、中、下寺均由红衣喇嘛住持，他们做法事我们看不懂，他们诵番经我们听不懂，既难知其真谛，更难得其教益。王阿菩立愿建道观、诵道经，方便大众潜心从善，这不仅是宏图大业，而且是大善之举，相信一定会得到大家的帮助！”

张鉴铭的话代表了许多信士的心意，所以他的话音方落，周围的人群中立即响起一阵热烈的掌声。得到众人支持的王道士更是欣喜不已，他向大家施礼致谢后，便引导张举人家三兄弟及朱掌柜等人入洞参观。进入洞门没几步，张鉴铭便问王道士：“你听见天雷震响的就是这个洞吗？”

“是这个洞。”王道士肯定地回答。

张壶铭有些不解：“这就怪了，怎么洞里响雷王阿菩能听见，韩禄、三青却听不见？”

王道士趁机吹嘘：“我看这是个神洞。各人的修炼不同、自然感悟不同。”

“如此说来，王阿菩不是神仙也是半仙了。”朱掌柜禁不住插了话。

听到这里，张盘铭打开了话匣子说：“很早以前就传闻莫高窟有个神洞叫‘黑风洞’，此洞可通东海会见老龙王，可通南海朝拜观世音。据说有一天，一只黄狗经过被黑风吸入洞中，守寺僧人怕凡人被吸走，用石板堵塞了洞口。那黄狗在洞中跑了三天，这才从敦煌城西150里的寿昌海钻了出来，与镇守鸣沙山的神龙相遇。后又有海马来到寿昌海与神龙争斗，相持不下，海马便隐藏于水中。聪明的神龙化为土人守候于海边，终将海马捕获敬献给汉武帝。武帝见此马体态魁伟，骨骼非凡，宣称是他最崇敬的太乙真人所赐，故命‘太乙天马’，并作‘太乙之歌’称‘太乙贡兮天马下，沾赤汗兮沫流赭。聘容与兮跇万里，今安匹兮龙为友”。

朱掌柜曾听人讲过，有一次县城城隍庙水井里掉下两只木桶，过了一个月一只从月牙泉飘出来，又过了几个月，另一只出现在寿昌海。

张鉴铭也听说过有人千方百计在莫高窟寻找“黑风洞”都没有结果。后有一位老和尚宣称，“黑风洞”是通海之洞、上天之洞，凡夫俗子是找不到的。只有等到佛祖显灵，晴天响惊雷，神洞才会打开再现于世。

众人的讲述，听得王道士多少有些心神不定。他陪同大家在窟里参观，一边又忍不住地想：“自己听过的响声会是晴天惊雷吗？”“这儿会是黑风洞吗？”“神洞真的能通海上天吗？”……正在胡思乱想的他，忽地被一声惊叫“快看！”镇住了。

原来是他们一行刚从光线昏暗的窟室出来，面对从洞外射入的强光，眼明口快的张壶铭意外地发现甬道北墙绘有壁画的墙面上有一道细细的裂缝，急忙止步，招呼大家去看。

张鉴铭看着裂缝揣测道：“王阿菩，这是天响惊雷震裂的吧？”

王道士深感意外：“是吗？”

“看来这个洞真有些玄妙！”张鉴铭惊叹不已。

朱掌柜随声附和：“会不会就是‘黑风洞’？”

一阵议论让周围的香客、游人听见后，有关“黑风洞”的传言便像长上了翅膀，随风四散。有人说大晴天王道长听见了天响惊雷；有人说那就是四通八达的“黑风洞”；有人说通过“黑风洞”可以上天；有人说王道长就从洞里去西云观借过经书；还有人说那洞外的黄沙，都是引西王母瑶池的水来冲走的……各种传言愈传愈远，愈传愈奇，愈传愈玄。

众说纷纭激起了香客游人们的兴趣，许多人便争先恐后地向 16 窟涌去。

传闻的魅力实在难以估量。没过多久，对“黑风洞”再现信以为真，幻想升天的善男信女们便把 16 窟团团围住，挤得水泄不通。来得早的钻进洞去不愿出来，来得晚的跪在洞外燃烛焚香，顶礼膜拜。

浴佛节佛事过去了两三天，曾驻足于大泉河畔的香客、游人已渐次离去，而滞留在 16 窟内外的善男信女却有增无减。对意想不到的事态发展愈来愈担心的王道士，几次前去劝说。但由于他既说不清又道不明，听话的人又一个比一个更固执、更迷信，有的断章取义，有的各取所需，再加上各自的推想、臆测，使得王道士的解释，反而火上浇油，让人更感扑朔迷离。结果是杨先生不顺心，不能继续抄经；王道士不放心，不敢出去化缘；韩禄不安心，不便回家探亲；连三青也不称心，不便打扫洞窟。原来平平静静的生活秩序被打乱了，不但让人有些无所适从，而且更不知会出现什么结局，造成什么后果。

如此局面又延续了两天，事态愈来愈严重。16 窟内外的香客不见减少。那些留在洞外的人有吃有喝，可以自由行动，并不怎么令人操心；而那些待在洞窟里的人，听说有的已经几天水米不沾，一心只想得道成仙。如果再不采取措施，弄不好便会闹出人命来。王道士心有隐忧，但又无计可施。好在杨先生是在衙门里见过世面的人，多少有些应急的经验，这才想出了对付的办法：

首先是杨先生去洞外的香客中走了一圈，说说理，吹吹风，试图再做一些劝说，却引得一些香客围着他争先恐后地诉说："不是我们愿意待在这儿，是老人们在洞里不出来，我们想走也走不了。""听说洞里有路通天，谁还肯出来呀！""我们只好等着给他们送终了！"……

眼看杨先生劝说没有什么效果，只得由王道士出面。他挤进窟室，只见佛像前、佛坛下，像泥塑木雕，散坐着不少上了年岁的老人。这些人有的精神尚能支撑，盘着腿正襟危坐；有的饥渴难耐，已经东倒西歪；有的显然体力衰竭，已经困伏在地。面对如此情景，王道士竭力模仿静海法师和马道长劝人为善、悲天悯人的语调，苦口婆心地劝说道："各位善人，玉皇大帝给每个人都定了天年。到了时辰，你不走也得走；不到时辰，你想走也走不了，这就是生死自有天定。至于升天入地，那得看你的德行，你的善举。为善积德之人，不论在哪里都能立地升天；邪恶无德之人，哪怕就在天门之旁也不能进入天堂。至于黑风洞，那只是一种传闻，连贫道也不知它在哪里。所以奉劝大家还是各自回家颐养天年，多多积德积善吧！"

部分静坐的老人听过王道士劝解后，好像有些回心转意，但看看左右的人均无动于衷，也不敢有所举动，窟室里依旧处于僵持的局面。

王道士规劝不成，万不得已，只好采取最后一步行动。他吩咐韩禄、三青按事先布置，立即动手向洞门边搬砖、运土、担水……守候在洞前的香客越看越是纳闷，终于有人忍不住地打听："小师父，你们这是要干啥呀？"

韩禄故意大声回答："昨天晚上有神仙给道长托梦，说佛窟本应是安宁清静之地，可近几日洞窟内不仅人声嘈杂，而且还有人拉屎拉尿，实在是对佛不敬之举，所以指派我们立即砌墙，把洞门堵塞起来！"

有人听后惊问："那洞里的老人咋办？"

三青的声音更大："师父说了，他们要是愿意，就留在洞里给菩萨做伴吧！"

眼看韩禄取砖，三青和泥，真的要动手封洞。突然有人高喊："等一等！"

周围的人先恐后冲进洞去。不一会儿工夫，有的拖，有的推，有的背，有的抬，终于把那些坚守在洞内的老人们一个个接出来了。

16 窟传闻惹出的风波平息后，韩禄抽空回了家，原来虚张声势的砌墙之事也告中止。杨先生又天天进洞去继续抄经，静寂无声的佛窟里没有外人干扰，自己家里也没有太多牵挂。他像远离喧嚣红尘的闲云野鹤，过得自由自在。

为了节省，洞窟里没有点灯。杨先生只得把条桌摆放在距洞口不远的甬道上，紧靠北墙，坐西向东，借着洞口射入的光线，慢条斯理地在白纸上留下一行行墨迹，写得累了便摘下老花眼镜，捧起他随身不离的白铜水烟袋"咕嘟嘟、咕嘟嘟"地抽上几口，偶尔还唱一段秦腔或哼几句乡曲俚调，显得十分安适、惬意。

杨先生点烟不用纸捻，而是就地取材，用荒漠戈壁生长的芨芨草秆，干巴巴的草秆又长又细又易着火，点着以后那小小的红红的火头缓缓慢慢地燃，那白白的轻烟晃晃悠悠地飘，望着望着很容易把人带入对往事的回忆和对未来的遐想之中。

一天，当杨先生过足烟瘾，仰头靠在椅背上闭目养神时，他的耳边突然出现韩禄的声音："杨先生常坐在这儿抄写经书，积善积德，说不定哪一天功德圆满也会得道成仙哩！"接着又传来二先生张鉴铭的声音："'黑风洞'是通海之洞，上天之洞，凡夫俗子是找不到的。"

正沉浸在快意中的杨先生，猛然察觉点烟的草秆已经快烧手了。他赶紧坐直身子，连忙又挑选了一根又直又长的草秆，点燃后顺手插入北墙的裂缝，奇怪的是那裂缝好像深不可测，以至草秆竟不见触底……他凝视着那彩绘佛画的墙壁暗自发愣，伸手去触摸裂缝，细微的裂缝冷冰冰，似有一股寒气向里抽吸。他缩回手来下意识地自问："难道这是黑风洞？"就在他疑惧丛生、惊恐不定时，冷不防洞外又传来巨大的响声，吓得他魂不附体，抓起桌上的经书，跌跌撞撞地拔腿便跑，及至跑出洞门，被附近崖上塌落的土石残木挡住去路，这才发出一声惊叫："塌洞了！塌洞了！"

王道士和三青闻声跑来，见杨先生脸色煞白、惊恐不安地瘫坐在远离洞门的地方，急忙上前搀扶。王道士问："洞里塌了吗？"

"塌了吗？没看清楚……只是墙缝里抽风……凉飕飕的……也许是黑风洞真的在那儿！"惊魂未定的杨先生结结巴巴连想带猜地说了一通，并表示他坚决不再进那里去抄经书了。

王道士也是个胆小怕事的人，他既不便勉强杨先生再去 16 窟，也不敢让自告奋勇的三青进去，直等到韩禄探亲回来，才陪着他和三青壮着胆进去查看。但转了一圈，见洞内并没有坍塌的痕迹，只不过通道北墙的裂缝好像延伸得更长、开裂得更宽，他们感到有些奇怪，不由自主地围在那里，仔细地研究起来。

王道士让三青取来一把又细又长的线香，由他和韩禄从杨先生插过草秆的地方开始，沿着裂缝向上、向下把一根根线香小心翼翼地插进去。插一根又一根，除个别不慎折断外，几乎根根均未触底。而当一把线香插完后，那些露出的香头又正好排成一条直线，深感意外的韩禄抓起一根木棒，在裂缝两侧敲击，静寂的洞窟里立即回响起实沉沉和空洞洞两种迥然有别的声音。

三人静静地听了一会儿，又相互对视了片刻，王道士手指墙壁右下角推测："这一片是空心，墙里可能有门？"

"真要是门就把它打开！"韩禄扔下木棒抓起铁镐准备动手。

"不忙！"王道士横身护住墙壁，"佛窟里怎么能随便动土？"

显然支持韩禄的三青争辩道："师父，那天张二先生说'晴天响惊雷，神洞再现世'，你不是早就听见雷响了么？"

"那……那倒也是。可真要是打开了，就不怕我们像黄狗一样被黑风吸走？"

"那我们就去南海朝拜观音菩萨。"

"是呀！谁不想去朝拜,但就不知道洞中的佛祖,天上的道君让不让我们随便动土？"

"那你就赶快去问问呗！"

在三青的提示和催促下，他们随即在16窟前设起了供桌。王道士亲自点上一簇线香，燃起一对蜡烛，遥对三层楼，顶礼膜拜。韩禄和三青静静地侍立在旁，杨先生和一些香客也站在附近观望。只见王道士嘴里念念有词地一阵祷告后，点燃一沓黄表，举在空中轻轻地摇晃，待到青烟袅袅升空，白灰飘飘落地，他还毕恭毕敬地跪在那里祈候上天训示，期盼着佛祖、道君为他指点迷津。

沉寂片刻，忽然平地风起，供桌上的那对蜡烛随风闪烁了一阵后熄了一支。王道士痴痴地望着、望着，突然大声惊呼："啊！显灵了、显灵了！"

三青又惊又喜，急不可待地问："师父，可以动土了吗？"

"不行！"

"那显的是什么灵？"三青嘟囔起来。

"两支蜡烛熄了一支……"王道士刚露了点口风，回首见附近有人，又把话咽了回去，对三青做了个诡秘的表情，小声地回答："时辰未到，天机不可泄露！"

三青被不可得知的"天机"蒙在鼓里，但又不敢找师父多问。他心里窝着火、憋着劲，吃罢晚饭便早早地躺在炕上抱头大睡，直睡到半夜才被师父叫醒："三青、韩禄，快起来、快起来！"

"干啥呀？师父。"三青勉强坐起，但仍是睡眼惺忪。

"时辰到了！"

韩禄一听，翻身便起："去开洞吗？"

“开洞。”

三青听说开洞，睡意全消，一面披衣一面仍禁不住地追问：“师父，可以泄露天机了吗？”

王道士故弄玄虚，轻声细语地透露了他悟出的玄机：“平地起风是天神传话，吹熄蜡烛是黑夜，烛熄一支是夜半。这说明佛祖、道君准我们动土开洞，时辰是烛熄月黑天，三更半夜时！”

趁着夜深人静，三青、韩禄扛着工具跟随王道士进入 16 窟。在烛光照亮的甬道里，当韩禄舞动铁锨铲掉北墙右下方绘有壁画的抹灰墙壁后，现出了一堵用土坯砌成的墙体，渐次撤去土坯，一道结实的木门便呈现在眼前。韩禄见状，上前一步伸手要去开门，又被手举蜡烛的王道士阻止：“等等，等等！”

“还等什么？”汗流浃背的韩禄不解地问。

“你没见，这门还没开，风都来了！”

“有风多好呀，我正嫌热哩！”

“可这真要是黑风洞，一开门不怕风把我们吸到东海去？”

“我会水，不怕。你们往后退，我来开门。”

“你不怕，我怕。要不找根绳子把你拴上吧！”

“师父，别担心，就让我跟韩大哥先进去，等找到了上天的路，再回来接你。”站立在土坯上的三青边说边往前移，没料到脚下踏虚一步，无意中前窜的身子既撞上王道士，又撞上了紧靠在木门前的韩禄。毫无防备的韩禄受撞，上身向前一扑，不偏不倚刚好把那不知封了多少年的木门撞开；而王道士被撞后，身子晃了晃，手里的蜡烛晃熄了，霎时间，洞窟里一片漆黑。

此时，洞窟外已近黎明。树丛中，除了影绰可见少数露宿的香客和马匹外，在距离 16 窟不远处有两个鬼鬼祟祟的人影，正密切注视着 16 窟的动静。

洞里的蜡烛又点燃了。光亮所及，但见那木门之后既见不到上天入地的通道，也不像佛祖、道君的殿堂，而是个贮满了经卷、布袋的暗窟。那堆积如山的一袋袋、一捆捆经卷、文书，从地面直堆到窟顶，从门后直堆到窟底，上上下下、左左右右把窟壁遮掩得严严实实，只在中间留下一条又狭又窄的通道。

韩禄面对满眼的经卷、文书，禁不住地惊叹：“啊！谁把这么多书藏在这儿？”

看得眼花缭乱的三青也惊奇不已：“师父，藏这么多书在这儿干啥？”

“是呀！谁藏的？藏在这儿干啥？”看得瞠目结舌的王道士也是无话可答，稍稍思索了一会儿，才勉强地猜测道：“凡人哪能有这么多书，早年我曾听静海法师说唐僧法师去西天取经时，见如来佛有经三藏，一藏谈天，一藏说地，一藏度鬼，共计三十五部，一万五千一百四十四卷，都存在宝阁之中，这里会不会是佛祖的一个藏经洞？”

就这样，藏经洞被打开了，按王道士的记载时间是清光绪二十六年五月二十六日五更时分。等忙碌了一夜的师徒仨从 16 窟出来时已经快天明了，又困又累的他们因为还要去为杨先生另行安排一个抄经的地方，匆忙间只是找来一些旧木椽、木板，简单地遮挡了一下那道门框早已破损的洞门而未能将洞口严密封好。没想到仓促间的这一疏忽，竟留下后患。就在他们离去不久，那里随即遭遇不测。

第三章 万卷瑰宝遭冷落 千年秘籍谁相知

藏经洞打开后的第二天，正当杨先生在王道士陪同下来到大雄宝殿北侧，进入新打扫干净的94窟里，磨好墨、铺开纸，准备继续抄写经书时，三青风风火火地跑来，惊慌失措地向王道士报告：“师父，大事不好，那藏经洞出事了！”

王道士一听也不知道出了什么事，立即叫上杨先生跟着三青急匆匆赶到16窟前，但见那些临时遮挡洞口的木椽、木板已遭挪动，露出了一个可以容人进出的窟窿。手持铁锨守候在那里的韩禄见王道士走近，当即指着黑漆漆的洞口说：“有人钻进去了！”

王道士吃惊不小：“人还在里头吗？”

“不知道，我们也刚发现。”

“那咋办？堵在这儿等吗？”

“不，得进去看看。”韩禄扛起铁锨便往洞里钻。三青拾了根木棒紧紧跟随：“师父，我也进去！”

王道士挥手想招呼杨先生一道进去也好壮壮声势，杨先生却拾起一根木棒主动表示：“咱俩守门吧！”

王道士在窟门外焦急地守候了好一会儿，三青才出来报告说，可能是天亮前有人钻进去偷了东西。王道士皱皱眉头探问：“杨先生，你起得早，天亮前这儿有啥动静没有？”

杨先生想了想：“有两个香客在这儿转悠。”

韩禄出来接着问：“能认出来吗？”

杨先生指指远方：“看，好像就是那两个。”

韩禄抬头见远处丛林间确有人马活动，当即扔下铁锨，要过杨先生手里的木棒跑向那边，三青见状也跟了去……但等韩禄跑到丛林边，那里已是人去林空，只见有三匹马扬起尘土驰向东北方向。韩禄冷静地看看目标和方位，果断地抄捷径跟踪追截。

韩禄走近道穿出树丛，见是两人三马飞驰而来，他举起木棒迎向路边高声呼喊：“停下！停下！快停下！”

做贼心虚的盗匪，本想趁着神不知鬼不觉之机赶快溜走，没料到刚刚上路便遭阻拦，不免有些惊惶。但定神一看只有一人挡道，便不加理睬地挥鞭催马，从韩禄身边疾驰而过……急切中，韩禄将举起的木棒向殿后的一匹驮马掷去，那马被击中后飞身踢腿，两只布袋从鞍背上滑落在地。

韩禄见盗匪快马远去，只得悻悻而回。迎面碰见后续跟来的三青和王道士，激愤不已地把拾回来的布袋放在地上说：“两个人跑了，掉下了这两个口袋，驮马背上还有！”

王道士一看布袋，便想起了藏经洞中堆积如山的经卷，不禁大惊失色：“是藏经洞的经书！”

韩禄听后，拔腿便跑：“我备马去追！”

韩禄飞马追到一个叫宋福的人家门前，此处正当新店台西梢头不远处驿道之旁，是莫高窟去敦煌城的车马必经之地。

宋福是个放过马，赶过车，帮过工，种过田的农家子弟。他为人正直，待人厚道，重感情，讲义气，胆力超群，乐于助人，是韩禄少年时的伙伴。此时，他正在井台上打水，见韩禄打马急驰而来，连忙放下水桶迎了上去。韩禄勒紧缰绳问：“见没见两个骑马的家伙带着一驮东西过去？”

“没见，出啥事了？”

“莫高窟的经书被盗了！”

“能肯定是他们干的？”

“没错，还截下来了两袋。”

“那他们不敢进城，肯定朝安西方向去了。”

韩禄掉转马头：“我去追！”

宋福有些担心：“你一个对俩？”

韩禄斩钉截铁地表示：“不怕！”

宋福很不放心：“那条路上不安宁，最近接二连三地有客商被抢，报了官府也不见动静。许多单身客人都不敢上路。”

“那我得赶快！”韩禄说罢，头也不回地拍马便跑。

跑呀，跑呀，跑了很远，韩禄才接近了前方飞起的尘土。他扬鞭催马，又追了一程这才发现前面的两骑一驮正是他追踪的对象，暗自窃喜的他当即放开缰绳，紧跟不离。

行进间，两个盗匪猛然察觉被人盯上了，不免有些慌乱，相互交换了一下眼色，随即纵马驰下驿道，踏上一条丛林中的小路。韩禄见状，毫不犹豫地也跟着上了小路。没想到，此处已临近匪穴，盗匪们既怕密探来查，更怕官兵清剿，所以早就在此设防。

丛林很密，林木间隙里的小道很窄。曲曲弯弯的小道上，盗匪的马在前面跑，韩禄的马在后面追，距离越缩越近，几至坐骑首尾相接。跑到一处岔道前，韩禄正想纵身去夺驮马背上的口袋，冷不防盗匪的马突然向左右闪开。韩禄追赶心切，反应不及，径自任马前冲，没跑出几步，随即被暗设的绳子绊倒，连人带马重重地摔倒在地，被埋伏的土匪捆绑后押去匪穴邀功。恶狠狠的匪首得报后，当即对他进行审讯，问他干啥来了。

韩禄耷拉着脑袋："啥也不干，不识路，跟着前面的马糊里糊涂地就跟过来了。"

被韩禄跟踪过的盗匪甲质证道："你才不糊涂嘞，难道早上干的事就忘了？"

韩禄装开了糊涂："什么事？"

"你在莫高窟扔木棒打我们，我可是把你认准了。"

"那可是你们偷了莫高窟的经书。"

"那经书是你的吗？狗咬耗子，多管闲事！"

韩禄仍然嘴硬："你既不出家，又不念经，要经书干啥？还是积点阴德退还给寺院吧！"

盗匪乙抱来几个布袋放在匪首脚下："大哥，别听他胡说，他是骨头发痒想挨揍。实话说吧，这布袋里的书都是难得一见的古董，到了行家手里都能换来大把大把的银子。"

匪首伸脚踢了踢布袋，大声吩咐："打开看看！"

在莫高窟的下寺里，王道士早已将韩禄夺回的两只布袋打开了，土炕上摆满了从布袋里取出的东西：有长长短短、纸色陈旧、苍黄古朴的经卷，有厚厚薄薄、文字不同、书法各异的写本，有横横竖竖、白纸黑字、记事记数的文书，有大大小小、工笔彩绘、佛像端庄的绢画……满目精华，看得杨先生眼花缭乱，啧啧称奇："啊，全是手抄手绘的古经、古书、古画，我活了半辈子，也没看过这么多的古物。听说有一些拔贡、举人、秀才、书院主讲的家里，能有上一两件也都奉为传家秘宝，外人难得一见。”

杨先生的一席赞叹，真叫王道士喜出望外。他很自然地想到，就这拾回来的两布袋就把杨先生镇住了，而他发现的有几百、几千袋，是一个书窟、一座书山呀！难道这真是佛祖、道君的赏赐么！他笑眯眯地提示杨先生：“那你真该进去看看，藏经洞里多得是！”

“去看，一定得去开开眼界。”

三青若有所思地问这些古书是否值钱？杨先生不假思索地回答：“人们都说‘金玉有价，古物无价’，有些稀世古物，真是价值连城。”

三青听罢冲着王道士拍手：“师父，你要发大财了！”

王道士收敛笑脸训斥道：“休要胡说！财帛乃身外之物。生不带来，死不带去，要它何用。快出去看看，你韩大哥怎么还不回来？”

三青坐在寺门外等了半晌，又顺路走着望了一阵，也不见韩大哥的身影。他哪能想到韩禄早已落入匪穴。

在匪穴土屋囚室里，双手反缚的韩禄坐在墙角地上。他望望房顶，房梁上高悬着粗粗的绳索；他瞅瞅窗户，窗户又小又高；他看看房门，结实的房门紧闭，门外还不时传来土匪的吵嚷声。他突然想起“龙游浅水遭虾戏，虎落平阳被犬欺”的老话，无奈地把头斜靠在土墙上，对着昏暗的囚室，苦思着脱身之计。

在匪穴的另一间屋子里，匪首与盗匪甲、盗匪乙正围着那几袋经书争执不休。匪首瞟着布袋露出极端鄙视的样子指责说袋里装的都是一些烂书旧纸，“除了引火外还有啥球用！你们去莫高窟这半个多月怎么就弄些破烂回来交差？”盗匪乙极力辩解说他早年在兰州一家古董店帮过工，在那里旧书、旧纸只要是古董就能换来白花花的银子。说实话，要不是见钱眼开，黑了心眼儿，偷卖了东家几卷古书被抓，蹲了十年大牢，他也许早就发迹了。

匪首听他吹得天花乱坠，自然有些心动。两匪徒趁机提出只要能逼使抓来的人回去做内应，杀他个回马枪弄上他一马车古书，就足够他们一伙后半生吃喝玩乐了。

一阵吹嘘，说得匪首心花怒放，便拍板让他们去干，并同时提醒他们事事都要小心。因为这几天附近出现过衙门里的探子，听说还有官兵调动，所以出去行动一是要干净利落；二是事成后定要把多余的知情人除掉，绝对不可留下活口！

盗匪甲、乙领命后提了一罐酒，弄了一些煮熟的马肉，溜到那囚室里去，给韩禄松了绑，苦心劝他入伙。

盗匪甲逼问："你是和尚吗？你是道士吗？那些破烂经书是你的吗？你吃饱了去管他干啥？"

韩禄回敬道："我既不是和尚又不是道士，但我是敦煌人。莫高窟的一砖一瓦一草一木都是祖先留下的宝，总不能眼巴巴地看着不肖子孙去偷盗、去糟蹋吧？"

盗匪乙压着火气把酒罐推到韩禄面前继续劝说："来，先喝一口……做样子的大话谁不会说，可你就是管他一辈子，谁又来领你的情，你能捞到什么好处？你好好想想，要是跟上咱们干，吃香的喝辣的，你这一辈子的吃穿咱们包了！"

韩禄冷笑一声："你们包我一辈子，谁来包你们一辈子呀？"

盗匪甲对于嘴硬的韩禄显然失去了耐心："我再劝你一句，你的小命儿现在就攥在咱们手里，你不要敬酒不吃吃罚酒！"

面对这些盗匪，韩禄早已横了心："别废话了，你们有啥酒都端出来吧！我奉陪到底。"

"再问你一遍，跟不跟咱们干！"盗匪乙也提高了嗓门。

"不跟！"韩禄的话斩钉截铁，干净利落。

盗匪乙："那你就别想活着回去！"

盗匪甲凶相毕露，他起身招呼守候在门旁的匪徒："来人！把他吊起来！"

几个匪徒一拥而上，七手八脚地用绳子绑住韩禄的双手，把他吊在了房梁上。

韩禄没回来，让王道士等牵挂不已。直到晚上，他盘脚坐在土炕上还一再地叨念："韩禄怎么还不回来……天都黑了，怎么还不回来……"

躺在炕上的三青也睡不着，尽量往好处推测："会不会顺便回家了？"

坐在一旁抽水烟的杨先生不免有些担忧："不会出啥意外吧？"

三青坐起身来："师父，你快念念经，求求菩萨，求求玉皇大帝保佑保佑他。"

王道士双手抱在胸前，仰头望着屋梁发愣："我刚在经堂里上过香、念过经，求告过了。"

一夜未眠，下寺的人都在为韩禄担心，期盼着他平安归来。

在匪穴土房囚室里，被悬空高吊在屋梁上的韩禄，早已被折磨得精疲力竭。他双手已经麻木，浑身无法动弹，但脑子却十分清醒，张望着小窗外渐渐昏暗的夜色禁不住思前想后：他对误入匪穴的冒失之举毫不后悔，他对眼前死亡威胁并不害怕。二十多年在人的一生中并不算很短，但艰苦的生活，坎坷的经历，特别是爱妻遇害的打击，早已令他心灰意冷，把生命的价值看得越来越淡；一年多的时间虽不很长，但清除积沙，打扫尘土，深受众人赞扬的护窟经历，却让他那半凉的心渐渐复苏，对生命的意义想得越来越多。他想，人生在世，好比那戈壁滩上的小草，不畏狂风，不惧沙暴，活着就要给荒漠抹上点绿色，死了还要让草籽飞向四方再寻生机，使生命得以久久延续……

韩禄正在沉思默想，猛然传来响声。房门被打开了，匪徒把一个被捆绑的人推进来后，指着韩禄问："你想好没有？答不答应？"见韩禄毫无反应，又恶狠狠地补充了一句："你不吭声，那就等明天送你去见阎王吧！"说罢转身出去又狠狠地把门关上。

囚室里平静了一会儿，刚被推进来的人探问："是韩大哥吗？"

"宋福，你怎么也被抓来了？"韩禄听出了口音，深感意外和惊讶！

原来是韩禄追赶盗匪匆匆走了以后，宋福越想越不放心，怕他一个人对付两个盗匪会吃亏，想助他一臂之力，便骑马追赶，没料到循着那岔路口的马蹄印跟来又落入虎口。据宋福说，这几天都有队伍调动，看来只有等官兵来围剿时才能脱身了。

对官兵从无好感，对官府从来不抱希望的韩禄，当即明确地表示："别指望他们，咱们得自己设法脱身。"

一阵商量后，囚室里便响起了摩擦声。原来是宋福在黑暗中摸索到了弃置在房角的石磨，正不停地来回蹭动，想磨断捆在他手上的绳索。

吊在屋梁上的韩禄听见摩擦声，心里顿时有了一线希望。他盼着宋福早些成功，因为只有趁着夜色，才便于他们逃离匪穴。但总听不见绳断的声音，而无情的时间却飞快地流逝，渐渐西沉的夜月，自小窗射入的一缕光影正迅速地偏移。

正当宋福几乎竭尽全力而绳索仍然未断，韩禄挣扎无力焦急地等待时，意想不到的事发生了。室外突然传来几声枪响，随后便是一阵呼喊："快跑呀！""快跑呀！""官兵来了！"

霎时间，匪穴里枪声不断，杀声四起，人呼马嘶，乱作一团……接着，土房着火，烈焰滚滚，火光照亮了夜空。剿匪的官兵与土匪之间展开了一场恶斗，其结果是匪首带着一些匪徒跑了，剩下的残部被俘。宋福磨断绳索救下韩禄冲出火海，幸得生还，而被盗的经书，除又寻获一袋外，其余的均下落不明。

藏经洞打开的第二天，洞里的经卷便横遭盗窃，这多少给王道士的心上蒙了一层阴影。他本来深信静海法师救他脱离危难，红衣喇嘛让他入主下寺，无一不是天神的指引，而打开藏经洞得见千万经卷，显然是佛祖、道君对他排除杂念，一心维护佛窟的赏赐，确实是善有善报，是福从天降。但他又担心这封存千年的一洞古卷重现于世

会不会引来世人的争夺，以致酿出灾祸？他理不顺这祸福之间错综复杂的关系，甚至在听杨先生讲解了“祸兮福之所依，福兮祸之所伏”的道理之后，仍不明白自己面临的究竟是祸是福。他甚至抱怨说如果打开秘洞招来麻烦，还不如重新封闭以免再惹事端。不过，他的想法一冒出来便遭到杨先生的反驳。杨先生的意思是打开千年秘洞，显然应是天意，天意不可拒，天意不可违。既然是藏经之洞，他身为下寺住持理当把它好好看管起来。

听过杨先生的疏导，王道士虽不明白这“天意”中藏有什么玄机，但深知护洞有责的他又带领韩禄、三青搜集来一些旧木料，重新遮挡洞口，只不过生性多疑的他心里终究很不踏实。他请杨先生拿主意，杨先生思虑再三后出谋说：“佛窟宝地发现满洞藏经是件大事，应当写份奏折，禀告皇上，禀告慈禧太后。”他要韩禄出点子，韩禄想来想去就是担心这件事会坏在那些土匪身上，世上没有不透风的墙，只要藏经洞的消息张扬出去，准会招来麻烦。既然杨先生说这不是小事，他就该去张举人家请教。

听从了他们的意见，王道士带着韩禄去张家堡子时，张举人和几个青年正在院场上舞枪弄棍，他们不便打扰，径直去客房见到张盘铭、张鉴铭。王道士简单介绍了打开藏经洞的经过，韩禄又讲了土匪进洞盗窃的情况后，王道士从鼓鼓囊囊的褡裢里取出一些经卷，由韩禄协助一一陈放在桌上，请大先生、二先生过目。

张举人家虽是敦煌的名门大户，但张壶铭毕竟是武举，张鉴铭仅是庠生，张盘铭也只是长于书法。在过去的半生中他们哪见过如此古老的卷子，哪听说过有如此众多的古物，所以当他们看到满桌的经卷时，真是惊诧不已，无不啧啧称奇。

接着王道士又把杨先生代写的《上禀当朝天恩活佛慈禧太后》的奏折捧了出来，并加以解释说：“杨先生认为佛窟发现秘藏经卷虽说应归寺院所有，但事关重大，按理也应当禀报官府。但韩禄担心让那些贪官污吏知道了，无异于引狼入室，自找麻烦。所以杨先生才给写了这个奏折，想把它直送京城。”

张盘铭接过奏折，感叹道：“天高皇帝远，你不去讨好知县大人，这奏折怎么呈得上去？”

韩禄不免抱怨：“这么说还得低声下气地去求那狗官！”

张鉴铭劝说道：“人在矮檐下，焉能不低头。现在要办事，还不得不去求他。”

韩禄的脸上虽仍挂着愤愤不平之色，但听二先生劝说后也就不再言语。这时张家兄弟商量让王道士先留下，待约好时间后再去拜见严知县。而韩禄则带着他们捐献的一车木料，雇了一个木匠赶回莫高窟去给 16 窟洞口安装大门。过了三天王道士回来后见一道结实的大门已经安好，高兴地拿出一把大铜锁吩咐三青：“快锁上，大先生说这是一洞无价之宝，要我们好好看管。”

三青接过铜锁把大门锁上后，笑嘻嘻地指着韩禄说：“韩大哥，咱们一边一个，就当守门的哼哈二将吧！”

这时，跟在王道士身旁的杨先生问他是否见到县太爷。

这一问，问得王道士脸上的微笑变成了苦笑：“唉！多亏张家大先生的引荐才让见了一面，看样子那严知县也不懂行，送去的经卷也没仔细看，就哼儿哈儿地说，嗯！这几件就放在这儿，本大人有空时翻翻，余下的就存在寺院好好供奉吧……嗯，还有，听说西藏、青海的大寺庙里都有转经筒，你们不妨也学着做上几个，把经卷装些进去，让香客们去转转，修点功德，我看那比念经省事多了……”

不待王道士的话毕，杨先生就听烦了：“啊，这个严知县，韩禄说他是贪官，我看是个地地道道的、不学无术的糊涂官！”

“不过那份奏折他倒是答应代为转呈。”王道士又补充一句。

杨先生不免叹息：“如此昏官，你就别指望了，我看还得另找门路。”

茫茫戈壁荒漠中，又出现了孤孤单单的王道士的身影。他依然牵着那头曾经伴他西行的毛驴，只不过当年的他是由肃州去哈密受阻折向敦煌为自己找到了一个安身立命之地，而如今的他却是让毛驴驮上一箱经卷欲去肃州邀功。他之所以不远千里，远去肃州。明里是因敦煌为肃州所辖，杨先生认为藏经洞的事虽然县官糊涂，但也许州官中有明白人。正好杨先生又知道那里的道台擅长书法，送上古代手抄的经卷肯定会得到赏识；暗里是他尘缘难解，旧情难忘，总还想去故地探问一下有没有关于芙蓉姑娘的下落。

怀着双重希望的王道士到达肃州后，先去拜访杨先生的朋友、道台的幕僚徐师爷。经徐师爷引荐，他才得以进入道台衙门去拜见道台大人。

安肃兵备道道台廷栋，是位擅长诗文，酷爱汉字书法，且自视甚高领有花翎三品衔的满族官僚。他身处地域荒凉、文化落后的西北一隅，权倾一方，孤芳自赏，妄自尊大，目中无人。他的下属吹捧他的字写得好，地方人士巴结他的字写得神，更弄得他云天雾里，不知天高地厚。

徐师爷领着王道士穿过花园，径直进入道台书房。只见房屋四壁上挂满了用真、草、隶、篆书写的对联、中堂，副副都署有廷栋的大名，其中一副还是他题敦煌的怀古诗：“古洞庄严多岁月，鸣沙有韵响雷音。画留北魏传神笔，经译初唐入道心。”活像是在举办个人书法展览。

廷栋道台身着便服，高卷衣袖，正聚精会神地挥毫弄墨，根本无暇顾及来人。及至跟随徐师爷进门来的一个衙役把王道士送来的木箱放在书案近前，他才抬头搁笔，指指木箱对向他打躬请安的王道士说："你是王道长，听徐师爷说你送秘藏的古卷来了。快拿出来吧，让本大人鉴赏鉴赏。"

王道士取出木箱中的经卷，在徐师爷的指点和帮助下，一一展开陈放在书桌四周的条桌、茶几上，请道台过目。

廷栋时而走，时而停，时而拿起一卷仔细品味，时而拿起后又像不屑一顾似的随即放下，时而显示出欣赏的神态，时而又透露出轻视的表情。其神情变化，实在令人难以捉摸。

王道士紧随在廷栋身后很想巴结讨好，见道台大人不动声色，自己既搭不上腔，又插不上话，急得额上汗水直冒，并不住地张望徐师爷，像对他求助。

廷栋缓步绕行一周，回到书案后，坐在太师椅上，打开鼻烟壶猛吸了一口，又歇了歇才问："徐师爷，你也见识过这些古卷了，除去几件洋文书写的外，就这些汉文卷子来看，它上面讲些什么姑且不予评说，单论书法，你看与本官相比如何？"

没料到道台大人会如此提问，徐师爷不免奉承几句，指着四壁竭力吹捧："大人的楷书，刚似铁画，媚若银钩；大人的草体，龙飞凤舞，出神如画。这古卷上的书法大多平庸一般，哪能与大人的墨宝相提并论。"

徐师爷的话正中廷栋的下怀，不免喜形于色："是呀，这些古卷要论书法，多出于平庸之辈，极少特色，实无足重……不过，毕竟是稀少的古物，又难得王道长不远千里亲自送来，也是诚心可嘉……"

廷栋的话尚未讲完，一个衙役匆匆来报："嘉峪关税务司洋大人林以镇偕夫人前来求见。"边说边呈上拜帖。

廷栋听说是洋人求见，不免有几分紧张，连拜帖也未看便连声吩咐："有请，有请！"他见不知趣的王道士一动不动的仍然呆立一旁，才又吩咐徐师爷："你安排道长去歇息吧，快！快！"

王道士没料到自己不辞辛劳满怀希望而来，辛辛苦苦地把一箱经卷刚摊开不久，道台大人略加观赏后还没说几句话，怎么就这样草草收场了。失望至极的他像挨了一记闷棒，痴痴地望着摆满书房的经卷，一时竟不知所措地愣在了那里。廷栋见状，不免露出厌烦的神情，招呼徐师爷过去耳语了几句。徐师爷心领神会，当即转告王道士："洋大人要来，你先回避！"便不由分说地把他拉了出去。走过花园时，迎面见衙役引着一位身着西服、趾高气扬的高鼻子洋人手挽着他那衣着华贵、长相富态的中国夫人缓步走来，徐师爷又拖他赶紧让道。待洋人走过后，王道士不甚理会地问："这洋人那么威风？"

徐师爷见洋人走远，这才压低嗓门，似在透露机密似的说他常年待在荒山沟里哪能知道，近来京师飞传的邸报上令人丧气的消息不断。一会儿说洋兵攻陷了天津，一会儿报洋兵打进了北京，再一会儿是甘肃提督、守卫京师的甘军统领董大人因兵败革职……试想想洋兵如此得势，谁还敢怠慢洋人？

王道士听后憋了一肚子气不再吱声，直到快走出衙门时才忍不住停下脚步，牵肠挂肚地问徐师爷那箱经卷怎么办？徐师爷做出爱莫能助的表情推诿说，看在杨先生的情分上，领他进衙门拜见了道台大人。东西是他主动送的，大人接见已经给了他很大的面子，是大人当面嫌弃送来的卷子字写得不好，并亲口说"实无足重"，他自己能有什么办法？

王道士虽被徐师爷的话噎住了，但一路上仍唠唠叨叨地述说他发现藏经洞有多难，送经卷来的途中有多苦，总是念念不忘那一箱经卷。徐师爷早已猜透了王道士的心思，为了息事宁人，安抚这位道人，又做出关心的样子，拍拍他的肩膀，耐心地宽慰说："大人吩咐过了，那些东西就留下，他抽空再仔细看看，回头给你 10 两库银，算是他给寺院的布施。"听说道台大人答应施舍，王道士除了称谢之外，再也不敢计较，只得随徐师爷去了指定的住处。

徐师爷安顿好王道士后返回书房，意外地发现廷栋大人还专心致志地在细看那些经卷，便轻声地走到他身后问："大人，客人走了吗？"

"走了，他是卸任要离开嘉峪关回比利时国，临行前专程来辞行的。"廷栋头也不回，聚精会神地在欣赏摆放在条桌、茶几上的经卷，过了好一会儿才问："那道士安顿好了吗？"

"安顿是安顿好了，就是没完没了地老念叨这些古卷，还说这都是佛祖、道君藏经洞里的神物。"

"他的话也不是没有道理。你知道吗？连洋人见了这些古卷也垂涎三尺。"

"你说的是刚来过的林大人？"

"正是他。"

徐师爷深感意外："我知道有些来中国的洋人，一是爱钱财，二是爱女人。他难道还爱这些古书残卷？"

"是呀，他在嘉峪关税务司任上几年，钱财有了；娶了个漂亮的中国女子，美人有了；临回国前再搜罗些金石古玩、字画、古书回去，不正好附庸风雅，光宗耀祖么！”廷栋说到兴头上，干脆放下正看的经卷，回到他的太师椅上坐下，摸出鼻烟壶吸了起来。

徐师爷像尾巴似的跟到桌边探问：“林大人真看上这些经卷了？”

廷栋放下鼻烟壶：“怎么不是？一进门看见摆满这一屋的古卷，就像苍蝇盯上了肥羊肉，看来看去怎么也不肯走，我只好大大方方地送他几卷。还请他顺便捎上几卷在路过迪化（乌鲁木齐）时送给伊犁办事大臣长庚将军。他听我说是忍痛割爱，真是喜出望外，高兴地掏出一只洋表回赠给我，还说这表上镶了金刚钻，在中国只有宫廷里才有。”说着便拿出怀表，提着系表的金链在徐师爷眼前晃来晃去地炫耀。

徐师爷在衣服上擦了擦手，小心翼翼地接过怀表又是看、又是听，感叹不已：“看来这些不起眼的古卷还挺值钱，难怪那道士唠叨不休。”

廷栋提醒道：“他懂个鸟，只不过想多敲几两银子罢了。不过刚讲的事，千万别让他知道，要不他会觉得10两银子把他亏了！”

徐师爷连连称是：“是，是，我尽快把他赶走！”

王道士送经卷讨赏不成，四处打听芙蓉姑娘的消息也无结果，在徐师爷的催促下，心灰意冷地离开肃州城。荒凉的戈壁滩上又出现了他骑着毛驴长途跋涉的身影。满怀希望而去的他受挫而归，疲惫不堪的身躯，大失所望的神情，孤独落寞的心态。这一切连瘦弱的毛驴似也受其感染，那小小的蹄子越走越缓慢，越走越无力，又走了几天几夜才回到莫高窟。听见驴蹄声，三青和韩禄急步出门迎接他。刚一见面，三青便兴冲冲地问：“师父，这一趟怎么样？”

“不怎么样。”王道士没精打采地回答。

三青没留心师父的表情，继续又问：“道台大人奖赏你了吧？他怎么说呀？”

王道士似有满腹牢骚：“怎么说，我本想那是天赐的神物，张家二先生认为是稀罕的古卷，敦煌县太爷胡说是普通的经书，而肃州的道台大人却说‘实无足重’。你们说气不气人！”他边说边走进了寺门。

三青见韩禄在卸毛驴驮的东西，走过去伸手帮忙，同时问：“韩大哥，实无足重是啥意思？”

“啥意思，我也头一回听说，等杨先生回来你问他吧。不过，我想也许是说分量不够重，没啥分量吧。”

“没啥分量？那古时候的人为啥要把它严严实实地封起来？”

“是呀，我看这一帮当官的，真没几个好东西。不是贪官，就是昏官，一路的破烂货色！”

“小心，让当官的听见要砍你的头！”

“砍就砍，只不过脖子上留个疤，吓不住我！”

卸过东西，韩禄去喂毛驴，三青回寺打水伺候师父洗脸。王道士脱去道袍、摘去道冠，忽然发现杨先生不在。问过三青才知道是他家里有事，熬更赶夜把经书抄完后，连工钱也没有结算，急匆匆地跟那捎信香客的马车走了。临行前留话说他回去安顿一下，明年浴佛节前再来。

雪飘，雪融，转眼间便到了 1901 年。当王道士等正忙于准备迎接浴佛节的活动时，杨先生如约而至。当天晚上，王道士、韩禄、三青便围坐在土炕上，聚精会神地听他讲述种种传闻：他先讲了洋人的铁甲兵舰直逼黄海，与中国海军大战；接着又讲洋人攻陷大沽炮台，进占天津、北京，吓得老佛爷慈禧太后带着皇帝仓皇西逃。先逃去太原，后又转道西安，惊恐万分，不但急忙派人议和，而且还杀了几个大臣，革了几位亲王……一连串惊心动魄的新闻，让听得半信半疑的三青以为他是在瞎编故事。杨先生连忙声明说不是瞎编，都是千真万确的。前几天他去肃州，还亲眼看见一队人马，押着长长的车队经过，听说那便是曾跟义和团的大师兄拜过把，想利用义和团抵御洋人的辅国公载澜被发配去新疆。

王道士自藏经洞转移出的部分经卷文书

韩禄问那算犯啥罪？杨先生叹息着回答：“欲加之罪，何患无辞。义和团团勇的血肉之躯，哪能抵挡得住洋枪洋炮。胜者为王，败者为寇，太后和皇帝自身难保，也只能看洋人的眼色办事，找几个替罪羊呗！”

王道士听罢，又像被当头泼了一瓢凉水，看来老佛爷也是泥菩萨过河自身难保，他求县太爷呈上去的奏折怕也就是打水漂儿了。

浴佛节越是临近，王道士心里越是不安，因为发现藏经洞的消息早已不胫而走。自他从肃州回来后，既有不少香客、游人找上门来，死缠硬磨，就是要进洞去看看，不得已之下，他只得推说门上铜锁的钥匙在县上保管，把藏经洞划为禁地；又有一些施主在施舍粮、油、银钱后直截了当地索要经卷回家供奉，他怕得罪这些活财神断了财源，又不得不偷偷摸摸地拱手相送，暗自形成了经卷换施舍的生财之道。这种矛盾的心态，使得他想不出什么好的办法来对付浴佛节将要涌来的大量香客、游人。为种种烦恼所困的他，终于向杨先生吐露了他想在浴佛节期间出去化缘，以求暂避一时的想法。杨先生提醒他“跑得了和尚跑不了庙，躲得过初一躲不过十五”。他这才把韩禄等召集一起商量办法。毕竟是“三个臭皮匠顶一个诸葛亮”，经过一番商议，他们终于想出了几条道道儿：一是把去年县太爷吩咐做的两个转经筒搬了出来，由杨先生挥笔泼墨，用核桃大的字抄了一些经书封存筒中，以应付那些念经祈福的善男信女；二是悄悄地搬了些经卷出来，准备打发捐钱多的施主；三是由韩禄、三青摸黑运些砖头沙土，重新堵塞在16窟窟门前，以求给那些想进洞的香客、游人制造障碍。

就在以上对付办法实施时，朱掌柜专程骑马来转告张家二先生的紧急口信：说是新任知县、湖北进士汪宗瀚大人到任了，传闻此人颇有些学问。大后天下午，县城士绅要在文昌宫设宴为他接风，让王道士送些经卷去请他鉴赏，听听他的高见。

听说新知县也是湖北佬，张二先生又主动提出引见，王道士当然想去巴结老乡，一番收拾后便按时赶去了。

文昌宫在敦煌城东门外，是衙门里的官员、县城中的士绅聚会饮宴之地。为欢迎汪知县到任而设在宴席厅中的盛大宴会热闹非常。宴席桌上，菜肴丰盛，大家推杯换盏，寒暄声、嬉笑声、猜拳行令声不绝于耳。不过在那里露脸的除了新知县外都是地方上的头面人物，而小小的王道士却只能待在宴席厅旁的客房里等候召见。他忐忑不安地时而站起走到门旁，听听宴席厅里的动静；时而打开背来的褡裢，看看装在里面的东西……漫长的等待急得他愁容满面，那双生来就显得比较小的眼睛，此时竟锁成了一条线。他企盼新上任的县太爷是个识宝的人，能欣赏那一洞他视为神物的经卷，能对发现宝物的他奖赏、表彰；他希望新上任的父母官能关注藏经洞，能支持他在莫高窟兴道护窟的事业。

随着一阵杂沓的脚步声，身着便服，颇具儒雅之风的新任知县汪宗瀚，由张壶铭、张鉴铭陪同走进客房，径直坐在正中的木椅上。王道士连忙趋前施礼请安。

已有几分酒意的汪知县，仰身靠着椅背，语气平和地指着王道士说：“听张举人介绍莫高窟新发现了一个藏经洞，内藏大量经书，你要是带来了就拿出来让本官见识见识。”王道士忙不迭地从褡裢中取出几个经卷，恭敬地呈给知县大人。

汪知县是进士出身，对文物古籍自有几分眼力。他接过经卷，一见那古朴的纸质、色泽，立即闪出专注的目光，及至一一展开，更是喜形于色。他一面欣赏一面自语：“啊，这一卷有落款，唐太宗贞观十四年……这一卷是唐高宗龙朔一年，难得难得，已是一千多年的古物了，真是难得一见！”

王道士听见县太爷赞扬，心里美滋滋的。

汪知县关切地问：“听说有很多，是吗？”

“很多很多，一个洞窟里全堆满了。”王道士做了个又高又大的手势。

汪知县仔细地问：“都跟这一样吗？”

“不，还有木板夹着的，有画的佛像，有些写的是没见过的字……”王道士说着又从褡裢里取出一幅绢画、一尊铜佛呈给县太爷。

汪知县轻轻打开绢画，展现在他眼前的是一幅伫立莲台的观世音菩萨。那鲜艳的色彩，经千年而未变；那庄严慈祥的佛像，历千载仍传神；那画侧还留有题款“绘于宋太祖乾德三年”。他看得入了迷、出了神，禁不住地连声赞美：“珍宝、珍宝、稀世珍宝！”

王道士听得心花怒放，眉开眼笑地直望着张举人，张举人会意地提醒汪知县：“那一洞珍宝该怎么办？王道长请大人明示。”

汪知县只顾欣赏，一时也没想好办法。思忖片刻才应付了几句：“甘肃学政叶昌炽大人学识渊博，又长于金石古玩。我过兰州时，他即嘱我留心为之搜求，这不正好，真是踏破铁鞋无处觅，得来全不费工夫，我把这些送过去，他要是喜欢何愁没有妥善处置的好办法。”

方才听见赞扬还激动不已并满怀希望的王道士，盼来的竟是几句不痛不痒的回答，让他好像又坠入了五里雾中，气得有气无力地问：“大人，那……我……”

汪知县好像酒劲上了头，对王道士挥了挥手：“你，你就回去等着，静候兰州的佳音吧！”

第四章 双莲寻亲过敦煌 无赖叫驴扰莫高

又是一度春风，吹绿了大泉河畔的胡杨、古榆、柽柳，吹开了林中的桃花、杏花、枣花，柳绿桃红，流水欢歌。鸣沙山前香烟缭绕，钟磬齐鸣，车流如浪，人拥如潮。莫高窟又迎来了一年一度的浴佛节。

在细心人的眼里，今年的盛会除传统的年年相似之处外，传得沸沸扬扬的藏经洞更别具魅力。一些朝过弥勒佛，拜过释迦牟尼，从大雄宝殿出来的香客、游人，都争先恐后地拥向“三层楼”下的16窟。其原因是发现藏经洞的事虽然官府不闻不问态度十分冷淡，但在老百姓中却越传越神奇，越传越离谱。有人传言：“藏经洞是佛祖设在东土的藏经宝库，库中的经书念一遍能增寿一天，念百遍能延寿一年。”有人传说：“藏经洞的经书是唐僧自西天取回的真经，法力无边，神功无穷。看一看、拜一拜、摸一摸，都能消灾免难，添福添寿。”更有人渲染说：“藏经洞的经卷是天赐人间的神物，识字者日日念经可得道升天，不识者烧灰吞服可防治百病，益寿延年。”……

传说越神奇越是有人相信，传说越离谱越是引人追求。曾一度打扫得干干净净的16窟前，今天虽然汇聚了不少的香客、游人，但呈现在他们眼前的却是紧锁的大门和门前堆积的沙土，只有韩禄和三青不紧不慢地在洞前清除积沙。

正当乘兴而来意欲进洞的人们受阻，迟迟疑疑地不愿离开时，敦煌参将的义子，人称“小叫驴”的参将署小头目肖娇力领着家小赶会来了。到达莫高窟后，一贯花天酒地的他无心陪妻子进香拜佛，带着两个亲兵，到处游逛，打听藏经洞的位置。及至找到16窟前见许多人呆立在那里，便指使手下去打听藏经洞是在这儿吗？

韩禄一见来人的样子，心想不会有什么好事，便佯装不知，推说自己刚来没两天，啥也不知道。亲兵又指问三青那洞门为啥上锁，三青更装迷糊说自他来这儿那门就上锁了。

肖矫力听罢极不耐烦地摆出一副盛气凌人的架势大声喊叫："把门打开！"

亲兵们也跟着帮腔助势："听见了吗？把门打开！"

韩禄沉着应付，不肯示弱："我们没有钥匙，再说崖上塌下来的这堆沙土堵在门前，少说也得好几天才能清扫完。"

蛮不讲理的肖矫力闻言大怒，当即指使亲兵："去，把门砸开！"

主子一声令下，两个亲兵便冲上去夺韩禄、三青手中的工具。亲兵甲与韩禄扭在一起。亲兵乙力气大，夺下三青手里的铁锹后，迈向洞前对着大门一阵猛砸，没想到震动过大，只听得"哗啦啦"一声响，近旁崖壁上方沙土、砾石纷纷滚落，在洞窟前扬起一团灰尘……有人惊叫："塌方了！""塌洞了！"吓得亲兵乙扔下铁锹，亲兵甲放开韩禄护住肖矫力拔腿便跑。周围的人也是一片惊慌，乱成了一团……

除了寻找藏经洞外，更多的香客游人都拥向了新设有转经筒的佛窟，人群中传说那转经筒里装的就是藏经洞的真经，转一转转经筒就能消灾免难，福寿延年……

经王道士和杨先生精心准备的转经筒，安置在大雄宝殿北侧杨先生抄过经书的94窟里。这个洞窟窟室宽敞，窟壁、窟顶满布精美绝伦的彩绘，庄严的彩塑佛像上方，挂上了朱红的绣花帷幔，像前供桌上，烛光闪闪，香烟弥漫，虔诚的香客们敬献的各色供品堆积得像一座小山。供桌两旁，对放着油漆彩饰的转经筒像两块磁石，吸引着众多的善男信女，他们自觉地排成长队，井然有序地依次近前转经。在排队的人流中有一位穿着讲究的年轻妇女，那便是人称肖太太的肖矫力之妻。她虽然也是随着人们移动，跟着大家转经，但她的眼神却始终注视着王道士的一举一动，好像在回忆什么？辨识什么？思考什么？转一轮下来，意犹未尽的她又排到队尾依次去转了第二轮、第三轮，要不是给她带孩子的老妈儿上前劝阻，候在一旁的亲兵也露出催促之意，她也许会再次排队，没完没了地继续转下去。

肖太太一轮轮排队转经之举并不令人见怪，因为一些虔诚的香客对于转经也是乐此不疲，故对混杂在人群中的她也没人注意。不过她为什么总盯着人家王道士，是无意还是有意？局外人是难以知晓的。

此时的王道士虽仍是一身道士装束，却肃立在佛像前的供桌旁为顶礼、进香的人们击鼓、击磬。许多香客进香后，也总愿走近向他道谢、致意，道教与佛教的结合在他身上显得十分自然，在信众的心里似也能够接受，而沉浸在众人敬意中的王道士也就对香客们投向自己的目光毫不在意了。及至肖太太离去，韩禄的挚友宋福带着媳妇林芝来给菩萨上过香、磕过头后，恭恭敬敬地走到王道士身旁低着头憨笑。善于察言观色的王道士见状后主动关心地问他陪着媳妇来求啥呀？宋福仍笑而不语，林芝只得指着转经筒勉强开口："王阿菩，这转经筒真灵验么？"

王道士一本正经地回答："心诚则灵，不知你们欲求何事？"

林芝脸上泛起红晕，伸手去捅宋福。宋福这才吞吞吐吐地说了出来："王阿菩，大事呀！我爹说不孝有三，无后为大，我娘急着想抱孙子嘞！"

宋福直率、真诚地倾吐实言，引起周围人善意的嬉笑，有些人还颇感兴趣地挤近他身旁，似也想听听道长的高见。因为"王半仙"的美名早已在外传扬，一些人对他也是景仰有加。

王道士见林芝面露羞色，眼巴巴地在等待回答，不少人也静静地望着他，暗自思量了一会儿才开了口："各位施主，子孙有数，福寿在天。转经求子祈福，诚心向善，自当善有善报，菩萨自会保佑大家多福、多寿、多男。"王道士的话音刚落，人丛中立即响起了一阵会意的欢笑声……

突然，欢笑声戛然而止，进门方向人群骚动。原来是在16窟前扫兴离开的肖矫力在亲兵的护卫下，又窜到这里寻开心来了。他趾高气扬地推开众人，大摇大摆地闯了进来，旁若无人地站在窟室中央，粗声粗气地质问王道士把经书藏哪儿啦？王道士先是一惊，随即定了定神，不卑不亢地回答说："不是藏，谁也不敢藏，是敬奉、供奉，都供在转经筒里头了……"不待王道士把话说完，肖矫力走到供桌旁，伸手抓过王道士摆在桌上装门面的一本道经，又逼王道士把转经筒打开给他看看。

王道士当即推诿说那转经筒是奉县太爷之命安装的，不经知县大人允许谁也不敢擅自开封。

王道士打出县太爷的旗号只把肖矫力稍稍地镇住了一会儿，孤立在众人面前尴尬得几乎有些下不了台的他仍想抖抖威风，竟然耍起了无赖，执拗地指使亲兵："去给我打开！真要是有人吃了豹子胆敢去县衙报告，我奉陪到底！"有了主子的命令，狗仗人势的两个亲兵应声而上，各自从供桌上抓起一支铜烛台，竞相窜向转经筒举手要砸……香客们心目中的神物面临危难之际，人群轰动了，有人高声制止："不准砸！""不准动！"……有人奔至筒前以身相护，护卫的人中有宋福、林芝、杨先生及刚进窟来的韩禄等。

两个亲兵受阻，垂手立在那里，与护筒的人相持不下。王道士为了化解事态，上前一步，大声说道："各位施主，你们有所不知，这转经筒里的经书是佛主道君所赐，供奉入筒前，做了七七四十九天法事，经筒加封前，又对天立下咒言，谁敢擅自开筒，定遭五雷轰顶！"

听说要遭五雷轰顶，方才还气壮如牛的两个亲兵给吓得连连后退，像遭了雷击似地忙把烛台放回供桌，悻悻地回到主子身旁。而色厉内荏的肖矫力，既不敢激起众怒，又放不下臭架子，硬撑在那里更是进退两难。

处事圆滑的王道士见肖矫力带有两个亲兵，既像有身份的纨绔子弟，也像难缠的市井泼皮，不敢多惹麻烦，便想息事宁人，给他找个下台的台阶，把冲突化解算了，当即大声说道：“各位施主，俗话说不知者不为过。转经筒新装初设，谁也觉得新奇，这位客人看来也是有什么急事求佛心切，与人为善，于己消灾，大家就让他先去转转经吧！”护卫转经筒的人们当即让开一面。王道士也客气地对肖矫力做出了邀请的手势。

谁知肖矫力并不领情，他气急败坏地对王道士摆了摆手，又给亲兵使了个眼色，转身带着二人灰溜溜地匆匆走出窟室。在他们身后随即响起一阵哄笑声和唏嘘声。

当窟室里又恢复常态后，王道士问韩禄怎么过来了，藏经洞那边有事没有？韩禄抱怨说这家伙刚在那边捣过乱。王道士低声骂了一句：“真是个扫帚星！”杨先生当即告知，他就是参将大人的义子人称惹不起的“小叫驴”。

韩禄听见这极为刺耳的诨名，不觉恨从心底起，怒自胸中生。但因他从未见过此人，为了靠实，便又追问：“他真是林参将的崽子‘小叫驴’！”“错不了，就是他！”杨先生十分肯定。“就是他，有名的泼皮！”“无赖！”“花花公子！”周围群众也是一片谴责之声。

韩禄像一头被激怒的狮子，伸手从供桌下摸出一根木哨棒，一语不发地追赶了出去。杨先生莫明其妙地问王道士：“他怎么啦？”王道士顿了顿脚：“唉！糟了，冤家对头！”

大泉河畔，小道两侧拥塞着许多酒食摊点，荟萃了众多敦煌名吃。什么粽糕、油馍、包子、枣卷，什么酿皮、凉粉、凉面，什么炸油饼、油糕、油果子、油馓子、油炸鬼，什么拉条子、包饺子、摊煎饼、青粉汤、烤羊肉……烟气升腾，浓香诱人。肖矫力带着亲兵穿行于摊点之间，耳边虽有摊贩们热情的招呼，眼前虽有各色美味的诱惑，但好像一点儿也激不起他的食欲。他只在一酒摊前喝了一碗酒，便催促两个垂涎欲滴的亲兵：“快走，快走！”

走过林间空地，经过一些问卦、测字的小摊，见到一些捏面人的、转花糖的、卖补酒的、卖膏药的、操琴卖艺的……那此起彼伏的吆喝声，那杂乱刺耳的喧闹声，更叫肖矫力心烦意乱。他在城里玩腻了，本想来庙会上找乐事、寻开心，没想到事事不利，处处碰壁，感到特别晦气。他想尽快离开这倒霉的地方，另觅舒心之处。他走到

林边，没精打采地叮咛亲兵："快去牵马，让车夫等候太太，我们先回城去！"

可是，当亲兵牵来马匹，他刚跨上马背正要起步时，突然两眼发直，紧盯前方。

而此时，跟踪追来的韩禄正经过闹市，穿过小摊，一路探问……路遇的一些人，见他提着木棒，怒气冲冲、慌慌张张的样子，又听他不断打听寻人，估计会发生什么事。在好奇心的驱使下，便尾随其后，想看个究竟，以致在他的身后像滚雪球一般，跟随的人越来越多，逐渐形成了一支不小的队伍。

再说肖矫力被什么事钩住了呢？原来，在林边不远处，有许多人围成了一个不小的场地，他从马背上恰好看见一位身着白衣的年轻女子正在场中舞刀。人们送他"小叫驴"的诨号，确实生动形象，入木三分。因为他虽然已有家室，但却经常在外拈花惹草。只要一见到年轻美貌的女子，无不心慌意乱，脸红筋胀，膝酸腿软，就像被钩了魂似的，以致抬不起脚，迈不开步。

人群簇拥的场地中，一个素装的女子，手持两把闪光的钢刀正在表演刀术。只见她身似白云翻滚，刀如银光护身。时如玉莲盛开，时若白兰绽放，时似仙鹤临空，时像玉兔疾驰……龙腾虎跃，虎虎生风，不时赢得人群中的阵阵掌声。

舞刀的女子姓朱名夏莲，年约十八，地地道道的山东口音。她身高适度，体形健美，眉清目秀，唇红齿白，容貌端庄。她舞刀时，一招一式动作精准，或劈或刺干净利落。她收刀后，待人接物彬彬有礼，落落大方。

夏莲的妹妹叫秋莲，约有 15 岁，更是长得矫健秀丽，英姿飒爽。她穿着一身红色衣服，坐在场中一只盖着白纱布的木箱旁，远望似一团火，近看像一朵花。

肖矫力趁着酒兴推推搡搡挤进人丛，两个亲兵寸步不离地紧随其后。当看清场地之中是一白一红两个年轻美貌的女子时，竟以为是遇上了天上下凡的仙女，肚子里尽装坏水的他又开始胡思乱想，也不知会玩出什么坏招来。

这时，场地中已竖起一块门板，夏莲双臂平举，身体紧贴板面，神情自若地立在那里。秋莲站在远处，左右开弓，投掷飞镖。只见银光闪闪，只闻风声飕飕，一只只锋利无比的银色钢镖似流星、如闪电，"嗖、嗖、嗖、嗖"稳稳地插在门板上，插在夏莲上身的四周，而她却安然无恙，脸上还露出平静的笑容。人们的担心和惊惧，随着镖起镖落，霎时间便化为惊喜与欢呼："好呀！""神镖！"……赞赏声、喝彩声如狂飙四起。

不待欢呼声平息，夏莲离开门板走到场中，抱拳施礼后大声说道："诸位父老乡亲，俺姐儿俩万里迢迢来到关外这片宝地献艺，多谢大家捧场，俺这里谢谢大家了。"秋莲拔下插在门板上的钢镖放下后，从那只盖着白纱布的木箱中取出一木盘"百宝丹”，与夏莲一道向众人兜售。夏莲手举“百宝丹”说：“为了感谢大家，俺们特意带来些在东岳泰山无人不知、无人不晓的神药‘百宝丹’，此药功力无穷，有伤者，止血生肌，立见奇效；无病者，益气补虚，强壮筋骨……”

夏莲话音未毕，在肖矫力带头下，几个与他臭味相投的泼皮便附和着一道起哄：“不信，不信！”“吹牛，吹牛！”“当场试试！”……

夏莲虽是个年轻女子，但毕竟久走江湖，见过大世面。她对起哄、捣乱见惯不惊，应付几个泼皮也是胸有成竹，当即拱拱手，接过话茬：“有人说得好，耳听为虚，眼见为实，俺们就来当场试试！”说着她抽出一把明晃晃的尖刀，绕着场子，一一指着肖矫力和几个起哄的泼皮问：“来试试？”“来试试？”……对方见她执刀在手，又是十分认真的样子，生怕惹下血光之灾，一个个吓得连连摇头：“不试了！”“不试了！”……肖矫力和泼皮们虽说不试了，但夏莲却未肯罢休：“话既出口，怎能不试？”她早已发现场边有一村妇抱了一只公鸡，便走过去客气地借了过来走到场中，秋莲当众折开一包“百宝丹”，候立在她身旁。这时，只见夏莲一手提起公鸡，一手拿着尖刀，手起刀落，那鸡冠上便是一条血口，鲜红鲜红的鸡血一滴滴洒落在地上。机灵的秋莲，两指捏起一些丹药敷在鸡冠上，当即将血止住，真是药到血止。见此情景，围观的人们无不信服：“好药！”“好药！”“神药！”许多人便掏出钱来，争先恐后地要买。

夏莲把公鸡还给村妇，并送了两包“百宝丹”道过谢后，又听见肖矫力和泼皮们还在故意找岔儿：“大家看看，她们卖的药和刚才试的药一样不一样？”“小心她们做手脚！”……真是“十个说客顶不上一个夺客”，一句蛊惑人心的煽动搅乱了视听，让一些举钱买药的人又把手收了回去，弄得正在卖药的秋莲十分尴尬。

夏莲见状，示意让秋莲去门板前，然后操起一把钢叉，对着四周的观众，十分动情地说：“诸位父老乡亲，人生在世，就讲信义二字，俺说是真，你怕是假，任俺怎么辩解，也难令你口服心服。那好，请诸位看着，俺手上拿的这把叉名叫‘锁喉叉’，现在对天发誓，俺们要是卖了假药，骗了大家，这飞叉出去，俺妹子就死于这钢叉之下！”夏莲的话有情有义，铿锵有力，掷地有声，动人心魄，围观者鸦雀无声，场地上一片静寂。

待秋莲手捧盛有“百宝丹”的木盘在门板前站定后，夏莲定了定神，长长地吸了一口气，举叉欲掷。围观人群中有人提心吊胆地屏住呼吸，有人担惊受怕地闭上眼睛，不敢正视钢叉出手的那一瞬，生怕出现他们不愿看见、不愿发生的事情。

突然肖矫力像发了疯似的窜出人丛，挡在夏莲身前，流里流气地说道：“别掷了！

跟你们闹着玩的嘛，何必动真格的。再说人有失手，马有漏蹄，万一伤了小妹妹，也叫人怪心疼的。我信了，把你们的药全买了，咋样？够义气吧！”说着掏出几块大洋，炫耀似的在手中抛抛，扔在夏莲脚下，一双色眯眯的眼睛紧紧地把夏莲盯住。夏莲没看脚下的大洋，反手把钢叉插在地上，豪气十足地爽快回答：“零卖趸批都是卖，你要信得过就卖给你了！”

色胆包天的肖矫力自以为得手，得寸进尺地逼近夏莲，旁若无人，嬉皮笑脸地说：“真卖了？我可要连人一起买啊！”听其言，观其行，夏莲闻着对方喷出的酒气，深感来者不善。在这个不悉民风民情、举目无亲、无依无靠的地方，如何摆脱这流氓酒鬼的纠缠，一时束手无策。她低头略作思忖，想不出脱身之计，抬头环视四周，看着众多纯朴的面孔、善良的眼睛，她彷佛又得到力量，得到了支持。她猛然又提起钢叉，高声呼问：“诸位兄弟姐妹、父老乡亲，俺姐俩从山东走到京城，走过西安，一直来到敦煌佛地，破天荒第一次遇见竟要强行买人的事。老天有眼，大地有目，难道你们这儿真能在光天化日之下买卖人口？”夏莲的处境和她那似在问天、似在问人的话语，激起了许多人的义愤，博得了不少人的同情，但人们惧于权势，也只能是敢怒而不敢言，围观人群一片沉默。

陡然，一声洪钟似的响亮回答：“不能！”打破了场地的沉寂，只见武举人张壶铭分开众人，径直走向夏莲。围观人群中立即爆发出热烈的掌声。

肖矫力虽说是飞扬跋扈、仗势欺人之徒，但毕竟是欺软怕硬、色厉内荏之辈。他一见敦煌闻名的武举人出面，自知又碰了钉子，邪不压正，心中不免有些惊惶，但靠着酒劲的支撑，仍死皮赖脸地硬挺在那里胡想对策，连亲兵上去拉他也赖着不肯移动。

正当场中出现对峙局面时，忽见韩禄提着木棒在一群青少年的簇拥下分开人群冲进场中，用木棒指着肖矫力大声呼喊：“乡亲们，这‘小叫驴’抢了寺里的经书，你们说该咋办？”

啊，真是千夫所指，一呼百应。人们挥拳舞臂，有的喊：“揍他！”“揍他！”“送他去官府！”有的呼：“把经书交出来！”“叫他滚蛋！”……

望着群情激愤、众怒难犯的势头，听见咄咄逼人、震耳欲聋的呼喊，看着提棒人充满仇恨的神情，借酒撒野的肖矫力被吓醒，多少也有些害怕了。这里不是他可以横行霸道的县城，这里远离他依托的靠山，这里他只有两个亲兵。他心想好汉不吃眼前亏，还是溜走为妥，当即掏出身藏的经书扔在地上，急命亲兵快走，但只迈出半步，又很不甘心地指使亲兵去把他买的药都拿走。

趁着韩禄俯身去拾经书，一个亲兵像个偷鸡贼似的窜出几步，从场中抱起那只盖着白纱布的大木箱，拔腿便跑……由于进入场中的人群挡住了视线，夏莲没有看见亲兵的举动。幸好在那家伙逃跑时，被站在一旁的秋莲觉察，这才大声疾呼："箱子，箱子！"

夏莲闻声，拨开众人，不见木箱，急呼秋莲："快去追！"语音未落，她由于惊惧过度，只觉两眼发黑，双腿发软，便一头瘫倒在地上。本要去追木箱的秋莲发现姐姐倒地，回身忙去搀扶。韩禄见状便自告奋勇："我去追！"

韩禄独自一人，哪能敌得过肖娇力和两个亲兵，所幸的是有一群跟在他身后的年轻人成了他的后盾，黑压压的一大群人所造成的声势让对方不知其虚实，所以在一阵打斗后，韩禄的左臂虽然挂了彩，但终于吓得亲兵放下木箱，翻身上马，护着主子夺路而逃。

场地上，经张壶铭压穴施救，夏莲苏醒过来了。秋莲扶她坐起，而她的双眼却始终停留在那放过木箱的地方，似有什么牵挂让她难以割舍，似有什么思念让她难以安心。忽闻人声嘈杂，围在夏莲附近的人群让出通道，韩禄喘着粗气跑回来把夺回的木箱轻轻地放在夏莲身边。夏莲急切地揭开盖箱的白纱布，人们惊奇地看见一个不足周岁的小女孩仍安睡在木箱中。

经张壶铭与王道士等商量，夏莲姐妹被临时留住在下寺的一间偏房里，等韩禄、三青协助她们安顿好，秋莲静下心来，这才发现韩禄的左臂挂了彩。她不由分说，要三青帮助把他的左衣袖脱下，见那竟是一道约有两三寸长、仍然血流不止的刀伤，连忙取出"百宝丹"为他敷药止血，撕开白纱布为他包扎裹伤，心中对他的感激之情不禁油然而生，对他的仗义与勇敢敬佩不已。

晚饭后，张壶铭、张鉴铭、王道士、韩禄等去看望夏莲姐妹。秋莲抱着姐姐的女儿滢珠坐在土炕上，夏莲坐在炕沿上缓缓地叙述身世："俺俩姓朱，俺叫夏莲，妹叫秋莲，祖籍山东泰安。世代尚武，在武林中颇有些名气，家有祖传秘方，制作金疮成药，畅销天津、北京等地。八国联军入侵，参加了'义和团'的祖父及双亲先后惨遭洋兵杀害，一个过继给大伯家的姐姐春莲也断了音讯，留下俺姐儿俩孤苦伶仃，相依为命。兵荒马乱中，女儿滢珠出世，她那在京城当兵吃粮的爹丁金泉又不知去向。经多方打听，才听人说可能是解押流犯，远去了迪化（今乌鲁木齐），俺们这才一路寻来……"

张壶铭听后夸奖道："难得，难得，兵荒马乱之后，这又要演一出泰山女万里寻夫出长城的好戏了。"王道士问她们既然要去新疆怎么走到这儿来了？夏莲如实相告说走到肃州，听人说敦煌地方富庶，百姓善良，这里又有佛事盛会，便想来挣几个盘缠，也好继续西行。王道士听说她们还要继续西行，不禁想起了自己欲去新疆途中的那段可怕的遭遇，难免有些担心地劝诫说，眼下正是春夏之交的大风时节，就她们两个孤身女子还带一个小孩儿，要西去迪化确实太冒险了。韩禄也跟上说："走过那条路的人都讲'出了嘉峪关，两眼泪不干；往前看无人烟，往后看戈壁滩'。"劝她们不要贸然西行。

正哄着滢珠的秋莲听后着急地问夏莲："二姐，那俺们咋办？"

一直在旁静听的张鉴铭宽慰姐俩："别担心，敦煌县里好人比坏人多。你们宽心些，先休息休息，下一步咋办，咱们再从长计议！"

"对，这里有吃有住，你们就放心休息，来这里一趟不容易，也算是缘分吧！"王道士瞟瞟左臂负伤的韩禄说："明天就让韩禄陪你们把这里的佛窟都看看。"

遇到了一群热心相助的好人，又有了临时的驻足之处，漂泊多年，尝尽颠沛流离之苦的夏莲姐妹，总算过了几天舒心的日子。特别是进出于佛窟之中，拜倒于菩萨身下，一种远离尘世、淡泊人生、忘却悲痛、走出苦海的超凡脱俗之情，在她们的脑海中朦朦胧胧地闪现出来。夏莲好像暂时甩开了忧虑，也买了些香烛，在韩禄的指引下，专心地烧香拜佛。而秋莲更像是从惆怅中解脱了出来，尽显出青春少女天真烂漫、活泼大方的风采，她时而跟着姐姐上香拜佛，时而观赏佛窟壁上的绘画，时而又向韩禄问这问那……一天，当她们自莫高窟南端洞窟出来稍作休息时，她问夏莲："姐呀，你给菩萨磕头时，心里在想啥呀！"

夏莲如实地回答："俺……俺在求菩萨保佑你金泉哥平安无事，保佑滢珠无病无痛健康成长，能早日见到他爹。"

秋莲又问韩禄："韩大哥，你向菩萨求告啥呀？"

"我呀……"韩禄想了想支吾道，"我的事菩萨都知道，也就无须天天求告了。"

"到底有啥事呀？"心性直爽的秋莲对韩禄的回答并不满意，又进一步追问："你有家室了吧？"

"怎么说哩，也可以说有，也可以说没有。"韩禄的回答模棱两可。

秋莲仍不满意："韩大哥，俺们的底底细细都告诉你了，你的事就不能说说？"

韩禄仍在推口："说来话长，以后再讲吧！"

夏莲听出韩禄一再推脱很像是有难言之隐，故意扭转话题："秋莲，你怎么老缠着问别人，也说说你自己向菩萨求告啥呀？"

秋莲只顾问别人，没想到姐姐如法炮制将了自己一军，一时竟不知该如何作答：

"俺，俺也不求啥，就求菩萨保佑你和姐夫早日团聚。"

夏莲并不饶她："你这死丫头也不讲实话。"

秋莲噘起了小嘴："那你知道俺在求啥呀？"

夏莲打趣她："俺知道，你呀，你是求菩萨保佑，早日寻到一个如意郎君，是吧，是吧？要不怎么脸红了！"

秋莲真的脸红了，本来就长得很俊俏的她，此刻真像是一朵出污泥而不染含苞待放的莲花，但她仍然嘴硬："俺才不想嫁人哩，看你万里寻夫多苦呀，也许还不如在这里出家求个清静。"

韩禄听秋莲之说笑了起来："啊，我可从来没听说过莫高窟有尼姑。"

正是由于当时莫高窟除上、中寺有红衣喇嘛、下寺有道士外，确实没有尼姑、道姑，所以如何妥善地安置夏莲俩姐妹，如何帮助她们摆脱当前的困境，就成了一贯坚持帮人帮到底的张家兄弟考虑的问题，思来想去，他们想到了朱掌柜。

新店台兴隆客栈的朱掌柜，既是位孤身经营的老人，又是位有口皆碑的善人。他帮助过许多贫困的乡邻，又接济过无数遇困的行人。丰年他向寺庙捐资，灾年他设大锅施粥……他处事仗义，待人宽厚，凭他的德行、他的善心、他的家境，由他来照料这俩姐妹，确实是再妥当、再合适不过了。张鉴铭找他说明原委后，他不由分说，当即一口应承，并表示："不管留多久，她们姐妹住的、吃的、用的，我朱老汉全管了，全包了。"

过了两天，在下寺门前，朱掌柜的骡车和夏莲姐妹的马车均已收拾停当准备离去。张壶铭、张鉴铭、张盘铭、王道士、韩禄、三青、杨先生等都齐集在车前为他们送行。张壶铭特意上前双手抱拳对朱赏柜叮咛："老哥，这姐妹俩的事，就拜托你了。"

朱掌柜捋了捋胡须乐呵呵地回答："你们放心，俗话说五百年前是一家，我们同姓相聚，也是缘分啦！"

夏莲抱着孩子，连连躬身致意："多谢大家，多谢大家！萍水相逢，患难相助，俺姐儿俩，还有俺闺女，此生此世都忘不了这大泉河畔的遭遇，忘不了莫高窟恩人们的情意。"

临上车前，秋莲走到韩禄身前，把几包"百宝丹"放在他手里，并轻声地关照："韩大哥，俺走了，你自己常换药，要爱护身子。"

韩禄手里握着秋莲留给他的药，直愣愣地立在那儿，目送着骡车、马车渐渐远去。

又过了两天，浴佛节佛会已近尾声。

张家三兄弟返城前，王道士又请他们到 16 窟前，征询他们对藏经洞处置的意见。听过王道士一番诉苦后，性急的张壶铭首先表态：“我看这藏经洞与其打开受损，还不如照旧把它暂时封起来。”

王道士继续抱怨：“是呀！有人说藏经洞的经书是佛祖赐给敦煌人的，人人有份，公开来要。有些捐了银子的施主要，有些一毛不拔的‘铁公鸡’、死皮赖脸的也要，逼得我只好推说钥匙在县上，开不了门。”

张鉴铭夸奖道：“推得好，免得他们来纠缠。”

王道士深感委屈：“推到哪天才是头呀？知县大人、道台大人、太后老佛爷都不过问，这藏经洞该咋办，该靠谁呀？”

张壶铭劝说道：“别抱怨了，除了靠官府还能靠谁？耐着性子再等等吧，知县汪大人不是叫你静候兰州的佳音吗。”

“唉！那就再等吧！”王道士无可奈何地叹息。

佛会结束时，杨先生要搭便车回安西一趟，王道士拿出佛会期间香客们施舍的银钱要付给他抄经的工钱，没想到却遭到他客气的拒绝，他说：“不必了，不必了，道长你四处化缘，辛辛苦苦得来的百家钱，都是施主们对佛、对神的供奉，我要拿走，也于心不安。我这个人生来胆小，碌碌一生，不敢做半点亏心事，哪敢有非分之想。”

三青和韩禄劝说道：“杨先生，你老也够辛苦的了，拿一份工钱也是正理。”“是呀，费了那么大的工，出了那么大的力，你也要养家糊口呀！”

杨先生仍坚持己见：“你们放心，我家里不靠我也凑合过得去，你们能安贫乐道，我也该安分守己。”

王道士执着地继续劝解：“这次佛会收入不少，按理也有你的功劳呀！”

脾气有些执拗的杨先生，改口道：“那就这样办吧，你不是要雇人来维修寺院吗？你不是要重做一块匾额吗？那就算我积的一点功德吧！”说着便把写好的“太清宫”三个大字字样递给王道士。

“那也好，尊敬不如从命，新做匾额就算是你敬献的。”王道士接受了杨先生的心意，同时把字样交给了韩禄，并吩咐他趁回家之便去雇几个工匠，去订做一块匾额，去看一下夏莲姐俩安顿好没有。

韩禄回家后听韩辛、韩茹说住在隔壁客栈的秋莲姨姨常来关照他们。体弱多病的玉兰她娘也说那姑娘很和善，常过来问寒问暖，提水扫地，挺讨人喜欢。

正谈话间，秋莲又过来了，意外地发现韩禄在家，不免露出几分惊喜，别后重逢，就像老朋友一样又亲近了许多。

秋莲得知王道长和三青都惦记她们，还特意让他来探望，十分感动。她说朱掌柜待她们很好，可以说不是亲人胜似亲人。这对家破人亡、浪迹天涯、饱尝人世辛酸的她们来说，真是久旱逢甘霖，又得到了人间的亲情，世间的温暖。

韩禄试探着打听她们的意向。秋莲说二姐夏莲产后颠沛流离，劳累过度，身上留下病痛，一直未得治疗，朱掌柜劝她以身体为重，不要急于赶路。她也赞成稍事停留，好让姐姐调养调养身子。接着，她又反过来征求韩禄的意见。

韩禄想了想回答说：“常言道‘留得青山在，不怕没柴烧’，寻亲固然要紧，惜身更为重要。要没有孙悟空那样的钢筋铁骨，怎么渡得过流沙河，怎么过得了火焰山？就让你姐安心调养吧，等她身体康复了，如果用得着，我赶马车送你们去迪化！”

韩禄一席话有情有义，令秋莲激动不已。夏莲听后也是倍感亲切，赞叹不绝。

韩禄在家的日子里，秋莲不时过来看望，给他看伤、换药，替他浆洗、缝补衣裳。就连韩禄出去为寺院雇请维修工匠，她也总是跟在身旁，村里有人问起，她往往笑而不答，韩禄只好推说是远道来探亲的亲戚。

几天后，韩禄去朱掌柜家借了匹马，打算进城定做匾额，秋莲得知后也要跟去，韩禄怕她去城里撞上“小叫驴”，坚决不许。她没有跟韩禄争辩，但韩禄前脚刚走，她后脚又牵出一匹马来对朱掌柜和夏莲说要暗自跟去给韩大哥做保镖。夏莲深知妹妹的脾气，也深信她的武艺，没有阻挡。朱掌柜虽然有些担忧，但也不便劝阻，只是一再叮嘱：“千万小心，县城里可是‘小叫驴’的天下！”

第五章 辗转护宝成泡影 经卷无奈归秘境

没过多久，赶在王道士选定的日子之前，韩禄将做好的匾额运回来了。到了吉日那天，下寺门外响起了“噼里啪啦”的一阵鞭炮声，王道士领着三青跪在香案前，仰望着韩禄和工匠们搭着梯子，把一块蓝底金边的匾额，端端正正地挂在门楣上。那匾额上刻有“太清宫”三个金色大字，从此下寺便改称太清宫，成了道教的寺观。

此时的太清宫，只是对原来下寺的破败房舍做了一些简单的修缮。主要是整修了大门和布置了一间经堂。经堂里没有塑像，墙上保留着原有的佛经故事壁画，除了香案桌椅之类的陈设外，唯一显示道教特征的是新供了玉皇大帝的牌位，其设施虽属简陋，但总算初步具备道观的形象。

挂过匾额后，王道士回到经堂静静地坐在那里，面对眼前的一切思前想后，他的脸上禁不住地露出一丝欣慰但又不无遗憾的略带苦涩的笑容。他微微闭着双眼，似在回味这两三年来遵循静海法师的指引，超脱人世、淡忘旧情、苦心维护佛窟、改造下寺所取得的初步成就；似在思考、盘算、安排、期望今后的发展；似又自心底涌出了对芙蓉姑娘的那份思念和那难以解脱的情结；似又牵挂起他深信是佛祖、道君赏赐他的一洞经卷的无情遭遇。想到这里，他慢慢睁大眼睛问坐在一旁的韩禄：“你去城里，张举人家对藏经洞的事到底怎么说？”

三青抢先回答：“师父，韩大哥都对你讲过几遍了。”

王道士固执己见：“好的经书一千遍一万遍地念，重要的话何妨三遍五遍地说。”

韩禄很敬重王道士，只得再次像背书一样地复述：“张举人说藏经洞不知封闭了多少年，要等有识之士，既要缘分也要时间。大先生讲世上的事总是好事多磨。二先生要你耐心地再等等。”

“再等等、再等等……真没法，那只好再等等吧！”王道士脸上的笑容一扫而光，似又陷入苦闷的沉思之中……

王道士这一等又等了一年，直等到 1902 年。

一天早上，王道士正指挥工匠们维护朽损濒危的一处洞门，忽然传来三青的呼喊声：“师父，朱掌柜派人送信来了！”

王道士闻声后有些纳闷：这么早就来人，难道有啥要事？他急忙返回太清宫，见门前停了一辆骡车，韩禄在帮助车把式卸车。车把式看见王道士走近，迎上去告知：“王阿菩，朱掌柜派我送些粮、油过来，并请你和韩禄大哥马上随车过去。”

“马上随车过去！有啥急事？”王道士问。

车把式不知是故弄玄虚还是真不清楚：“他没讲，反正有急事，要不怎么催我半夜就出车。”

王道士不再深究，只对三青交代了几句，便带着韩禄上车出发了。

骡车驶入兴隆客栈院内，王道士、韩禄下车后，朱掌柜闻声迎上，兴高采烈地寒暄着陪他们走进堂屋。堂屋里好像在准备喜庆活动，供奉神龛的桌子上香炉、烛台等神器已擦拭一新，各色供果已陈放整齐，红烛、线香已备齐待用。

朱掌柜安排客人坐定，王道士便有些急不可耐地问：“朱掌柜，你急急忙忙地让我们赶来，有什么要紧的事吗？”

朱掌柜笑而不答，却示意夏莲上茶。待夏莲先后给大家斟过茶后，王道士又问：“朱掌柜，你这葫芦里装的什么药呀？”朱掌柜仍是笑脸相向。

此时，秋莲抱着滢珠，领着韩辛、韩茹进来，一见朱掌柜，两个大些的孩子高喊着“朱大爷”跑了过去。秋莲抱的滢珠也叫着：“爷爷！”挣着下地，跌跌撞撞地扑了过去。朱掌柜急忙蹲下，展开双臂，乐不可支地把三个孩子搂在身前。韩禄一看也坐不住了，忽地起身，也凑了过去，韩辛、韩茹这才移步向他，韩辛还责怪似的说：“爹，你咋老不回来，姥姥病了，都是秋莲姨姨照看我们。”

朱掌柜借着话题关照韩禄：“你该给他们找个娘了。”接着他又转嘱王道士：“王阿菩，你以后也记住催促韩禄常回家看看。”

“记住了，记住了。”王道士答应后又问，“朱掌柜，你那葫芦里的药该抖出来了吧？”

朱掌柜哈哈大笑：“你还没看见？我一个孤老头儿认了两个女儿，一个外孙女。”

生性憨直的韩禄趁机诚恳地求告朱掌柜：“把韩辛、韩茹也认了吧！”他催促两个孩子，“快叫爷！”

“爷爷！”“爷爷！”朱掌柜听着孩子们亲切的叫声，真是喜出望外，“啊！我朱老汉，中年丧子，晚年丧妻，都快入土了还得来三个孙子。王阿菩，这都是转过经得的福吧！”

“积善得福，这都是你的造化。”王道士直到此时方才恍然大悟，“啊，朱掌柜，原来今天是请我来喝认亲酒呀！”

“王阿菩，还有消息！”随着二先生张鉴铭的话音，宋福跟着他快步进来，众人闻声后也起身相迎。张鉴铭把带来的礼物交给夏莲，又对朱掌柜道喜后，才对王道士说：“王阿菩，知县汪大人说你送的经卷已转呈兰州学政叶昌炽大人，叶大人公务烦忙，一时尚未定夺，让你耐心地再等等。”

“还得等呀！”王道士差点惊叫起来。

王道士日日等，夜夜盼，好不容易又挨过了近一年时间。直到1903年的一天，朱掌柜才让人捎信来叫他速去张举人家，说有要事相告。

什么要事哩？原来是前几天，知县大人约见过张壶铭、张鉴铭。县太爷汪宗瀚告诉张家兄弟他近日接到兰州传来书信，学政叶大人对送去的敦煌卷子爱不释手，十分欣赏，评价极高，说那都是些唐朝、宋朝的古卷，作为史料，作为文物均有极高的价值。他怕这些难得一见的千年古物失散，想悉数运去省城保管，但所需的两三千两银子，一时尚难筹措。

听过汪知县的通告，张鉴铭认为省上财力雄厚，不信连两三千两银子都拿不出来。

汪宗瀚连忙解释说，这两年要付给洋人赔款，国库空虚，省上入不敷出，捉襟见肘，地方上粮款也收不上来，他正要召集地方绅士来商量哩！

县太爷的话，勾出了张壶铭的话题：“我正想向大人报告，前年秋季霜害，去年党河洪灾，水不归渠，禾苗枯萎，不少粮田颗粒无收，许多百姓难以糊口，大家正议论要报请减免那不合理的采买粮……”

汪宗瀚一听减免采买粮的事，脸色骤变，当即打断张壶铭的话：“别再说了！你提到的事，本县已有所闻，但不论采买粮是否合理，那都是既成的事实，前任所为，本县也无权变更。请转告大家，此事还是不提为好。”

张壶铭据理力争：“汪大人，百姓照章交纳粮赋后，又要额外再交采买粮，如此重赋既不合理又难承受。大人身为父母官，为大人计，理当体察民情，顺乎民心，合乎民意，多替百姓做主为好。”

汪宗瀚自有主见：“采买粮乃上级所订，本县虽为一县之长，但除例行公事照章征收外，绝无更改之权。如要为民做主，我奉劝大家还是安分守己，少惹是生非为妥。”他见张壶铭还想辩解，当即做出送客的表示：“好了好了，今天约你们来只谈藏经洞，其他的事免谈吧。你们回去立即转告王道长，让他继续妥善看管，等候处置。”

县太爷一句“等候处置”，又让王道士的心悬在了半空。他自认为藏经洞的经卷，是上天奖赏他的一洞神物、一洞宝物，但为什么得不到官府的重视，得不到官府的认可，得不到官府的嘉奖？他拥有的这一洞千年古物，除了遭匪徒劫掠，除了赠送施主之外还有何用？他也曾在夜深人静时，关上寺门，点起蜡烛，拜过神佛后，静心翻阅过一些卷子，但凭他的文化水平，连中文书写的经卷都读不顺句，更别说有些他连横竖都辨不清的不知是何种文字的东西了。慢慢地，他越来越感到失望，越来越感到苦恼。他只有领着韩禄、三青成天地清扫佛窟，在单调的劳动中，忘却心中的烦闷。只有经常外出，四处化缘，以排解心中的惆怅，并寻求宽慰和支撑的力量。当然，他也并没有完全死心，不时地也会打听“等候处置”方面有什么消息，因为他对此仍抱有一线希望。

无情的岁月又过去一年。心情郁郁的王道士累了、困了、病了，他无声无息地平躺在土炕上，守候在身边的三青不停地用湿布为他凉敷退烧。

门外一阵杂沓的马蹄声传到了王道士的耳里，他的身子动了动，侧首吩咐三青：“快去看看，好像有人来了。”

三青出门看后高兴地大声报告：“师父，杨先生来了！”

王道士一听，仿佛吃了兴奋药，方才的病态顿然消失，他一边喊：“快请！快请！”一边掀去头上的湿布坐了起来。

风尘仆仆的杨先生在门外拍了拍土，进入室内，三青端起脸盆忙去换水。杨先生走到王道士身旁，问候几句之后，坐在炕边上，小声地告知：“有个急事，特意赶来告诉你。前些日子，我去肃州，安肃道台衙门的徐师爷悄悄地向我透露说，甘肃巡抚大人有令，要把藏经洞重新封起来。”

“不是说要筹集费用运去省城保管吗？”王道士深感意外。

“听说给洋人赔款早把库银耗尽，连官兵的粮饷都一再拖欠，哪还能筹到运费？”

“这么说，不准备运走了？”

“不运走更好呀。你想想，全运走了，香客们会咋想，对施主们你咋交代，对寺院有啥好处？”

“那倒也是。”王道士若有所悟，他稍停了一下又反问，“徐师爷为啥把这消息告诉你？”

“他呀……”杨先生欲说又止，干脆摸出水烟袋来准备过瘾。

“你说呀，他到底是啥意思？”王道士逼问。

“他呀，他的意思是……是……”杨先生吞吞吐吐地，但毕竟还是吐露出来，“是求我赶过来，抢在加封前替他要上几卷。”

“他要拿去供奉？”

“不，他信奉洋教。”

“那他要去干啥？”

“他说洋人对这些古经、古书特别喜欢。”

听过杨先生的话后，王道士心想，既然徐师爷另有企图，那这消息会不会是“假传圣旨”，故意来吓唬人，以借机捞些好处？

由于王道士心存疑惑，对封窟的消息也就不是很在意。可是过不多久他竟然在经堂的供桌上发现了一个布包，包里是一套新衣服，衣服里衬上施主没有留名，只绣了一朵莲花，这位既不照面又不留名的施主是谁？这特意绣上的莲花是啥意思？真让他百思不得其解。而更叫他惊奇的新衣服的口袋里还附了一张字条，也说的是要封藏经洞的消息，字条没有署名，但字迹娟秀，显然不是杨先生的手笔。这一来就把王道士的思绪彻底搅乱了，他既辨不清封洞的消息是真是假，也就对自己该如何处置拿不定主意了。

就在王道士犹豫、困惑之际，秋莲也赶来说因韩辛他姥姥生病，韩禄进城去抓药，朱掌柜派她来传张家二先生的话，说县太爷接到兰州巡抚大人的命令，要来清点经卷，封闭藏经洞，说是怕浴佛节将临，佛会期间人多人杂发生意外，就把时间定在节后第十天，要他们及早做好准备。

秋莲离去后，面对要封洞的确切通知，王道士有些坐立不安。自从打开藏经洞后，他一而再、再而三地向太后、向官府报告，期望得到褒奖，以助于他的护窟兴教事业；他一年、两年、三年地耐心等待，希望能得到一个有利于寺院的妥善处置，没想到盼来盼去怎么会盼来这样的结果。真要重新封闭，不就是白干了一场，白等了几年！他愤愤不平地问杨先生，佛祖、道君赐他一洞宝物，显然是要他弘扬佛旨道义，如果将它重新封闭，那不是有违天意么？杨先生也是怨天尤人地回答他：天意不可违，王法也不敢抗呀！

王道士急得焦头烂额，不免有些怨天尤人。

杨先生见状后当即提醒他：“别抱怨了，现在要做手脚，还有点时间，到时候真要是清点、造册、加封，你想干啥都来不及了。”

“你是说……”王道士心领神会地伸手做了个抓取的手势，见杨先生频频点头，他却又矛盾起来，生怕如此下手违拗天意。当即在玉皇大帝牌位下点燃了香烛，倒身下跪在供桌前念经，祈求神灵指引。但他一动不动地跪了好一阵子，也不见四周有什么动静，只得自圆其说地解释，天神不显灵大概是默许了吧！

拿定了主意的王道士生怕夜长梦多，他随即选中藏经洞北面不远的一个地势较高，木门厚重结实，香客游人们从来都不去上香的洞窟（今5号窟），也不等韩禄回来，趁着夜半无人之机带着三青和杨先生悄悄地钻进藏经洞，凭借着漆黑的夜色掩护，就在洞窟中众菩萨的眼皮之下，把一批经卷转移了。

浴佛节快到了。大泉河畔，天空晴朗无云，山间和风阵阵，树上的叶更绿，河边的花更艳。道旁林间空地上，准备摊点的，搭设帐篷的，支撑锅灶的……各行各业的人们，又在为迎接佛会而忙碌。

由于韩禄许诺过浴佛节前一定要回来，所以三青稍有空闲便站立在太清宫门前张望。果然有一天下午老远地就出现了骑马而来的韩禄和秋莲，三青又蹦又跳地迎上去，把他们接进了寺院，与王道士、杨先生欢聚在一起。三青见韩禄穿了一身新衣，好生羡慕，禁不住问韩大哥是不是挣钱买新衣服啦？韩禄老实承认自己穷得叮当响，哪有钱添置东西，这身新衣是好心人送的。

三青见韩禄答话时老是瞅着秋莲，当即猜测："谁送的，是秋莲姐吧？"见韩禄点了点头，三青噘嘴抱怨："秋莲姐偏心眼儿，心里只有韩大哥。看，我的衣服早破了，也不送我一套。"

王道士见三青公然开口诉苦，当即斥责道："出家人安贫乐道，怎么能没脸没皮地开口要东西。"杨先生也跟着搭腔："是呀，我看你的衣服比你师父的好多了。"三青看看师父身上的衣服，果然又旧又破，低下头说："那我就不要了呗！"

秋莲看着三青有些尴尬的样子，连忙解开带来的布包，拿起一套新衣递给他说："你不要，俺偏要送给你！"三青不好意思地缩着手不敢去接，并顺口推让说："送给师父吧，他的衣服比我的还破。"一个执意要送，一个不好意思去接，双方僵持不下，韩禄只好上前解围："人家给你做的，师父能穿吗？都做好了就拿上吧，还不赶快道谢。"三青高兴地在身上抹了抹手接过衣服连声道谢。

秋莲接着又从布包里拿起两套新衣，分别送给王道士和杨先生。王道士乐呵呵地接过衣服后心里暗自惊奇，他身上的一套衣服还是几年前神泉观马道长给他的，他补了又穿，穿了又补，补丁重补丁，早已习以为常。穿了这么多年，从来无人问津，怎么近来突然受到关照，竟先后得到两套衣服？

送过衣服后，秋莲考虑到浴佛节很忙，愿意暂留在寺里帮他们扫扫地、做做饭。

三青一听当即拍手称快说他们有好吃的了，而王道士更是喜出望外，多了一个帮手就可以和杨先生专管接待香客，而让韩禄、三青专心看好藏经洞，力求在县太爷来清点之前，不要出什么岔子。

临近节日，香客、游人渐多，人们或在16窟前停留，或在附近观望，指指点点，议论纷纷，对传说中的秘窟总是流露出几分好奇，几分关切。继续在窟前清扫积沙的韩禄和三青干一会儿，歇一会儿，显露出不慌不忙的样子，秋莲送茶水来看见后数落他们懒懒散散的，是早上没吃饱吗？三青放下工具走到秋莲身边讨好，说秋莲姐做的早饭，我吃一顿能管一天。秋莲指责他那怎么不快些干活？三青挤挤眼，故意卖关子说那得问韩大哥。

秋莲走近韩禄递给他一碗茶水，他接过茶水，也不待秋莲问话便示意让她注意那边树林里的情况。秋莲斜眼望去，果然见附近树叶半掩的树丛中，有几个行动诡秘的人影。

当天晚上夜色沉沉，夜风萧萧。除了阵风拂动窟檐上的铁马发出几声清脆的“叮当”声之外，四野静寂无声。横卧在鸣沙山下、大泉河畔的莫高窟似已进入梦境，只有韩禄和三青担心节前发生意外，一声不响地守候在16窟附近，忠实地护卫着佛窟的安宁。

更渐深，夜更静，远方山野传来阵阵狼嗥，近处林中响起猫头鹰的叫声，给大泉河畔的莫高窟增添了几分恐怖的气氛。年幼的三青抗不过漫漫长夜，已斜靠崖壁合上了眼，韩禄不忍心叫他，强睁着疲困的双眼，注视着周围的动静。

宁静的夜，散发着神奇迷人的魅力。有人沉浸在幻想里；有人神游在美梦中；有人夜以继日，坚定地守卫在自己的岗位上；也有人利用夜色来掩盖他们难见天日的罪恶行径。

静寂中，有脚步声自远而近，韩禄警觉地推了推三青，低声提醒他别睡了，有情况。三青猛然惊醒，揉着眼睛问啥情况？韩禄叫他听，有人过来了。

果然，随着脚步声声，从太清宫方向飘来一个黑影，渐渐向他们靠近……机警的韩禄和三青各自抓紧手中的梢棒，严阵以待……黑影越走越近，眼尖的三青认出了来人。秋莲深更半夜干啥来了？秋莲走近开玩笑说是王阿菩叫她来查哨。

三青连忙自我表白，他没打瞌睡，不信可以问韩大哥。韩禄证实是没打瞌睡，就是眼睛闭了一小会儿。

秋莲笑了笑蹲在他们面前，递给各人一只烤饼说就怕有人打瞌睡误事，特意慰劳来了。

待了一会儿，秋莲对他们叮咛后起身离去。附近树丛中，几个幽灵般的黑影左右分开，开始了行动。

在浓浓的夜色掩护下，两个黑影紧贴窟壁，蹑手蹑脚地由南向北，逐渐接近16窟门。由于夜色浓重，又未见声响，开始未能引起守护人的注意，及至两个黑影撬开门锁，并故意推响木门，这才惊动了韩禄和三青。两个黑影见他们从守候处跃起，举起梢棒扑了过来，自以为得计，便弃门而走，循着来路，挥动手中的武器相互掩护，一边阻挡，一边挑逗，一边后撤，死纠硬缠地把韩禄和三青越引越远……而就在韩禄、三青紧紧追赶两个黑影远离洞门后，又有两个守候在附近的黑影见时机已到，立即从树丛中窜出，迅速钻进已被打开的16窟大门……紧接着，一辆马车急驰而来，停在洞门前，进洞的两个黑影随即抱出几袋经卷扔在马车上。此时，车槽里出现一些声响，两个黑影做贼心虚，生怕发生变故，吓得连声吩咐赶车人："快走！快走！在前面路上等我们！"说罢，头也不回地又闪身窜入树丛。整个盗窃活动，不仅有掩护的，有执行的，有接应的，安排有序，而且熟悉洞内情况，行动迅速，环环相接，十分顺利，以致藏经洞再遭打劫，一批经卷又被这伙强人弄出来了。

接运赃物的马车急跑狂奔。四个骑马的窃贼一边追赶一边抱怨："这家伙怎么不等我们！""是一个人想独吞吗？""他敢独吞，小心他的狗命！"……一路追车的他们一边追又一边争论怎么瓜分到手的赃物："你们到底弄出来多少？""黑咕隆咚地也看不清，各人抱了些，也许有十几包吧！""那咋分？""东西是我们弄出来的，当然要得大头。""不是我们舍着命把守洞人引开，你们进得去吗？""那你们也多分点。""就这赶马车的不听指挥，得罚他！"……争论间，四骑快马追上马车，意外地发现马车根本没人驾驭。他们超前阻拦，待马车停下时，天色已见微明，四骑围上一看，不禁大惊失色：原来车上压根儿没有他们亲手装上的经卷，而只有一条大麻袋盖着被捆绑手脚，像头死猪似的蜷曲着躺在车上的赶车同伙。待众人七手八脚地给他解开绳索，掏出塞在他嘴里的烂布，问他出啥事了。他才说是看见他们进洞后正要赶车接应，就被人打倒在地捆了起来扔在车上，还盖了一条麻袋。车到洞前他用脚踢车帮子，他们又像没听见，只顾装东西，还催着快走。

听过赶车同伙的述说，窃贼们又气、又恼、又急、又恨、又是抱怨，乱成一团，吵闹不休："原来赶车的不是你！""那车上装的东西哩？""你们走后又卸在洞前了。""你到底遭遇几个人？""一个，就一个。""孬种，就一个也对付不了？""你们没领教，那是个武林高手！""走！去把东西夺回来！""天都亮了，那不是去送死么！"……一阵争吵，窃贼们虽然不甘心、不死心，但又不敢贸然返回去争夺，只得快马逃

走，再作图谋。

此时的16窟前，韩禄、秋莲、三青把扔在洞门外的十几袋经卷搬进洞窟后，又重新关好洞门。三青见洞藏的经卷失而复得，不停地赞扬秋莲姐真是神兵天降，要不是她赶来，藏经洞又要挨偷了。韩禄也觉惊讶地问她怎么知道盗贼们在玩调虎离山计？秋莲从容回答说给他们送过吃的回去，经过树林就听见盗贼们在商量布置、准备动手，想通知他们也来不及了，只好将计就计地对付。

三青不免担心："他们人多你不怕？"

"十个八个俺都对付过，还怕他两三个。"秋莲格外自信。

三青试探地问："秋莲姐，你功夫那么好也不收几个徒弟？"

秋莲佯装不知："收谁呀？"

"收我，我拜你为师！"三青诚挚的表态后又问，"韩大哥，你也想学吗？"

韩禄显然愿意："学点武功当然好，既可护身，又好护窟。"

"那咱们就拜师吧！"三青性急地跪在地上。

秋莲把三青拉起来，爽快地宣布："拜什么师呀？忙过浴佛节俺教你们。"

莫高窟热闹了几天，参加浴佛节的善男信女、香客、游人们，了却了一年一度的心愿后纷纷离去，大泉河畔的车马和人流像大潮涌退，又溅起阵阵浪花……

一天下午，正当王道士、杨先生在太清宫前送客时，三青扛着梢棒和木刀跑出来。他一头撞见师父，王道士见韩禄、秋莲也提着梢棒出来，知道他们又要去练功习武，不免关照他们好好练武，多学点真功夫。

韩禄、三青、秋莲一行走过大泉河，避开人群，来到与莫高窟遥遥相对的三危山前一处杂草丛生的缓坡下，便紧扎衣服，摆开架势，开始练武。秋莲先教他们练习棍术，只见她一招一式，一丝不苟倾心尽力地教。韩禄、三青他们全神贯注，专心一意认认真真地学，场地上展现出一派精心传艺和勤学苦练的场景。

太阳快落山了，一个牧羊人赶着一群羊从附近经过，牧羊人好奇地蹲在山头上观看他们练武，直到结束。秋莲住手后，见山坡上绽开的野花在夕阳的映照下斑斓夺目，欣喜地把手中的梢棒交给三青，又蹦又跳地像一只蝴蝶向山坡上飞去。三青当即怂恿韩禄："韩大哥，快去，去帮秋莲姐摘花！"见韩禄犹犹豫豫、迟迟疑疑没有动静，三青夺下他手中的梢棒后，又用肩膀从身后去推他，他这才迈开大步向秋莲追去。此时，正蹲在附近山头上的牧羊人突然放开嗓门、长声悠悠地唱起了一支山歌：

一群羊儿上山的嘞；
牧羊的姑娘招手的嘞。
我想过去的嘞，
狗咬的嘞；
我不过去嘞，
心痒的嘞！

歌声中，太阳落山了，鸣沙山上彩霞缤纷，光芒万丈，映得三危山的峰峦一片火红。

莫高窟太清宫（下寺）

浴佛节后第十天，一群衙役护着县太爷的马车，在几辆其他官员、地方士绅的马车伴随下，扬尘而来，稳稳地停在太清宫门前。早已在门前候立多时的王道士毕恭毕敬地把身着官服、气派十足的知县汪宗瀚迎入山门，在经堂里侍茶。汪宗瀚稍事休息，端起茶碗润了润嗓子，高声说道："王道长，今天本县奉甘肃巡抚大人之令，特邀敦煌有关官员及地方士绅一道前来点验、封闭藏经洞，让尘封千年的藏经重归秘境，也是万般无奈之举。自本县将道长所献经卷转送兰州后，曾拟运省保管，但延时数载运费无由筹措，听任窟门洞开，又恐散乱流失，斟酌再三，方出此策。此情此理，望诸位周知并予支持，以免招致百姓异议。"说到这里他停了停，看周围的人无多大反应，便问王道士："王道长，准备好了吗？"见王道士点头称是，便立起身来让王道士领他们去现场执行公务。

走近藏经洞，只见 16 窟窟门大开，门前不仅打扫得干干净净，而且摆了桌椅，备了茶水。众衙役及杨先生、韩禄、三青等均等候在附近。王道士陪同知县等人进洞查看一遍走出洞门入座后，三青连忙上茶。汪宗瀚喝了几口茶水，随口问伫立一旁的王道士这里共有多少佛窟？王道士自己也不清楚，只得信口回答大大小小约有好几百个吧！汪宗瀚追问怎么没有个确切的数目？

王道士解释道："大人有所不知，这里的洞窟上下数层，长达数里；大大小小，错落有致；明明暗暗，洞中有洞，实在难以清点。"

"啊，连佛窟都难以点清，那这藏经洞里堆积如山的经卷又该怎么清点呀！"汪宗瀚若有所求地扫视周围的官员和士绅。

众人相互张望，又摸不透县太爷的意向，一时均哑口无言。片刻冷场后，才有一位老者发言："若要仔细清点，恐怕也很困难。洞窟里地方小、光线暗，许多卷子又是盛在布袋之中，层层叠叠，相互挤压。古物十分骄气，又不宜大肆搬动，掌灯进去又很不安全，搬出洞来更容易损坏。真要清点，难呀！"老者的话似乎正合汪宗瀚的心意，他并不立即表态又环视四周问："诸位有何高见？"众人当即随声附和："确实不好清点。""实在没法清点！"……张举人为了打破僵局，顺势建议："汪大人，这藏经洞已经打开近四年了，洞里的情况只有王道长他们熟悉，不如就让他们自查一下，造个清册吧！反正是要封起来的。"

汪宗瀚见众人脸上均有同意之形，这才做出顺应民意之态，一面让王道士引他们去看看其他洞窟，一面叫王道士指派几个人立即清点一下，造个清册。

王道士对杨先生等做好安排后，便陪同汪知县和他带领的一行人由北向南去大雄宝殿等洞窟参观了一通，看罢归来又在 16 窟前入座。王道士先从杨先生手中接过仓促造好的清册呈放在汪知县面前，请他过目。接着又抱来一堆卷子禀告汪大人，说他率诸位大人、诸位先生，亲临藏经洞监点监封，真是为古窟添彩，令寺院增辉。方才清点大数时特意取出了一些零散的经卷，想分送大人及各位先生，以求佛祖庇佑，延年益寿，诸事顺遂。诚心一片，恭请大人赏识。王道士的这一举动，是杨先生出的主意。因为他比较了解官场内幕，故而促使王道士做出了如此迎合讨好之举。

王道士的举动，真的十分奏效。不仅在座的官员、士绅一个个喜形于色，连汪大人也喜不自胜地望着众人大卖人情："难得王道长一片好心，既是佛窟经卷，盛意难却，大家就带回去好好供奉吧！"

汪知县发话后，当即赢得了众口一词的叫好声。

趁着三青分送经卷，汪知县亲自提笔书写了两张封条，并命随从与王道士一起进洞去给藏经洞加封。待王道士出来向他报告藏经洞已经封好，请他去视察时，他却满不在乎地回答不必了，接着又把那份清册退还给王道士说："就存在寺院里吧，拿到衙门里去也没啥用。"

站在一旁的杨先生没料到赠送经卷真成了糊嘴的香油，使事情进展如此顺利，于是他又按原来的设想把一张宣纸铺开在桌上，王道士当即恭请知县大人为寺院留言。

对此刻意逢迎的安排，汪宗瀚毫不推辞。他起身提起毛笔，润了润墨，稍加思索，落笔生花，题诗一首：

梵宫胜迹佛祖家，
汉唐遗踪竞繁华；
石窟宝籍千万卷，
重入秘境归摩崖。

就是这样敷衍塞责的一通监点、监封，名义上虽将以后统计约有5万件之多，上起魏晋、历十六国、北魏、西魏、北周、隋、唐、五代，下讫北宋咸平五年（公元1002年），700余年间的各类经史文献和极为珍贵的艺术品封存，但由于监点草率行事，监封形同虚设，致其后几十年间丝绸古道上积存的这一窟国之瑰宝，被偷、被盗、被骗、被劫留下了无穷的后患，为盗贼敞开了方便之门。

第六章 沙俄闻讯捷足登 毛子初探藏经洞

藏经洞虽然封闭了，但发现藏经洞及洞中藏有大量古卷的消息早已不胫而走。通过各种渠道流传四方的一些洞藏经卷、绢画、文书，既引起了国际考古界的关注，更勾起了西方盗宝者的贪欲。

1905 年（清光绪三十一年）秋天，第一个闻风而动的打劫者奥勃鲁切夫，依仗其近水楼台的优势，急匆匆从中俄边境的塔城赶到迪化（今乌鲁木齐），蠢蠢欲动，为这场中国敦煌藏经洞文物国际争夺战拉开了序幕。

迪化这座古丝绸道上美丽的古城，地处天山之北，准噶尔盆地之南。立足城头，远观天山博格达峰，像头戴银冠的天女，静静地伫立在蓝天白云之下俯视人间。近看妖魔山旁这座街巷纵横、白杨挺立的多民族聚居之地，比之敦煌又是另外一种风情：高竖星月的圆顶寺院，宏伟庄严；雕栏刻柱的普通民居，宁静优雅。道路两旁，卖地毯、卖花帽、卖杂货、卖绸缎、卖干果的店铺鳞次栉比，街头巷尾，烤包子、烤馕、烤羊肉、卖甜瓜、卖葡萄的小摊比比皆是。市街上，人群熙来攘往，缠白头巾穿袷袢的长者，戴小花帽着短衣的青年，披纱巾半遮面的妇女，花绸裙梳小辫的女孩……五光十色，灿烂多姿。

突然，热闹的街头出现了骚动。40 名骑着高头大马的哥萨克骑兵，威风凛凛地挥动着皮鞭，护卫着沙皇俄国驻迪化总领事的那辆华贵的敞篷马车，大张旗鼓，招摇过市疾驰而来。街上行人惊恐万状，竞相避让，稍有躲闪不及者，那凶狠的皮鞭便会像雨点般地落在头上、身上。车马经过处，撞翻了瓜摊，打伤了行人，地上一片狼藉，人们怒火中烧。

此时，坐在敞篷马车上的便是沙俄驻迪化总领事和他特意陪同出来抖威风的奥勃鲁切夫。眼见上述情景奥勃鲁切夫若有所虑地问总领事：带他逛街，就是让他欣赏这些吗？安坐车中的总领事见怪不怪地笑了笑，坦率地回答就是要让他实地领会一下应如何显示大俄罗斯帝国的强盛，如何威服那些不肯屈从的当地人。接着又指指路边瓜摊旁，一个处死人犯的木笼中那个奄奄一息的死囚，继续告诫奥勃鲁切夫，说他率领的帕米尔地质考察队所去的新疆各地，均属沙俄势力范围。列强竞争，不能示弱，要他们随身携带武器，走到哪里，就要在哪里显示实力！

奥勃鲁切夫一面点头，一面解释，他的队伍虽叫帕米尔地质考察队，但此次塔城领事索科夫先生让他来拜见总领事，是因为在塔城听一商人说，敦煌莫高窟此前发现了一个藏经洞，藏有大量稀世的经卷、文书。因此打算要去的地方是甘肃的敦煌（沙州）。

总领事颇感意外地说，发现藏经洞的事他在伊犁将军长庚那里也略有所闻，但地质考察队的任务不是测绘地图、寻找地下矿藏吗？怎么又想插手古代文物？

奥勃鲁切夫对此自有见解，他认为地下矿藏是宝，地上文物更是宝中之宝。纵观当今中亚腹地，沿着古丝绸之路，各国列强竞相介入，明争暗斗。我们沙俄帝国近水楼台，尽享地利之优势，如不把握时机，捷足先登，万一失之交臂，则后悔晚矣！

总领事听后，一直沉思不语。直至马车驶入沙俄驻迪化总领事馆内停下，下车之前才表态说为了帝国的利益确实机不可失。但东去敦煌，路途遥远，交通不便，总领事馆鞭长莫及。既然志在必得，就应考虑软硬兼施，多做几手准备。

根据总领事的关照，奥勃鲁切夫带着他的养子奥契尔进出于迪化洋行街等地的布匹、杂货商店，采购了一批东西，忙忙碌碌地为远道东征进行准备。

几天后，一切准备工作就绪。出发之日，总领事馆的铁门大开，哥萨克骑兵又护拥着敞篷马车列队而出，坐在车上的仍是总领事和奥勃鲁切夫。马队和马车扬起一路飞尘，耀武扬威地直指南郊燕儿窝。奥勃鲁切夫的助手洛布森和他的儿子奥列格以及奥契尔和几个雇工，正等候在大路旁粗大的榆树树荫下，牵着备好鞍鞯的马匹和驮好行装、物资的骆驼，整装待发。这便是沙俄帕米尔地质考察队临时组成的东征小分队。

马车停稳，总领事下车走近小分队成员一阵寒暄慰问后，奥勃鲁切夫向他道谢："有劳总领事先生亲自前来送行，真是感激不尽。"

"同为帝国效力，何谢之有。"总领事取出一封信递给奥勃鲁切夫，"这封信是昨天请长庚将军写给敦煌林参将的，将军说那参将虽是个行伍出身的粗人，但倒是很重义气。"

奥勃鲁切夫接过信件表示："我到那儿就先去送信，拜访参将。"

老奸巨猾的总领事当即阻止："不，不一定。我们对那边的情况知之甚少，你还是要摆摆样子，以地质考察的公开身份出现，然后再见机行事。中国有个古老的故事'明修栈道，暗度陈仓'，你听说过吗？"

“听说过，听说过！”

“听过就好，你也学着做吧！尽量不通过官府，尽量不惊动地方，力争在人不知鬼不觉的情况下满载而归。”

“那，这信……”

“一般不用，除非万一。”总领事仔细叮嘱后，与奥勃鲁切夫握手、拥抱、道别。

奥勃鲁切夫转身正准备上马时，总领事仍很不放心地提醒说，一般人东去哈密都是走古城子、木垒河，或达坂城、吐鲁番这两条官商大道，劝他不要冒险去闯那令人闻之丧胆的“鬼谷”。奥勃鲁切夫固执地辩解说他是搞地质、好探险的人，越是充满危险、富于刺激的地方对他越是具有吸引力。他如果不能身临其境去看个究竟，那在他给大俄罗斯帝国绘制的地图上就永远是一处空白。

总领事拗不过奥勃鲁切夫，只好与他挥手道别，并祝小分队一路平安，诸事顺利，注意安全，速去速回。

东征小分队上路后，晓行夜宿，风尘仆仆，匆匆东行。行进途中奥勃鲁切夫一再想起总领事的忠告，当队伍到达鲁克沁绿洲后，出自安全考虑，他终于决定把队伍分成两拨：一拨由洛布森领队顺商道行进，而他则另带一拨人备足食品、清水，雇上向导，骑上骆驼，独闯“鬼谷”。

“鬼谷”是东出鲁克沁直去哈密经过的一片风沙不断，滴水无存，鸟兽绝迹，人迹罕至，人们谈之变色，视为畏途，称之为“魔鬼之城”“死亡之谷”的雅丹地区。奥勃鲁切夫一行进去后，历尽艰险，吃尽苦头。经过数日跋涉，才从那沟谷杂乱交错、土丘奇形怪状、风如鬼哭狼嚎、沙似黑浪翻滚、天上烈日烘烤、地上白骨横陈的“鬼谷”“鬼城”中像逃命似的穿越出来与小分队会合，继续他们的东征。

10 月上旬，东征小分队到达敦煌莫高窟。奥勃鲁切夫察看地形后，选择了三危山西侧，与莫高窟遥遥相望的山坡下，在紧靠一处弃屋的颓垣断壁附近安营扎寨。

东征小分队的到来，打破了山谷里的静寂。正在树林中拾柴的三青听见一阵人喊马嘶，不知出了什么事情，便放下柴火穿至林边窥视，见来了一支马队，一伙洋人，几顶刚刚搭好的帐篷前竖着几支长枪，两个洋人正将那两间弃屋改作临时马厩。三青很少见过洋人更别说是带枪的洋人，心里不免有些惊慌，返身一口气跑回太清宫，气喘吁吁地报告：“师父，不好了！洋人来了，还带着枪。”

正在经堂诵经的王道士闻报，十分惊讶：“真的是洋人？！”

三青擦擦额上的汗水：“没错，是洋人，头发黄黄的，鼻子高高的。”

“真的有枪？”

“没错，是长的。”

“走，我们去看看！”

王道士心想居高临下才看得清楚，便带着三青爬上崖壁高处，顺着三青所指向东北方向看去，一眼便看见了三危山山坡下，大泉河绿荫旁东征小分队新设的营地。作为吃过皇粮当过兵的他，一见那暗绿色的帐篷，异样装束的人影，竖立的长枪，成群的马匹、骆驼，心里十分敏感地立即闪过一种不祥的念头，担心会有什么灾祸降临！但当他把这种可怕的预感告诉三青，弄得三青也跟着紧张起来，问是不是得躲起来时，他又故作镇静地一边摇头一边吩咐三青立即骑上毛驴去新店台，把情况告诉韩禄他们。

三青迅速赶到兴隆客栈，向韩禄、朱掌柜、夏莲和秋莲讲述后，又说师父叫韩大哥赶快去请张举人把这情况转告县太爷。韩禄听后感到有些为难，因为王道士还不知道，由于夏天蝗虫成灾，许多田地颗粒无收，地方士绅为减免采买粮的事跟县太爷闹翻了脸，好几个人被抓，逼得张举人偕同几位代表去兰州告状去了。如此处境怎么能去向县太爷报告哩？无奈之余，只好跟三青回莫高窟去给王道长壮壮胆。

王道士在肃州道台衙门里见过高鼻子洋人的威风，因此对莫高窟出现洋人既深感不安，对洋人们的动向更是特别关注。他经常提心吊胆地爬上崖壁三层，从一个洞门的塌土堆后伸出半个头，睁大他那双机灵鬼似的小眼睛，像军前设伏的探子，注视着对面山坡上下的动静。

奥勃鲁切夫和助手带着罗盘、铁锤，在遥对莫高窟的山坡上走动，做出一副进行地质踏勘，而并不关心莫高窟的样子。他之所以这样做，既非改变了远道而来的初衷，更不是他心里不着急，而是他没有忘记总领事的叮嘱，始终在考虑“暗度陈仓”之计。他在三危山下转了一阵后，又兴致勃勃地登上了鸣沙山，沿着莫高窟崖顶向下探视。在他的望远镜中，大泉河畔苍翠的林木，空旷的寺院，稀少的行人，无不尽收眼底。

奥勃鲁切夫围着莫高窟上上下下、左左右右、前前后后进行过一番外围勘查后，躺进帐篷里与洛布森一起谈论观感，商量下一步的行动计划。他们共同的印象是这地方偏僻、荒凉，游人不多，僧侣极少。偌大的一片佛窟，根本不见有人管理，是一个对他们开展活动极为有利的环境。但有利就有弊，佛窟太多太多，谁知道哪一个是藏经洞哩？要是直截了当地去问僧侣，必然暴露来意，万一引起对方警觉，目标恐怕难以实现。但要是不找人打听，径自去几百个洞窟里瞎碰乱撞，怕也难有好的结果。议来议去，也没想出个万全之策。最后商定，为了不致打草惊蛇，还是模仿他们见过的香客们的样子，借上香拜佛之名，行入窟侦察之实。

第二天早上，太清宫大门虚掩，三青从门缝中看见奥勃鲁切夫偕助手洛布森和奥列格向寺院走来，连忙告诉身后的师父，洋人来了！神情紧张的王道士硬着头皮准备应付，却被韩禄劝阻说让他和三青出面先对付对付。王道士一时也没有拿定主意，只得同意暂时回避。

过了一会儿便传来敲门声，三青半开寺门睁大眼睛仔细看了看洋人，怯生生地问："请问施主，从哪里来，是进香还是游览？"

奥勃鲁切夫指指奥列格提着的一篮香烛，用他蹩脚的中国话回答："从俄罗斯来，来进香，进香。"

听说进香，三青只好打开大门，把"老毛子"引进经堂，看着他们燃烛、上香、叩头后，请他们坐下饮茶。这时候已换上王道士衣服的韩禄才出来与老毛子应酬。

奥勃鲁切大故作斯文地边喝茶边问："方丈，你们这经堂里怎么没有佛像？"

韩禄也装模作样地应答："施主，我们这里是道观，佛祖的金身都在佛窟里。"

"方丈，那你们是念佛经还是念道经？"

"在道君面前当然念道经。"

"那在佛祖面前呢？"

韩禄一时不知该如何回答，但装着没有听见，反问道："施主，你们信佛还是信道？"

奥勃鲁切夫挠挠头："说实话，无论道、佛我只敬不信。"

"施主，那你们来此有何贵干？"

"地质考察，懂吗？找金、找银、找铁、找煤。"

"那你们为啥又来进香？"

"进香？那是受人之托，替彼得堡一位信佛的朋友来还愿。"

"啊，为人还愿，这也是功德无量之事。"韩禄模仿王道士的样子，躬身致意。

奥勃鲁切夫从韩禄的嘴里没有套出什么话来，便想转移阵地再作打算，当即请韩禄引他们去佛堂拜拜佛。韩禄引着奥勃鲁切夫等走出太清宫后想摸摸他们的底细，便试探着问奥勃鲁切夫："每个佛堂都去上香吗？"

"有多少佛堂？"

"不少，每个洞窟都有，不说一千也有几百。"

奥勃鲁切夫看看助手，洛布森表态说："太多了，挑些重点吧。"

"啊，这就难了，佛门圣地，从来不分轻重。"韩禄故意刁难对方。

"他是说，挑那些最古的，最大的，香火最旺的。"奥勃鲁切夫帮腔解围。

洛布森也接着补充："还有那些住过圣僧，存过圣物，藏过古经的。"

韩禄多少听出了一点意思，便引他们经过16窟向南走。但没走几步，奥勃鲁切夫便停步指着大门紧锁的16窟问那洞里有没有佛堂？韩禄十分坦然地回答说：有呀！本来可以随便进出，后来窟顶经常塌土伤人，这才加锁封门。你们要是不怕就自己进去吧。

奥勃鲁切夫听说危险也不敢进去，继续跟随前行。在韩禄指点下，进入几个洞窟敷衍了事地上了上香，看了看窟室，问了些问题，显得有些冷淡。及至进入曾经王道士精心布置过的94窟，但见佛像前，旗幡高挂，帷幔遮掩，供桌陈设丰盛，四壁彩绘生辉，无处不蕴含着隆重感，无处不透露出神秘感。这些似乎临近了他心中急欲探寻的目标，这才露出兴奋的神情，与洛布森等交换眼色后，便分头行动。这边瞧瞧，那边看看；这里摸摸，那里敲敲，不时地还用俄语叽里咕噜地交谈。好像在寻找什么，探查什么，忘乎所以地把进香礼佛的事压根儿抛到九霄云外去了。奥勃鲁切夫等人的举动，韩禄都看在了眼里，他有意地让他们折腾了一阵之后，才大声提醒：“施主快上香吧！佛堂还多得是。”

奥勃鲁切夫听见提示，自觉有些失态，一面示意洛布森去点香烛，一面自作遮饰：“啊，这个佛堂太美了，太伟大了！”

趁着韩禄敲鼓击磬，奥勃鲁切夫下跪拜佛之机，奥列格忍不住小声问站在一旁的三青：“小师父，听说有个神奇的藏经洞是在这儿吗？”

三青始终注意着韩大哥的眼色，一直不敢在“老毛子”面前多嘴，听见问话后，又看了看韩大哥的表情，才大胆地指着那色彩鲜艳的转经筒大声地回答：“那不是吗！转经筒，你叫它藏经筒也行。”听见三青的指点，奥勃鲁切夫等不约而同地拥了过去，围着转经筒研究起来，但随即又失望地离开了。

在韩禄的引导下，奥勃鲁切夫一行来到了大雄宝殿。面对高大、雄伟、无比辉煌的佛堂，望着庄严、慈祥的弥勒佛金身，他们好像步入了异域天国，人人脸上露出异样的神情，也不知是惊愕，是惊奇，还是惊喜、惊惶。

在这佛殿里，奥勃鲁切夫显得沉稳了些。他没忘记给佛像上香，也没忘记随着鼓、磬声下跪磕头。但当这一切形式过去之后，他和他的助手又露出了本来面目，开始四处探寻起来。见此情景，韩禄多少已看出了他们的动向，干脆招手示意三青就近坐在蒲团上，放手任随他们活动。

此时，洛布森找到佛座右侧，当他发现观刹洞洞口时，差点儿惊叫出声。他急忙招呼奥勃鲁切夫和奥列格过去，三个人像发现新大陆似的指指画画，把洞口看了又看。洛布森想进去，被奥勃鲁切夫挡住了；奥列格想问什么，被奥勃鲁切夫阻止了。奥勃鲁切夫显然有了自己的考虑。

韩禄的身子虽然坐在蒲团上，活像一尊泥塑，但眼睛却没有闲着。奥勃鲁切夫等人的一举一动，不仅没有逃出他的视野，而且引起了他的警惕。

日落黄昏。

“拜佛”归来的奥勃鲁切夫等人围坐在帐篷外草地上谈论一天“普查踏勘”的收获。奥勃鲁切夫总结一天侦察，认为值得注意的地方有三处：一是上了锁的那个洞，二是放转经筒那个洞，三是大佛座旁那个洞中之洞。他让大家判断哪一个可能是藏经洞？洛布森认为上锁那个最不像，因为如果重要就不会首先领他们去那儿，还说要是不怕就自己进去吧。奥列格也支持他老爹的看法，觉得谁也不会那么蠢，会首先暴露机密的地方。

谈及第二个洞，洛布森反问奥勃鲁切夫，他在塔城、迪化听说的到底是“洞”还是“筒”？经确认是“洞”，是藏经洞，不是“筒”，更不是新造的东西后，洛布森便说如果是藏经洞最可能应是那大佛座旁的小洞。那佛堂又高又大，好像是几百个洞窟的中心，洞中有洞，正是藏宝、藏经的好地方。奥列格又随声附和地指出，进入那佛堂后，引路的两个人一言不发，好像特别紧张。洛布森也说他当时真想钻进去看看。

奥勃鲁切夫此时才点破当时为何要阻止洛布森的原因，他说当时真要进去就会惊动在场的道人，如果让对方有所警觉、有所防备，那就会打草惊蛇，给自己造成被动。谈到这里，大家才知道原来奥勃鲁切夫对藏经洞的所在已有看法，对获取秘藏的行动自有安排。

午夜后的莫高窟，天色漆黑如墨，除了夜风吹拂树林的沙沙声，大泉河水的哗哗声，檐角铁马的叮咚声，四野一片死寂。黑沉沉的夜色中，三个黑影由远而近，迅速钻进了大雄宝殿，这便是奥勃鲁切夫带着助手开始行动了。

黑洞洞的殿堂里，随着手电光束晃动，奥勃鲁切夫和洛布森、奥列格摸到了大佛底座右测的观刹洞口。进洞前，奥勃鲁切夫对奥列格叮嘱要他带好工具走前头，里面要真是藏经洞，就可能还有门、有锁，要他尽快打开。接着又吩咐洛布森要他跟着奥列格，只要见到经卷、文物就往他准备的大口袋里装，能装多少就装多少，而奥勃鲁切夫则跟在末尾做后盾。

黑咕隆咚的观刹洞中，光速乱绕，人影移动，三个盗宝黑客紧张地屏住呼吸，一个跟着一个缓缓地行进在不宽也不高的隧道里。不知是地面有沙打滑，还是心情过分紧张失控，走在前面的奥列格扑通一声，重重地摔在地上。紧随其后的洛布森和奥勃鲁切夫不知发生了什么意外，当即引起一阵慌乱。所幸奥列格很快地从地上爬了起来，又找到手电筒，这才平息了一场虚惊。

隧道里又见光束乱晃，人影游移，三个不逞之徒，提心吊胆地经过一处弯道，摸索着继续前进……突然，前方出现阻拦，奥列格用手电照去，像是一道木门，他以为出现了希望，兴奋地回头说："有门！"奥勃鲁切夫深受鼓舞，当即令他赶快打开！

奥列格把手电筒递给洛布森后，深深地吸了一口气，莽莽撞撞地猛然用力向木门撞去。谁知那根本不是木门，而是靠在那里的一块大牌匾，经人一撞，只听得"啪嗒"一声巨响，连人带匾摔倒在地。奥勃鲁切夫和洛布森以为他们撞上了什么暗道机关，几乎是同声惊问："撞倒啥啦！？"

过了好一阵才传回奥列格的回答："不知道是啥，快把手电筒给我。"

洛布森把手电递过去，又等了一会儿再问："看清了吗？有没有经书？"

又是一阵沉默后才传来奥列格的回答："你们自己过来看吧！"

洛布森和奥勃鲁切夫先后踏着倒地的牌匾走了过来，似觉周围空空荡荡地，举起手电一照，不禁大吃一惊，大失所望。原来这观刹洞开有两门左右相通，白天察看时由于粗心大意，只见其一，不知其二，而此刻他们已从大佛底座左侧观刹洞的另一端钻出来了。

第二天早上，韩禄和三青请上王道士急匆匆向木门敞开的大雄宝殿走去。韩禄走到门槛前，俯身向门里看了看，便指点着对身旁的王道士和三青说："你们看，这是大皮鞋的脚印，一个、两个、三个，对！就是那三个'老毛子'进去了。"

王道士本不知他们请自己来干啥，及至看见门槛内地面一层黄沙上的脚印，依然不解地问："地上哪来的沙子？"

三青笑着表功："昨晚上我跟着韩大哥一道洒的。"

王道士夸奖道："你们的鬼点子真多。"

三青更显得意："师父，还有嘞。"

王道士此时才明白，原来昨晚上韩禄拉上三青说出去办点儿事竟是跑到这儿布阵来了。王道士好奇地想看他们到底布置了些啥，便跟韩禄进了大雄宝殿，来到大佛底座左侧。韩禄见他们昨晚立在观刹洞门口的牌匾被推倒了，板上还有点儿血迹，心想准是几个"老毛子"进去过。

王道士弄不明白，这帮"老毛子"怎么不选白天进去？韩禄猜测是他们心里有鬼，只能像贼娃子那样偷偷摸摸地白天四处踩点，选好目标，摸清情况，晚上再来作案。

谈论间，三青从地上拾起一件东西递给师父。王道士接过一看，原是他当兵时见过的那种老虎钳，不免更加生疑。韩禄思前想后，特别是联系到藏经洞两次被盗的遭遇和这伙人四处打探的情况来看，认定他们很可能是冲着藏经洞来盗宝的。

早已为藏经洞绞尽脑汁的王道士又遇上了带枪的“老毛子”，急得他紧锁愁眉，不知该怎么对付。而韩禄却认为“老毛子”人不多，只要摸清底细，准会有对付的办法。所以他在宽慰王道士的同时，心里又在想新点子了。

快晌午了，火红的太阳已经高挂在三危山上。东征小分队的营地里，除了有一个人在烧水，一个人在擦枪，一个人在附近的临时马厩喂马之外，显得十分平静。原来忙了一夜，却垂头丧气、无功而返的奥勃鲁切夫等仍在帐篷里睡大觉。

而此时，营地附近树丛中，韩禄正聚精会神地在侦察营地里的动静。三青悄悄地走来问他在干啥？好像又有了点子的韩禄低声回答说，如果想办法搅得“老毛子”不安宁，也许能逼迫他们滚蛋。三青一听发生了兴趣，问他那是啥办法？韩禄把三青拉到身边，一阵耳语后，三青却一个劲儿地摇头说：“不行不行，太危险了！难怪师父叫我跟着你，就怕你冒冒失失！”

“冒失就冒失，反正不像一个人，胆小鬼！”韩禄用上了激将法。

三青哪肯服气：“谁是胆小鬼，走，去告诉师父，看他让不让干？”

韩禄赶忙用好言相哄：“啊，千万别告诉他，咱们干的又不是坏事，昨晚上咱们办事也没先告诉他，那不是也得了夸奖吗？”

一听韩大哥说话在理，三青心有所动，抓住“咱们”两个字问：“你说咱们，是把我也算上啦，是咱们一道去对吧？”

“对，你真敢去？”韩禄挑战似的向三青伸出右手。

“去！上刀山下火海都把你韩大哥跟定了。”三青也应战似的伸出右手。

二人击掌约定后返回寺里，一声不吭地只顾埋头干活，耐着性子等到天黑又早早地上了炕。王道士以为他们累了，也不吱声地跟着入睡，不久便发出了均匀的鼾声。假装入睡的韩禄和三青见时机已到，不声不响地爬下炕台，一前一后蹑手蹑脚地溜出了屋门。

韩禄和三青约定深夜外出是要干什么哩？原来是韩禄发现“老毛子”们的马厩离他们的帐篷有一段距离，他们的骆驼离营地更远，便想趁着夜晚也去回敬一下。先放走马匹，再驱散骆驼，暗自给他们点儿颜色看看，教训教训他们，分分他们的心，让他们不得安宁，以便少来打扰莫高窟。

浓浓的夜色中，两个紧贴地面的黑影，一左一右慢慢地向东征小分队临时马厩两端的门栏移近……突然，意想不到的事发生了：奥勃鲁切夫晚上出门方便，刚钻出帐篷，忽听得马厩方向有些响动，他立即用手电照射。

原来那响动，是三青去开门栏时，由于过分紧张不慎撞掉一根横木的落地声。没料到那声响竟引得一束乱光射来，吓得他勾着脑袋，屏着呼吸一动不动地把身子紧紧地贴在地上。正在厩门另一端的韩禄，见有白光束对着三青方向来回扫动，深知情况危急，万一三青再有动作被“老毛子”发现，后果不堪设想。紧急中，便贴在地上学起了狼叫，既想把目标引向自己，也想转移对方的视线。

“嗷……嗷……”的狼嗥声在夜空中回荡，那凄厉之声，着实令人毛骨悚然。但久在荒野生活的奥勃鲁切夫也非等闲之辈，心狠手毒的他关闭手电后随即伸手从帐篷里摸出一支步枪，扳动枪栓““叭、叭、叭！”对着狼叫方向连开三枪，直到狼叫声戛然而止，方才狞笑着返回帐篷。

韩禄被击伤了，当三清把他扶回寺院，手忙脚乱地正往炕上安置时，王道士惊醒了。

听三青说出了事情的原委后，王道士沉闷不语地点燃蜡烛察看韩禄的伤势。见他伤在右臂，血流不止，伤势不轻，不免有些慌乱，吩咐三青快去经堂抓些香灰来疗伤。

韩禄听后想起他那布袋里还有秋莲给的一包百宝丹，忙叫三青取来敷在伤口上，这才止住了血。

王道士见韩禄的伤口不再渗血，轻轻地舒了口气，但随即又有些多虑地问一包药全用了，回头拿啥药来换？三青说他马上就去要。

待到天色微明时，三青已经飞马赶到兴隆客栈。当他下马进入客房后，朱掌柜、夏莲、秋莲见他大汗淋漓、气喘吁吁的样子，急忙问他出了什么事。经他一阵讲述后，都气愤不已，及至听说韩禄伤在右臂，伤势不轻时，又责问怎么不送他回来？三青回答说：“‘老毛子’好像在找藏经洞，韩大哥说他留在那儿，师父心里踏实些，只让我来要些百宝丹。”

秋莲听后当即表示：“他不便回来，俺去给他治，再多个人，让王阿菩更放心！”说罢，便去牵马跟着三青急赴太清宫。

躺在炕上休息的韩禄见三青领着秋莲推门进来，自是惊喜，忙请王道士扶他坐起。

秋莲今天穿的是她那套红色短装，一双发髻上也系着红色丝带，虽然脸上未施粉脂，素洁无华，但仅凭那一身红装出现在青灯古寺里，也显得英姿勃勃、秀色可人。她向王阿菩问好后，近身细看韩禄的伤口，看着看着不禁眉头紧锁：“不行，三青，快去烧些盐水！王阿菩，快找块白布，得重新给他清洗换药。”

忙碌一阵，待秋莲给韩绿换过药并包扎停当后，她和三青这才感到饥肠辘辘，连忙又去伙房做饭。

吃饭时，餐桌上方坐的是王道士，下方是三青，韩禄和秋莲左右相对。韩禄右臂有伤，改用左手进食显然不便，加上他又不时地张望秋莲，以至在一旁窃笑的三青不得不提醒韩大哥，小心把饭喂到鼻子里了！秋莲见状，也笑得两颊绯红。

餐桌上摆的虽是粗茶淡饭，但大家吃得喜笑颜开，融融洽洽，亲如家人。因韩禄受伤而造成的惊惶、烦乱和不安，似已一扫而光。笑谈之间，杨先生出现了，原来他是得到朱掌柜捎去的信息，特意赶来为王道士助威的。他一进膳堂便高兴地喊：“来得早不如来得巧，正赶上开斋呀！”

王道士一面起身让座，一面叫三青赶快盛饭！而杨先生不待入座，便急于告诉大家，他在来路上遇见两个洋人骑马向敦煌县城方向去了。

骑马的洋人是东征小分队的“老毛子”吗？他们进城去又会要什么花招？当即引起大家的猜测和警惕。

去县城的洋人中，确实有奥勃鲁切夫。他一大早钻出帐篷，便去马厩查看，发现一端门栏上横木落地、情况十分异常，担心来了盗马贼，但点点数，马匹未见减少。再看另一端，门栏虽未打开，但系栏的铁丝已被剪断，地上还有他们前夜丢失的老虎钳，而附近沙地上，纷乱的脚印中还夹杂着醒目的血迹，循迹觅踪，又发现竟是指向了太清宫方向，种种迹象促使他心里立即闪出一种不祥的念头，惶惑、惊恐、激愤之情油然而生。他心想夜探大雄宝殿的事肯定败露了；他原想查访藏经洞暗夺经卷的计划也落空了；接下来的办法也许只能是用带来的宗教、生活用品直接找寺院的住持谈判交换，但他也担心那未必能成功。思来想去，他决定动用长庚将军的书信，去拜访参将大人，以借助地方势力，来增加与僧侣们谈判时的筹码。

奥勃鲁切夫带着洛布森找到敦煌参将署门前，守门兵丁见是洋人，不敢怠慢，有的迎上接马伺候，有的飞身进门通报。

林参将把客人迎进客厅，既拜读了伊犁将军长庚大人的手札，又见到了客人赠送的一些洋货，高兴得心花怒放。他既想摆阔气，又想显礼貌，当即吩咐设宴为远道来客接风洗尘。

林参将行伍出身，一介武夫，是个性格豪放的粗人。为了讨好巴结伊犁将军介绍来的贵客，他不仅让人摆上了丰盛的菜肴，而且称是家宴，除他的幕僚之外，还让义子肖娇力出来陪席，让三姨太出来敬酒。宴席之上，嘻嘻哈哈，觥筹交错，热闹非凡。

主客一阵豪饮，嗜酒如命的林参将兴犹未尽，又举杯示客：“来、来、来，一醉方休！”

奥勃鲁切夫推推挡挡：“好了，好了，快醉了，我们还得回莫高窟去。”

林参将继续劝酒：“没关系，我派兵护送！”

参将的话正中下怀，奥勃鲁切夫的来意就是想不显山不露水的找个由头弄几个官兵去给他壮壮声势，以达到借势压人的目的，当即举杯承应：“好，一言为定！”

奥勃鲁切夫与地方官员合影

“且慢，且慢，”酒林高手林参将又想出了花招，他示意侍从端上一盘斟满的酒杯摆在客人面前，然后宣布：“我看你是海量，咱俩定个条件：你喝一杯，我派一人护送；若是满盘尽饮，我率队亲自为你护驾。”

一贯沉于声色犬马、终日寻欢作乐的纨绔子弟肖矫力表示他也想去送客，从来对义子迁就纵容的林参将哪有不答应的。

奥勃鲁切夫为了把参将的许诺靠实，放下手中的酒杯，又端起盘中的酒杯问：“林大人，你定的条件可得算数？”

酒酣耳热的林参将豪兴大发，当场声言：“一言九鼎，谁要失言，谁是王八！”

奥勃鲁切夫既弄不懂什么是“一言九鼎”，也不大明白什么是“王八”，放下酒杯问：“王八是什么东西？”

这意外的一问，问得席上众人面面相觑，不知该如何回答。而肖矫力却自作聪明地想在洋人面前表现一下，当即站起来，指指林参将，又指指三姨太，然后大放厥词：“王八不是东西。王八就是说他要是不认账，你就跟他的太太偷偷地睡觉，他就是王八。”

肖矫力的话音方落，立即引起众人一阵哄笑，除了林参将用筷子头打他，三姨太故作姿态地用手绢捂住小嘴外，人们笑得前仰后合。奥勃鲁切夫更是笑得心花怒放，色眯眯地望着打扮得花枝招展的三姨太，重又端起酒杯怪声狂叫：“赞成，赞成！”说罢，仰起脖子“咕噜”一声把满杯酒灌进肚里，随又豪情如狂地将空酒杯摔在地上，激起众人一阵叫好声。

在乌烟瘴气的宴席厅里，在震耳欲聋的笑闹声中，盘子里的酒杯一只一只地减少……“哐啷！”“哐啷！”的摔杯声一声一声地继续……

第七章 强横霸道夺瑰宝 扼腕嗟叹无良策

活像是受到沙俄驻迪化总领事出巡的影响，奥勃鲁切夫以酒相搏赢得护兵后，也别出心裁地在莫高窟上演了一出巡游示威的闹剧。这支临时凑集的由六个骑马的兵丁开道，肖矫力陪同奥勃鲁切夫居中，洛布森率领小分队几个成员背着枪殿后的杂牌队伍“浩浩荡荡”地由北向南经过太清宫和中寺，绕过上寺，再由南返北。一路上虽然只有不多的香客、游人驻足观望，没有迪化街头那种车马避让、众人惊恐的壮观景象，但对于企图拉大旗做虎皮的奥勃鲁切夫来说已经感到心满意足了。因为他在林参将面前既没有暴露此行的真实目的，又借来兵丁替他装点了门面；因为他既不想公开让当政者了解和插手他打算采取的下一步行动，又想狐假虎威，给掌管藏经洞的道士施加一点儿心理压力。

马队返回大雄宝殿前，巡游该结束了。奥勃鲁切夫在马上学着中国的礼节，拱手向肖矫力道别，请肖公子回去向参将阁下还有他漂亮的夫人致谢，并称参将大人如有机会去俄罗斯观光，他将在圣彼得堡恭候大驾。话毕，见肖矫力原地不动，没有离去的意思，奥勃鲁切夫又关切地问有什么事需要帮忙吗？他愿为公子效劳。

原来肖矫力望着 94 窟关闭的大门触景生情，想起了当年转经筒前的纷争，想起了趸买“百宝丹”的纠葛。一幕幕旧事泛起，不禁令他耿耿于怀，听奥勃鲁切夫问起，便愤愤地回答说也没什么大事，只是想找道士讨本经书。

“经书”二字，似乎牵动了奥勃鲁切夫的神经，贼心顿起的他灵机一动，指着太清宫方向说公子想要经书得去找那里的道长。

肖矫力当即表示：“这我知道，藏经洞就归他管，我就是要去找他！”

听到肖矫力证实藏经洞就归王道士管的消息，心怀叵测的奥勃鲁切夫当即又出了个坏招。他编造故事说前天夜里，他们打伤了一只狼，逃去了太清宫方向。肖公子真要去找王道长就请顺便查查那只狼的下落。

当奥勃鲁切夫唆使肖娇力要去太清宫追查受伤狼的下落时，对此尚不知情的韩禄仍半躺在炕上养伤。他关切地问陪坐一旁与他聊天的秋莲她们打算啥时候去新疆？

秋莲低着头想了想回答说："俺姐身子一直没调养好，托人去迪化打听，也没一点儿可靠消息。这里人待俺们又那么好，她真有点儿舍不得走了。"

"那你呢？"韩禄追问。

秋莲长长地叹了一口气："唉！沦落天涯，随风漂泊，何处不可为家！"

韩禄深受感染，也跟着叹息："嗯！也真是。人呀，这世上怎么那么多苦命人？"

真是同病相怜，秋莲抬起头来含情脉脉地望着韩禄："韩大哥，韩辛、韩茹都小，他们的姥姥又多病，你怎么不给他们找个后娘呀？"

"像我这条件，谁愿跟我，再说，喜欢别人孩子的人也不多。"

"其实两个孩子又乖巧又懂事，谁见了都喜欢。"

韩禄痴痴地望着秋莲："你喜欢吗？"

秋莲迎着韩禄的目光："你看呢？"

"我看……"韩禄的答话尚未出口，门外传来一阵嘈杂声。王道士、杨先生慌慌张张地进来说："那个'小叫驴'带着兵丁，伙着那些老毛子到处转悠。"韩禄心想"鱼恋鱼、虾恋虾、王八恋的鳖亲家"，这帮乌龟王八搅到一起准没好事，挣着起身要去查看，被秋莲挡住。过了一会儿，三青进来告急说那一伙伙人骑着马，带着枪，正冲太清宫来了！

秋莲听说"小叫驴"找上门来，不免有些担心，竭力主张韩禄还是暂避为好。杨先生也劝他君子不吃眼前亏，俗话说"火来水浇，兵来将挡"，眼下还是王道长出面为宜。

太清宫门外，果然如三青所述，肖娇力已带着兵丁驰马而来，不过出现在他眼前的情景是寺院大门上锁。王道士牵着毛驴，杨先生肩上还挂着褡裢，仿佛都是外出归来，而三青更像是走累了，干脆坐在土堆上休息。肖娇力大惑不解，气咻咻地勒住马缰呵问他们怎么都堵在大门口？王道士指指他的毛驴："这不，出去化缘刚刚回来。"

肖娇力大声训斥："那咋不进门去？"

王道士一脸的无奈："你看，门锁了，钥匙在徒弟身上想进也进不去呀！"

杨先生拍拍三青："快，去找你师兄取钥匙，好请施主进寺去喝茶。"

肖娇力丝毫不领情："谁稀罕你的茶，我们是来要东西的！"

寺门外对话时，留在寺门里的韩禄和秋莲不仅在注意倾听，而且一直在从门缝里向外张望。密切关注着门外事态的发展。

寺门外，王道士一听说要东西，便想起了“小叫驴”抢夺经书，要砸转经筒的往事。深知来者不善，善者不来，但仍沉住气平静地问：“施主需要什么东西？”

肖矫力见奥勃鲁切夫等跟在附近，故意地大声说：“前天夜里，洋人打伤一只狼，据说是跑进你们寺里了。”

王道士竭力辩解：“施主，那不可能，豺狼都是夜晚出没，寺院入夜便关门上锁，怎么能进去？”

俗话说“秀才遇见兵，有理说不清”。王道士的话肖矫力哪能听得进去，驴劲一发，那还讲什么道理：“你们不是主张放生吗？准是你们藏起来了！要不，咱们进去搜出来就治你的窝藏罪、包庇罪！”

听见主子的话，兵丁们驱马逼近大门，大有砸门搜寻之势，急得王道士、杨先生、三青等连忙以身相护。

寺门里，秋莲见情况紧急，深恐韩禄遭遇不测，危急中想出了一个转移视线、调虎离山的办法。

寺门外，兵丁们步步逼近，王道士等竭力阻挡，一强一弱，相持对抗。但就在王道士等被逼得步步后退，渐渐临近大门时，突然传来急促的马蹄声，声到人至。只见身着红装的秋莲，扬鞭催马，疾驰而来，紧贴肖矫力坐骑之旁，如一团红云一闪而过，风驰电掣般飞奔而去……

肖矫力被惊呆了，他似乎看见那马背上的娇女子闪身而过时对他做出的笑脸，勾得他在飞马离去后仍痴痴地望着那团红云，及至回过神来，这才发现自己的帽子被摘走了，气得他正要发作，忽又见那飞马已放慢步伐，马上的女子正转身回眸，举起帽子频频招手。红装女子的招手似有勾魂诱魄的魅力，当即弄得他神魂颠倒，灵魂出窍，急得大喊了一声：“追！”便拍马跟踪而去，把什么要经书追狼的事一股脑儿抛到了九霄云外……一幕闹剧就这样草草地收了场。

经过一番折腾，奥勃鲁切夫自认为有当地的参将大人做靠山，觉得腰更直了，胆更壮了，相信此时正面出击去办事，应属万无一失，这才带着洛布森再去太清宫拜访。进入经堂，仍是三青接待、上茶，但主人却换成了真正的王道士和杨先生。见面后深感诧异的他为了保持镇静端起茶碗喝了几口，才故作斯文地望着王道士问：“道长，前些日子来拜访，怎么没见到你？”

“贫道出去化缘，近日方才回寺。”王道士平静地回答。

“那，我先前见过的那位……”奥勃鲁切夫难免有些狐疑。

王道士胸有成竹地忙加遮掩：“那也是本寺的住持。贫道回来，就该轮着他出去化缘了。”

奥勃鲁切夫打量着眼前这位身材矮小、其貌不扬的道士，勉强地做出理解的样子：“啊，那我得重述一下。是这样的，我的一位朋友，专门研究佛学，趁我来此考察，特意托我带来一批供品，想献给寺院。”说着他取出一包硬质蜡烛，并抽出一支点着后递给王道士，“你看，比你们用的土蜡烛又明亮、又结实，点在佛堂里光亮多了。”

“啊，施主功德无量。”王道士接过蜡烛看看后转交给三青。

绵里藏针的奥勃鲁切夫见王道士对蜡烛尚有兴趣，趁机提出条件。王道士警觉起来：“什么条件？”

“他要求换一些经书供他研究。”

“什么样的经书？”

“那当然越古越好，因为我的朋友是研究古代佛教文化的。”

思想准备不足的王道士万万没有想到，对方会这样单刀直入地开口要换经书，愣神儿斜视着杨先生，一时不知该如何回答。

奥勃鲁切夫耐着性子等了好一阵，见王道士不肯答话，心想“先礼后兵”是该施加压力了，当即露出强硬的口气搬出地方官来威胁：“道长，这样一件以物换物的小事，难道还要去惊动县太爷，惊动参将大人吗？”

杨先生见对方出言不逊，连忙插话解围：“啊，先生，对寺院来说，交换经书可不是件小事，再说这种事过去也没发生过，就容道长考虑考虑吧！”

奥勃鲁切夫似觉这个老道也不是个好对付的人，不免收敛起开初的文雅之态，立起身来，露出高傲、蛮横的气势，不容商量地宣布了他的最后通牒：“好吧，就给你三天时间。三天！必须给我一个满意的答复。”话毕，带着洛布森气呼呼地离开了。

奥勃鲁切夫人虽离去，但他留下的话却让王道士、杨先生和韩禄思来想去，也没想出个合适的对应办法。究其原因，一是摸不清这伙老毛子的底细；二是害怕他们串通了官府；三是他们手中有枪，不敢与其硬抗。一时间，无计可施、无可奈何的王道士只有以不变应万变地拖延时间，静观事态的发展。

可是等到第二天天明，三青打开寺门看了一眼便跑回来惊叫大事不好。说有两个扛枪的老毛子在大门外转悠。当过兵的王道士一听便知道是老毛子给太清宫设岗了。

奥勃鲁切夫为什么要派人守住太清宫的大门呢？原来他也是个色厉内荏之辈，他始终没有忘记迪化总领事所称“鞭长莫及”的叮嘱，也怕万一寺院派人进城求援，节外生枝，惹出什么风波来。所以奥勃鲁切夫的这一招，原本是他做贼心虚的表现，而不明内里的王道士却以为这是老毛子在施加压力。

又过了一天，王道士和杨先生、韩禄的商讨仍无结果，急得王道士像热锅上的蚂蚁，在房子里来回不停地转圈。愁得杨先生“咕嘟、咕嘟”一个劲地狠抽水烟。枪伤未愈的韩禄，更是愤愤不平，他活动着右臂自个儿抱怨要不是中了暗算，他真想去搬些人来把这帮家伙赶走！杨先生多少有些责怪他不但没把人家赶走，反而让人家逼上门来了。王道士没有批评韩禄，只是请求杨先生赶快给拿个主意。

在王道士一再的求告下，杨先生终于放下水烟袋，慢腾腾地边考虑边说：“依我看来这伙老毛子跟官府勾搭得很紧，僵持下去，夜长梦多，还是大事化小，早日了结为好。能不能就按过去的先例，把他们也当着施主对待，看他们布施的多少，也给些经卷，赶快把他们打发走算了。”王道士听过杨先生的意见，思考着还没有表态，三青又跑了进来通报说大门外的老毛子又增兵了！

转眼间到了第三天早上，王道士等闷坐在膳桌四周，都低着头吃饭。虽然心忧如焚的韩禄憋不住地提醒今天是第三天，杨先生也催促王道长该拿主意了。但处事优柔寡断的王道士依然顾虑重重。他心想，过去虽有给施主送经卷的先例，可当时藏经洞还没封，现在要是拿出经卷来，万一官府知道，抓住把柄会有什么后果？

就在王道士思绪未定之际，突然传来“劈劈啪啪”的乱枪声，膳堂里的气氛顿时紧张起来。在座的人纷纷放下碗筷，露出惊恐不安的表情。

听见枪响，王道士很自然地便回想起了当年的军旅生涯：战前的沉寂最难熬、最恐怖，心里就像悬着一块块石头，七上八下地让人不得安宁；真的开了火，枪声响起，石头落地，心里反而踏实多了，沉稳多了。他既想迎着枪声出去，领教一下老毛子究竟要干什么？他又想闭门自守，听天由命，听任事态的发展。

听见枪声，韩禄心里十分慌乱。他下意识地想到是不是自己有些冒失的举动引来了老毛子的报复，他一再示意三青再出去看看动静，但都被王道士阻挡了。

枪声响后，杨先生分外紧张，穷愁潦倒半生的经历令他深信鸡蛋是碰不过石头的。他听说过老毛子在海上与东洋鬼子开仗，在北方烧杀掠夺的事，打心眼儿里对洋人，特别是洋兵总是潜藏着几分恐惧，这一切都促使他一再地劝告王道士还是息事宁人为好。他告诫说洋人不好惹，洋兵更不敢惹，老佛爷都被洋兵逼出京城，衙门里的大官遇见洋人也敬畏三分，平民百姓谁还敢自不量力地与之抗衡。俗话说“识时务者为俊杰”，老毛子真要动武，藏经洞能保得住么？他奉劝王道士应以破财免灾为上，多少让出些经卷以求换个安宁，保个平安。

在老毛子步步紧逼的形势下，杨先生的劝告，对王道士多少有些触动。在劈劈啪啪的枪声中，神经极度紧张的王道士起身离开膳堂，去经堂念经、祈祷后才做出了困难的决定：跟老毛子谈判！

谈判后的第二天大清早，莫高窟还没出现香客、游人时，“东征小分队”的人员和马匹，便围聚在94窟门前了。

洞窟内，红烛高照，青烟升腾，鼓磬齐鸣，这是在举行法事吗？是的，这是很顾面子的王道士在与奥勃鲁切夫谈判时所坚持的交接条件：经卷是神物，不能换走只能请走。而奥勃鲁切夫一心一意就是为了把经卷弄到手，所以对要举行什么法事的附加意见，他也就一概答应了。

王道士和奥勃鲁切夫肃立在供桌前，随着三青敲鼓击磬声，同时向佛祖行跪拜之礼。敬拜礼毕，奥勃鲁切夫挥挥手，洛布森、奥列格和奥契尔把六包东西搬到供桌左前方；王道士使使眼色，三青当着众人的面，掀起供桌桌围拖出一袋经卷来放在供桌右前方。圆眼大睁的奥勃鲁切夫对六比一的交换显然很不满足，他走过去抱起那袋经卷掂了掂重量，像个善于经营的商人，指着他带来的东西夸口说：“道长，你好好看看，这六包东西可是我们不远万里从圣彼得堡运来的俄罗斯精品呀！”

王道士也指着那袋经卷，倔头倔脑地回答：“施主，你也掂量掂量，这一袋经卷可是我们莫高窟深藏千年的稀世神物啊！”

“那你就再添一点儿吧！”奥勃鲁切夫毫不掩饰自己的贪心。

怨气十足的王道士摇摇头：“施主，我们有言在先，你是替朋友施舍还愿，我是向施主回赠致谢，这里是庄严的佛堂，可不是讨价还价的市场呀！”

奥勃鲁切夫虽已理屈词穷，但仍死气白赖地一味叫屈，说六比一他太亏了，要王道士多少再给添点儿。而倔强的王道士却一口咬定再也没有了。奥勃鲁切夫哪肯相信王道士的话，当即指示手下的人自己动手去找，好像早有察觉的洛布森等闻风而起，齐拥上前，径自掀开供桌桌围，又从桌下拖出一袋经卷来。三青见状冲上前去护卫，但他那弱小的身躯哪能斗得过老毛子，争夺中轻而易举便被他们推倒在地。

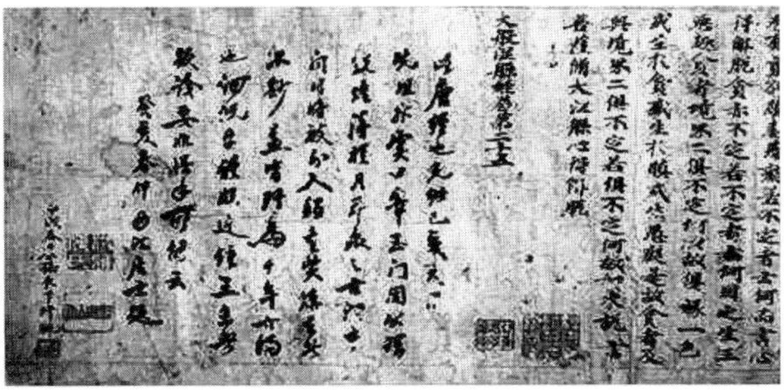

奥勃鲁切夫盗走的部分文物

杨先生见状，急忙上前交涉，说他们拿走经卷的事若是让官府知道定要前来查究，留下这一袋

奥勃鲁切夫盗走的部分文物

就是准备用来应付的，绝不能全都拿走。

奥勃鲁切夫竟然宣称，既然是给官府准备的就由他代收好了，因为他们回去不经过县城，不会惊动官府。

王道士深知自己势单力薄，根本无力与这帮强人抗衡，但心里很不服气的他仍不停地报怨：“这么大的事，哪能不走漏风声。”

奥勃鲁切夫见两包经卷到手，打算赶快收场，这才稍稍缓和了口气说：“道长，放心吧，今天的事谁也不愿意张扬，你没看见我在门外布了岗，只要你我守口如瓶，外人谁能知道？”接着他便示意洛布森等把两袋经卷拿走，同时还像做戏似的叮嘱：“你们记着，今后谁要问起这些东西，都说是在市场上买来的。”他一边说一边也移步出门，走到门边还回头补了一句话：“道长，今天的交换是六比二，吃亏的可是我呀！”

在这里，奥勃鲁切夫确实撒了个弥天大谎，六比二，他真的吃亏了吗？黄铜能跟黄金比吗？不过奥勃鲁切夫也说了一句真话，出自自身利益的需要，他回国后对他这段极不光彩的行为确实守口如瓶，只字不露，直到过了五十多年后的 1958 年才传出这段尘封了半个世纪的秘闻，并按他当初统一的口径，冠冕堂皇地说那些经卷都是公平交易买来的。

而王道士这边哩，直到奥勃鲁切夫等人带着两袋经卷出门后，又气又恨的他这才回过神来和杨先生、三青先后打开那六个布包，想看看由圣彼得堡带的是些什么精品，结果实在令人大失所望，哪有什么精品呀？布包里所装的只是些布料、线番、蜡烛、铜碗、油灯、烛台之类极为普通廉价的宗教和生活用品。看得杨先生一个劲儿地摇头，懊丧不已的王道士连声叹息：“上当了，上当了！”

奥勃鲁切夫的巧取豪夺，让王道士既耿耿于怀，又惴惴不安。事过不久，他便趁外出化缘，四处打探老毛子骗夺经卷的事是否走漏风声。他在敦煌城乡周游一遍没有听见什么于己不利的消息后，才放心地请了两位塑像的工匠回来了。他知道老毛子强换经卷的事虽让寺院上了当、吃了亏，但万幸的是没有泄露，他在施主们心中的良好印象也丝毫没有变化，他可以照常地为道君造像，一心一意地去弘扬道义了。

但此时，又一个野心勃勃的探险家、匈牙利出生的英国人斯坦因已从印度出发，二度翻越帕米尔高原，准备争夺楼兰古城的文物，进行他从罗布淖尔（罗布泊）到沙州（敦煌）的“探险”考察……

英国人奥里尔·斯坦因

1906 年 6 月 8 日。虽然夜暮已经降临，但在酷热难耐的中国西北边陲南疆重镇喀什噶尔（喀什）城郊的土路上，在驼队、马队、毛驴和马车、驴车拖起的滚滚沙尘中，风尘仆仆的斯坦因正带着他的几位印度随从，扬鞭纵马匆匆赶路。

斯坦因个子不高（护照上登记是五英尺四英寸），但心气很大；身材纤瘦，但结实精悍。他长着方方的脸，挺挺的鼻梁，高高扬起的颧骨，炯炯有神的眼睛，显然是个精明强干、勇于进取、长于心计的人。

在昏昏沉沉的暮色之中，喀什噶尔旧城城墙的身影出现了，但按当地规定，太阳落山后，城门已经关闭了。好在斯坦因一行并不打算进城，已是旧地重游并已有约在先的他带着随从向左拐去，经过一段浓郁的林荫，前面便出现了红灯高挂的秦尼巴克（中国花园）。涉激流，翻冰山，饱经风霜，历尽艰险，穿越帕米尔风雪高原而来的斯坦因一见到那红灯，便像找到了家门一样激动不已。

中国花园，是英国驻喀什噶尔领事馆所在地，它的主持人马继业（马嘎特尼）开初任英国驻喀什噶尔代表（英国驻克什米尔公使的中国事务特别助理），后任领事、总领事。当斯坦因 1900 年 7 月 30 日第一次从印度翻越帕米尔来塔里木盆地南沿考察时，他们就结识了。那一次初试身手，斯坦因发掘了丝绸古道上的几处故城遗址，为大英博物馆弄到了整整 13 大箱珍贵文物，返国前与马继业告别时，他曾誓言要尽快回来继续扩大战果。没想到在筹备中颇费周折，从伦敦、加尔各答到新德里，从教育部、外交部到总督府，又是经费负担上的讨价还价，又是成果分配上的你争我夺，争执、推诿、拖延了几年，直到1905年马继业呈送的有关俄、德、法等国政府正加紧向中亚腹地派考察团、探险队的紧急情报，才触动了有关的当权者。他们深恐在这场潜在的竞争中落败，这才在12月27日正式批准斯坦因进行第二次探险，经费由印度政府和大英博物馆共同提供。

就在斯坦因到达的第二天，马继业和夫人应邀要去喀什噶尔新城赴提台大人之宴，考虑到几年前斯坦因与提台大人有过一面之交，得到过关照，而此次活动又离不开当地官员的协助。为了疏通关节，联络感情，便商定届时偕斯坦因同去赴宴，以求得支持。

为了与俄国人抗衡，马继业每次出行，也总爱讲排场、抖威风。因为他很不甘心屈尊于爱摆架子的俄国领事之下，所以他去新城赴宴，也特地安排队伍先进旧城，绕过艾提尕尔广场，穿过喧嚷的闹市区后再出旧城去新城。

喀什噶尔旧城（回城），是一座极具民族风情、极富宗教色彩的古老城市。其主要街道布局，是以高大、宏伟的艾提尕尔大清真寺寺前广场为中心向四面八方辐射。由于气候比较干燥，狭窄的黄土街道，被车轮压得坑坑洼洼，浮在路面上的黄土粉尘，不时随风扬起，还有一些地段，因运水的马车频频经过而弄得泥泞不堪。

当天适逢周四巴扎日，自早上太阳升起按当地规定打开城门后，从四乡赶来的人众，有的骑马，有的骑驴。有的少女赤着双脚把皮靴挂在脖子上，直到入城前才在河边洗洗脚把皮靴穿上，有的老人为了赶路把活羊扛在肩头上以加速步伐，有的赶着骡车、马车、驴车驮来棉花、皮毛、粮食、饲料、干柴、瓜果，有的牵着骆驼，有的赶着牛羊……纷纷拥进城来，真是人群熙熙攘攘，车马络绎不绝。

喀什噶尔不但是一个以维吾尔族居多的多民族聚居之区，而且是中外交流的商贸之地，街市上不仅有维吾尔族、汉族、柯尔克孜、塔吉克等当地居民，而且有俄罗斯、英国、印度、阿富汗等外国人。不同的肤色、不同的相貌、不同的衣着、不同的装饰，把这个边疆重镇渲染得五光十色，蔚为壮观。

马继业一行，前有两个身穿镶有金边的猩红色制服、头上缠着宽大头巾的印度籍骑兵开道，后有凯瑟琳乘坐的蓝篷骡车殿后，中间便是骑着高头大马的马继业，斯坦因及其他随行人员。这支赴宴的队伍虽算不上浩浩荡荡，但也是十分风光，所过之处，特别引人注目。

喀什噶尔的新城（汉城）与旧城相距十余公里。新城面积不大，但建筑较新；街道很窄，但店铺不少。它缺少旧城那种多民族荟萃，多彩多姿的情调，但城中有不少黑巾蓝袍士兵出没，处处都洋溢着军旅的风采。

马继业一行，经过巴扎，穿过城门，走过街市来到提台衙门，门前早有士兵列队迎候。当客人的车骑进入大门、绕过影壁时，大院里立即响起震耳欲聋的鞭炮声。马继业等人闻声下马、下车。身着官服的提台大人热情迎上，与马继业相互按中国礼仪作揖打千，互致问候毕，又手牵着手显得十分亲切有礼地走向左客厅，斯坦因也被邀同行。满身绸缎、浓妆艳抹的提台夫人，在向凯瑟琳道过万福，凯瑟琳回礼后，也相携步向右客厅。

左客厅里，茶几上摆了各色茶点和丰盛的瓜果。宾主间一阵笑逐颜开的寒暄后，提台客套地对马继业说："今日恭候阁下及夫人，是因刚刚聘来一位擅长做燕窝、鱼翅席的高厨，特请赏光品尝。"

"啊，承蒙厚爱，不胜荣幸之至。"马继业见提台满脸堆笑，见是时机，忙把斯坦因的护照递给了他，并介绍说斯坦因博士还准备去进行科学考察，特意带他前来拜望，还要请大人多多关照。提台打开护照便看出了破绽，不禁收敛了笑容问怎么这七八年前签发的护照还没有交回去？反应机灵的马继业随即掩饰说护照上写的是"事毕交回"，而博士的事一直也没办完。

提台见马继业在给斯坦因圆场，不便过分刁难，又看了看护照问斯坦因还是要去和田吗？斯坦因回答说他想追随玄奘法师的足迹，先去和田，然后东去敦煌。

听说斯坦因要去敦煌，提台不解地指着护照问："这上面不是明明写着'自印度前往新疆和田'吗？"

马继业又从旁提醒："大人，那和田的后面不是还有'一带'两个字吗？"

提台仔细地再看护照后不得不予认可："对，对，是写的'前往新疆和田一带'，这一带就带出新疆去了甘肃，那可就超出我管辖的地界了。"

斯坦因竭力讨好："大人德高望重，威震一方，英名远扬，只要大人多加关照，也就感激不尽了。"

爱听奉承的提台略露笑意，旧事重提："上次你去和田，我不是关照过吗，怎么样，潘大人待你不错吧？"

"是的，是的，潘大人待我十分友好，我很感激。"斯坦因连声称是。

提台的脸色又沉了下来："一声感谢就了事啦！有人说你挖到了金菩萨，还有人问怎么让你把挖得的宝物全部都运走了。你说对这些指责我该怎么处理呀？"

突然的质问，弄得毫无思想准备的斯坦因一时语塞，愣在那里竟无法辩解。

马继业见状，急忙出面转圜：“大人，对那些指责我可以做证，哪有什么金菩萨，只不过有的佛像上贴有金箔罢了。运走的东西我见过，都是些长期遭沙土掩埋的旧书、破纸、泥塑、木雕……不懂行的人，白送他也不会要。斯坦因博士万里迢迢，不辞辛劳，一心扑在探险考古上，誓为东西方文化交流尽力，虽礼数不周，但情有可原。想当年，大唐玄奘法师去西天取经，不也把西方的经书背了回来吗？我看这都是睦邻友好、礼尚往来呀！”

老谋深算的提台对有求于他的人总是有一番挑剔，可今天面对的是洋人。所以在听过马继业的一席申辩后，也就卖个人情，不再刁难，当即顺水推舟地沿着马继业的口气讲了些友好交往的话，并表态说护照上写得很清楚“据约予以保护，不得稍有留难”那就照办吧。

马继业见是契机，对斯坦因使了个眼色。斯坦因忙将带来的一个布包打开，把准备好的礼品：一套白银餐具，一幅七彩锦缎呈放在提台面前的茶几上，同时说：“大人，这套银器和锦缎都出自玄奘法师取得真经的地方，愿它给你带来洪福。”提台看看光闪闪的银器和锦缎，脸上重又泛起笑容，他把护照合拢退还给斯坦因，并客气道：“多谢，多谢，但愿玄奘法师也赐福给你，保你一路平安。”

斯坦因在喀什噶尔逗留期间，一直居住在中国花园。此处是喀什噶尔城郊高地上的一片宽阔的园林，园里不仅有挺拔的白杨、苍劲的榆树、翠绿的柽柳、银灰的沙枣……而且种植了各种果树，除了闻名南疆的杏、桃、石榴、无花果、葡萄、桑葚之外，还有不少是女主人从欧洲引来的西洋果树，确实景物宜人，别有天地。但斯坦因忙于各方拜访等行前琐事，一直无心观赏，及至准备工作就绪，忙里偷闲，才由女主人凯瑟琳陪他在园中一游。

他们一路有说有笑，来到白杨参天、花墙环绕的一片位居花园最高处的台地上。站在那里，仰望西南，帕米尔群山如巍巍城垣默默地列阵于远处；公格尔雪峰似一位镇边的天神，顶天立地，昂首云中。俯瞰东北，疏勒沃野如一块多彩多姿的巨毯，展向无边无际的亘古荒漠；克孜尔河像一条银链蜿蜒而过，各色牲畜在河边饮水，天真的孩童在河畔嬉戏，辛勤的染匠在水中漂布搅起阵阵浪花，驮水的驴车在河边排成一字长龙。南疆初夏，风光如画。在跨河的木桥上，车来人往，绵延不断。纯朴、敦厚、安分守己的人们，正为生存而奔波，为生活而忙碌。他们哪里能注意到在远处那高高的台地上，竟有人正精心策划着要去发掘丝绸之路上的古城遗址，要去劫取几千年来祖先们留存在这片土地上的珍贵文物。

凯瑟琳与斯坦因正在台地上观赏远近风光，马继业带着身材瘦长，举止斯文的蒋资生走来，说是给斯坦因推荐的中文秘书，并介绍说这位师爷既是秀才出身，又长期在衙门里做事。不仅学识渊博，多智多谋，而且性格开朗、处世圆滑。原本想留在领事馆做事，但目前暂无空缺，就先举荐给他，相信一定会成为他的好帮手。蒋师爷彬彬有礼地拱手向斯坦因致意表示愿为他效劳。斯坦因上上下下打量了一下蒋师爷，也十分满意地说："欢迎你，蒋师爷，我们的骆驼买好了，粮草备好了，按你们中国的说法是'万事俱备，只欠东风'。有了你的加盟，我们就可以出发远征了！"

第八章 盗宝特使闻风动 丝路屡屡遭洗劫

当斯坦因远在喀什噶尔为他东征敦煌而奔波时，莫高窟 94 窟内正在进行整修。王道士按照他佛道不分而又偏重道教的信念和初来佛地时立下的维护佛窟、弘扬道义的誓愿，打算将此佛窟改建成道观。经过一番操劳，窟里的景象渐有改变，一尊发髻高束、银须冉冉的太上老君端坐法台的泥像已初塑成型，两位工匠正精心地在上彩、贴金。韩禄和三青忙上忙下地给工匠当下手。王道士安坐在一旁满心欢喜地望着道君塑像，但六根未净的他又陷入了对往事的回忆，他回想起了些什么哩？除了儿时的流离、军营的艰苦，最多的还是与芙蓉姑娘的艳遇。那段在他过往生活中像彩虹般的美好时光虽然转瞬即逝，但那七彩光华却像化成了一朵芙蓉花飞进他的心中。除了敬香礼神、诵经作法之外，只要稍有闲暇，那段情缘总是不招自来、挥之不去地出现在他的回忆之中，而他始终没有悟透那红绸巾上绣的“义”字是什么意思？

突然传来一阵急促的脚步声，秋莲像一阵风似的快步进来通知韩禄说，韩辛他姥姥病了，一连喝了几服药，也不见起色，成天总是念叨要见他。三青听后催他赶快回去。王道士听后要去给他取点儿钱。而他却明确表示募化的钱他一分一厘不能要。

王道士见他拒绝，有些激动地问：“怎么不能要？你来这里七年多了，为了莫高窟，为了藏经洞，你心没少操，力没少使，汗没少出，血没少流。可是除了粗茶淡饭，你不仅分文不取，而且还要抽空制作面杖、木杵卖钱养家糊口。如今你岳母病危，作为半子尽孝，用点儿钱为老人治病，别说善心的施主会赞成，我看就是仁慈的佛祖、宽宏的道君也会赞许的。”

韩禄依然不为所动：“王师父，别说了。看看你这身道袍，补丁叠补丁，你舍得花施舍的钱做件衣服么？别人送的衣服也不肯穿，生怕穿好了不好化缘；看看你的身子，也是常为疾病所困，你用过募化的钱去抓过一服药么？”

"那不一样。"王道士竭力辩解，"衣服虽破，但总能遮身避寒；不去药店抓药，是这山沟里草药不少。可你是要治病救人呀！"

秋莲见二人各持己见，相持不下，出面调解道："王阿菩，韩大哥既有如此好心，你就成全他吧。你放心，他岳母治病的花费，俺干爹和俺姐俩有这份能力，也有这份心意，不会有问题的。"

韩禄家的土屋内。病入膏肓的玉兰娘，似有难以割舍之事，凭着一丝半缕的气息支撑，半睁着眼平静地躺在土炕上，嘴里时断时续地低声叨念："韩禄……韩禄……回来了吗……快回来吧……"屋子里，除了夏莲带着韩辛、韩茹守在炕头外，还有一些亲属候立在一旁。他们听着弥留之际的病人深情的呼唤，都期盼着韩禄能尽快赶回来。韩禄终于回来了。他下气不接上气地跑进门来，"扑通"一声跪倒在炕前，发出一分内疚的声音："娘呀，不孝儿韩禄回来了！"

玉兰娘听见韩禄的声音，挣扎着想要起身。夏莲见状急忙扶她坐起，她伸手示意韩禄近前，待其靠近后，紧紧地抓住他的手，抑制不住激动地连声说："回来就好，回来就好，我就想咱娘儿俩能再见一面，再说几句体己话。"

韩禄泪花滚滚："娘，玉兰不在，你有啥事都对我吩咐吧！"

"我说的就是玉兰。"玉兰娘终于吐出了久郁心中的思虑与关注，"你为她拦轿喊冤，你接她回归家园。她走了九年多，你守了九年多……九年多呀！她在九泉有知也会知足了。我儿呀，我知道你断不了跟玉兰的情，老天要是有眼，就不该拆散你们这对恩爱夫妻，如今竟弄得家破人亡！人呀，也就像那荒地里的虫虫草草，哪经得起风沙，抗得住冬夏……认命吧！为了你自己，为了抚养玉兰留下的骨血，你该振作起来，你该给辛儿、茹儿再找个娘呀！"见韩禄拭着眼泪回答"知道了"，她又继续说，"我就怕你不知道。辛儿、茹儿，对你们爹说说，这些年来除了你们爹、姥姥、朱大爷、夏莲姨姨，谁最关心你们，谁最疼爱你们？"

韩辛、韩茹不假思索，异口同声地回答："秋莲姨姨！"

"听见了吗？"玉兰她娘睁大眼盯着韩禄。

"听见了，听见了！"韩禄不住地点头。

玉兰她娘示意秋莲靠近后，拉起她的一只手贴在韩禄的手上，用出自己仅有的最后的一点点力气深情地对韩禄叮嘱："我儿呀！从今以后，走了的玉兰有娘去陪伴她，你就别再惦记了。秋莲也是娘喜欢的乖女子，你千万别辜负了她的情意……"话音未绝，她的头像失去了支撑似的悠然往后仰去，深深地呼出了最后一息。屋子里随即响起“娘！”“姥姥！”的哭喊声。

坟地上，秋风萧瑟，落叶轻扬。

在单调的哀乐声中，玉兰娘被安葬在女儿玉兰的墓旁。新坟堆前香烟缕缕，送葬的乡亲们绕坟一周，培上捧捧黄土、洒下滴滴清泪，与亡人凄然诀别，黯然而去。夏莲拉起跪在坟前的韩辛、韩茹后，韩禄把他们领至玉兰墓前跪下磕头，千叮咛万嘱咐要儿女们别忘了，他们的姥姥和亲娘就住在这儿。待孩子们叩首毕，夏莲又拉起他们，并劝韩禄说天快黑了，该回家了。

毫无离意的韩禄却还想多留一会儿，再跟玉兰说说话。十分理解韩禄的秋莲示意夏莲带韩辛、韩茹先走，留下她陪伴韩禄。

夜色渐浓，夜风正起。牵着韩辛、韩茹行进在荒郊小道上的夏莲回头望去，但见坟地方向亮起一点儿幽幽的光影。

天昏地暗，树影森森，凄凉的坟地一片死寂。一阵夜风掠过，烟灰随风飘散，只有忽忽闪闪的微弱火光映照出韩禄和秋莲在玉兰墓前焚烧纸钱的身影。只有生者的绵绵絮语萦绕在亡人的坟堆之前……

韩禄一张一张地点燃冥钞，一字一字如泣如诉情意绵绵的低声细语：“玉兰，娘给你做伴去了，你见到她了吗……玉兰，我知道你好冤、好屈、好孤单，我天天都想来看你，来陪你，可我又身不由己。我真想随你而去，又不忍心丢下两个无依无靠的孩子……玉兰呀！你放宽心些吧。冤有头，债有主，你的仇恨我没忘记。你就好好地照顾好娘，照顾好自己，我会常来陪伴你……”

秋莲把一件冥衣点着，遥对灰飞烟灭的夜空，从心底发出了一句句情深义重的真言挚语：“玉兰姐，俺们此生无缘见面，但俺知道，你是位坚贞不屈的女子；韩大哥是个热血柔情的男儿，俺为有你们这样的哥姐而骄傲……玉兰姐，秋风起，天凉了，韩大哥让俺给你做了寒衣，你试试合不合身？俺爱舞枪弄刀，不擅女红，做得不好你多包涵……玉兰姐，你好好侍候娘吧。两个孩子都挺乖巧，有俺带着，你放心吧。俺教他们识字，教他们习武，长大了替你申冤报仇……”

玉兰坟前的火光，渐渐熄灭。

韩禄挽着秋莲终于踏上了归家之路。一阵劲风吹过，衣着单薄的秋莲禁不住打了个寒战，韩禄立即停步，脱下自己的罩衣给她披上，她趁势前倾依偎在韩禄的怀抱里。

他们回到家时，已是夜深人静时分了。秋莲像个内当家手脚利索地把韩辛、韩茹收拾安顿上炕，给他们盖好被子后，亲切地对他们细声关照：“你们爹难得回来一趟，姥姥走了，今晚就由他陪你们睡吧。”

韩茹闻声拉住秋莲的手不放：“姨我要你！”韩辛也坐起来求告：“姨你别走！”

坐在一旁的韩禄理解孩子们的心情，也跟着劝告秋莲说：“孩子们亲你，你就陪陪他们吧。”

“那你呢？”秋莲反问道。

“我，我另有地方。”韩禄起身，举步欲走。

韩辛、韩茹都嚷了起来：“爹别走！”秋莲顺着孩子们的意向，横身挡住去路。韩禄只得退回原处坐下答应孩子们：“好，我不走。你们快睡吧！”

又听话、又懂事的韩辛、韩茹乖乖地躺下，蒙上被子，滚向了炕里。

夜深了，劳累一天的秋莲疲惫不堪地连连打起了呵欠。她脱去罩衣，坐在炕沿上招呼韩禄：“困了吧，该睡了！”

韩禄欲动又止，十分矛盾地推诿：“我不困，你先睡。”

秋莲脱去衬衣，躺在炕上留出一片位置后，见韩禄仍正经八百地端坐在那里，禁不住又催促：“不早了，来睡吧！”

“你先睡。”韩禄拨暗了油灯。

秋莲在炕上躺了一会儿，见韩禄仍无动静，便掀开被子，起身下炕。她发现韩禄纹丝不动地仰靠在椅背上打盹儿，丝毫没有打算上炕的迹象，情急之下迎身上前伸手把韩禄的头紧紧地搂在自己的胸前，柔情毕露地贴着韩禄耳边问：“韩大哥，你不喜欢俺？”

“喜欢，喜欢！”韩禄缓缓地扬起头，也是激动不已地望着秋莲的眼睛，率真地撇开了自己的心扉：“秋莲，我领你的情，我感谢你看得起我。但玉兰她娘刚走，按规矩我得守一年孝，你愿意等我么？”

“等，多久俺都等。”秋莲俯身深情地给了韩禄一个长长的热吻。

沙山起伏，沙海如浪的塔克拉玛干大沙漠南沿一隅。

一阵清脆的铜铃声，引出一支长长的由骆驼、马匹和毛驴组成的队伍。驼背上驮的木桶、皮囊盛满大量清水，驮的布袋、麻袋装有大批粮食。斯坦因带领的这支有几十人的队伍中，有许多人扛着砍土镘、铁锹之类的挖土工具，看来他确实准备要大干一番。

斯坦因在第一次探险中，留下了许多来不及发掘的古城遗迹。他原本打算尽快组织第二次探险，没想这一拖就是几年。在这漫长的岁月中，他提心吊胆，无时无刻地不牵挂着那些遗址。因为按当时他们信奉的原则是谁发现的新地便以谁的名字命名，谁找到的地下财宝便归谁所有。强权便是真理，发现便是拥有。这些强盗逻辑既是支配他们的行为准则，又是他们振振有词、争先恐后地相互竞争，明火执仗地恃强凌弱、四处扩张、八方掠夺的理论根据。

岁月飞逝，故地重游。浩浩荡荡的队伍、依稀相识的景物，直令骑在双峰驼背上兴奋异常的斯坦因不时地和与他并行的蒋师爷高谈阔论。

蒋师爷的前半生都是在衙门里混饭吃，由于通晓英语又崇拜洋人，他一心想到马继业手下效力。马继业既想试试他的能耐，又想考验他的忠诚，特意把他安置在斯坦因身边担任文案书启和教读中文的师爷。探险队长途跋涉、风餐露宿的野外生活，他虽很不适应，但历经半世漂泊，惯于自娱自慰、乐天知命的他也总是乐呵呵地紧紧跟随在斯坦因左右，找着话题与斯坦因交谈。既借以履行教读中文的责任，又同时排解旅途中的烦闷。

蒋师爷虽然在新疆生活了半辈子，但从来没有走过这一望无际令人望而生畏的沙海。面对黄澄澄的沙浪、红彤彤的烈日，听着枯燥乏味的驼铃声，不禁流露出一丝不安地问斯坦因有没有走错方向？斯坦因掏出罗盘测了测方位说没错，队伍正向北走。蒋师爷弄不明白，此行的目的地敦煌不是在东面吗？斯坦因耐心地对他这位助手解释说，目的地虽是敦煌，但他要顺道先去几处被风沙淹埋的古城遗址，特别是尼雅遗址和楼兰古城。

听过斯坦因的回答，生性诙谐的蒋师爷故作惊讶："啊，唐人李白诗云：'愿将腰下剑，直为斩楼兰。'你也要去征服楼兰，带宝剑了吗？"

"你误会了，不是征服，是楼兰太有魅力了。近些年来它好像不停地在向我招手，勾得我魂牵梦绕，寝食不安。"斯坦因动情地回答。

"真有那么大的魅力！"蒋师爷打趣道，"传说楼兰有美人，你爱美人吗？"

斯坦因："爱，但我只爱克丽奥，只有她才是我的梦中情人。"

"克丽奥？"蒋师爷不知她是何许人也。

"历史女神。"斯坦因说明克丽奥的身份。

"啊，是位天上的尊神。"蒋师爷越说越有兴趣地追问，"那你在人世间最爱什么呢？"

斯坦因想了想，露出几分认真的神情回答道："怎么说呢，凡是古人留在地上的，埋在地下的什么石刻木雕、经卷文书、瓷器铸具、泥塑佛像，好像都与我结下了不解之缘。我这一生就是想方设法、不顾一切地去发现它们、拥有它们，这大概就是我在这世上最爱的东西了。"

蒋师爷开怀大笑："啊，你这是不爱美人爱泥人！"

斯坦因也跟着在驼背上笑得前仰后合。

正当斯坦因虎视眈眈地在进军敦煌途中，抓紧一切机会大肆发掘古丝绸之路上的古城废墟时。远在数千里之外的敦煌城，既无丝毫察觉，当然更无丝毫防范，而且还因地方连年遭灾，百姓请免那既不合法又不合理的采买粮一事，正闹得沸沸扬扬，小小的敦煌城大有"山雨欲来风满楼"之势。

此时，张家堡子院场里，热闹异常。也不知是平常的切磋技艺，还是有意地以武会友，张举人等一身短打装束，正轮番对阵，练拳比武。不少人围观助兴，气氛热烈，出现精彩场面时，喝彩之声不绝于耳。

二先生张鉴铭与戴着孝的韩禄也立于场边，一面观看，一面交谈。韩禄问二先生，为啥很久都没去莫高窟？张鉴铭压低嗓门告诉他最近新换来一位姓黄的知县，为了采买粮的事在文昌宫设下"鸿门宴"宴请地方代表，大家知其有诈，不敢前去。知县恼羞成怒，便以挟众抗粮的罪名，公然下令抓人。风声紧张时，他们也经常东躲西藏，暂时也就顾不上莫高窟了。韩禄不敢相信，举人家也怕官府。张鉴铭也是满脸无奈地回答胳膊哪能拧得过大腿呀！

韩禄得知张举人家的处境后，十分真诚地劝他们再要避难就去莫高窟，说那里佛窟众多好藏不好找，只要去那里，自己就是舍命也会保护他们的安全。张鉴铭谢绝了韩禄的好意，明确地指出抗粮是另外一码事，尽量别跟莫高窟牵扯到一起以免另惹是非，再说他们还有四乡农民支持，无须害怕。韩禄又要求留下来护院。张鉴铭指指四周的人群告诉他说护院的人不少了，莫高窟更缺人手，让他还是回去护窟为好。

韩禄在张家堡子稍作停留后，便牵着马驮上举人家捐给寺院的粮食回到了太清宫。王道士见后先问他家里安顿好没有，接着又问张举人家的情况。当听说张举人他们都上了黑名单，说不定哪天会被抓走时，王道士深感惊异，真没想到好人也要遭罪，他问韩禄怎么不请他们到这儿来避避。韩禄答称请过了，但二先生说，有四乡农民支持，不用怕。他们倒是担心藏经洞的事越传越宽，容易招来些贪心的人、黑心的人，叫我们护好洞窟，勿让古卷流失。

听说张举人家自身有难，却还惦记这里，王道士感叹不已。他沉默了一会儿转了话题问起朱掌柜和夏莲姐妹。韩禄从褡裢里取出三双布鞋，分别递给王道士和三青让他们试试。

三青试过后，又去翻看韩禄的新鞋，发现里面有一双绣花鞋垫，当即像发现什么机密似的叫了起来，说就他的鞋里有鞋垫，还绣了莲花，准是秋莲姐偏心眼儿。韩禄愿做顺水人情送给他，他却做着鬼脸说自己是出家人，可不敢要那些花花绿绿的东西。

嬉闹一阵后，韩禄又告诉王道士他要的绘画师父找到了，是甘州人，姓郭。他眼下正给月牙泉的寺庙画画，已约定明年开春时到莫高窟来。

斯坦因为了捞上一把而去发掘的尼雅遗址，是几年前他探访途中在极其偶然的情况下得知的。当时他向一个叫易卜拉欣伯克的当地“找宝人”打听情况，意外地见到了那人一年前在沙漠中拾回来给孩子玩过后丢弃了的两块刻字的木简。凭着他的经验，一看便知那是纸张发明前的文书，显然应当出自远古的年代。他当即出高价买下了木简，出重金请易卜拉欣伯克做向导，领着他找到尼雅古城遗址。他虽在那里掘得了大量的木简等珍贵文物，但由于肆虐塔里木的沙暴季节临近，迫使他不得不在进行了局部发掘后，便遗憾地匆匆撤离。他本想早日卷土重来，没料到竟挨延至今。所幸重临故地，虽岁月沧桑，但景物依旧。在黄沙淹没的遗址区内，可以见到由露在黄沙上的白杨树干辨识出的村道、场院，可以见到半埋地下的夯土断墙、残柱横梁，可以见到桃、李、杏、桑等果树的枯木残株……一切的一切都在向人们展示，这片荒凉、孤独的土地，曾是先民耕作生活之区和生息繁衍之地。它存在过繁荣的社会，它也肯定会有丰富的古代文化遗存。

不过，这座早期被风沙吞噬，近年又遭毁灭性盗挖的古城，每当夕阳余晖斜照时，遗留在沙地上的那些黑洞洞的残坑，活像是张开的大嘴在控诉，睁开的泪眼在哭泣。几千年的古文化遗存，就这样任人挖掘，横遭劫掠。

斯坦因的二度发掘又获得了大丰收。原因是他采取了一项涸泽而渔的奖励办法。每天日落前，要雇工们带着当日的收获回来交蒋师爷点数验收，计发奖金。

重赏之下，必有勇夫。雇工们在金钱的诱惑下，对先后掘开的 41 处遗址，都像扫地过筛一样，把发现的大大小小、好好坏坏的所有的东西完完全全地给搜寻来了，以致斯坦因的帐篷前立即成了堆积古董的地摊。除了大量的汉文木简、佉卢文木牍之外，还有受西方技法影响的木板画，雕刻精美的木凳，写在皮革上的文书，造型奇特的泥塑，以及陶器、织物、木雕、弓箭、工具等等。这些东西虽经千年尘封，但由于干旱的气候和干燥的沙土保护，重见天日后，仍显得形拙质朴、古色古香，美不胜收。

大漠荒原虽有寒暑之别但难有明确的四季之分，季节交替之期，风云变幻莫测。前日还是烈日当空朗朗蓝天的炎夏酷暑；转瞬间，一夜北风劲吹，黄沙飞扬，寒冷的冬天便已步步紧逼了。正在疯狂发掘并大有斩获的斯坦因，面对袭人的寒风，深知探访楼兰的时机将至，连忙安排人马送走已经到手的文物，准备直去楼兰。

楼兰，是大约诞生和存在于西汉、东汉时期的一座闻名中外的王国古都，作为古丝绸之道上中原通达西域必经的经济、军事重镇，曾显赫、昌盛了大约五六百年之久。但到公元 4 世纪东晋高僧法显西行求法时，该地区已变成“死亡之地”，他曾记述说那里：“上无飞鸟，下无走兽。遍望目极，欲求度处则莫所拟，唯以死人枯骨为标识耳。”此后，楼兰便在古书记载中消失了。到了公元 7 世纪，唐朝玄奘法师在他的《大唐西域记》中再度提及，也称那里早已沦为荒漠，故而在历史上留下一个令中外学者难解之谜。

直到 1900 年，瑞典探险家斯文·赫定一行四人，带了四峰骆驼、一匹马。在沿罗布泊西岸荒漠南行途中准备探挖泉水时，发现携带的唯一的一把铁锨丢失了，斯文·赫定脑子里当即浮现出六年前在塔克拉玛干大沙漠中因缺水而险些丧命的情景，不禁大惊失色。维族向导艾尔得克自告奋勇地骑上马、摸着黑，沿路返回寻找。虽将铁锨找到，但突然遇到了风暴。狂风骤起，飞沙走石，天昏地暗，直刮得他东西难辨，几乎被风沙吞噬。他将身子紧贴在马背上信马由缰不知被吹走多远，竟在风势平息后，奇迹般地发现了一座古城废墟。他拾了几片雕有花纹的木板，追上队伍。斯文·赫定见到那些精美的木板，断定那是古代文明的遗存，很想立即返回，但所带粮水不支，只得抱恨离去。直到次年 3 月，又才由艾尔得克领他去那里详加考察，证实那座废墟便是失踪千年的楼兰古城。

发现楼兰古城的消息传开后，不仅在国内外学术界造成轰动，而且引起了许多外国探险家的觊觎，斯坦因便是其中之一。他自以为与俄国、德国、法国、日本的竞争对手相比，自己将是捷足先登者，其实在一年之前（1905 年），美国人亨廷顿已去那里进行过考察了。

虽然去楼兰是极端的冒险，但愿以生命相搏的斯坦因早已下定决心要去那里大干一番。所以他不仅带了 50 个雇工，租用了 25 峰骆驼，30 头毛驴，驮载了大量的冰块和食物，而且还把体质较差的蒋师爷留置在一个叫阿布达尔的小村庄后，才领着庞大的队伍踏上征程。进入“死亡之地”，活像是落入了绝尘之境。灰蒙蒙的荒漠无边无际，方向难辨；空荡荡的天地无声无息，渺无人烟；干涸龟裂的盐泽中滴水无存，草木枯朽的沟壑间鸟兽无踪。人行其间，一种与世隔绝的孤独之情不禁凄然而至，一种世界末日的恐怖之感总是阵阵来袭。斯坦因拖着队伍由南向北走呀，走呀，整整走了 11 天，仍然没见到楼兰的踪影。眼看大家的情绪日渐消沉，队伍也越走越慢。为了鼓舞士气，斯坦因拿出一个银锭宣布，谁首先发现遗址，银锭就奖给谁。他这一招果见奇效，驼夫们催赶着牲口、雇工们加快了步伐，终于在穿过一片风蚀的土堆登上一道土坡后，一个驼夫指着远远的地平线上的几个土塔大声高呼：“我看见了！看见了！那就是吧，就在前面！”

楼兰古城，位于曾是众水汇聚之地的泱泱大湖罗布泊西北岸上。据史料记载，自公元前到公元330年的长达数百年间，那里河流交织、纵横成网，林木茂密，牧草如茵，村舍毗连，田园阡陌。王城里驻扎着拱卫疆域的官兵，王城外生活着勤劳勇敢的人民。大道上东来西去的中外商队不断，草场上流动的驼、马、牛、羊不绝，密林、草丛里时有虎豹豺狼出没，烟波浩渺的水面上常见捕鱼的木舟（一种被称作“卡盆子”的巨大胡杨木挖制的独木舟）荡漾……当年的楼兰，确实是一个繁荣昌盛的古国名城。

岁月沧桑，当欢呼雀跃的斯坦因踏进这片神秘的土地时，古城遗址虽尚未积雪，但凛冽的寒风已令人瑟缩。在大漠落日的霞光辉映下，这座历经千年风沙吹蚀的昔日王城，到处是没落、废弃、衰亡、荒凉的景象：岁岁年年累遭肆虐的沙暴洗劫的城池，除极少数断墙残垣外，随处可见东倒西歪的成片成堆梁木、残柱和被流沙半淹的柳条、芦苇编织的墙壁。有的墙壁上还残留着抹涂的黏土。随处都有死而不倒、倒而不朽、傲然挺立的胡杨和集束成捆、交错横陈的苇把……失去往日辉煌的古城，北风萧萧，黄沙荡荡，一片狼藉，一片肃穆，一片冷寂，一片凄凉。

由于楼兰是座王城，是一个地处前哨的卫戍城市，所以斯坦因一时间没有找到像其他宗教中心那样宏伟的寺庙和巨大的佛像，但他却发现了用土坯建筑的大型官署（也可能是楼兰王宫殿）遗址和屹立高处的佛塔废墟。他指挥雇工发掘了官署、仓库、客店、驿站、庙宇、居民……他得到了大量的汉文、佉卢文、早期粟特文、波罗谜文文书、木简及织物、雕刻、旋栏、花版、饰物……

当斯坦因率队返回时，蒋师爷见他拄着手杖走路一瘸一拐地，开玩笑地问他怎么成铁拐李了？接着给他讲了一个故事说，有一次中国的神仙东华教主的灵魂出窍去华山拜会李老君，说好七天回来，但他的徒弟只等了六天便把他的躯体火化了。以至他的灵魂回来找不见躯体，无所皈依，而时辰又快到了。情急之下，只好寄托在一个刚死去的瘸子身上，从此他就变成瘸子，离不开拐杖，人们便叫他铁拐李。

斯坦因听后联想起他在楼兰挖掘古墓的情景：那些历经数千年后肌肉仍有弹性，头发仍有光泽，衣着色彩依然鲜艳的木乃伊，都长着挺直的鼻梁，大大的眼睛，突起的颧骨，棕褐色的长发，修长的身材。男的是英俊的武士，女的是漂亮的美人。这既证实了楼兰有美女的传说，也勾起过他的联翩浮想。为此，便故意打趣地向蒋师爷申明：“啊，当我在楼兰挖出美女时，我的灵魂也好像被勾去，至今还在千年古城里游荡，你千万别忙着把我的躯体火化了！”

蒋师爷嘻笑着回答道：“放心吧，我对马继业先生保证过，要陪你去敦煌，要送你回喀什噶尔。我还想在他手下为大英帝国效劳哩，怎么敢把你火化了。不过我劝你得小心，在中国最忌讳挖坟盗墓，你要是搅得地下亡灵不安，死人是会来找你的！”

斯坦因耸耸肩膀调侃道：“真有那么严重吗？没办法，已经挖过了。不过要是真有楼兰美女来找，我倒是愿意到天国去陪伴她。”

寒冬降临后的莫高窟，天上雪花纷纷扬扬，四野景物朦朦胧胧，林间树下静悄悄的，寺前窟外冷清清的，真像是一尘不染、静若幽谷的一块世外净土。但就在这寒冬雪天，王道士为吸引更多的善男信女参拜神灵而推行的改佛为道的装修工程正加紧进行。他先把94窟改作“老君堂”，接着又雇工拆去344窟后壁祭台上原有的佛像，重新塑起九天玄女、碧霞元君、送子娘娘及偷生奶奶等神像，并在神像身后布置了百子嬉戏图，把佛窟改装成了“娘娘殿”。

愚昧无知、迷信深重的王道士对撤去古老的佛像、抹去壁上的佛画，不仅不以为过，反而为他改佛窟为道观的节节进展沾沾自喜。他一再对韩禄和三青说等这“娘娘殿”布置好，来这里求子求孙的施主就会越来越多。韩禄问他这送子娘娘真灵吗？他说还是那句老话，心诚则灵。还说前几年宋福领着媳妇去转过经，回去后就抱上了胖小子，那就是心诚呀！三青问他“娘娘殿”弄好后还弄啥？他不假思索地回答还弄一个“八仙宫”。

“八仙宫”设在16窟以北不远斜坡之上的5号窟里。窟室后壁除两侧仍保留着原有的彩绘壁画之外，正中的神龛里，新塑了九尊道教的神像。居中的是银须冉冉的太上老君安坐在展翅欲飞的仙鹤背上；两侧排列的是道骨仙风，形态各异的吕洞宾、曹国舅、何仙姑、张果老、铁拐李、汉钟离、蓝采和、韩湘子等八位神仙。当“八仙宫”改造完毕，王道士主持了十分隆重的开光法事。法事结束，香客们离去后，半世红尘风雨、十载空门苦度的他，在极端喜悦又过度劳累之后突然感到虚弱、感到困乏。他透过缥缈的香烟，凝神注视着他立誓追随的太上老君，注视着他无限景仰的八位神仙，回想起如梦如幻、如烟如云的往事，激动得心潮澎湃，浮想联翩，禁不住又倒身下拜，并随即沉入幻觉之中。他耳边响起了悦耳动听的仙乐；他眼前出现了湛蓝湛蓝的天空，雪白雪白的云海；他感到自己的身子在动、在飞、在飘，原来他的身下也有一只红嘴白羽的仙鹤，正随在太上老君的飞鹤之后，驾鹤西游。飘飘欲仙的他透过云隙，鸟瞰尘世。但见阡陌纵横的绿洲、白雪皑皑的雪山、莽莽苍苍的沙海、坦坦荡荡的戈壁……飞着、飞着，太上老君隐入上层天界的一团彩云后他便落入了下界。悠扬的仙乐终止了，耳边响起的是清脆的驼铃声，眼前出现的是骑着骆驼、马匹、毛驴匆匆赶路的一群群新疆人。他突发奇想，自己是不是落到新疆土地上了？他深藏心底始终难以忘怀的芙蓉姑娘会不会就在那行进的人群之中，他很想向她问明白那红绸巾上“义”字的真实含义。

斯坦因一行南下若羌后，便兵分两路：一路由其心腹押运自楼兰古城发掘的文物西去喀什噶尔；一路带足粮水准备走荒废已久的古丝绸之路南道，穿越罗布泊荒漠直去敦煌。没想到东行第二天，一片大小高低不等的土塔、土堆、土墙和一座又高又大的城堡遗址又进入了斯坦因的眼帘，真令他喜出望外。经过一番考察，读过不少古书的蒋师爷说《汉书》上讲述过楼兰王国有个伊循城，晋代高僧法显西去印度也曾经过那里；斯坦因更知道他的中国护法神玄奘法师的著作中称“大罗布城是若羌，小罗布城是米兰”，看来伊循是米兰的古名，故此地无疑应是米兰古城遗址。

斯坦因破坏性“发掘”米兰

斯坦因从米兰剥走的彩绘“有翼天使”

意外的发现又勾起了斯坦因的贪欲，他果断地决定就地宿营，立即进行发掘。几天工夫，他不仅有丰盛的收获，而且还有新的发现，那就是从一处圆柱状覆钵形佛塔基座四周回廊的围墙上，剥得了具有西方绘画风格的“有翼天使”图。

发掘了佛塔又挖掘了佛寺，直到1907年2月21日疯狂的劫掠才告一段落。斯坦因又将队伍分成两拨：一拨护送文物西去；一拨去米兰河取冰块补充水源，东去敦煌。

斯坦因是个极富冒险精神的人，他所选择的由若羌直去敦煌的路线，便是自然环境极其险恶的丝绸古道南线。东晋高僧法显在他所著的《佛国记》中说："沙河中多有恶鬼、热风，遇则皆死，无一全者。"而在斯坦因所读过的《马可·波罗游记》中更有可怕的描述："这一片沙漠很长，据说从这一头骑马到那一头要走一年以上，此处比较狭窄，横越过去也得要一个月，沿途尽是沙山、沙谷，无食可觅，鸟兽绝迹。"又说："这片沙漠也有一些奇事，如旅队夜行中偶有人落后或睡熟掉队而想再找到同伴时，他会听到鬼语而误以为是他的同伴，有时鬼会叫他的名字，于是一个行人常因而迷路，以致绝对找不到他的队伍，许多人都是如此丧命的。"

考古经验丰富的斯坦因怀着"越是无人敢去的地方，古代的遗迹会保存得越好"的信念，走过砾石遍布、寸草不生的大戈壁，越过莽莽苍苍、黄沙肆虐的大沙漠，穿过鬼斧神工、千姿百态的"魔鬼城"，经过阴气森森、状如古墓的"柳冢"群，穿过密密层层、形似迷阵的芦苇丛。虽然混混沌沌的天地间只有他率领的孤孤单单的驼队，伴随他的是单调、孤独和恐怖，但他却在广袤、荒凉的大漠中发现了长城西出阳关的亭、障、台、墩，发现了汉武帝不准大将军李广利败兵入关而屯驻整军的后坑，发现了一座疑是玉门关遗址的"小方盘城"。

冬末的大泉河畔，依然冷风萧瑟。生性执着的王道士改佛窟为道窟的工程，仍按部就班地在实施。韩禄约请的郭画师，也结束了他在月牙泉的绘画，提前践约来了。王道士、韩禄陪同他沿着崖壁由北向南来到 94 窟前，但见窟檐门廊两侧泥墙已经粉刷一新，好像正等待画师来挥毫泼墨。王道士指点着雪白的墙壁试探着问画师粉墙上画点儿什么好？郭画师客气地回答说他受雇来为寺院补壁，道长点什么，他就画什么。听韩禄问他在别的寺院都画过些啥？他便如数家珍地回答："那可画得多啦！就单说道观吧，什么'八仙过海''驾鹤西游''耕云播雨''降龙伏虎'……什么东王公、西王母、老君、灵官、青龙、白虎、玄武……什么《封神演义》《西游记》里的内容全都画过。"

听过画师所答，王道士考虑来莫高窟的香客、游人中，信佛信道的都有，方方面面都要照顾，便提出在门廊两边画大唐圣僧西天取经的故事。郭画师一听是他熟悉的内容，当即吹嘘起来，说画西游记他最拿手：如来佛、观世音、唐三藏、孙悟空、猪八戒、沙悟能，渡流沙西天取经，参佛祖宝阁赐经，通天河岸上晒经，长安城圣僧讲经……这些内容又热闹，又有趣，很有意思，大人小孩都能看得明白，画出来肯定会受欢迎。

时过不久，94 窟窟檐门廊前《玄奘大法师西天取经图》便已勾出轮廓。为了讨好，郭画师特意请王道士等人去看画，以征求意见。王道士去看时，画面上的主要人物已初具形态：有头戴僧冠、身披袈裟、脚蹬麻鞋、手持木鱼、神情庄重的大唐高僧玄奘，有金环束头、披发露齿、双眼圆睁、手持金箍棒、机灵活泼的孙悟空，有双耳垂肩、鼻吻前突、袒胸挺腹、憨态可掬的猪八戒，有膀阔腰圆、胡子拉碴、肩扛禅杖、手牵白马的沙悟净。一个个民间流传的西天取经人物神态各异，栩栩如生。俗话说“会看的看门道，不会看的看热闹”，对绘画一窍不通的王道士，见满墙上涂得花花绿绿，煞是好看，见画面上的唐僧和几个徒弟，活灵活现，早已高兴得连嘴也合不拢地连声赞扬：“好，好，画得真好！”

郭画师看出了王道士满意的表情，但仍客套地征询意见：“王道长，看看还有哪儿不满意，我再修改。”

“满意、满意，把天上的神、地上的人全都画活了！”王道士仍然是满口夸奖。

郭画师深感宽慰之余，再次询问：“真的没意见？”

王道士又看了看，想了想，这才指着画面上白马驮载的经书，吞吞吐吐地说：“听说唐僧经历了 17 年，周游了百余国，历尽千难万苦，度过九九八十一劫，方才从西天迎回真经，这些经书好像……应当……”他找不出适当的言辞来表达，只得用手势来表示他的想法。

郭画师好像理解了他的意思：“啊，知道了，你是说佛祖背后有五色光环，西天迎回的真经也应熠熠生辉，是吧？”

斯坦因意外地见到汉长城和“小方盘城”城堡后，就像发现了又一块新大陆一般，凭着他在考古方面的敏锐感觉，当即安下营帐，动用他手下不多的人手，开始了发掘。倚仗丰富的挖掘经验，他总是从废墟中找出的最有可能埋藏有遗物的库房、垃圾堆之类的地方开挖，而且往往“弹无虚发”。所以他对汉长城的试掘也十分得手，而发掘出来的兵器、书简等也使他深受鼓舞。

1907 年 3 月 12 日清晨，斯坦因带着蒋师爷骑着骆驼进入敦煌县城时，已经脱下荒漠中常穿的便服，换上了考究的黑上装，穿上了锃亮的黑皮靴，戴上了硬壳太阳帽，俨然一副英国绅士打扮。经蒋师爷打听过县城各衙门的情况后，按照“入国问禁、入境问俗”的原则，他选定第一个拜访的对象是刚刚上任不久的王知县。

斯坦因和蒋师爷到达县衙，王知县在夫人的服侍下，正横躺在卧榻上抽大烟。一个侍婢捧着一个漆盘进来禀报陈师爷送来急件时，他深深地吸足了一口烟后才从嘴缝里吐出几个字：“什么急件？给我看看。”

正在油灯上滚烟泡的王夫人停下手中的活儿，接过漆盘里的东西递了过去，王知县就着油灯看了看，深感意外地放下烟枪坐了起来。

王夫人忙问：“什么事？”

王知县晃了晃手中的东西：“护照，洋人的护照。”

听是洋人，王夫人不免有几分惊慌：“快看看，什么事，怎么这穷乡僻壤的地方也来洋人？”

王知县打开护照边看边念：“总理衙门发此照予英国学者斯坦因……仰沿途各地官吏随时验核斯坦因博士之护照，并据约予以保护，不得稍有留难。”

敦煌县令王家彦全家

“英国人！”王夫人问侍婢，“人在哪儿？”

侍婢回答：“陈师爷在客厅侍候。”

“英国人……”王知县握着护照，喃喃自语，“他们打过广州，打过西藏……此来敦煌恐怕没什么好事。”

“难道他们看上了这块地方？”王夫人胡乱猜测。

王知县缓缓起身：“不会吧。”

王夫人指着盛大烟的瓷罐：“要不就是推销芙蓉膏来了！”

夫人的话虽是揶揄之语，但对于新来敦煌主政的父母官，也只能以一脸的苦笑相对。因为近些年来，敦煌毒害日重，栽种罂粟之地增多，吸食大烟之风日盛，致使粮食锐减，劳力丧失，粮赋歉收，壮丁难得，好端端一座古城，竟遭烟雾笼罩，呈现出一派衰败的迹象。而作为新任县太爷的他，早已身染此好，已不正何以正人，又哪有一点儿魄力来改变局面哩。他不知道从这位因倾销大烟而和大清帝国打过仗的国家来的洋人此番因何而来，所以直到进了客厅，心里仍是七上八下、忐忑不安。与客人相见后，寒暄中听说他是从喀什噶尔，经和田、若羌，穿越罗布荒漠一路考察而来这才松了口气，讨好似的问他考察中有什么发现？斯坦因把一枚书有“玉门都尉”字样的木简递过去，王知县接过木简反复细看，不免有些惊讶：“玉门都尉！这是汉简，阁下是在哪里得到的？”

“牧民说那地方叫‘小方盘城’，我看也许就是玉门关。”

“啊，就凭这个发现，本县也该设宴为阁下庆贺了。”

斯坦因见是时机，当即提出仅凭一枚木简不足以认定那就是玉门关，拟请知县大人帮助在城里雇些劳力再去发掘的要求。

没想到一提起劳力，王知县苦笑着拉长马脸做出了为难的表情，十分尴尬地侧身望着陈师爷。陈师爷支吾其词地推说城里人本来就不多，而染上“嗜好”的不少，很难雇得上劳力，而乡下则因这几年来有些顽劣士绅煽动农民抗交采买粮，近日风声正紧，谁也不敢随便下乡。

斯坦因没料到一个普普通通的要求竟被挡了回来，连忙示意蒋师爷把带来的一幅锦缎、几块香皂、几个沙丁鱼罐头等礼物送到王知县面前，请他笑纳。王知县欣然接受后，才勉强应承了帮助雇工的事。

斯坦因从县衙出来接着去了参将署，向林参将也送上了一份与王知县等同的礼物。林参将看过礼物后，便一见如故地与他交谈起来。说起他 30 年前在左宗棠将军麾下当差，去新疆平息阿古柏叛乱时，无意地冒问斯坦因：“阿古柏的后台就是你们英国人吧！”这突头突脑的一问让斯坦因有些措手不及，便竭力推脱说他那时候才 14 岁，还在匈牙利布达佩斯上学哩！蒋师爷见斯坦因有些尴尬，也为之掩饰说当时博士还没有加入英国国籍。

老于世故的林参将没想到随便一句问话竟让客人为了难，当即圆场说随便聊聊，不打不相识嘛。接着便扭转话题，转向蒋师爷说听口音也像湖南人，问他是哪一年去新疆的？在哪里当差？听回答说是十几年前去的，曾在莎车、喀什噶尔做过事。快人快语的林参将便明确地表示：博士是贵客，师爷是同乡，好办事，好办事！

拜访归来，回到城郊临时借住的小院，斯坦因刚刚脱下皮靴坐在木椅上用酒精揉搓冻僵的双脚时，蒋师爷突然跑来叫他赶快穿鞋！因为知县大人回拜来了。他慌忙火急地穿上毛袜，套上皮靴，出门迎接客人。此时的小院门外，已是前呼后拥挤满了执仗、护卫和捧着礼品盒、牵着肥羊的衙役。王知县刚刚落轿，斯坦因便学着中国官场礼仪上前迎接，手牵着手把客人迎进院门，还十分礼貌地说：“王大人公务繁忙，真不敢劳你大驾光临。”

王知县更显得客气：“敦煌来了贵客，理当回拜，同时还准备和参将林大人联袂设宴，为博士阁下接风洗尘。”王知县话音方毕，陈师爷便将一个红纸信封装的请柬交给蒋师爷。请柬上书：“吾等诚惶诚恐，敬请阁下于明日午时大驾光临文昌宫，吾等把盏恭候。”

转眼便到了第二天中午，斯坦因带着蒋师爷按时到达文昌宫，宴席厅里摆开了燕窝、鱼翅大宴，除主人林参将、王知县盛情待客之外，还邀请了地方各界头面人物作陪，既显得十分高贵、十分隆重，又透露出对洋人的讨好巴结之态。

酒酣耳热之际，善于在公开场合显示学者风雅之态的王知县对陈师爷使了个眼色，陈师爷当即示意侍立一旁的弹唱歌女请贵客点曲。年轻美貌的歌女毕恭毕敬地伸出双手，把盛着曲目折子的木盘捧到斯坦因身边，斯坦因拿起折子很有兴趣地翻弄，但却因识不了多少汉字而不知该点什么。他斜眼瞟着蒋师爷求援，心领神会的蒋师爷连忙替他解围：“博士一心关注对汉长城的考察，就唱一曲《孟姜女哭长城》吧！”边说边给斯坦因做了个给赏的手势。斯坦因点点头放回折子，同时给盘里放了一枚银圆。歌女道谢退下后，王知县轻轻鼓掌：“点得好，点得好。两千年前，孟姜女万里寻夫哭长城；两千年后，斯坦因博士历尽艰险考察长城，真是难得的大事，我们敦煌各界一定鼎力相助。”

林参将也不失时机地跟着表态：“对，必要时我派武装保护！”

席间的各界人士也随声附和，鼓掌声、欢笑声响成一片……

突然，人们静了下来，伴随着悠悠琴声，歌女唱起了《孟姜女十二月歌》：

正月梅花独占先，家家户户过新年；
人家夫妻团圆乐，我如明月缺半边！

二月春分柳色新，百草排芽遍地青；
杏花带雨流红泪，你代孟姜痛伤心。
……
八月桂花满园开，孤雁头上带霜来；
我同孤雁一样苦，好好鸳鸯两分开。

九月里来天气凉，篱边黄菊傲秋霜；
若能寻到亲夫主，同饮杯酒赏重阳。
……

文昌宫盛宴，斯坦因不仅深受鼓舞，而且得到了王知县回赠的一册当地地方志。在陈师爷千方百计帮助雇得十几个烟鬼后，他便带着这些背着烟枪的劳力，返回小方盘城一带，对汉长城烽燧遗址、城堡废墟开展发掘，并获得了大量的木简、少量的竹简及丝、毛织品、铜镞、铜器、钱币、漆器等珍贵文物。斯坦因成天醉心于指挥挖掘和发现物品的整理，不再像途中那样经常念叨莫高窟。弄得蒋师爷反而提醒他此行的目的不是要去莫高窟吗？斯坦因见蒋师爷如此关心，深为其忠实所动，这才交底说他在等马继业先生的信，这是出发前约定好的。

果然，没过几天，一匹快马飞来，邮递员单骑千里追踪而至，给他送来了一袋邮件。斯坦因接过邮袋后，禁不住地大声欢呼："来信了，来信了！"并当即打开封记，解开邮袋，首先挑出马继业的来信，一边看一边告诉蒋师爷："马继业先生让我先去找扎依德伯克。"

第九章 土商探悉秘藏事 巧设计谋骗道长

马继业来信要斯坦因去找的扎依德伯克，是一位在敦煌经商的土耳其商人，他从黑海之滨经陆路来中国，往返途中常常经过喀什噶尔，出自安全和利益的需要自然地会去寻求英国领事的关照和帮助，所以他与马继业相识是理所当然的事，至于他们之间是否还有更深层的隐秘关系，局外人就难以得知了。

斯坦因接到马继业的信后，急不可耐地带着蒋师爷赶去敦煌县城，也没费多大周折便打听到了他急欲见识的人。

扎依德伯克住在一个堆满货箱、麻包、柳筐的院落里，院墙内树木不少，很有几分幽静。初春的阳光透过树梢照进院落，扎希德伯克十分高兴地摆出点心，烧上奶茶，在他房前的阳台上，热情地接待远方到来的稀客。

扎依德伯克给斯坦因斟茶后直截了当地便问："博士，马继业先生说你打算去莫高窟，要我替你仔仔细细地探听一下那里的情况，你是要去那里考察吗？"

斯坦因慢慢地喝着奶茶回答："是的，我的同行洛克齐教授 1879 年去过莫高窟，他说那里有精美绝伦的壁画和塑像，是佛教艺术宝库，在考古学上有极其重要的价值。"

"博士，你只知道这些消息吗？"

"啊，就这些消息已经让我日思夜想许多年了，你还有什么新闻吗？"

"谁知你有没有兴趣，反正有些传言说得玄玄乎乎的。"

斯坦因听得有些急了，放下茶杯追问："有什么传言？快说说！"

"传说几年前那里发现了一个秘洞，里面藏满了天神用以度化世人的经书。"

斯坦因深感意外："真的？你去看过吗？"

"我没去过，但按马继业先生的吩咐我从一位施主那里替你借来了一卷。"扎依德伯克一边回答一边进屋取书。

斯坦因望着他的背影激动地叫好："朋友，你这消息真让我高兴，看来我的中国护法神正向我指路！"

蒋师爷小声说："我看是马继业先生在给你指路。"

"对，他确实比我更了解你们国家的事情。"斯坦因不得不承认。

扎依德伯克从屋里取来一卷经书递给斯坦因。

斯坦因作为一个考古的老手，对文物有着敏锐的识别能力。他接过经卷展开，虽不能看懂上面的汉字，但一见经卷的形态、纸质、成色，当即判定那是无可争议的古物。不禁追问那施主是怎么得到的？扎依德伯克告知是那施主给寺院捐了不少银子，寺院住持为了感恩就回赠经卷让他迎回家里供奉。斯坦因一听便悟出了门道，他相信银子会是万能的，便暗自决定速去莫高窟一探虚实。

两天后的一个清晨，当斯坦因和蒋师爷收拾停当，整装待发时，院门外突然传来杂沓的马蹄声、车轮滚动声和行人的喧闹声。斯坦因听见声响不免有些诧异，当即吩咐侍从出去看看，蒋师爷也随即跟了出去。

院门外，太阳尚未升起，但经过院门前的黄土大道上，已是人头涌动，尘土飞扬。骑马的、骑驴的、赶车的、步行的，人流滚滚，车马浩荡，由骡车、马车、驴车组成的车队首尾相连，急匆匆向东涌去。蒋师爷挡住一位老者，拱手施礼恭问后得知后天农历二月十五日，既是如来佛涅槃，又是太上老君诞辰，莫高窟有盛大佛会，敦煌城乡百姓都要去上香还愿。

面临新情况，斯坦因认为趁着那里香客游人多，正好混进去看看。蒋师爷猜透了斯坦因的心思，他急于要去莫高窟，绝不可能只是"去看看"，肯定是又要下手，他既然对王知县、林参将说是考察长城，那又何必当着成千上万敦煌人的面，跑到莫高窟去倒腾哩！

正当他们争执不下之时，扎依德伯克出现了，他进入院落见到备好的马匹便问："博士先生，你要出去吗？"

"是的，准备去莫高窟。"

"现在就去怕不合适吧，佛会期间，那里人山人海。你想看，看不好；你想办事，怕也很难办成。"

"我也去施舍银子，换他一些经书行不行？"

"他们中国人可行的事，我们外国人也许就不可行，特别是当着众香客的面很可能更不可行。"

"那就没办法啦？"

“怎么没办法，你不是从印度来吗？你不是说玄奘法师是你的护法神吗？告诉你，我替你打听过了，管理莫高窟寺院的那位道长最崇拜的偶像，除了太上老君，就是玄奘大法师。”

“那我有门路了！”斯坦因转忧为喜。

扎依德伯克打量了一下斯坦因的穿着，建议道：“为了迎得那道长的好感，你最好能重新打扮一下。”

斯坦因耸耸肩膀：“啊，这我可没准备。”

“那好办，我来帮你准备，不过你得等那里的佛会散了再去。”

在其后的日子里，为了打发时间，斯坦因从早到晚都待在住房中没完没了地埋头写信。一天，蒋师爷推门进来好奇地问他写完没有？他停笔回答说等一天写一天，反正闲在这儿没事干心里更烦。蒋师爷很不理解他哪来那么多要写的？而他却反问蒋师爷家眷在哪儿？家里有什么人？怎么出来这么长时间从不见他写信？

经斯坦因这一问，蒋师爷显露出苦涩的表情沉默了一会儿才说，他的家眷都在湖南湘阴老家。离家时孩子刚刚满月，本想出来投亲靠友，谋个一官半职，把他们娘儿俩接出来，可他既不想昧着良心去挣黑钱，又没钱去讨好、去巴结、去贿赂、又哪能混得上乌纱帽呀！出来十七八年了，落魄边疆，一无所成，两袖清风，孤单一身，平时有什么好写的，一年半载给家里报个平安也就知足了！

斯坦因见一向性格开朗的蒋师爷竟然露出伤感之色，不免同情地安慰他：“孤身在外的何止你一人，你在远方毕竟还有妻儿，而我却连婚都没结，咱们不是难兄难弟么？”

“这么说，咱们各自都有一本难念的经。只不过你是为了事业，我是为了生活，咱们是天上地下呀！”蒋师爷依旧感叹不已。

斯坦因向他许诺：“想开些吧，等回去后我一定向马继业先生推荐，帮你找份好差事，那你就可以接家眷去喀什噶尔了。”

“真要能那样，我现在就得谢你……”蒋师爷的话音未落，扎依德伯克捧着衣服进来，笑眯眯地说：“博士，新衣服做好了，莫高窟的会也散了，你们可以出发了！”

斯坦因一行穿过戈壁，越过土坡，进入三危山西谷地。斯坦因立马眺望，当即被眼前的景象深深吸引。他凝望着鸣沙山东侧峭壁上，大大小小、层层叠叠、错落有致、密如蜂房的洞窟，自南而北，一望无尽。其数量之众多、形态之古朴、工程之浩大、气势之宏伟，真令他叹为观止。他激动万分地对一旁的蒋师爷说：“这比我见过

的意大利绘画中的史前穴居洞窟更伟大、更奇特、更具魅力！真遗憾，我怎么不早些年来？”

此时大泉河畔已是人去林空，枝头新绿的树丛间，冷冷清清的小道旁，只留下几天宗教聚会时香客、游人们安过营、设过帐、停过车、喂过马、烧过水、进过餐留下的点点痕迹。

斯坦因一行骑马踏过大泉河直到中寺附近，既没见一个和尚，也没见一个道士。斯坦因不免有些奇怪，这么大一片洞窟，怎么没人管？蒋师爷找到几个滞留迟归的香客打听才知道，节日期间是有几个管事的僧人、道士，但佛事一过就不见人影了。

斯坦因松了口气，心想没人管更好，那他就可以随意行动了！接着便带上蒋师爷如入无人之境，在空旷、静寂的莫高窟尽兴浏览。他沿着底层洞窟进进出出，走马观花地初作探视；他攀上朽损的栈桥，察看高层洞窟。他一边走一边看，一边指手画脚、喋喋不休地在蒋师爷面前高谈阔论，那种新发现的惊喜，那种急于占有的欲望，在他的举止、神态中展露无遗。

斯坦因走进崖壁南段三层 158 窟，这座巨大的佛窟是中唐吐蕃时期所建。长方形的窟室正面佛坛上，塑有长达 16 米的佛涅槃像，佛祖“右胁而卧，汨然大寂”，似正安详入睡，进入寂灭为乐的佛教最高理想境界。

卧佛身后，一幅长达 23 米的壁画上，画了众多形态各异、表情生动的人物：佛的高足弟子十地菩萨知道涅槃不是死亡，表情平静，神态自然；佛的各族徒众，呼天抢地，捶胸顿足，割耳剐面，悲伤恸动；而一些无知的外道之人，则幸灾乐祸，手舞足蹈。

斯坦因全神贯注地观赏着大墙上这幅生动无比的《涅槃经变》画，并以十分内行的语调指点着对蒋师爷评价：“你看，画得多好，不但把众弟子的表情描绘得活灵活现，而且把各类人物的心态表现得淋漓尽致……这不仅是宗教艺术的典范，而且是精美绝伦的传世之作！”

走出 158 窟后，斯坦因仍然兴奋不已。他站在窟门前，居高临下地左右扫视着崖壁上连绵不断、多得难以计数的洞窟，情不自禁地告诉蒋师爷：“我现在才知道洛克齐教授为什么对贯通中外的丝绸古道上的这处佛窟赞美不绝。我现在才相信这莫高窟确实是一座宏伟的宗教艺术宝库，是保存有几千年宗教、文化、艺术宝藏的绝世明珠……不过，我又想，让它这样冷清清地留在这山沟里能有多大价值呢？”

蒋师爷提醒他：“你不知道几天前就有成千上万的人来朝拜吗？”

斯坦因回答：“我知道，但那只是宗教信仰，而我说的是让它永远留在这偏僻的地方，它在考古和文化艺术上的价值就被埋没了。”

为什么斯坦因四处乱窜竟见不到一个僧人、道士呢？原来是佛事过后，上寺、中寺的几位喇嘛有的出去云游，有的闭门在寺内休息；太清宫的王道士因今年来此朝拜人数比往年减少，施主们出手也比以往吝啬，未能实现他改建老君堂、八仙宫、娘娘殿所寄予的希望，一场盛大的佛会所得到的布施，根本不足以偿付拖欠的工、料钱。为防料主、工匠们讨债，他只得借口化缘外出躲债去了。韩禄本是要留下的，但因得悉朱掌柜病重，急需关照，他只好回去，结果太清宫里便只剩下了一个小道士看大门。

留在寺里照看的三青十分尽职尽责，每天总是按惯例去八仙宫、娘娘殿等几个师父特意叮嘱过的洞窟转一转，看一看，扫扫地、上上香。这一天他从老君堂出来正要锁门，忽然听见脚步声，侧身一看，见斯坦因与蒋师爷一前一后向这边走来，他见来了洋人，不免勾起了“老毛子”凶神恶煞的形象，下意识地想转身避让。蒋师爷见状，急上几步招呼：“小师父，方丈在吗？”

三青挡在门前：“不在，他化缘去了！”

“那还有别的主持吗？”蒋师爷和和气气地问。

三青打量着对方：“都化缘去了，就我住持，施主有事吗？”

蒋师爷随机应变：“也没什么事，就是，就是想做点儿功德。”

“那，他呢？”三青指指斯坦因。

蒋师爷十分圆滑地回答：“他呀，他是特意从印度来礼佛的博士。你知道印度吗，佛祖在那儿诞生，唐僧也去那儿取过经。”

“照你这么说，他是从印度来的洋居士？”三青半信半疑。

蒋师爷顺口回应：“对，是，是洋博士，也是洋居士，是专程来进香的。”

三青犹犹豫豫地让开大门：“真要进香，那就请进吧！”

94 窟是王道士改建的老君堂，在正对大门的西壁佛龛上除原有佛像外，又在下层正中新塑了太上老君坐像。斯坦因从未见识过这种佛道合一的布置，趁着三青转身去取香烛之机，指着太上老君像，悄声问蒋师爷：“那是什么菩萨？”

蒋师爷低声回答：“太上老君，中国的道君。”

斯坦因：“要向他行礼吗？”

蒋师爷小声嘱咐：“礼多人不怪，你跟我做。”

三青插好蜡烛，蒋师爷把点燃的线香分给斯坦因一份，并示意跟他一起上香。三青击磬，蒋师爷又示意跟他一样下跪叩首，但倔强的斯坦因只是站在那里勉强地鞠了个躬。蒋师爷礼毕起身后，向斯坦因要了一枚银圆，故意搁得很响地放在香案上那只仅有少数铜钱的功德盘里。三青见客人出手大方，露出笑意礼貌地致谢："施主功德无量。"

蒋师爷看出三青脸上的些微变化，便试探着问："小师父，你们念经有经书吗？"

"有。"三青毫无警觉地拉开供桌抽屉，取出杨先生抄写的几本道经递给蒋师爷。蒋师爷接书时斜眼瞅见抽屉里还有一件用黄绫包裹的东西。三青好像怕他看见，赶快把抽屉关上。

蒋师爷翻翻道经慢条斯理地问："就这几本？"

三青实打实地回答："我师父常念的就是这些。"

蒋师爷接着追问："还有你师父不念的吗？"

"有呀，师父说那是镇寺之宝！"老实单纯的三青脱口而出。

蒋师爷见小道士十分幼稚，故意反激："真有镇寺之宝？你吹牛吧！"

三青那肯服气："谁吹牛，告诉你，那确确实实是佛祖、道君赐给我师父的！"

"我不信，耳听是虚，眼见为实，你敢拿出来看看？"蒋师爷见已经套出些话来了，便进一步挑逗。

小小的三青哪能是经验老到的蒋师爷的对手，经不住三言两语的几个来回，轻而易举就把他引上套了，他不由自主地伸手去拉抽屉，只是在望见斯坦因时又迟疑不决地停顿下来。蒋师爷看透了三青的神情，又急忙劝说："小师父，你很少见洋人吧，我说过了，这位洋居士可是专程从佛祖的家乡来敬佛的，你怕啥呀？"

三青低下头如实地说："师父交代过，镇寺之宝只给那些敬神心诚的大施主看看。"

蒋师爷拉过斯坦因介绍道："小师父，你面前这位就是大施主、大善人，让他看看也许还有大施舍嘞！"

三青抬头再看斯坦因，斯坦因讨好地对他做出了一个滑稽的笑脸，逗得三青忍俊不禁地笑出了声，他想起方才斯坦因不肯叩头的样子，故意宣布："那好，你们再给佛祖、道君叩个头吧，谁诚心就给谁看！"说罢便去击磬。斯坦因一听，不待慢条斯理的蒋师爷跪下，便扑通一声跪地叩头，表现出了前所未有的虔诚。

待斯坦因、蒋师爷礼毕，三青从抽屉里取出经卷，十分庄重地递给蒋师爷。蒋师爷双手接过，打开包裹的黄绫，露出一卷高约一尺、颜色淡黄、保存极好的纸质长卷。他细心地展开，与斯坦因一道浏览，只见黄纸黑字的卷面上，写的是笔姿秀丽、右起直书、字迹工整的中文，对于认不得多少中国字的斯坦因来说，只能紧紧盯着蒋师爷，祈望着他的判读。

经卷虽是中文书写，但由于是梵文佛经的译本，蒋师爷喃喃诵读一阵，因不得要领，仍不知所云。幸好斯坦因听他一再念出“波罗蜜”“菩萨”的语音，而蒋师爷又发现上面写有“经”字，二人才不约而同、异口同声地认定是古老的佛经。三青径自在整理香案，对他们的举动并不在意。蒋师爷收起经卷，包好黄绫，准备送还，却被斯坦因一把夺了过去，并拿出一个银锭，意欲与之交换。蒋师爷连使眼色示意不妥，又拿回经卷恭恭敬敬地奉还给三青，并故意漫不经心地问：“小师父，你们只有这一件镇寺之宝吧？”

“谁说的？”三青哪能服气。

“听别人都这么说。”蒋师爷故伎重演。

年幼的三青很容易地又道出了家底：“他们哪里知道，多得是，几十车也装不完！”

性急的斯坦因插问：“放在哪儿？”听见洋人关心，三青这才后悔自己说漏了嘴，连忙给自己遮掩：“其实，我也没看见过，只是听人说的。”

蒋师爷对三青的表情有所察觉，放缓了口气：“那你师父总见过吧？”

“不知道。”三青把话收住了。

蒋师爷多少有些无奈：“你师父啥时候能回来呀？”

三青随口回答：“还早着哩！他刚出去，至少也得一两个月。啊！四月初八是浴佛节，他准回来。”

斯坦因惊讶地叫了起来：“怎么，又要过节？”

三青好心地解释：“敦煌的节日可多啦，‘四大节’‘八小节’，还有二十四个末糊子节。”

斯坦因听得哑口无言，默默地望着蒋师爷。蒋师爷与他交换眼色后，向他要了一锭小元宝慎重地放在三青手里，恳切地叮嘱：“小师父，这是洋居士的一点儿香火钱，请转告你师父，浴佛节后我们再来拜访，请他务必等候。”

离开莫高窟，走出三危山谷地时，太阳已经快要落到鸣沙山下去了。斯坦因一边走一边又勒住马头，依依不舍地回首眺望，并忍不住地质问蒋师爷怎么不让他把那个经卷弄走？蒋师爷回敬说，那是寺院的镇寺之宝，能让外人随便弄走吗？斯坦因自恃“有钱能使鬼推磨”，只要给银子，啥东西弄不到手？

蒋师爷见他如此盲目自信，只得反问他：按小道士透露，寺里的经卷几十车也装不完，难道他舍得花几十车银子？

斯坦因的嘴暂时被堵住了。蒋师爷见他闭口不语，这才对他解释：“博士，我是想不能因小失大。记得临行前马继业先生一再托付我，跟中国人打交道时，要我多替你出谋划策，受人之托，忠人之事，我可是忠心耿耿地在执行他的吩咐，在为你效劳呀！”

斯坦因为蒋师爷的诚挚所动，连声回答："好了，好了，就听你的，反正还有干不完的事，咱们继续去汉长城发掘。”

敦煌街头，王道士四乡转悠后，牵着毛驴打从仁厚堂药店门前经过，正巧遇到韩禄自药店里为朱掌柜抓药出来。他们一路同行来到城郊路旁，按韩禄原先的安排，他与留在渠边饮马等候的秋莲会合后准备要去张举人家看望。王道士听说后当即劝阻，因为上午他去过那里，二先生张鉴铭说因求免、抗交采买粮事件，他们弟兄已遭监视，请亲朋好友们暂时别上门去，一来是免遭无端的牵连，二来是万不得已时也好多几个躲避的地方。

王道士这一趟外出躲债、化缘，在城乡各地转悠了一个多月，虽因采买粮事件，有些曾经许愿的殷实人家掩门闭户，承诺未能兑现，但多亏还有不少信佛、崇道的百姓在他的苦苦求告下竭诚相助，才使得他不至于空手而归。接下来，他与韩禄、三青一道在浴佛节前前后后忙碌了十几天，又获得了香客们不少的布施，这才凑凑合合地付清了拖欠的银两。但前欠方才了结，一心想弘扬道教的他，随即忘了躲债的滋味，又着手备料、雇工，铺开了他雄心勃勃的重建太清宫的摊子。

浴佛节高潮过去以后，杨先生才姗姗来迟，问及迟到的原因，才知是在经过新店台时，见朱掌柜病重，秋莲怕浴佛节这里离不开没敢通知韩禄，他便留在那里帮助照看了几天，这才过来准备换韩禄回去帮助照料。

韩禄回家前想起三青说过浴佛节后有洋人约定要来的事，粗中有细的他唯恐自己离开后会发生什么意外，经与王道长、杨先生商量后，带着三青连夜奋战，给 16 窟里的藏经洞门外又加砌了一堵砖坯墙以防万一。

浴佛节佛会散尽，大泉河畔人去林空。斯坦因瞅准时机又带着蒋师爷和奈克等人，轻车简从，趁着苍茫夜色，悄然而至，把他的营地安置在中寺附近。

次日早上，晨雾未散，斯坦因照例早早起身迎着清新的空气在做健身操，他的爱犬尤尔伯克围着他在四周草地上撒欢。侍从给他送来洗漱用水，他问奈克先生住在哪儿？侍从指指附近寺院的破房。他又问蒋师爷住在哪儿？侍从指着崖壁下一个木门尚存的洞窟。

斯坦因宿营的情况，被早起的三青发现后，风风火火地返回寺院向师父报告那洋居士来了！正在屋前洗脸的王道士听后不免有些慌张地问是到寺里来了吗？

三青急忙补充说是住下来了。杨先生闻声从屋里出来问来的人多吗？三青比比画画地回答："没见几个人，除了那洋居士，还有缠白头巾的大胡子洋人。"

听过三青的报告，对洋人仍然心有余悸的王道士按捺不住焦虑地问："洋人带枪没有？"三青眨巴着眼想了想才说："没见有枪，带了一条小狗。"王道士训斥道："谁问狗的事，等会儿见洋人，你离远些，别多嘴！这帮洋人不知又有啥花花肠子？"

王道士急急忙忙地吃过早饭，就到老君堂（94 窟）去了，他敞开窟门，一边上香念经，一边等候洋居士来访。他这半辈子见过的洋人不多，打过交道的更少，想起那"老毛子"奥勃鲁切夫，更是又气又恨，打心底对洋人就没多少好印象，他只想等与洋居士见面后，客客气气地应酬一番，以免给莫高窟惹事就谢天谢地了。他虽说是在念经，但由于心中有事，时念时停，断断续续，直念得又困又乏仍不见有人进门。他从窟室里出来问杨先生："怎么还不见人来？"

蹲在门旁，抱着水烟袋一个劲儿抽烟的杨先生不紧不慢地回答："你急啥呀，没人来找麻烦，不正好么？"

"是呀，不来最好，可人都到了，还早早打过招呼，总不会失约吧？我真怕跟'老毛子'一样又是冲着藏经洞来的。"王道士吐露出心中的隐忧。

杨先生自有见解："真要那样，他比你还急哩。"

杨先生的见解是有道理的，本来性情就很急躁的斯坦因确实急切地想探访藏经洞，急迫地想弄些经卷到手，因此也急于想会见王道士。但城府极深的蒋师爷却认为冒冒失失地找上门去既不便提出要求，又可能问不出底细，过早暴露目标，有百害而无一利。奉劝斯坦因要冷静、沉着，拖上两天，做出无所求于他的样子迷惑他一下，等他放松了戒备，趁他不防之时才出面去引他上钩。

斯坦因领会了蒋师爷的意图，果然沉住气，一连两天我行我素，在莫高窟南端自由参观，好像完全忘记了一个多月前他曾发出过请王道士等候的预约。按他自己的记述，就是成天参观、拍照，以掩饰此行的目的。

王道士一连两天等候也不见洋人来访，他先是责怪三青"谎报军情"，后又暗笑自己庸人自扰，原有的几分紧张逐步解脱，原有的一点儿警惕渐次消失，没有了恐惧感的他既不再那么关注宿营洋人的活动，也很自然地把他们视为一般的普通游客。但到了第三天，王道士念过经后正在拨弄算盘，思考他的建寺计划，三青又慌慌张张地跑来报告说那洋居士要见他。

王道士哪肯相信，以为三青又骗人，急得三青对天发誓，谁骗人谁变小狗，还说洋居士已在老君堂前等他。

确实在老君堂（94 窟）前，蒋师爷提着一篮香烛，陪同斯坦因已经等候在附近了。此时的斯坦因全然一派中式打扮，不仅身着宽舒、潇洒的蓝色长袍，黑底浅边盘扣的坎肩，而且还规规矩矩地戴了一顶深色的圆帽，乍一见面似觉与身穿长袍马褂的蒋师爷没有多少差异。斯坦因听从扎希德伯克的建议，脱去短装改着这一身打扮，不但为他增色不少，而且将为他赢得意想不到的效果。因为中式服装包含着几千年中国文化的深刻内涵，极富中国文明的韵味，其内在之美是高尚、平和、文雅、潇洒，其外观之美是文质彬彬、风度翩翩。

见王道士带着三青从林间小道走来，蒋师爷低声向斯坦因提示："来人是位道长，你让我先探探他的口气。"

主客相见后，王道长见他们提着香烛，又自称是远道而来拜佛的，便请他们进入老君堂，霎时间便点起了香、燃起了烛、响起了钟磬之声。斯坦因随蒋师爷叩首礼毕起身之后，模仿蒋师爷曾有的举动，也是搁得很响地往功德盘里放了一枚银圆。王道士听见响声，连眼皮也不抬便照例致谢："施主功德无量。"

蒋师爷试探地问："道长，劳驾能领我们到各佛窟去看看，去进进香吗？"

"你们还没去看？"

"看倒是看过，但为了庄重，博士坚持要等拜望过道长之后再去进香。"

"施主来此就是为了进香？"

蒋师爷提起那篮香烛："是呀，为了进香博士专程从印度过来。"

王道士瞅瞅斯坦因问蒋师爷："这位施主，是称'居士'还是称'博士'？"

蒋师爷含笑答道："论肚子里的学问是'博士'，博学多才，满腹经纶；论脑子里的信奉是'居士'，居家信佛，虔诚无比。怎么称呼都不失礼。"

面对彬彬有礼、态度谦和的蒋师爷和举止文雅、寡言少语的斯坦因，一直局促不安的王道士稍稍平静了些，他终于对斯坦因做了个客气的、友好的手势："请吧，居士。"

王道士陪同斯坦因进出佛窟，一处一处上香，一处一处参观，提篮里的香烛越走越少，他们之间的交谈越来越多，王道士初见斯坦因时的那种冷漠、拘束和警觉也随着接触的进展而渐趋淡化……

当提篮里的香烛用毕即将告别时，王道士话犹未尽地向斯坦因打听："居士，印度的寺庙多吧？"

斯坦因做出了夸张的手势："是的，很多，很多，那里的许多庙宇气势宏伟、金碧辉煌，佛像庄严，佛塔林立，像天国一般。”

王道士听得津津有味：“是呀，我也这么想，要不怎么唐僧会去那里取经。”

斯坦因记得扎希德伯克说过王道士信奉唐僧，见是时机，急忙套近乎：“道长，你知道么，玄奘法师可是我的中国护法大师呀。”

“是吗？那我们可算有缘。”王道士既感惊讶，又感兴奋，作为十分崇拜唐僧的他，好像遇见了知音，主动招呼斯坦因：“走，我带你去看个地方。”

斯坦因、蒋师爷相互对视了一眼，以为要带他们去看什么稀奇，跟着王道士便走，谁知又走到了老君堂前。王道士指着门前檐廊两侧，他们曾走过而未引起注意的新绘壁画，显得十分得意地夸耀道：“你看，这是我叫人新绘的《唐僧西天取经图》。”

斯坦因走近廊壁，定睛细看粉墙上的绘画，那比较俗套的构图，那光怪陆离似人似神的造型，那大红大绿的艳丽色调，实难与佛窟里的古代壁画相提并论，眉宇间难免不流露出鄙薄之情，但善于察言观色的他看出王道士期待夸奖的神态时，立即以一种迎合、献媚的口气大加赞美：“画得好，画得妙，这样的画我在印度的佛寺里也从没见过，真是别具匠心，别开生面。”

洋居士的当面赞扬，不仅像是对王道士几年来苦心经营的肯定、支持和鼓励，而且激发起了他最感兴趣的话题。他随即指着壁上的一幅《龙马图》主动介绍说：“看见了吗？这是蛇盘山下的鹰愁涧，观世音菩萨向玉皇大帝讨来的西海龙王三太子变成了曾经被它吞下的那匹白马，正驮着唐僧翻山越岭去西天取经。”

斯坦因对王道士那佛、道合一的讲述不甚理解，只得装模作样地点头称是。

正在兴头上的王道士根本不注意听者的反应，又指着一幅《老鼋驮渡图》，津津有味地继续介绍：“经过整整 14 年，历尽了千难万险，唐僧终于从如来佛那里取得一藏真经返回东土。你们看那头老鳖驮着他们师徒和白马正在渡通天河哩！”

提起西天取回佛经，斯坦因的神经被触动了，他竟自露出关注的目光，倾听着王道士的讲解，期待着能听到一点儿能为他所用的东西。

惯于对香客解说，善于对施主讨好的王道士，觉察到自己的宣讲引起了洋居士的兴趣，更自鸣得意地敞开了话匣子，又指着壁上的《晒经图》解说：“由于唐僧一心只顾取经，忘了向如来佛为老鳖问寿，老鳖一气之下沉入水中，取回的经卷打湿了。你们看，他们师徒都忙着晒经。据说有几卷《佛本行经》粘在岩石上，把经尾部分粘破，那晒经石上至今还留下字迹，任随风吹日晒都不磨灭！”

对于王道士喋喋不休的讲述，斯坦因从开始的心不在焉，勉勉强强地应付着听到中间若有所思、略感兴趣地仔细听，再到最后心有所动、全神贯注地认真听，转瞬之间竟出现了极其明显的转变，他好像受到了什么启示，得到了什么灵感，抓住了什么话题，待王道士话音刚落，便提出了一个问题："道长，你说玄奘法师从印度取回一藏经书，那一藏是多少呀？"

王道士想了想："听说一藏是5048卷。"

"啊，取回那么多经书，他会存放在哪儿呀？"斯坦因故作惊讶。

"据说是存放在唐朝的京都长安吧。"王道士毫不介意地回答。

蒋师爷似觉斯坦因话中有话，多少察觉了他的意图，便顺着话锋诱导："他不会给路上的寺庙也赠送一些吗？"

一句有些露骨的话，把王道士问得有点儿发愣，但毕竟还好应付："啊，那得去问问唐僧，这种事只有他自己才清楚。。"

斯坦因做出探讨的样子："书上说玄奘法师西行来回都在敦煌设坛讲经，敦煌皈依佛门的人也很多，我看他准会存放些佛经在这里供弟子们诵读。"

王道士对谈论经卷比较敏感，只得连答带问地应付："贫道来敦煌时间不长，人生地不熟，哪能知道远古的事情，居士的话我这才是第一次听说，敦煌有几十座寺庙，你知道是存在哪儿吗？贫道也真想见识见识。"

斯坦因对于他和王道士的这一次会面，在他的著作《西域考古记》中有简短的记述："王道士对于中国相传的学问一无所知……虽然一身俗骨，佛教事物盲无所知，但对唐僧之热烈称道，正同我之于其他事物一样。我用我那很有限的中国话向道士述说我自己崇奉玄奘，以及我如何循着他的足迹，从印度横越峻岭荒漠以至于此的经过，他显然是为我所感动了。"

第十章 轻信“居士”来佛国 私开秘窟遗后患

告别斯坦因，回到太清宫，若逢知己的王道士兴冲冲地对杨先生谈起了陪同客人进香半日的感受。他很欣赏一个洋居士能不远万里地从佛国印度专程来此上香礼佛，还尊唐僧为他的中国护法大师。但他也为对方一再探问唐僧取回经书的下落，甚至声言可能有经书存在敦煌的说法产生了一些疑虑，以致在与杨先生谈论后越想越是有些惴惴不安。他心想世上哪有不透风的墙；他担心会不会又是冲着藏经洞来了；他甚至也开始思索，难道藏经洞的经书真的与唐僧取经有牵连？

告别王道士，回到帐篷里，斯坦因与蒋师爷也展开了讨论。蒋师爷琢磨斯坦因的意图：“我看你是想把这里的事和玄奘法师联系在一起，对吧？”

“对，对。”斯坦因有点儿沾沾自喜，“你看那道长谈起西天取经就没完没了，他既然如此崇拜玄奘，那我就投其所好。”

蒋师爷：“他讲的都是中国小说《西游记》里的故事。”

斯坦因十分自恃：“不管他讲什么，只要他相信，我的故事就接上茬了。”

“你有什么故事？”蒋师爷弄不明白。

斯坦因露出了一丝狡黠的笑容：“他讲《西游记》，讲当年玄奘法师从佛祖那里取回真经。我续的是“东游记”，说如今有人从佛祖故乡来寻迹觅踪，探访真经的下落。这一联系起来，我打听那藏经秘洞不就名正言顺，顺理成章了么？”

蒋师爷未敢轻信：“你想得倒是挺美，但我看这位道长貌似老实，实则心眼很多，不可等闲视之。我们中国人讲究攻心为上以情动人，你千万别太急了，一定要放长线才能钓大鱼。”

“那就得寄希望于你去穿针引线了！你是中国人，由你出面，他会放心些。”斯坦因抱拳相托。

受到斯坦因的器重，蒋师爷果然不负厚望地频频穿梭于斯坦因与王道长之间，担当起了联络、沟通、开导、说服的重任。第二天上午与王道士见面时，他特意带上了斯坦因的印度助手和侍从，试图证明斯坦因的确是来自佛国。但脑子已经冷静下来的王道士却疑惑不解地问："那他为何不就地拜佛？"

蒋师爷立即吹嘘："那是因他既特别崇拜唐僧，又曾立下宏愿，一定要沿着法师西行东归之路，学习大法师弘扬佛法的精神。"

王道士听他一通解释后转而敬慕起来："这么说，他也想修成高僧？"

蒋师爷顺势回答："可不是吗，就差削发剃度了！"

下午，蒋师爷又在老君堂前与王道士不期而遇。当时，他手里拿着纸笔，正进出各洞窟，抄录洞内、洞外、墙上、碑上的题词、留诗。王道士见后问他抄那些干什么？他回答是在帮助斯坦因博士寻找一切与玄奘法师有关的踪迹。王道士听后似信非信地问，洋居士真是如此一心向佛？蒋师爷毫不含糊地表示"怎么不是，我要不是为他对佛的虔诚所感动，怎么会离开官府追随在他左右。"

第三天上午会面叙谈不久，又提及唐僧取经事，蒋师爷顺着话题大发感叹，说当年唐僧西出玉门关曾得到了敦煌人的大力支持，有人送马，有人赠粮，有人领路。如今洋居士经玉门关来莫高窟考察，除有佛祖保佑之外，不知能否得到有道之人的帮助？王道士明白这话是说给他听的。由于连续几日的接触，由于受蒋师爷言谈的影响，他对斯坦因也渐有好感，见蒋师爷提起也就大大方方地表示："洋居士不远万里追寻唐僧踪迹，确实令人敬佩，贫道有幸与他相逢也是一种缘分，所以，无论是尽地主之谊，还是表敬佛之心都理当尽力相助。"

到了下午，蒋师爷约王道士散步来到中寺，他指着大门上乾隆皇帝御笔题写的"雷音禅林"匾额故意问道："道长，你知道唐僧大师到西天，是在哪座寺院拜谒佛祖吗？"

"听说过，是灵山'雷音寺'，是吧？"

"你知道唐僧大师是在哪里取得真经的吗？"

"听说过，是在藏经的'宝阁'里，对吧？"

蒋师爷自知他所问的问题在《西游记》里都叙述过，肯定是王道士所熟知的，听他回答后，话锋一转进一步追问："道长，你们这'雷音禅林'也应该有藏经的"宝阁"吧？"

经过几天交往与蒋师爷已经混得很熟的王道士，没想到又被这突如其来的问题将了一军，竟被噎在那里，一时不知该如何回答。他望着神态自若的蒋师爷，过了一会儿才设法推脱："我来这里不过几年光景，又经常外出化缘，连这里多少洞窟都没数清，何况这中寺、上寺又归红教喇嘛住持，我能知道些啥呀！"

"那住持的喇嘛在哪儿？能带我去会会吗？"

"浴佛节一过就出去云游去了。"

"唉！真不凑巧。"蒋师爷又贴近话题，"道长，随便问问，你住持的寺院里有藏经宝阁吗？"

"啊！我们那里你都见过了，除了几间破旧得都快要倒塌的平房之外，哪有什么楼呀、阁呀！"王道士怕蒋师爷不信，接着又补充："告诉你，我正在备料，准备推倒重建哩！"

蒋师爷仍不罢休："难道你们连经书也没有？"

王道士如实相告："有呀，几本道经是请人抄写的。"

"你们的老君堂不是供奉有镇寺之宝吗？"蒋师爷已经摸准了王道士善于躲闪的脾气，不愿多花时间再与他兜圈子，便来了个"单刀直入"。

"那，那……"王道士在斗心眼儿方面显然不是蒋师爷的对手，听他这一问又有点儿发蒙，愣怔了好一阵才勉强回答："那……那也是几年前才得到的。"

"几年前？从哪儿得到的？"蒋师爷故作惊讶之态。

貌似狡黠，实则本性善良，知识贫乏，失策少谋的王道士，哪能对付得了看似仁厚，但却心性阴险、见多识广、诡计多端的蒋师爷。他横心一想，发现藏经洞早已是敦煌人所共知的事，自己不讲，别人也会讲，何必再遮遮掩掩，于是便来了个竹筒倒豆子，和盘托出了自几年前一声天雷响过，佛祖、道君赐给一洞经书，直到后来又被官府清点造册，重新加封的全部底细。

蒋师爷追问："那你们老君堂供奉的不是吗？"

"那是在加封前悄悄拿出来供施主们瞻仰的。"王道士无法辩解。

蒋师爷抓住他的话柄紧追不舍："你就没多拿些出来？"

王道士无奈地推诿："谁敢呀！"

"看来博士是没有这个缘分了！"蒋师爷虽然在表面上做出有些失望的样子，但对于能套得王道士亲口说出发现藏经洞的事却暗自窃喜，所以在返回住处向斯坦因汇报后，又积极出谋划策，安排下一步对付王道士的办法。

第四天中午，蒋师爷陪同斯坦因来约请王道士领他们去藏经洞外看看，哪怕只在洞门外留下一张照片，也不枉博士先生追寻唐僧法师的足迹，风尘万里不辞辛劳地来莫高窟一趟。对于这样极为普通的要求，王道士当然无法拒绝，只好领他们来到 16

窟前。

16窟大门紧锁，但“三层楼”已经油漆粉饰过的檐廊，很适于做照相的背景。王道士这一生从来没见过照相机，自然也没拍过一张照片，当斯坦因执意要给他照相时，他不仅十分不安，而且手足无措，拘束万分。

给王道士拍过照后，斯坦因把相机递给奈克，他要与王道士、蒋师爷一起留一张合影，这一下他们又为谁坐谁立，相互客套地谦让不休。

王道士心目中的洋人似应高人一等，他十分客气地指着木椅推让：“居士是贵客，理当居中。”

斯坦因毕恭毕敬地拱手相谢：“道长德高望重，礼应中坐。”

王道士（前中）、斯坦因（后右）、蒋师爷合影

蒋师爷见两人推让不下，便上前把王道士扶向木椅有意讨好：“主先客后，这是常理，你就当仁不让吧！”

三人摆好姿势，奈克按动快门，拍下了王道士稍露一丝欣幸、惊喜而又略含一点儿惶惑不安的笑意居中而坐，斯坦因、蒋师爷各怀心事，陪立其后的合影。

照相对王道士来说是平生第一遭，特别是又受到远道而来的洋居士和自称出自官府的蒋师爷抬举，拥自己端坐正中，让客人站立两侧，他真感到荣幸无比，激动不已。因此，当拍照过后，他便迫不及待地从坐椅上起来转身看着斯坦因和蒋师爷，尽露出受宠若惊、急欲回报的神态，十分激动地向斯坦因致谢：“承蒙厚爱，感激不尽，居士既有追随唐僧访佛之志，那就请进洞里看看，以了心愿吧！”

王道士的允诺，令斯坦因深感意外，真没想到一次照相竟成了敲门砖、铺路石，会换来如此结果，禁不住喜出望外地连声赞叹：“太好了！太好了！”他见王道士掏出钥匙去开门锁，立即跟了上去。

一直站在附近观望的三青发觉师父要去开门，急得不停地对师父做手势，但王道士好像没有看见，根本未予理会，他只得转身跑回太清宫去告诉杨先生：“快去看，师父让洋居士看藏经洞去了！”

杨先生深感意外：“你没看错吧？他一直说不让洋人进去。”

三青也很纳闷：“是呀，师父对我也是这么交代。”

杨先生责问：“那你怎么不挡住他？”

三青有些抱屈：“我怎么敢挡师父，要是韩大哥还差不多。”

回家照看朱掌柜的韩禄身在新店台，心在莫高窟，特别是从宋福那里打听到洋人从县城去莫高窟后始终没见返回的消息，心里更是像十五个吊桶打水，七上八下。他想临走前虽然砌墙给藏经洞门加了封，但真要拆起来也容易得很，菩萨心肠的王道长，哪能斗得过花花肠子的洋人。他越想心里越是不安，找夏莲姐俩商量后打算回莫高窟看个究竟。但当他备好马正要出门时，夏莲又跑来说，朱掌柜病情突然恶化，郎中开了处方，需立刻进城抓药。他接过处方眼看日已当午，连忙翻身上马，此时秋莲又牵马赶来说近日传闻城里很乱，她要跟去做保镖以防不测。

敦煌城里的气氛确实有些紧张，城门入口加了岗哨，哨兵对入城的人只要稍稍看不顺眼便要盘问、检查。大街之上也有差兵巡行，不时骚扰商贩、呵斥行人，把个平日里热热闹闹的市面折腾得冷冷清清，人心惶惶。

时已黄昏，仁厚堂药店店堂里，仍有许多购药的人等候在柜台前，关注着伙计们忙忙碌碌地抓药、称药、包药，韩禄和秋莲也在其中。

一直候立在门前迎送顾客、观察街上动静的老掌柜，不声不响地走近韩禄和秋莲，压低声音问：“你们惹事了吗？有几个骑马的差人，一直在附近盯着你们。”

秋莲掉头看了看街上的情况后对韩禄说：“像是‘小叫驴’的狗腿子把你盯上了，咱们得快走！”

老掌柜有些担心：“不行，他们人多，又带着家伙，你们出不去。”

韩禄有些倔强：“光天化日之下，我又没犯法，怕什么？”

老掌柜劝导韩禄：“欲加之罪何患无辞。他们要找你的岔子还不容易，强龙难斗地头蛇，明眼人不吃眼前亏，对付这伙缠身的邪魔，还得用一服解药才行。”说罢便与他们小声商量起来。

天色渐晚，仁厚堂里抓药的人已逐渐离去。守候在附近盯梢的几个参将署的差兵，久久不见韩禄出来，不禁大发怨言。原来他们中有人认得这个卖木杵的，知道他是大少爷的仇家，为了讨功邀赏，见他进城，忙向主子报告后，才奉派来药店门外监视。任务是跟出城外没人的地方下手，打个残废，留条小命，既不惹出人命官司，又要叫他知道点儿厉害。正当他们怨声未绝时，那个认得韩禄的差兵突然招呼："快看，出来了！"

此时，只见韩禄低着头、提着药，快步走出店堂，解开缰绳，急匆匆上马离开。差兵们如获至宝，也立即上马紧跟而去。

夜色降临。敦煌城郊道上渐渐地已不见进城去的车马行人，唯有出城来的一骑在前疾行，数骑如影相随。差兵们追随的人是韩禄吗？不是。按老掌柜的安排，他早溜出仁厚堂后门，接过伙计牵过去的马匹逃之夭夭了。

改穿韩禄装束的秋莲，一边打马飞奔，一边寻思以少击多的对策，跑着、跑着，忽见路旁一院墙外斜靠着许多待售的木椽，心想那是极好的武器，便驱马靠近，伸手抓了一根，用以对付穷追不舍的差兵。

差兵们追到四野无人的荒郊，认为时机已到，只听领头的发出命令："抄上去，狠狠地打！"便举起大棍，如虎似狼地纵马猛冲，直逼追赶的目标，并自认为以多击少、恃强凌弱，必然稳操胜券。

殊不知面临气势汹汹的差兵，胸有成竹的秋莲自有应对之计，她沉着冷静地将手中的木椽横置于马鞍之上，不声不响地听着身后的动静，直待差兵靠近，才抡起木椽左右横扫，当即将冲前的两个差兵连人带马打翻在地，后续的差兵猝不及防，也被翻倒的人马绊落马下。霎时间，人呼马叫，乱作一团。

此时，按约定等候在附近的韩禄也从道旁林中驱马出来接应，随即与秋莲一起消失在夜色之中。

夜色朦胧。

斯坦因在他的帐篷里对着蒋师爷愤愤不平地大声抱怨："这道士太狡猾了！我满心以为他要让我看那密窟，没想到只让我看了一堵墙壁！"

原来是在16窟前合影后，王道士一时激动，打开了洞窟大门。本是好心让远道而来的洋居士了却心愿，没想到斯坦因在窟室里转了一圈，却只是在甬道北侧右下方见到一道新砌不久的砖坯墙，由于与他的企盼大相径庭，自然怒火中烧，怨气难消。

蒋师爷顺着斯坦因的话题搭腔说："那堵墙明显是新砌的。"

斯坦因越说越气："怎么不是，我们跟他客气，给他面子，他却砌墙封窟来对付我们。"

蒋师爷有意婉转："你没听他一再申明那秘洞是官府来加封的。"

"我不信！"仍在气头之上的斯坦因故执己见，"我有经验，在印度，我跟山里的僧侣打过交道，像他这类愚昧无知、心地狭窄的人，多是徒慕虚名，贪恋财物之辈。"

"不过，就他那身邋遢劲儿，更像个鄙陋怯懦的苦行僧。眼下看来，他对你已有些好感。也许我们下的功夫还不到火候吧！"蒋师爷托出自己的想法。

斯坦因的火气稍稍平息："那，那你就再去试试！"

第二天，蒋师爷又拜访王道士去了，进入经堂坐定后，他把奈克连夜冲印好的照片送到了王道士手中。王道士活了几十年，不仅是第一次见到自己的照片，更是破天荒地第一次与洋人合影，他拿着照片近看、远看、左看、右看、上看、下看，真是看得爱不释手，看得心花怒放，过了好一会儿才冒出一句话来："蒋师爷，洋人照出相来跟我们也没多大差别呀！"

"是呀，都是佛祖的信徒，同为万物之灵，能有多大差别呀！"蒋师爷不失时机地借题发挥，"可是，道长，我看你好像还信不过他？"

"哪里话，要是信不过，我咋会让他去看藏经洞！"王道士矢口否认。

"让他去看一堵墙，还不如不看。"蒋师爷不无抱怨。

"实话告诉你，那藏经洞确实是敦煌知县大人亲自来监封的。"王道士不仅重复老话而且指着墙上挂的横幅说，"不信你看，这是监封后汪大人的亲笔题诗。"

蒋师爷故意不看，却继续追问："难道那堵墙也是县太爷监修的？"

王道士竭力辩解："修那堵墙是为了对付香客游人，你不知道有些人又想看稀奇，又不守规矩，不但把封条撕坏了，而且把门也撬坏了。"

说话间，门外传来吆喝声和嘈杂声，王道士侧身张望，见三青探头招呼，忙向蒋师爷说了声"请稍坐"，便起身走出门去。

蒋师爷待王道士出门后才起身去看墙上的横幅，并低声念读那题诗："梵宫胜迹佛祖家，汉唐遗踪竞繁华；石窟宝藉千万卷，重入秘境归摩崖。"念罢又看看落款才回座饮茶，嘴里还喃喃自语："已经加封三年了。"

门外嘈杂声更大，蒋师爷不知出了什么事，好奇地站起身来移步走出经堂，走出大门探望。原来寺后空地上已经堆积了不少砖、瓦、木料，几辆马车尚待卸货，送料的伙计正与王道士大声争执："货到付钱，天经地义，你不给钱，我回去怎么向账房交代？"

王道士低声求告："哪能不给，只是施主们许下银两没有按时兑现，手里一时周转不开，请转告掌柜的再宽限几日。"

送料的伙计仍然不依："浴佛节后送砖瓦，可是道长你亲口定的日子。"

杨先生帮助解释："浴佛节后，道长是准备了钱，可那些画师和塑像的匠人们先来一步，都拿走了。"

"你这不是白说么，没银子就莫叫送货。"送料伙计怨声不止。

意外地听见送料、付款之争，对老谋深算的蒋师爷来说，无疑是一种启示。一是知道王道士正大肆备料建寺；二是知道王道士手头拮据，经济上面临困境，这不正是乘人之危可加利用的好机遇么。心里有了主意，待王道士气咻咻地返回经堂，不等他坐下便问："道长，运来那么多的砖瓦，是准备大兴土木？"

"你也看见了？"王道士坐下，喝了一口茶回答道，"全凭士绅、香客们的一点儿施舍，只能是小打小闹。"

蒋师爷做出关心的样子："难道道长还有什么宏图大志？"

"哪有什么大志，只不过尽心尽力，四方募化，以求维护佛窟，整修寺院，弘扬佛旨道义而已！"王道士一脸苦笑。

蒋师爷不失时机地抛出引诱之语："道长，如此看来，你与博士还真有缘分。"

"有啥缘分？"王道士不明白。

蒋师爷摇唇鼓舌侃侃而谈："道长你千辛万苦，遵循佛祖道君的教诲，四方化缘，誓欲维护佛窟，整修寺院，弘扬佛旨道义；博士他万里迢迢，追随唐僧法师足迹，东来敦煌，志愿大施功德，探访真经，以求广为传扬……我看你们真像是一路之人。"

"我们像是一路之人？"王道士不敢轻信。

蒋师爷十分肯定地表示："怎么不像？志同道合，一脉相承，真是缘分呀！"

蒋师爷与王道士之间的对话越谈越投机，越谈越深入，越谈越具体。王道士承认了他一时无力支付建寺材料款的窘况。蒋师爷表述了斯坦因寻访佛经下落的决心和乐意施舍以助建寺的愿望。

一席长谈，谈得王道士又兴奋又担心。兴奋的是真要有大善人施舍，建寺的希望就不会落空；担心的是洋居士要'探访真经'很可能与藏经洞有关，他不知应如何对待为好。他找杨先生商量来商量去，对斯坦因是否真如蒋师爷所说的那样愿意施舍也是疑信参半，莫衷一是。

过了一夜，蒋师爷陪同斯坦因又登门拜访来了，刚一坐定，斯坦因便主动地表示："欣闻道长要大展宏图，整修寺院，在下有缘，恭奉盛事，愿尽微薄之力，以成道长夙愿。"

王道士一听洋居士亲口承诺愿尽微薄之力，心里顿时感到踏实了许多，脸上也随即挂上笑容，大讲劝善之言：“建寺修院，大德大善，名扬四方，功在千秋，居士真要有此善举，贫道由衷敬佩。”他在语调中突出了“真要有此善举”几个字。

斯坦因故作谦逊之态：“算不上多大的善举，只不过有玄奘大法师的精神感召，略尽心意罢了！”

提起玄奘法师，王道士的神经又被触动，不仅立即打开了话匣子，而且还认可了蒋师爷的观点：“啊，千年前唐僧去西天取经。千年后居士来东土访经，真像是观世音菩萨的安排。”

斯坦因双手合十：“但愿观世音菩萨保佑，但求能得各方支持，助我完成在佛祖面前立下的誓言。”

王道士：“居士有何誓言？”

“如来佛赐给玄奘大师一藏经卷，叫他传流东土，时过千年，我发誓要来看看佛国的真经如何在东土流传。”斯坦因把他与蒋师爷精心编好的言辞陈述了一通。

王道士对斯坦因的话信以为真，当即表示：“居士放心，只要力所能及，贫道定当助你一臂之力！”

斯坦因见王道士露了口风，当即起身告辞：“那好，一言为定，我们相互支持，共成善举。至于道长建寺的花费和我访经的要求，就由蒋师爷继续跟你仔细商量吧！”

留下的蒋师爷跟王道士谈判回来后，见斯坦因仍心神不定地在帐篷前徘徊，便走近前去夸奖他今天的戏演得太好了！

斯坦因回敬说都是师爷教得好，接着问起跟道长谈判的情况。蒋师爷说那道士优柔寡断，顾虑重重，出尔反尔，变幻无常，实在难以对付。斯坦因又问是不是要先兑现些银子？蒋师爷摇摇头：“只要顾虑不打消，给了也没用。不过他约我晚上再见，不知这个不起眼的老道有什么花招？”

其实，王道士哪有什么花招，只不过一时拿不定主意罢了。蒋师爷离去后，他点燃香烛，跪在玉皇大帝牌位前，嘴里念念有词，似在诵经，似在求教，似在祈祷……因为在他脑子里有越来越多的问题搅得他坐立不安，他除了找杨先生商量之外，唯一的只有祈求神灵指引了。他反复地在问：藏经洞里真会有唐僧取回的经书吗？洋居士真会是观音菩萨派来访经的吗？他暗自在想，如果私自再开藏经洞，官府知道会不会追究责任？如果让洋居士去看藏经洞，香客们撞见会不会遭到反对？……

对此，斯坦因在《西域考古记》里也有一段评述：“王道士……看来是一个很奇怪的人，极其狡猾机警。他不知道他所保管的是什么，他对于有关神同人的事充满了畏惧……这个人不易于捉摸。我尽我所有的金钱来引诱他同他的寺院，还不足以胜过他对宗教的感情，或者对激起众怒的畏惧。”

敦煌的春季很短，浴佛节过去，温暖的热风就在莫高窟前回荡了。和煦的初夏之夜，万籁俱寂，窟壁前漆黑一片的林地中，唯见一丝光影从帐篷门缝中透出。

舒适的帐篷里，心绪不宁的斯坦因难以入眠。他坐在木箱旁，就着烛光，埋头书写家信：“……可以肯定，我已经接近了整整一洞窟宝藏，但却遇到了难以逾越的一堵高墙。我自信有足够的力量去夺取，但可能激起成千上万宗教崇拜者的愤怒。我可以寻求本地官府的庇护，但在他们那里我只获准有考察长城废墟的有限权力……面对一个郁郁寡欢、鬼鬼祟祟、愚昧无知而又固执己见，贪得无厌而又不谋私利的中国道士，我忠实的秘书要我‘动之以情，喻之以理’，我只得以玄奘的追随者去接近他，打动他。以大方的布施去迎合他，引诱他。时间花去不少了，但至今仍无可以奉告的结果，我的耐心正经受着严重的考验……”

“博士！”随着低沉的叫声，蒋师爷从帐篷门缝中挤了进来。

“有结果了吗？快说！”斯坦因放下手中的笔，急不可待地问。

蒋师爷没有立即答话，但却像变戏法似的从他那宽松的黑长袍里不紧不慢地拿出了一捆经卷。斯坦因喜出望外地跳起身来，接过经卷，大声庆幸：“成了！成了！那道士终于上套了！”可蒋师爷并不那么乐观：“别高兴得太早，这是说破了嘴皮才借来的，只让看一夜，明天一早送还。”“管他的，看了再说！”斯坦因招呼蒋师爷一起动手打开包裹的布袋，把经卷摆在木箱上，一一展开观看。但只粗略地浏览了一下，他的兴奋劲儿便有些减退。究其原因，还是他认识不了多少中文，而这一捆又恰巧都是中文卷子，因此他只得把任务委托给蒋师爷，让他带回住处，抓紧时间，好好辨识辨识。

其实，蒋师爷对佛学知之甚少，对斯坦因托付的任务也感到十分棘手。他勉为其难地逐卷展阅，通宵达旦，直至窟外晨曦初露、林间雾霭渐散时，才吹熄蜡烛出门，跑进帐篷向斯坦因报告说，在一个经卷的末尾发现有玄奘法师的题署。斯坦因一听真是喜出望外，原本只是胡乱猜测，借以诱骗王道士的话，竟然歪打正着，弄假成真，真的把藏经洞与西天取经联系起来，从而也就把他东来访经和藏经洞挂上钩了。他当即叮嘱蒋师爷趁送还经书时，一定要把这个发现好好地对王道士讲讲。

王道士听蒋师爷介绍了经卷上的发现，既感惊奇，又很纳闷儿。送走客人后，立即叫上杨先生一道进入 16 窟，请他帮助辨识确认。他不留在经堂里查看，是怕有香客游人打扰。他选在 16 窟，是因该窟紧贴崖壁的三层佛阁下层左右各有厢房一间，其面积虽然不大，但经清理、整修、打扫后，已添置了桌椅陈设，纸窗明亮，环境清幽，又紧挨着藏经洞，确实是一个僻静的地方。王道士关上大门和右厢房门后，把蒋师爷挑出的经卷展开在临窗桌上，向杨先生求教："蒋师爷说这是唐僧亲自翻译的西天佛经，你给仔细看看是也不是？"

杨先生戴上老花眼镜，对展示在眼前的这卷纸色略黄，字迹工整的佛经从头到尾审视了一遍，又反复看过卷尾的题署后才肯定地回答："是的，是唐僧翻译的，你看这卷尾不是清清楚楚地写着'大慈恩寺三藏法师敬释'么。"

王道士仔细看过卷尾题署后，仰头惊问："这么说它真是唐僧法师留下的真迹？"

杨先生思考了一会儿才回答："那倒不一定，我见过古书记载，说唐三藏法师西天取经回长安后，19 年间译经 1335 卷，由崇信佛教的太宗皇帝召翰林及中书科各官誊写后传播天下，这也许就是那时候传来的缮写本。"

王道士转过身来，张望着紧临藏经洞的厢房后墙，露出迷惘的神情，禁不住地发出疑问："藏经洞里还有些经卷像是洋文的，难道那真是唐僧路过时存放在这儿的？"

由于杨先生对王道士的问题无法明确回答。心绪不宁的王道士过后不久，又在左厢房约见蒋师爷，并向他提出了同样的问题。

蒋师爷与斯坦因的本意就是要把王道士一步一步地引上这个话题，见他已经上钩并主动求教，便煞有介事、引经据典地发出一通高谈阔论："很有可能。据古书记载，当时瓜州（今敦煌）刺史独孤达笃信佛教，他不仅盛情款待唐僧，而且当面撕毁凉州发来的追捕公文，掩护他西出玉门关去西天取经。唐僧取经返回，不论是知恩图报以答谢刺史和当地信众，还是秉承佛祖的训示在东土弘扬佛法，都很有可能留些经卷在这里。"

蒋师爷侃侃而谈，讲得头头是道，对藏经洞经卷的来由百思不得其解的王道士似乎有些开窍，竟也模模糊糊地冥思苦想，难道真是唐僧封存了一些西天真经在这里，留待千年后从佛国来人寻访？

日有所思，夜有所梦。两位读书人，引经据典都讲得有根有据，有鼻子有眼，令王道士不得不信，不得不想，并一直想，想入非非，想到了梦境之中……他看见祥云迭迭，瑞气重重，彩带飞舞，霞光四射；他听见钟磬齐鸣，金鼓震响，天乐悠扬，仙曲回荡。彩云缥缈中，脚踏莲花的观世音菩萨现身了，王道士连忙下跪恭迎。这时忽又看见菩萨的身旁，左边站着唐僧、悟空、悟能、悟净，而右边却立着斯坦因和蒋师爷。他正感纳闷儿，想问什么还没问出声来，观世音菩萨已用柳枝沾起净瓶之水一边洒向他，一边和颜悦色地说："圆箓，想当年，我领旨护送大唐圣僧自西天佛国取回真经，广传东土。到如今，佛国信士为寻访真经，又来东土觅踪。佛祖赠你一窟经卷究属何用？难道还要让其再封存千年？此中缘由，望汝三思、三思……”菩萨话毕，驾云离去，王道士还要问什么，望着云头想喊：“观音菩萨，观音菩萨！”但总觉发不出声，而他那急切呼喊的梦呓声却惊动了躺在土炕一侧的三青，吓得急忙把他叫醒。

王道士从梦境中醒过来了，他用斯坦因胡吹的，蒋师爷编造的，以及听来的、猜测的、演绎的、虚拟的、想象的各种真真假假、虚虚实实的材料编织的一场菩萨显灵的梦幻，既令他惊讶不已，又令他若痴若迷，很自然地便被奇思怪想所主宰，陷入了轻信、想象、神化、行动，再轻信、再想象……的怪圈之中。

再说，留在帐篷里等候的斯坦因不知蒋师爷的活动能不能有所突破，也忐忑不安。为了排解忧虑，一直闷不作声地呆坐在木箱旁翻阅书信，忽听得帐篷门帘响动，抬头一看，又是蒋师爷挤了进来，心想他又是借来经卷了，当即起身，喜滋滋地紧盯着他那宽松的黑长袍，迫不及待地叫他快拿出来看看！谁知蒋师爷摊开空空的双手，说那道士胆小如鼠，生怕拿来拿去要是被人看见，后果不堪设想。

“完了，完了！那怎么办？”斯坦因失望地坐下。

蒋师爷安慰他：“道长说明天天亮之前他在洞前等候，让我们悄悄地过去。”

“去干什么？”斯坦因又生怨气，“还去看那堵砖墙？”

其实，那堵封闭藏经洞洞门的砖墙，在王道士梦见观音菩萨显灵后，便立即派三青去拆除了。为这事，师徒间还发生过争执。三青说：“砌墙护洞是韩大哥建议经师父同意的。不让外人擅进藏经洞也是师父亲口布置的。防止洋人的坏主意，更是师父多次叮咛的。如今，怎么又要拆墙，难道是要放洋居士进去？”杨先生帮助解释说：“当年唐僧去西天取经，如来佛也让他进了藏经‘宝阁’。现在洋居士由印度来此访经，让人家进去看看也是礼尚往来嘛。经书本当是给人阅览、给人诵读、给人供奉、给人传扬的，哪有长期封存起来不让人看的道理呢？”三青听杨先生的话明明是在给师父帮腔，再不敢过多地争辩，老老实实地去把砖墙拆了。但事后仍在杨先生面前抱怨：“韩大哥临走时一再叮嘱，要提防不怀好心的洋人，我越看越觉得他们鬼头鬼脑的，师父也跟那蒋师爷打得火热，好像沾上了鬼气，半夜睡在炕上还大喊大叫，说观世音菩萨显灵了！”

蒋师爷转告王道士之约后，斯坦因几乎大半夜都无法入寐，他躺在行军床上辗转反侧，思前想后：他想那狡猾的道士究竟是何居心？他想该如何应付对方玩弄的花招？他想自己还需采取什么主动出击之策？他想怎样才能在短时间内获得最好的结果……待他困倦至极，刚刚合拢双眼，蒋师爷又来把他叫醒，说约定的时间到了。

天色未明，斯坦因随蒋师爷摸黑来到16窟门前，见王道士已打开门锁等候在那里。心中无数的斯坦因随着默默无语的王道士进门后，心里一直纳闷，不知这老道又要玩什么花招，但等王道士回身关上大门，点燃蜡烛，领他们步入甬道时，他突然发现那堵门的砖墙已消失得无影无踪，通向藏经洞的木门已清清楚楚地呈现在眼前，喜出望外的他惊喜地伸手欲去开门，蒋师爷怕他惹出意外，急忙跨上一步把他挡住，并问王道士今日如何安排？

“先去拜佛吧！洞中经卷均为神圣之物，不可稍有亵渎，书上说唐僧去西天取经也是先礼佛再受经的，这法度不可违呀！”王道士边说边做出请进的手势。

蒋师爷理会了王道士的话中之意，拥着斯坦因走进16窟窟室，在履行过上香叩拜的仪式后，又随王道士返回藏经洞木门前。这时，斯坦因露出好奇的目光，眼巴巴地等候王道士开门。而王道士却显得心神不定，面对封条已破但铜锁依旧的木门又犹豫不决，竟像鬼迷心窍似的，木愣愣地呆立在那里。蒋师爷见状一连叫了几声：“道长、道长……王道长！”见他没有反应，又用胳膊肘轻轻地撞了撞他，他这才回过神来，把手里的蜡烛递给蒋师爷，慢慢腾腾地从衣兜里摸出一把铜钥匙打开了门上的铜锁。

结实、粗糙的木门打开了。蜡烛的烛光照亮了这个深锁千年、世人难得一见的窟中之窟。

在藏经洞这个面积不大的窟室里，除了正中仅有可容身的狭窄通道外，左、右、后侧从地面至窟顶，一包包、一捆捆、一沓沓、一卷卷的古经卷、古文书、古绘画、古绣品、古经幡……横横竖竖、层层叠叠、堆积如山。其数量之多，保存之完好，令斯坦因这个考古的行家、掘宝的老手也瞠目结舌，一再地对蒋师爷晃动他的大拇指。他瞪圆大眼上上下下、来来回回地扫视着秘窟中的一切，那份惊奇、那种狂喜、那急于检阅查看的强烈欲望、那企图攫取占有的贪婪之心……不时地在他那变幻莫测的目光里交替闪现，活像是多棱镜的折光，从他那湛蓝色的眼珠子里反射出来。他甚至趁着王道士接过蜡烛进洞的一瞬间，指着洞里的经卷，凑近蒋师爷耳边，声音很低，但却贪心毕露地表示：“一定要把它弄到手！”

蜿蜒而过的大泉河，水声潺潺；绿叶葱茂的林荫间，鸟声嘤嘤。蓝天白云之下，安闲、宁静的莫高窟，香客、游人们三三两两进出佛窟上香、游览。

王道士大胆地打开藏经洞，原只想让斯坦因看上一眼以了却他万里访经的心愿，没想到他又提出了再借些经卷阅览，以确认是否还有唐僧取回的经卷在此封存。其实对藏经洞中的大量经卷文书，王道士心里根本没个底，除了经卷之外还有些什么？是天神所赐还是古人收藏？是珍籍宝卷还是普通经书？他脑子里不仅是模模糊糊的，有时甚至是神经兮兮的，就连窟里究竟存有多少卷子，他也是稀里糊涂。几年前汪知县来查封时，杨先生用以搪塞的那份清单，也早被他丢失了。所以面对赖在门边不走的斯坦因，他那无知、善良、软弱、轻信、贪施舍、好虚名的心理防线，在花言巧语和名引利诱下，全然已成溃决的堤坝，缺口越冲越开、越冲越大……

请神容易送神难。王道士拗不过斯坦因、蒋师爷的死纠烂缠，答应让他们留在左厢房里，由他每天从藏经洞里搬出几袋经卷，轮换着供他们翻阅。斯坦因对天发誓绝不私自带出洞窟，王道士叮嘱他们不要惊动过往的香客、游人。对此，斯坦因在《西域考古记》中这样记述：“在第一天匆匆寻访中，我便能够把可攫取的最好的古卷选出放在一边‘留待细看’。”

自此开始，趁着每天清晨四下无人，斯坦因便由蒋师爷早早地陪同过来，一头钻进左厢房里，翻阅由王道士从藏经洞里搬来的经卷文书，直到晚上，再由王道士搬回去。生性谨慎的王道士虽然发现有些经卷堆置于一边没有装回布袋，但蒋师爷推说那是博士暂时挑出来再作研究的，碍于情面，不便强求，他也就默许了。

不过，王道士再谨慎，也有难以防范的疏漏。因为第一天看过经卷返回帐篷，蒋师爷点燃油灯后，就惊异地发现斯坦因就像变戏法似的从身穿的长袍里一件接一件地摸出好些经卷来。他看在眼里，始似大惑不解，继而大感惊讶，真想不到博士还是此中高手！斯坦因开心大笑说：也多亏身穿的长袍帮了大忙。蒋师爷认为帮忙归帮忙，但绝不可能全都这样拿回来呀。斯坦因承认，他知道大头还得用银子去换。不过他担心那道长鬼鬼祟祟的，万一反悔又怎么办？所以还得多一份心眼儿，趁早下手，挑最好的拿一卷算一卷，到手为安。蒋师爷不但支持斯坦因的举动，而且还助纣为虐，替他开脱说：“偷书不是贼。”

第十一章 施舍诱惑换秘籍 捐资伪善藏祸心

对于斯坦因趁进入洞窟翻阅经卷之机，“顺手牵羊”暗窃经卷的事，王道士始终被蒙在鼓里，要不是他后来在自己的著作中供述出来，世人也很难得知。而老实巴交的王道士还认为他早来晚去，规规矩矩，很守信用，所以不仅每天打开藏经洞，一袋袋地去搬、去换，甚至还把杨先生拉去给他帮过忙。

杨先生去后，见左厢房里有一堆挑选出来的经卷感到有些奇怪。

王道士反替斯坦因解释说：“那是一些梵文经卷，洋居士留下来要做进一步研究。”

进入藏经洞狭窄拥塞的过道移动经卷时，杨先生又低声地提醒王道士：“如果都给他们看，那得好几个月呀！”自作聪明的王道士小声地回应说：“哪能哩，唐僧法师去西天，如来佛也没把藏经‘宝阁’的经书全给他看。我只想拿些出去敷衍敷衍，尽尽心意，让他心满意足，不至说我们怠慢远自佛国来进香的洋居士罢了。”

的确，藏经洞里不仅经卷、文书等多得难以计数，而且类别众多、文字多样，内容包罗万象，为世所罕见，真要让不识汉语的斯坦因，不识古国外语的蒋师爷仔细翻阅，也是既无必要，也无意义。

一天，蒋师爷打开一个大包，斯坦因翻开覆盖在上面的色布、画纸碎片后，一件件在亚麻布、丝绸、绢纱上绘制的彩画呈现出来了：那精工绝伦双色透绘的丝绸旗幡、那薄如蝉翼的绢纱工笔重彩的菩萨像、那神秘的佛祖转世轮回画、那玄妙的道主羽化飞升图……其绘制之精美，人物之生动，色彩之艳丽，令见多识广、考古经验丰富的斯坦因也大开眼界，禁不住地啧啧称奇。他小心翼翼地展开绢画，细细地品味一番后，又轻轻地按原样叠好，径自放在那批留待研究的经卷堆上，并以十分自信、自豪的语调对蒋师爷表白：“我挑选出来的这些精品，大大地超过了我在中亚十几年的收获。”

蒋师爷试探地问："你满足了吗？"

斯坦因连连摇头："不、不、不，一个探险家要是感到满足就再也没有进取心了，我的欲望就像一只大漏斗，从来没有满足的时候。"

又一天，在他们刚刚打开的一个布包里，出现了几十片梵文贝叶经，斯坦因欣喜异常地拿起来向蒋师爷介绍："你看，这是用贝多罗树叶书写的经文，世称贝叶经，它显然出自印度。"

蒋师爷拿起贝叶经来欣赏："按你这么说，它会是玄奘法师从西天取回来的吗？"

"可以肯定它是印度佛经，但我没法证明它就是玄奘法师带回来的。"斯坦因如实地回答后又急忙叮嘱："不过对王道长我们必须一口认定它就是玄奘法师从西天取回来的，只有让他相信，我才有理由把它要走。"

"难道你只是想要这些贝叶经？"蒋师爷问。

斯坦因举起手中的贝叶经，望着他精心挑选出来的经卷、文书、绢画明确表示："不单是这些。但我要以贝叶经为证明去说服他把这堆东西全都转让给我。要让他明白把这些来自佛国的经卷无声无息地封存在这里，不是太可惜了吗？"

按照斯坦因的布置，蒋师爷又单独约见王道士进行了一通游说。直截了当地向他指出，博士挑出来一些梵文、藏文和其他文字的经卷，别的人又不认识，白白地锁在洞窟里实在太可惜，尤其是那些梵文经卷和贝叶经，一看就知道它出自印度佛寺，极有可能就是唐僧从西天迎取回来的，佛祖赠经是为了让它在东土流传，长期将它深藏洞中，不是违背了佛祖的意旨么？蒋师爷又说，博士为了寻访东传的经卷，历尽千辛万苦走了一两年，要不是佛祖的指点，唐僧的指引，他哪能找到这里？谁要能成全他，把出自印度的佛经迎回故土，重归佛国，那不是顺乎天理、合乎人情、弘扬佛法的大功大德吗？

听过蒋师爷娓娓动听的花言巧语后，优柔寡断的王道士回到太清宫又把他说的话向杨先生学了一遍。杨先生听出王道士似已心有所动，暗想这位洋人真要是寻访经卷而来，如果不给一点儿也很难打发，但是要随随便便地就让他拿走，藏经洞不就白开了么？见王道士一再表白对出家人来说，世上的一切都是身外之物。便对他讲了《西游记》中的一段故事，说是唐僧去西天取经时，如来佛纵容管经人索要"人事"，第一次没给，拿了些无字的经书骗他，第二次以太宗皇帝所赐的紫金钵盂相赠，才得到了真正的经书。在他们佛国尚且如此敲诈勒索，难道你就那么便宜了他，佛祖都开了先例，你不为自己也该为寺院想想呀！听杨先生进劝，王道士终于吐露了蒋师爷开出的条件，洋居士认捐 100 两银子给寺院，以换取他挑选出来的那一堆经卷文书。

杨先生问他答应了吗？

王道士摇了摇头说藏经洞的经卷是他替佛祖看守的东西，照管不好惹得一身臊，香客们会把他骂死，就这样清清白白、平平静静地度日子多舒心呀，何必去招惹是非。杨先生觉察到王道士仍处在犹豫不决的极度矛盾之中，便顺应着他的话锋一面表示赞赏寺院里清静无为的生活，一面又提出了怎么打发洋居士、怎么解决拖欠的砖瓦木料钱等问题。

次日清晨，斯坦因又早早地向16窟走去，远远看见窟前已有人影，暗自高兴地对身旁的蒋师爷说："早等着我了，看来你的谈判大有希望。"说着便加快了步伐，谁知走到近处，却只见杨先生和三青等在那里，不禁大声呼问："你们王道长呢？"

杨先生不紧不慢地回答："他有急事，去县城了。"

"那请谁给开门？"蒋师爷指指那挂着铜锁的窟门。

"师父把钥匙带走了。"三青好像有点儿幸灾乐祸的样子。

意外的变化，像当头泼下一瓢凉水，让诡计多端的斯坦因和老于世故的蒋师爷都傻了眼。碰了一鼻子灰的斯坦因忍不住地低声问蒋师爷："这道长又在搞什么鬼？"大惑不解的蒋师爷也瘪着嘴无话可说。

吃了闭门羹的斯坦因闷闷不乐地回到帐篷里，烦躁得干啥都静不下来，蒋师爷只得陪他去大泉河畔漫步散心。他望着浅浅流水，胡思乱想了好一阵子才问蒋师爷："你说，这该死的道长怎么会突然变卦，难道是我们顺手牵羊被他们察觉了？"

蒋师爷自信地分析："不可能，他是一袋袋地搬进搬出，袋里装多装少根本没个数，他怎么会察觉？"

"那是不是我们早晚进出被香客发现，他害怕了？"斯坦因有些心虚，"他真要改变主意就糟了！"

"你不是已经弄到不少了吗？"蒋师爷想劝他收手。

斯坦因明确表示："不多。最低限度也要把挑出来的那些弄到手。你不是跟他谈过了吗？他要不答应，我就干脆悄悄地撬锁进去……"

"你不怕惹是生非？"蒋师爷提醒他。

斯坦因任着性子："不怕，我的人比他的人多。"

蒋师爷知道他是个逞强好胜、无所不为的人，真怕他急中惹乱，只得使出最后一着："博士，你还记得马继业先生叮嘱你千万要小心谨慎么？"

提起马继业，斯坦因不再固执了，但心烦意乱的他，直到返回帐篷又见到行军床上、木箱上、木桌上摆满了暗中夹带回来的那些战利品时，烦躁的心绪才渐次平静下来。在蒋师爷的帮助下他又继续分类登记、装箱。不过他看似干得津津有味，实则惦记着16窟里的那堆东西，总在盘算怎样把它弄到手。

太清宫外空地上，又来了运送砖瓦的马车，杨先生和三青一面招呼卸车，一面与押车的砖场伙计为付钱事大费口舌，多亏杨先生讲了不少敷衍的好话，吹嘘说城里好些大户都愿施舍建寺，王道长这一趟收银子回来立即给大家结账。轻信承诺的马车夫们虽然赶着空车走了，但心中没底的三青却忍不住地抱怨，说师父平时一再教训“火要空心，人要实心”，可他没拿到施舍就忙着干这干那，弄得前面欠的钱还没付清，后面又拖了一屁股账。对王道士的作为杨先生自有见地，他知道出家人是靠施舍过日子的，如果不是有修不完的寺院，塑不完的像，抄不完的经书，还不完的账，又哪有理由去求施舍呀。

正议论间，突然传来渐近的马蹄声，三青以为是师父回来了，急忙跑到路边去，迎来的却是秋莲。秋莲说韩禄伺候病人离不开，可又不放心这里，特意让她来看看洋人走没走。

三青见问，脱口抖出了师父让洋居士进洞去看经书的事。杨先生怕秋莲责怪，连忙敷衍说：“道长也是大发善心，想帮人家了却万里访经的心愿。现在洞门已经上锁，道长又带走钥匙，他们进不去了。”秋莲了解情况后准备上马返回，三青不愿意了，他伸手去夺秋莲手中的缰绳并求告道：“秋莲姐，你刚下马，话没说几句，茶没喝一口，转身又要走，天都快黑了，就不能在这儿住上一宿，你急啥呀？”

秋莲顺从地把缰绳递给三青：“我不急，是怕你韩大哥急，再说住上一宿也没啥事。”

三青见秋莲口气松动，高兴地直嚷：“有事，有事，请师父检查检查你徒弟的武功练得怎么样了！”

砖场伙计为欠款事与杨先生、三青争执的情景，又被斯坦因的帮凶蒋师爷看了个一清二楚，鬼点子极多的他觉得有机可乘，返回帐篷向斯坦因出谋划策，要他赶快兑现给寺里的施舍，用银子去打通门路。而斯坦因却辩解：“我不是早就对他许过愿了吗？”

蒋师爷告诫道：“空口许愿谁相信，中国老百姓的信条是‘不见兔子不撒鹰’”。

斯坦因听后也感到为难，因他随带的银钱已快花光了，而寄存在和田的银子，邮差还没送到，连自身的日常开销都有些捉襟见肘，一时间哪能兑现许诺的施舍。经他这么一交底，自以为足智多谋的蒋师爷也感到没了辙：“啊！真要玩空手套白狼，这事恐怕难办。”

斯坦因是个轻易不肯服输的人，见蒋师爷在泼凉水，心里很不是滋味。他担心由于路途遥远，邮差一时间送不来银子；他害怕拖延时日，夜长梦多，王道长改弦更张；他不愿半途而废，前功尽弃；他很想孤注一掷，去把挑好的那堆经卷强夺到手。

斯坦因是个火爆性子、一说干就急于动手的人，在难以割舍的巨大诱惑下，当天夜里他就带上蒋师爷和奈克，提着几只口袋，趁黑沿着崖壁暗处摸向 16 窟。按他平日的观察了解，晚上从未见过那里有人值守，他心想与其等王道长点头后再弄走，还不如偷偷搬走后再逼他点头，只有东西到手，才有可能变被动为主动……

斯坦因一边走心里一边打着如意算盘，忽然听见前方传来响动声，他急忙止步，定睛一看，不觉惊出一身冷汗。原来他正要去的 16 窟门前正有人在练功习武，只看见龙腾虎跃，刀光剑影；只听得枪呼剑啸，唰唰有声，白天十分平静的洞窟前，夜里却成了激烈的演武场。这意想不到的遭遇，不仅令他惊恐不已，而且在他的心目中对藏经洞又抹上了一层神秘的色彩。他不敢轻举妄动，只得带着蒋师爷和奈克灰溜溜地返回了帐篷。

一连几天过去了，坐立不安的斯坦因一再地和蒋师爷、奈克商量，但始终找不出一个好办法来。他一想到那夜探秘洞的冒失之举，心中不免有些后怕，没料到这白日里静若无人的洞窟到晚上竟有武士护卫，真要被人当成盗贼痛打一顿，弄不好会落得个身败名裂的下场。不过转念之间再想到洞窟里那一堆充满魅力的经卷，心中又像注入了掠取的动力，充满了占有的渴望。人们常说“人为财死，鸟为食亡”，斯坦因为追求千年秘藏夜不安寐，食不甘味，几近疯狂。好不容易又熬过了两天，事情终于出现转机，从和田来的邮差赶到了，他不仅给斯坦因送来了大批信件，而且捎来了他急等着派用场的银子，这无疑是斯坦因望眼欲穿的一个天大的喜讯。

就在斯坦因那边报喜时，太清宫这边却在报忧。

王道士拖着疲惫不堪的身子回来后，走进经堂把空空的褡裢往地上一扔，便像散了架似的，一屁股瘫坐在椅子上不住地喘息。三青见状，给他端来茶水，杨先生也静静地陪坐一旁，面对他那疲惫、困惑、失望的表情，谁也不愿出声，经堂里的空气就像凝固了一般。

无言的静默持续了很长时间，直到王道士喝了一碗茶水，缓过气来，沉闷的气氛才渐渐改变，他长长地吐了一口气，没精打采地叹息道：“唉！这一趟算是白跑了……”

杨先生见到那空空的褡裢后早已心照不宣，但仍表示关心地问：“没收到银子？”

“认捐过的人没找到，找到了的人又没钱捐。”王道士满腹怨言。

“怎么能找不到人？”杨先生感到奇怪。

王道士不得不稍加解释：“还是因为县上那联名申请免交采买粮的事，老百姓跟官府越闹越僵，地方上的头面人物怕县太爷翻脸抓人，早已躲得无影无踪了。”

“啊，找不到施主，没了靠山，这建寺的事怕就不好办了？”杨先生也跟着操起心来。

“师父，杨先生向砖场的伙计担保过几天要来结账，还有匠人来问新寺院啥时能开工？你说咋对付呀？”三青不得不禀告。

杨先生见王道士一脸愁容，直言相劝：“一时收不来银子，这建寺的事能不能推迟再说？”

新建寺院是王道士梦寐以求的愿望，面对眼前的处境，欲上无能为力，欲下又很不甘心，真是让他进退两难。

不过，王道士相信天无绝人之路，特别是像建寺院、塑神像之类的大德大善之举，任它遭遇多大的困难，也定会有神人暗中相助的。果然，只休息了一夜，第二天上午当杨先生随同他刚刚打开16窟门时，暗中关注着他的行踪的蒋师爷就闻风而动上门拜访来了。他把客人请进左厢房，几句客套的寒暄之后，蒋师爷便将16个大银锭摆在桌面上并恭恭敬敬地说：“斯坦因博士敬慕道长维护佛窟、整修寺院的宏愿，特捐助建寺善款纹银200两，以表他不远万里来东土礼佛访经的虔诚之心。”

正陷入经济困境举步维艰的王道士意外地见到他从未见过的一大笔捐款，不知是天上掉馅饼，还是神佛的恩赐，激动得不知该说什么好。而蒋师爷却不失时机地接着交代：“斯坦因博士多谢道长鼎力相助，万里访经总算有了些线索，他挑拣出来的这些梵文、藏文佛经和佛画，很可能与玄奘大法师西天取经有关。他竭诚期望道长成全，让他将其迎回佛国详加研究，以弘扬佛法，这无疑是继玄奘法师之后的又一个功德无量的盛举，道长的英名也必将载入史册，名扬后世，并终成正果。”

蒋师爷的一席话不仅头头是道，而且讲得天花乱坠，好像他王道士只要答应要求马上即可升天一般，把个头脑单纯、知识贫乏、信仰虔诚、迷信深重的王道士吹得云天雾里。面对桌上白花花的银子，想着建寺的前景，他似心有所动；看着桌旁堆放的经卷，担心香客们的反对，他又心存疑惧。思前想后，矛盾重重，迟迟拿不定主意。

突然，洞外传来敲门声和三青呼喊师父声，杨先生连忙开门出去。留下王道士和蒋师爷相向无语，默默地对峙在那里。过了一会儿，杨先生返回把王道士拉到一旁贴近耳语：“砖场伙计来说再不付账就要告官了！”

杨先生虽然尽量压低了嗓门，但谈话的内容仍然让蒋师爷听到了，他见有机可乘，当即又做出关心的样子劝说道："道长，我看这笔善款你收下建寺，这堆经卷让博士迎回去供奉，如此相互支持，弘佛扬道之善事，就是玄奘法师天上有知，也一定会大加赞赏的。"

被上门催索的债主逼得走投无路的王道士，又把目光聚焦在那光闪闪的银锭上，苦思一阵后不得不决定咽下这杯似甜似苦的醇酒，他露出无可奈何的苦笑对蒋师爷提出了要求："有个条件，如能遵守，我就答应。"

蒋师爷问："什么条件？"

"严守秘密！"王道士虽已相信把经卷给印度来的访经人也许是合乎情、在乎理、顺乎天意的事，但他毕竟害怕万一此事外传，会受到官府追究，引起香客误解，甚至带来无穷的后患，所以特别关注的便是保密。

蒋师爷当即信誓旦旦地承诺："我发誓，我也替博士保证，除了你俩我俩，咱们四人之外，绝不让外人知晓。"

王道士听后仍不放心地感叹："何止咱们四人，这佛窟中的菩萨，天上的神仙，可是知道得清清楚楚，观看得明明白白啊！"

斯坦因得悉王道士收下银子，允许他带走那堆经卷文书，不禁喜出望外，他兴奋得坐也不是立也不是，一心就盼着太阳赶快落山，黑夜迅速降临，因为按王道士与蒋师爷之间达成的协议，那堆经卷文书的交接必须避开香客游人，由他们知情的人亲自进行。

斯坦因耐心地等呀，等呀，好不容易才等到天黑了，人静了，夜深了，月亮出来又被乌云遮住了。此时的莫高窟崖壁前，黑乎乎如墨如漆，静悄悄寂然无声，只有远处不时传来一阵阵野狼哀号，近处间或响起两三声猫头鹰啼叫，偶有夜风拂过，沉沉入梦的莫高窟才响起林木沙沙声和铁马叮咚声。景物朦胧、阴气森森的莫高窟四野，真令人不寒而栗。

月亮钻出云缝，溟溟濛濛的月光下，影绰可见王道士和杨先生抱着经卷文书从 16 窟出来，慌慌张张地疾步南行，径自进入 94 窟（老君堂），早已守候在近旁暗处的斯坦因和蒋师爷见状后，迅即跟至窟前，轻轻击掌三声，窟门打开，二人窜入，过不多久便抱着经卷出来，快步沿着窟壁南去，霎时间便消失在茫茫夜幕之中。

在夜幕的掩护下，一出打着玄奘法师忠实追随者的旗号，精心实施的骗取古卷的勾当，就这样偷偷摸摸地登场了，一方老谋深算，处心积虑；一方愚昧无知，迷信深重。他们之间的这场见不得人的秘密交接，一夜又一夜地继续下去，让饱经沧桑的莫高窟愤然无声地经历了七八个难眠之夜。

16 窟左厢房里，那堆挑选出来的经卷、文书、绢画被搬光了，但这批价值连城的古物并没有直接搬进斯坦因的帐篷，而是堆存在离他帐篷很近，紧靠蒋师爷住处的一个木门严实的小洞窟里，以防万一有人撞见也好推说是暂时移出研究。蒋师爷望着数量不少的经卷、文书、绢画，似觉大功告成，禁不住露出几分得意的神情向斯坦因讨好邀功，谁知贪心不足的斯坦因却咧着嘴，毫不知足地回答："比起那道长留在洞里的这并不算多。"这意想不到的回答，把蒋师爷噎在那里，一时间竟不知该说什么为好。

由于敦煌城里形势有些紧张，过往新店台的行人不多，到兴隆客栈住店的客人也就大大减少。一天傍晚，来了个客人投宿，此人头上扣着草帽，眼上戴着墨镜，让人难以辨识其面目。夏莲像接待一般住店客人一样并不在意地把他领进客房，放好茶水，安顿好后正欲离去，忽听对方直呼其名。夏莲抬头一看，客人取下草帽，摘下墨镜，原来是二先生张鉴铭，不免有些惊喜，有些诧异地问他是从城里来吗?

张鉴铭低声回答说：为了请免采买粮的事，他悄悄地去肃州探听过消息，得悉上面不但不同意取消，而且还批准县上抓捕领头闹事的人。夏莲听后不免为他们三兄弟的安全担心，而他却说是有四乡百姓支持，他们会想办法对付。一阵交谈后，他要夏莲陪同去看望重病卧炕的朱掌柜和守候一旁的韩禄，接着又去看秋莲。

此时，秋莲正带着滢珠、韩辛、韩茹在后院场地上练功习武。三个孩子虽然只有八九岁的年纪，但一个个英姿焕发，天真活泼，他们练拳、舞剑，举手投足有板有眼，一招一式颇有章法，张鉴铭看后不禁连声叫好。

由于张鉴铭仍然戴着墨镜，扣了草帽，让人一时不好辨认，听见有人叫好，正感纳闷的秋莲等夏莲走近后问："二姐，你把啥人领来了？"

"没看出来？是张二先生。"夏莲伸手要过秋莲手中的剑，"你去一下吧，他说有话要对你讲。"

张鉴铭见到秋莲，望着几个孩子，感慨万千："秋莲呀！你看出来没有？这世道越来越不成样子了，外有侵略成性的列强，内有腐败无能的官府和贪赃枉法的官僚。就拿县上采买粮的事来说吧，明明是极不合理的苛捐杂税，但就是仗势欺人，一意孤行，虐民于水火之中，到头来很可能会酿成官逼民反……这几个孩子渐渐长大了，除了练功习武、读书明理之外，更应该教他们做人之道，长大成才也好为乡里、为国家做点儿有益的事。"

见过秋莲，当天晚上张鉴铭叫来韩禄非常关心询问他和秋莲的婚事，听说准备在玉兰她娘的周年忌日后就办的打算后，又亲切叮嘱说：“秋莲是位饱经磨难的好姑娘，武艺出众，又粗通文墨，在我们这穷乡僻壤的地方，确实不可多得，我看她对你也是一片真情，你可不要误了这段姻缘，到时候可别忘了请我来喝喜酒。”

谈过婚事，听说又有洋人去了莫高窟，张鉴铭担心是冲着藏经洞去的，禁不住地叹息：“丝绸古道上遗存的这一窟千年宝卷，连官府都撒手不管，王阿菩一个出家人能管得了，管得好吗？真要有什么闪失，再落入洋人之手，我们敦煌人将愧对祖先。”

韩禄当即表明心迹：“你放心，我一定尽力协助道长看好藏经洞。”

张鉴铭又长长地叹了口气：“唉！这事我们一时也顾不上了，你转告王阿菩，等渡过了这道难关，我们还会尽力支持他，叫他千万要提防那些不怀好意的洋人。”

由于照顾重病的朱掌柜，韩禄一时未能脱身，二先生的叮嘱还没来得及转告王道士，得寸进尺的斯坦因又与蒋师爷在策划新的阴谋了。

为巴结马继业而百般讨好斯坦因的蒋师爷，本以为那堆经卷到手，大功告成，斯坦因理应感到满足了，没想到他的胃口那么大，不免也有些疑虑。在他看来，王道长表面上虽怕官府，但骨子里更怕百姓。那些香客把莫高窟的一切都视为神物，无不顶礼膜拜，作为一个靠施舍为生的道人，最怕触怒衣食父母砸了自己的饭碗，如开口再要经卷恐难再有松动。而斯坦因却满不在乎地表示愿意再出几百两银子，送他回老家安享清福，他还怕什么？

蒋师爷又去找王道士转达了斯坦因的要求和承诺。也许是话太露骨，伤了脸面，王道士听后大发脾气，说要把那些经卷收回去。幸亏他临机应变，解释说那只是他自己的想法，王道士才消了气。根据蒋师爷的观察，王道士确实相信洋居士真是从佛国来的访经人，相信洋居士真是玄奘大师的追随者，相信与洋居士相逢是天赐的缘分，相信洋居士是要把经卷迎回去供奉、研究。为了圆满洋居士的功德，才让取走那堆经卷。他还发誓说施主所捐的银子，一分一厘都会用在修建寺院上。蒋师爷奉劝斯坦因在与王道士那样很倔强的清教徒打交道时，还是适可而止为好。

听出蒋师爷的话意，斯坦因露出不甘心、不服气、不满足的情绪。站起身来，在帐篷里一边踱步一边泄愤：“那一洞窟经卷文书，就像无名的先人遗留在世上的财物，谁见了就该归谁所有。就像备以待客的一席绝世的盛宴，谁遇上都可以尽情享用。我有幸捷足先登，能赶上这千载难逢的良机，理所当然地有权更多地获取、更多地享有，如不能多弄些到手，白白地把它留给别人，我很不甘心。难道你没听说德国人、法国人、俄国人、日本人，也许还有美国人都虎视眈眈地在与我竞争么？”

斯坦因的过分贪婪，连对洋人一贯谄媚奉承的蒋师爷多少也有些看法，但囿于想投靠到马继业手下谋一份差事，混一碗饭吃的心理，他对斯坦因除了巴结、讨好之外还敢说什么呢，既然主子坚持，他也只好效犬马之劳，厚着脸皮一再地去与王道士周旋了。

由于有了银子，太清宫寺旁空地上堆积的砖、瓦、木、石等建筑材料日渐增多，看来重建寺院的准备工作又顺利推进了。王道士面带满足的笑容在料场查看，又见蒋师爷找来，便指点着那些新进的材料对他说：“这木料、石料都花的是洋居士的银子，每分每厘我都记了账，绝不会辜负施主的厚望。”

善于拍马屁的蒋师爷哼哼哈哈地既表示赞赏又表示尊重地吹捧道：“道长洁身自爱，一尘不染，超凡脱俗，令人敬佩。斯坦因博士一再说他要把你苦心经营、维护佛窟、天赐秘藏、弘扬佛法的事迹传回佛国，让万人敬仰！”

听见赞扬，王道士像吃了蜂蜜似的心里感到甜丝丝、美滋滋的，当即露出受宠若惊的神情表示：“啊，言重了，言重了，尤其是‘天赐秘藏’的话，还是不提为妥，咱们不是有约在先，都要保守秘密么？”

言谈之间，三青突然跑来告知：“师父，那两个塑像的匠人来找你。”

王道士有些意外：“找我干啥？他们的工钱不是结清了吗？”

三青答道：“听说新修寺院，他们来问还塑不塑像？”

蒋师爷离开料场返回时，斯坦因正在帐篷前摆开的行军桌旁埋头书写，他的爱犬尤尔伯克也在附近草丛中嬉戏。蒋师爷煞有介事似的一路小跑回来，喘着粗气向斯坦因报告：“博士，博士，有门路了，有门路了！”

斯坦因停下笔，抬起头问：“什么门路？”

“塑像。”

“什么塑像？”斯坦因睁大眼睛。

“你捐银子给寺院塑像。”

“那对我有什么好处？”

“什么好处？”蒋师爷故弄玄虚，“好处就是让那道长心安理得地收你的银子。”

斯坦因更糊涂了：“怎么！好处是让人家收我的银子？”

蒋师爷仍在卖关子：“对，让道长收你的银子。”

“不，请你记住，我不是有钱无处花的大施主，我是精打细算的大商人。”斯坦因坦率地向蒋师爷表白。

“你总不会是大吝啬鬼吧！”蒋师爷做出半是玩笑半是认真的样子。

斯坦因一副模棱两可的表情，坦率地承认：“也许是，也许不是，有利可图时我出手大方，无利可图时我十分吝啬。你不是说中国老百姓的信条是‘不见兔子不撒鹰’吗？那道长不再给我经卷我也不再掏银子了。”

蒋师爷：“你的意思我明白，但以目前的情况来看怕只有放长线钓大鱼，让那道长先收下银子，这出戏才唱得下去。“

虽然蒋师爷露出了底牌，但斯坦因仍然弄不清楚地问：“怎么还要唱戏？”

等蒋师爷讲出要唱的内容后，斯坦因便恍然大悟，不仅当即同意，而且让他立即去办。所以，当两位揽活儿的塑像工匠失望地走出太清宫跨上马正要离去时，蒋师爷已匆匆赶来大声招呼：“两位师傅，请留步！”

送人的王道士有些惊异：“你叫他们有事？”

“有事。”

“他们是塑像的匠人。”

“知道，知道，博士要请他们塑像。”

“他要塑像！是去印度吗？”

“不，就在这儿。”

工匠们下马，王道士居中为他们介绍后，一位工匠露出期望表情问：“蒋师爷，真要请我们塑像？”

“真的要请你们。”

“不知要塑哪位尊神？”

“玄奘大法师。”

“要塑唐僧！”王道士又是一惊。

蒋师爷不失时机地忙加解释：“斯坦因博士走遍了这里的几百个佛窟，找遍了佛窟里的几千尊塑像，唯独不见玄奘法师。要知道玄奘法师是他的中国护法神，是他心目中最最崇拜的佛，所以他有心请王道长选择一个洞窟，他愿捐资敬塑玄奘法师佛像，供香客朝拜，供游人瞻仰。”

王道士听后，转惊为喜、兴奋不已地表示：“嗯！这话真是说到我心上了。据说，唐僧取经大功告成后修成了正果，莫高窟是应该有他的造像。”

就这样，王道士轻易地又接受了斯坦因为玄奘法师塑像的谋划，在莫高窟南段选择了一个规模不大但十分醒目的洞窟，让两位匠人开始塑像。匠人们平日塑佛、塑神都是参照前人留下的造像，新塑玄奘法师像对他们来说真还是第一次。他们从《西游记》的描述中寻找感觉，从安西榆林窟壁画《普贤变》取经图中的玄奘法师像上得到灵感，经过十几天的构思、设计、实施，按真人大小塑起了玄奘法师牵着驮满经书的白马由西天归来的造像。香客、游人们见过后无不叫好，有人美言说唐僧西天取经有功，如来封他为旃檀功德佛，连驮经的白马也加升为八部天龙马。王道士维护佛窟，新造神像，功德无量，将来也会成佛成仙的。

香客、游人们的赞扬，让王道士感到了极大的满足，受到了极大的鼓舞。一座唐僧像竟然把他和斯坦因串联在一起，好像他们真是唐僧门下志同道合的弟子似的，因此每每在听到夸奖时他总是眉开眼笑地客气："过奖了，过奖了，这尊唐僧像，是洋居士史太因（斯坦因）的功德，我可不能贪他人之功呀！"

当工匠们为玄奘法师像贴金上彩时，蒋师爷又去太清宫拜会王道士，一见面他就问："王道长，玄奘大法师像快塑好了，你看塑得还像吗？"

知之不多的王道士不知该怎么回答，显得有些木讷地回应："啊！我也没见过唐僧，也不知像不像……只听见香客们赞不绝口，一个劲儿地夸奖洋居士的功德。"

"我看这件事首先得归功于你王道长，没有你的允诺和支持，博士也成不了如此善举。"蒋师爷一边笼络，一边把八个银锭放在桌上说："博士让我再送纹银百两以表达他的诚意。"

突然又见如此多的银子，王道士对洋施主如此大方不免有些心动，他的一双小眼虽然没有离开那白花花的银子，嘴里却扭捏地推说："这塑像的工料钱洋居士已付过一些了，哪能还要这么多呀！"

蒋师爷看透了王道士的心思，顺势劝说："重建太清宫后不是也要塑像么，这银子也许还不够呢。"

王道士故作姿态："太清宫要塑的是道君，是天师、是神仙呀！"

蒋师爷又鼓起了他的如簧之舌："博士说，就像当年观音菩萨度玄奘法师西天取经一样，你虽是道长，佛祖却赐你一窟经卷，这其中定有玄机。博士来东土访经有幸与道长相逢，显然也是天意，是机缘，所以他也不论是佛是道，对道长建寺兴教的宏愿真的愿意倾囊相助，以尽善心，以结善缘。"

表面上狡黠、多疑、脾气倔强、自作聪明，但骨子里单纯、厚道、性格懦弱，昏庸无知的王道士，几乎被善于察言观色而又诡计多端的斯坦因和蒋师爷的合谋完全征服了，听过蒋师爷的一席花言巧语，他露出既感动又感激的神态回答："也是贫道有缘，真难得能结识如此虔诚、如此大方的大施主，以后太清宫建成，我一定要请人撰文刻碑，永志不忘！”

蒋师爷当即劝阻：“道长，撰文刻碑的事大可不必，博士与你不是有密约在先么？你不了解，他可是个十分务实不图身后虚名的人。”

“可我不能遇善不扬，知恩不报呀！”王道士显得有些为难的样子求教道，“蒋师爷，那你看我该怎么办？”

蒋师爷见火候已到，趁机点拨：“博士来此一心专为访经，你就不能再成全成全他？”

月光透过窗棂照进太清宫的小屋，王道士夜不成寐，躺在土炕上辗转反侧。看来由斯坦因和蒋师爷精心实施的“将欲取之，必先与之”的这一招计谋，对王道士确实十分奏效，他像喝了迷魂汤一样躺在土炕上冥思苦索。洋居士又大大方方地施舍百两纹银，却为何不提什么要求？难道他也是无欲无求的高人么……不过在他百思不得其解时，他耳边却不断地响起蒋师爷丢下的那句话“博士来此一心专为访经，你就不能再成全成全他？”第二天，他拿这句话，像求人解签似的去请教杨先生：“杨先生，你也是有学问的读书人，请替我解解，蒋师爷的话是啥意思？”

也真是当局者迷，旁观者清，杨先生听罢，不假思索便一语道破：“那不是明摆着的吗，洋居士来访经，发现一洞窟经卷掌握在你的手里，他捐银子成全你建寺、塑像，你手里除了经卷之外还能拿啥去成全他呀？”

一语点破，王道士猛然大悟，他拍着头说：“我真是不开窍的榆木脑袋，连这么清楚的意思都听不出来。”

“那你打算咋办？”

“常听人说来而不往非礼也，他舍得出手，我是不是也该大方些？”

“你舍得吗？”

“人生在世，赤条条地来，赤条条地去，为善积德，修得好飞天成仙，对那些连官府都不理不睬的身外之物有啥舍不得的！”

王道士认为自己是个知恩必报的人，为了报答洋居士的大笔施舍，他的第一项举措便是为新塑的玄奘法师像安排一个隆重的开光法会。但当蒋师爷转告斯坦因说王道士请他参加时，他开始还有些顾虑，担心在众香客面前露脸会不会带来不良后果？听蒋师爷解释说这是给他脸上贴金，让香客、游人们都知道他是专程从印度来敦煌礼佛的大施主、大善人，有什么不好？他这才答应出席。

参加开光法会的人们进入洞窟后，当即发现新塑的玄奘法师像并非常见的坐佛姿势，而是一尊近于生活，出自想象的西天取经归来的造像。法师头戴七彩丝绣僧冠，身披锦襕异宝袈裟，右手握着九环锡杖，左手牵着雪白龙马，马背上驮着莲台，莲台上放着如来佛所赐的经书。此像虽属仓促塑成，设计有些随意，造型略显粗俗，与莫高窟众多生动传神、精美绝伦的古代造像相比明显失色，但在众香客眼里仍不失为他们心中崇拜的偶像。

供桌上缭绕的香烟、晃动的烛光把不大的窟室照得通明，但见塑像两侧挂满了人们敬献的旗幡彩幛，塑像前挤满了顶礼膜拜的香客。

王道士诵经礼毕，登上供台，十分虔诚、十分庄重地提笔为玄奘法师塑像点睛，洞门外立即响起了震耳欲聋的鞭炮声。

待鞭炮声平息，王道士走到跪在前排的斯坦因面前请他立起后，恭敬地向众人介绍说："各位施主，你们面前这位就是远从印度来此朝拜，并捐资敬塑玄奘法师宝像的大施主、大善人史太英（斯坦因）居士。"

此时的斯坦因，仍是一身中式装束，他那整洁的长袍马褂，精致的青缎圆帽，再配上礼貌的举止、谦和的笑容，骗得了众香客的好感。当他看见香客们一张张略显敬意的笑脸，听见香客们一阵阵热烈的掌声时，不禁拱手称谢，露出一副得意洋洋的神情。

在开光法会上得意忘形的斯坦因返回帐篷后，按捺不住兴奋、喜悦与激动，当即在帐篷外架起行军桌，提笔写信，向远隔重洋的亲友抒发他的愉悦心情："……为了打消那道长的顾虑，我们精心策划捐建的玄奘法师塑像，在隆重的宗教仪式中开光了，经道长一番介绍，我真是出尽了风头。虽因时间仓促，塑像并无多大艺术价值，但那好心的道长借此所做的大肆宣扬，对减少公众对我滞留莫高窟可能引起的怀疑，对掩护我取走深藏秘窟的经卷，显然是大有益处的……"

就在斯坦因奋笔疾书时，一阵杂沓的马蹄声自远而近，疏落的林木间，渐次出现了一群骑马的差兵护拥着一辆比较讲究的马车。斯坦因习以为常地视为香客往来，继续埋头书写，根本未加理会。但正在附近的蒋师爷闻声见状后急忙迎了过去，片刻间又快步返回，大声告诉斯坦因："博士，敦煌知县王大人来了！"

斯坦因不觉大吃一惊："知县王大人！他来干什么？"

蒋师爷也不明底细："他说是登门拜访。"

"登门拜访！？"斯坦因对这位不速之客的到来深感意外，不免露出警惕之色。

第十二章 深夜运宝出敦煌 榆林夺宝失前蹄

突遇县太爷仓促而来的登门拜访，深感意外的斯坦因只好在小帐篷前慌慌乱乱地安排接待，他指挥侍从利用行军桌摆上衙役们送来的食品，搬出几只木箱权当凳子，端出唯一的一把折叠椅供作上宾席，煮了一壶咖啡算是对贵客的特殊招待。

王知县端起一杯热咖啡，皱着眉头，一边品尝那难以适应的焦苦香味，一边装着漫不经心的样子谈天说地："博士阁下来敝县时间不短了吧？"

斯坦因不明知县大人的意图，只好顺势对答与之周旋："不长，也就两个来月吧。"

"阁下好像很喜欢这里？"

"是的，这里有水有树，比沙漠、戈壁舒服多了，我真想在这儿多休息几天。"

"又有什么新发现，能拿出来让本县见识见识吗？"

"啊，还是在长城挖得的那些木简、箭镞之类的东西，大人你都鉴赏过了。"心里很不踏实的斯坦因把嘴封得很紧。

王知县放下杯子，注视着斯坦因："这么长时间，阁下总不会闲着吧？"

"我确确实实在休息。"斯坦因虽故作镇静，但心里却很是不安，总担心获取经卷的事是否被县太爷察觉了。

蒋师爷见斯坦因神情紧张，连忙插话为之解围："王大人，博士确实是在休息，连在县城雇的民工早都一个不留地打发回家了。"

王知县点点头："真是休息就好。蒋师爷你是知道的，中国人讲孝道、讲风水，敬奉祖先，珍惜祖传，最怕有人挖他的祖先之墓，盗他的传家之宝。为了尊重此地风俗，少惹事端，本县奉劝博士阁下在考察中还是少挖，甚至不挖为好，免得让人捕风捉影，说三道四。"

"博士是有学问的人，他不但尊重本地的风俗，还捐资敬塑了一尊玄奘法师像，前几天才开了光哩！”蒋师爷一个劲儿地对斯坦因大加奉承。

“好、好、好，留下功德，也好让后人敬仰。”王知县稍加赞许后，又立即追问，“博士下一步打算去哪里呀？”

斯坦因猝不及防回答得吞吞吐吐：“去哪里？我，我还没确定哩，可能，很可能再去长城吧。”

知县接过话尾：“再去长城，那博士准备何时动身，请定个日期，本县也好设宴送行。”

“现在就定日期？”斯坦因敏感地觉察到知县大人像在下逐客令，不免有些警觉。

“是的，有了日期才好安排，保护阁下的安全是各地官吏的职责，连坐镇兰州的甘陕总督升允大人也很关心阁下的行踪。”王知县多少露出了一点儿口风。

“甘陕总督，他也知道我来这里？”斯坦因深感惊诧。

王知县明确地告之：“哪能不知道，阁下走到哪里，当地官员随时都有责任向他报告。”

王知县拜访斯坦因的同时，王道士和杨先生正在5号窟里收拾藏经洞封闭前转移在此的一堆经卷。突然传来三青敲门的呼喊声：“师父，快开门，王大人来了！”王道士惊慌失措地一面抱怨：“王大人，哪个王大人？怎么能带到这儿来！”一面慌忙火急地与杨先生一道拉起些旧布袋、旧旗幡、旧帷幔把堆放的经卷盖上后，才吹熄蜡烛，打开洞门，但出门一看只有三青一人，虽然多少有些放心，但不免生气地问：“王大人，人哩？”

“我也没见到，说是拜访洋居士去了。”

“那你咋瞎嚷嚷？”

“有个差兵上门传话，说知县王大人让你回寺恭候，我能不来叫你吗？”

听说来人是知县大人，王道士唯恐经卷之事暴露，提心吊胆地连忙返回寺院准备接待。但他左等右等，等了很长时间才见到斯坦因和蒋师爷陪送王知县缓步来到太清宫门前。他战战兢兢地迎上施礼：“贫道遵命在此恭候，请王大人寺内用茶。”

不知是困倦还是烟瘾快发了，不停地打着哈欠的王知县急于上车返城，哪有心思去喝茶，只是扬扬手说：“天色不早，本县回衙还有公务处置，就不打扰了，等新寺院建成，再来瞻仰。”

王道士竭力讨好：“王大人公务繁忙，难得光临，不知还有什么训示？”

王知县指着身旁的斯坦因说：“洋大人一行还得在此休息几日，你们要善待贵客，千万不可怠慢！”话毕便挥手向斯坦因告别，径直登上了随行的马车。

送走王知县返回帐篷途中，斯坦因满腹狐疑地问蒋师爷：“你不觉得王大人此行有些蹊跷吗？”

蒋师爷也有同感：“是呀，说是拜访，其实像是来下达送客令。”

“难道他听见了什么风声？”斯坦因心虚地揣测。

“有可能，特别还提醒挖坟盗宝的事。”蒋师爷随声附和。

斯坦因越说越担忧：“这事好像有点儿来头。”

“对呀，无风不起浪，要不怎么会老远地跑来拜访，还把甘陕总督都搬了出来。”蒋师爷也在深思。

处事机警的斯坦因越想越不放心，为了摸清底细，他暗自派遣蒋师爷带了些银两赶去县城：一是找门路、托关系打探一下王大人是怎样上报总督的；二是了解一下有关经卷的事是否走漏风声；三是悄悄买些做木箱的板材回来，做好撤离的准备。

送走王知县回到太清宫的王道士也在猜测，到底有什么事惊动了县太爷，竟不顾劳累地亲临莫高窟。他最害怕给洋居士经卷的事泄密，但又丝毫未见王大人提及，一块高悬在心上的石头才算落了地。过了几天，他与杨先生闲聊时又感叹不已地说：“我看这位洋居士来头不小。”

捧着水烟袋的杨先生也有同感：“是呀，要不县太爷怎么会专程来拜访他，临走时还特意叮咛你‘要善待贵客，千万不可怠慢’。”

“难道我们怠慢过他吗？”

“那你得找蒋师爷打听打听。”

“他已多日无影无踪，听说上县城去了。”

杨先生放下水烟袋：“县太爷说他还要在此休息几日，也许是准备要走了吧？”

迂腐老实的王道士又操心起来：“可是他后捐的那100两银子，我该咋报答呀？”

夕阳西斜。

莫高窟南幽深的山谷里，身着短装，肩挎猎枪，拄着手杖的斯坦因正带着爱犬在清清的大泉河边小憩。忽有一阵窸窸窣窣的脚步声由远而近，机灵的尤尔伯克闻声后，先是警觉地叫了几声，随即欢叫着冲了过去。斯坦因抬头见来人是蒋师爷，也高兴地扔掉手杖迎了上去，拉起蒋师爷的手问：“回来啦！老朋友，有什么好消息吗？”

蒋师爷满脸堆笑地回答：“有、有、有，第一，城里人不仅对你获取经卷的事一无所知，而且把你敬塑佛像的事传扬开了；第二，知县大人给总督的报告中说你是在莫高窟休息、绘图、照相、捐资建佛，没一句对你不利的话。”

斯坦因松开蒋师爷的手，心里的疙瘩似乎并未完全解除：“那他为什么要专程来此催我离开？”

蒋师爷赶忙回答：“啊，我打听了一下，极有可能是地方上的问题。近年来百姓抗交采买粮，与官府越闹越僵，双方又都不肯让步，衙门里透出风声，近期可能有重大举措，看来他也是怕发生民变危及你的安全，所以才来催你吧！”

“这么说，他真是一片好心？”

“也许是吧，据称他在报告中还说你‘不日即将离去’。”

“‘不日’是指哪一天？”

“‘不日’就是不需要多久，要不了几天。”

“那我们到底还要几天？”斯坦因不得不盘算起来，“要做木箱、要装箱、要雇车……还有不少事情，你买木板了吗？”

“都拉来了。”

“大白天，不怕被人看见？“

“不怕，是跟寺院送木料的大车一道送来的。”

斯坦因当机立断：“那就赶快做木箱……不过王道士那里，你得抓紧时间再去跑跑，我捐了银子，塑了像，替他撑了面子，为他争了光，他总得再给施主一点儿回报呀！”

蒋师爷忠实地执行了斯坦因的吩咐，当斯坦因安排助手和随从在一个洞窟里加工木箱时，他又一次再次地上门去找王道士谈判。生性懦弱而又十分注重名声的王道士，哪里经得起蒋师爷的软磨硬缠，经过一次次“开导”后，拿不定主意的王道士只有找杨先生商量对策。他愁眉苦脸地对杨先生说：“蒋师爷来告知，洋居士要走了。”

杨先生漫不经心地回答：“走了好呀，你可以清清静静地专心修你的寺院了。”

“可我心里总有些过意不去……”王道士吞吞吐吐。

“有啥过意不去的。”杨先生接过他的话，“你给他的回报不算少了。”

“那是前200两银子的事，可人家大大方方的又给了100两。”王道士吐出了梗在心里的事。

杨先生反问：“那不是他自愿塑像的花销吗？”

“塑那尊像没花多少，总不能讹诈人家。再说，他千辛万苦从印度来访经也真不容易，能让人家回去在佛祖面前说闲话吗？”过分老实的王道士别有一种心态。

杨先生取笑道：“我知道，你是怕人家把你比作讹去唐僧紫金钵盂的阿傩，是吧？”

王道士露出一丝苦笑：“真要那样，我也成佛了。”

杨先生理解王道士的心情，沉默了一会儿这才说出了自己的见解：“其实我也在替你作想，你自己分文不取，两袖清风，何必那么多顾虑。藏经洞的那些东西虽说是天赐的藏经，但毕竟是意外所得，是身外之物，得之佛窟，用之佛窟，难道不是合情合理的事么？”

杨先生的见解说到了王道士的心坎儿上：“我也是这么想，天赐藏经必有其用，官府不理反将其加封，显然不合常情，有悖天理。佛国远来访经人，既是缘分，也是天意，他施舍银子助我建寺兴教，我奉送经卷成他访经之举，相互支持，共成大业，这不也是天经地义的事么！”

一听王道士的话，杨先生便知道这位貌似精明、实则愚昧的道长又要大发慈悲了。

果然，在随即降临的一个如墨的深夜，在黑沉沉的夜幕掩盖下，骗取藏经洞秘宝的一场接力活动又继续进行了，出场的人物没有改变，仍是两位主角各带一名帮手，但接力的起点却移至16窟以北的5号洞窟。此时，只见昏暗的崖壁下，朦胧的洞窟间，人影晃动，来去匆匆。这场始终不敢在光天化日之下进行的骗取勾当，一时间，仿佛掩过了世人的耳目，但毕竟难逃莫高窟成千上万双佛爷的慧眼。虽然暂无外人知晓，没有激起众怒，但他们一方肆无忌惮、恣意劫掠的举动，一方受骗上当、图财丧宝的行径，必将深深地刻在时代的年轮上，留待后人评说。

由于购买木板、租赁马车，住在莫高窟的洋人要离开的消息，很快地便传到了新店台，传到了韩禄、夏莲、秋莲的耳朵里。他们对斯坦因一行长时间滞留莫高窟一直深感关切，很担心藏经洞有什么闪失。苦于朱掌柜病重，随侍左右的韩禄虽说心里牵挂，但又不能守在莫高窟，不了解那里的情况，一听说洋人要离开，担心这帮人手脚不干净，正商量需不需要采取什么措施时，宋福也找上门来了。

宋福自几年前因援救韩禄同陷匪穴脱险后，儿时的伙伴成了患难之交，真是情同手足。他偕妻林芝去莫高窟求神祈福得了个宝贝儿子，后又皈依了佛门，并宣称其子是佛祖赐饮大泉河水后所生，故取名大泉。宋福与韩禄家相距不远，两人又都很关心莫高窟，因此，不仅常去兴隆客栈走动，而且对性格豪爽的夏莲、秋莲也十分敬重。近些日子，他先是见县太爷匆匆去来，后又见蒋师爷仓促往返，接着又是送料人透露洋人购买木板，赶车人谈论洋人要雇马车……种种迹象表明久留莫高窟的洋人要走了，但显然不是空手离开。

几个血气方刚的年轻人聚在一起，一阵商量后想出了一套防范的办法，那就是先

约集几个人轮流在宋福家门前守候，如见洋人的车马经过时留其歇脚、饮马，以便趁机察看其携带的行李，一旦发现可疑之物，即行截阻，并将人赃一起扭送官府处置。如遭抗拒，便敲响屋旁大榆树上那只大钟，召集村民与之辩理。

再说斯坦因这边，经过几天忙活，木箱做好了，经卷装好封妥了，他稳坐在堆放木箱的小洞窟里，正盘算着如何把这一大堆秘宝平平安安地运走时，侍从把扎依德伯克领了进来。一见收拾好的木箱，扎依德伯克当即告诉斯坦因，敦煌城里近日风声很紧，很可能会闹出一场大乱子，他确实应该避一避。斯坦因却抱怨要避到哪里才安全呀？知县大人说还要在衙门里设宴为他送行哩。扎依德伯克听后劝他千万别去县城，更别说衙门了，百姓闹事，衙门首当其冲，那是最危险的地方。斯坦因担心那不是失约、失礼了吗？敦煌可是他打算还要回来的地方呀！扎依德伯克干脆向他挑明，设宴送行是中国官场上的客套话，没必要信以为真。

听过扎依德伯克的劝告后，蒋师爷推门进来报告说雇的大车已经来了，给寺院卸料后，就过来装车。斯坦因随即改变了原来的安排，决定等天黑以后才装，装好就出发！

蒋师爷对这突如其来的改变不免有些意外，帐篷没拆，骆驼、马匹也放出去了，晚上出发来得及吗？

斯坦因露出狡黠的笑容把蒋师爷、扎依德伯克招近身边耳语几句后，吩咐蒋师爷要他在大车来后把那些车把式引到一边去休息。

太阳没入鸣沙山，五辆一辕二挽的大马车陆续驶来，四辆是在寺院卸过料的空载车，另一辆则装满了梭梭柴、红柳梢等柴火。蒋师爷让马车停在小洞窟前并卸下柴火后，招呼车把式们跟他一道去喝酒，现场上除了几个看热闹的香客外，空荡荡的别无他人。

不久，天色暗了下来，斯坦因察看了一下四周静悄悄的已空无一人，立即叫出札依德伯克、奈克、易卜拉欣伯克等人。在他的指挥下，井井有条地把一只只木箱从小洞窟里搬出来装上大车，平置车中，再用柴火覆盖得严严实实，又前前后后地查看，直至未见任何破绽，这才安排扎依德伯克带领易卜拉欣伯克押车先行。跟着蒋师爷吃得酒足饭饱又得了赏银的车把式们，本来就喜欢夜间行车，当然按照雇主吩咐，高高兴兴地赶车出发。片刻工夫，只听得一阵车轴的咿呀声和渐渐远去的马蹄声，斯坦因从藏经洞里得手的一批珍贵的经卷、文书、绢画便隐藏在柴火堆里，随着离去的马车，消失在大泉河畔静寂无声的夜幕之中。

等到太阳从三危山上升起，莫高窟前又热闹起来时。一群骆驼已捆好帐篷、行李之类的驮载，几乘马匹已备好供人骑坐的鞍鞯，斯坦因一行已经收拾停当，整装待发。现场四周除了前来送行的王道士、杨先生、三青等人之外，还挤满了一些爱凑热闹、看稀奇的香客、游人。王道士自从听说洋居士要走，心中就有几分担忧：一是在众目睽睽之下，带着那么多经卷，他能平平安安地离开吗？二是他途经县城时，带走秘藏经卷的事会不会暴露出来？三是真要有什么三长两短，自己会不会遭受牵连？为保平安，他不仅在玉皇大帝牌位前一再祈祷，而且还去16窟佛像前多次上香，但当他怀着忐忑不安的心情来到送行的场地一看，呈现在眼前的除了驮有生活用品的骆驼和准备载人的马匹之外，连木箱也未见一只，根本没有任何可以惹人生疑的东西，心里不免十分纳闷，难道这洋居士有什么法术能将东西转移？他深感不解地低声问身旁的杨先生："他们怎么就这一点儿行李？"

杨先生理会他的话意，但也不明其中原委，只得顺口回答："管他的，让大家见他空手离去免生怀疑不是更好么！"

杨先生的答话，虽未破解谜团，但却大大地缓解了王道士心中的隐忧，他勉强地连声自语："也好，也好。"

骆驼队出发了。斯坦因、蒋师爷上马前走近王道士、杨先生，友好地向他们告别。几句寒暄后，王道士问斯坦因："居士下一站准备去哪里探访？"

斯坦因大声回答："先去敦煌县城，向知县王大人和参将林大人辞行。"

王道士祝福道："但愿玄奘法师保佑，一路平安。"

斯坦因满脸堆笑，又热情又礼貌地向王道士致谢："多谢道长的祝福，在向你道别时，我真心地感谢你对我的关照，我同时想告诉你，作为玄奘法师的忠实追随者，我始终支持你的事业并永远信守我的诺言。"

王道士环顾四周，他那木讷、忧虑、苦涩的脸上多少总算露出了一丝放心的、安详的笑意向斯坦因表示："贫道也打心眼里感谢你对寺院的支持。"

斯坦因拱手祝福："但愿新寺院早日建成。"

王道士抱拳答谢："到时候欢迎你再来进香。"

斯坦因的蓝眼睛里又透出了永不满足的神色，十分肯定地表示："我会再来的！"

在一片告别声中，斯坦因领着他那轻装简从的队伍，大摇大摆地离开了大泉河。他没有让善良的人们看见他带走什么，但却让纯朴的人们感念他捐资塑像的功德。他骑着马随着他的队伍渐渐远去，但他丢给王道士那句"我会再来的"话却暗示着"人虽去，心未离"，他那欲壑难填的贪婪之心并没有离开，从而为他今后重访莫高窟，再度染指藏经洞埋下了伏笔。

自从韩禄、秋莲等商谈妥了防范洋人的措施后，办事认真的宋福迅速与城里的朋友和附近的村民进行了串联，不仅获得了大家的支持，商定了联络信号，而且还有几个热心的年轻人轮流到他家门前蹲点。但让他们有些失望的是一连几天过去了，据称受雇于洋人的马车却迟迟不见返回。而就在他们担心守候可能落空时，突然出现了异常现象。一天傍晚，从县城方向急匆匆驶来几辆马车，宋福认得那些车把式，迎上去招呼他们歇歇，他们不歇，招呼他们喝水，他们不喝，经一再追问车把式才透露说城里可能要大乱，许多店铺关了门，外地客商也急忙离开！

时过不久又一骑快马驰近，一个农民装束的年轻人勒马俯身对迎上来的宋福传话说，抗交采买粮的事越闹越大，越闹越僵，据从衙门里探得消息，官府已经准备抓人、杀人，进行镇压。四乡代表曾借在西云观打醮祈雨之机秘密商定对策，万一官府下毒手，便在西郊西云观、东郊文昌宫敲钟报急，各乡闻声后要立即敲响警钟，站站传递，通知四乡八里的青壮年立即进城增援！

宋福等人的守候怎么会落空呢？原来是斯坦因听过扎依德伯克提供的消息后，引起了警觉，他不仅分散队伍变更了出发时间，而且改变了撤离的路线，但对外却秘而不宣。直到他领的人马离开莫高窟行至与敦煌通安西驿路斜交的丁字路口时，他才突然吩咐："向东走，直去安西！"

对此改变，他事先对蒋师爷也没有透露，以致蒋师爷不得不问："博士，你不是当众宣布过要先去敦煌县城向王大人、林参将辞行吗？"

"那是说给道长和香客们听的，怎么连你也相信啦？"斯坦因露出狡黠的微笑。

蒋师爷仍然不清楚："那前面走的马车呢？"

斯坦因笑答道："你放心，他们会在适当的地方等我。"

斯坦因一行直到次日黄昏时分，才在被风沙损毁的安西城外，见到了迎候在那里的易卜拉欣伯克。原来这是处世谨慎的扎依德伯克到达安西后，找好了客栈，打发了马车，存放好东西，安排好食宿，这才派易卜拉欣伯克来接他们进城去休息。

斯坦因对扎依德伯克的周到安排十分欣赏，入住客栈，用过晚餐，等到天黑才吩咐易卜拉欣伯克拿上备好的一大包礼物跟他和蒋师爷去拜访安西知州侯大人，要借一间官房寄存东西。

蒋师爷问："就存在客栈里不一样吗？"

"不一样，大不一样！"斯坦因深有感触地大发议论，"说实话，在你们中国买通官府总是得心应手，但要笼络老百姓却很难成功，如能借到官房存放东西，我要放心得多。”

易卜拉欣伯克顺从地抱起那包沉甸甸的东西，蒋师爷随口说这份礼物不薄呀！斯坦因笑道：“你们中国人不是讲究礼多人不怪吗？你想想，我哪次送礼是白送了。”

确实，斯坦因既然过去没有白送过礼，当然这次也不会例外。俗话说吃了别人的嘴软，拿了别人的手短，本来就不敢招惹洋人的知州大人，在笑纳了送上门来的洋货后，当即应允借出衙门里的一间库房，供斯坦因存放行李物品之用。但在其后，先是听下人报告斯坦因存入库房的并非一般行李而是包装严实的新木箱，不禁心生疑虑。接着又得悉斯坦因一行要去榆林窟和南山考察时，又唯恐那里遭殃。思虑再三，决定采取补救措施，他派人客气地告诉斯坦因，为了他考察方便和人身安全，将派人全程保护。斯坦因明白所谓的保护可能就是监视，但由于无理拒绝，只得勉强地接受。为此，蒋师爷担心地问：“博士，让衙役成天跟上你，方便吗？”

斯坦因如实地说出了他的忧虑：“也许不方便，但目前情况下，我首先考虑的是安全。这你应该知道，连甘陕总督、敦煌知县都担心发生民变，我能不担心？再说，几年前在你们的河北、山东……什么义和团、红灯照，烧教堂、杀教士……说起来都叫人心惊胆战，我能不小心？”

“那些人可能干了坏事，激怒了百姓。”

“你不是说我挖了人家的祖坟吗？”

“难道你还要去挖？”

“暂时不挖。先去南山搞搞调查，测测地图，避避暑，避避风头，去榆林窟看看壁画……”斯坦因稍稍停了一下，又降低声调向蒋师爷透露：“不过，扎依德伯克临回去前告诉我，他听说有两尊绝世珍宝‘象牙佛’，一尊供奉在印度，另一尊由玄奘法师迎回后密藏在榆林窟，这次去那里，我一定要想方设法把它弄到手。”

榆林窟又名万佛峡，距安西城约 150 里。斯坦因带着他的队伍出安西城后，一路南行。穿过冈峦起伏，小道崎岖的十公山，越过枝叶繁茂、葱茏一片的红柳滩，经过城垣高峻的汉唐广至县城破城子。踏上了坦荡荡、荒秃秃的一片戈壁荒原，走着、走着，当斯坦因感到有些纳闷，正按照脑海中莫高窟的地貌，在搜索榆林窟的所在地时，领路的两个衙役把他们引向一处很深的断崖边，俯身下探，方才看见浓荫密布的绿树梢头，展露出点点洞窟的身影。

斯坦因等下马后顺着崖壁上又陡又险的小路下到崖底，这才发现崖下的风光与崖上的景象有天壤之别。原来是自南向北的榆林河水由此流过，经千万年激流冲刷切割而形成的峡谷，峭壁耸立对峙，势如斧劈刀削，东西崖壁上一排排洞窟井然有序，状

榆林窟远眺

如古堡石城，蔚为壮观。蓝天上白云缥缈，危崖旁苍鹰翱翔，夹河两岸，榆树遒劲，梧桐高古，白杨挺拔，绿柳婆娑，野花点点，红柳丛丛，行经其间时闻莺啼鸟语，流水欢歌。但觉凉风拂面，荡人心灵，这里的景色与浑厚、古朴、宏伟、壮观的莫高窟相比，更显得清丽、奇险、宁静、幽深。见此情景，蒋师爷禁不住地对斯坦因说："博士，这地方真幽静，难怪侯大人称它是'塞外仙境'。"

"难怪他一再叮咛不要动这里的一草一木。"斯坦因对侯知州的约束显然耿耿于怀。

斯坦因一行来到榆林窟，但见水流湍急的榆林河畔一片台地上，门楼重重，佛塔座座，层檐高翘的佛堂耸立于崖壁之前，土崖、土塔、土房，浑然一派黄土之色，古朴庄严、别具风貌。

大队人马的杂乱响动声，引出了寺院住持、银须冉冉的严道长和他的几位徒弟。他迎出寺门见有两位衙役护着洋人来访，不敢稍有怠慢，连忙接待入寺，礼貌地安顿。待休息一夜后，严道长又亲自引导，陪同斯坦因由东崖至西崖，上上下下，进进出出，瞻仰了神态威严肃穆、高达二十余米的弥勒佛；拜谒了仪容端庄、体态优美的涅槃卧佛；观赏了线条流畅、色彩鲜丽的水月观音，共命鸟、孔雀、取经图、说法图、礼佛图等众多的经变壁画。

在参观、游览过程中，斯坦因身后除蒋师爷相伴外，两位衙役也像甩不掉的尾巴，随侍左右，寸步不离，让他感到十分拘束，很不自在，走着走着终于忍不住地对蒋师爷低语："这两个讨厌的家伙怎么把我当贼一样地监视起来了！"

蒋师爷也觉得别扭："那不是侯大人为你派来的保镖吗？"

斯坦因眨眨眼想出了花招："这样，我把他们引开，你跟上道长打听打听'象牙佛'的事。"话毕，他假意要察看什么东西，转身离开严道长，走向另一方向，引得两个衙役也随他而去。

入夜，皓月当空，幽深的峡谷里风声呼呼，水声潺潺，阴森森的榆林窟显得分外冷寂。崖顶上，偶尔传来豺狼追逐嗥叫声；深谷里，不时响起夜鸟惊林乱飞鸣，不禁令人心惊胆战，毛骨悚然。

斯坦因的帐篷搭设在高耸的崖壁脚下。夜静时分，一个黑影摸到他的帐篷门边，轻声呼喊："博士、博士，你睡了吗？快起来！"

一心惦记着象牙佛，尚未入睡的斯坦因听出是蒋师爷的声音，当即答话："没睡，没睡，有什么事？"

"快出来，'象牙佛'的事，严道长答应了。"蒋师爷依然压低了嗓门。

斯坦因掀开帐篷门，劈头便问："答应什么？让给我吗？"

"让你看看。"

"我出大价钱，一定要把他弄到手！"

"那就得看你的本事了。"

"那两个衙役呢？"

"都在屋里抽大烟，不会碍你的事。"

"感谢上帝保佑！"斯坦因禁不住暗自庆幸，当即随同蒋师爷移步进入榆林窟寺院。

寺院经堂里，香烟袅袅，烛光荧荧，供桌上摆出了一只精致的雕花小木箱。由于早已知道来意，严道长见到斯坦因后，只瞥了蒋师爷一眼，便伸手掀起箱盖，一连打开三层精心包裹的黄绸，展露出稀世珍品，千年瑰宝"象牙佛"。

"象牙佛"是用色泽柔美的大象牙精工雕琢而成的，其外形是神态慈祥、端庄、

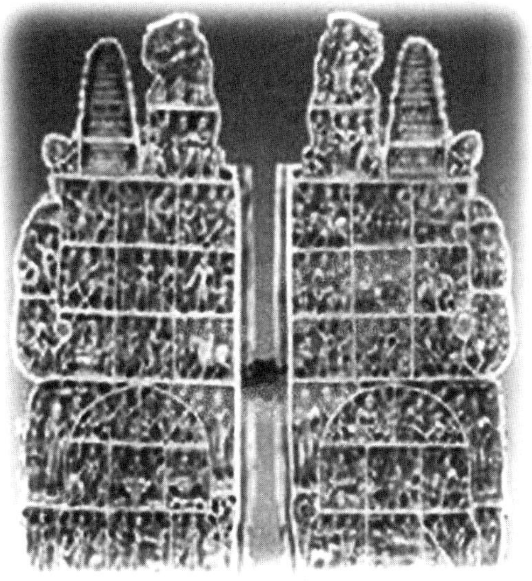

象牙佛

手捧宝塔、安详地端坐在鞍鞯精美的大象背上的普贤菩萨。

严道长待斯坦因仔细观看后，捧起“象牙佛”轻轻地把两片精巧地合在一起的佛象分开，原来其中还有雕刻精巧绝伦、佛像栩栩如生、车马形象逼真的一幅幅佛传图。

斯坦因接到手里，睁圆眼睛细加观赏后，心中顿生歹念，口中啧啧称奇：“啊，真是太好了，太好了！”

听见洋人对这尊镇寺之宝大加赞赏，严道长喜滋滋地进一步指点：“大人，你仔细数数，这上面有279个佛和人像，12乘车马，镌刻了54幅佛传故事。”

斯坦因听后不免流露出贪占之心：“真要弄清楚，那得让我带回去细心地研究、慢慢地数。”

“你想带回去！？”严道长惊觉话中有话，当即反问。

心怀叵测的斯坦因紧紧地捧着“象牙佛”竟厚颜无耻地宣称：“是呀，你看这雕刻的佛像和人物全是犍佗罗艺术风格，肯定是玄奘法师从印度带回来的，它在你们这里供奉了1000多年，现在还不能让我把它迎回去吗？”

直到此刻，性情耿直、待人诚恳的严道长才觉察出这洋人来意不善，深感受骗上当的他唯恐“象牙佛”遭劫，急得手足无措地向蒋师爷求助：“蒋师爷，做事情得讲良心呀！你不是说只看一看吗？”

此时的蒋师爷也撕下伪装，露出帮凶的真面目，他拿出两个银锭放在供桌上说：“博士也不是白要，这是他捐给寺院的香火银子，你收下吧！”

严道长根本不为银子所动，明明白白地一口拒绝：“不行！‘象牙佛’是榆林窟镇寺之宝，安西官府和四方百姓无人不知无人不晓，真要在我手里丢失，我的脑袋还不搬家吗？”

斯坦因面对正气凛然的严道长仍不肯死心，不住地给蒋师爷使眼色。蒋师爷会意地又拿出两锭银子放在桌上，竭力诱劝：“那你就带着银子回老家享清福吧，何必待在这山沟里受苦。”

气得银须直抖的严道长以轻蔑的眼光瞟了瞟供桌上白花花的银子，坦然回答：“蒋师爷，请你把银子收起来，出家人无欲无求，要银子干什么？再说谁要是丧心病狂地拿镇寺之宝去换银子，不仅老百姓会对他恨之入骨，他自己也会无地自容，坠入地狱永世不得超生！”

骄横的斯坦因依旧不肯罢休，竟然凶相毕露地出言威胁：“道长，这‘象牙佛’原本就来自印度，不论你收不收银子，我也要把它拿走！”

严道长毫不示弱：“要是吃了豹子胆你就拿吧，但我量你出得了寺门出不了山口，出得了山口，出不了安西……”

“那我倒要试试！”斯坦因紧紧抱着“象牙佛”举步欲走。

严道长被激怒了，他随手抓起敲钟的木棒，猛然敲响挂在桌旁的大铁钟……

“当、当、当、当……”又急又响的报警钟声划破寂静的夜空，在寺院、在崖谷里震响。几位道士听见钟声，知是道长告急，不约而同地抓起梢棒，高声回应：“师父，我们来了！”两个过足烟瘾的衙役，听见钟声，听见响动，听见叫声，不知发生了什么事情，也急忙从炕上爬起，提着枪跑向经堂，一边跑一边大声呵问：“出啥事了？出啥事了？”

经堂里，已经走到门边的斯坦因，没想到一阵钟声引来了门外的脚步声、叫嚷声，自知事态不妙，吓得急忙折身返回，手忙脚乱地把“象牙佛”放回木箱，像求饶似的竭力辩解：“道长，跟您老闹着玩玩，怎么认真了！”

严道长见“象牙佛”已归入箱中，也不想把事态扩大，迅速伸手盖上木箱塞在桌下。蒋师爷更是惊慌失措，遮遮掩掩地急忙把银锭收回。

冲进门来的道士和衙役，意外地发现斯坦因和蒋师爷在场，不知出了什么事，全都愣在了那里，后来还是一个衙役先开口：“没啥事吧？”

蒋师爷不待严道长答话，抢先敷衍道：“没事，没事，晚上清静，博士过来拜拜佛。”

面向供桌和神龛的斯坦因像被人围困的歹徒，心惊胆战地顺着蒋师爷圆场的话，扑通一声跪倒在地做出敬神拜佛的样子。

严道长望了望应声而来的徒众和衙役，看了看装模作样跪在供桌前的斯坦因，一丝以正压邪、扬眉吐气的笑意展现在他慈眉善目的老脸之上，他轻轻地摇了摇头，微微地舒了口气，缓缓地捋了捋胸前的银须，抱着息事宁人的心态，又伸手拿起木棒敲响铁钟，不过这时敲响的是礼佛敬神的钟，那响声、那节奏，又平和又柔顺，真是清脆悦耳。

严道长的强硬态度，挫败了斯坦因夺取“象牙佛”的罪恶企图，这不仅让他出了洋相丢了脸，而且令蒋师爷也感到十分憋气，总想找个地方发泄心中的怨愤。

斯坦因闷闷不乐地在榆林窟休息了几天，眼看实在无法把“象牙佛”弄到手，这才下决心离开这里，进入南山去考察、去测量、去消暑、去避风头。但就在整装待发时，斯坦因前后巡视一遍奇怪地不见蒋师爷的影子。

蒋师爷失踪了吗？不，他泄愤去了。他在东崖上层一个洞窟（17 号窟）里用小刀在南壁上刻了一款留言，似觉未能解恨，接着又拿着笔墨钻进下层右侧一个洞窟

蒋师爷代斯坦因题字的榆林窟第 17 窟、第 9 窟

（9 号窟）去题字。等斯坦因找到那个洞窟时，只见南侧粉白的窟壁上，已出现他新留下的墨迹，斯坦因虽然觉得那些笔力秀雅的方块字十分醒目，但由于认不了多少汉字，不明白书写的内容，只得向他求教："你快给念念，又写了些什么？"

蒋师爷念道："大清光绪三十三年五月二十一日湖南长沙府湘阴县蒋滋生因在英国总理教育大臣司代诺处教读兼文案书启同游历至此。"

斯坦因听后有些不太自在地声明："我现在可不是什么大臣。"

蒋师爷却竭力奉承："现在不是，也许以后就是，把官位写大些，也好镇镇那倔头倔脑的严道长，以免他胡说乱道。我们中国有句话'吹牛皮不犯王法'，这事你不管，有问题就算我蒋某人翻译有误。"

斯坦因似觉有理，不禁感叹道："刻也刻了，写也写了，牛皮也吹了，还能干啥哩？反正这榆林窟是我来你们国家后感到最窝火的一次，今后有机会，我一定还要来出这口怨气！"

蒋师爷趁势巴结："你再来，我还给你当师爷。"

斯坦因又展示他那善于笼络人心的本事："到那时，你可能就是大英帝国驻喀什葛尔总领事馆的师爷了。"

蒋师爷听在耳里，乐在心里，当即许愿："那我一定陪你再去敦煌。"

斯坦因正要答话，洞外突然传来"当……当……当"的钟声，心有余悸的他稍显惊愕，但又极力掩饰住自己的心虚，故作镇静地顺口说："也不知敦煌那边怎么样了？"

第十三章 万民抗暴起风云 壮士挺身护国宝

就在斯坦因离开榆林窟进入南山后不久的六月十四日，敦煌官府蓄谋已久，为镇压抗交采买粮斗争而开展的大搜捕开始了。已被知县王家彦诬为犯有挟众抗粮、蔑视官府、桀骜不驯之罪，并被视为眼中钉、肉中刺，必欲除之而后快的张举人兄弟，自然首当其冲。当晚王知县差衙役何林率巡勇 20 人，于五更时分突入张家堡，张举人疑为盗匪，提刀上房查看，遭何林开枪击中坠落房下，被巡勇抓走，押至署西马王庙后，未到凌晨时分便已气绝身亡。

武举人张壶铭，是一位深得民心、深受百姓敬重与爱戴的地方士绅，他开明正直，乐于助人，热爱乡里，为善护窟，伸张正义，不屈不挠。这样一位众望所归的人士惨遭毒手的噩耗，迅即像一阵狂风似的传开，久遭压制早已忍无可忍的敦煌百姓被激怒了，他们不约而同地拥向西云观、文昌宫，撞响了钟楼上的大钟。

“当！当！当！当……”惊心动魄的钟声，响彻黎明前沉睡的田野。那声音又急促，又沉闷，好似古代烽火台报警似地一站站接力传递，由城郊传向四乡。由远而近，由模糊到清晰的钟声，惊得村头院里人声喧嚷、犬声四起。那不停的钟声，像报急的呐喊，像求援的呼叫，像告警的信号，像行动的命令，像一种难以预料的先兆，令人心悸，令人不安。

钟声传过新店台，村落里被钟声催起的人们拿起刀枪，扛起棍棒纷纷走出家门，拥上驿道，有的骑马，有的赶车，有的步行，成群结伙向县城方向奔去……

兴隆客栈里的人们也被震醒了，按照事先得到的消息，韩禄一听钟声，便知道城里出事了。他穿好衣服，悄悄地溜出朱掌柜的房门，提了一根梢棒，牵了一匹赭红马刚刚打开大门，即被赶来的夏莲挡住：“你不能去！干爹说你在衙门里早就上了黑榜，‘小叫驴’到处找你的茬，你这一去稍有不慎便会落入虎口！”

夏莲的劝告，韩禄哪能听得进去："为朋友两肋插刀，城里的事又与张举人兄弟有关，没有急事不会敲钟，你看众乡邻都去了，举人一家都是我的恩人，我能知恩不报，当怕死鬼吗？"

夏莲夺下韩禄手中的马缰绳："就是报恩也不在一时一事，现在城里情况不明，你不去冒险，不去上套，也许举人家用得着你的事还多着哩！"

"那今天的事就不管了？"韩禄很不甘心。

"要管！俺去。"秋莲突然冒了出来大声回应。

韩禄并不服气："你去！你去'小叫驴'就不认识你啦？"

"你看！"秋莲从姐姐手中抢过缰绳，飞身上马，这时韩禄方才觉察到秋莲已是身着蓝色短衫、头戴白色便帽的男儿装束，她那上马时矫健的体态和骑在马上的飒爽英姿，确实令韩禄不得不折服，不得不对她刮目相看。

就在韩禄愣神的一霎，秋莲已扬鞭纵马飞奔而去。韩禄和夏莲不约而同地高声叮嘱："小心！""要小心！"片刻间秋莲的身影已汇入驿路上的人流中。此时，东方的太阳刚刚升起，绚烂的朝霞像是在为西去的勇士们壮行。

发生在敦煌的这场官逼民反的抗粮斗争，其由来已久，远在177年前的雍正八年（1730年），即已埋下祸根。当时陕甘督署奏经朝廷批准实行了一项按市价采购户民自愿出售余粮，以供当地兵丁、商民口粮的采买粮制度，本为朝廷体恤户民，由民自便的便民之举。但天长日久，腐败的官府及贪官污吏们便将这项便民措施，渐次演化成定量征购、低压粮价、官府渔利、污吏敛财、百姓遭殃、强征强籴、坑害农家、勒抑户民的绳索和盘剥百姓的暴政。面对不堪重负，生活在水火之中，怨声载道的贫苦农户，同情农民遭遇、关心百姓疾苦、勇于仗义执言的武举人张壶铭兄弟会同农户代表及地方绅士，自光绪三十年（1904年）起，便代表民意先后向敦煌县署，安西州署，安肃道署及陕甘总督衙门层层申述，往复奔波，经年累月，不仅未能得获免，反遭县主嫉恨，竟被诬为挟众抗粮、滋惹事端的刁绅顽民，屡遭镇压。及至光绪三十三年（1907年）六月十五日，发生拘捕张壶铭致死一事，终于像导火索引发了郁积于民众心中的怒火，久已忍无可忍、义愤填膺的几千农民，闻风而动，揭竿而起，拥入城关，高喊着："为张举人报仇""活捉赃官王家彦""向狗官讨还血债"的口号，把警卫森严的县署围了个水泄不通。

县署门前，人头涌动，群情激愤，呼喊之声震天，声讨之声不绝，一场抗粮斗争发展成抗暴斗争，出现了王知县始料不及的事态失控局面。但心毒手狠、利令智昏的他在带着家眷躲入重兵防卫的参将署之前，居然下达了不惜一切代价死守县署的命令。衙役何林得令后便指挥巡勇登上衙门屋脊，居高临下对着群众开枪开炮。一时间枪炮声大作，喧嚣声雷动，眼看农民的长矛大刀，难以抵挡官兵的铁枪铁炮，冲击衙门的勇士们行进受阻，挂彩倒下的人越来越多。值此千钧一发的危急关头，忽见人群闪开处，一位身穿蓝色短衫、头戴白色便帽的勇士，催动胯下的赭红马冒着枪林弹雨直逼衙门，一挥手奋力掷出一只银光闪闪的飞镖，正在屋脊上指挥阻击的衙役何林中镖滚落地下，当即毙命。房上房下的巡勇惊恐万状，乱了阵脚，围攻的农民趁势冲破防线，突入县署，与继续顽抗的衙役、巡勇展开了一场殊死的搏杀……

自从四乡农民入城后，驿道旁、树荫下、凉棚里，便聚集起越来越多的老人、妇女、儿童，他们在期盼、在祈望、在等待亲人们平安归来。他们提心吊胆地等呀、等呀，盼呀、盼呀，直到红日西沉，晚霞满天，才见到了归来的队伍。勇士们三五成群，相携相扶，结伴而行，或骑马、或乘车、或步行，虽满身尘土，疲惫不堪，但一个个脸上都挂着兴奋、自豪和胜利的喜悦。他们依然扛着大刀、长矛、梢棒，显得威风凛凛；他们有的负了伤、挂了彩，却露出无畏无惧的神情……在金光四射的夕照中，展现在人们眼前的是一幅气壮山河的农民义军抗暴凯旋图。

翘首以待的乡民们，焦急地拥向路中，迎接、犒劳保家护乡血战归来的勇士，纷纷送上茶水、馒头、烤饼、鸡蛋、瓜果……一边在队伍中寻找自己的亲人，一边听他们眉飞色舞、慷慨激昂地讲述：四乡农民咋样突进城门、几千勇士怎么包围县衙、一位英俊的“飞刀客”如何击毙在房脊开枪的衙役、愤怒的乡民如何冲入衙门搜寻赃官……

韩禄听过讲述从房脊上击毙衙役的事后，暗自猜想那英俊的“飞镖客”能是秋莲吗？待到夜色降临，秋莲回来问起，她才默认是替张举人报了仇。韩禄问她见到张家的人了吗？她说没有见到，但传闻大先生被抓，二先生脱身后，听说众人要冲参将署，怕大家吃亏，才急忙传话叫撤。夏莲有些担心地问有没有人认出了她，她说就是怕人认出所以等到天黑才回来。夏莲听后仍叮咛她还是小心为好，要她把衣服换了，对外再别提这件事。

风起云涌的抗暴斗争，对远离县城的梵宫佛地莫高窟也带来了一定的影响，王道士虽然手中握有斯坦因“捐献”的银两，暂不为建寺的费用操心，破旧的太清宫拆除后，原址上正在大兴土木。但卷入抗粮事件的许多士绅、农户都是善心敬佛、热心护窟的施主，特别是张举人兄弟，不仅是维护莫高窟、保护藏经洞的有力支柱，而且是为他出谋划策、解困救难的精神靠山，因此自抗暴冲突爆发后，他惶惶不可终日，急切地想知道城里的情况。焦虑中的等待延续了好几天，终于等来了送料的马车，王道士听得三青报告，连忙从他们暂住的94窟出来，跑到工地找到车把式打听消息。

车把式一边擦汗一边告诉他："事情闹大了！那一天，几千农民冒着枪林弹雨冲进了县衙门，与开枪打炮的杀人凶手进行了一场你死我活的拼杀，打死了14个衙役、巡勇，农民也有百多号人受伤，他们搜遍了衙门里的角角落落，找不到县太爷，一怒之下要冲击荷枪实弹、重兵把守的参将署，幸被张二先生传话制止，要不，定会有不少人送命。"

王道士探问："有张二先生的消息吗？"

"没有，只听说衙门里诬陷他是煽动农民造反，冲击官府，伤毙衙役、巡勇的罪魁祸首。"车把式把他知道的情况述说了一遍。

王道士听过后，本来就十分焦虑的心里越发不安，返回94窟，一屁股坐在门边的木椅上闷闷不乐地暗自发愣。握着树棍正在沙盘上练字的三青见他回来，高兴地请师父看他写得咋样？

王道士头没抬、眼没看，心不在焉地回答有啥好看的，就老老实实地跟杨先生学吧，练好了给寺院抄经书。

杨先生连忙接话说近日有香客回安西，他想搭便车回家看看。

"是该回家看看，可是……"王道士站起来。

杨先生见他犹豫便问："有事吗？"

"张举人遭了难，张家堡子不知咋了，我心里七上八下总不安宁，问谁谁也说不清，我真想进城去看看。"王道士吐露了心事。

"听说城里人都出城避难，你还敢进城？"杨先生不无担心。

王道士自有见解："俗话说'滴水之恩当涌泉相报'，作为敦煌、莫高窟的大善人家遭不幸，我们能不关心？再说我一个早已跨出红尘的出家人，他官府再不讲礼也不致把我抓起来吧！"

杨先生理会王道士的心情："那你去吧，我暂时不走，代你照看工地，不过进城后你千万要多加小心。"

敦煌城中，往日里热热闹闹的繁华街市，如今已是冷冷清清。放眼四望，只见店门半掩，摊点大减，行人稀少，车马零落……一队队骑兵巡逻，耀武扬威，招摇过市；一群群衙役、巡勇飞扬跋扈，滋扰街肆，萧瑟的古城充斥着一派紧张、恐怖的气氛。

王道士牵着毛驴沿街而行，当他经过一处熟悉的商家虚掩的门前时，伫立门后的老店主伸手招呼他："王阿菩，快进来歇歇！"

王道士拴好毛驴，进入店内，按主人指引在栏柜前侧待客的木椅上入座，学徒送上热茶摆放在油漆得光光亮亮的牛皮面柜台上。等王道士饮茶后，老店主不无担心地问："王阿菩，城里乱成这样子，你怎么还敢来？"

王道士如实相告："不来看看心里不踏实。"

"可这不是时候呀！"老店主一肚子怨气，"又换知县又派兵，还美其名曰'保护商家'，其实四乡农民冲衙门，大家感到又解气又解恨，争先恐后地给他们送水送饭，谁要这些兵痞来保护，是他们没日没夜地在街上横冲直撞，四处抓人，索钱要粮，强取豪夺，这才折腾得家家关门闭户，人人提心吊胆，日夜不得安宁。"

"那个王知县呢？"

"溜到肃州去了！听说把大先生张盘铭也解了去，要在那儿候审。"

"二先生有消息吗？"

"没消息，可能躲起来了吧！"

告别老店主后，天色慢慢地暗了下来，做事比较固执的王道士丝毫不改初衷，骑着毛驴仍然去了张家堡。到达那里时，夜色渐重，他走进堡子前的树林，透过林荫察看动静，见堡子前无人走动，大门前无人值守，未感有什么异常，便壮着胆牵着毛驴穿出树林径自向张家堡走去，谁知刚走到门楼前，突然有两个暗藏的巡勇闪身出来挡在他身前。巡勇甲把他上下打量了一阵问："老道儿，是来送信的吧，我们候你多日了。"

王道士被这突如其来的盘问惊出了一身冷汗，但仍然镇静地回答："送啥信呀？给谁送呀？"

巡勇甲："当然是张举人家。"

王道士佯装不知："谁是张举人呀？"

巡勇乙："你是真糊涂还是假糊涂，连张举人也不知道？"

王道士竭力辩白："贫道云游四方，初来乍到，真不知谁家是状元，谁家是举人，还望两位差公多多指点，贫道也好上门化缘。"

巡勇乙又把王道士前前后后地看了一遍："你不知道敦煌出事了？"

"出了啥事？要不要念经做道场，我正想挣碗斋饭吃吃。"王道士一本正经地求告，"有水吗？结个善缘，舍一碗水给解解渴吧！"

巡勇乙见眼前的老道又累又渴，对敦煌的事好像一无所知，全然一副可怜兮兮的样子，回头招呼门楼内的庄丁端了碗水给他。趁着庄丁给王道士水喝，一肚子坏水的巡勇甲走近王道士的毛驴，伸手拍拍驴腚，流里流气地说："老道儿，咱们也结个善缘，好些日子没见油水了，你发个善心，把这条瘦驴杀来请我们吃了吧！"说着说着真的抽出匕首，露出一脸凶相。

恰好就在此时，树林另一侧，闪出一个手舞棍棒的人，浓重的夜色中，也看不清面目，只是一个劲儿大喊大叫着快步向门楼方向窜来。巡勇乙首先发现，当即惊呼："站住！站住！"巡勇甲也跟着高喊："站住！快站住！送死来啦！"挥棒而来的人对巡勇们的呵斥好像根本不予理会，虽然速度略有减慢，但仍然是一副挑衅的样子，两个巡勇不敢掉以轻心，扔下王道士，迎着舞棒人而去。

端水的庄丁认识王道长，待巡勇走开，见是时机，连忙提醒、催促："王阿菩，你快跑，二先生在外面避风，暂时没事，你快回去吧！"

趁巡勇被舞棒人引开的瞬间，那庄丁不由分说把王道士扶上驴背，并驱赶毛驴驮着他迅速离开了张家堡子。那又听话又老实的毛驴"嘚嘚嗒嗒"地翻动四蹄，踏着夜色，一路小跑，踏上了行人稀少的城郊小道。行进间，王道士耳边不时听见身后传来马蹄声，他心里一沉，疑是巡勇追赶纠缠，急忙紧催毛驴，既不敢放慢速度，也不敢回头张望。但不知怎的，毛驴跑得越快，后面追声越紧，他真担心是被恶鬼缠上了。跑着跑着，天色越来越黑，行人越来越少，身后的马蹄声越来越近，终于赶上了毛驴，并与之并行，冷不防毛驴受惊失蹄，差点儿将王道士摔下，骑马人觉察后机灵地飞身下马，伸手抓住毛驴，同时用身体扛住王道士，并急忙道歉："王师父，受惊了！"

一听声音王道士便脱口而出："韩禄！你咋来了？"

"进城抓药，顺便过来看看。"

"看到啥啦？"

韩禄扶持王道士坐好："看到那些埋伏的巡勇先后抓了两个人，谁知你自己又送上了门，真把我急坏了。"

"多亏你把他们引开，我才得脱险，咱们真是有缘。你进城抓药，不怕他们趁机收拾你？"

"没办法，朱大伯病危，郎中开了药，再冒险我也得来抓呀！"韩禄说着便跨上马背与王道士同行。

王道士关照说："你回去好好照护朱掌柜，我还要去乡下化点儿缘，过些日子再去看他。"

王道士四乡募化，周游了十余天，当归途中走进兴隆客栈时，见迎接他的韩禄身佩重孝，心里已经明白了，未再多问，顺手把毛驴交给伙计，即随韩禄走向灵堂。

由于亡人已经安葬，灵堂里有些零乱，除了未及取下的幛幔之外，只有供桌上还有朱掌柜的灵位和香烛、供品。王道士进入灵堂后，疾步上前跪倒在灵前，夏莲、秋莲、韩禄等也跟着陪跪一侧。王道士十分悲痛地泣诉道："老哥呀！我来迟了，没赶上给你送行……老哥呀！你一生行善，乐于助人，上天有知，当得善报……老哥呀！回去以后我就设坛诵经为你超度，迎你在天之灵去莫高窟，永生在佛国仙境。"

王道士在朱掌柜灵前许愿后，回到莫高窟便和杨先生、三青一道在"八仙宫"（5号窟）里设下了祭坛，他们在太上老君和八仙的神龛两侧，悬挂了杨先生敬书的对联："腾云东临万佛地，驾鹤西游神仙境"，供桌上设立了朱老先生的灵牌，侧旁竖着一支引魂幡。香烟袅袅的窟室里，王道士领着三青诵经祈祷，超度亡灵，特意赶来的韩禄与秋莲、韩辛、韩茹也跪在供桌前尽孝，他们一张张地焚烧纸钱，聊寄后人的哀思。

超度朱掌柜的道场做完后，杨先生准备回家一趟，他对王道士说回去把家事处理一下，再来协助他照料工地。王道士听后却说，难得回家一趟，就多待几天，同时帮他了解一下当地的农业收成情况，以便他去安西、肃州化缘，好凑足建寺所需的银钱。

得知杨先生要回家，韩禄、秋莲也来为他送行，杨先生笑嘻嘻地冲着韩禄便问："你跟秋莲的婚事啥时办呀？"

"快了！"憨厚的韩禄望着秋莲直笑。

"莫再拖了，千里姻缘多难得呀！你们快点儿成家，朱掌柜也会含笑九泉。"

韩禄频频点头："这倒也是，他老人家临终前也是一再叮嘱。"

杨先生把一卷红纸对联递给韩禄说："过一会儿我搭便车走，回来也许赶不上喝你们的喜酒，提前送副对联，就算我的贺礼吧！"

送走杨先生后，韩禄跟随秋莲回到她和韩辛、韩茹临时居住的16窟右厢房，他们展开杨先生的贺礼，只见红纸黑字：上联是"壮士侠女两般配"，下联是"蓬莱莫高一线牵"，横批是"天作之合"。秋莲边看边念，念毕后，一双媚眼斜望着韩禄笑眯眯地说："'壮士'择个好日子迎接新娘子吧！"

韩禄故意逗她："这不早就迎来了吗？"

"这哪能算，要不俺就回新店台招个上门女婿！"秋莲有些撒娇。

韩禄痴痴地看着秋莲："那好，我原本想请王道长给择个吉日，现在干脆就由你定吧！"

秋莲贴近韩禄："那就定在今天！"

韩禄抚着秋莲的双肩："新房呢？"

"就在这儿！"秋莲动情地顺势把韩禄压倒在木板床上，咬着他的耳朵充满柔情蜜意急切地说："俺这一辈子就陪你守这藏经洞吧！"

韩禄激动地把秋莲紧紧搂住，热情但又不无顾虑和遗憾地说："我真希望这就是洞房，但它毕竟是供奉菩萨的佛窟呀！"

沉醉于幸福与激情之中的秋莲听到韩禄的提示不免有些扫兴，但她尚能克制着自己的感情，十分理解、十分体谅地改变了口气："那还是请王阿菩给另择个良辰吉日吧！"

莫高窟除了以它众多的佛窟和精美绝伦的宗教艺术吸引着千万香客信士外，隐匿于万顷沙山之下，镶嵌于茫茫荒漠之中的这一片林木苍翠、流水依依、风光如画的小片绿地，也是四方游客心向往之的世外桃源、人间仙境。连常住于此的三青领着韩辛、韩茹在大泉河畔的草地上游戏，也玩得十分开心。岸上玩够了，三青又脱了鞋下水摸鱼，韩辛、韩茹挖了个小水坑，把三青抓到的一条小鱼养在里面，高高兴兴地看着它摇头摆尾地在水中游动。

"又逮住一条了！"随着一声欢叫，三青飞跑上岸，又把一条小鱼放进水坑。

韩辛看着两条小鱼在水坑中自由自在地游来游去，不禁欢呼起来："看，游得多欢，准是一对！"

三青也跟着说："真是一对，游来游去形影不离。"

韩辛突又发问："就不知哪条是公的，哪条是母的？"

三青看着那优哉游哉游来游去的小鱼，无言以对，只好推脱："咱出家人不懂这个。"

一旁的韩茹却若有所思地突发奇问："三青，那你们出家人娶媳妇吗？"

三青被问得莫名其妙，想了一阵才结结巴巴地回答："不知道，反正，反正我师父没娶媳妇，他有时只是偷偷地翻看一片像是女人才用的绣了字的红绸巾……谁要娶媳妇啦？"

韩茹直截了当地说："我爹。"

"娶谁呀？"三青佯装不知。

"你还装啥糊涂！"韩辛扬了三青一把沙土。

明知故问的三青一边躲闪一边嚷："那你们以后就得改口叫娘了。"

"叫就叫呗！"韩茹回答得很洒脱，"她还说以后要跟爹来守莫高窟，来帮你们做饭哩！"

三青一听，高兴得躺在沙地上直打滚：“那才好嘞！有人给做饭吃，我就升天了，以后天天都领你们寻好地方玩。”

韩辛听说有好地方玩就更来劲了，追着三青打听：“这儿还有啥好玩的地方？”

三青坐了起来禁不住地吹嘘：“那还用问，不说别的，单是这上上下下几百个佛窟，又是塑像，又是壁画，杨先生说就那壁画上的故事，几年也讲不完。”

“真的吗？”天真的韩茹向三青表示：“那我们就跟你当徒弟也来守窟吧！”

过了几天，秋莲既挂记着在家照看客栈的姐姐，又要准备结婚的事，决定返回新店台。三青牵来备好的马，秋莲把韩茹抱上马背后顺势上了马，接着韩禄再把韩辛抱坐在秋莲身后，待他们都骑好了，一旁送行的王道士对秋莲嘱咐道：“回去好好准备吧！我查了历书，十六日是个黄道吉日，我赶早送韩禄过去喝你们的喜酒。”

三青生怕漏了自己，急忙求告：“师父，我也要去送韩大哥！”

王道士乐呵呵地答应道：“去、去、去，喝你韩大哥的喜酒，哪能少了你，早就嘴馋了吧！”

三青嬉笑着辩解：“谁馋了，我是要去接新嫂子回来帮我们做饭。”

“你等着吧！”韩禄指了指三青，随即牵着秋莲的坐骑缓步离开。三青也想跟去，被王道士阻挡了。

韩禄牵着马经过正在施工的工地，骑在马背上的秋莲指着原来的寺门遗址忆起了往事：“上次‘小叫驴’就是想在这儿抓你吧！”

韩禄嘴硬：“我才不怕他哩！”

秋莲语重心长地劝说：“害人之心不可有，防人之心不可无。这帮浑蛋有权有势，横行一方，俺们要想过安宁日子，还是防着点儿好。你秉性太直、太实、太刚、太烈，一人在外闯荡，俺真的为你担心。”

天真的韩茹也插嘴：“真的，爹，你每次进城卖杵、抓药不回来，秋莲姨一夜都睡不好觉。”

韩禄瞟见秋莲眼里似乎闪着泪花，不禁心有所动，当即宽慰道：“王师父说了，新寺院修好后，你就过来，让咱们在一起，也好互相有个照应。”

“爹，我们也要来！”韩辛生怕落下他们。

韩禄当即许愿：“全都来、全都来，哪能少了你们。”

一路拉话，来到大泉河边，韩禄牵着马涉水踏过浅滩，马背上的韩辛见水中不少小鱼游动，欣喜地惊叫：“爹，这河里的鱼真多！”

“你咋知道？”韩禄反问。

韩辛回答：“我们跟三青来抓过。”

韩茹补充：“抓到后又放生了。”

“为啥抓了又放生？”秋莲不太理解。

韩茹解释说：“看他们一对对、一群群在水里游来游去好开心，谁还忍心把他们抓走。”

韩茹的回答引发了秋莲一阵感叹：“俺要能变成鱼，在水里自由自在地游荡，没有洋人来欺压，没有‘小叫驴’来凌辱，那该有多好呀！”

韩禄听后急忙表白：“那我今后再也不敢抓鱼了。”

“为啥？”秋莲不明其意。

韩禄调侃道：“你都变了鱼，我再去抓不成‘小叫驴’了！”

“那你也变鱼吧！”秋莲开心大笑。

韩茹拍手叫好：“那好，你们变大鱼，我们变小鱼！”韩辛也跟着拍手赞成。

在亲切和谐、融融乐乐的谈笑声中，韩禄牵着马送了一程又一程，也许是杨先生写的“天作之合”，让他深深地感到这段姻缘来之不易；也许是痴情的秋莲那骄健的身姿，高强的武艺，正直的精神，贤良的品德，令他越来越爱慕，越来越依恋；也许是王道长择定的佳期像一条时间的红线把他们俩拴得更紧，出自对良辰美景的期盼，更令他依依不舍。沉浸在幸福中的他早已忘了路途的远近，直到身后莫高窟的影子渐渐从视线中消失，秋莲又一次劝阻：“该回了吧，过不了几天就见面，有你说话的时间。”韩禄这才有些勉强地把缰绳交给秋莲，并顺势抓住她的手说：“真是，今天的话怎么说不完，好，就留些以后再说吧！”

韩茹不依：“爹，你还得说。”

韩禄亲切地望着女儿：“说啥呀？”

韩茹提醒道：“爹，我们的生日快到了……”

“啊，对了，我说过，过生日送你一个玩意儿。”韩禄从衣袋里摸出一个亲手旋制的木玩具“没奈何”递给韩茹。韩辛眼馋，也争着要，韩禄又摸出同样的一个递给他：“这不，有你的，不过你要记住，你们虽是同日所生，但你是当哥的，有啥好处你要先照顾妹妹，有啥困难你要先挺住，爹不在家时，你是男子汉，是家里的顶梁柱！”

送走了秋莲，韩禄见王道长成天在建寺工地上操持，便主动挑起了维护洞窟的事务，他征得王道长的同意，领着三青又去给藏经洞洞门砌了一堵墙，一边砌一边探问三青，上次砌好的墙怎么又拆了？

“师父叫拆的。”

“那你咋不问一声？”

“我问过杨先生，他说‘师父叫干啥就干啥，不该你管的事就少多嘴’。”

“前些日子住在这儿的洋人进去过吗？”韩禄显然感到有些蹊跷。

“没见他们进去，就是师父好像沾了鬼气，有时候深更半夜地从炕上爬起来出去夜游。”

“你没跟出去看看？”韩禄越听越狐疑。

“我不敢，怕挨揍。再说，我睡得正香，迷迷糊糊的，咋起得来呀。”

“真是个小迷糊，这次我把墙砌结实些，让你再拆！”

新砌的一堵砖墙把藏经洞结结实实地封起来后，韩禄又是上工地帮助王道长点验材料，检查施工质量，又是带着三青去维护那些亟待抢修的窟门，成天忙得不亦乐乎。眼看婚期临近，王道长要他休息两天，但他哪里肯听，总觉得能来协助王道长护窟，是张举人兄弟的安排，守护藏经洞更是他们的重托，二先生还多次叮嘱说藏经洞里的经卷、文书是祖先留下的文物，千万不能让它流失。他既信守“受人之托，忠人之事”的为人之道，又深知莫高窟是佛教圣地之理，因此，在他最崇敬、最深爱的张举人家惨遭横祸、家破人亡之际，他益发感到肩上责任的沉重，他日复一日，白天不知疲倦地找活儿干，晚上躺在炕上还在想有什么急于要做的事情。

转眼已是十四日晚上，莫高窟前树丛中散散落落露宿的香客和车马已经笼罩在夜色中。王道士等暂住的94窟木窗透出的光亮刚刚熄灭，朦胧中从树林里闪出一个黑影疾步走到窟前轻轻地敲响窟门。窟里随即亮灯，把来人迎了进去，在摇曳的灯影下，依稀可辨这深夜临门的客人，原来竟是令王道士、韩禄等牵肠挂肚、欲访不得的二先生张鉴铭。只不过往日衣冠楚楚、举止文雅的他此时已是一身农民装束，胡子拉碴的脸上一副饥渴劳顿的神情，当他走近窟中，看清王道士和韩禄后，突然像瘫软了似的，一头跌坐在木椅上，有气无力地求告：“快！关好门，给我水，给我弄点儿吃的！”

顷刻间，门关好了、茶斟满了，馍馍咸菜摆在了二先生面前，王道士、韩禄、三青围在四周，注视着他大口大口地喝茶，狼吞虎咽地吃馍……整个窟室里静悄悄地没有一点儿声息，过了好一阵，见他吃得差不多了，三青才忍不住问：“你饿了好几天了吧？”

张鉴铭放下茶碗，缓了口气才回答：“有官府的密探跟踪，我好不容易才把尾巴甩掉。”

“你来这儿就不怕了，几百个洞窟像迷魂阵，谁能找到你。”王道士自信地给二先生壮胆。

韩禄也坚定地表示：“不怕，谁敢找来，我舍出这条命也会保护你！”

张鉴铭却另有主见：“我们的事我们去对付，不能把这儿牵连上，让他们找借口来捣乱！”

韩禄不以为然地申述：“不管怎么说也不能让你受难呀！”

张鉴铭自有打算：“我在这儿歇一天，劳你们准备些水和干粮，我打算找条僻静的路线穿过大漠去新疆，寻个清静的地方避避风头。”

听过二先生的打算后，他们讨论了一些具体的安排，然后由韩禄陪同二先生住进了不久前秋莲留宿过的 16 窟右厢房。入睡前，韩禄问起，二先生又对他讲述了抗粮事件的前因后果，表达了他们不畏暴政、坚定不移地为民请命的决心，直让韩禄听得心潮起伏，恨不得也能挺身而出，做个铁骨铮铮的硬汉子，干一番轰轰烈烈的大事业。

但就在王道士、韩禄等张罗着安排二先生时，万万没有料到张鉴铭自信已经甩掉的尾巴，像鹰犬一般已经跟踪而来，两个幽灵似的黑影隐身于莫高窟前的树丛之中，眼里射出豺狼觅食的凶光，穷追不舍地紧盯着窟前的动静。当他们看见有人悄悄地开门进了 16 窟，看见右厢房的灯光亮了又熄了，这才决定一个人留下监视，一个人快马回去向后续的人马报信。

宁静的深夜，随即响起一阵狂风暴雨般的马蹄声，那预示着灾祸的不祥之声，直令人闻之心惊肉跳。

当莫高窟前危机四伏，即将大祸临头时，新店台兴隆客栈里，毫不知情的夏莲等人正在帮助秋莲布置新房。十分开心地在房内嬉戏的孩子们围在秋莲身旁，天真烂漫的韩茹问：“秋莲姨，这新炕铺好了也让我们来睡吗？”

秋莲坐在炕沿上正聚精会神地给韩禄赶制结婚新衣，听韩茹问起，停下针来问孩子们：“你们也想睡新炕？”

韩茹随声应答：“想，你睡哪儿我们睡哪儿，我们也要盖新被子！”说着说着，韩茹、韩辛、滢珠都往炕上爬。

夏莲见孩子们缠住秋莲瞎闹腾，不得不出面制止：“别胡闹了，快下来，这新炕是给你们爹睡的，你们还睡原来的地方。”

韩茹噘起了小嘴：“秋莲姨不在我们害怕。”

夏莲安抚他们：“别害怕，俺过去陪你们。”

“那滢珠呢？”韩辛关心起来。

“滢珠也过去。”夏莲明确回答。

三个孩子欢呼起来：“好呀！”“好呀！”“咱们是一家了！”

安睡了一夜的莫高窟，又迎来了宁静的黎明。习惯早起的韩禄醒来，见疲惫不堪的二先生仍在酣睡，便蹑手蹑脚地出了洞窟，并谨慎地把门锁上。回到94窟，他先跟王道士一起做好早饭，装入一个盛香烛的柳筐，盖上一些烧纸，让三青装作上香的样子，暗自给二先生送去后，又配合王道士给皮囊里盛清水，给褡裢里装干粮。王道士还打开他存放银钱的木匣，取出仅存的两个银锭和一些碎银装入一个羊皮钱袋里，准备给二先生带作路上花销。

韩禄担心二先生单身一人去闯大漠太危险，要求跟去护送。王道士听后心想与其让韩禄跟去还不如自己跟去，既可为二先生做伴，也可顺便去打听芙蓉姑娘的下落。他当然知道新疆那么大，沙海无边，人海茫茫，“人找人、找死人”，真要去找希望也很渺茫。但那虽很短暂却是难忘的时光和那深藏心底却很难解开的情结，时不时地便会从心底翻腾起来，苦苦地折磨着他，让他的思绪难以平静。

就在王道士想得出神时，韩禄再次提出要求，王道士回过神来当即明确拒绝：“不行，你忘了，明天十六，是你和秋莲的良辰吉日！”

“我们的时间好改，二先生一个人太危险！”韩禄竭力争辩。但他的话音未落，三青便惊慌失措地冲进来报告：“不好了，来了官兵，抓二先生去了！”

这可怕的、意外的、突如其来的消息像一声炸雷，把王道士和韩禄都惊呆了，他们不约而同地跳了起来，不要命地向16窟跑去。

此时的16窟前，已经乱成一团，一群穷凶极恶的差兵，押着被五花大绑的二先生从被砸烂的窟门里出来，正要推上马车，围聚在四周的香客、游人和建寺的工匠，对差兵们乱闯佛窟抓人的行径极为愤慨，极为不满，有人喊了声：“不准乱抓人！”立即引起共鸣，人们打抱不平地跟着喊：“不准乱抓人！”“凭什么乱抓人？”……

面对群情激怒的场面，马车旁钻出来带队的差官竟然是臭名昭著的“小叫驴”肖矫力，他仗着有一队背枪的差兵做后盾，清了清嗓子，趾高气扬地回答：“凭什么？他犯了王法！”

“他是来进香拜佛的香客，犯了什么法？”人群中有人厉声质问。

肖矫力益发气盛："他不是香客，他是聚众抗粮、捣毁县衙、煽动刁民打死巡勇的首犯！"

"血口喷人！""诬陷好人！""有什么证据？"几个青年仗义执言，并拥上前去欲加阻拦，人群混乱。

色厉内荏的"小叫驴"唯恐形势失控，当即开枪弹压，差兵们有的对天鸣枪示警，有的趁人群后退之机把二先生推上了马车。

"小叫驴"得势不饶人，仍不肯罢休，他指使差兵："再进去，彻底搜搜，看还有没有同党？"

一个差兵回答："搜过了，没人，只见一堵新砌的墙，不知里面藏人没有？"

"小叫驴"下令："进去！把墙砸了，不论窝藏啥，都给弄出来带走！"

差兵们领命后，又向窟门窜去，眼看就要进门砸墙。突然，怒不可遏的韩禄甩开王道士和三青的阻挡，分开人群，冲到马车前，指着肖矫力，昂首直呼："'小叫驴'你瞎了驴眼，抓错人了！鸣钟聚众，捣毁衙门，打死巡勇，都是你爷我干的，你有种就来抓，爷跟你们上堂对质！"

真是仇人相见，分外眼红，面对着大义凛然的韩禄，肖矫力气得咬牙切齿，竟吓得后退了一步，才一字一顿地吐出一句话："你、你、你这是自投罗网！"

是的，韩禄的惊人之举，无疑是自入狼穴。但他临危不惧、挺身而出的凛然大义，却受到了在场众人的一致敬佩。他自揽聚众抗暴之责，自担毁衙夺命之祸，欲为二先生开脱的一片苦心虽不知能否如愿？但他引火烧身，转移视线，却为藏经洞避免了一场近在眼前的灾难。

第十四章 侠女忍痛成婚礼 义士忠魂断肃州

光绪三十三年（1907年）七月十六日是王道士为韩禄和秋莲择定成婚的吉期。这一天，晴空万里，一轮红日高照，天公露出平静、安详、喜悦的笑容。新店台驿道上，车来人往，热热闹闹，兴隆客栈前张灯结彩，喜气洋洋，民间乐手们吹吹打打。在欢快、喜庆的唢呐曲牌声中，四乡宾朋带着礼金、礼物登门祝贺。

积极帮助操办婚礼的宋福前前后后安排妥当后，眼看时辰临近，立在大门前眼巴巴地一再向着西南方向张望，盼了好一阵才影影绰绰地见到土路上出现了王道士骑驴而来的身影，急切的心情促使他也来不及多看多想，当即向执事人发话："新姑爷来了，准备放鞭炮！"

守候在屋内的秋莲，此时已经开了脸、描了眉、点了唇、扑了粉、插了花、换上了崭新的大红衣裙，一改平日英武豪爽之气，尽显娇柔妩媚，楚楚动人。她趁着婚礼前难得的片刻平静，斜靠在炕侧木椅上小憩。她凝望着挂在墙壁上那件由她一针一线，精心为韩禄缝制的新衣，幻想着成婚后夫妻恩爱、养儿育女的美好日子，渐渐入了神：墙上的新衣动了，墙上的新衣活了，身穿新衣的韩禄满面春风、脉脉含情地望着她，虽然一言不发，但却止不住地憨笑，笑得那么纯真、那么质朴、那么诚挚、那么甜美、那么动人心魄、那么荡人春情……

激越、火爆、清脆悦耳的鞭炮声，把沉浸在幸福遐想中的秋莲震醒，她直起身来揉了揉眼睛，见夏莲、林芝、宋福陪着王道士和三青进屋走近身前，心想准是王阿菩按时送韩禄过来了，急忙起身相迎，并向王道士致谢："王阿菩，真劳你的大驾了，今天酒席上俺要多敬你几杯！"

王道士看着打扮得花枝招展、显得容光焕发的秋莲，心里不禁一阵震颤，但随即把目光移开，强作镇静地表现出长辈关怀的神情，十分亲切地招呼："秋莲，你坐下，我有话对你说。”

秋莲没有坐，她垂下双手，露出尊敬的目光望着王道士：“王阿菩，你请说吧，我听您老的指教。”

“秋莲你知道么‘天有不测风云，人有旦夕祸福’。”王道士转弯抹角地开了话头。

“知道。”秋莲毕恭毕敬地聆听教诲。

王道士接着问：“你知道么？‘是灾逃不了，是祸躲不过’。”

既聪明又敏感的秋莲注意到王道士的神色和说话的语调，感觉他话里有话，似有什么弦外之音，但仍平静地回答：“知道。”

王道士又问：“秋莲你信佛还是信道？”

“都信，还信白莲教。”秋莲回答得十分干脆。

优柔寡断的王道士仍在犹豫：“都信就好。知道么，秋莲，佛祖说‘我不入地狱，谁入地狱’……”

性急的秋莲有些沉不住气了，她婉转地打断王道士的话：“王阿菩，要听你讲经说道，以后有的是时间向你请教。今天时辰快到了，客人们又都在候着，有啥事您老就直截了当地明说了吧！”

心地善良的王道士仍不忍心贸然出口：“秋莲，我说了你可要沉住气，挺得住啊！”

秋莲咬紧牙关，定神望着王道士没有答话，夏莲靠近扶着她的肩膀代答道：“你说吧，王阿菩，俺妹子也是从八国联军洋鬼子的劫难中九死一生闯过来的人，连死都不怕，那还有挺不住的事。”

王道士拍打着脑袋先责备自己：“都怪我，都怪我没能挡住他，为了护住藏经洞，为了搭救张二先生，韩禄他、他……”

“他怎么啦？”秋莲急切地追问。

见师父吞吞吐吐，三青扑上去抓住秋莲的衣袖哭诉道：“韩大哥说，敦煌城里鸣钟聚众，捣毁衙门，打死巡警的事都是他干的，‘小叫驴’就把他抓走了！”

秋莲听罢，像是遭到晴天霹雳，身子一软瘫坐在木椅上。夏莲、林芝一左一右赶紧把她扶住。

王道士见状连忙化解：“秋莲，想开些，吉人自有天相。”

林芝也跟着劝慰：“别急，秋莲，做人都得认命，命中有劫有难，谁也躲不过。好人有菩萨保佑，韩大哥准能逢凶化吉。”

夏莲是个饱经劫难的人，面对突发的事态，显得极为冷静、沉着，她语重心长地向秋莲提示：“妹呀，当务之急，是要想方设法去搭救他！”

夏莲的话对此时的秋莲来说，无疑是一种明智的提醒和有力的激励，她琢磨着姐姐的话，听着门外响个不停的乐曲声，抬眼瞅了瞅周围亲友们同情、鼓励、支持、期待的眼神，思索了片刻，终于挺直腰、扬起头，强打起精神回答夏莲："二姐，你说得对，要救他。要救他，那就拜堂成亲吧！"

"拜堂！"王道士深感意外。

"成亲？"林芝更觉惊讶。

秋莲望着挂在墙上那件为韩禄缝制的新衣，站起身来，斩钉截铁地回答："对，拜了堂，成了亲，媳妇搭救丈夫，那才名正言顺！"

拜堂成婚的大典在上房正中的堂屋里举行。由于是宋福在帮助操办，所以参照当地习俗，在堂屋上方摆了一张八仙桌、两把太师椅，桌上放了一个满盛五谷、用红纸严封的"宝斗"，斗上立有一面圆形铜镜，斗内插有杆秤一杆、木尺一支，以示天圆地方，婚姻圆满，五谷丰登，居家太平，女德"滋润"，吉祥如意。

八仙桌前砖地上铺着两条红毡，一条上，由喜娘搀扶着头顶红绫盖头、强颜欢笑的秋莲；一条上，由三青举着用木杆支撑着新衣、新帽，有形无实的韩禄。

乐声扬起，鞭炮轰鸣，赞礼人放开嗓门高呼："先拜天地……"

熊熊的红烛，腾腾的香烟，赞礼人热切的颂词，贺客们深情的祝福，本应给婚典增添几分喜庆、欢乐的色彩，但在意想不到的事情传扬开后，对官府暴虐的愤怒，对"小叫驴"横行的痛恨，对韩禄的敬佩、挂记，对秋莲的赞美、同情，像一重重烟云笼罩在人们的眼前，激荡在人们的心上。整个堂屋内外虽然里三层外三层挤得水泄不通，可是由于喜中有悲，欢而不乐，甜中含苦，使得这里缺少了一般婚礼常有的嬉笑欢闹，弥漫在堂屋里的是苦涩、是压抑、是悲壮、是焦虑不安的气氛。

当参加婚礼的宾客散去，主人家正忙于收拾残局，离去多时的三青突然上气不接下气跑回来报告说：王道士在返回莫高窟途中被"小叫驴"的兵丁抓走了，强加于他的罪名是"窝藏罪犯、包庇凶手"。

面对接二连三发生的意外事件，夏莲、秋莲、宋福和他邀来帮忙的几个朋友深感事态严重，经过一番仔细的商议后，决定分头行动，联络四乡勇士，组织营救。为此，宋福连夜赶去县城，向西云观、药王庙、大佛寺、城隍庙、火神庙等各寺院的住持求助，经他们出面多方疏通，这才在关押几天后把王道士放了出来。但是走了什么门路？打通了什么关节？却是众说纷纭。

有说是由于敦煌知名的僧道都证明王道士的清白，身为众多信教百姓父母官的县太爷为保自己的乌纱帽，不得不加以干预；有说是林参将得悉其义子抓捕王道士纯属宣泄私愤，图谋榨取秘藏经卷，值此非常时期，唯恐惹火烧身，被迫下令放人；还有说是“小叫驴”那位笃言神佛的太太，打自家丁口中得知无凭无据地抓捕了王道士之后，便以其子生病，需请道人念经免灾以保平安为由，哭着闹着硬是自“小叫驴”手里把他要了下来，又以行善积德的名义把他释放了。诸多说法孰是孰非，一时间仍是不解之谜。

救出王道士后不久，宋福探听到县衙里雇木匠在打造囚车，说是接到上司密令，要将抗粮滋事的主犯押解去肃州受审。他心想这是救人的好时机，便立即返回新店台，邀约了一些朋友暗中聚集于兴隆客栈密商，决定在半道上劫车救人，并将埋伏地点选在了东出敦煌县境不远的地方，因为那里曾是绿林豪杰设伏剪径之地，地势好，又容易转移官府的视线。大家还商定救人成功后秘密护送他们走早年荒废渺无人烟的古丝路南道穿越罗布泊荒漠暂去新疆避风。为此还特意安排物色了向导，准备了水、粮、驼、马。

根据城里探得的囚车出发时间，准备劫车的行动开始了。那天晚上，夜幕沉沉，万籁俱寂，在由敦煌通向肃州的驿道上，一支马队不事声张地向东疾进，不时还有些立马道旁的人驱骑汇入，从而使马队不断壮大，这便是宋福邀约来打劫囚车的队伍。

设伏的地点，在敦煌去肃州驿道必须经过的一处林地中，紧邻榆树林有一片沙窝，横亘的一道道高耸的沙梁上，可以望见两三里内驿道上的动静，而沙梁间一丛丛红柳，一片片胡杨，错错落落，既是伏兵藏马、屯粮贮水的理想之所，又是易守难攻、进退自如的有利之地。马队到达，看过地形后，秋莲等人都夸奖宋福选了个好地方。

此次行动，夏莲留下掩护策应，秋莲头上戴了便帽，身上穿了短装，周身上下活脱脱一副男儿装束，与攻打县城那天的打扮无异，显得又英俊又威武。因此当宋福提议，为了保证劫车救人成功，推选她为总指挥时，大家都表示坚决拥护。

隐藏好马匹，布置好队伍，大家无声无息地静候在沙堆后、埋伏在丛林间，连过往的商旅、行人都毫无察觉。他们耐心地等呀、等呀，直等到近午时分，才随着一阵和风传来杂沓的马蹄声和咿咿呀呀的大车声。守在高处沙梁后的宋福警惕地伸出头来，手搭凉棚向远处张望，但见西边远处驿道上沙尘飞扬，影绰可辨是骑马的官兵，当即告诉身旁的秋莲：“看！他们来了！”秋莲定睛看看，当即向分散埋伏的队伍发布命令：“官兵来了，准备劫囚车！”劫车令传开后，在沙窝里露宿守候了一夜的各路好汉倦意全消，一个个精神振奋，摩拳擦掌，恨不得即刻冲上去把囚车里的人搭救出来。

又等了一会儿，驿道上终于过来了官兵的队伍，一群懒洋洋地骑在马背上的士兵，护卫着几辆挂篷的骡车和塞满行里箱笼的马车，有的车上还坐有女眷，俨然是一支护送达官贵人家眷的队伍。

宋福和秋莲目送着骡车、马车从眼前走过，却不见囚车的影子，无奈地交换意见后，由秋莲举起双臂交叉挥动，向左右发出了解除命令的信号。

护送家眷的车队远去后，驿路上半天不见人影，顶着当头暴晒的烈日，秋莲又传令各处人员分成两拨，一半坚守岗位，一半到树荫下休息。见秋莲沉着镇静、指挥有度，下撤的几个小青年一边喝水啃馍一边议论：

“指挥咱们的小伙儿是哪乡的？”

“不知道。”

“名字总知道吧？”

“有人背后叫他‘飞镖客’。”

“啊！就是他，真厉害！今天这劫车准能成功！”

太阳渐渐地偏西了，远处又传来车马声，秋莲不失时机地招呼大家全部回到岗位上，严阵以待，终于见到十几个骑马的差兵押着两架囚车沿着驿路走来。宋福一见，悬在心上的石头落了下来，不禁喜上眉梢，指指囚笼四周挂着草席、顶上盖满树枝的马车轻声地提醒秋莲：“注意囚车！”

望着囚车，想着羁押在囚笼里受罪受苦的亲人，秋莲恨不得插上翅膀飞过去劈开牢笼。但看看囚车前后持刀、背枪的差兵，看看埋伏在附近的伙伴们，她又强行控制着自己急躁的情绪，沉着、镇静地等候最佳出击时机。时间一秒秒地过去，直等到车队完全进入伏击圈，她才猛然跳起，振臂高呼：“冲呀！把囚车夺下来！”

早已憋足了劲儿的壮士们闻声而起，有的挥舞长矛、大刀，有的打响火枪，呐喊着、呼啸着，像雄兵天降扑向囚车。埋伏在稍远处密林中的勇士们听见枪声、喊杀声，也按秋莲事前的部署，飞身上马，像潮水般冲出树林，冲上驿道包抄接应。

早已被太阳晒得昏头昏脑的差兵们，惊闻四方呼喊声，又见人马逼近，自知陷入重围，一个个像惊弓之鸟，困网之兽，吓得屁滚尿流。活命要紧，哪敢恋战，对空放了几枪，便不约而同地掉转马头，弃下囚车，夺路而逃……

壮士们乘兴追了一程，见差兵远去，又听有人传令“莫追了”，这才收兵返回，聚向被他们顺利夺下的囚车，急不可待地准备打开囚笼救人。

可是，当大家七手八脚地搬下囚笼上的大堆树枝，摘下四周围挂的草席，露出木囚笼后，不禁大惊失色，原来囚笼里根本不见人影，有的仅是几只活羊。激愤之余的秋莲、宋福面面相觑，不约而同地连声惊叹："受骗了！""上当了！"他们既痛恨官府的诡计多端，用心狠毒，又后悔自己心慈手软，不肯扰民，没有对看似载运家眷的车队进行检查，以致丧失了劫车救人的机遇。

杨先生离开莫高窟回安西老家不久，便风闻王道士遭难，张二先生和韩禄同被解去肃州受审的消息，急得他坐卧不安，天天都出门去找信息灵通的人探听肃州的动静。一天，他刚从一家客栈门前走过，便听见有人追上来招呼留步。他止步回首，意外地发现竟是蒋师爷。一阵寒暄后，蒋师爷听说他家在安西，不禁喜出望外。接下来先是备上厚礼去他家拜访，后是硬拉他去客栈与从南山回来的斯坦因见面，并进行了一番交谈。他们之间谈了些什么？局外人一时无法得知，只发现杨先生出客栈不久后，便收拾好行装，急匆匆赶往莫高窟去了。

自从遭遇不测，有幸脱险归来后，王道士由于挂记着二先生和韩禄的安危，整天便像掉了魂似的，卧不安席，食不甘味，除了诵经、许愿祈求神灵保佑之外，他苦思苦索也想不出一个可以逢凶化吉、救人于危难的办法。一见杨先生回来，多了一个可以推心置腹共商大事的人，他的脑子突然像开了窍，与杨先生刚一见面劈头便问："杨先生，你在肃州还有熟人吗？"

杨先生并不在意地随口回答："有，还有几个过去共过事的朋友。"

"知道他们现在在干啥吗？"

"一个在道台衙门当师爷，你见过，还有一个好像在管牢房。"

"啊，这两个地方有人就好办！"

"办什么？"

"有钱能使鬼推磨，你拿上银子去帮助活动活动吧！"

杨先生本来也有如此想法，但心里总有顾虑："这是大案，是命案，当官的为保乌纱帽也会怕银子烫手。"

"出事那天韩禄根本没进城，'小叫驴'抓他纯粹是报私仇、泄私愤，只要官府明察，就可证明他无罪。"

"这么说倒可以去试试，可你哪来这大笔银子呀？"

"建寺院还有些银子，我想先把工程停了。"

“那不会触怒神灵？”

“救人要紧呀！佛祖、道君也都讲慈悲为怀。”

杨先生沉默了一会儿才说出自己的意见：“真是这样，那我给你转达一个消息。”

什么消息？原来是贪心不足的斯坦因在榆林窟想弄走“象牙佛”碰了一鼻子灰后，进南山转了转，仍念念不忘藏经洞的经卷文书。回到安西听说敦煌出了大事又不敢直接溜回莫高窟，本想派蒋师爷去疏通王道士，愿意再捐些银子，再索取些经卷，凑巧蒋师爷碰见杨先生，便把此事直接托付给了他。杨先生既了解斯坦因的贪婪，更深知王道士最害怕施主和香客，要不是为实现兴建道观的夙愿，是不敢轻易触动藏经洞的。他本想拒绝斯坦因的托付，但转念又想，最关心、最支持莫高窟的张家大先生、二先生和为保护佛窟、打开藏经洞立下过汗马功劳的韩禄都深陷牢狱，如果上下打点，能救他们出来最好，实在救不出来，让他们在牢房里少受些皮肉之苦，也是当务之急。而办这些事又少不了大把大把的银子，想到这些，他有些心动，这才答应替斯坦因转达意见。

听罢杨先生的话，王道士又陷入了矛盾和惶惑之中。他害怕和洋人打交道，但对“追随唐僧足迹而来访经”的洋居士斯坦因又很有好感；他庆幸自己得到了天赐的一洞经卷，但又像咬了一个烫嘴的烤山芋咽也不是，吐也不是；他安贫乐道，并不贪恋财富，但维修佛窟要钱，兴修寺院要钱，打点救人更急于要钱。钱啊！钱！现在成了他思维的唯一主宰。他和杨先生讨论了半天，躺在炕上想了一夜，第二天起早又在神坛前念了经、卜了卦，这才拿定主意对杨先生说：“救人一命胜造七级浮屠，我看就答应洋居士吧！反正他迎回佛国供奉，也是弘扬佛法。反正少拿也是拿，多拿也是拿，前面都答应了，这次怎么好拒绝。”

就这样，又过了几天，蒋师爷赶来，王道士在“八仙宫”接待他，他笑逐颜开地把 16 个银锭放在桌上，故作虔诚地说这是斯坦因博士为礼佛敬神再次奉献的一点儿心意。

早已有所准备的王道士脸上虽然挂着一丝难以捉摸的复杂表情，但仍做出感激的样子，指着封闭藏经洞前悄悄搬出来，暗存在此的一堆经卷说：“多谢洋居士的施舍，这一堆经卷就算是回赠，让他迎回佛国去供奉吧！但不知蒋师爷你怎么弄走？”蒋师爷望着堆在墙角的经卷，心满意足地回答说一切早有安排，只等天黑就会有专人前来接应，请王道长不必操心。

果然，当天深更半夜，按约定赶着四峰骆驼前来接应的易卜拉欣伯克便配合蒋师爷带着经卷，神不知鬼不觉地趁着昏昏夜色，穿过朦朦山野，悄悄地离开了莫高窟。

至此，惯于为自己涂脂抹粉、精于玩弄欺骗手段的洋居士斯坦因，打着追随玄奘法师足迹礼佛访经的旗号，共计只用了40个银锭（白银500两），便将先后骗自藏经洞的极为珍贵的千年文物，3000多卷完整无缺的文书、6000多篇其他单页和残篇合计装了24箱，600多幅绢画绣品装了5箱，全部运回了大英帝国，深藏于大英博物院等处。而老实无知、受骗上当的王道士却始终相信这位玄奘的崇拜者，真的是将经卷迎回佛国供奉去了。

手里有了银子，王道士随即开始执行他的救人之举。

时值深秋，凉风瑟瑟，草木枯黄，由敦煌通向肃州的驿道上行人冷落，车马稀疏，道旁戈壁旷野，空空荡荡，满目凄凉。为救人而心急如焚的秋莲，在王道士和杨先生的陪同下，紧催坐骑，疾步向肃州进发。

赶到肃州城找客栈住下后，杨先生便出门去拜访旧友，寻找关系，打探消息。忙碌了大半天，直到深夜，他才回到客栈，一进门喘息未定便告诉守候在灯下的秋莲和王道士。据了解，张二先生等人解到这里后，甘陕总督指派张掖县令潘大人主审，过堂十几次，韩禄都一口咬定是他进城卖杵，路见不平，在西云观鸣钟聚众，领头冲进县衙，也是他用飞镖第一个打死了巡警……潘大人几次下令重刑拷问，他都面不改色地高喊："好汉做事好汉当！"潘大人问他真的会飞镖吗？他表示可以当庭一试，吓得当官的急忙改口，说以口供画押为凭，不用再试，而且就那么定案了。

闷坐在一旁的秋莲听过杨先生的叙述，不禁想起韩禄陪她参观莫高窟时，多次讲起壁画上"国王割肉救鸽""太子舍身饲虎"的故事，心想这一次韩禄是铁了心要舍身救人了。

"那我们算白来了？"一心想救韩禄的王道士难以接受这无情的现实。

深感失望，甚至绝望的秋莲，更是满腹心酸："难道就不能让我们去探探监么？"

杨先生如实答道："狱方说他们都是待决的要犯，上面管得很严。张举人家大先生、二先生都不让看，说是非亲非故，要送冬衣、送食物，只能交由他们转送。至于韩禄，狱方称他是武艺高强的'飞镖客'，怕江湖上会有能人来劫狱，一直关在小号子里，谁都不准见。后来多塞了些银子，好说歹说，念你们夫妻情分，才答应明天晚上放你一个人悄悄地进去见上一面。"

肃州监狱在城角一处高墙大院内。入夜后，杨先生按事先约定，不声不响地把秋莲引到狱门前交给守门人把她放入大院，接着便有一个手提大串钥匙的老狱卒打开黑洞洞、阴森森的牢房门领她进去。

秋莲进入牢门，见过道土墙墙壁上挂着一盏鬼火似的油灯，那忽闪忽闪的荧光照射着那状如地狱的牢房，那扑鼻而来的熏天浊气、撕心裂肺的痛苦呻吟，满眼狼藉的遍地污秽……真令人目不忍睹，耳不忍听，鼻不忍闻。她提着包袱，紧跟在狱卒身后，沿着一列木栏，直走到过道的尽头，狱卒才敲响门栏低声呼叫："'飞镖客'韩禄，韩禄！看来你前世还是好人，修得有福呀，你媳妇没忘你，千里迢迢给你送寒衣来了。快起来，快起来！"说着转身欲退，并叮嘱秋莲："抓紧时间，长话短说！"

老狱卒退到一旁，门栏里响起哗哗啦啦的脚镣声，昏暗的灯光下，一个衣衫单薄、蓬头垢面的人影贴向门栏。秋莲定神细辨，出现在面前的人真是韩禄吗？真没想到一个膀大腰圆、敦实英武的汉子，只经过几个月牢狱之苦的折磨，如今已是伤痕累累、形销骨立、脸颊瘦削、双眼深陷、目光呆滞，整个变了人形。

韩禄睁大眼睛又惊、又喜、又不敢相信地问："真是秋莲么？你怎么来了！"

秋莲扑向门栏，泪如雨下地泣诉道："韩大哥，俺是你的媳妇呀！怎么能不来？"

"不，没拜堂就不算，我没那福分，不能辜负你、连累你。我这一辈子是出不去了，你还年轻，你还得成家，趁早把我忘了吧！"铮铮铁骨的硬汉子韩禄说起这些也是凄然泪下。

秋莲伸手去抓韩禄："不，俺跟你拜过堂了！俺在家日日夜夜守着你的衣，看着你的帽，带着两个懂事的孩子，就像跟在你身边，俺无时无刻不在想把你救出去……"

韩禄阻断了她的话："别说傻话了！'树活一张皮，人活一口气'，除了对不起你，对不起两个孩子，我这一辈子从不后悔。"

秋莲紧紧抓住韩禄的手："俺心里明白，你是为了藏经洞，为了俺，为了张二先生，为了……"

"莫提这些了，拜托你替我带好两个孩子，长大了让他们多做点儿有益乡里的事，还要帮助王道长维护莫高窟，守好藏经洞。"韩禄殷殷嘱托。

"你放心，俺记住了。"秋莲感到韩禄的手在哆嗦，赶紧从包袱里取出棉衣递进去，隔着门栏帮他披上。

韩禄捂着棉衣，流露出深深的挂记："夏莲姐、王道长、三青、宋福、杨先生、还有几个孩子都好么？我多想再见见他们呀！"

秋莲宽慰他："好，都好，都惦记着你。王阿菩、杨先生都来了，管牢的说他们非亲非故，不让进来，都让我向你代好。"

难得的相见虽然隔着冷冰冰的门栏，但两颗火热的心却像贴在了一起，他们相互对视着，似有无限的情意要表达，似有无尽的话语要倾诉。没想到时光无情，候立一旁的老狱卒突然发话："有话快讲，时间到了！"

狱卒的催促像一把无情的利剑要将一对情人分开。秋莲忙把装东西的包袱递进门栏，韩禄接过放下后赶紧抓住秋莲的手，像是预感到这难得的、意外的、短暂的相见后，随之而来的将是生离死别。猛然间，韩禄那深锁在心底的挚爱之情，那涌动在胸中的难离难舍之意，像雪山冰峰解冻的春水，汹涌而出："给大家代个好，说我想他们，想新店台，想莫高窟……我回不去了，我要走了，求求你，千万别让我孤单单地一个人留在这儿变成无依无靠的孤魂野鬼……到那天来接我，把我埋在三危山下吧！让我日日望着莫高窟，夜夜守着藏经洞……"

依依难舍的秋莲被狠心的狱卒连哄带吓地拖走。她一步三回头地还想多看韩禄几眼，多给韩禄几分安慰，但老天无眼，狱卒无情，她终于被拖出门外，回首望着那仿佛分隔开阴阳界的沉重的牢门"哐啷"一声关上，真像是堵塞了牢中人的生路，割断了牢外人的情思。

肃州探监毕，杨先生继续留在那里打听消息，王道士陪送秋莲回到新店台。他只在兴隆客栈稍事休息后便急匆匆返回莫高窟，处理护窟建寺的诸般琐事。而愁肠寸断、悲痛欲绝的秋莲虽然回到了温暖的家里，但她的心却像留在了清冷的肃州牢房之中。她无法承受眼前的现实，她不愿听任命运的主宰，她不忍心看着韩禄白白地送死，她冥思苦想，痴望能有绝处逢生之计，找到一条救人之路。

一天，秋莲又找到宋福密商救人之事，夏莲追来告知："杨先生托人捎信来说，安肃道台衙门徐师爷悄悄对他透露，肃州审讯已决：谢全等三人处斩，张二先生等处永远监禁，张大先生无罪开释。"

神情紧张的秋莲禁不住问："韩大哥呢？能开释吗？"

"他，他判处了绞刑。"夏莲虽不忍心，但又不得不如实相告。

宋福听罢，顿着脚咬牙切齿地喊道："啊！这帮狗官太狠毒了！本是官逼民反，他们还要滥杀无辜，我看敦煌的百姓还得起来，杀尽了贪赃枉法的狗官，才能解心头之恨！"

夏莲也是愤愤不平："他们正是害怕敦煌百姓，才把人押到肃州去审讯，还准备在那里就地处决。"

宋福挥了挥拳头："肃州有多远，又不是去不了，把人逼急了，我们照样能去闹它个地覆天翻！"

宋福的话，激活了秋莲的思绪，深知已无退路的她想着想着，突然击掌自语："看来只有孤注一掷，再冒一次险了！”

“冒啥险？”夏莲、宋福不约而同地探问。

“劫法场！”秋莲坚决、果断地说出了自己的选择。

劫法场本是赴汤蹈火、极端危险的举动，但在面临亲人刑期逼近而又无计可施、无可奈何的情况下，只要有一线生机，勇敢的人总会义无反顾地去争取、去拼命！所以夏莲和宋福经过审慎的考虑后，都对秋莲的选择表示赞同。

经宋福紧急联络，四乡代表既表示坚决支持，又迅速地做好了准备，等杨先生捎信告知行刑日期已定在二月十五日，一支支乔装打扮的“车队”“戏班”，一群群“行商”“艺人”便出发了，宋福和改着男装的秋莲也带着一支“商队”踏上了驿道。

敦煌四乡赶来的人马，或三五成群，或单人独马，陆陆续续汇聚到肃州。有的借住于亲友之家，有的投宿于车店、客栈，不声不响地便在城内城外暗中汇集了七八十号人马。为防官兵耳目，他们虽然住得分散，又装出各自为生、各不相识的样子，但他们到达之前早已做好了严密的组织和周到的部署，并有联络人员提前赶到，监视衙门和监狱的情况。

行刑前夜，如临大敌的肃州城四门关闭，城里实行宵禁。漆黑如墨的街道上，车马中断，行人绝迹，只有不时巡行的兵丁出没，活像是晃晃悠悠的一群群幽魂鬼影，凉风飕飕的肃州城，笼罩在肃杀、恐怖的气氛之中。但就在此时，在距城墙根不远的一个很不起眼的车马店里，八九个客商、车把式打扮的人，正聚集在一起对法场劫人做最后的部署。在这群人中，除了宋福、秋莲之外还有大家公推的此次行动的总领谢大哥。

谢大哥是位身材魁梧、性情豪爽、有胆有识、敢作敢为的中年汉子。他出身农家，识过字，习过武，吃过皇粮当过兵，回乡后收过徒弟传过武艺。由于为人正直，常见义勇为，好打抱不平，深得乡亲们的信任。抗粮斗争中他领了一帮人、冲锋在前，撤退在后，未遭任何损失，更受到大家的推崇。所以这次行动，他便成了众望所归的领军人物。

碰头会开到半夜，谢大哥见时候不早，平静而又十分自信地向大家宣布：“据了解，历来处决人犯的法场都设在西门外的乱坟岗，地形对我们有利，明天去法场的人可能不少，这对我们更有利，大家要藏好武器，早早地分头混进去，各自选择有利的位置等候时机。我们的队伍就按原来分派的四拨：第一拨去救韩禄；第二拨去救谢全等人；第三拨去救陪法场的张二先生他们；第四拨由我指挥对付差兵，掩护大家行动。”

“谢大哥，知道明天有多少差兵押队吗？”有人出自关心地问。

“据内部消息，衙门里最多能派出三四十人。”谢大哥回答。

“三四十人！”“他们都配了枪。”“谢大哥你带那一拨人对付得了吗？”“人够吗？”众人七嘴八舌地议论起来。

“别担心，差兵虽然不少，但多数已经疏通过了，行动时他们只对天鸣枪，不会伤害我们，但大家动作要快，各拨人马救人得手后立即就撤，去到预定地点再汇合，千万不能拖泥带水，延误时间。”谢大哥信心十足地答话后便向大家宣布信号，他站起身来摘下头上的帽子在空中上下挥动着说：“这是行动！”稍停，他又举起帽子左右摆动着说：“这是撤退。”其后他把帽子戴回头上说：“这是按兵不动。请大家一定要注意信号，听从指挥，切切不可擅自行动！”

但就在敦煌来的人马悄悄地汇集肃州，谢大哥有条不紊地进行法场救人部署时，肃州官府的密探们也觉察到情况有些异常。他们发现近日来自敦煌的客商、行人明显增多，这些人虽然三五为伴，零零落落，没有大的团伙，但只见西来，不见东去，情况着实令人生疑。特别是在敦煌抗粮抗暴动荡后，附近州县官员早已怕得像惊弓之鸟，稍有风吹草动，就吓得胆战心惊，更不用说在处决暴动要犯前竟然出现敦煌来人骤增的异常动向。

密探们暗报的消息，直令谈虎色变、闻风丧胆的官员们惊恐万状。安肃道台不敢有丝毫的大意，急派差官带上书札去肃州总兵衙署向柴洪山总兵求援，说：“道台衙门获悉，近日由敦煌过来的客商、行人不少，道署差兵住地，也有陌生之人出入，情况十分可疑。道台大人顾及道署兵力有限，唯恐明日法场有变，特地来请总兵大人派兵坐镇，以保一方平安。”

因镇压敦煌暴乱行动迟缓，被陕甘总督升允指为对刁民“颇存姑息”，曾遭参奏斥责的柴洪山，听过差官的禀报，看过安肃道台的手书后，也禁不住倒吸了一口冷气，深感情况有异，事态严重，不敢疏忽职守，略作思考后当即斩钉截铁地让差官回禀道台大人：道署兵丁明日可留置不动，严守衙署，法场之上，由本署另调重兵荷枪实弹前往弹压，定保万无一失，绝不容敦煌刁民在我肃州逞强！

差官离去后，肃州总兵衙署如大战前夕，灯光彻夜不熄，柴总兵调兵遣将，精心策划部署。他的计谋是在法场内外暗布重兵，层层张网，敢有乱民举事，定要将其一网打尽，以求一劳永逸，永绝后患。

安肃道台的求助和柴总兵的决策，均在谢大哥等人开会之时和散会之后，法场守卫队伍的改变和兵力的增加均被严密封锁消息。即将出现的形势剧变对敦煌来的人马极为不利，极端危险，如仍按原计划行动，凶多吉少，其可能出现的严重后果实在令人担忧。

难熬的一夜过去了。凌晨时分，肃州城里响起了惊心动魄的铜锣声，鸣锣的衙役放声高喊："今日处决要犯的法场由城西乱坟岗移至城东白碱滩，通令全城百姓都去法场观刑，以儆效尤！"

时近中午，地势开阔平坦的白碱滩，已被荷枪持刀，如临大敌的兵丁层层把守，刑场的气氛显得十分森严，十分紧张。

刑场四周的百姓人山人海，他们有的紧锁眉头，有的紧咬嘴唇，有的紧握双拳，有的频频顿脚。无言的愤怒，无声的抗议，无尽的惋惜无不溢于颜面之上，无不折射于目光之中。

人群外层，还有许多骑马的、骑骆驼的人驻足观望，秋莲、宋福等头戴大皮帽，身穿光板皮衣，也不事声张地跨马混迹其间。

二月的肃州，千里冰封，朔风凛冽。冰雪世界似披白绫，似裹素服，似在为抗粮抗暴捐躯的英灵致哀；凄厉的风声像在呼号，像在哀鸣，像在为即将就义的壮士哭别。

无言以待的人们望眼欲穿，却迟迟不见"要犯"出现，而警卫的兵丁竟是来了一队又一队，密密麻麻地布置在刑场四周，那人数何止三四十人，看样子足有一二百人之多。秋莲见状后不免大吃一惊，深知情况有变，她露出焦急的眼神频频斜看宋福，宋福又把目光转向立马高处的谢大哥。肩负指挥救人重任的谢大哥也正为眼前不见他们疏通过的差兵而布防的兵丁又数倍增加而惶惑不安时，联络人骑马赶来挤近他身旁低声告知："情况大有变化，肃州总兵已下密令，要在刑场布网抓人！"

谢大哥听罢不禁为之一震，他既感失望又很无奈，急得愁眉双锁，但面临急转直下的危险形势又逼使他迅即冷静下来，当机立断地悄声吩咐联络人："立即通知大家，没有我的信号，绝对不可轻举妄动！"联络人闻声离去，并出没于四周的人群之中。

过了一会儿，渐增的寒风吹来团团乌云遮住了日头，暗沉沉的天空中出现了暴雪降临的前兆。此刻，刑场上一阵骚动，人群分开处又来了一大队全副武装的兵丁，把五花大绑的谢全、韩禄等四人分别押上了处斩、处绞的行刑台，而传说要陪法场的张二先生等并未出现。

劫法场救人的最后时机到了。秋莲、宋福等都目不转睛地注视着谢大哥的举动。但身负重任、压力巨大的谢大哥面对着刑场突然改变，地势十分不利，敌众我寡、敌强我弱的危急情势，思前想后，掂量再三，深信如果动手已无成功的可能，救人不成反而会遭致一些人白白送死。他咬紧牙关，强制着自己，没有发出行动的信号。

救人心切的秋莲，望望里外数层持枪以待、杀气腾腾、如虎似狼的兵丁。看看近在咫尺，却又似海天相隔的亲人；候着那分分秒秒过去的时间；想着那转瞬即逝的唯一的、最后的机会，她的心都快碎了，紧握缰绳的手也不由自主地抖动起来，以致身下的坐骑竟向前迈步，幸亏机灵的宋福察觉，侧俯下身子伸手把她的马缰死死勒住，她的马才没有前冲出去惹出什么意外。

满怀悲愤的数千百姓与冷酷无情的数百兵丁相互对峙的法场，笼罩在紧张、恐怖、压抑、愤怒的气氛之中，既像众水汇聚的大海，只要刮起狂风，便会激起排山倒海的巨浪；又像满盛火药的巨桶，一旦闪出火花，必然引发地覆天翻的爆炸。

冷静、沉着的谢大哥审时度势，不敢贸然下令举事。焦虑万分的秋莲克制着自己的感情不敢违令，她露出绝望的神色，心急如焚地微微低下了头，但又不时翘首望望那令人恐惧的绞刑架；望望那像铁塔似的立在架下面不改色、视死如归的韩禄；望望那凶神恶煞、如虎似狼的刽子手……她心中那份愤慨、那份哀伤、那份无奈、那份绝望、那份生离死别的揪心之痛、那份回天无力的悲苦之情，在她的胸中激烈撞击，在她的眼神中毕露无遗。

午时三刻，风力更大，天色更暗，监刑官见时辰已到，掷下刑牌，法场上立即响起了催命的号炮。刽子手挥动明晃晃的钢刀，刀起刀落，鲜血飞溅，霎时间，谢全等三位抗粮抗暴壮士身首异处，结束了他们短暂而又轰轰烈烈的一生。

绞架下，行刑手飞腿踢翻垫脚的木凳，脖颈儿上套着绞索的韩禄即刻被悬在空中。

太阳似不忍目睹这血腥的杀戮而掩面于云中……

天公像哀悼人间惨剧而洒泪成雪……

狂飙逞威，飞雪乱舞，天怒人怨，风声鹤唳。色厉内荏的兵丁们惊恐万状，争先恐后地狼狈撤离，法场上人呼马嘶，一片混乱……

混乱中，早已急不可待的秋莲、宋福等几乘快马如离弦之箭冲向绞架。秋莲挥手掷出飞刀，只见银光闪过，绞绳断落，宋福拍马赶到，从马背上俯身伸手抱起韩禄，马不停蹄地冲出人群。周围的人们见此情景先是一惊，但随即爆发出惊天动地的欢呼声：“飞镖客来了！”“飞镖客活了！”

第十五章 列强竞先扰丝路 伯氏恐后探西域

寒风飕飕，雪花飘飘。在冰天雪地的三危山西侧，隔着大泉河与莫高窟16窟遥遥相望的山坡下，一座新坟，像九天之上降下的一块褐色陨石镶嵌在洁白如玉的大地上。新竖的木制墓碑上书“亡夫韩禄之墓”下署“妻朱秋莲偕子女韩辛、韩茹敬立”。

参加送葬的人很多，除了王道士、杨先生、三青、夏莲、宋福、谢大哥等熟悉的面孔外，还有许多亲朋好友和对他的义举深感敬佩的各界人士。痛失忠实助手的王道士，默默地诵读经文，超度亡灵早升天堂；痛恨官府狡诈狠毒的谢大哥，深深地低下了头，向逝者表示内疚；三青为失去最亲近的伙伴而痛哭失声；宋福因最诚挚的朋友早逝而捶胸顿足……流泪眼望流泪眼，断肠人对断肠人，胸中的悲愤只能向茫茫云天申告，心中的哀思唯有对一堆黄土倾诉……满怀伤痛的人们祭奠后又恋恋不舍地缓步绕坟一周，依依惜别，只留下秋莲和韩辛、韩茹、滢珠长跪在墓碑之前。

待众人散去，夏莲拉起韩辛等三个孩子，让宋福、三青带他们先走，然后才贴近秋莲，从身后扶着她的双肩亲切地劝慰：“妹呀，起来！这几个月把你都急坏了、愁坏了、累坏了，先回去歇歇，还有什么话留到以后再说吧！”

伤心欲绝的秋莲泣诉道：“二姐呀，他是为了护住藏经洞、为了二先生、为了俺才去送死的呀！俺怎么忍心把他一个人留在这儿？”

夏莲继续劝解：“该尽的心你尽了，该出的力你出了，人死不能复生，他舍身取义，视死如归，也是他的选择，乡亲们都夸他是英雄好汉，对他赞口不绝，一个人能活到这份上也就值了。你忘不了他，就该打起精神，按他的嘱托，照看好两个孩子，协助王阿菩看好藏经洞。”

“这道理俺也懂，可俺姐妹的命怎么都这样苦呀？”秋莲仍伤感不已。

“唉，苦就苦吧！你要不认命，就该保重自己，打起精神想一想看他还留下什么心愿。想一想怎么把两个孩子抚育成才……”夏莲说着连拖带拽地把秋莲拉了起来。

抱恨终天的秋莲在姐姐的搀扶下难舍难分地缓步离开，她慢慢移步，又频频回首，满腹辛酸逼得她展不开眉，心中的哀伤疼得她扬不起头，肩上的重负压得她迈不开步。勉强地走着走着，一股寒风拂面，又向她昭示山谷里严冬的冷酷，激发她动情地牵挂起地下亲人的冷暖，她想起肃州牢房送寒衣情景。她忘不了为玉兰娘送葬后，韩禄脱下外衣披在她身上所感到的温暖，想着想着，她突然挣脱夏莲的手，急步跑回墓旁，脱下披在身上的光板皮大衣，深情地搭盖在坟堆之上，似欲以体肤之余热为亲人分难，为夫君御寒，但愿亡灵有知，能理解她这份殷殷依恋之情。

从远处望去，盖上白色皮衣的新坟堆与雪地融为一色，胸怀宽阔的大地母亲无声无息地又收容了一个英年早逝的硬汉子。静静地安息吧！韩禄，你听，寒风如泣如诉声声不止；你看，飞雪似泪似花飘洒不息，冰雪世界不是也为你而动容了么！你流过血、洒过汗护卫的莫高窟藏经洞不就依伴在你身边么！

伯希和的戎装照

1906 年 8 月，即在英国人斯坦因第二次闯入喀什噶尔后不到三个月，他所担心的竞争对手之一，有名的法国人伯希和也风尘仆仆地赶来了。他虽知自己已经落在英国人、瑞典人、德国人、俄国人、日本人之后，但他深怀着后来居上的信念，决心在探寻、获取中国古丝绸路上文化宝藏的“联军”争夺战中大显身手，一争高低。

伯希和是设立于越南河内的法国远东学校的年轻汉语教授，是一位除欧洲母语外还精通古汉语、并熟悉梵语、藏语、突厥语、蒙语、波斯语、回鹘语、粟特语、吐火罗语、龟兹语、西夏语、安南语等 13 种语言的天才。

1900 年 21 岁的他奉派到北京为学校搜罗古书时，曾在法国公使馆拿起武器与围困使馆的义和团士兵对垒，年轻气盛、生性傲慢自负的他，曾因夺取了一面义和团大旗，而获得一枚 1802 年拿破仑一世创立的荣誉社团颁发的荣誉勋章，以表彰他参战护馆，抗击、镇压义和团的功绩。此次，是在得悉英、德、日、俄等国“探险”“考古”队伍在丝绸古道上斩获颇丰的形势下，为不失良机，不辱法国的“光荣传统”，这才受命偕助手二人，于6月中旬自巴黎出发，途经东欧及俄罗斯，开始中亚探宝之行，直到8月31日才到达喀什噶尔。

喀什噶尔的秋天，风光旖旎，多彩多姿。一望无际的天空湛蓝湛蓝不见一片白云；湍急流淌的河水翠绿翠绿得像流动的宝石；作为多民族汇聚之地的喀什噶尔，随处可见头戴花帽的维吾尔族男人，身着丝裙的维吾尔族女人，梳着长辫的汉人、满人，穿着袷袢的柯尔克孜人，留着胡须的哥萨克，缠着头巾的印度人、阿富汗人，西装革履的欧洲人，金发碧眼的混血儿……作为水果之乡的喀什噶尔，市街前、巴扎上到处都是瓜果摊，摊上、摊旁摆满了西瓜、甜瓜、葡萄、杏子、李子、无花果……

伯希和乘坐的马车到达喀什噶尔远郊，便见到了奉命前来迎接的哥萨克骑兵，随即便把他们护送到紧临城外的沙皇俄国驻喀什噶尔总领事馆。

喀什噶尔，是南疆地区政治、经济、文化重镇，也是沙俄帝国与大英帝国为争夺势力范围，虎视眈眈，钩心斗角之地。由于俄罗斯与法兰西是盟友，在得到总领事的关照，又通过贿赂当地最高行政长官袁道台，获准在其辖区内任意探寻发掘的特权后，因加工帐篷的事等了一个月，伯希和这才雇车、买马，安排出发。他此行的目标虽是甘肃的敦煌，但他并不打算放过途经各地的古城、石窟、佛寺、古墓等文化遗存。为此他雇了两乘马车，装上准备越冬的棉衣、行李和去敦煌摄像用的玻璃底片，让努埃特押车先行，直去库车等候。而他则带着瓦兰等人随后出发，以便一路探寻、发掘，在德国人、日本人之后，再作一番扫荡，力求有所斩获。

伯希和再上征程，已是天高云淡，大雁南飞的深秋时分了。他领着精悍的队伍，轻车简从，迎着萧索秋风，急匆匆地赶到了德国人勒柯克发掘过的吐木休克，想去看看办事精明的德国同行是怎么下手的？没想到在察看那些开挖过的废坑时，竟从一处伊斯兰教寺院的断墙残壁下发现有大火焚烧过的灰烬，他好奇地用马鞭刨了几下，无意中又刨出了一个曾经烈火烧灼过的小佛头，他据此推测在那伊斯兰寺院房基下可能有早期的佛教寺院遗址。他想到了“机不可失，时不再来”的中国名言，决定抓住机遇，不放弃这个纯属意外的发现。

面临日益强劲的寒风，伯希和本来只打算稍作停留，做些试探性发掘，以求证实一下自己的判断，检验一下自己的运气。谁知在深埋的佛寺遗址揭开后，他便被掩藏在沙土下保存完好的精美佛像、珍贵的唐代文书和一座罕见的描述释迦牟尼一生故事的浮雕走廊深深地吸引住了。他像入了迷、着了魔，指挥着雇工们起早贪黑挖呀、挖呀，一挖就挖了六个星期，直到雇工们忍受不了日益加重的寒流袭击，不肯再为之卖命，难以割舍的他才收起行装，顶着刺骨的寒风和纷纷扬扬的雪花东去库车。此时的他虽也被冻得狼狈不堪，但看见车上载满的文物，心里却暗暗庆幸自己首战告捷，打了场漂亮的歼灭战。

到达库车后，努埃特向他汇报说："据了解，当年玄奘法师西行经过时，这儿是个信奉佛教的王国都城，所以建造了许多佛寺、佛窟，在西门还建有两尊巨佛。不过在其后，巨佛已毁，城中的佛寺也荡然无存，只是在附近的克孜尔、库木吐拉、森木赛姆等地留有不少佛窟。可惜我们来晚了，俄国人、德国人、日本人……早已捷足先登，特别是德国的勒柯克一伙，听说把许多精美的壁画都用狐尾锯从墙壁上一块块地锯下来，整整装了118箱，偷偷运回德国，几乎把古代遗存的壁画一扫而空。"

"强盗，贪得无厌的强盗！"伯希和既露出类似海盗间分赃不平的愤恨破口大骂，又掩饰不住内心的渴求，"难道他们一点儿都没有留下？"

努埃特分析道："据说1903年春天，日本人在克孜尔发掘，是被突然发生的地震吓跑的；1905年德国人去森木赛姆时，因和俄国人争夺势力范围，几至动武，被迫退出的，转移到克孜尔后又遇到地震山崩，虽然割走了几百幅壁画，但毕竟是因为勒柯克生病，害怕客死异乡才仓促撤离，所以那里的文物显然不可能被他们全部搜尽。"

吐木休克的丰收刺激了伯希和的贪欲，努埃特的分析助长了他的希望。善于把握机遇的伯希和当即又做出了一个既在意内又在意外的决定。意内是期望步德、日、俄人之后尘，在他们掠取之余能再有所获；意外的是，他没想到这些劫后的佛窟、佛寺内外，竟然还有令他目瞪口呆的好像取之不尽的文物。他像发了疯，发了狂，平日温文尔雅、举止得体的他，在宝藏的诱惑下终于露出了贪得无厌、欲壑难填的本性，在库车周围的古代遗址上一发不可收拾地大肆发掘，一直挖了八九个月，他才带着"丰收的果实"，心满意足地离开库车。本来他打算率队经吐鲁番、哈密直去敦煌，但到达吐鲁番稍事停留后他又改变了主意决定西去迪化。

努埃特不解地问："为啥先去迪化？"

瓦兰也说："东去敦煌不是又省路又省时吗？"

伯希和却像中国通似的解释："你们不了解，中国是个泱泱大国，连他们自己都说'天高皇帝远'，我要在这边远地方办成事，首先就得去拜望、贿赂、疏通地方上的'土皇帝''地头蛇'，获准'发掘权''准运权'，得到他们的庇护，否则，处处有人作梗，将逼得你寸步难行。"其实，急于想去敦煌的他临时做出改变也是事出有因。因为他在南疆到手的文物数量太多，一路上十分打眼，连他在吐鲁番雇车发运也遭到地方官员的刁难，使得敏感、多疑的他深感到手的东西并不等于自己最终能得到的东西，如不分批运走，越积越多，早晚撞上一处过不去的关口被拦截、遭收缴，那就前功尽弃了。他决定先去迪化，首先是想通过那里的洋行协助，把身边的东西先发运出去，以化解他的后顾之忧；其次是他听说过去在京城时结识过的辅国公澜亲王流放在迪化，此公虽遭贬谪，暂不得意，但毕竟是皇亲贵胄，说不定哪天朝廷有变，又会飞黄腾达。趁他倒霉之时能去看望，做个患难之交，也许今后能有机会得到关照。

就这样他们西出吐鲁番，穿过林木黛绿，河水碧蓝，雪峰如银的山谷到达天山北麓的迪化城时，又到了严冬时节。迪化城已被冰雪覆盖，城中的大街小巷就像是天公用汉白玉石装饰过一番，到处是如雕如塑的冰雪景观。伯希和找客栈安顿好后，借助沙俄驻迪化总领事的帮助引荐，疏通官府，联系洋行协助承运，费尽心力，才打着货运的幌子办妥了文物出境的事宜，接下来他才有闲心，暗自打听澜亲王的情况。

一天，伯希和偕瓦兰去洋行街办事归来途经一处十字路口，由于肚子饿了，随便进了一家卖馕、卖烤包子等小食品的餐馆。餐馆里，油烟弥漫，热气腾腾，几张油光光的小桌旁都坐有客人。留有小胡子的维吾尔族伙计把他们引至最里侧的小桌前，那桌旁只坐了一位健壮的差兵。

伯希和抱拳拱手礼貌地问："老兄，借光，这位子空着吗？"

差兵抬头瞅了伯希和一眼，也很客气地回答："空着的，请便吧。"

伯希和示意瓦兰一起坐下后问伙计："有什么好吃的？"

差兵以为在问自己，主动介绍："这一家的羊肉烤包子、羊血粉丝汤挺有名气。"

"那就来 16 个烤包子、两碗粉丝汤吧！"伯希和吩咐伙计后又注视着差兵面前的食品问："真好吃吗？"

差兵边吃边答："在这西北边城，也算是有点儿名气的风味小吃，但要与京城的名吃，特别是宫廷的御食、王府的名点相比，那就是天上地下了！"

听差兵说话的口气，伯希和以为他在吹牛，但听他说话的声调，却是京城的口音，不禁问："老兄从京城来？"见差兵点头，他接着点评道："难怪说话字正腔圆，满是京韵京味。"

差兵也跟着评论："先生你的京腔也挺有味儿。"

伯希和信口回答："几年前，我也在你们京城住过。"

差兵停下手中的筷子："是吗！住在哪儿？"

伯希和如实相告："东交民巷，法国公使馆。"

提起法国公使馆，差兵若有所思，他抬起头来双目紧紧盯着伯希和，似在脑子中搜寻旧时的记忆，似在辨识眼前的人物。

伙计送上食物，伯希和伸手去拿筷子，忽听得“吧嗒”一声响，斜眼一看，见是差兵的筷子掉在了桌上，他不仅不拾，反而睁大眼睛，直愣愣地盯着自己……盯着盯着，好像忆起了什么：“啊！想起来了，想起来了，你是法国公使馆的伯先生！”

伯希和惊讶不已：“是，我是伯希和。”

差兵提起往事：“还记得吗？义和团围困使馆，澜亲王派我去送书信，使馆里没人敢出来接，后来是不怕死的你，爬过路障来接的。”

一句提示，打开了伯希和记忆的闸门，眼前的差兵渐渐化为当年在硝烟弥漫、枪声不绝的两军对垒中阵前相见时的身影：“记起来了，记起来了！那天你还请我跟义和团的兄弟们喝了茶，临别又送了我一袋水果，还告诉我说你叫……你叫金泉，金子的金，泉水的泉，对吧？”

“对、对，丁金泉。”差兵激动不已，“你记性真好，没想到一晃好几年了，还能在这儿相逢，真是‘冤家路窄’呀！”

深感意外的伯希和也十分高兴：“不，按你们的说法是‘不打不相识’嘛。对了，你在这儿干什么？”

“护卫澜亲王呀。”

“亲王府在哪儿？我问过几个人都说不知道。”

“爵职都革了，哪还有王府。如今人称他澜公爷，居处叫公爷府，在新东门内，原系浙江会馆，你问亲王府，当然没人知道。”

“今天真是有幸，那就有劳你带我去拜见拜见吧。”

“你要去拜见？”丁金泉有些犹豫，装着进食，迟疑了一会儿才回答：“澜公爷常有宴戏应酬，也是明闲实不闲的人，你要见他，待我禀报后再约定时间吧！”

伯希和在客栈里耐心地等了两三天，丁金泉才来通告说：“澜公爷安排于明日接见，但地点不在公爷府而在东郊‘慕圣泉’。伯希和不解其意，婉转地一再探问，金泉才透露道：“澜公爷虽贵为皇亲，但目前毕竟身为遣员，纵是声色犬马、终日宴乐，也无关大体，但私下会见洋人，就容易招惹是非。远去城郊偏僻之地，以观赏雪景为名，与先生只是意外相遇，若有人得知，也就无可非议了。”

送走丁金泉，伯希和便与两位助手商议要给澜亲王送一份厚礼。努埃特认为这位辅国公既已削去王爵，流放在此，朝中失势，手中无权，去看他已经很够人情了，再送厚礼有什么意思？瓦兰也支持如此看法。但伯希和却自有高见，他解释说：“中国人讲‘大船散了还有三千钉’，澜亲王身为光绪皇帝的堂兄，瑞郡王载漪的弟弟，一时失事遭贬，也是因为八国联军压境，为推卸罪责，丢臣保主，做给外国人看的。你们刚才也听说了，他不仅在新东门里有公爷府，而且在风光如画的‘慕圣泉’修了别墅，建了亭榭。不仅从绥来县娶了小妾，而且年支银 8000 两，供他饮宴游乐；不仅处处奉为上宾，而且连巡抚大人也常去拜望。我们远来乍到，为求当前诸事顺利，为盼今后行动方便，把礼物送厚些，不是更好沟通么。”

听了伯希和的一番宏论，努埃特、瓦兰未再争辩，第二天便坐上一辆十分讲究的篷车，翻过一道山梁，向“慕圣泉”方向驶去。

“慕圣泉”在迪化城东北十余里的一处宽约数百公尺的狭长山谷中，有大小泉眼数十，传为天山瑶池渗出的“仙水”。乾隆年间在此建有铁厂，后又筑有水磨，当地人称水磨沟。澜公爷来此造别墅、建亭榭，更名为“慕圣泉”以表达心怀朝廷，敬慕圣君之意。

此时已是隆冬时节，白雪皑皑的山野如起伏的银浪展向天边，洁尘不染的山谷中，众多泉眼涌出的温水汇成溪流，在冰封的河谷中流淌。蜿蜒曲折的水面上升起腾腾热气，溪旁林木枝头挂满簇簇雪花，风光旖旎的“慕圣泉”之冬，一派冰雕玉琢的世界。伯希和等乘坐的马车驶下山梁，进沟不远，正巧与驻足在此观赏雪景的澜公爷“不期而遇”，并受邀到附近的“官厅”小叙。

“官厅”是为接待达官贵人来此宴游而特意修建的一座飞檐翘首、朱漆彩饰的厅堂。伯希和等人进门后，只觉布置得古色古香，烧着壁炉的大厅里温暖如春。宾主叙谈一阵后，丁金泉便指挥仆从摆好了便宴，请澜公爷及伯希和等人入席。

身着皇族便装的前辅国公载澜，虽不见当年警督京师、欲借义和团之势以灭洋人威风时的盛气，但仍不失养尊处优、骄奢淫逸、风流倜傥的遗风。他端起酒杯，抚今思昔，面对往日交手的洋鬼子，感慨万端：“啊，真是三十年河东，三十年河西，忆当年我等对峙京都，不共戴天，想不到今日相聚边城，把酒谈心，宿怨冰释……难得呀，难得呀……”

伯希和也举杯应答：“是呀！此一时也，彼一时也，当年王爷与义和团大师兄拜把，如今王爷和‘洋鬼子’交谊，这不正应了古人说的‘历尽劫波兄弟在，相逢一笑泯恩仇’么！”

“讲得好，讲得好！”载澜与伯希和碰杯，“那就为我们永结兄弟情谊，干杯！”

干杯声中，大厅一侧闪出一群助兴的艺人，他们吹响唢呐，打起手鼓，奏起欢乐、明快的乐曲，几个头戴花帽、身着纱裙、长辫披肩、面目清秀的青春少女，像春天的蝴蝶翩翩起舞……

干杯声中，努埃特打亮镁光灯泡，抢拍下了前辅国公载澜与伯希和碰杯的镜头。

酒宴既毕，澜公爷对既善于巴结迎合又举止斯文、出言典雅的这位洋朋友，似有相识恨晚、言犹未尽之意，兴头儿上，又邀客人沿溪观景，踏雪寻幽，去他的夏季别墅饮茶。主客一行穿过彩绘牌坊，经过檐角高翘的“依斗亭”，爬上溪畔斜坡，便到了林木掩映的别墅。

澜公爷的别墅，虽难与宽宏、雄伟的京城王府相提并论，但在遥远的边城郊野也绝不失华丽、幽静、舒适。

丁金泉迎请客人进入书房，伯希和见墙壁上挂有一些载澜自题诗词，不知是顿生雅兴，还是有意显示自己，竟对着其中一幅摇头晃脑、长声悠悠地念出声来：“绿水淙淙涌泉心，疑是瑶池仙乐声；梦里不知身是客，慕圣泉边望帝京。”

载澜进来，听伯希和念得韵味十足，不免夸奖道：“伯先生，看来阁下汉文功底不浅！”

“是王爷的诗有声有色有情有义。”伯希和见机奉承。

酒后的载澜落座后又感叹起来：“戴罪之身，颂君思圣，写写诗、填填词、听听歌、看看舞、饮饮酒、赏赏戏、骑骑马、照照相……除了这些还能干啥呀？”

听到这里，伯希和适时地从努埃特提的布袋里，取出一架照相机呈给澜公爷：“听说王爷有此雅好，特送上这架德国最新型相机，请王爷笑纳。”

载澜喜出望外地接过相机，爱不释手地赏玩起来，竟至忘了身边还有客人，幸好眼明手快的丁金泉招呼侍女上茶，这才掩饰了一时的尴尬。载澜见侍女送茶，自觉有些失礼节，忙把相机放在侍女手中的空盘上，待侍女离去，他才转身请伯希和品茶，并抱歉地说：“承蒙重馈，我可是无功受禄呀！”

伯希和淡淡地一笑：“就算是我们意外重逢的和解之礼、交好之礼吧，我真还有事求教于王爷哩。”

“有什么事？尽管说，只要目前我还力所能及，定不让阁下失望。”载澜刚收了厚礼，答话也很干脆。

“前些日子拜访长庚将军时，见到几卷敦煌秘藏，听说王爷手边也有收存，不知此话确实否？”伯希和试探着问。

“有，有。”载澜把放在书案上的一卷古色古香的经卷递给伯希和，并直截了当地说：“这是我途经甘肃时，安肃道台廷栋孝敬我的。”

伯希和展开经卷，浏览了一下首尾，原来那是一卷手抄的汉文《金刚经》最后还题有“大唐贞观三年弟子法明沐浴焚香敬书”的字样，真令他惊喜不已：“啊！这是

1200 多年前的《金刚经》呀！”

载澜见他如获至宝、爱不释手的样子，当即大方地表示：“要是喜欢，就送给阁下吧。”

“多谢，多谢。”伯希和合上经卷问，“王爷，安肃道台大人谈起过这经卷的出处吗？”

载澜想了想：“好像谈过，是敦煌莫高窟一位道士发现了一洞秘藏的经卷文书，曾经送过一箱请他鉴赏，他只识书法，不谙文物，给了些香火银子把道士打发了。”

“啊，真是千金易得，伯乐难求呀！”伯希和扼腕叹息。

载澜问：“阁下不是说只去那里考察、拍照吗？怎么又对那里的藏经有了兴趣？”

伯希和露出了本意：“原来只计划去考察那里的洞窟、塑像、壁画，但作为一个考古学家、汉学家，面对如此难得一遇的发现，我能无动于衷吗？”

善于应酬的载澜，已经觉察出伯希和话意，但仍追问道：“阁下有什么打算，就明说了吧！”

伯希和稍稍思索了一下才回答：“我想去探访那一洞藏经，王爷能给我一些帮助么？”

伯希和真的把要求摆到了桌面上，载澜反而犹豫起来，他环视四周除伯希和外还有努埃特、瓦兰在座，有丁金泉和侍女在场，人太多了，不是深谈的场合。而且事出突然，也需要仔细斟酌，当即装出困倦的姿态，连声抱歉：“今日高兴多喝了几杯，酒力不胜，暂时就谈到这里，阁下的事容后再议吧！”

第十六章 秘室秘谋秘藏事 假言假语假面人

一句“容后再议”的许诺，让伯希和一等就等了好几天，等来等去就像“泥牛入海无消息”。按照丁金泉的叮嘱，他不便去找，不便去问，成天等候在客栈里又烦又闷。瓦兰劝他对不重信誉的人莫存奢望。努埃特催他起程东行，莫浪费时间。但就在伯希和心烦意乱、举棋不定时，丁金泉又出现了，他来传达澜公爷的话说愿意与伯先生单独再议所提的事，地点在公爷府内，时间是当天晚上。

载澜为何久拖不见伯希和呢？原因很多，一是他在京城时，常与洋人们打交道，深知他们中的一些人霸气十足，野心勃勃，心性贪婪，到中国来往往别有所图，伯希和嘴上说是寻访，骨子里显然是想盗骗中国的古代文物，对这样敏感的容易激起众怒的问题，他不得不小心谨慎，三思而后行；二是他与一帮官员们兴有轮流做东的辘轳会，日有游宴，夜有笙歌，也是忙得不亦乐乎，幸好遇上忌辰停会一日，他才忙里偷闲，安排约伯希和密谈。

当天晚上，丁金泉来客栈把伯希和悄悄地从后门引入公爷府书房，待送上茶点后，载澜呵退仆从，独自和伯希和围着火炉，促膝密谈。生性多疑，又善于明争暗斗的他，唯恐室外有耳，除安排丁金泉把门外，又打开留声机以防有人窃听。

由于高声播放的音乐、戏曲声的干扰，载澜与伯希和到底密谈了些什么问题？达成了什么共识？相互间许了什么愿？碍于他们间立有君子协定：“不得记述、不得外传”，所以始终是个谜团，就是以后接触过此事的人，也只能从他们的只言片语和所作所为中略略看出一点儿端倪。

当夜，丁金泉把伯希和送回了客栈。第二天中午，载澜起身后，就叫他进书房对他布置：“伯先生要个人陪同他去敦煌莫高窟，以便必要时在肃州、安西官府替他疏通关节，免受阻碍。想来想去，我看派你跟去最合适，一是你与伯先生早就相识，此次来见也是你牵的线、搭的桥；二是肃州、安西那几位满汉官员你都见过，知道你的身份，不带我的手札也能说得上话；三是顺便去寻寻你那失散的妻小吧！不是早就听说她们流落到甘肃了么？找到了把她们接过来，我会关照的。”

提起妻小，丁金泉不免一阵心酸。几年前，八国联军攻入京城后，他便与夏莲失去联系，兵荒马乱中，打探不到一点儿确切的消息。先是听说已为他生了个女儿，后又听说有人见她在肃州街头卖过艺，他多次想去寻亲，一直未得澜公爷允准，此时听说派他去敦煌，虽然激动得连声谢恩，但出自对主子的忠诚，仍习惯性地吐露了对洋人作为的担心：“这伯先生可信么？”

其实，丁金泉的话正说到载澜心坎儿上：“是呀，不少洋人诡计多端，过河拆桥，卸磨杀驴，毁约失言的勾当他们全都干得出来。”

“伯先生立了什么契约吗？值得公爷如此关照。”丁金泉出自关心地问了一句。

载澜自觉有些失言，但要派心腹出去办事，又不得不多交代几句，稍作思考后才说：“伯先生保证把他此去敦煌探得的东西如数运来迪化，先让我过目挑选，虽说我对古董并不欣赏，但京城里有人喜欢，我想送些上去，也许能讨个欢心。”

载澜的话虽未挑得很明，但常在他身边的人，知道他这些年来心系帝都，梦寐以求地期盼慈禧太后加恩赦罪，早日重返京城，因此他要送什么上去，讨什么人的欢心，那不是不讲自明么？

丁金泉领命后进行了一些准备，等他随伯希和一行迎着飘飘洒洒的鹅毛大雪，踏过千里冰封的戈壁荒漠到达敦煌时，已近 1908 年 2 月下旬了。

雪霁天晴，一轮红日从三危山上升起，遍地银雪在鸣沙山下闪闪发光。莫高窟中寺以南的空地上，已经支起了伯希和的圆帐篷。

“五层楼”大雄宝殿前，三青挥起木锨在扬雪，滢珠、韩辛、韩茹舞动笤帚在扫路。孩子们一边扫除一边嘻嘻哈哈地闹腾，竟至相互追逐，互相扔掷雪团，打起雪仗来。

丁金泉从搭设帐篷方向走来，看见眼前的情景，当即为孩子们天真活泼的稚气所吸引，禁不住停下脚步立在一旁观战。忽见经不起攻击大败而逃的滢珠滑倒在地，韩辛、韩茹急忙上去拉她，她吃了败仗，干脆赖在地上撒娇，边哭边嚷：“俺告诉娘去，两人打一个，有啥本事？”一个“俺”字，那么熟悉，那么亲切、那么动听，当即勾起了丁金泉久久埋在心底的乡情，不由自主地快步上前把滢珠扶起，一边替她拍去身上的雪尘，一边关切地问："小妮儿，摔疼了吗？"

滢珠擦了擦眼睛，见扶她的是一位陌生人，当即转哭为笑，腼腆地小声回答："不疼，没摔疼。"

"没摔疼就好。"丁金泉也跟着笑了笑，随即又下意识地发问，"你不是本地人吧？"

"咋不是，俺们都是。"滢珠一面辩解，一面指着走过来的三青，"不信你问他。"

三青把木锹插在雪堆里，主动迎上答话："他们一家都是，就我不是，我是西藏人。"

丁金泉不免奇怪："西藏人！你怎么到这儿来了？"

"他是这儿的小师父！""还是小道长哩！"孩子们七嘴八舌地嚷了起来。

丁金泉上上下下打量三青："小师父，你们王道长在吗？"

"你认识他？"三青也左右审视丁金泉，见他频频点头，方才回答，"师父进城化缘去了。"

"化缘去了！"丁金泉深感意外，"啥时能回来？"

三青说："没准儿，少则十天半月，多则两月三月。"

丁金泉一听心里凉了半截，求告道："小师父，我有点儿急事，哪儿能找到他？"

"有啥急事？等他回来不行吗？"三青一副漫不经心的样子。

丁金泉急中生智，从上衣里摸出一个封信在三青眼前晃了晃："安肃道台衙门有急信给他！"

三青又仔细地瞅了瞅丁金泉，见他一身差人装束，言谈举止态度平和，害怕真有啥重要的事给耽误了，这才告诉他："师父进城常去城西的西云观，你真要等不及，就去那里碰碰运气吧！"

丁金泉听后十分扫兴地返回帐篷去向伯希和回话。韩辛、韩茹、滢珠、三青扫开一条雪路后也一窝蜂拥进 16 窟右厢房，争先恐后地向暂住在那里的秋莲报告了方才发生的事情。秋莲问过情况后便对三青叮嘱："又快开春了，人来人往很复杂，你韩大哥在牢里都放心不下藏经洞，如今他不在了，王阿菩又出去了，过两天俺们回去后，你得多留个心眼儿。"

地处敦煌西郊的西云观，因距县城较近，故游客甚多，香火甚旺，特别是每年的三月三踏青，游人纷至沓来，更是盛极一时。

从迪化到肃州到安西一路顺利的伯希和，没想到造访莫高窟时很不凑巧，为了尽早见到王道士，他带上丁金泉急匆匆地找到了西云观。眼见寺院里游人不少，很爱表现的他也故作斯文，时而摇头晃脑地评赏墙上的彩画，时而长声悠悠地朗读柱上的楹联。寺院的住持老道见他身着华贵的长袍马褂，一副文人墨客的样子，身后还有差人紧随，不知是哪儿的达官贵人来临，当然不敢怠慢，连忙上前施礼相迎：“欢迎施主光临！”

伯希和见有老道迎上，一边答礼一边问：“请教道长，贵寺因何得名‘西云观’？”

对于这个常被远来客人提出的问题，道长自有一套传奇的说法，当即从容而答：“本寺始建于雍正八年，原选址于县城之南，并已放线打桩，但不想一夜大风过后，大殿殿基线桩竟然神不知鬼不觉地飞来此地，显然是天神之意，定不可违，便在大做法事后破土动工。时值炎夏，烈日当空，酷热袭人，谁知自动工之日起，每天都有一朵祥云从西天飘来，高悬于晴空之上为工匠们遮阳，众人惊喜不已，为感念上天之德，即命寺院为西云观。”

伯希和听过回答后，似有轻慢之意，随口评说道：“啊！如此说来，寺院建成不过 170 余年，这些绘画、题联也就算不上古老之作了。”

老道很不服气地指着一侧偏殿说：“施主如欲访古，请随贫道那边去看。”

伯希和、丁金泉跟着老道进入偏殿，一些爱凑热闹的香客游人也跟了过去，直到一面粉墙前，老道才停下脚步指着墙上的题诗介绍说：“这墙上的诗虽是建寺后后人所书，但据说都是千年前唐人留下的古诗。”随即斜视着伯希和像是有意盘诘：“施主既好古老之作，想必能识此诗吧？”原来老道所指的是一首十字图诗：

大
漠
逢
甘
八方来拜霭露润万载
烟
化
地
入

伯希和对中国的诗歌略有所知，老道的诘问当然难不住他，他面对着围观的人群清了清嗓子，举手指点着墙上题诗放声念道：“大漠逢甘雨，入地化烟霭。八方来拜谒，雨露润万载。”

伯希和念罢，迎得人们一阵喝彩，连跟进来的王道士，也露出赞赏的目光。老道见十字诗没把伯希和难住，接着又指着另一首题诗考问：“施主请再念念这一首。”老道所指的是一首离合图诗：

	昌	
楼		望
	出	
祥		云
	朋	
辈		来
	问	
真		人

这首诗也没有难住作为汉学家的伯希和，他在研究中国诗歌时，见过此类雕虫小技，所以他望着题诗稍加思索后，便朗声读了起来：“日日昌楼望，山山出祥云。月月朋辈来，门口问真人。”他的读声刚停，又博得热烈的掌声。连一心想治治伯希和傲气的老道，也不得不心悦诚服地夸奖：“施主真是见多识广，佩服佩服。”

一旁的丁金泉见状，也不失时机地为他捧场：“道长，像这种读文断字的事，对这位通晓 13 种语言的博士先生来说，那真是不费吹灰之力，轻而易举的事。”

听过丁金泉的吹捧，人群中惊叹之声不绝。王道士也靠至近处打量着这位才识出众，但眼眶有些深、眼睛有点儿蓝、鼻子有点高的施主。而老道则又是恭维又是道歉：“施主博学多才，贫道多有不敬，抱愧，抱愧，敢问施主尊姓大名？”

伯希和回答：“在下伯希和。”丁金泉接下说：“道长就称他伯先生吧。”不待老道接话，一直在旁倾听的王道士忍不住地贸然施礼问道：“伯先生精通 13 种语言，想必那些用洋文书写的古书也都能辨识吧？”

伯希和十分敏感地觉察到问话道人话中似有所指，当即夸口自诩：“道长，不瞒你说，在下就是专事考察、研究、辨识各种中外古书、古经的。”

“啊，见到先生，真是三生有幸。”王道士听过伯希和的自我宣扬，既显得十分惊讶，也像有些情不自禁。

伯希和趁机探问：“道长，本寺藏有什么洋文的古经、古书需要辨识吗？既是有幸，在下真愿竭诚效力。”

生性胆小怕事、遇事多疑的王道士虽对伯希和有些好感，但萍水相逢，在不知底细的情况下，也恐言多有失，忙不迭地连连摆手，支支吾吾：“没有，没有，随便问问，随便问问。”老道跟上插话：“他是莫高窟太清宫的住持……”

老道的话还没讲完，伯希和便脱口而出：“你就是王道长！在下正想去贵寺拜访。”

伯先生怎么知道自己？他为什么要去拜访？与一个虽有才学但不明身份的人交往是福是祸？被一连串的问题所困扰的王道士出自稳妥的考虑只得回绝：“我现在外为兴建寺院化缘而奔忙，暂时还不回寺，无缘接待先生，真是抱歉，请先生多多见谅。”

伯希和专程来访，哪能就此罢休，听王道士提起为兴建寺院化缘，又曾在莫高窟见过尚在建设的寺院，灵机一动，当即表示：“王道长，在下去拜访，正是为了还愿，想给新寺院做点儿布施，不知道长何日才能回去？”

听说要去布施，王道士当然不会谢绝，这才勉强回答：“快了，快了，也就再过几天吧！”

秋莲带着三个孩子从莫高窟回到兴隆客栈后，一天正与夏莲在柜上算账，滢珠掀开门帘进来对她说：“姨姨，刚才又见那个人了。”

秋莲问：“哪个人呀？”

“莫高窟见过的那个当差的。”

“在哪儿见他？”

“在大泉哥家门前，他跟一个鼻子高高的人从那儿经过。”

“鼻子高高的，是洋人吗？”

“也不知是不是，反正就是鼻子有点儿高。”

“又问你啥了？”

“啥也没再问，只对俺笑了笑。”

原来是丁金泉随伯希和自西云观返回，骑马经过宋福家门前时，见滢珠、韩辛、韩茹、大泉正在屋旁扔沙包、玩游戏，禁不住勒马观望。伯希和知道此行他顺便要寻找失散的妻小，见他看得出神，便怂恿他过去仔细看看像不像自己的孩子。可丁金泉却摇头表示不可能，原因是听说妻子只给他生了一个女儿。伯希和替人操心地分析，多少年音信断绝，难道人家不会再嫁，再生上几个？丁金泉打保票说她绝不是那号人。伯希和知道中国女人有“从一而终”的传统观念，不过他仍然建议丁金泉过去问问，万一是“儿童相见不相识”，错过好机会，将铸成终身遗憾。恰在此时，孩子们玩的沙包掷到了丁金泉马下，滢珠跑过来又不敢去拾，丁金泉跳下马背，拾起沙包递给滢珠，见滢珠露出天真烂漫的笑脸，也情不自禁地以笑相答。这就是滢珠所说的

"啥也没再问，只对俺笑了笑"。

夏莲听着他们的对话，就像"丈二和尚摸不着头脑"，忍不住问他们在说谁？听秋莲讲过事情的原委，她不免流露出几分关切地自语："也许人家是在找什么人吧？"滢珠天真地问："会不会是俺爹找来了？"夏莲不假思索地断然否定："不会，你爹不会跟洋人当差。"滢珠噘起小嘴："哪他咋不来找俺？"

是呀，七八年了，他咋就不来找哩？滢珠的话触动了夏莲的情思，她思前想后，直到夜深人静，孩子们早已进入梦乡后还斜靠在炕头上默默沉思。秋莲关切地问她是想姐夫了吗？她深深地叹了一口气回答说："能不想吗？过去多少年了！滢珠都长这么大了还没见过他的面，我都快老了，还不知要等到哪一天？我也在想，他怎么也不来找俺们？"

秋莲宽慰道："你也得替姐夫想想，他吃粮当兵，能随意行动吗？再说新店台这个地方又偏又远又小，俺们又很少抛头露面，姐夫就是打从门前经过，也不知道你和滢珠就住在这兴隆客栈里呀！"

夏莲觉得妹子的话也有道理，心想是不能守在这儿干等，应该去新疆找他。

伯希和回到帐篷里等了好几天也不见王道士的人影，他一天两三次派丁金泉去打探消息，都只能得到三青的同一回答："没回来。"

一天中午，天朗气清，地上的积雪也渐有消融。丁金泉不声不响地来到94窟前，见三青正蹲在门前，聚精会神地在沙盘上练习写字，便轻声地走到他身旁问："小师父，王道长回来了吗？"

三青早已听惯了这句问话，头也不抬地按老样子回答："没回来。"

丁金泉捉摸不透，有些报怨："怎么还不回来？说是再过几天，这一晃就是好几天了！"

三青照常练字："你就耐着性子等吧，人家都说这里可是个修身养性的好地方。"他没听见对方答话，接着又说，"其实呀，修寺院的那些匠人师父比你等得还急。"

三青无意冒出的话，引起了丁金泉的兴趣："他们急什么？"

"他们等师父化缘回来发工钱，你没见都快停工了。"

"啊，原来是这样！"丁金泉不再问王道士的事了，他似想离去，但迟疑了一下，干脆蹲下，转了个话题，"小师父，再向你打听一件事，前些日子跟你扫雪的那小妮儿回家了吗？"

"回家了。"

“她家在去县城的路边上？”

“你怎么知道？”

“我去县城回来又见了她。”

三青停住练字，抬起头，双目直逼丁金泉：“你没安好心吧，怎么老盯着人家？”

丁金泉憋着满腹心事总想找人倾诉：“不瞒你说，我在找我的一个小妮儿，按年龄跟她差不多，快八岁了。”

三青关心起来：“你把她丢了？”

“不是。”

“让人贩子骗走了？”

“不是。”

“那准是你把她送人了！跟我一样，爹病死了，娘养不活我就把我送给了寺院……”提起自己的身世，三青也禁不住地伤心。

丁金泉也有几分伤感地表白：“我哪里舍得把她送人！”

三青追问：“那是到哪儿去了？”

“我也说不清。”丁金泉双手捂着自己的脸，陷入了痛苦的回忆，“那时候，洋人入侵，战火纷纷，只听人捎信来说给我生下了一个又白又胖的妮儿，可连一面都没见过，就再也找不到她娘儿俩的下落了。”

丁金泉思女之情，引起了三青的同情，他立起身来，做出大人的样子拍拍胸脯：“我也帮你找！”接着他又学着师父劝人向善的口气说，“人生一世，悲欢离合，也是前世所修的，命中注定的。你来到这佛地仙乡就该多烧烧香，多拜拜神，求得神灵保佑，既修今生，更修来世……”三青的劝善之词尚未说尽，忽听传来一阵蹄声，他抬眼远望，见师父骑驴归来，大喊了一声：“师父！”扔下丁金泉，拔腿便跑……

丁金泉见是王道士回来，也是喜出望外。因为按澜公爷指派，明里说是准假让他寻亲，与伯希和等只是顺便同行，实际上限令他只有在伯先生的事办完后才给他一点儿自主活动的时间，所以他也急切地希望伯先生的事早日完成。

当晚，在一盏油灯光影下显得又昏又暗的94窟里，三青已经呼呼入睡，心事重重的王道士还在与“咕噜咕噜”抽着水烟的杨先生交谈。王道士操心的问题有二：一是他此行化缘收获甚微，算来算去手头现有的银子尚不足以完成寺院的土木建筑，就更别说下一步的彩绘、塑像了。本来拖着工程不收尾的辫子好化缘是寺院的惯技，但他又急于建成太清宫；二是当他发现藏经洞中有不少洋文经卷时，就曾想找个能人帮助辨识一下。不过就像“叶公好龙”一样，真的遇上自称精通洋文的伯希和时，他又犹豫起来了：这伯先生到底是个什么人？打开藏经洞让他看妥不妥当？他对杨先生介绍说看样子此人很有学问，他不仅把西云观的楹联读了个遍，连住持道长存心考问也没把他难住，跟随的差人还说他精通 13 种语言，是专门研究古经、古书的‘能人’。

杨先生有些疑惑：“但不知这位能人是国人还是洋人？”

“你也见过他，你看呢？”

“那天偶然碰见是应酬过几句，此人汉语确实流利，讲话也头头是道，但就是鼻子高了点儿，眼眶深了点儿，眼珠子的色气也不对，反正不大像汉人。”

“是不大像汉人，他说是从新疆过来，是‘巴里’（巴黎）人，我知道哈密西北有个巴里坤，还听说古时候西域的通都大邑（今乌鲁木齐）叫别什巴里，看样子他像是新疆人，要不怎么会通晓那么多种语言。”

“他是来这儿进香吗？”

“不清楚，只听那当差的说明天要过来拜访。”

“你答应了？”

“哪能不答应？来这里的人不是施主就是香客，我敢得罪吗？”

“这话也对，远道来人都是贵客，是不能失礼，但我看他们搭起帐篷，还不时进佛窟拍照，恐怕有点儿来头。”

“听三青说，他们还捎来了安肃道台的急信，但又没交给我，也不知是啥意思？”

“是吗？不会是胡吹的吧！”

“唉！我真不知道该怎么对付。”王道士愁眉不展。

杨先生见他有些发懵，主动帮他解围：“这样吧，明天让我替你出面先会会他，咱也学西云观，试试他再说。”

三月天已是初春时分了，大地复苏，阳光和煦。莫高窟 94 窟外放了一张方桌、几把椅子，桌上摆了笔墨纸砚，三青在研墨，杨先生卷起衣袖，提笔挥毫，在书写楹联。

伯希和缓步走了过来不见王道士身影，便让丁金泉去问三青，得到的回答是王道士在路上受了风寒，正躺在床上捂着被子发汗。丁金泉说昨天跟他约定今天伯先生登门拜望，快去通报一下。三青暂停研墨从容答道：“师父吩咐过，他不敢再受凉，一时间起不来，请杨先生接待客人。”杨先生当即搁下毛笔，对伯希和抱拳施礼：“伯先生你好，王道长卧病不起，不能恭候，特地让我代他致歉。”

伯希和被这意外的挡驾难住了，他那容易激动的长脸过了好一会儿才缓和下来，勉强地应付道：“既然道长身体不适，那就好好休息吧！请杨先生代我向他问候。”

“多谢了，多谢了，伯先生请坐。”

“杨先生在写楹联？”

“春天到了，贴副对联，让佛窟也喜庆喜庆。”

伯希和走近方桌仔细地看看已经写好的一副后赞扬道：“好，好，杨先生还蛮有学识。”

杨先生注视着伯希和的表情，很想探探他的虚实：“不知伯先生有没有这份雅兴，也来试试，让我们见识、见识。”

“很久不练，只怕手生，让你们见笑。”十分自负又惯于卖弄的伯希和既想露上一手，又故作谦虚之态。

杨先生把笔递了过去：“好酒不开坛，自然越陈越香，高人不露相，定是身手不凡，伯先生信手拈来也会让佛窟生辉。”

伯希和挡住杨先生送上来的毛笔：“杨先生，你先写，你写上联，我对下联，好吗？”

伯希和的举动，确实让杨先生有些惊讶，本想试试他的本事，没想却反被他将了一军，不得不应战，只得铺好纸，提起笔，瞅瞅伯希和，看看围拢的香客，又望望近处流过的大泉河，远处耸立的三危山，这才缓缓落笔写出一副上联：“三危危峰横陈大泉河前岸”。

伯希和接过笔，客套地说了声：“那我就班门弄斧了！”随即回首仰视了一下身后的崖壁，伸手沾墨润笔，一挥而就，工工整整地对出了下联：“鸣沙沙海簇拥莫高窟后山。”

伯希和应对之快，不仅获得围观群众的掌声，而且令杨先生也不得不对之刮目相看。

杨先生不待掌声结束，接过毛笔，奋笔疾书写出第二副上联：“一曲琵琶弹古今”，书毕后，他心想这上联涉及莫高窟壁画内容，你伯先生纵有多深的学问毕竟初来乍到，恐怕也难以对得贴切。

杨先生正等着看伯希和作难，殊不知伯希和自来到莫高窟后，稍有点儿时间便钻进佛窟研究，所以只稍事思考后便写出了下联：“万尺壁画写汉唐”。不但又赢得了一片喝彩声，而且连杨先生也跟着称赞：“对得好，对得好！真是珠联璧合。”在众人面前显得沾沾自喜的伯希和却一面客气地说：“献丑了，献丑了！”一面又反客为主地挑战：“杨先生，要是还有兴致，就再写一副如何？”

“好，好。”杨先生自己挑起的比试能不应战吗，他再也不敢轻敌，认真地搜索枯肠，这才想出一副与佛教有关的上联，一心想刁难一下眼前的对手，他书写的上联是：“佛以慈悲观自在。”书毕后，他见围观人众都望着似乎有些迟疑的伯希和，不免暗自窃喜，抿嘴笑着想看伯先生为难的样子。

殊不知，杨先生又低估了伯希和，因为这位汉学家既粗通佛学知识，又在北京等地参观过许多佛寺，所以他只稍作片刻思考，又从容提笔对好了下联：“我从欢喜见如来。”

意外的一场对联比试，以伯希和对应如流，杨先生弄巧成拙而告终，为了圆场，杨先生请伯希和明日再来与王道长叙谈。

经过交手后，杨先生再与王道士谈论时，对这位伯先生已是赞不绝口，什么“学识渊博呀”“才思敏捷呀”……越说王道士越是烦躁，心里乱糟糟的，就像想吃鱼又怕鱼刺卡伤喉咙，真不知该怎么处置为好。杨先生见他心神不定，只得替他再出主意。

次日上午，三青像个卫兵似的守候在 94 窟前，几位香客走过来想进窟拜佛，三青礼貌地指着紧紧关闭的窟门，把他们支引开了。大白天紧闭窟门干啥呢？

原来是遇事小心谨慎的王道士和略善谋划的杨先生趁伯希和登门拜访，又安排了一个试探性的测试。他们在窟门里侧靠近窗户的地方摆了一张木桌，桌上放了二三十个卷子，并盖上了一块黄绫绸。伯希和进门后，喝了几口茶，闲聊了几句话后，先拿出一个银锭说是给新建寺院献点儿香火，接着便重述了他在西云观讲过的话，问王道士是不是藏有什么洋文的经书需要辨识？并称如有缘分，他愿竭诚效力。见旧话重提，王道士伸手揭去那遮盖经卷的黄绫绸，微笑着说：“那就有劳伯先生了。”

伯希和对中国的古籍十分内行，他一见那堆古色古香的卷子，便像见到了一堆闪闪发光的宝物，激动万分，但即刻镇静下来，把坐椅拉近木桌，就着木窗的光线小心地把卷子逐一展开，细心地琢磨起来。王道士和杨先生不声不响地静坐一旁，聚精会神地注视着他的举动和表情。丁金泉侍立在他身旁，时不时地伸出手去协助他展合卷子。

置身于特别安静的洞窟里，时间仿佛也过得特别慢，好像过了很久、很久，一直沉默不语的伯希和才开了口，他把桌上的经卷分成好几小堆，并一一指点着对王道士和杨先生介绍哪几卷是梵文的，哪几卷是古藏文的，哪几卷是于阗文的，哪几卷是龟兹文的，说都是西域古国用过的文字。介绍过后又问还有吗？尽管拿出来吧！

所谓眼见为实，当伯希和辨识过桌上的经卷后，从王道士的表情和眼神中可以察觉到他对这位心目中的“新疆人”，可以说已经佩服得五体投地了，但对问及“还有吗？”他又不愿进一步暴露藏经洞的底细，一时拿不定主意，只得推脱说没有了。杨先生见状，连忙岔开话题：“伯先生的才学令人佩服、令人敬仰，敢问先生是自何处得来如此学问？”

伯希和露齿一笑：“北京。”

“伯先生是自京城来？”

“在下过去曾在京城做事，此行是从新疆过来。”

“啊，知道了，是从家乡来。”王道士自以为是地推测。

伯希和点头肯定：“对、对，从我的家乡巴黎来。”说着又把一张照片递到王道士眼前，“道长，请看，这就是在下与澜亲王不久前在迪化的合影。”

“澜亲王！”王道士接过照片端详，十分惊奇。杨先生也把头凑过去，一边看一边对王道士介绍，“澜亲王是当今皇上的堂兄，端郡王的胞弟。”丁金泉也在一旁插话：“伯先生也是澜亲王的兄弟。”王道士听过之后，禁不住露出敬慕的神情望着伯希和：“这么说，伯先生也是皇亲国戚了！”

伯希和一笑置之：“别听他吹捧，咱们还是言归正传吧。”他经过几度与王道士交往，自感时机已经成熟，当即直截了当地探问：“听说道长几年前发现了一洞窟经卷？”

闻言后十分震惊的王道士未加思索，当即脱口而出：“你听谁说的！是印度来访经的‘洋居士’史太英吗？”

伯希和也很惊讶：“是斯坦因吧！他来过了？”

王道士如实告知：“去年来过，你见过他？”

伯希和知道斯坦因近些年来一直在印度和新疆活动，但没料到他已经在自己之前来过莫高窟，一股浓浓的妒忌之心不禁油然而生，真是“既生瑜、何生亮”便连声回答：“没见过，没见过，我没见过他！”

杨先生见王道士说漏了嘴有些尴尬，便接过话题反问道：“那伯先生是在哪里听说的？”

胸中有数的伯希和回应道：“先是在澜亲王府上，在伊犁将军长庚府上，后是在安肃道台廷栋大人那里，这消息确实吧！”

杨先生进一步探问：“不知那几位大人对先生讲了些啥？能否告知一二？”

伯希和感到这位杨先生比王道士狡猾，问话也很挑剔，但为了彻底突破对手的防线，完全赢得他们的信任，争取夺得藏经洞的经卷，他竭力保持着谦和、礼貌的姿态，不愠不火地按照早已编排好的说辞从容对答：“他们说，王道长这里发现了一洞秘藏的经卷，先给廷栋大人送过，未见重视，后拟送省城，因乏财力而罢。据称所藏经卷中不少是用外文书写的，难有辨识之人，特意嘱我赶来助道长一臂之力。”

伯希和精心编串的这一席话，真说得有板有眼，头头是道，既堵住了杨先生的嘴，更触动了王道士的心。原来人家是专为帮助辨识经卷而来的呀！人家如此主动、如此尽心，自己怎么能把好心当成驴肝肺呢？王道士正想做出什么表示，比他心眼更多、城府更深的杨先生，似乎感觉到了他可能出现的动向，为了留个回旋的余地，连忙建议：“王道长，伯先生看了半天，劳神费力，也够累的了，请先生回去休息休息，有话改日再谈吧！”

正有些举棋不定的王道士当然想有个退路，也好从长计议，便顺着杨先生铺的台阶表示：“伯先生的好意，贫道心领了。请先生回去休息，贫道若有求教，改日再去劳烦。”

主人下了送客令，心里很急的伯希和知道欲速则不达的道理，当即装出并不在意的样子暂时告别。出门时，王道士陪伯希和在前，杨先生与丁金泉随后。走不几步，伯希和回头对丁金泉使了个眼色，丁金泉心领神会地立即从身上摸出一封信来递给杨先生，说是安肃道台衙门让他送来的。

第十七章 巧言伪装辨秘卷 引狼入室浑不知

安肃道台衙门送来了什么信呢，是丁金泉对三青提到过的那封急信吗？既是急信为什么早不送交？既是给王道长的为什么不面交他本人？

送走客人后，王道士返回佛窟，一屁股坐在木椅上对杨先生说："看来这伯先生是有备而来，对藏经洞也是知根知底，连几年前我去见廷栋大人的事，他都知道得一清二楚，再瞒他还有啥用。"说话间，他见杨先生在看信，又问："谁来的信？"

杨先生一边看一边回答："安肃道台衙门的那个徐师爷写来的，他提起当年你送廷栋大人的经卷中有些是用洋文书写的，那些东西对于不识洋文的人来说放在眼前像白纸，拿在手里如废物。他说这位伯先生既精通外语又长于汉学，此次前去，正好帮忙辨识，如此难得的机遇，望你好好把握，切莫坐失良机。"

听过徐师爷信中所述，王道士心里矛盾已极，他想这伯先生不仅高贵的身份不假，丰富的才学不假，而且所知的事实也不假，反倒是自己对付伯先生应该是真是假难以掌握了。他心目中的"真"，就是让伯先生进洞去，把存放的卷子翻阅一遍，帮助他分个轻重高下，让他心中有个底，便于今后处置；他设想中的"假"，就是拿出一部分勉强应付一下，打发客人快些离开，以免招惹麻烦。他一会儿假一会儿真，始终拿不定主意，而杨先生知道他的矛盾心情后也不急于表态，只是捧着水烟袋"咕噜咕噜"一个劲儿地抽烟，急得他也忍不住地求告："别抽了，你不能给我出个点子么？"

杨先生放下水烟袋："点子你都有了，信得过你就让他进洞去看看。"

王道士忧心忡忡："看一看也不是不可以，但不知他的真实用心，请神容易送神难呀！就怕他知底知细后别有所图。"

杨先生顺水推舟："那你就搪塞一下，让他走人算了。"

王道士依然愁眉深锁："可这样的能人哪里去找呀？万一失之交臂，也会后悔莫及的。”

杨先生见他顾虑重重，也不便明确表态，又拿起了水烟袋：“你这是前怕狼后怕虎，除了天上的神仙，谁敢给你拿主意。”

提起神仙，王道士灵机一动，心里豁然开朗，这么大的事怎么不求神灵指点呢？当晚，他在八仙宫（5 号窟）里燃烛焚香、敲钟击鼓、诵经祈祷后，跪倒在八仙塑像前，神情专注地打卦问卜。

候立在一旁的杨先生见他如痴如醉、虔诚无比的样子，丝毫不敢惊动，静静地耐心等候，直到他连卜三卦后依然跪地不动，这才靠近他俯身轻问：“卦上怎么说？”他好像没有听见，缄口不语，杨先生不得不追问：“到底怎么说？”他这才慢慢腾腾地回答：“凶多吉少，诸事不宜。”

不吉不利的一连三卦，像天外飞来的三块巨石，沉沉地压在王道士的心上，一夜之中，他躺在床板上翻来覆去，往事如梦，一幕一幕像走马灯似的在他的眼前变幻：

藏经洞打开了，烛光照耀下堆积如山的经卷放射出五彩缤纷的光华；

一袋追讨回来的经卷扔在他面前，方从贼窟归来的韩禄脸上淌着血、流着汗；

张二先生展开经卷后刻意关照：“快装道门，不能让千年古物再遭偷盗。”

严知县不屑一顾地训示：“留在寺里好好供奉吧，再做个‘转经筒’什么的……”

廷栋大人傲气十足地看着经卷直摇头：“要论书法实无足重。”

汪知县指着满洞的经卷冷冷地一笑：“就让它重归秘境吧！”

……

急得一身虚汗的王道士刚从梦中惊醒，但只翻了个身又沉入了梦乡：

奥勃鲁切夫出现了，一时间枪声四起……

斯坦因出现了，他站在新塑的唐僧取经像前得意洋洋……

“小叫驴”出现了，他砸开了藏经洞的木门，洞中的经卷暴露在光天化日之下……

平地忽起大风，一堆堆经卷竟然变成了油灯、蜡烛、铜碗、烛台、银锭，被大风吹得满天飞舞。

……

第二天上午，渴望趁热打铁向王道士发起攻势的伯希和，早早地就在帐篷外等候消息，但意想不到的是丁金泉却回来报告说王道士因有急事进城去了。伯希和对自己来敦煌后的作为，一直充满自信。他觉察到王道士已把他这个高鼻子洋人误认为异族同胞；他感觉到自己的出色表现已赢得王道士的信任；他期盼着水到渠成，能够顺利进入藏经洞去实现他的目标……没料到这个畏畏缩缩、畏首畏尾，看似老实巴交，实则老奸巨猾的老道，怎么刚回来不几天，连个招呼也不打，又一拍屁股溜掉了，看来要征服这个面似无能、貌似无知的穷道士，恐怕还得下一番功夫。他初听消息时，虽然气愤得直跺脚，但很快地便冷静下来布置努埃特和瓦兰抓紧拍照等工作，按照他的打算，莫高窟搬不走的东西要统统拍照，带回去研究；莫高窟能带走的东西要尽量弄到手，带回去收藏。

傍晚时分，穿过新店台的驿道上车马行人已渐稀落，兴隆客栈看大门的陈大爷正欲关门，忽有一位客商模样的青年人骑着一匹枣红马来到门前，陈大爷打量了一下来人迎上去招呼道："客官，有干净的上房恭候你。"随即替客人牵马，把客人引入上房安歇。第二天，客人起身去后院转了转，去马厩喂了他的枣红马，又出门去买了些食物回来后就一直虚掩着房门，斜躺在炕上休息。陈大爷给他送去茶水，并十分礼貌地问候客人打从何处来？准备到何处去？客人回答说他叫石虎是从新疆来办事的，事毕依旧回去。第三天，他仍是喂马遛马，出门进食，其余时间多是虚掩着房门休息。只是有一次陈大爷进去时，他拿出一个银锭请陈大爷交存在柜上，说他觉得这里还舒适，可能要多住些日子。

就在石虎交过银子的那天晚上更深夜静时，秋莲照例提着一根梢棒在院内巡视一圈，瞧瞧院门关好没有？看看客人休息没有？瞅瞅马厩里的草料添加好没有？查查灶房里的炉火压灭没有？她走得很慢很慢，脚步也放得很轻很轻，走一走停一停，注视着四方的动静。忽然一阵低沉的响动声引起了她的警觉，她止步分辨了一下方向，径直去了后院。

此时，黑沉沉的夜空里，点点星光闪烁，静悄悄的院场上，呼呼风声阵起，一位练刀的人武兴正酣。秋莲见状，暗自移步近处偷看，但见那人手中钢刀翻飞，时上时下，时左时右，时进时退，上如冰峰插天，下若雪岭接地，进若白虎下山，退似玉龙探海，一团银光护身，真令人眼花缭乱。秋莲见后不禁暗自称奇，没想到客栈里竟住进了一位武林高手。

秋莲没有惊动对方，但又克制不住自己的惊疑，当即返回卧室轻声叫醒夏莲问："二姐呀，你注没注意前几天来住店那个人？"

夏莲睡意正浓："你问哪个人呀？"

"骑一匹枣红马，个子高高的、肩膀宽宽的、脸膛圆圆的那个年轻人。"

"哟，你把他看得那么仔细，他不是说叫石虎吗，出啥事啦？"

"俺看这个人有点儿奇怪，说他是商客吧，怎么不去县城？说他是香客吧，怎么不去莫高窟？”

“傻妹子，你管得太宽了，难道东来西往住店的过路客都要向你汇报？”

秋莲继续说出她的看法：“不，这个人有些举动很特别。白天俺在后院教孩子们练功，他装着喂马在马厩里偷偷地观看；晚上夜深人静后，又悄悄地去后院练刀，一身刀功非凡，看来绝非等闲之辈！”

听到这里，夏莲才引起了警惕，睡意顿失的她坐起身来：“是吗？那俺们可得多留个心眼儿。”

引起秋莲关注的这位高手到底是什么人呢？原来这石虎也是载澜身边的一个贴身侍卫。自从伯希和带着丁金泉离开迪化后，这位削去爵位流放边城、郁悒不堪、时刻都想重温旧梦的澜公爷，便算计着伯希和的归期，期盼他在藏经洞得手后能如约返回，并遵守诺言让自己过目，也好挑选一些进献慈禧太后，以期讨得欢心，求得宽宥。谁知原定归期已过，这伯先生却像泥牛入海，没有半点儿消息，澜公爷既不放心又不安心，这才密派石虎只身前来探察，必要时与丁金泉暗中联络、接应，但不要惊动伯先生。

石虎进住兴隆客栈后，看似常在客房休息，实则借着外出进食、外出遛马之机，多次到通往莫高窟的岔路口，装出要去那里进香的样子，打听那里的情况。当他获悉那里搭有一顶圆帐篷，并有洋人出现时，他既想去找丁金泉，又怕被伯先生发现招惹是非，搅乱澜公爷的部署。犹豫再三，他终于还是踏上了去莫高窟的土路。

事有凑巧，就在石虎去莫高窟的当日，王道士进城转悠了几天后也正好返回，他骑着毛驴、低头想着心事慢慢腾腾地正向前走，忽被牵着枣红马的石虎挡住并施礼恭问：“请问，道长是回莫高窟吧？”

王道士勒着毛驴，看看挡道的人：“是的，施主要去上香吗？就请一路同行吧！”

石虎指指枣红马，面露难色：“走不了啦！方才不慎马蹄扭伤，看来是不便前行了。”

“啊，那就改日再来吧！”王道士准备继续赶路，可石虎仍挡路不让，他只得再问：“施主还有什么事吗？”

“道长，不瞒你说，我去莫高窟一来是进香拜佛。二来是我途中有难时，借了朋友一点儿碎银，听说他现在正在那里，我这又去不了，想与道长结个善缘，烦请代为转交，道长不会推辞吧？”石虎不待王道士表态，随手取出一只装有碎银的小钱袋。

王道士婉言拒绝：“啊！那里香客游人众多，谁知哪位是你的朋友，银钱大事，万一送错了人怎么办。”

“道长不用担心，我那朋友身材魁梧，一身差人装束，他们那顶圆帐篷也很好辨认，肯定错不了的。”石虎干脆把钱袋递了过去。

王道士若有所悟：“你那朋友是跟随伯先生的那位姓丁的差人吧？这人我倒是认识。”

石虎肯定地回答：“对、对，就是他，他叫丁金泉。”

王道士勉强接过钱袋：“施主贵姓？”

“免贵，姓石。”石虎让开路后，又是抱拳致谢，又是叮咛，“道长，拜托了，这银子请务必直接交给他本人。”

王道士回到莫高窟，连驴背都没下便直去工地欣赏那已经初具轮廓的太清宫，他越看越兴奋，越看越舒坦，就像在干渴难耐之际畅饮了一捧甘泉，心里头甜丝丝的、美滋滋的。但仔细一看，新寺院还缺门少窗，前前后后，冷冷清清地没几个人干活，他心里又有几分沉重。见他回来，几个工匠停下手中的活计围拢上来，有的说还要几车石灰，有的说还缺门窗木料，有的说吃的粮食快完了，有的讨要拖欠的工钱……七嘴八舌，嚷得他头都大了，也不知道该回答谁的问题，更不知道该怎么回答问题，只好笼统地敷衍：“别急，别急，一样一样地都有安排。”

走出工地不远，见丁金泉就在附近，正好把石虎托付的钱袋交给了他。丁金泉对转交钱袋的事深感意外，猜测是借物联络，急于想去个僻静处打开看个究竟，但他并没有忘记身负的任务，在向道长致谢后便问：“道长，啥时候再见伯先生呀，他一直在等你。”

王道士支支吾吾地回答：“啥时候？等我安排好再说吧！”

其实，王道士回到94窟，擦了擦脸，喝了碗茶，就一五一十地对杨先生和三青讲起他一连卜得三个凶卦后，想出外面去冲冲秽气的经历。他带着伯先生辨识过的几个洋文经卷，遍访了县城和四乡那些有学问的人，竟没一人认识那些洋文；他又挨个儿去药王洞、龙王宫、西云观、文昌宫等寺院上香拜神、诵经祈祷，并请各寺道友辨识那些经卷，但看见那些古怪的文字，一个个也都成了睁眼瞎。失望之余，他再去西云观，跟随那里的住持做了一场法事后，又重新卜了三卦，结果卦卦都是“吉星高照，诸事顺畅”。在王道士心目中，卦意是神的旨意，是万万不可违拗的，既然卜得大吉大利的三卦，他就像吃了三颗定心丸，对伯先生也不再挑剔了，对请他辨识经卷也不再犹豫了，当下便对杨先生和三青宣布：“难得遇上能辨认洋文的人，这是天意，是缘分，今天晚上我们就去把那堵墙撤掉。”杨先生听后表示赞成，三青听后却没有什么反应，王道士一贯是自作主张，对三青说一不二，所以三青有没有吭声他也并不在意。

夜色降临，王道士提着一把镐头走出94窟找三青，蹲在门旁抽水烟的杨先生向北指指说他早就拿着家伙过去了。王道士心想三青这徒弟是长大了，懂事了，过去嫌他小，有啥事从不问他的意见，看来今后再遇见大事也该与他商量商量。他见四下无人，正宜动手，当即招呼杨先生也去帮忙。他们走近16窟，果然看见三青横握着一根长长的木棒，像一尊塑像守候在窟门前。王道士走近说："三青，让我来开门。"

三青没有回应。

王道士挥挥手："快让开，我开门！"

三青纹丝不动。

王道士有些不耐烦了："听见没有？我要开门！"

"师父，莫开！"被逼急了的三青终于憋出了一句带着求告声调的回应。

王道士没料到对自己一贯言听计从，十分驯服的徒弟竟敢顶牛，他不仅感到意外，而且有些惊诧，有些激怒，不禁厉声斥问："为啥不让开？"

面对师父严峻的训斥，三青突然下跪，言辞恳切地陈诉："师父，我知道，你要开门，你要拆墙，你要让伯先生进去，可这墙是韩大哥砌的，藏经洞门是县太爷封的，张二先生、韩大哥、秋莲姐都一再叮咛要我守好洞门，你又要拆墙、又要开门、又要放外人进去，就不怕里头的经卷丢失么？"

情急之中，王道士对三青劈头盖脸地一席话竟不知该如何对付，对徒弟的冲撞又拉不下脸面的他，下意识地举手欲打，但举起来的手又打不下去，幸好杨先生适时地上前解围，挡住王道士劝解："别生气，别生气，你先回去歇歇，这里的事交给我来处理吧！"王道士外出几天十分疲惫，刚一生气，顿感全身困乏，听过杨先生的劝说，顺水推舟，便把开门的钥匙交给他，气得扔下镐头转身离开了。

王道士憋着一肚子气回到94窟，迷迷糊糊地躺在板床上睡着了，当他听见响动睁开眼睛时，已经快天亮了，他见杨先生正靠在木椅上抽烟，便坐起身来问："怎么样了，小犟牛还那么倔吗？"

杨先生笑着说："好了，好了，墙已经拆掉了，他在清理砖头。"

"是吗！那你是怎么把他降伏的？"王道士没想到那么快就解决了问题。

杨先生放下水烟袋："我吓唬他说，伯先生是安肃道台衙门特意介绍来帮助识别经卷的，谁敢不接待。"

"他能相信？"

"我把徐师爷的信给他念了几句，他也就相信了。"杨先生捧起烟袋又抽了一口再接着说："我还给他许了个愿，说是你早有安排，洞门重开后，只要放人进去，就由他把守大门，洞里的东西绝不让外人拿走。"

说话间，传来了丁金泉叫门声，王道士连忙下床，杨先生也放下水烟袋过去开门。

自从得知王道士已经返回的消息后，因几度交锋未能得手已经有些沉不住气的伯希和，整整一夜没睡踏实。他一会儿想这阴阳怪气的王道士到底在玩什么花招，一会儿想对付这古里古怪的老道是不是该另谋良策，一会儿又安慰自己"好事多磨"，还是要沉着应战……好不容易折腾到天明，他怕王道士不明不白地又溜走，便叫丁金泉去堵住王道士，力求讨得一个回话。丁金泉出去时间并不长，而伯希和却像等了很久很久，等得心烦意乱的他，一会儿出帐篷瞧瞧，一会儿回帐篷躺躺，像个热锅上的蚂蚁，急得快疯了。等呀等呀，终于等回丁金泉欢天喜地的向他报告："王道长请你等会儿就去藏经洞。"

"请我去藏经洞？"伯希和不敢相信。

"是请你进藏经洞。"

"啊，真叫人高兴！"伯希和高兴得像发了狂似的冲着丁金泉叫起来："记住，今天是 1908 年三月三日。想起来了，三月三好像是你们中国的一个节日，记得我曾听人唱过一首江南民歌：三月三荠菜花，荠菜花赛牡丹，女人不插无钱用，女人一插米满仓。"伯希和手舞足蹈，还神经兮兮地吩咐丁金泉："出去看看，有没有荠菜花，替我摘一枝来！"

由于企盼的第一步快实现了，大喜过望的伯希和在王道士和杨先生陪他去 16 窟的路上仍然兴奋不已，他多少有些卖弄自己博学似的问："王道长，今天是个好日子吧？"

"什么好日子？"

"传说三月三是王母娘娘的寿辰，今天要在瑶池举行蟠桃会。"

杨先生插言指出："伯先生可能弄错了，王母娘娘的寿辰应是七月初七。"

伯希和仍很较劲儿，他瞟了杨先生一眼，继续说："有书上讲三月三是道教的全真教龙门派祖师邱处机的诞辰。王道长，这大概不会错吧？"

杨先生又接了话："也错了！邱真人的诞辰三月三是农历，今天三月三是阳历吧？"

"对、对、对！我把历法混淆了，真是聪明一世，糊涂一时，太粗心、太粗心了。"伯希和连遭杨先生反驳，锐气大减，这才偃旗息鼓，低着头随王道士前行。谁知走近 16 窟，猛抬头看见三青提着木棒守在门前，不知是何用意，又惊得止步不前。杨先生见状忙加关照："走吧，别担心，这是让他把门，免得香客游人来打扰。"多少有些失态的伯希和这才打消了顾虑，老老实实地跟着王道士进了16窟。

16窟里，甬道北壁由韩禄砌得严严实实用以封堵17窟（藏经洞）的砖墙已被拆除，甬道一侧整整齐齐地堆码着拆下来的砖头。王道士领着伯希和经过甬道径直进入16窟室，在佛像前供桌上点燃香烛后，板着面孔十分严肃地叮嘱："伯先生，藏经洞是佛祖、道君的藏经宝库，谁要进去接触经卷，都得向神、佛发誓，不可有贪婪之心，不可有亵渎之意，谁要违犯，必遭杀身之祸！"伯希和急于见到藏经洞，也没在意王道士说些什么，只是随声附和："我发誓、我发誓！"并毫不犹豫地下跪，对着佛像叩了几个头。王道士见他那规规矩矩的样子，这才带他返回甬道，来到17窟门前，取出钥匙、打开铜锁，推开木门。

在杨先生高举的烛光照耀下，伯希和梦寐以求的藏经洞，终于出现在他眼前，但这个藏经的洞窟远不是他过去见过的书楼、书阁、书馆、书库，更不像他幻觉中机关密布的仙书秘存之地，或金碧辉煌的佛经供奉之堂。呈现在他眼前的满洞窟藏经多而不繁，杂而不乱，虽重重叠叠堆积如山，但上上下下存放有序，真是一座他平生见所未见、闻所未闻地充满了神奇色彩、蕴含秘幻景象的宝窟。对此，他事后有一段记述说："三月三日清晨，入此扃秘千年之宝库。发露迄今，已逾八载，往来搜索，实繁有徒，藏弃之数，意必大减，迨入洞扉，令人惊愕，洞中之三隅，积累之深达二万当有五十，高过人身，卷本二三大堆，至巨大之藏文写本，则以版挟之，推置洞隅。"又说："我简直惊得呆若木鸡。""真没料到经过斯坦因窃掠，这还会剩下这么多。"

正当伯希和目不暇接，被惊得目瞪口呆，看得眼花缭乱之际，王道士庄重地发话安排："伯先生，拜托了，请你在过目时把卷子挑一挑，拣一拣，分别中外，掂量轻重，尽量帮助辨识辨识。杨先生候在厢房关照，三青留在门外把守，你一个人就慢慢地看，细细地看吧！"

王道士离开后，伯希和独自一人待在阴森森、凉飕飕，眼不见天日，耳不闻人声的洞窟里。由于堆积的卷子太多，他只能跻身于狭窄的夹道间，借助于荧荧烛光，一件件地展阅。他暗下决心"要把整个'书窟'检查一下，哪怕是粗略地检查一下也好，至少我必须打开每一件，认识一下它的性质"。

众多卷子的压力，千年古物的魅力，急于获取的动力，使得眼前的卷子像一块块磁石把他深深地吸引住，他忘记了孤寂，忘记了劳累，忘记了时光的流逝，直到杨先生一再催促，他才停止了第一天的翻阅，拖着又困又乏又饿的身子，随着杨先生离开16窟。

回到帐篷里，伯希和就被瓦兰、努埃特、丁金泉围了起来问这问那，他也按捺不住喜悦，一边喝水进食，一边绘声绘色地向他们介绍藏经洞的情景：“我原想那可能是个被人们遗忘的普通藏书库，我还担心曾经来过的斯坦因也许弄去了不少，想不到那里面仍旧堆得满满实实，一捆捆、一袋袋、一层层，摞得密密匝匝的，活像是一座书山，看样子不下二三万卷，真要逐一翻看一遍，少不了也得一年半载。”“一年半载？！”瓦兰等无不惊讶。

伯希和继续说：“杨先生也叫我看快些，说开春后进香的人多，人多眼多，人多嘴杂，就不便让我进去了。我也算了算，就是走马观花粗略地看看，从早到晚一天浏览 1000 卷，也得好几个礼拜。”

“粗略地看看能有啥意思？”努埃特不以为然。

“怎么没意思？”伯希和心想，斯坦因虽已捷足先登，但因不通汉语，只能是道士给啥拿啥。而他作为行家里手，自有挑拣的标准，那就是“非书法精善、非有前人题识及标举之年月，非有特异之处，概从割爱”。“及至涉经论之汉文写本，则不论何类，尽量收罗”。他想说什么又未出口，顺手把空水杯递给丁金泉索要茶水，趁他转身走出帐篷，这才低声说：“你们知道，如此众多的经卷我不可能全部搬走，粗看一遍明说是帮他们辨识洋文的卷子，实则是我要择其精华，把最好的、最古老的、最有价值的挑出来，这才好与道长交涉。”说话间他站起身来，伸手从衣服里一卷接一卷地摸出几个卷子来放进一只空木箱里，并自鸣得意地炫耀轻而易举地就把他最喜欢的卷子弄来了，日复一日，不费吹灰之力就会弄它一批到手。此后，他每天晚上从藏经洞中出来，外套里都是塞得满满的。

王道士哪会料到这位道貌岸然、文质彬彬的洋先生竟会干出如此下作的事来呢？但伯希和的一位助手在回忆此事时的确有一段生动的描述：“他的外套里塞满了他最喜爱的手稿……他容光焕发，喜气洋洋。有一天晚上，他拿给我们看的是一份圣约翰斯托里福音；另一次，他拿来一份有 800 年历史的写一个奇异小湖（敦煌月牙泉）的文稿；再一次是一份有关这个寺院（莫高窟）的账目……”

石虎冒冒失失地托付王道士转交钱袋后的第三天晚上，便按自己在钱袋中所附字条通知的时间，骑上他的枣红马，趁着天黑到莫高窟来了。其实三天前他已经来过，并自远处看见了丁金泉和伯希和的身影，不过为避免引起伯希和的疑心，他没敢露面，这才出现了拜托王道士的事。今夜他虽如约前来，但对能否见到丁金泉，心里仍不踏实，没料到刚走近窟北的一片树林，林中便闪出一个黑影低声呼喊他的名字，他听出是丁金泉的声音，飞身跳下马背激动地与对方抱在一起。丁金泉急不可待地拍打着石虎的肩膀，问澜公爷派他来干啥？石虎说是久无消息，澜公爷不放心，怕有什么意外，命他赶来联络后就留在附近，暗中护卫，保他们平安回去。听说至少还得等一两个月，不免叫苦：“一两个月！那我待在客栈干啥呀？”

“干啥？”丁金泉思虑片刻后，犹犹豫豫地问能不能替他办件私事？

“怎么不行，什么事？大哥的事就是小弟的事，大哥尽管吩咐，反正闲着更难受。”石虎爽快地应承。

丁金泉又迟疑了一会才开口：“你能不能去肃州、甘州走一趟，替我打听一下你嫂子的下落，几年前有人见过她在那一带献技卖药。”

石虎有些为难：“我没见过嫂子，不知她啥模样？就怕遇见了也不认识。”

丁金泉描述道：“她比我小几岁，山东口音，一身好武艺，卖的药肯定是她家祖传的东岳泰山‘百宝丹’……还有，她带了个小妮儿，该有八岁了……”

“等等，等等，我住的客栈里见过一个年轻媳妇，约有二十一二，远处听见说话就带山东口音。”

“不像，你嫂子该有二十五六了。”

“那媳妇天天练功习武，会一手百发百中的飞镖。”

“不对，你嫂子擅长的是双刀。”

“那媳妇带着三个小孩。”

“不会，我只有一个小妮儿。”

“那么多年了，她不会改嫁，再生两个？”

“不可能，不可能，你嫂子不是那号人！”丁金泉断然否定。

就在丁金泉、石虎夜商寻人事时，兴隆客栈里，夏莲正约着秋莲一道悄悄地步入后院，想暗中探看石虎练刀。谁知前些日子夜深人静时刀光闪闪的院场上，此时除了轻轻的风声和远处传来的狗叫声外，场地里一片静寂，空无一人。

这个住店以来夜夜坚持练刀的人怎么忽然不练了？出了什么意外吗？直到次日早上秋莲问过看门的陈大爷后才破解了她心中的谜，但随即她就被另一道谜迷住了。原来陈大爷说石虎是昨天傍晚骑马出去的，半夜才回来，今天赶早又走了，说是有要事去肃州、甘州找人，他预交的银子就挂在账上，过上个把月他还会回来。秋莲心想，这人武艺高强却藏头露尾，昼伏夜出又行色匆匆，说是要找人，找什么人？亲人、故人、恩人还是仇人？说是有要事，是什么事？是官事纷争、是银钱纠葛？是武林恩怨，还是难解的情缘？实在叫人捉摸不透。秋莲有啥事总爱找姐姐聊聊，可夏莲又笑傻妹子管得太宽，说人家急着找人管你啥事？对二姐的话不太服气又爱动脑子的秋莲，突发联想，她逗趣地问："二姐，会不会是姐夫派人来找你呀？"

触及心事，夏莲不能无动于衷，她想了想叹息道："按说他不会忘记俺娘儿俩，可他当兵吃粮身不由己，哪还有资格派人来呀！"

秋莲关心地建议："二姐呀，又开春了，去新疆的商队又该出发了，你就去找一趟吧！盘缠早存够了，客栈有俺经管，滢珠有俺关照，你还有啥不放心的？"

"放心、放心，俺是想……"

"还想啥？都想了七八年了，再拖着不去，你就不怕姐夫在那儿娶个梳小辫儿、戴花帽儿的？"

"不，不可能，你姐夫不是那号人。"夏莲嘴上这么说，但心里却在想，"是该去找找他了。"

伯希和每天按时进出藏经洞，他曾在归国后的报告中说："秘藏的写本主要部分为中文著作，佛教经典最占多数，然其中亦有史籍及哲学论著，梵文本、回纥文本、西番文本亦掺杂焉，即犹太之希伯来文本间亦有之。""实古物中之无价珍贵品也。"

他在回忆录中十分自信地说："我没有放过任何一件主要的东西。我不但接触每一份手稿，而且还翻阅了每一张纸片。"

他一方面争分夺秒地翻阅，挑选经卷、文书，一方面又暗自策划如何避开杨先生和三青，让努埃特进洞去拍照，以便在他今后获得经卷，对外公布宣扬时，作为他曾亲临洞窟考察研究的佐证。

伯希和在藏经洞中翻阅、挑拣经卷文书

一天上午，杨先生从16窟出来招呼三青跟他回94窟去吃饭。提着木棒一丝不苟地守候在窟门前的三青指指洞门，压低嗓门说："咱俩都走了，不怕……"杨先生不以为然地接话："有啥可怕的，一个多月了也没出啥事。再说，他来来往往都得从我们住处经过，有啥事一样能看得住。"三青也想自从伯先生进洞以来，这人倒也老实，进进出出不仅十分礼貌，而且笑口常开，显得和蔼可亲，不再让人反感。自己守在门口，倒真像是为了不让香客游人打扰他，而不是防范他了。就这样，三青跟杨先生离开了。谁知他们前脚刚走，按照伯希和的安排早已隐蔽在绿树丛中等待时机的努埃特，便在瓦兰的警戒下，迅速地抱起照相机钻进了 16 窟。

藏经洞里，身着咖啡色粗条绒短装的伯希和蹲坐在经卷堆积的书山之下，一只蜡烛的微光照着他长久未理的头发、照着他多日未刮的胡须、照着他因在阴暗的洞窟里不懈地翻阅而深陷的眼睛和发黑的眼眶。那贪婪的欲望，那执着的追求，那锲而不舍的精神，那不达目的誓不罢休的决心，无不展现在他专心致志、一丝不苟的眼神里。

在窟室狭窄的空间里，努埃特一边选择角度，调整焦距，精心地为伯希和拍照，一边又问："那道长为什么不让进来拍照？"

伯希和头也不抬："这个如此神秘、如此古老、如此丰富、如此令人不可思议的藏经秘窟，对世人来说仍然是个秘密，那道长轻易地怎么肯让它暴露。"

"那你为什么一定要拍照？"

"为了证明我的智慧、我的才能、我的决心、我的勇气、我的毅力和我的机遇，证明我是世界上第一个进入秘窟考察鉴定的探险家、考古学家、汉学家，证明我亲手翻阅过几万卷会叫那些老朽们眼红、眼馋、心动、手痒的宝物。"伯希和一刻也没有停止工作，但却一泻无余的吐露了他心中的抱负。

镁光灯闪过，努埃特似乎听见门外传来瓦兰发出的信号，担心地问："不怕道长来撞见吗？"

"不怕，他只管早上开门晚上锁门，白天很少来过问。"伯希和话音未落，突然响起了敲门声和王道士的呼唤声："伯先生，开开门！"努埃特听见叫门声既很紧张，又暗自庆幸刚才进洞时顺手把门闩插上了。伯希和听出是王道士的声音，却显得很镇静，他低声吩咐努埃特："别动，别出声！"随即吹熄蜡烛起身出去开门，果然，王道士连门都没进，被伯希和堵在门口应酬了几句就把他打发走了。

夏莲和丁金泉在战乱中失去联系已经七八年了。当年她带着妹妹和滢珠一路追踪寻亲西行，经风历雨，风餐露宿，历尽千辛万苦，饱尝人间冷暖，经历重重压力，遭遇种种磨难。当她们幸遇朱掌柜，暂留兴隆客栈后，先是顾及去新疆路途艰险，滢珠体弱不宜上路，后是因朱掌柜病重，不便离去。再其后，又因积攒盘缠，又是照看客栈……诸多琐事干扰，有意无意地使得她把继续西进寻亲的时间一拖再拖，那份心思就像一再遭受雨水浇淋的山火，虽然不断地冒着浓烟，却难以形成燎原之势。想不到秋莲的提示，又煽起了她久郁心中的激情，“是该去找他了”的心声，促使她积极行动起来，很快地便联系到敦煌城里大商家“戴字号”一支驼队要去新疆易货，戴家的一位少奶奶要去迪化省亲，夏莲见是好机会要求同行，少奶奶也希望多一个女伴好互相照应，当即表示欢迎。

一切都准备停当后，忽又传闻西行途中星星峡一带近期常有强人出没，不太安宁，但已经装载好的商队不宜久待，便按原来择定的一个“宜出行、宜经商”的好日子，准时于子时三刻从敦煌县城迎着朦胧夜色踏上了远途。当这支满载的骆驼队和一辆挂篷的马车经过新店台时，已是晨光熹微时分。早早地已经收拾好行装，备好马匹，等候在兴隆客栈门前的夏莲，不厌其烦地把家里的事向妹妹交代了又交代，叮咛了又叮咛，秋莲也千言万语地关照姐姐一路保重。临要分手了，上马前、夏莲又俯身抱起滢珠亲切地叮嘱：“记着，娘不在家，你要好好地听姨姨的话。”滢珠难舍难分地搂住夏莲的脖子，眼泪汪汪地应承：“记住了，娘早点儿回来，找到了俺爹，说俺想他，俺还不知他啥模样呢！叫他快回来。”滢珠的话让夏莲心酸，紧紧地抱着滢珠不肯松手。刚好篷车驶过，赶车的把势高声传话：“快走啊，快跟上！”夏莲这才放开女儿，从秋莲手中接过缰绳，依依难舍地跨上马背，一步三回头地缓缓离去。

目送着频频回首的夏莲随着驼队远去，渐渐地在驿道上消失，秋莲心里突然感到空落落的，她拭去眼角的泪痕领着几个孩子返身进门时，看门的陈大爷又迎上向她汇报：“住店的石虎昨晚回来了！”

秋莲顺口问：“他找到人了吗？”

陈大爷也闹不清楚：“他半夜回来，天不亮又出去了，没说几句话，也不知他找到没有？”

秋莲慨叹道：“啊，又是来去匆匆，真个怪人！”

春回大地，莫高窟前林木新绿，野花绽放，越过寒冬的原野又恢复了勃勃生机，只是王道士倾心营造的太清宫却因财力不济、材料短缺而处于半停工状态。没事可干的几个工匠晒着太阳在墙根下闲聊，看见王道士走来，一个个露出抱怨的神情，你一言我一语地发开了牢骚：

“道长，你叫我们待料、待料，到底要待到哪一天呀？”

“干脆开了工钱让我们回家吧！”

“把我们都愁死了，可道长你怎么一点儿也不急？”

谁说王道士不急，别看他脸上总挂着一丝憨笑，心里却像打翻了五味瓶，甜、酸、苦、辣、咸，实难说是什么滋味。他曾对杨先生诉苦说实在没想到修个寺院要花这么多银子，真成无底洞了。

杨先生反怨他许下那么大的宏愿，修得那么大，修得那么好，又是油漆，又是上彩，又要塑神像，又要绘壁画，真是没完没了。对此批评，王道士只能归结为自己也是赶鸭子上架，头一次干大事，要办的事太多，想不到的事更多，想不到欠了货款店家不再供料，想不到欠了工钱匠人们成天追逼，想不到施主们也有难处，更想不到连自己也快要山穷水尽了！杨先生见他有些丧气，又一个劲儿地宽慰他："山重水尽疑无路，柳暗花明又一村"，有神灵保佑、没有他过不去的沟沟坎坎。王道士心想杨先生的话也在理，他能在茫茫荒漠中找来莫高窟，能在千百个佛窟中打开藏经洞，能凭着四方化缘兴建太清宫，能在被"小叫驴"抓去后又平安地出来，这一桩桩一件件大事不都是神灵保佑才得以绝处逢生、左右逢源么！

果然，就在王道士募集的善款耗尽，太清宫工程面临停工威胁时，伯先生又看准时机向他表示要捐些银子资助他完成建寺大业。当丁金泉奉派将几个银锭送交王道士手里时，并未提任何条件，等到王道士接过银子后才要求寺院购料时顺便替伯先生买些木板回来。王道士也没考虑他要木板干什么，满口应承了下来。接下来不过两天送料的马车来了，太清宫工地又热热闹闹地恢复了生气。

而就在这时，刚返回兴隆客栈的石虎也匆忙赶到莫高窟，急欲见到丁金泉，以告诉他肃州、甘州之行的情况。为不引人注意，他把枣红马拴在林间空地上吃草，自己混入香客游人中四处转悠。但刚走到工地拐角处，冷不防撞上低头走来的王道士，由于回避不及，只得硬着头皮迎上招呼。王道士闻声抬头认出是托他捎过东西的人，连忙告诉他钱袋捎到了，并给他指点了丁金泉的住处。

就这样，丁金泉和石虎又相见了，为了避人耳目，他们走过大泉河后才在一块坡地上停下来细谈。没想到这一情景，正好被在莫高窟崖壁上测图的瓦兰从经纬仪的镜筒中看了个一清二楚。

第十八章 五百纹银表“功德” 六千古卷漂洋去

瓦兰意外地发现丁金泉，十分惊讶，心想今天安排他在一个小洞窟里督促木匠做木箱，他怎么跑到大泉河对面去了？接着再看，不免疑窦顿生，因为丁金泉身边还有一个陌生人，而此人在他们去慕圣泉拜访时在澜公爷身边出现过。

丁金泉与陌生人暗中会见的异常举动，引起了瓦兰的警觉。傍晚，当伯希和回来，激动地对身边人宣布他已经将藏经洞的三四万份卷子，无一遗漏地翻阅过，并炫耀这应是世界考古史上前所未有的惊人之举时，众人纷纷向他祝贺。热闹了一会儿，待帐篷里只剩下伯希和、瓦兰和努埃特三人，伯希和也从亢奋的状态中平静下来后，瓦兰才把他的发现讲了出来。此话一出，伯希和深感震惊，他不明白澜公爷为啥要派人来暗中与丁金泉接触？是不是设有圈套、布有陷阱？他稍事斟酌后，低声告诉两位伙伴：“害人之心不可有，防人之心不可无，澜公爷既派密使就暴露了他可能有密谋，我们也就不得不防。从今以后要留心丁金泉的一举一动，除了让他督促做木箱外，其他的事，事前一概不能让他知道！”

丁金泉与石虎谈话时，由于是在大泉河东岸三危山下的坡地间，周围没有任何香客游人，再加上他一直关注于石虎叙述帮他寻亲的经过，所以对远处瓦兰发现他们的事毫无察觉，直到他担心溜出来时间太久，怕惹起疑心，才与石虎分手，并约定了几天后再会面的时间、地点。丁金泉转身欲返时，忽见左侧不远处土堆上有一团白色的东西在微风中颤动，他好奇地斜步过去，直到近处方才看清那团白色原是盖在坟堆上的一件光板皮衣，坟前被乱草半掩的墓碑上显露出“亡夫”两个字。由于石虎替自己寻亲无果，心中充满忧伤与凄苦的他不禁暗想，当哪一天自己没入黄土时，重情义知冷暖的爱妻，也能给自己的坟头盖一件抵风御寒的皮衣，以表爱恋，以寄哀思，那就

心满意足，死而无憾了。

丁金泉的行动不慎被人怀疑，已经是够倒霉的了。没想到石虎的遭遇比他更惨，竟然在返回新店台途中，因马惊而摔成重伤，幸遇路人搭救才将他送到兴隆客栈。陈大爷把他安顿后去请大夫，大夫不在，只得去找秋莲，秋莲听说摔得不轻，拿起药包便随陈大爷去了客房。本来躺在炕上疼得直哼哼的石虎见陈大爷领来的是那个早晚领着三个孩子练武、白天常去马厩喂马的年轻女子，不好意思再哼叫，但却问陈大爷请的大夫呢？陈大爷指指秋莲。"她就是大夫？"石虎斜瞟了秋莲一眼露出很不信服但又无可选择、很不情愿但又无可奈何的神情，十分勉强地接受了秋莲对他伤势的检查，但嘴里却不停地嘟嘟囔囔："哎哟！越弄越疼……你拜过师没有……你会不会呀！"

秋莲没理睬他，仔仔细细地检查一遍后才故意地问："你左手关节脱臼了，要不要给你接上？"

"骨头没断吧？"石虎十分担心。

"骨头没断，但筋骨受损，手上、腿上挫伤不轻。"秋莲平平静静地回答。

石虎打量着秋莲很不放心："你会接么？"

陈大爷接口说："要不会，我能请她来？"

"那，那你就试试吧！"石虎仍是半信半疑。

治病救人是为医者的美德，秋莲虽不是专职的大夫，但由于祖传对治疗跌打损伤也十分在行，她对石虎的态度未作计较，十分精心地给他接好了脱臼的关节，给他受伤的肩、肘、腕和膝关节外伤敷了药后，又让他服了些"百宝丹"，整整忙了两三个时辰才离去。石虎对她的医术高下虽暂无定见，但对她的认真、她的细心、她的诚挚却不能不敬佩。

第二天，陈大爷陪同秋莲来客房探视，石虎连忙从炕上坐起。秋莲走到炕前关切地问："好些没有？"

石虎老老实实地回答："好多了，好多了！疼痛也减轻了，你给敷的药还真灵。"

"能不灵吗，那是有名的东岳泰山'百宝丹'。"

"你也有这药？"

"俺要没有谁能有？把左手轻轻抬起来，活动活动，让俺看看。"

石虎服服帖帖地举起左手，轻轻地活动后，秋莲又摸了摸给他对接好的关节问："还疼不？你感觉接好没有？"

"好，接好了！"石虎不得不明确表态。

"那你看俺会不会？"秋莲这才吐了一口怨气。

“会不会都让你说了，叫我咋说呀，反正哪天好了，哪天再谢你，放炮挂匾到处给你传名！”

“俺又不对外应诊，不需要谁传名，你好好休息吧！”

“休息多久？”

“俗话说伤筋动骨一百天，我看你先躺上十天半月再说。”

“要躺那么久？！”

秋莲不容分辩，当即叮嘱陈大爷：“你把他看住，别让他起来，更不准他出大门！”

石虎求告道：“天哪！大夫，就不能少躺几天么？我可有急事呀！”

就让石虎躺着疗伤吧！回头再说莫高窟那边的情况。

长时间的接触，伯希和凭着他精通汉语的优势，不仅以学者的身份与王道士打得火热，以帮助辨识经卷的姿态赢得了王道士的信任，而且以施主的面目两次无条件地施舍，特别是第二次那几锭银子，就像雪里送炭，实实在在地给王道士解了围、解了困，真令他感恩戴德。王道士一心想建道教寺院，想把佛窟改造成道窟的“痴心不改”，导致他对银钱的需求“欲壑难填”。伯希和看透了他的心思，摸准了他懦弱的性格，了解了他文化浅薄、迷信深重、胆小怕事，又对古经卷的价值毫无认识，根本不知珍爱的种种弱点后所玩弄的一套“投其

伯希和骗走的部分文物

所好，掌握火候，不急不躁，步步为营”的策略，推进得真是得心应手。他第一次施舍银子是投石问路、是敲门砖；他第二次捐献银子，是铺路搭桥，是吊王道士的胃口。因为他曾派丁金泉去工地了解，知道建寺资金严重不足，缺口很大，给了点儿银子也只能解一时之急。因此，在他对藏经洞的卷子浏览一遍之后，自认已是水到渠成，便直言不讳地找王道士进行了几次长谈，并最终商定：他再向寺院捐一笔银子，支持王道士完成建寺大业；王道士同意他把挑出来的一批“洋文”书写的经卷带走，以方便他进一步研究之用。

当初生怕受骗上当，曾担心“请神容易送神难”的王道士怎么又会大转弯答应伯希和的要求呢？原来是经过一两个月的交往，首先是他对伯希和的防范之心早已渐次解除；其次是对方只索要些“洋文”经卷，他也不觉心疼，因为他也觉得那些常人都认不得的东西留下没啥用处，白白锁在洞窟里，日久天长也会腐朽损毁，还不如及时处理，换些银子建寺院算了。他心想既然人家心地虔诚，出手大方，许诺再捐大笔银子，自己让出些于己无用又为人所好的东西，有来有往，也是两不吃亏的事，所以不仅没有找杨先生商量，更没再祈求神灵指点，便痛快地答应了。

就这样，为了防止三青反对，当晚，等三青沉沉入睡后，他便按事先的约定和杨先生一道去打开藏经洞，让伯希和带来的人，连夜搬走了他所称的“洋文”卷子，而实际上是他所挑选出来的精华。

第二天，毫不知情的三青还提着木棒，照往常一样去 16 窟前巡守。而心满意足的伯希和却到 94 窟拜访王道士来了，他把一个沉甸甸的布袋放在桌上，郑重其事地告诉王道士：“道长，连同上次的共计 500 两，就算是我对寺院的一点儿心意，还需要打开过过秤吗？”

“不必了，不必了！难道还信不过你吗？”王道士提示杨先生，“你把功德簿拿出来当面记上吧！”

伯希和也学着王道士客气的口吻：“不必了，不必了，也算不上多大的功德，再说我不是也得到了回报么。”

杨先生翻开功德簿，提笔书写后送给伯希和过目。王道士也随即严肃地告诫：“伯先生，有句话还得提醒你，藏经洞的经卷是莫高窟的神物，是敦煌百姓心目中的秘宝。你是行家里手，我相信你挑的是些‘洋文’的东西，留在那里也没多大用处，但老百姓知道了，要是兴师问罪，我也没法交代，所以严守秘密不得外泄这一条，请你务必遵守。”

伯希和信誓旦旦：“道长，人而无信不可作巫医，严守秘密不得外泄这一条，请你一百个放心，一千个放心！”

“放心放心，要是不放心我就不让你拿走了。”王道士嘴上这么说，但做事谨小慎微的他心里也并不很踏实。

伯希和能遵守自己的诺言吗？这只能留给时间和事实来检验了。

如愿以偿的伯希和在亲手挑选的经卷、文书、绘画等一批精品到手后，又为如何运走这些东西而操心，忧心忡忡的他开始怀疑澜亲王的支持会不会是个阴谋？丁金泉是不是派来监视的内应？如果是，那丁金泉与人暗中接头便显然是个可怕的信号。他不得不深思，本来当年身为清廷步军统领的澜亲王，就是想借义和团来对抗洋人，事败后谪居边城，心里能不痛恨‘洋鬼子’？他深感目前的处境十分险恶，人家在暗处自己在明处，待在这里夜长梦多，所以要抓紧时间收拾，争分夺秒，准备迅速撤离！

丁金泉见伯希和亲自装箱，瓦兰归集他收得的资料，努埃特骑马外出，知道即将撤离，而约定会面的时间石虎又没有出现，心里也是七上八下，焦急不安。他主动接近伯希和试探着打听行期安排，但总是得不到确切的消息。一次，他见伯希和装完了经卷文书，又特意上前讨好：“那边洞里还剩了些空木箱。”

伯希和顺口布置：“那你就把我集存在洞里的那些木雕、塑像都装进去吧！”

“是，我去装。”丁金泉趁机又问，“先生准备啥时候走呀？”

伯希和迟疑了片刻才支吾道：“不急，敦煌的县太爷和参将林大人都说要亲自过来送行，盛情难却呀，到时候再择行期吧！”

丁金泉再问：“要不要提前去雇车马？”

“不需要，不需要，县太爷来了自会安排，你别操心，做你的事去吧！”丁金泉问话越多，伯希和疑心越重，当即把他支开了。

丁金泉问话一再碰壁，触发他想起澜公爷说过“洋人诡计多端，过河拆桥、卸磨杀驴、毁约失信的事都干得出来”的话，真不知藏经洞的东西到手的伯先生是不是要变卦了？他很想与石虎碰个头商量，但石虎又不见影儿，没法脱身的他成天急得团团乱转。

其实，心里着急的何止丁金泉一人，躺在土炕上养伤的石虎也急得像热锅上的蚂蚁。虽然有陈大爷替他端水送饭，有秋莲每天探伤换药，嘘寒问暖，关怀备至，但他毕竟不能如约与丁金泉会面，不知那里的情况，不知是否需要自己的配合？堂堂七尺男儿，血性汉子，肩上压着任务，心中满是牵挂，哪能安安静静地躺在土炕上养伤呀！他几次瘸着腿想出门去打听消息，但每次都被陈大爷挡了回来。其中一次正好被秋莲撞上，秋莲见他背着一包东西以为他要溜走，当即盘问他背着包要去哪里？他说是换下的脏衣服，想送出去找人浆洗，秋莲不容分说地夺下那包衣服后，以命令的口气让陈大爷送他回房休息。

又过了两天，度日如年的石虎吃过晚饭后又在房里活动他的四肢，陈大爷托着一沓衣服进来放在炕上说他的衣服都洗好了。石虎一看原来又肮脏又破烂的衣服，不仅洗得干干净净，叠得整整齐齐，而且补得平平展展，不禁问陈大爷，谁的手那么巧？陈大爷告诉他是掌柜的。

“是掌柜娘吧？”

“掌柜的就是掌柜娘，掌柜娘就是掌柜的。”

“是吗？那你领我去，我得当面谢她。”

“她不是每天都来给你换药吗？”

“啊！你不是说她叫秋莲吗？”

“秋莲就是掌柜的。”

“那她丈夫呢？”

“唉！那可是一言难尽！”

“陈大爷，你老坐下来聊聊吧。”

陈大爷坐下后，又长长地叹了口气：“她丈夫牺牲了！”

听得“牺牲”二字，石虎愣怔了一会猜测道：“你们这儿有义和团吗？是抗击洋人牺牲的吗？”

陈大爷：“不，他是护窟、护宝、仗义救人的义士！”

石虎也是个侠肝义胆的人，听说是牺牲的义士，自然地露出仰慕之情，一定要陈大爷给他讲讲经过。陈大爷见他态度诚恳，也就无拘无束地把自己所见所闻的有关韩禄和秋莲的事迹，详详细细地讲述了一遍，听得石虎感慨万端，当即下炕请陈大爷带他去见掌柜的。陈大爷推说天色已晚改日再去，但他却急得不肯隔夜。

客栈堂屋的方桌上亮着一盏油灯，正专心指导滢珠、韩辛、韩茹练习写字的秋莲无意中抬起头来，发现陈大爷出现在门口，连忙招呼：“陈大爷，进来坐，有事吗？”陈大爷让出身后的石虎：“我没事，是客人有事。”秋莲看了石虎一眼：“那都请进来，请坐，有啥事？”

石虎进门后，愣愣地坐在那里一声不吭。秋莲见他连夜过来，以为他有什么重要的事情，便吩咐孩子们先去睡觉，然后才问：“有啥事？是伤好了，想走了？”

“是……也不是……”石虎结巴起来，陈大爷替他表白：“他说要来向你道歉。”

“是，是来向你道歉。”石虎接着话题，抱拳拱手，连声自责，“我真是有眼不识泰山，初见掌柜时粗言粗语，多有不敬，还请多多海涵。”

秋莲十分平和地回答：“没啥，没啥，只要你能及时康复，不误了你的大事就谢天谢地了。”

“我有什么大事！”

“你不是急着去肃州、甘州找人吗？”

“啊，你也知道了。”

“找谁呀？这客栈人来人往，说出来也许大伙儿还能给你帮忙。”

“其实我也是替哥儿们跑腿帮忙。”

“到底找什么人呀？”

“是个年约二十五六的年轻媳妇，山东口音，一身好武艺，还带一个七八岁的小妮儿。”石虎一一复述出金泉的交代。

秋莲探问：“知道姓名吗？”

“姓朱名夏莲。”

“谁找她？”秋莲双眼直视着石虎。

“她丈夫丁金泉。”

“他自己怎么不来？”秋莲略显不满。

石虎见秋莲的目光逼视，只得和盘托出：“澜公爷派他随洋人伯先生去莫高窟，差事在身，一时无法分身。”

一语解开了多日的疑惑，恍然大悟的秋莲深感遗憾地喃喃自语：“唉！当时要问问就好了，俺怎么就没想到。”

石虎莫明其妙地问：“你见过朱夏莲？”

秋莲频频点头：“朱夏莲是俺姐，俺叫秋莲。”

石虎明白了：“对，你叫秋莲，你姐叫夏莲，我怎么也没想到，那你姐呢？”

“她去新疆找俺姐夫去了！”一句苦涩的回答饱含着无尽的感叹和深深的遗憾！是战乱无情，拆散了多少幸福家庭；是鬼使神差，搅得许多恩爱夫妻不得团圆啊！

整整一夜秋莲都没有睡好，失眠的原因很多。一是得知丁金泉近在莫高窟，二姐与他相聚应属指日可待的事，所以她倍感兴奋；二是她有些想不通，当年跟义和团大师兄结拜兄弟，支持义和团抗击洋鬼子的澜亲王，现在怎么又跟洋人勾搭上了；三是姐夫丁金泉明明知道洋鬼子攻城略地杀人放火，连自家媳妇的爷爷、奶奶和爹娘都死在洋鬼子的枪下，他怎么能忘了深仇大恨，认敌为友，去给洋人做事呢？

伯希和驮运经卷文书的驼队

愚昧无知、监守自盗的王道士

第二天上午，秋莲和石虎骑马赶到了莫高窟，她见到三青简单问过情况后，只身去问王道士为啥要放洋人进藏经洞？王道士辩解说伯先生是个有学问的新疆人，是安肃道台衙门推荐来的，让他进去只是为了识别洋文经卷，没干其他啥事。秋莲越听越急，叫出石虎指证那伯先生是洋人，是法国巴黎人，离新疆还有十万八千里，几年前他在京城还跟义和团打过仗。他在新疆就弄走了好多文物，是个盗宝的高手，他冒着风雪到这儿来，不可能“放下屠刀，立地成佛”。

王道士曾两次见过石虎，秋莲又介绍他是澜亲王的侍卫，对他证实的话能不信吗？听说那伯先生竟然是跟义和团打过仗的洋人，王道士下意识地联想起红绸巾上的“义”字，突然似有所悟，悔恨不迭地用双手拍打着脑袋责骂着自己：“我真糊涂，我真糊涂，真是知人知面不知心呀！”

王道士深知是上当了，当即带着秋莲和杨先生急忙去找伯先生，希望能有挽回的余地。但走到地方一看又傻眼了，因为伯先生已经不辞而别，就在昨日尚有帐篷的地方已是人去林空。只有绿草地上，留下搭过圆帐篷的褐黄色遗痕，活像是大张开的嘴暗示着帐篷主人的贪婪；只有四处抛弃的垃圾、杂物，显示出这帮人撤离时的紧张、慌乱。一阵山风吹过，卷得尘土飞扬、纸屑乱舞，劫后余烬，狼藉一片。

面对眼前的情景，悔恨交加的王道士气急败坏地干瞪着他那双小眼睛，茫然若失，不知所措。事已至此，他显然还不明白无知易受骗，愚昧易上当、轻信易遭利用、软弱易受欺负的普遍道理。秋莲紧咬双唇，默默无语，心中一直在寻思应怎样去寻找丁金泉，该如何去对付这帮已经溜走的洋人。在经过94窟时她也不肯停留，只是叫出暂时等候在那里的石虎跟她走，走到寺院工地前，她无心欣赏正精心施工的寺门，径直从三青手中接过马缰。但就在她正欲上马离去时，王道士突然把她拉到一旁，好像深受良心谴责，向她和盘托出了让伯先生拿走了一批“洋文”经卷的事实。她听后，嘴唇咬得更紧，眉头皱得更拢，依然一语不发。待她翻身上马，三青又靠近说听上夜班的工匠们讲，那些人是昨晚上悄悄离开的，赶车人透露要经安西去新疆。直到此时，秋莲好像才有了主意，她抖动马缰，侧身对石虎重重地吐了一个“追”字，便拍马而去……

返回新店台的途中，秋莲的脑海里又在酝酿一次行动，这是继劫囚车和法场救人之后的又一次出击，其目的既为夺回遭骗的宝物也为追赶丁金泉。由于事关紧急，秋莲顾不得回客栈，带着石虎径直去了宋福家，一阵商议后，宋福随即出去召集伙伴，林芝也答应替她照顾三个孩子。

经过紧张的联络、准备，秋莲、宋福、石虎和十几个青壮年组成的马队出发了，他们日夜兼程，经安西，过马莲井，直指星星峡。星星峡地处哈密之东，在古丝绸之路南线冷落后，自然地形成了西进新疆丝路北线的门户。那里山虽不高，峡也不深，但因地当两省边界，又扼东西交通要冲，故地势十分重要，尤其是那深褐色的山峦连绵起伏，空落落的山野寂然无声，那暗沉沉的山色，那空荡荡的驿道，总是给人一种凄凉、阴森、恐怖、危机四伏的感觉。

秋莲一行进入山道不久马队突然放慢速度，并终至停了下来，骑行在队尾的宋福大声呼问：“怎么停下来了？”队前传话回来：“过不去，前面有土匪挡路！”秋莲听后想起夏莲出发前就传闻星星峡有土匪出没的消息，当时她也没有在意，没想到真要遭遇了。对此，她虽不感到意外，但却有些担心，万一洋人已经过去而他们在此受阻，那追踪的目标就会落空了。宋福纵马正欲前去查看，队前有人骑马返回传话，说几支受阻的商队请求派人去议事。宋福与秋莲商量后决定靠近商队休息。

星星峡的夜晚，新月当空，黑乎乎的山野，除了萧萧风声，便是凄厉的狼嗥。由于怕招来土匪袭击，没有人敢生篝火，空旷的山野间，到处是车辆、马匹、骆驼和偶尔走动的人影，夜色笼罩的峡谷，沉浸在一片惊恐不安的气氛之中。宋福参加各商队议事后回来说："由于商队宿营不前，土匪可能要来打劫，他们已做好部署，要我们隐蔽在附近，听见信号后出击支援。"

月影西斜，夜风更紧。紧张了大半夜的商旅行人们正紧裹皮衣，昏昏欲睡。冷不防传来一阵杂乱的马蹄声和令人惊心动魄的嚎叫声，随着声音，从驿道以北的山谷里，呼啦啦像一团尘暴冲出来几十乘土匪的快马。这些亡命之徒、凶悍之辈，有的举着火枪，有的挥舞大刀，有的抡起大棒，像一群饿狼似的呼喊着、号叫着，趁着夜色，如入无人之境，径直冲入他们早已侦察选定的一个商队营地，准备展开一场洗劫。

眼看商队营地危在旦夕，猛然响起一阵敲击驼铃的信号声，接着，一个粗犷的声音发出了"大家准备"的低沉号令。准备什么？原来是有支商队恰好运了些硝石、火药，当他们得悉土匪打算出巢劫掠的消息后，便布置了一个"火阵"，准备引狼入室。所以准备信号发出不久，当匪徒冲入虚设的营地时，那个粗犷的声音又发出了洪亮的命令"点火！"

随着命令声，几处引火索立即点燃，并迅速引着了堆满营地四周的火药、硝石、柴草，霎时间，火借风势，风助火威，熊熊烈火照亮了夜空。冲入商队营地的匪徒们跳下马背正欲觅取财物，忽见火光四起，硝烟弥漫，这才发现不仅扑入了一座空营，而且陷入了一片火海，一个个惊恐万状，乱作一团。有的慌忙上马，有的鸣枪、舞刀，有的呼天抢地，有的嗷嗷大叫，企图突出火围，杀出一条生路。

隐蔽在附近山沟里的秋莲、宋福、石虎等人听见呼喊，看见火光，立即与其他商队埋伏的人众一起策马增援，三面合围，正好与窜出火海、烧得焦头烂额的匪徒遭遇，狭路相逢，刀枪相向。他们或横马拦截，或纵马追击，一场恶战，终将这帮乌合之众冲得七零八落，落荒而逃。

此时，西天月已落，东山日未起。宋福、秋莲、石虎等虽已累得汗流浃背，气喘吁吁，但由于打垮了土匪，冲开了前进的阻碍，都显得异常兴奋，待众人聚拢后，宋福和秋莲又鼓励大家咬紧牙关继续追赶。

天色渐明，宋福等十几乘快马疾驰在星星峡驿道上。行不多时，突然发现道旁险要处有土匪溃逃后留下的遗寨，仓皇逃窜的土匪，横七竖八地丢下许多弃物。有劫掠的商品，有抛撒的食物，还有来不及带走的马车、马匹。巡看间，石虎发现有两乘马车上装有一些木箱，正想过去看看，宋福又在车旁看见一个手脚被捆、嘴里塞了烂布的人，连忙下马给他解开绳索，掏出嘴里的烂布问："你是赶车的吗？"

那人活动活动胳膊，又指指嘴，秋莲把盛水的葫芦递给他，他猛喝了几口，喘了喘气才回答："是赶车的。"

秋莲指着马车上装的几只木箱问："箱子里装的是啥？"

赶车人连连摇头："不知道，我们是回迪化的空车，路上遇到一个掌柜的捎了一些箱子，要我们送到澜公爷府上去领赏。"

秋莲十分关注："捎东西的是谁？"

赶车人想了想："听人叫他伯先生。"

"是洋人吗？"石虎追问。

赶车人点头："像个洋人，但说的是汉话。"

秋莲露出一丝焦虑："他们的人哩？"

"他们说急于赶路就带着十辆大车向东去了。"赶车人回答。

石虎追问："他们没派人跟来？"

赶车人："有个当差的想来，那掌柜的不准。"

听过赶车人的话，秋莲、石虎无不露出失望的神色，他们既在商量截获的几箱东西恐怕暂时不宜运回莫高窟，得找个隐蔽的地方妥善保存。又不约而同地在推测丁金泉在哪儿？伯希和会去哪儿？

伯希和去哪儿了？原来当他把平生连做梦也不敢想的6000余卷经卷、文书、绘画弄到手，一夜之间成了文物暴发户后，一种恐惧不安的感觉便跟踪而至，死死地缠住他的思绪，搅得他不得安宁。他不敢如约再去迪化，但又不想得罪澜亲王。他一面巧做安排，分出些东西雇便车捎去迪化，多少想把澜亲王搪塞一下；一面把丁金泉暂时控制在身边。带着车载的东西，改变方向，匆匆赶路，马不停蹄地一路东进，不事声张地通过兰州，经过西安，一直抵达上海，并迅即在法国领事馆的帮助下，为派努埃特押送文物回国顺利地做好了一切安排。

伯希和期盼的日子到了。那一天，上海外滩风和日丽，海鸥群群在涛涛水面上游弋，汽笛声声在茫茫天际间回响。黄浦江上，一艘巨型邮轮正收锚起航。洪亮尖利的汽笛声激起离情别意，簇拥在邮轮甲板上、船舷上的旅客们有的举起帽子，有的挥动丝巾，频频地向聚集在码头上送行的亲友道别，旅客中也出现了努埃特的身影。

码头上，送行者人头攒动，凝望着起锚的邮轮，不住地挥手，不停地祝福。挤在人丛中的伯希和见邮轮拖起铁锚，解开缆绳，如释重负地对身旁的瓦兰说："等邮轮离开码头我就放心了，等邮轮驶出黄浦江我就安心了！"

瓦兰也松了一口气地感叹："离开巴黎两年多了，许多亲友都不知道我们是死是活，是成是败，等努埃特带着我们如此丰硕的战利品回去，他们会大吃一惊的！"

刚刚解除了精神压力的伯希和，立刻流露出他张狂自大的本性："不单是让亲朋好友大吃一惊，我要叫全球的同仁们都知道，这是世界考古历史上的伟大发现！"

瓦兰提醒他："你不是答应过王道长严守秘密不得外泄么？"

邮轮离去，黄浦江上响起刺耳的汽笛声。转身离开码头的伯希和不以为然地回答："是呀，我答应过王道长保密，我答应过澜亲王要去迪化……我还答应过什么也记不清了，所谓此一时也，彼一时也，时过境迁，逢场作戏之语，谁还那么认真？"

跟在一旁的瓦兰似也摸不透伯希和的心思："那下一步你准备干啥？"

"去南京拜访端方总督。"伯希和胸有成竹地说出了自己的安排。

瓦兰更不理解："为什么要拜访他？"

伯希和露出诡诈的表情对瓦兰解释："你不了解，端制军是当今中国考古界的泰斗。若想要我的发现惊动世界，首先要惊动中国；若想要惊动中国，最好能先惊动他老先生，以便借重他的声威去惊动中国朝野。"

伯希和凭借他对当时中国朝政的了解，处心积虑欲去拜访的端制军为什么是中国考古界举足轻重的人物呢？原来人称端制军的端方既是官拜过陆军部尚书、直隶总督、曾奉慈禧钦命赴欧、美考察过宪政，时任两江总督，权倾一方的朝廷重臣，又是中国文物、考古界的盟主。伯希和首先拜访他不仅是想拉大旗做虎皮，以抬高自己、炫耀自己，而且妄图以此为敲门砖，以求扬名于考古学界。

南京两江总督府的大客厅宽敞、明亮、雅致、清静，雕花的窗格，五彩的玻璃，朱漆的地板，一色镶嵌大理石的檀木家具，几只花繁叶茂的应时盆景，粉白墙上挂着名家字画，博古架上陈放着珍奇古玩，整个客厅布置高贵典雅、古色古香。

伯希和为了讨好端方，不但挑选了一些卷子，毕恭毕敬地呈上，请制军大人鉴赏，而且还准备了一尊也是得自藏经洞的既稀少又精美的铜佛，诚心诚意地送上，请制军大人笑纳。

不出伯希和所料，端方果然名不虚传，这位执中国考古界牛耳的制军大人展开卷子略加审视，当即露出十足的行家本色，禁不住地赞叹：“难得，难得，千年古物流传至今已属不易，日月流逝，保存如此完好更是难得，真不愧为精品、极品！如此珍奇，伯先生发现得多吗？”

伯希和如实奉告：“经卷、文书、绘画很多，铜佛极少，所以特地送上一尊以表对制军大人的敬仰之意。”

端方客套地表示感谢后问：“阁下是何时、何地、如何发现这些文物的，能告知一二么？”

伯希和拜见端方的本意就是要向他通告这些事，见他探问，正中下怀，当即按照早已考虑好的话，从头至尾一一叙述开来。不过他所讲的也是虚虚实实，只说他如何为考察丝绸之路而来，只说他一路上多么艰险，只说他到达莫高窟才得知有个藏经洞。而对他在新疆库车等地的发掘、在迪化偶遇澜亲王的密谋、在莫高窟与王道士的交手等均讳莫如深，只字不提。对于藏经洞，他介绍说是当地一位姓王的道士于八年前在清除流沙时无意地打开了一个洞中之洞，洞里存放的卷子堆积如山，可惜他中文底子浅薄，洋文一窍不通，呈报当地官员也未加理会，只好视作神物，偶尔用来馈赠施主，换些银子，维修寺庙。

端方万分惊讶：“这么说八年前就发现了？！”

伯希和对“发现”这个字眼自有见解：“啊，这对于有眼无珠，视宝如土的人来说，能算得上是发现吗？他无意中碰巧打开了个秘洞，但不识洞中之物，只不过为后来真正的奇迹发现者提供了线索罢了。”

端方听懂了他的话意，不置可否地继续问：“后来有人去过吗？”

“据说，去年有个英国人去过，但他也是个不识中文的睁眼瞎。”大概也是文人相轻，伯希和下意识地露出鄙夷的表情。

端方感慨不已：“唉！也怪我们疆域辽阔，那地方又太偏僻，交通不便，消息闭塞，下情不能及时上达，以致朝廷对如此重大发现竟长期毫不知情。幸亏能有阁下这样博学多才的有志之士，远涉重洋，执着于考古事业，不仅识珍奇于西北，而且传音讯于江南，真是可喜、可贺、可勉、可嘉，他日进京奏明太后，理当大加褒奖。”

“制军大人过奖了，只要大人明白经卷的真正发现功不可没，伯希和也称得上是中国考古界的一个伯乐，我也就心满意足了！”伯希和又自我标榜了一番。

端方对伯希和的大言不惭，多少有些反感，不过由于他曾去过欧美考察，对洋人们直率骄狂的性格多有领教，故对伯希和的话既不肯定也不否定，仅以大家风度一笑置之后，即顾左右而言他，直至会见结束，也不再提及谁发现的问题。不过，端方虽然对伯希和的言谈举止很不感兴趣，但对他透露的消息却倍觉惊讶，对他带来的卷子更是十分欣赏，以至在伯希和起身告辞、准备收拾送来鉴赏的那些卷子时，竟遭制军阻拦。伯希和以为要扣下卷子，显得有些惊惶，其后听说只是留下再看看，明日即派人送还时，自然不敢拒绝，只得露出一副苦涩的笑脸表示遵命，但直到出了总督府，他仍牵挂着那些卷子的命运。因为当初派努埃特押送文物回国时，他特意留下的一些卷子，除了在端方面前张扬一下之外，那是另有安排的，所以他也很担心自己的计划被打乱。

第十九章 京城亮宝惊华夏 电传遗书送京都

伯希和担心端制军截留他送去的卷子，心神不宁地等了整整一天，总督府的一位幕僚才来到他下榻的地方，但来人并非是来送还卷子，而是捧上大红帖子郑重其事地请伯希和去总督府赴宴，说是制军大人要给远道而来的贵客接风洗尘。伯希和见扣下的卷子没有如约送还却要请他过去，真担心那是不是“鸿门宴”。

端方为何当日不设席待客，而要在次日才派专人来请呢？表面上看是为了表示尊敬，而骨子里却是别有所图。原来当天伯希和刚刚离去，他又把留下的卷子反反复复、仔仔细细地审视了一遍，真是越看越着迷，越迷越喜欢，不仅拍案称奇，连声叫绝，而且挖空心思一定要不惜代价地把伯希和弄到手的东西截留下来。

一席盛宴，设在总督府富丽堂皇的花厅里，红烛高照的八仙桌四周，分别坐着端方、伯希和、瓦兰和那位出面接待的幕僚。虽然宾主不多，但宴席近前有艳装的侍婢斟酒，宴席侧畔有年轻的歌女助兴，所以既不显得冷清，又营造了适于交谈的气氛。入席后大家谈天说地，自是欢声笑语不断，直至酒过三巡，端方才单刀直入地问：“伯先生，阁下难得一次探访藏经洞，又特别看重洞藏之物，想来所得的卷子一定不少吧？”

伯希和面对他最忌讳的问题，只得支吾其词：“不多，不多，那里的百姓视洞藏经卷为神物，那位愚昧无知的住持道士更是把藏经洞划为禁地，我也是费尽口舌，才得以进洞窟翻阅，后又捐了些银两资助兴建寺院，才得到一些回赠，那能有多少呢？”

端方扣紧话题：“啊，伯先生大发善心，银子捐得不少吧？”

伯希和搪塞道：“不多，也许够塑几尊神像。”

端方穷追赶不舍：“不少，不少，那伯先生又得到多少回赠呢？”

“不多、不多，大概能装几箱吧！”伯希和的回答仍是含含糊糊。

端方问不出个具体结果，向幕僚使了个眼色，幕僚对一旁的乐师做了个手势，随之悦耳的管弦之声响起，歌女随即发出甜美、清丽之声，唱出了一首《敦煌乐》：“客从远方来，相随歌且笑。自有敦煌乐，不减安陵调。……”

萦绕在花厅中的绵绵歌声余音未落，在端方再次示意下，幕僚立即举杯敬酒：“伯先生，听出来了吗？方才唱的曲子《敦煌乐》是制军大人特意圈点的，一来是欢迎先生长途跋涉自敦煌探访归来，二来是感谢阁下告知发现藏经洞的消息和带来秘藏的卷子，请先生为敦煌秘藏能在江宁久放光彩而干杯！”

伯希和敏感地察觉到幕僚话中有意，深恐其居心不良，便只是举杯饮酒而不作答。

幕僚见伯希和笑而不答，放下酒杯，拐弯抹角地提问：“伯先生知道我国的捐纳之制么？”

伯希和对捐纳之制多少有些了解，但由于不理解对方为啥要在此时此刻没完没了地提出这样的问题，便佯装不知，连连摇头。

端方看得有些不耐烦，冲着幕僚说：“别打哑谜了，明人快语，你就把话挑明吧！”

幕僚心领神会：“好，好，伯先生，制军大人的意思是阁下不辞辛劳，深入敦煌寻得秘藏，功不可没，可喜可贺，特建议先生忍痛割爱，以所获之古卷悉数敬献朝廷，制军大人愿以白银万两相酬，并将保荐顶戴花翎相谢，先生大可名利双收，不知先生意下如何？”

如此明白无误的收买之计，是伯希和始料不及的。在酒席宴上，不仅突然袭击，而且当着面直截了当地提了出来，更叫他有些心惊肉跳。由于事出意外，连一贯反应机灵、从来对答如流的他竟也一时语塞，不知该如何对答为好。幸好歌女又慢声悠悠地唱起了《渭城曲》：

渭城朝雨，一霎浥轻尘。更洒遍客舍青青，弄柔凝，千缕柳色新；更洒遍客舍青青，千缕柳色新。休烦恼，劝君更尽一杯酒，人生会少，自古功名富贵有定分，莫遣容仪瘦损。休烦恼！劝君更尽一杯酒，只恐怕西出阳关，旧游如梦，眼前无故人！只恐怕西出阳关，眼前无故人！

这首一唱三叹，情意绵绵，诉不完离情别意的阳关三叠，本是宴席上抒发友情的千古绝唱，此时却突然激发起伯希和的灵感，他暗笑自己早有预见，大量的东西既已派努埃特运走了，那还有什么可怕的哩。他待歌声落音，便做出回答：“制军大人的好意本难违拗，但十分遗憾的是在下所获的卷子，早在来此之前已在上海交邮轮发运，此时可能已在印度洋上了。”

“是吗！真运走了？”端方深感惊疑。

“怎么敢欺骗大人呢，确实运走了。”伯希和见端方仍是一副怀疑的目光，又接着说，“大人要是信不过，可派员去住处查实。”

“运走了就运走了吧！哪能信不过伯先生呢？我也不过是为先生着想，随便提个建议罢了！”话虽这么说，但端方那份失望、惋惜之情仍溢于言表，以至禁不住地仰头慨叹，“唉！也真是欲盼古卷留东土，无奈已过印度洋。何日有幸西游去，荒漠深处访秘藏。”

“啊，大人真要有此雅兴，伯某甘做向导。”伯希和一边说一边递上几张照片讨好道：“其实，大人就是足不出府，从照片上也能见到莫高窟的真面目。至于大人关注的那些卷子，待平安运达巴黎之后，拟将拍照精印成册，届时定将奉赠全套，以谢大人知遇之恩，以遂大人钟爱之情。”

端方接过照片，举起酒杯：“果真如此，那我就先行以酒为谢吧！”

主客碰杯对饮后，趁侍女斟酒间歇，端方看过照片又问：“阁下来此还有事要办吗？”

“别无他事，专为拜谒大人而来。”

“那下一步打算去哪里？”

“已经准备了一些照片和文物，打算进京展示，以求教于贵国诸位同行。”

端方听罢随声赞许：“好、好、好，我吩咐那边的同行好好接待阁下，让他们也开开眼界。”

端方脱口而出的许诺虽是伯希和求之不得的，但又唯恐制军大人只是逢场作戏，信口开河，为了进一步把他的许诺套牢，伯希和又耍出了极善逢迎笼络的手腕，请制军大人在他看过的那些爱不释手的卷子中，任选两卷，留作纪念。得到了贿赂的端方一时高兴，随后也就及时关照京城有关部门安排了对伯希和的接待，并协助他布置了一个有关敦煌莫高窟藏经洞秘藏的小型展览。

1909 年 8 月，伯希和的展览，设在京城六国饭店一个宽敞的厅堂里。四周墙壁上悬挂着努埃特拍摄放大的部分照片，环墙的条桌上陈放着他特意带来的几十件经卷、文书、彩绘。开展那天他穿上了笔挺的西服，满脸堆笑地微露出一种胜利者、发现者的神情，既以一副友好、热情、礼貌的姿态迎接各方观众，又以一口流畅的汉语发表了演讲。

来自京城各方的参观者络绎不绝。济济人流中，既有官服朝珠、气派非凡的达官显宦，也有穿戴入时、珠光宝气的富商巨贾；既有衣饰豪华、盛气凌人的外国驻京使节，又有一本正经、道貌岸然的教会传教士；既有博古通今的学者、收藏文物的行家，更有附庸风雅的消闲文人、纨绔子弟；既有风度翩翩的男宾，也有衣着入时的女士。整个展室像是各界名流汇聚之地，像是中外服饰展示之厅，像是难得一遇的社交之所，人头涌动、熙熙攘攘。

参观者中，有受邀而来的，有奉派而来的，有闻讯而来的，也有应景而来的。有的是来看有什么惊人的发现，有的是来看有什么稀奇的宝物，有的却像是进市场逛庙会，到这里来露露脸、会会朋友、看看热闹。这些人中，有的优哉游哉，走走停停，左顾右盼，不时与人应酬寒暄；有的紧赶慢赶，急急匆匆，走马观花，几乎走了个过场；但也有相当一部分人，如文部参议官罗振玉和王仁俊、蒋斧、董康等，他们循序渐进，慢慢地移动脚步，逐幅照片、逐个卷子、仔仔细细地观看，相互间不住地交流，不停地评说，其惊讶之态溢于言表，其赞叹之情喜形于色，真到了若痴若迷、流连忘返的境地。他们在参观过程中还不时向伯希和请教，伯希和也沾沾自喜地大加解释，以显示自己、炫耀自己。

伯希和的展览，也引来了京城各报刊的记者，他们有的拿着记事本，人前人后地追踪采访，记下人们的观感；有的捧着相机频频按动快门，摄下人们参观的盛况。接下来，京城各报刊便竞相发布伯希和展出敦煌文物的新闻报道和照片，其报道的标题有：

“莫高窟秘藏再现，众学人耳目一新”“大漠深处有宝窟，千年古籍今面世”“丝绸古道爆奇闻，绝世珍宝惊华夏”等等。霎时间京城朝野便掀起了一阵敦煌热潮。

在京城报刊大肆炒作、社会舆论沸沸扬扬的推波助澜之下，死水一潭的京城学术界活跃起来了，足不出户、掩门苦研、消息闭塞、沉醉于故纸堆中的学人们惊醒了。他们有的对发现已久的藏经洞竟毫不知悉而深觉内疚；有的为堂堂中华的千年古物竟由洋人来公之于众而深感惭愧；有的为中国同行往往疏于考察、闭门造车、因循守旧、故步自封、安于闲适的治学态度，与洋人们频频深入腹地，名为探险、调查，实则发掘、掠取的冒险精神之间的巨大反差所震撼。

伯希和的展览，大大地超过了他的预期，取得了极大的轰动效应。为了答谢他主动送展的好意，京城有关各界特地为他举行了一个盛大的宴会。

在汇聚着京城文化、学术等各界社会名流的宴会上，文部参议官罗振玉代表会众致词说：“……莫高窟藏经洞的绝世秘宝藏之千年而复得，得之数载方扬名，凡我同仁，欣慰同深。伯先生不辞漂洋过海之劳累，不畏大漠风沙之艰辛，访敦煌、探石窟，得古卷而不秘藏，不辞劳苦，专程送京展示，方使我等得以一开眼界，振聋发聩，如死水落石，石破天惊，惊喜之余，愧恨交加。今日之聚会一是为伯先生接风洗尘，聊致谢忱；二是向伯先生表明，我等拟组敦煌学会，愿尽力筹资以助拍照印制之费用，俾使已经外流之古籍，魂归故土，供我中华子孙研习拜读，此心此情，深望伯先生谅解，以遂我等之厚望。”

罗振玉话毕，宴席厅里只响起了稀稀拉拉的一阵掌声，在座同仁好像是出于礼貌，才强忍着心中的苦涩来捧捧场。因为在国力衰落，朝廷腐败，累遭列强侵略、掠夺的处境之下，中国学人深受屈辱，深感失望，无不痛心疾首，但他们在万般无奈之余，除了委曲求全，表现出压抑、沉重、激怒之外，似乎也不明白自己该做什么，不该做什么？他们好像正处在思索、犹豫、彷徨的境地之中。

待宴会厅中零零落落的掌声过去，伯希和也起身致词答谢：“各位先生，各位中国同仁，此次进京展示敦煌经卷，本意为就教于诸君，不想能获得如此之轰动，实应感谢端制军的关照及诸位同仁之鼎力相助。敦煌莫高窟有佛窟数百座，繁似佛山；有秘藏千万卷，浩如烟海。有古朴庄严的彩塑，有精美绝伦的壁画，真不愧为人类文化艺术之宝库。本人有幸先行一步，只不过探其皮毛，得其点滴，愿诸君能早日身临其境，实地考察，深入研究，多加爱护，如不及时维修，任随风沙侵袭，迟早恐将沦为废墟，届时则悔之晚矣！”

伯希和的京城展示会，着实地使他大大地露了脸，不仅在报刊上迎得了吹捧，在学人中受到恭维，而且还淡化了他已将大量文物暗运出境的既成事实。既得到了实惠，又达到了抬高身价的目的。所以当他如愿以尝，心满意足地离开宴会大厅时，禁不住有些飘飘然之感。

客人离去后，宴会大厅里当即像炸开了锅，与会众人胸中积蓄的压抑和郁闷像火山爆发了，心里凝结的屈辱和愤懑像冰河解冻了。人们借酒纵情，群情激愤，抗议、呼吁、吵嚷、争辩之声沸沸扬扬：“讲的什么话？拿了我们的文物，还要向他致谢！”

“什么深感欣慰！祖宗的遗物被盗，不感到痛心还高兴得起来吗？”

“真是丢人现眼，丧权辱国！”

“不行，不能让他溜走！得勒令他原物送还！”

“对，先把他展出的东西扣下来！”

“对，扣下来！”

嘴上说是要扣下来，让谁去扣？到哪儿去扣？又经过一阵争吵，才有人说他向伯希和的一位姓丁的随从打听过，带来展出的东西，原本放风说是要献给朝廷的，展览后，伯先生又反悔了，现都暂存在苏州胡同他的住处，准备运走。经此一说，人们心中的怒火又起，有人高呼了一声："走，咱们找他去！""找他去！"应和的人们前呼后拥，一窝蜂拥向大门。

罗振玉等主事人送走伯希和返回，正好与拥至大门口的人群相遇，见大家怒气冲冲，情绪激动，罗振玉惊诧地问："诸位，诸位，出什么事了？"

"什么事，去找那个法国佬！"人群中有人回答。

罗振玉一听回话的口气心里已有几分明白，但仍故意地问："刚送走客人，又去找人家干什么？"

"干什么？如今已不是任他们抢、任他们夺的年代，找他把咱们祖先的东西留下来。"又有人回答。

"既然如此，那又何必宴请人家？"罗振玉一脸无可奈何的表情。

"先礼而后兵，既然他赴了宴，就该老老实实地把东西交出来！""对，叫他交出来！"……人们七嘴八舌地一边吵嚷一边推推搡搡地向前拥，那局面似有失控之势。罗振玉见状，摊开双手挡在人前大声劝阻道："诸位、诸位，请冷静、请冷静，大家的心情我理解，我何尝不想要那些文物留下来。那是祖先的遗物，谁愿意看见它在我们眼前流失，祖业不守，我们怎么向后人交代？可是大家想想，这些洋人都有列强作后盾，为了区区几十个卷子，万一惹出什么国际纠纷，甚至兵戎相见，岂非得不尝失？我等如不冷静，贸然行动，朝廷有知焉能善罢甘休，上头怪罪下来，谁能担待得起？"

罗振玉的几句话，像凉水浇顶，一时冲动的人们停止了脚步，稍稍平息下来后，又是叽叽喳喳的一阵议论："那我们该咋办？""难道就让他白白地拿走？"……

跟在罗振玉身后的王仁俊、蒋斧、董康等不失时机地先后发表见解。王仁俊说："古人云'亡羊而补牢，未为迟也'依我之见当前首要的事是要保住莫高窟尚存的古卷，切勿让其再遭掠夺。"蒋斧紧接着表示："仁俊兄所言极是，所谓'悟以往之不谏，知来者之可追'，失者已失，追悔何益，存者不失，应属上策！"

争论至此，人们安静了许多，但随即又提起如何保住莫高窟尚存的古卷问题，经过一番不着边际的争议后，董康突然问："大家都说得赶紧派人去敦煌，谁愿意去呀？快报个名，咱们也好为他送行，谁去？谁去？"董康一连数问，但方才还情绪激昂的人们，此时却偃旗息鼓，一个个缩头缩脑，移步后退，无人敢于应答。是呀，那年月由京城去一趟敦煌，就像充军边关一样令人生畏，仅来去一趟的时间就得一年半载，更别说耗费的巨大、往返的安全、旅途的艰辛、精神的恐惧和生活的寂寞了，徒尚空言、不善务实之辈，谁能下得了如此决心哩？现场冷落了一会儿，罗振玉见此尴尬情景，这才出面化解："诸位，保护祖先的遗物不是件小事，似不宜激于一时义愤草率从事。现时天色不早，请大家先回去休息，今日之事，待深思熟虑之后再从长计议吧！"

一场轩然大波就这样暂时缓解下来。虽然京城学界中不乏爱国正义之士，对国宝之流失无不痛心疾首，但在那国力衰败遭劫掠、家道中落受人欺的岁月里，一群文弱书生除了空怀感叹，偶有呼吁外，又还能有多大作为呢？

京城展示的得利者当然是昔日因夺义和团旗曾获侵略者嘉奖，而今朝又打着中亚考古胜利者旗号炫耀于京城的伯希和了。虽然京城学界给予他的是勉强的笑容和苦涩的醇酒，但他却认为那是"以德报怨""礼遇有加"。及至1909年10月24日，他在阔别三年后回到巴黎，人们把他捧为一位征服者、一位发现者、一位凯旋的英雄来欢迎时，生性狂妄的他更深深地感受到冒险和机遇，占有和荣誉是密切相关的。他所挟的大量中国文物，不仅成了他扬名于世的资本，而且也为他成为法国第一流汉学家奠定了厚实的基础。

此后，京城学人自然也没有放弃努力，他们多方奔走呼吁，恳切上书朝廷，要求保护国宝。但登基不久，为内忧外患所困扰的宣统皇帝哪有心力来顾及此事呢！

当伯希和正在京城得意时，去新疆省亲的"戴字号"家少奶奶回来捎信说夏莲到迪化后，即被澜公爷以关照下属亲眷为由扣在当地了。秋莲得知后，连忙找石虎、宋福商量对策。石虎认为澜公爷显然是因为丁金泉迟迟不归而把夏莲当作人质了，当即表示他愿意回去设法营救。秋莲以为不妥，因为石虎没完成任务，贸然回去恐怕连自身都难保更不用说救人了。秋莲自己想去，宋福、石虎也觉不当，她一个孤身女子去一个人生地不熟的地方能有什么作为？争执不休，秋莲便去找王道士出主意。

再说王道士这边，由于新建的寺院太清宫快完成了，他整日忙碌着张罗准备开寺的诸多琐事，接收施主们预先送来的贺礼。一天，他不经意地打开一个白布包，见里面又是一套里衬上绣有一朵白莲花的新衣服，所附的"谨献王道长"的字条上又出现了他曾见过的那娟秀的字迹，心中不免有些蹊跷。回想当日赠礼者中有远自新疆来的香客，当即浮想联翩，尘缘难断的他又勾起了对芙蓉姑娘的怀念之情，又萌发了还要去新疆寻访的念头。而就在此时秋莲前来求救，他听过叙述后立即暗下决心：待寺院落成后他便去新疆走一遭，对外称是去化缘，而其实是想去设法解救夏莲和寻找他心中牵挂的人。

转瞬之间，秋天到了。10月的鸣沙山麓，林木渐黄，凉风阵起，莫高窟16窟前不远处新建成的寺院落成了。太清宫的宫门坐北向南，一色青砖立柱，两扇朱漆大门，彩绘斗拱，琉璃房檐，花砖房脊，房脊正中有三层圆宝坐镇，房脊左右有两条蟠龙守护，整个宫门虽不算宏大，但却显得古色古香，气势庄严。

太清宫内，陆陆续续汇聚了许多地方士绅及香客游人。秋莲、宋福、林芝、石虎等也都赶来了，有的协助杨先生招呼客人，有的帮助三青悬挂施主敬献的刻有“圣德流芳”“别有洞天”和大先生张盘铭敬书的“掌握乾坤”等字样的匾额。

殚精竭虑，苦心孤诣，操劳十载的王道士，立身在千家施舍，万户化缘，甚至屈从于洋人哄骗，不惜以秘藏经卷为代价而建起来的太清宫里，眉开眼笑、喜不自胜地接受前来朝拜的香客、信士，心安理得地沉浸于欢声笑语之中，幻想能趁着风沙较少的秋日，尽快实现他的新疆之行。

王道士正做着美梦，寺门外突然传来一阵急骤的马蹄声，随着蹄声一骑快马疾驰而来，蹄声方止便从马背上跳下一位差人冲着人群大声呼问：“王道长在吗？”

听见呼问，深感意外的王道士疾步出门回应：“贫道便是，不知差官有何吩咐？”

差人递给王道士一个帖子说：“知县大人请王道长速去县衙，听候宣示京城来电。”

接过差人送来的帖子，听过差人口头的通知，曾被“小叫驴”拘捕过的王道士不知道发生了什么大事，竟遭致京城来电。他又惊又窘，方才还是心花怒放、飘飘然听候恭维，转瞬间弄得心慌意乱，茫茫然不知所措。周围的人更不明白会发生什么事，禁不住地小声议论……后见王道士骑上毛驴跟着差人离去，不免替他捏了一把汗，不知道此去是祸是福？

县太爷召见王道士有什么事哩？原来是伯希和离开京城后，各界学人四处活动均未找到妥善的办法，为防止藏经洞的文物再遭劫掠、再有流失，才由罗振玉、王仁俊等策划以学部名义于 8 月 22 日向陕甘总督府发去电报，但拖延了两个多月，敦煌县令才着手执行清廷学部的训令。

差人带着王道长来到县衙后，直接把他领到县太爷陈泽藩面前。行过礼、赐了座、上过茶，客套地寒暄几句后，坐在太师椅上的知县大人便拿起京城来电向他宣读：“行甘陕总督，请饬查检齐千佛洞书籍解部，并造像古碑勿令外人购买。”电文读毕，见王道士木愣愣地像一座雕像呆坐在那里，不得不问：“听清楚了吗？要把千佛洞，就是指你那藏经洞的书籍全部解送京城，连那些塑像、碑刻也不得再卖给外人了。知道吗？我可是听见不少风言风语呀！”

听过县太爷的话，王道士如坐针毡，当初他打开藏经洞后束手无策，不知该如何处置。他不厌其烦地上县城，跑肃州，甚至给慈禧太后上奏折，一心想得到官府的赏赐，妥善管好一洞藏经，可是除了汪知县曾有一纸封条外，再也无人过问。一晃将近十年过去，那些卷子已经成了他酬谢施主、换取施舍的礼物，怎么突然又要全部解送京城呢？陈知县还说听见了什么风言风语，难道是有人把他暗中干过的事捅上去了？难道有人眼红了又想抓他的辫子？

县太爷见王道士仍不吭声，很不耐烦地又问：“听清楚了吗？本大人在问你的话！”

王道士诚惶诚恐地回答：“听清楚了，听清楚了！”

“既然听清了，那就把藏经洞的钥匙交出来！”县太爷露出不容商量的命令口气。

“钥匙，钥匙留在寺里了。”王道士存心支吾。

王道士的表情，哪能逃得过县太爷的眼睛。他担心一时不去搬运，夜长梦多，万一出点儿意外，自己也脱不了干系，便当机立断地派差人连夜跟王道士回莫高窟去取钥匙。

王道士返回途中见宋福已从莫高窟回家，由于有差人跟着，只简单地对他谈了几句。宋福随即去兴隆客栈告诉秋莲和石虎，说是去年来过的那个洋人到京城后把藏经洞的事公开了，朝廷来电命令知县大人监督，将洞里的经卷文书全部解运京城。秋莲一听便想起他们从星星峡截获的那批东西，当时因土匪猖獗怕招惹是非没敢直接运回来，而暂藏在一个秘密的地方，现在既然要将藏经洞的东西运京，那批东西是否也该放回藏经洞呢？他们斟酌再三，考虑到已有差人去取钥匙，放回洞里已不可能，只好决定暂时不动，待有机会再做处理。出于种种原因，这件事他们一直还没告诉过王道士，所以还有些回旋余地。

就在他们商谈已毕，宋福正要离去时，意想不到的情景出现了。曾遭澜公爷扣留在迪化的夏莲，趁监管人员疏漏，机智地逃出虎口，混入一支商队，日夜兼程平安回来了。滢珠一见面就扑到她怀里高声诉说：“娘！娘！虎叔说，爹来找过俺们。”

夏莲深感意外：“哪个虎叔？他怎么知道？”

滢珠指指站在秋莲身旁的石虎说：“怎么不知道，爹还托他去肃州、甘州找过俺们。”

秋莲插话：“那个盘问过滢珠的人就是俺姐夫。”

夏莲听后一阵心酸：“唉，这是啥世道呀？弄得妻离子散，连父女相见都不相识，让俺千里迢迢地去扑了个空，真是阴差阳错！知道他去哪儿了吗？”

秋莲答道：“听说去了关内。”

滢珠接口道：“姨姨和虎叔都猜他可能回老家找俺们去了。娘呀！俺们回不回老家？”

是呀，回不回老家，又成了夏莲难以选择的问题。

差人跟到莫高窟取走钥匙后，王道士闷闷不乐，心灰意冷，他像瘫痪了似的一头倒在土炕上止不住地叹息。因为近十年来，他脑子里逐渐形成了一个根深蒂固的概念，那就是藏经洞的经卷不仅对奉其为神物的善男信女具有无穷无尽的魅力，而且还具有能从施主、从洋人那里换来白花花的银子的不可低估的潜力。但是县太爷如今却直截了当地宣布要全部运走，又不给一分银子补偿，这不是败了寺院的声誉，断了寺院的财路吗！今后寺院拿什么来吸引香客？拿什么来酬谢施主？哪还有钱建寺院？哪还有钱护佛窟？哪还有足够的盘缠支持他远去新疆？

头脑比较单纯的三青不大赞成师父的想法，他认为最好是把洞藏的东西全部交给官府，免得成天叫人操心。

杨先生的看法趋于折中，他认为一点儿不剩地全部送走了，无异于断了寺院的香火，绝了寺院的财源，藏经洞是莫高窟的，洞里的卷子多少也该留下一点儿才合理。

王道士见有杨先生支持，心里舒坦了些，当即提出何不赶快下手，趁县太爷来监运前，悄悄搬些经卷出来，留作寺院供奉。三青担心偷偷去搬，让县太爷知道了怎么办，再说钥匙都交差人拿走了，又怎么进洞去？王道士听后从身上掏出一把钥匙，露出一丝狡黠的苦笑说："我这儿还有一把。"

就这样，杨先生跟着笑了笑，三青没再反对。三个人就这样达成了默契，并于当天晚上在夜色掩护下，轻手轻脚地进入藏经洞，将一批经卷文书转移到了 16 窟北侧不远的另一个洞窟之中。反正当年敦煌知县汪宗瀚封洞时并没有将那份粗略检验的清册带走，时隔多年，王道士早把它当引火纸烧掉了，谁又知道那本来就没数的洞里应该有多少呢？

正当爱耍点儿小聪明并自已为得计的王道士等候县太爷来监运时，又一乘快马疾驰而来，差人下马进入太清宫向他传达了陈知县的口谕。待三青和杨先生从寺外回来，发现他两眼发直，不言不语，呆坐在椅子上，竟然是一副失魂落魄十分吓人的样子。三青赶忙跑了过去探问他哪儿不舒服，杨先生倒了一碗茶水递在他手里，他喝了口水，长长地叹了一声气，气急败坏地数落县太爷不知存的什么心，他既是遵命督运，按里就该派车前来，可他却命差人来通知，要寺院雇好马车，备好包装材料，等他五天以后亲自前来监运。

"师父，你莫急，雇车的事交给我，我去找宋大哥、秋莲姐他们帮忙，准误不了事。"三青显得满不乎的样子宽慰师父。

杨先生也跟着劝解："是呀，就雇几辆车嘛，看把你急成了啥样子。"

王道士怨愤交加：“你们不知道，哪里只是雇车呀！他要寺院拿钱……”

“替他衙门办事，他们怎么不拿钱？”三青知道师父的难处也急了起来。

王道士怨气未消：“他们说上面拨的银子还没解到，要我们先垫上。”

杨先生是了解官场劣迹的：“怕是他们贪污了吧？阳奉阴违，欺上瞒下，是他们的惯用伎俩！”

“那就不给他雇车！寺院穷得叮当响，哪有闲钱给他垫。”三青顶起牛来。

“你要师父去坐牢吗？这世道，老百姓谁敢跟官斗。你敢违抗官令，啥罪名都可以给你加上！”深谙官场黑暗的杨先生也是悲天悯人的样子。

“那咋办，难道就往他们设的套子里钻？”三青依然愤愤不平。

气也罢，怨也罢，愤也罢，鸡蛋哪能碰石头，一个小小的王道士哪敢与县太爷抗衡，忍气吞声的他只得请杨先生去买包装材料，派三青去找人雇车。

雇马车送经卷文书的消息传开后，很自然地勾起了夏莲的心事。她心想金泉是个很重情义的人，他既然没有返回迪化，按石虎、秋莲的推断很可能是进关内、去京城、回老家寻找自己和滢珠去了，自己何不受雇赶车，也好趁机去京城，回家乡碰碰运气。秋莲得知后当即反对，她劝二姐说：“这一路上好几个月，且不说风餐露宿之苦，单说你跟上一帮赶车的大男人方便么？不怕受他们欺负么？”

夏莲对妹妹的担心不以为然，她十分自信地反问：“凭俺这身功夫，难道还对付不了？”

秋莲再问：“听说衙门里还要派差官押解，他会要个女的车把式吗？”

“那俺就学你，也改个男装吧！”夏莲固执地坚持己见。

正当姐妹俩争执不休之际，石虎闯门进来接过夏莲的话表示：“大嫂，你不用改装，丁大哥托付过我去肃州、甘州找你，是我的粗心、疏忽，误了你们的事。这一趟正好让我去，将功补过一定把他找回来！”

石虎的诚挚和热情令夏莲十分激动：“石虎兄弟，你要是去走一趟那是再好不过了，可为了俺们的事让你去受累，俺心里也过意不去呀！”

石虎摇摇头，话语仍是那样恳切：“大嫂，你要这么说就未免见外了，我与金泉大哥也是患难之交，同甘共苦近十载，情同手足；我来此受伤，秋莲为我疗伤，关照我的生活，胜似兄妹；是秋莲、宋福鼓励我放弃了差事；是秋莲容留我在此生活；大哥对嫂子的深情我十分敬重，你们对我的厚意我没齿不忘。我为大哥办事、为大嫂、为秋莲妹子做点儿啥，那不都是我自己的事，不都是天经地义的么！”

石虎自告奋勇为人解忧的决定不仅让夏莲感动不已，而且也赢得了秋莲深深的赞许。秋莲对石虎的认识，从好奇、怀疑、了解、观察到信任也经历了一个漫长的过程，由于对他好武艺、明事理、重信义的精神越来越敬佩，故而对他的好感也逐渐加深。为了支持他赶车进京，她熬更赶夜地为他准备了一包衣物，亲自送到他的住房，交到他手里说："这是给你路上使用的，你看看还缺啥，俺替你准备好。"

石虎接过东西给秋莲让座后，把东西放在炕上说："不用看，你比我心细。"

秋莲抿嘴一笑："心细！哟，这可是第一次听人这么夸奖，二姐可是说俺最粗心。"

石虎也跟着笑："再粗心的女人也比我强。"

秋莲渐收笑容关心地问："石大哥，你老家还有亲人吗？"

问起这样的话题，石虎也有些伤感："我也弄不清楚老娘还在不在世，老家叫洋鬼子攻占过后断了音信，接着我被派去新疆，那更是啥也不知道了。"

类似的遭遇，真让秋莲有同病相怜之感，她忍不住试探着提出了她一直想问而又没好意思开口的问题："石大哥，俺嫂子她在哪儿呀？"

石虎没料到她会问这问题，慌忙解释："啊，我没成家。早年爹捎信说给我订了门亲事，可那兵荒马乱的年月，订的是谁？人在哪儿？一概不知。一晃近十年，家里又杳无音讯，也想趁此机会去弄个明白，真要有这事就不能误了人家，总该了结了结才好。"

监运藏经洞经卷、文书的行动开始了。16窟附近拥挤着许多看热闹的香客游人。窟门前铺开了一些草席，窟门一侧停靠着六七辆马车。在敦煌知县陈泽藩的监督下，差役们陆陆续续地将藏经洞里的一袋袋、一捆捆经卷、文书、绢画等一一搬出放在草席上，交由一些人装入备用的木箱，木箱用完了便用白布、席片、毛绳包扎后再装上马车。

王道士静静地呆坐一旁，眼看着被他视为佛祖、道君所赐的宝卷、香客施主虔诚敬奉的神物，洋人们趋之若鹜、不惜以重金相求的古籍，一一从神圣的藏经洞中搬出，心中五味翻腾，真不知是种什么滋味？他细眯着的小眼不时地瞟瞟身边的杨先生和三青，目光中溢露出失落、迷惘、茫然无助的神情。

渐渐地，洞里的卷子搬完了，县太爷亲自进洞去查看了一遍出来，又指问王道士："王道长，还有没有？"

魂不守舍的王道士，恍恍惚惚地坐在那里，根本没有听见县太爷的问话，身旁的三青一再提醒他："师父、师父，县太爷问你还有没有？"他这才回过神来，慌慌张张地回答：“没有了，没有了！要是搬完了，藏经洞里就没有了！”

县太爷结束监运，押着车队离去后，王道士就像得了一场重病，四肢无力，心里发慌，幸有一旁的三青扶持，他这才和杨先生一道缓步走进藏经洞，这个曾经堆满经卷、文书、彩绘、铜佛等秘藏的洞窟里，此时已是空空如也。只留下北墙上经历千年后依然栩栩如生的彩绘侍女，仍以她清纯的目光，注视着红尘世界的繁杂纷争；只留下一尊洪巩言和尚造像、寂然不动地安坐在墙下，以他无事不见、无事不知、无事不闻的慧眼，静观着大千世界庸庸碌碌的芸芸众生。见此情景，王道士立即倒身下拜，并吩咐三青燃烛、上香。香烟缥缈中，跪地不起的他又忆起了当年发现藏经洞的情景，一阵天雷震响似又在他耳边轰鸣……

第二十章 劫难重重进京路 国贼纷纷伸黑手

敦煌知县陈泽藩在差兵们前呼后拥下，押着装载经卷、文书的马车，穿过围观的人群离开了莫高窟。消息传到新店台，人们以为车队要东行去京，纷纷候在驿道旁准备为赶车的亲人们送行。殊不知车队临近岔路口，县太爷突然发话："去县城！先送到衙门里去。"车队当即遵命拐向西行，把送行的人们晾在了东头。

黄昏时分，马车驶入县衙，在大院里一字排开停妥后，押队的差官高声向车把式们下令："大家听着，都把牲口卸下，牵到车马店去饮水喂料，大家也早些休息，明天上午办好交接就出发！"

有人问："那这里的车和装的东西呢？"

差官训斥道："这不用你操心，堂堂衙门，内有卫兵值哨，外有差兵巡逻，还能丢得了？天黑了大门上锁二门上杠，谁还进得来？"

是呀，警卫森严的衙门确实令外贼难以进入，但会不会有内贼呢？"家贼难防"啊！紧闭上大门，神不知鬼不觉，不正是监守自盗的好时机么？

果然，天色漆黑后，夜半三更时，院墙高耸、大门紧闭的敦煌县衙外，虽有背着长枪的差兵巡行，护卫着官府的安全，但大门之内，高墙之下，停满马车的大院里便成了鼹鼠们从容不迫、肆无忌惮、大显身手的天地。一个个黑影像幽灵般地钻了出来，在浓浓夜色掩护下，有恃无恐地走近他们在天黑前早已看准的目标，不点灯、不出声，小心翼翼地从车上的木箱中、席包里抽取一些卷子后，又无声无息地消失了。据《敦煌简史》记载："自是敦煌官绅上下，惊诧异常，知经卷之珍贵，尽争相捡取，共拿走两千余卷。"

一夜过去又到了次日早晨，为办理交接和出发准备，县衙大院里人喊马嘶，一片闹闹嚷嚷、忙忙碌碌的景象。套好辕后，一位心细的车把式察觉车上装的东西有挪动的现象，十分惊讶地告诉了前前后后的其他人。这一说可捅了娄子，车把式们仔细一检查，纷纷发现马车上有的箱盖移开后没有合严，有的席包敞开了大口，显然是有人仓促中做过手脚留下的痕迹。“难道出了小偷？”“难道衙门里也有三只手？”……乱哄哄的议论声一直传到了监坐在一旁的县太爷耳朵里，他略显有些不安，侧首对立在一旁的师爷吩咐几句后，那师爷便高声呵道：“瞎吵吵什么！昨晚上陈大人连夜加班亲自点检过，有什么大惊小怪的？别嚷了！马上给箱、包加封，准备交接。”话音刚毕，便有拿着封条、端着浆糊的差人，登上马车，给车上装的所有木箱、席包贴上封条，加封完毕，师爷又高声宣示：“大家肃静，原地不动，等候交接！”

为什么还要交接呢？原来清政府下达的是两道命令，一道令是要陕甘总督饬查检齐千佛洞的书籍解部，陕甘总督命敦煌知县陈泽藩执行；二道令是要新疆巡抚何彦升负责把检齐的书籍押送北京，何彦升领悟这是个有油水的差事，便派他的儿子何震彝带着押队差官来接收。但这看似十分严密负责的手续，实际上也是马马虎虎地应付差事，只不过是雁过拔毛，多经一道手，多遭一次劫罢了。因此他们只是围着马车转了一圈，数了数木箱、席包的数目，敷衍塞责地走了个过场，在交接文书上画了个押、盖了个印，就算完成了交接手续。这种所谓的交接显然是一本糊涂账，它势必对这批运京文物的保全人为地留下无穷的后患。

交接虽然又马虎、又冷清、又没花多少时间，但知县大人为庆祝顺利交接，为给接收人员送行而安排的酒宴却又认真、又热闹、又费时不少，当然赶车的车把式们也跟着沾光，饱餐了一顿油水。

中午时分，由新疆巡抚派遣的差官、差兵监押的车队才行至新店台，当他们停靠驿道旁歇脚时，被立即闻讯而来的村民们围了个水泄不通。有些老人燃烛焚香，对着装满他们心中神物的木箱、席包顶礼膜拜，似在礼佛、送神，敬致他们的祝福。有些年轻人围着马车转来转去，趁着差兵不防便伸手去摸摸席包，似想从一些捆扎不严的缝隙里，看一眼被老人们传得神乎其神的经卷到底是啥模样？还有不少人团团围住那些即将离家远行的车把式，亲朋好友们抓紧时间娓娓话别。

夏莲、秋莲、宋福和韩辛、韩茹、滢珠都出动了，他们紧紧地围拥在石虎身旁，你一言我一语，依依难舍，叮嘱不休。

夏莲交代：“天高路远，这一路上你要注意安全，要能找到金泉就叫他赶快来敦煌，说俺娘儿俩都盼他早些回来。”

宋福叮咛：“出门在外，要照管好自己，遇事多忍让，遇险莫逞能，争取平平安安到京城，回老家，见到家里老人，也都代我们问候一声。”

秋莲嘱咐："大娘要是还健在就把她老人家接来吧，别看来这里路途遥远，莫高窟可是佛地仙境，正是个颐养天年的好地方。"

"我娘也许早归天了。"堂堂七尺汉子的石虎此刻也有些心酸，"当年洋鬼子炮轰我们村时，听说炸死了我爹，炸伤了我娘。我要告假回家伺候老娘，当官的不准，说是当兵吃皇粮，忠孝不能两全，无奈我只好偷跑，又被抓去关了十天禁闭。"

秋莲劝慰他："别提这些伤心事了，当年洋鬼子进犯，谁家没有一本血泪账？贫弱受人欺，在劫者难逃，俺们心里莫忘昔日的冤仇就是了……回家看看吧，也是了个心愿，该办的事抓紧办，要是没牵挂了又还忘不了这儿就早些回来吧！就像回自己的家。"

夏莲接着说："是呀，要是愿意就回来吧！"

韩辛扑到石虎身前："虎叔，早点儿回来，你不是答应过要教我们'滚龙刀'么？还没兑现哩！"

石虎蹲下把韩辛搂在怀里，十分动情地连声回答："回来，回来，一定回来！"

此时，从车队队尾传来押运差官的命令："走了！走了！"……可是命令下达了好一阵仍不见有任何动静，急得他拍马到队前查看。真是不看也罢，这一看弄得他莫明其妙。原来领头的马车前已聚集了几十位老人，他们手捧香烛，跪地不起，有的人口中还念念有词，像在对天祈祷。差官跳下马背，冲着头车的车把式呵问："他们这些人要干啥？"车把式回答："他们说藏经洞的经书，是天上的神灵赐给敦煌的镇地护境之宝，有了它风调雨顺，人寿年丰，失去它天灾人祸，百业不安。现在运走必然大祸降临，还不如趁早了断，死在运宝的马车之下，早死早超生，也免得留在世上受活罪。"差官听罢，看看跪在地上的老人，望望被阻的车队，不敢贸然行事，只得派人飞马回敦煌县衙求援。陈知县闻讯后生怕在他的辖境内出事，火速带了一队兵丁赶来，又劝又吓，又推又拉，又是求告又是许愿，好一阵软硬兼施，才给车队辟开一条路，让他们离开了新店台。

就在敦煌藏经洞累遭劫难的同时，另一个觊觎我国的帝国主义国家——日本的考察队、探险队，凭借其比邻中国之势已从东北西南各方频频深入我国西北腹地，大有赶超欧洲列强、后来居上之势。其中，出动次数最频繁、劫掠我国文物最多、影响最大的当数大谷光瑞组织领导的探险队。

大谷光瑞是日本天皇的内弟，是日本最大的佛教宗派之一净土真宗的精神领袖，是西本愿寺的第二代法主。由于他热衷于宗教政治活动，虽然对外宣称组织中亚探险是“佛迹巡礼”，但由于他涉足俄、英两国野心勃勃明争暗斗的十分敏感的中国西北地区，而他派遣的考察队员又总是神出鬼没、行踪诡秘，自然引起了两国领事馆极大的关注和极高的警惕。

1902 年 8 月，由他亲自率领的第一次大谷探险队自伦敦出发，经俄罗斯，越葱岭，于 9 月 21 日到达喀什噶尔后，便发现自己的行踪已遭到俄国人、英国人的严密监视，便使出“金蝉脱壳”之计，明里率队经塔什库尔干出喀喇昆仑山南去印度，暗中却留下渡边哲信、堀贤雄等不事声张地在新疆进行考察，直到 1904 年才溜到了西安。

极善于审时度势的大谷光瑞回国后吸取教训，在 1908 年组织第二次西域探险时，派了两名年轻人野村荣三郎和桔瑞超，自北京过张家口，经蒙古，于 10 月 26 日冒着初冬的飞雪到达了迪化。本以为这样做可以掩人耳目，但没想到八方有耳，四处有眼，他们的行踪又被俄、英两国的情报人员紧紧盯上了。他们所经之处，地方政府官员和当地人士发现他们既不像单纯的考古人员，也不像真正的僧侣。俄国情报机构更认定他们两人的真实身份分别是日本帝国的陆军、海军军官。英国情报人员深信他们除公开的考古身份之外，还与日本政府的情报机关有秘密联系。为了掌握他们的动向，此时正在喀什噶尔代理英国领事职务的夏特尔沃思上尉，当即指令他们早已建立的、分布在新疆各地的“白须”情报通讯网，对两个日本人进行全程监视。于是，传送情报的一封封信件便陆续寄到了喀什噶尔的“中国花园”。此时，因陪同斯坦因深得信任的蒋师爷经其举荐，已经如愿以偿地当上了英国领事馆的中文秘书，所以各地寄来的中文情报都由他收到后转递给夏特尔沃思。

10 月下旬情报报告：“一高一矮两个年轻的日本人带了一个翻译、两个保镖和几个佣人，自蒙古进新疆，在古城子（奇台）、吉木萨一带察看地形，考察古迹，抄录县志。”

11 月中旬情报说：“……到达迪化后，他们住进日方情报头目日野少校曾经住过的房子，由早已在当地活动的林出贤次郎陪同，带着青木少将、日野少校、松井大尉的名片先后拜访了巡府联魁、提学使杜彤、皇亲澜公爷等人之后，近日已去吐鲁番。”

1909 年 1 月上旬，由吐鲁番发来的情报称：“两个日本人来这里后，雇用了许多民工，分头在雅尔堡（交河古城）头沟、二堡、三堡、吐峪沟等地挖掘了许多文书、经卷、古币，切割了一些壁画、佛像，全部装箱运走了。”

2 月下旬的情报来自库尔勒，说是：“两个日本人到达后就分手了，矮个儿去了罗布泊，无法跟踪；高个儿去了库车。”

5 月，和田一位印度商人报告：“由若羌过来一个日本人，自称不会英语却又带了一些英文的军事书籍。”接着从叶尔羌又发来密报：“一个日本人在这里不惜代价地搜集地图、方志，后来离开，说是要去喀什噶尔。”

当夏特尔沃思读过叶尔羌的报告后，按发信日期掐算，在南疆各地飘忽不定的日本人早就该抵达喀什噶尔了，连忙派人出去调查。果然发现有两个日本人已经到达几天，不仅没有声张，一直在城外测绘地图，而且还蛮横无理地动手打人。夏特尔沃思一听十分生气，正想派人去教训教训这两个既不懂规矩，又跑到眼皮下来撒野的家伙时，他们自己却找上门来，厚着脸皮打出大谷光瑞的牌子，说带的钱花光了，想借点儿路费，准备取道北京回国。不管夏特尔沃思对这两个可疑的日本人有多讨厌，有多愤恨，但毕竟要顾及国家之间的关系，何况人家主动上门，总是客人，当即提醒他们：“中国正在闹革命，你们去北京不担心自己的安全吗？”桔瑞超和野村荣三郎有些害怕，英国人便像送瘟神一样同意让他们带着大批的劫获物，特别是桔瑞超在楼兰古城掘得的珍贵文物，于10月18日翻山越岭南出喀喇昆仑山口到印度去了。

风起云涌的民主革命浪潮，震撼了摇摇欲坠的大清王朝。高峻巍峨的京城城门口如临大敌，戒备森严，众多兵丁排列于城门之前，见人搜身，遇车查货，纷纷乱乱，呵斥声、打骂声、争吵声、哭声、叫声不绝于耳。

运送莫高窟藏经洞经卷、文书的车队跋涉数千里，在历经各地官员巧取豪夺、各处强人明抢暗盗等种种劫难之后，终于风尘仆仆地抵达京城。守城兵丁看见来了一列马车，当即呵令：“停车！停车！停车检查！”并蜂拥而上，将马车团团围住。值哨官也当即高声呼问：“哪里来的？”

押车差官连忙上前答话：“甘肃敦煌。”

值哨官又问：“车上装的是啥？”

押车差官如实相告：“学部点名要的古代书籍。”

“什么！古代书籍？”值哨官不免有些惊讶，“真是乱弹琴！防御革命党，京城急要的是枪支、弹药、粮食、饷银，送这古董来劳民伤财，顶个球用……你们有通关文书吗？”

“有、有、有。”押车差官把文书递给值哨官。

“不会是假的吧？”值哨官不无怀疑地仔细查看文书，“革命党就爱干这一套，假造文书私运军火……我看还是公事公办。来人，把东西搬下来，照章检查！”值哨官的命令如纵虎扑食，四周的兵丁立即便要动手，押车的差官急忙以身阻拦，并据理申诉：“不行，不行，车上的东西都是加了封的千年古物，颠簸了几千里，哪还经得起再折腾，万一翻检损坏，这责任谁担待得起？”

“那车上要是装的违禁品，不经检查放进城去，惹出了乱子，这责任谁又担待得起？”值哨官不肯让步。

一方执意要查，一方坚持不肯，正当双方各不让步形成对峙之际，石虎从押车差官身后闪身出来走向值哨官拱手招呼：“陈大哥！多年不见，还认得小弟么？”

正在应付争执的值哨官，定睛看了看招呼他的人，猛然上前一步抱住石虎的双肩，激动不已地连声急呼：“虎子！虎子！你不是去新疆了么？”

阔别近十年的故友重逢，自是激情难禁。但因置身在车来人往的城门之前，又正值守门兵丁执行公务之时，石虎只能长话短说，让陈大哥相信了他们装运的确系敦煌文物，不仅免检放行，而且还派人引路，带着车队直驶学部。

没想到学部竟然宣称由于不知车队到达，没来得及准备合适的收藏之处，仓促之间只能找个地方暂时存放。于是车队又踏过青石铺筑的路面，穿过鳞次栉比的房舍，直到一处朱漆门楣的深宅大院前卸载。此时天色已晚，只见大门前，打着灯笼的，搬运木箱、席包的，指手画脚的，监点交接的，忙忙乱乱，喧喧嚷嚷。

石虎和疲困已极的车把式们等候着差人们交接，都坐在胡同边上休息，那位在城门口巧遇过的值哨官陈大哥找来蹲在石虎身边问：“虎子，怎么不在学部卸车又拉到这儿来了？”

石虎也不清楚：“去过那儿，又叫我们来这儿，这是啥地方？”

陈大哥介绍：“这是朝廷派驻外国公使李大人的府邸。”

“啊！那这些古物会不会又落在洋人手里？”石虎不免有些担心。

陈大哥：“你管那些闲事干啥，我是问你回来后打算在哪儿落脚？”

石虎不假思索地回答：“回家，先回家看看再说。”

涉过万水千山，历尽千辛万苦，又经官盗匪抢，好不易才把这批莫高窟藏经洞劫余的文物运到京城，却为何又把它暂存于私人的府邸呢？原来清政府是下令新疆巡抚何彦深督运，他深知旅途艰苦，但想到既是大批文物，免不了是块肥肉，便派自己的儿子何震彝监运。何震彝提前赶到京城，却不通知学部准备接收，让车队突然出现，故意给他们弄了个措手不及，只得临时寻个地方暂存，改日再行交接。而这正是何震彝刻意安排、希望出现的局面，既可避开敦煌来人的目光，又可挡住学部官员的视线，轻而易举地便把运达京城的东西控制在自己的手下，从而赢得了暗中大做手脚的时间。那他为何选择李大人的府邸来存放？这李大人又是哪路尊神呢？李大人姓李名盛铎，是 1905 年奉慈禧太后之命与端方等出洋考察的五大臣之一，时任驻比利时国公使。由于他是何震彝的岳父，所以存在那里不就像在自家一样，可以放心大胆地为所欲为了吗？

在何震彝指挥下，从马车上卸下的木箱、席包被搬进了李府后院早已清扫过的三间宽敞的偏房里。当安排妥当，闲杂人等散去，何震彝便迫不及待地与他的同伙刘廷琛、方尔谦进入偏房，逐一细查经过长途运输后木箱、席包的包装及封条破损情况，密商抽取经卷、文书之计。他们举着油灯边看、边查、边议。刘廷琛惊叹过去六国饭店看展出时，只见到那么几十个卷子行家们都羡慕不已，没想到竟运来这么多，真是撞上了千载难逢的机遇。喜不自胜的何震彝更是得意洋洋地表示不是撞上而是精心的安排，是天赐良机。方尔谦夸他有见识、有胆量、有计谋，并问他下一步的打算？他想了想反过来征询两位有何良策？

方尔谦不假思索地回答："雁过拔毛，咱们搬走它几箱，先藏起来再说。"

"那不行，箱、包内的数量虽没当面清点，但这木箱、席包都是交接有数的。"何震彝是负责监运的，职责在身，自然会有顾虑。

刘廷琛从破损的席包里抽出一个长卷展开细看，一不小心失手把卷子撕成了两段，忽然若有所悟地一手提着半段卷子露出狡黠的神态沾沾自喜地炫耀："看，一个顶俩，有多少凑不够？"

何震彝接过撕断的长卷，分别卷成两卷，仔细掂量、斟酌。突然自远处传来"轰隆、轰隆！"两起剧烈的爆炸声。由于响声巨大，方自外地来到京城的何震彝不免惊慌失措，竟然吓得把手中的卷子扔在地下并连声呼问："出啥事了？"

方尔谦见惯不惊："可能又是革命党投炸弹。"

"难道京城要大乱？"何震彝依然不安地追问。

刘廷琛从地上拾起他撕断的卷子，幸灾乐祸地回答："何兄，咱们得感谢革命党，世道越乱，越是没人管事，不正好乱中取利么！"

正是这一"乱中取利"，他们以撕断长卷充数的破坏性的极端恶劣的手法，盗走经卷文书约 2000 卷。其后，移交京师图书馆时仅只剩下 8679 卷了。惨遭他们盗去的这批经卷文书，于 1925 年 8 月由京师图书馆以 3 万元收购了一些，1935 年卖给日本人约 400 卷，抗日战争时卖给上海政府 144 件（后存于台北中央图书馆）。

动乱的世道，不仅为京城的贪官污吏所利用，而且也引起一些别有用心的外国人的特别关注。日本的大谷光瑞，便看准时机，准备趁火打劫。

原来，自 1909 年 11 月桔瑞超翻越喀喇昆仑山与大谷光瑞会合后，1910 年 4 月抵伦敦，访瑞典，先后会见了斯坦因、斯文赫定、伯希和、勒柯克等人，他所公布的楼兰文书（包括引起考古界轰动的《李柏文书》）也在欧洲引起极大的反响。8 月 16 日他又奉命自伦敦出发，进行大谷探险队的第三次西域探险。这一次，他改从俄罗斯进入新疆，经塔城、迪化，再次去吐鲁番发掘，12 月又进入罗布荒漠、深入楼兰。次年 2 月下旬经且末横穿塔克拉玛干沙漠到库车转道喀什噶尔。4 月份到达和田，在附近考察、发掘。

由于桔瑞超时南时北、时西时东，行动路线飘忽不定，未能及时向大谷光瑞报告信息，法主也不知他的行踪。时值辛亥革命风起云涌，大清王朝摇摇欲坠之际，得不到吉瑞超任何消息的大谷光瑞十分担心他的安危，只得按原定的应急计划派吉川小一郎带一位中国助手李毓庆经上海、汉口，于 1911 年 10 月 5 日急匆匆赶到敦煌。一来是就近探听吉瑞超的行踪，二来是伺机寻求莫高窟藏经洞的经卷、文书。他们到达县城稍事安顿后，立即去敦煌县衙拜访。

敦煌知县申瑞元听说有两位身着西服、头戴礼帽的日本客人来访，当即叫上刘师爷在客厅待客。李毓庆把带来的香烟、香皂、罐头等礼物交给刘师爷转呈给申知县过目后说："申大人，吉川法师奉日本天皇内弟、佛教净土真宗、西本愿寺大谷光瑞法主之命，远道从日本国来到敦煌，特备薄礼前来拜望。"

申知县客套地应酬："啊，欢迎、欢迎，东瀛贵客光临，真令蓬荜生辉。吉川先生……"话刚出口，他又觉不妥，因为看装束西装革履，似应称先生为敬，但听介绍是佛教法主派来的使者，似又该称法师为好，随即改口道："啊，应该称法师吧，法师是来莫高窟礼佛？"

吉川回答："云游四海远来敦煌，当然是诚心拜佛，但眼下急欲打听一个去新疆巡游佛迹僧人的下落。"

"前些日子，从新疆过来的马队捎了些行李，委托我们代为保存，还附了封日文书信，不知是否就是你要找的人？"申知县随即吩咐刘师爷取来书信，吉川一看信封上的署名果然是他要找的桔瑞超。

返回租住的地方，吉川细读书信，止不住地对李毓庆叨叨："哎，桔君也真能跑，一会儿北疆，一会儿南疆，还跑到喀什噶尔参加葬礼？"

"参加谁的葬礼？"

"霍・布斯，一位 18 岁的英国人，他的助手。"

"他怎么找英国人当助手？"

"不清楚，信上说他还雇过一位 17 岁的俄罗斯翻译，看来也许是吸取教训转移视线减少英、俄领事馆对他的怀疑吧。”

“怀疑他什么？”

“我也不清楚。只听说他上次在喀什噶尔差点儿挨了一顿揍，还引起了英国政府的抗议。”

“闹得那么严重！看来我们也得小心。他信上说没说，那英国助手是怎么死的？也是挨揍了吗？”

“不，说是患了天花。”

大概因为同是受雇于人，李毓庆似有同病相怜、兔死狐悲之感，禁不住哀声叹息：“真可怜呀！小小年纪，孤零零一个人客死异乡，他的孤魂到哪里去找回家的路呀！俗话说‘人为财死，鸟为食亡’，就是让法主惦记的桔君也不过二十来岁年纪，却常年在外，四处奔波，也不知到底在干啥？到底为了啥？”

“这样的话，你千万少提、少问、少说，我们各人出来的任务都是法主单个交待布置，互相间是不许多嘴打听的。”

“桔君是在哪儿发的信？”

“和田，他说正准备从北向南翻越昆仑山，再由西向东穿过西藏无人区到敦煌来。”

“他怎么知道你来接他？”

“他的行动路线，法主早有布置，如不发生意外，他是会忠实执行的。”

“那我们在这儿白等了。”

见不到桔瑞超，吉川当然只好留在敦煌等候，但这绝不是白等，因为大谷光瑞早已将此丝路重镇列入了他的探险计划；早已对闻名中外的莫高窟佛迹向往不已，对被国际考古界炒得沸沸扬扬的藏经洞秘卷垂涎欲滴，并急欲染指。所以，吉川此次来敦煌，除了公开宣称是接应桔瑞超之外，暗中是负有其他使命的。

由于知县申瑞元表示过欢迎，吉川便以参观游览为名，带着李毓庆和他的维吾尔族房东，或是去县衙借马，或是徒步行进，先后去敦煌城头眺望，去党河岸边拍照，去白马塔观光，去西云观游览，去城郊逛庙会、看大戏，去鸣沙山、月牙泉赏景……乍一看，他与一行人有说有笑，打打闹闹，像是闲得无聊，终日游山玩水。但仔细审视，凡是他所去之处又看、又问、又拍照、又记录，返回住处后，又是抄录《敦煌地方志》，又是勾绘《敦煌交通地形图》……根本不像是无所事事、无所用心的单纯消闲。

当吉川把敦煌城里里外外看了个够、摸了个透以后，趁着知县和参将登门回访时，当面提出要去莫高窟上香礼佛，知县大人不仅派衙役先行一步去安排接待，而且还派刘师爷陪同前往。其实在此之前，吉川已去找过王道士要求观看古经卷，曾遭到婉言拒绝，为此十分窝火的他才有借官府之势再去莫高窟之举。到达那里，当王道士把他们迎进太清宫后，刘师爷便上前介绍："王道长，申大人派我来向你介绍这位日本天皇的内弟、日本最大的佛教宗派净土真宗精神领袖、西本愿寺大谷光瑞法主派来的吉川法师。申大人指示说，自古道佛一家，对于远自东海前来上香礼佛、考察佛窟的吉川法师，你要多多请教、多多关照，提供一切方便，满足他的要求，切切不可怠慢。"

王道士一面听刘师爷介绍，一面打量眼前这位早已打过交道又不欢而去的贵客。在他的眼里，这位日本法师西装革履、礼帽领带，满身世俗之态，一脸骄横之气，与他心目中的佛门僧侣形象格格不入，上次提出要看经卷也显得十分粗鲁。但毕竟来者是客，他既弄不清楚东洋和尚是否都是如此模样？又不敢违拗县太爷的吩咐，只得笑脸相迎，不仅当着刘师爷的面安排客人住进客房，而且承诺要按县太爷的指示，满足客人观览佛窟和考察研究的一切要求。

住进太清宫的吉川小一郎自恃有知县的关照，显得很不安分。他带着李毓庆时而钻进洞窟给佛像、壁画拍照，时而到处搜索到处翻动，不但请来匠人拓取佛窟内外的石刻碑文，而且不听劝阻，强行攀登因经常塌方而正在维修中的残破栈桥，硬要去高层洞窟探秘。

对吉川张狂的举止，王道士实在不敢恭维，他背地里对杨先生评论："说是日本佛门法师，但既不念经又不吃斋，左看右看，怎么也不像个和尚。"谁知这位不好伺候的洋和尚偏偏又提出了怪要求。先是嫌太清宫没有佛像，不便于他早晚拜佛，王道士不敢得罪，只好破例地派三青随他去洞窟里挑选了两尊小巧的佛像背回寺里来供奉；接着又提出要借一些经卷供他研究，这件曾遭王道士回绝过的事再度被提起，王道士不敢再加拒绝，虽犹豫再三但也只得屈从。一天大清早便亲自送了一袋经卷到客房去了。

新建的太清宫里，有几间带廊檐的客室。在吉川和李毓庆住的一间门外房檐下，便陈放着由三青背来的两尊形象古朴、塑造精美、保存完好的泥塑小佛像。他们隔壁一间，住的是一位信仰虔诚、性格诙谐的藏族画僧。自从廊檐上供奉佛像后，画僧每天都早早地起床跪在佛像前大声地念经，惹得爱睡懒觉的吉川很是反感。

王道士送经卷去客房时，正碰上被念经声吵醒的李毓庆披衣出门挥手驱赶画僧，画僧不仅跪地不动，而且还招手让他也跪下，双方相持不下。李毓庆正要发火时，王道士出现了。他这才改为笑脸，转身相迎，两眼盯着王道士拿的布袋一边招呼一边问："道长早，是送经卷来了吧？"

“是呀，送来了。既然县太爷有吩咐，贫道也承诺过，当然不敢食言。”王道士的语调多少显得有些勉强。李毓庆当即奉承：“道长言而有信，确实令人敬佩。”

王道士瞅瞅房门问：“法师起身了吧？”

李毓庆挡在门前：“他正在打坐念经做早课。”

王道士看看跪在佛像前念经的画僧，心中不免生疑：“法师做早课怎么不到菩萨面前来？”

李毓庆竭力遮掩辩解：“心中有佛佛自在，只要心诚，在哪里念经不都一样？再说他用日语念经，中国的菩萨能听懂吗？”

“这倒也是。”王道士信以为真地被糊弄了，他低头看看手中的布袋问，“那这些经卷？”

“交给我吧。”李毓庆伸出双手去接。

王道士交出之前还在叮嘱：“这都是本寺的镇寺之宝，请转告法师多加爱护，切勿损坏。”

接过一布袋经卷的李毓庆送走王道士后才转身推门进屋，此时的吉川仍在炕上蒙头大睡。李毓庆把布袋轻轻放在木椅上，俯身去推吉川：“快起来！快起来！”

吉川从被窝里伸出头来：“有啥事？城里来车了吗？”

“城里的车过两天才来。”

“那你叫我起来干啥？”吉川听罢又拉起被子把脑袋捂上。

李毓庆又去推他：“那道长送经卷来了。”

“是吗！在哪儿？那你怎么不早说。”吉川掀开被子坐起，瞪大眼睛见到了木椅上的布袋，他伸手从布袋中抽出一个卷子，不禁喜出望外：“啊，真送来了，还是县衙的刘师爷说话管用，回城去我要好好谢谢他。”

李毓庆提醒：“请注意，道长说这是他的镇寺之宝，只是借给你看看。”

“看看？管他的。上次还推说没有，这次又拿出来了，东西到我手就由不得他了，你们中国不是有句话说是‘肉包子打狗，有去无回’吗？”

“那你不就成狗了？”

“管他呢，只要能弄到法主想要的东西，当一次狗，无论猎狗、牧羊狗、护家狗，有什么不好？”

“可你得想想，在人家眼皮下，能轻易让你把东西弄走吗？”

吉川的两眼直愣愣地盯着那一袋经卷，狠狠地回答：“钱是万能的法宝，还是由你去找他谈谈，我愿意出点儿银子，叫他把经卷给我。”

李毓庆遵命出动，但不知是什么原因，一连谈了两三次王道士都没松口，但就在这时，约定来接吉川回县城的两乘马车到了。吉川见到来人后，心里一阵发急，他拿出两个银锭，吩咐李毓庆：“老李，你跟我去找那道长再谈谈，银子给他，经卷归我。咱们好见好散，公平交易，谁也不吃亏。”李毓庆与王道士打过交道，领教过他那份倔劲，多少有些心虚地问：“他坚持不干怎么办？”吉川冷笑了一声：“哼！那我只好当一回狼狗、猎狗了！”

吉川带着李毓庆在太清宫门前找到王道士，吉川的话刚刚出口，王道士听后还没回话。南边崖壁方向突然传来山崩地裂似的轰然一声巨响，连脚下的土地好像都有些颤动，惊得寺院里的杨先生、藏族画僧等都跑出大门来问：“出啥事了？！”此时，只见三青从维修栈桥的崖壁方向惊慌失措地跑来大声呼叫：“不好了！师父，塌方了，压人了！”

意外的险情把人们都吸引到了崖壁坍塌、呼救声不绝的塌方现场参与抢救行动，他们有的刨土、有的搬土、有的照护伤者。开始，吉川与李毓庆也出现在人群之中，但过不一会儿，两人的身影便神不知鬼不觉地从现场消失了。

由于接连救出的两个工匠伤处流血不止，三青取来“百宝丹”，刚替他们敷上药止住血，又从土石中刨出一个工匠。王道士见他左臂伤处鲜血淋漓，急切地招呼三青要“百宝丹”，听说已经用完，又大声呼问身旁的藏族画僧：“有藏药吗？止血的，快去拿来！”

藏族画僧像接受了紧急命令，飞身跑回太清宫，没想到大门前停着两乘马车，吉川等人正往车上装东西。他一心想着赶快取药救人，既顾不上问，更顾不上想，与吉川擦身而过跑进寺院去了。

吉川等人在干什么呢？原来吉川入住太清宫后，虽借访寻佛迹为名搜遍大小佛窟取得不小的收获，但欲壑难填的他仍一心想把打着借阅旗号骗出来的经卷弄走。没想到派李毓庆谈判不成，自己刚要摊牌又因工地塌方而受阻，性情急躁的他失去了耐心，露出了黑心。趁着工地上一片混乱，便叫上李毓庆偷偷溜回住处，干脆来个一不做二不休，把搜集到的东西连同两尊小佛像及借来的经卷一件不剩地装上马车，正准备开溜，没想又被藏族画僧撞上，惊得李毓庆感到有些不妥：“你就这么不辞而去，又带走人家的东西，就不怕落个坏名声？”

吉川反问：“那你说怎么办？如果去告别，他能让我把他的东西带走吗？”

“要不你就留下点儿银子吧。”李毓庆只好出个馊点子。

“对！这是个好主意，不跟他照面，也不讨价还价，丢下银子就算成交。他不敢

说我骗，我也就心安理得地说是买来的了！”

吉川拿定了鬼主意，正好藏族画僧取药跑出寺门，他使了个眼色，李毓庆便迎上去把两个银锭递给画僧说：“请转交给道长。”画僧慌慌张张地要送药救人，一句话没问，接过银子就跑。

经过一阵紧张的抢救，遇难的工匠们总算全部脱险。有几个伤势较重的，王道士怕出什么意外，又安排了一辆马车，拿出一些碎银请包工头护送去县城就医。包工头接过银子在手里掂了掂，不大满意地求告：“王阿菩，你看他们都伤得不轻，这点儿银子哪能够呀？”

王道士把装碎银的小布袋抖了抖，袋里已是分厘不剩，只得满脸无奈地许愿：“我知道这点儿银子不够。救人要紧，你先走一步，随后我设法再凑些送去。”

工头哪肯让步：“要能凑你现在就凑吧，寺院里不是还住有香客么？”

一句话提醒了立在近处的画僧，他两步走到马车边，掏出两个银锭递给王道士：“给，人家让我转给你。”

“谁呀？”王道士深感意外。

“住我隔壁的。”

“人呢？”

“走了。”

“他怎么会给我银子？”

工头见王道士迟疑着不去接，当即伸手从画僧手里拿过一锭银子，同时对王道士说：“救人要紧，我先拿一锭走，你慢慢地再问吧。”

马车走了，满腹狐疑的王道士转身回寺。当他和杨先生、三青、画僧跑近客室，这才发现不但供奉在廊檐下的两尊小佛像不见了，而且吉川住过的客室里也是空空如也。又一次上当的王道士，气得跺脚大骂：“什么法师？我看是地地道道的大骗子！”

三青见师父如此动气，激动地招呼画僧：“走！再叫些人，我们去把东西追回来！”

眼见三青和画僧要走，王道士想说什么，但话未出口，只觉脑袋发蒙，两腿发软，站立不稳，一头瘫倒在地。杨先生见状一声惊叫，三青和画僧闻声后连忙回身去搀扶……

第二十一章 西洋盗贼方离境　东洋倭寇又登临

吉川小一郎在莫高窟得手后，深感是刘师爷出面助了他一臂之力，便找到刘师爷的住处，送去了一些礼物，受宠若惊的刘师爷当即表示愿为尊贵的客人效犬马之劳。吉川透露他对已经到手的经卷仍感不足，心领神会的刘师爷又四处搜求协助他弄到了一些散落在民间的古卷。

吉川自觉敦煌之行诸事顺利，收获不小，但一住几个月再也没有得到桔瑞超行踪的消息，也着实让他心神不定。为了打发日子，除了执行法主布置的调查任务之外，他邀集邻居打纸牌、做游戏，他跟着房东带着猎鹰出去打猎，他跑去参观由道人主持的隆重的葬礼，他设法参加伊斯兰信徒举行的新年宴会……按他的设想就是充分利用时间，了解中国的风土人情，熟悉当地的各界人士，力求把自己变成一个中国通，以便于今后的工作。当得到消息说中国的革命活动已在甘肃、新疆如火如荼地兴起时，惊惶不安的他竟独出心裁地在住处的房顶上挂出了一面日本国旗，似在虚张声势，给自己壮壮胆。

无聊的日子总觉很难打发。一天他正和李毓庆、房东等人在土炕上玩扑克牌，一个和尚装束的中年人推门进来向他兜售古卷。吉川已多次收购此类文物，便停下牌接过卷子仔细观看，凭着他的经验，似觉有些破绽，越看越觉得那卷子是近代人仿古的赝品，当即露出不屑一顾的表情退给那和尚："不要，不要，这卷子是假的！"

和尚竭力辩白："哪能哩，这是地地道道的唐朝佛经。"

吉川追问："那你是从哪儿弄来的？"

"莫高窟呀！"和尚一口咬定。

吉川质问："我去过那儿怎么没见过你？"

"你住在太清宫王道士那儿，我们和尚可是住在上寺呀！"和尚继续辩解。

“上寺，上寺我也去过，也没见过你。”吉川转问一起玩牌的李毓庆和维族房东，“你们见过他吗？”他们都异口同声地回答：“没有，没有。”

“我可是见过你们，那天栈桥工地出事，你们却赶着马车走了是吧？人们背后都骂那是见死不救，是缺德！”和尚毫不示弱地回答。

吉川听和尚揭露往事，不得不找理由搪塞：“县太爷派车去接我能不走吗？”

“好了，不说这些。今天好歹总算给你送东西来了，不看僧面看佛面，你就随意地施舍点儿银子，多少也算是你积善积德嘛！”和尚的话也不知是在求他还是在损他。

吉川既不是个大方人，更不是个大善人，听过和尚的话，摊开双手，冷笑了一声：“我来了三个多月，现在连路费都不够了，谁来给我施舍积善积德呀？你快走吧！”

和尚仍不罢休还想继续纠缠，忽有一衙役推门进来恭恭敬敬地把一张名帖呈给吉川说：“法师，申大人即刻前来拜访。”话音未落，传来一声炮响，衙役补充道：“申大人出衙门了。”

和尚一见衙役，就像老鼠见了猫，耷拉下脑袋，拔腿便溜，但出了院门不几步，即被随后跟出门来的衙役追上。衙役伸手摘去他的帽子，盘在帽中的长辫甩落下来，露出了假和尚的本来面目，衙役当即厉声训斥：“想骗人哪儿不能骗，怎么去找洋人？知道吗？他是日本国的法师，是洋和尚，连县太爷都怕惹起国际纠纷，不敢丝毫得罪。你难道是吃了豹子胆，敢去招惹是非，你算老几？”

撞见衙役后慌忙开溜的和尚既已露馅，干脆破罐子破摔，仰起脖子自有一番歪理：“我算老几？我是明来明去，光明正大的骗子，而他却偷偷摸摸，去莫高窟暗中下手骗道士。听说那王道长气得病倒在炕上，差点儿送了条命。你们口口声声称他是法师，我看他连我这个骗子都不如！”

一通怪论噎得衙役竟无言以对，赶紧轰他离开后忙去迎接由衙役们鸣锣开道、打着“肃静”“回避”的牌子、前呼后拥、坐着八抬大轿出来拜客的县太爷。

申知县来看吉川不是第一次了，如果说以前的来访是出于礼节上的原因，过来喝喝酒、聊聊天、无所事事的话，那这一次却不一样了。革命党的活动日趋激烈，真真假假的各种传言沸沸扬扬，敦煌这座边远小城暂时虽还平静，但一个日本人长期住在这里不走，甚至还在房顶上挂起太阳旗，确实既不安全又招惹是非。他生怕有什么意外引起什么祸端，便特意备上酒菜，带上心腹刘师爷前来，名是饮酒叙谈，实是婉言进劝来了。果然，当衙役们从提盒里取出菜肴摆上后，酒不过三巡，谈话便引入了主题。

吉川听刘师爷提及革命党后似也有些担心地问：“申大人，近日风闻肃州以东，革命党势力蔓延，新疆迪化暴民活动频繁，不知此情是否属实？”

早有思想准备的申知县回答道：“革命党群起于关内，确有其事，但新疆迪化骚动之说，敝县尚未有所闻。”

“谣言风起，人心惶惶，大人将何以稳定民心，安抚百姓？”

“近日参将大人已下令加强戒备，每晚有200兵丁上城巡逻，以求保境安民。”

“如此说来，我等可以高枕无忧了？”

“不，敦煌地处偏僻，民风闭塞，对外人很不了解，唐突鲁莽之事时有所闻。值此时局动荡之际，种种意外极易发生，为安全之计，法师似不宜在此久留。”

“我来此接应之人迟迟不到。若擅自离去，误了大事，将无法向法主复命？”

“法师不必多虑，由此西去哈密不远，你不妨去那里等候。一是那里驻军多，相对安全；二是你要接的人如果到了，敝县一定妥善护送他去与你汇合，这样既安全又妥当，不是两全其美嘛。”

吉川明白了申知县的话意，趁着酒性，举起酒杯质问：“大人，你这是在下逐客令吧？”

刘师爷见吉川神态有异，连忙举起杯来敷衍：“法师，申大人直言相告也是一片好心，绝无半点儿勉强之意。”

申知县为了缓和气氛也起身与吉川碰杯：“是留是去，法师自行定夺。当此非常时期，只有平安无事，方能皆大欢喜！”

当申知县与吉川谈论去留问题时，在兴隆客栈的堂屋里，秋莲、宋福和夏莲也紧闭大门，在油灯下谈论近日过往客商和行人的传闻。有兰州商人说，南方各地革命军连连得胜，有的地方打出反旗宣布独立，革命党的前锋队伍已步步逼近京城，兰州城的防军也频频调动。有南方过客说革命军打的旗号是推翻腐败朝廷，实行共和，大军所到之处，纪律严明，从不骚扰百姓，大家不必担心。但有些唯恐天下不乱的散兵游勇、地痞、流氓、土匪趁火打劫，倒是值得提防。还有过往的行人说东边肃州、凉州等地，西边烟墩、星星峡一线，近日来土匪十分猖獗。

种种传闻勾起了秋莲和宋福的忧虑，他们暂藏截获后的那几箱东西会不会被土匪发现？此前，他们曾多次谈及将其取回送归莫高窟均未能定夺。如今，世事纷乱，匪情频传，形势所迫，已不容再有拖延，便当机立断决定采取行动。

稍作准备，秋莲、宋福又联络好原班人马上路了。他们不待天明，骑上马赶着车，踏着昏黄的月色出发，沿着驿道无声无息地疾步行进，走了整整一天才临近目的地。一直在队前引路的宋福在马背上仔细地辨认过道旁的地貌、地物等标志后把大家领下驿道，又走过一段散布着红柳丛的戈壁荒野，前方出现了一列横亘如蚕的山丘，眼看快到目的地了。突然，前方闪动着一点儿火光，宋福深感情况有异，警惕地招呼大家停下，等他先行前去探察。人们不知发生了什么事情，都立在原地不动，耐心地等候。空旷静寂的原野里，只有不懂事的马匹或喷鼻，或踏腿，偶尔弄出一点儿声响。

过了好一会儿宋福才回来告诉大家，前方有十来个土匪，有刀，有枪，有马，正围着一堆篝火喝酒、吃烤肉。秋莲问能不能绕路过去不惊动土匪，以避免发生冲突。宋福说不行，因为那些匪徒就待在他们藏东西的土屋边上，要取东西必然正面接触。

意外的遭遇，给他们出了个难题。因为出发之时虽然考虑安全，有人随身带了几支火枪，但毕竟是打算来取东西而没有准备打仗。现在面对十几个带刀带枪的亡命之徒，如果正面交手，显然敌强我弱，不仅难以克敌制胜，反而可能造成伤亡；如要保证安全，只能暂时后撤，避免冲突，但又恐土房中藏的东西发生意外。真是攻也不是撤也不是，让他们进退两难。幸好秋莲当年在老家见过大世面，有过对付洋鬼子的经历，沉默片刻后她很冷静地想好了办法，并得到众人的赞同。

就在秋莲等进退维谷之际，久候敦煌的吉川也正为他的去留问题所困扰。那天晚上，窗外一弯新月当空，不免引起了吉川思乡的惆怅。他吩咐当过几年厨师的李毓庆做了几碟小菜陪着他饮酒解闷，并对月赋诗一首："敦煌月，故乡夜，雁叫声声游子魂……"但也是借酒消愁愁更愁，几杯白酒下肚的他烦躁不安地抽出佩剑一阵飞舞后，又仗剑在粉墙上重重地刻了一道，然后数数剑痕，大声地抱怨："老李呀！咱们来敦煌整整 114 天了，县太爷都换了一茬，又都劝我们离开，可咱们的桔君也不知胡跑到哪里去了？"

陪坐一旁的李毓庆心想，情势确实如此。原来与吉川已经混得很熟的申知县已经卸任走了，新来的一位四川籍胖知县上任后，吉川虽然也带着厚礼去拜访过，但毕竟有些生分。在这种局面下，作为一个中国随从的他，只能捉摸着吉川的意思，顺水推舟，"既然桔君行踪不明，候在这里也没个日期，两任县太爷唯恐革命党闹到敦煌来安全难保，一再催我们离开，我们何不以此为由回去向法主大人复命。"

吉川听后连连摇头："不行，不行，法主派遣时有令在先，说桔君只身深入中亚腹地探险早已过了归期，难免遭遇凶险。此次前来接应，法主寄予厚望，赋予重任，嘱我生得见人，死得见尸，不达目的不得返回。如今未见桔君，回去怎么向法主复命？"

"留也不是，走也不是，那你说怎么办？"李毓庆也没辙了。

"怎么办？"吉川把佩剑扔在炕上，"你记录一下，明天你去安西给法主发一份电报。"

李毓庆拿出纸笔："你说，发什么内容？"

吉川缓缓说："你这样写，桔下落不明，需大搜查。无钱，电汇 3000，至肃州中国银行。盼电复安西。吉。"

当吉川决定给法主发电报时，秋莲、宋福对付土匪的行动已暗中布置停当。

弯月西斜，时过午夜。在黑乎乎的沙丘下，黑洞洞的破屋旁，十几匹鞍鞯不卸的马系在篝火外围，十几个衣帽不解的匪徒挤在篝火四周。他们以马匹挡风，以篝火取暖，裹着光板皮衣横七竖八地胡乱躺卧在沙地上。大概是由于酗酒过量，他们连岗哨都没放一个便已呼呼大睡。静静的夜空下，只有篝火堆里不时响起柴枝爆裂声和此起彼伏的阵阵呼噜声。

"叭！""叭！"突然两声枪响，东北两侧火光闪动，蹄声杂乱，人喊马嘶，沙尘飞扬，似有大队人马近逼之势。鼾声中的匪徒们惊醒了，有人惊恐万状地高喊："快起来，官军来了！"有人失魂落魄地高呼："官军来了，快跑呀！"突遭意外的众匪徒如惊弓之鸟，如围猎之兽，酒劲未去，睡眼惺忪，一个个争先恐后地从沙地上跃起，慌忙火急之下，既无人指挥，也无人还击，一枪未发，一招未过，乱哄哄地各自争夺马匹，呼啦啦地向着未见火光的西北方向逃命而去，在尚未完全熄灭的篝火旁丢下了许多弃物残食。

直到匪徒们远去后，宋福、秋莲等才得以接近破土房，所幸当初存放时木箱上盖满了沙土未曾被人发现，方才得以保全。他们清除积沙，把木箱装上马车后，又打下红柳梢，挖来梭梭柴，密匝匝地堆盖在车上，装饰得很像打柴归来的样子，这才原路返回。

再说吉川那里，过了一夜起身后，李毓庆遵照吩咐，备上马带了熟悉道路的当地人，出发到 300 多里之外的安西发电报去了。

李毓庆离去后，心事重重、坐卧不安的吉川披上皮衣上了街，看似无事闲逛，实是探听风声去了。夜晚实行戒严的敦煌城到了白天也要盘查过往行人，他信步在城中转悠了一阵，又去县衙门外看了看安民告示，这才无精打采地回来，低着头推门进院，冷不防一个人紧随他身后冒冒失失地追了进来。吉川愣神一看是位身着维吾尔族冬装，扣着皮帽还戴了副有色眼镜的地地道道的维吾尔人，当即厉声呵问："你找谁呀？是找我的房东吗？他带着猎鹰抓兔子去了。”

追进院门的人说：“我不找房东就找你。”

“找我，找我干吗？”吉川莫名其妙地摇头，“我不认识你，请走吧！”

来人从容回答：“你不认识我，可我认识你呀！你不是在等我吗？”

“等你……你……你是……”吉川的目光扫视着来人，见他摘去墨镜、脱去皮帽露出真容，这才喜出望外地大呼：“啊！是桔君！我都在这儿苦等你四个月了，刚派人去发电报说你下落不明，你这就出现了！”说着便伸出双臂猛地向他迎去。

久盼相遇，异国相逢，两人紧紧地拥抱在一起，激动得说不出话来。过了好一会儿，吉川才拍打着对方的肩膀半开玩笑地问：“你是皈依了伊斯兰教还是当了上门女婿，怎么打扮成维吾尔人了？”

欣喜万状的桔瑞超解释道：“听说这边革命党闹得很厉害，我要不化装，雇来的那些人都不肯跟我走，他们教我装乞丐、装阿訇，连头发都差点儿给剃掉了。”

吉川开心大笑：“剃成光葫芦，那不正好么，回去真的出家当和尚也免得再剃度。”

一阵喜笑颜开、打打闹闹的见面之后，吉川把桔瑞超领进屋里，他先是派人去追李毓庆回来重拟电报内容，好向法主报平安。后是从行囊里取出信件交给桔瑞超。趁着他急不可待地拆信，如饥似渴的读信时，又翻出一些罐头、食品一一摆在炕头上，瞅着他看信的间隙，指点着介绍：“这是法主念你辛苦，特意带来慰问你的羊羹，这是令尊令堂大人寄托思念，捎给你的名古屋特产。”

一直跪在炕上看信的桔瑞超，把读过的书信塞在贴胸的衣服里，把吉川捎来的东西紧捧在手里，眼泪哗哗地对天长叹：“我自 1910 年（明治四十三年）8 月 16 日从伦敦出发，到今天 1912 年（明治四十三年）1 月 26 日，整整 17 个多月了，我日日想、夜夜盼，期待着早日完成任务，圆满地回去向法主交差，平安地回到亲人们的身边，也不知这个愿望何日才能实现……”

桔瑞超与吉川小一郎、李毓庆在敦煌留影

“是呀，法主和你的家人也念叨着你早就该回去了，就怕你出意外，把人都急得要死，现在见你平平安安，真是太好了，太好了！可你怎么在新疆滞留了这么久呀？”吉川又是宽慰又是探问。

“啊！出乎意料的遭遇，难以设想的困难，接二连三，层出不穷。就以出新疆来说吧，本想自于阗向南翻昆仑山过藏北无人区经青海走过来，没想到连遭三次失败，差一点儿把命都丢在了渺无人烟的风雪高原。迫不得已这才穿越死亡之地罗布泊荒漠来这里。”说起九死一生的往事，桔瑞超似乎仍有余悸。

吉川不愿搅乱重逢的喜悦气氛，当即扭转话题告诉桔瑞超，这里的知县大人、参将大人一再催促说近来革命党人活动日益猖獗，敦煌恐不是安全之地。但为了执行法主的指令，只得硬着头皮在此等候，目前既已会合，是否应当尽快离开。桔瑞超听后竟不以为然地表示，他来敦煌不仅只是单纯地经过，而是另有重任，他反问吉川去过莫高窟吗？弄到那里秘藏的古卷了吗？当听说已有 100 多卷到手时，他却嫌太少了，因为他在伦敦、在巴黎听斯坦因、伯希和都异口同声地说那里的秘藏多达数万卷。吉川辩白说，据他了解正是那些英国人、法国人还有俄罗斯人去过，每次都是骆驼载、马匹驮、大车装，无不满载而去，剩下来的又奉命运送京城去了。桔瑞超不肯轻信地问：“真要全送京城了，你这百多卷又是从哪儿来的？”吉川一听也觉言之有理，他们这才商定，立即派人再去莫高窟摸摸底细。

当秋莲和宋福等人护着两乘装满柴火的马车到达太青宫门前时，三青闻声跑了出来，见是一伙熟人，高兴地迎上前去替秋莲拉马，同时又数落道：“秋莲姐，你好久都没来了，你不是说还要帮我们做饭吗？”

秋莲跳下马背，见周围有许多香客、游人，便大声地回答：“不是专门请了人做饭吗？就把我免了吧。寺里现在人多，怕缺柴火，给你们送柴火来了！”

三青指指院墙一侧：“就卸在那边。”

秋莲见人多眼杂，与宋福交换了个眼色才回答：“都走累了，歇一会儿再卸，俺们先去看王阿菩吧！”

操劳过度的王道士近年来身体日渐衰弱，栈桥工地塌方造成的人员伤害，日本法师巧取豪夺引起的不快，折磨得他像生了一场大病，竟至卧炕不起。当他听见走动的脚步声，看见三青陪秋莲、宋福等人进来，连忙让杨先生把他扶起，对着来人问：“是什么仙风把你们都吹来了？”

秋莲走近炕前回答：“王阿菩，真是刮了仙风，不但把俺们吹来了，而且把那个伯先生骗走的一些宝物都给吹回来了！”

王道士不住地摇头：“别寻开心了，我不信，那个不讲信义的家伙把经卷弄到京城去大肆张扬，哪还能弄得回来！”

宋福插嘴道：“要是出了神仙呢？”

“出了神仙？”王道士依旧不肯轻信。

“王阿菩，你不信么，神仙就在你眼前。”

“在我眼前！我怎么看不见？”

“心诚则灵，王阿菩，你闭上眼睛就能看见。”

“是吗？”

秋莲解释道：“王阿菩，不骗你，真的是当年在半道上截下来的东西，一直藏在外面，今天专程给送回来。”

“是真的就好，我这一辈子可是一再上当，让人给骗怕了。”说着王道士就来了精神，挣扎着要起身下炕，“东西在哪儿？让我去看看。”

秋莲伸手阻挡：“别急，别急，东西还在马车上，现在外面人多嘴杂，消息传出去怕又不得安宁。”

宋福也说：“等晚上再卸吧，王阿菩，你说放到哪儿才安全？”

当王道士还在思考时，三青提出建议：“师父，另选个洞子把它封起来！”

杨先生也支持三青的意见：“对，让它重归秘境，留给后人。”

王道士点头称是：“就这么办吧！今晚上卸下来暂存在库房里，随后再作安顿。”

入夜后，乌云遮月，太青宫前香客、游人散尽，正是卸车的好时机。宋福等急忙掀掉柴火，把马车赶到寺门前，摸着黑不举灯火、不声不响地不一会儿工夫就把车上的木箱全部搬进了寺内。他们自认为做得干净利落，但却没有觉察吉川派来的人早已潜藏在附近的树丛中，此人不仅看到了卸木箱的全过程，而且还在夜色掩护下混入搬运的人群跟着进寺去走了一遭。

太阳已经升得老高了，桔瑞超仍躺在炕上抱头酣睡。吉川匆匆推门进屋叫他起来，说已吩咐在二乐庄当过厨师的老李做了几个日本菜给他解馋。极度困倦的桔瑞超刚睁开眼睛又闭上说他得先还瞌睡债。吉川叫他不起，连忙告知是派去莫高窟的人有了意外发现。桔瑞超一听，刚闭上的眼睛又睁开，并立即翻身起来，两人一阵商量，慌忙火急地进餐后，便提着礼品出门去了。

此时的敦煌城里，街市冷落，车马稀少。路口有兵丁设岗，街上有警察巡逻，过往的人们，行色匆匆，神情紧张，无不显露出惊恐不安的表情。吉川偕同已经更装的桔瑞超经过县衙，衙门口增添了许多新近招募来的兵丁，他们穿的是前胸后背缀有“防队”字样的服装。衙门旁土墙上新出了告示，不少人围在那里一边看一边低声谈论道听途说的消息。

吉川带着桔瑞超经过县衙门口却没进去，桔瑞超不免小声询问：“怎么不去拜访知县？”

吉川解释说：“刚上任的县太爷，还不摸底细，冒冒失失地去求助恐怕会碰软钉子。”

桔瑞超看看手中提的一包东西又问：“那我们去求谁？”

“与我有过交情的刘师爷。”

“他肯帮我们吗？”

“请放心，有钱能使鬼推磨！”

刘师爷的寓所在离县衙不远的地方，由于没有带家眷，单身的他只租住了一处民宅的两间偏房。两位稀客的到来，让他深感意外，客人们赠送的香烟、肥皂、罐头，更令他惴惴不安，他望着摆在桌上的那些花花绿绿的东洋货，抱愧地说：“无功不受禄，这么贵重的礼物我怎么领受得起！”

桔瑞超十分客气地表示：“难得相识，交个朋友嘛。”

“啊，那可是高攀了！”刘师爷是混迹官场的老手，当即表现出“恭敬不如从命”的样子，露出既懂行又领情的口气，直言不讳地试探：“先生有什么事需要我效劳吗？”

吉川当即介绍：“桔君是佛门中人，也是大谷法主的高足。”

刘师爷一点即明，立即改口：“那还是应该称法师，法师有何见教？”

桔瑞超提出要求：“初来这里，不识途径，有点儿小事要去拜望知县大人，想请刘师爷引见。”

“去见新知县？”刘师爷有些发懵地望着吉川，“法师没见过他？”

吉川解释：“见是见过，但只是一般地客套应酬了几句，不知他为人如何？都说新官上任三把火，不便冒昧去求他，”

客人的话勾出了刘师爷的满腹牢骚：“为人如何？你们不知道吗，一朝天子一朝臣，这个川耗子可是太缺德了！”

“他做什么缺德事？”吉川听出了话外之音。

“什么事？他初来乍到人地生疏，申大人离任前，刻意挽留我。申大人走后，他另有中意的人选，又变了脸，昨天突然令我即刻交差。我如今是留下失去了饭碗，回乡又缺少盘缠，上天无路，入地无门，被逼得进退两难。你们的事帮不上忙了，不当师爷这礼物也不便收了，真是抱歉了、抱歉！”刘师爷情不自禁地尽吐心酸。

机灵的吉川觉得这位落魄的师爷仍有利用价值，与桔瑞超交换了眼色，又稍加思索后想出了一个新的点子，便以肯定的口气宽慰刘师爷：“不用抱歉，桔君的事你不仅可以帮忙，而且还能得到回乡的盘缠，甚至养老的余钱。”

“啊，难道是天上掉肉馅饼，世上能有这样的美差？”刘师爷一时哪敢相信。

吉川直率地问："我问你，真要有这等好事，你敢不敢干？"

似已走投无路的刘师爷咬咬牙回答："干！"

"这就好。"吉川再问，"我问你，你交差的事，衙门外知道吗？"

"昨天的事，外面肯定还不知道。"被问得懵懵懂懂的刘师爷反问，"你们到底要干啥？"

吉川又看看桔瑞超，然后取出一个银锭放在刘师爷眼前说："这锭银子你先收下，事成之后另有重谢。"

久卧在炕的王道士心中一直惦记着栈道维修工程，及至心情好转，便急着让杨先生陪伴他去工地查看。他时而缓步行进，时而停下来对工匠们指指点点，即将竣工的一段栈桥给了他一些宽慰，虽然还有不如愿的事压在心头，但他为自己维护洞窟和增塑道家尊神的计划步步推进而欣喜不已。不过天有不测风云，就在病后的他满布皱纹的老脸上刚露笑容时，三青又上气不接下气地跑来报告："不好了！师父，衙门里的刘师爷带一队差兵闯进寺里说要搜查！"

听说搜查，当兵出身的王道士既感意外，又有些紧张，这类倒霉的事，他来莫高窟后已先后遭遇了三次。一次是初期的土匪打劫，一次是老毛子寻衅，再一次是"小叫驴"抓人。每一次都像是天外飞来的横祸，不是财物受损便是好人遭殃，每一次都像做了一场噩梦，在他的心上加抹一层阴影。特别是那次"小叫驴"以窝藏要犯的罪名把他抓去投入黑牢后，他寻思护窟建寺的事将半途中断，看破红尘步入空门的他，也许只能在牢狱里了结残生了。他既丧气又灰心，既愤懑又无奈，除了祈求神灵保佑，他深感苦海无边。但就在他似已陷入绝境之时，忽有差人前来叫他，他以为是提他去过堂定罪，没想到差人说是叫他去念经。他问到哪里去念？差人说让他回莫高窟去念。他问是哪位大善人发慈悲，差人只肯含含糊糊地透露是衙门里的一位夫人。回到莫高窟后他确实为救他出狱的善人做了道场念了经，但他一直无法知道那位善人的姓名。想不到过了好几年，衙门里的差兵又再度"光临"，虽不知出了什么事，会有什么后果，但毕竟凶多吉少、在劫难逃，就是天塌地陷，也只得硬着头皮去应付呀！

太清宫里，库房门前，歪七扭八地拥立着一群身着"联防"装束的兵丁，吉川所雇用过的仆从也混迹其间。此行，吉川没有露面，只有刘师爷陪同桔瑞超站在兵丁之中。刘师爷见杨先生和三青搀扶着王道士走来，挥手让兵丁们闪开通道，待王道士慢步走近，他才装出一副悲天悯人的样子，满脸堆笑，套着近乎，虚情假意地表示问候："王阿菩，听说你贵体欠安，在下特意赶来问候。"

王道士一见兵丁上门耀武扬威的阵式，心里自是不快，暗想哪有领着人马闯进寺院来问候的道理，但既然对方客套，也只能勉强地以笑脸相答：“啊，身染风寒小疾，哪敢惊动大驾，刘师爷兴师动众，领兵远来，怕是有什么事吧？”

刘师爷收敛笑容，开门见山地回答：“是呀，无事不登三宝殿。近日乱党益发猖獗，甘肃境内私送传单，暗运军火之事层出不穷。莫高窟人来人往，想来消息灵通，在下率队前来明察暗访，还望王阿菩深明利害，能以朝廷大事为重，鼎力支持。”

“是，是，贫道理当支持。”王道士连连称诺。

刘师爷一声冷笑：“嘿嘿，支持就好。那我问你，有人密报，近日有两乘马车鬼鬼祟祟地深夜来此卸货，不知是否属实？”

王道士对于刘师爷带兵直闯库房本已有所警觉，此时又听他提起马车卸货之事，自知运回东西一事已经泄露，只得如实承认：“确有其事，但那是光明正大的。”

刘师爷对王道士的辩白毫不理睬，表情严肃地追问：“密报说，那马车上卸下的是弹药军火，不知王阿菩知情否？”

刘师爷的话令王道士为之一惊，急忙申辩：“不可能，不可能，绝对不可能！”

其实刘师爷也听吉川讲过那不可能是军火，他故意虚张声势，拉上乱党密谋之说，完全是他们商量好的逼王道士就范的一个圈套，于是他依计而行，步步紧逼地追问：“要不是违禁之物，马车上为啥要覆盖柴火？为啥不敢在光天化日之下卸车？要不是弹药军火，那你说是啥？”

“是……是啥？我也不知道……”王道士头上直冒虚汗，说话也结巴起来：“我、我只知道，知道是位不愿留名的施主，捐、捐、捐赠给寺院的东西。”

刘师爷好像抓住了把柄，趾高气扬地改了口气，打着官腔指责道：“当今乱党猖獗，世事艰险，道长你既然说不清、道不明，那怎能不遭嫌疑？我看就来个当面检验，既为了证明你的清白，又可了却了我等的差事，两全其美，不知王道长意下如何？”

王道士虽然没开箱看过，但出自对秋莲的信任，深信那些木箱中装的是伯先生弄走的经卷而绝非军火，不过他又极不愿意让那些东西暴露在外人，特别是衙门来人的面前，心情极端矛盾的他看看左右搀扶的杨先生和三青，急得说不出话来。

立在一旁始终一言不发的桔瑞超见状后对刘师爷使了个眼色，刘师爷又继续施压：“王道长，好好想想，真要沾上交往乱党的罪名，那可有杀身之祸呀！”

王道士再看看四周，看看堵在库房门前的兵丁，自知已无退路，只得横下心来吩咐三青：“去吧！把开库房的钥匙取来。”

趁着三青去取钥匙，兵丁们搬来木椅在库房门前左右各放两把，让王道士、杨先生坐在左边，刘师爷、桔瑞超坐在右边，他们虽各怀心事，但当库房门打开后都全神贯注地看着“防队”兵丁把木箱一只只地搬出来开箱检验……

就在开箱前的一瞬间，椅子上的人坐不住了，都急得不约而同地站了起来，四对神色各异的目光都聚焦在木箱上。

第一只木箱打开了，木箱里既不见弹药军火，也不见经卷、文书，箱中所盛之物只是一个用草席包裹的彩塑佛头。

刘师爷茫然若失，下意识地侧眼去瞅桔瑞超，心里不免怪罪这位日本法师苦心策划、精心安排、兴师动众而来，难道就是为了这残缺不全的泥塑？

桔瑞超也是心中无数，他故意不理会刘师爷，脑子里却在思考难道吉川君获得的情报有误。他显然感到失望地回身坐下，故作镇静地继续关注着开箱。

只有王道士如释重负，木箱里没有经卷文书，他大可放心了，但他也弄不懂，那伯先生为啥要把泥塑的佛头也偷走？

第二只木箱打开了，木箱里装了几只泥塑佛像的残臂残手。

第三只木箱打开了，木箱里有一块虽然不大但却雕刻精美的石碑。

第四只木箱打开了，箱子里竟然是一些铜佛、烛台、香炉之类的东西。

……一连几只木箱都打开了，原来里面盛的都是当时因有多余的木箱而由伯希和吩咐随从顺手装入其中的杂物，本想发去迪化充数，没想到竟然又给运回来了。这些东西对于喜好古董的人来说，也许还有点儿收藏的价值，而对于经手开箱的“防队”兵丁却丝毫不感兴趣，以致当搬木箱的兵丁高声报告“最后一箱”时，开箱的兵丁竟懒得动手并故意地问：“还要开吗？”

静坐在木椅上始终提心吊胆、惶惶不安的王道士似乎快解脱了，他装作没听见兵丁的问话，故意露出坦然的神态，侧身探望刘师爷。

刘师爷眼看由自己出面点的这出戏快终场了仍然一无所获，神情沮丧地避开王道士的视线，耷拉下脑袋，对兵丁的问话不置可否。

只有长时间一言不发，静观着事态发展的桔瑞超仍不死心，年轻气盛的他活像个快要输光而又不肯服输的赌徒，宁愿孤注一掷，也要拼到最后一刻，当即打破沉默对开箱的兵丁一声大呵：“开，打开！”

在紧张、压抑的气氛中，在众目睽睽之下，最后一只木箱被打开了，还没有看清箱中装的是什么东西，开箱的兵丁首先从木箱里取出一个信封递给刘师爷，刘师爷抽出信纸念出声来：“尊敬的大人，遣人送上古卷一箱、古物一批以昭信誉，以致谢忱。因改道而行，不能登门拜别，望多珍重。惜别依依，但愿后会有期。知名不具。”书信念罢，木箱中的包布已经掀开，包布中盛放的全是古色古香的经卷。

经卷出现后，检验现场的情势陡然剧变。王道士脸上的笑意顿然消失；而桔瑞超则是喜出望外；刘师爷更像是抓住了什么把柄，竟然发出阴阳怪气的腔调问："王道长，这'尊敬的大人'是谁呀？"

王道士平心静气地回答："不知道。"

刘师爷又问："那'知名不具'的又是谁，你该知道吧？"

王道士依旧不动声色："不知道。"

极度阴险狡猾的刘师爷提高了嗓门："左一个不知道，右一个不知道，那我再问你，这一箱卷子是不是你藏经洞的？你总不能再说不知道了吧！"

听着刘师爷像审犯人似的厉声责问，王道士再也无法忍受，不禁忿然作答："贫道学识浅薄，对古物更是一窍不通。我说过，这批东西是无名施主所赠，当着你师爷的面才一一打开，我见到的你也见到了，我知道的你也知道了，至于是否出自藏经洞，贫道一无所知，还得向师爷请教。"

王道士不软不硬的一席话，一时间竟把足智多谋、能言善辩的刘师爷噎在了那里。急得一旁的桔瑞超暗自挥拳向他示意，他这才凶相毕露地威胁道："真是敬酒不吃吃罚酒，道长既然不肯实说，那就只好公事公办，请你到衙门里去过堂吧！"

倔强的王道士已无脱身之计，无奈地吩咐三青："去把我的老羊皮大衣取来！"

三青担心地问："师父，你要干什么？"

"干什么？你没听见吗，刘师爷要请我到衙门里去过堂！"王道士气愤不已。

三青一听师父要去衙门，立即想起当年"小叫驴"抓人的事，他生怕师父又遭毒手，便借取皮大衣之机自作主张，溜出太清宫，绕到院墙外的牲口棚拉了一匹马，快马加鞭，要去兴隆客栈向夏莲、秋莲告急！

第二十二章 狼狈为奸夺经卷 拆墙盗画毁米兰

三青去取皮衣一去不回，王道士默默静坐一丝不动。刘师爷故意摊牌的本意是想吓唬吓唬王道士，只要他交代出眼下这批东西的来头，能从中发现一点儿破绽，随便找个岔子，多少有个借口能把一箱古卷骗下来交给桔瑞超也就大功告成。没料到这个老道像是粪堆里的石疙瘩又臭又硬，软的不吃，硬的不怕，一时间真的感到有些辣手。桔瑞超自一箱古卷出现时，便暗自高兴得心花怒放，他不想刁难王道士，但又想能有什么办法既能避免冲突，又把古卷弄到手。

无声的沉默，紧张的对峙，持续了很长很长的时间。突然一阵钟声响起，杨先生闻声而动，不失时机地站起身来转圜道："刘师爷，开斋了。检查了半天，大家也够累的，先去缮堂吃点儿斋饭再说吧！"

怎么又安排开斋了呢？原来熟习官场规矩的杨先生一见兵丁上门就预感道十有八九不是好事，他们从老远的县城跑来，不招呼吃饭能打发走吗？所以他早已给灶上打了招呼准备斋饭。

一顿简单的斋饭，虽然算不了什么事，但毕竟缓解了双方的对峙、冷落、尴尬的气氛，换得了思考、商谈、沟通的时间。

斋饭既毕，杨先生陪同刘师爷、桔瑞超至客厅用茶。刘师爷不见王道士跟来，便问杨先生："王道长哩？"

"啊，是这样的，寺里立有清规，斋饭之后要做功课，他去经堂上香念经去了，一会儿就来。刘师爷有什么吩咐就对我讲吧！"杨先生嘴上如此敷衍，但实际上是他坚信"后退一步天地宽"的理念，暗中指使王道士暂时回避，好由他出面去争取寻求一个化解矛盾、解决问题的妥当办法。

刘师爷却是财迷心窍，他在吉川的买通之下，大着胆子再来冒充一次县衙的师爷，本想能趁着世道混乱帮人家骗点儿东西，为自己挣点儿银子做盘缠，也好逃之夭夭，所以也把杨先生的安排当成了台阶，便降低了调门，做出息事宁人的样子回答说：“那也好，你是读书人更明事理。你想，敦煌人谁不知道这藏经洞的经卷，既有前任知县大人亲自加封在前，又有朝廷电令解运京城在后，如今却又经人举报，当众在太清宫里缉查出来，身为寺院住持的王道长是监守自盗还是非法截留？把他带上公堂，他能脱得了干系，能说得清楚吗？”

听过刘师爷的数落，作为局外人，杨先生自有一番见解：“是呀，有口难辩，他是可能说不清，因为他确实也不清楚事情的底细。不过人所共知的是，道长他操劳半世，淡泊为生，广结善缘，护窟建寺，兴教济世。如今，人虽衰老多病，但却无一砖一瓦之私产，无一分一厘的私蓄，孑然一身，两袖清风，试问，这些招惹是非的经卷盗之何益？留之何用？再说谁也不能证明这些经卷就一定是藏经洞的呀！”

刘师爷毕竟是受人贿赂而来，也是装腔作势，心里并不踏实，对杨先生的辩驳实在不便计较，心想既然有第三者出面，不正是个值得利用的转圜之机么？善于见机行事的他，立即缓和口气说：“道长的德行，人所共知，谁也不想为难他，但今日之事已是众人所见，如果没个适当的说法，我回去怎么交差呀？”

一时间，对话暂时停顿了下来，相互间好像都在思考对策。关键时刻，坐在一旁静观事态发展，一直少言寡语的桔瑞超似觉时机成熟，便提出建议：“刘师爷，既然王道长也是个有德行的人，就不要为难他了，得饶人时且饶人，就把查获的一箱来历不明的东西带回去交差吧！”

“不带人回去怎么交差？”

“就说道长有病，不便上路，这一箱施主捐赠的来历不明之物，愿交官府处置。”

当着杨先生的面，简单的几句话让刘师爷完全领会了桔瑞超的意思，他当即表示：“这也许是个好主意。人家和尚、道人都讲究慈悲为本，为人消灾免难，咱们也大事化小，学着积德行善吧！杨先生，你看就这么办行不行？你能代王道长做主吗？”

杨先生既不知道桔瑞超的真实身份，更没看出两个人是相互配合地在演戏，他心里最担心的是怕这一箱东西处置不当会进一步引发事端，暴露出当年经卷送京前曾有暗自转移匿藏的事情来。所以当桔瑞超提出建议后便跑去转告王道士，返回后才代表他表示认可：“就按你们的意见办吧！只不过王道长担心上交施主捐赠之事传扬出去，免不了会遭众人指责，今后再要去化缘兴教，恐怕就困难了。”

就在杨先生离开的时候，刘师爷与桔瑞超之间也进行了商量，作为刘师爷总担心干这样的事虽然能骗过一时，但不一定能混过一世，哪一天捅了出来，少不了得落个

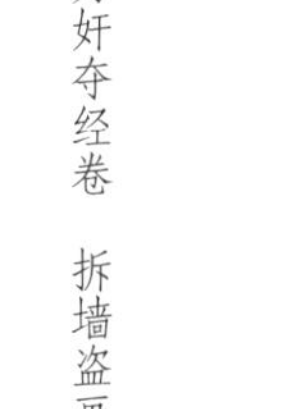

坏名声。而桔瑞超本不想给自己脸上抹黑、遭世人唾骂，也想采取点儿遮掩的措施，所以当杨先生表态后，他便拿出四个银锭放在茶几上说："此事只要不大肆声张，老百姓也很难知道，这点儿银子捐给寺院，权当是对道长兴教事业的支持和补偿吧！"

一见桔瑞超出人意料地拿出银锭来，杨先生的脑子里便浮现出伯希和、斯坦因、奥勃鲁切夫、吉川小一郎等有的捐银子、有的送杂货、有的花言巧语、有的巧取豪夺，一批批弄走藏经洞经卷的一幕幕往事，不由得抬头把对方注视了片刻，见对方不但是黑头发、黄皮肤、黑眼珠、双眼皮、薄嘴唇，长得眉清目秀，说得一口汉语的青年，而且又是与刘师爷平起平坐的县衙里来的人，不敢多有怀疑，只得取出功德簿双手呈上说："这银子既是捐给寺院，那就在功德簿上留个名吧！"

桔瑞超哪肯留名，他婉言推谢道："不必了，不必了，为几锭银子白纸黑字写在簿上，万一把这箱东西的事牵扯出来，对道长也不太好吧！"

杨先生听罢也不便勉强。

就这样，秋莲、宋福、石虎等人奋力夺回的上百卷出自藏经洞的秘藏古卷，便这样糊里糊涂地在王道士眼下被明目张胆地讹诈走了。而桔瑞超对此却讳莫如深，在他亲笔所写的个人游记《中亚探险》中曾明明白白地写道："1908 年，斯坦因博士将从这里所获的大部分古代经文转移到伦敦博物馆公开展出，使敦煌更成为世上无人不晓的名胜。这件事对中国政府来说，无疑是非常难堪和痛恨的。据说从那以后，严禁买卖密藏于古寺院里的宝物。"而他虽在敦煌逗留了十天，但对此事却只做了一句轻描淡写的供述："斯坦因博士共带出 29 箱，据说其中五箱是古代佛画。我也搜集到一些斯坦因博士剩下的、藏匿于僧人手里的东西，先后带回国来。"至于是怎么搜集的，到手了多少，却只字不提，大概是心虚理亏，不便如实陈述吧！据《敦煌简史》记载："从王道士手中，吉川骗买写经 100 余卷，精美彩塑两尊。桔瑞超先后骗买 369 卷写经。"桔瑞超在《中亚探险》中也有一段记述："那么带回来的都是些什么东西呢？书写在纸上的文字，有汉文、属于梵语系统的文字、摩尼文、回鹘文、西夏文等各样的文字。""还有绘在绢上的画，有佛、菩萨像，也有画世俗人像的。绢画以外还有画在麻布上的画、黑墨画、刺绣的画、画在纸上的画等等。"

等到刘师爷带着"防队"兵丁离去后，神情颓丧的王道士才又回到库房门前，站在散乱置放的木箱旁，对着那些开了盖的木箱中露出的彩色佛头和断臂残肢，看了又看想了又想，十分心酸地对身边的杨先生说："我看得寻个好地方修座塔把这些佛像请进去，要不菩萨会降罪的。"杨先生问："那算什么塔呀？"他回答说："就叫'千相塔'吧！"果然，就在不久之后，在太清宫以南与莫高窟遥遥相对的地方建起了一座“千相塔”，为残损的佛像安排了一个神圣的归宿。

根据三青的告急，夏莲、秋莲、宋福等数十人，汇聚在距宋福家西边驿路旁的树林里，他们像是设立的路卡，凡是看见从莫高窟方向过来的人都客气地迎上去探问情况。

过来了几个骑马的人，宋福迎向其中一位问：“大哥，去莫高窟了吧，今天去那儿的人多吗？”骑马人随口回答：“是呀，人不少。”宋福又问：“听说‘防队’的人也去了，见到了吗？”“见到了，见到了，好像还在太清宫。”骑马人边答边走。

又过来一辆有篷的马车，车后还跟着几个骑马随行的人，宋福又迎向其中一位问：“大哥，今天去莫高窟上香的人多吗？”骑马人见树林里的人不少，反问道：“怎么，你们想去吗？天都快黑了！”宋福随机应变：“天黑好赶路嘛，‘防队’的人还在那儿吗？”“在，在，可能……好像还在那儿！”骑马人支支吾吾地一面搪塞，一面护着马车，快步离去，不一会儿便消失在苍茫的暮色之中。

夏莲等人的守候最终是落空了。其原因是他们要营救的王道士没有被抓走，而他们注意的“防队”也始终没有出现。原来那些“防队”兵丁本来就是吉川花钱临时雇来的一帮冒牌货，当一箱古卷到手，一行人离开莫高窟不远，桔瑞超怕他们露出马脚，便给他们发了佣金，让他们脱下“防队”的衣服，化整为零分散离去，只留了几个人护送他和刘师爷所坐的马车返城。当行进途中听到车外有人问到“防队”时，他生怕藏在车上的“防队”衣服露馅，确实吓了一大跳，所幸有惊无险，没有引起怀疑，方才得以顺利通过。

回到住处，天已经黑了。为了钱昧着良心当过帮凶的刘师爷唯恐事情败露，在得到一笔重酬后，连夜离开了敦煌。吉川小一郎在派人去归还了偷偷租来的“防队”衣服后，也急忙告诉桔瑞超：“衙门里来人转达知县的话，说近日传闻革命党袭击了兰州后已在甘州、肃州出现，此地人心浮动，怕有变乱，唯恐届时局势失控无力保护本地的安全，奉劝我们走为上计，尽早离开敦煌。”

桔瑞超听后不免悚然，显然有些忧虑：“那我们怎么回国呀？”

“听内地来人说，革命党在东南各地闹腾得特别厉害，为安全计，我看还是向西绕俄国回去为妥。”吉川神色凝重地表示。

桔瑞超又操心起来：“那怎么办？我横穿塔克拉玛干沙漠成功了，考察藏北无人区失败了，第三步还要去蒙古探险呀！”

不过计划归计划，眼看敦煌城里日日盘查，夜夜戒严，谣言四起，风声鹤唳，人人自危的情势，按桔瑞超的记述："在敦煌停留了约十天，该办的事情处理妥善。""出发前，我们收起一直挂在那位维吾尔人家房上的日本国旗，于明治四十五年（1912年）二月二十六日早晨八九点钟时候，无奈地离开了敦煌。"

但当他们历时三日顺利到达安西后，未见那里有什么异常现象，桔瑞超欲去蒙古探险的计划又涌上心来，他把自己的行李托付给西去迪化的吉川和老李先行带运回国，而他却只身留下，买粮、备水、租骆驼、雇人夫，积极准备踏上去蒙古的征程。但就在他临近出发的时候，先是惊悉宣统皇帝下诏退位，民国政府宣布成立的消息；接着是安西衙门派人送来两份电报。一份是英国驻喀什噶尔总领事马继业发来的，一份是俄国驻迪化领事洛兹道尔斯基发来的，都是委托安西官府，如见桔瑞超经过，请转告他立即中止在中国内地的旅行，直接返回日本。衙门来人刚走，接着有人又送来俄罗斯领事直接发给他的电报，称：洛兹道尔斯基领事一定要在迪化见他，有要事相告。不得已之下，桔瑞超只得解散了好不容易组织起来的人马，放弃蒙古探险计划，匆匆上马西行，日夜兼程去追赶吉川的队伍。此后的行程他曾在讲述中说："幸经乌鲁木齐之俄领事及喀什噶尔之英总领事之保护，得携古文书及轻便之物而过中国之国境以至俄国。……固得归矣。"

1912年宣统皇帝退位，袁世凯当上了临时大总统，国民政府从南京迁到北京，巍峨的北京城城楼依旧，但城楼前已是景物全非。城门上高挂着共和旗帜，城门前排列着革命军官兵，出入城门的人群中，许多赶时髦的人已剪留短发，少数守旧的人长辫依然。有几个手执剪刀的执勤士兵，不时地瞅准一些软弱可欺的对象，冲上去抓住辫子挥手便剪，相互间拉拉扯扯、推推搡搡，或拒或从，或叫或闹，引得周围众人一阵阵哄笑，民国成立后的气氛确实比过去轻松了许多。

当年敦煌运送古卷入城时在此出现过的那位值哨官（陈大哥）已经易帜，他改穿革命军服，头戴大盖军帽，仍然领兵在城门前值勤。劳累了大半天，已近换岗时分，感到疲困的他站在岗亭外，望望渐渐暗淡的天色，看看咿咿呀呀的大车、嘀嘀嗒嗒的骡马、喧喧嚷嚷的人群……看着、看着，一个熟悉的人影突然闯进他的眼帘，他情不自禁地挥手大声招呼："虎子、虎子！"返乡归来的石虎又与陈大哥相逢了。换岗后，陈大哥便邀他去了天桥。

入夜后的天桥，闪烁的灯影下，行人如织，摩肩接踵，熙熙攘攘。在夜市游逛的人群，或穿梭于窄街、狭巷，或散坐于茶楼、酒肆，或流连于艺苑、戏棚。锣鼓声、丝竹声、演唱声，四方汇流；电灯、汽灯、煤油灯，八面交织，把个天桥街巷装点成了明明亮亮、热热闹闹、红红火火的不夜之市。

陈大哥引领石虎在他常去的“不醉勿归”小酒家，挑了个角落坐下后，要来酒菜与他对饮起来。一杯热酒下肚，石虎瞅着陈大哥感叹不已。说他换了身行头，真叫人不敢认了，上次相逢，他在查革命党，这次见面他却成了革命军，真是‘三十年河东，三十年河西’！陈大哥辩称过去当兵吃皇粮，身不由己，能不应付差事？其实他有个远房兄弟早就是革命党人，还曾经动员他参加。石虎一听，兴致盎然地表示很想见识见识革命党人，让自己的木头脑瓜也开开窍。陈大哥笑眯眯地回答说：“那正好，你想见他，他也想见你，过一会儿你们就可以见面了。”

陈大哥的兄弟为啥也想见石虎哩？原来是陈大哥曾对他谈起石虎送经卷来京的事，引起了他对敦煌的兴趣，一再表示他想见见石虎。也真是“说曹操曹操到”，谈笑间一位剪着短发、戴着眼镜、身材瘦高、举止文雅、精神换发的青年径自走近小桌，陈大哥招呼他坐下后便在他和石虎间做介绍：“这是你想见的石虎哥……这是堂弟陈万里。”

待二人寒暄后，陈大哥举壶斟满酒杯，乐呵呵地提议：“难得相聚，来！先干了这杯再说。”

碰完杯，陈万里告诉石虎：“石虎哥，你可能还不知道吧，你们千辛万苦送来的敦煌卷子，在京城又遭打劫了。”

“谁干的！人抓到了吗？”石虎惊问。

“还能是谁呀，就是你们送去暂存的那府邸里的人。听说他们丧心病狂地窃取了2000个古卷，又挖空心思地肆意破坏，把长卷撕断来充数。后来在销赃时被人觉察，遭到当时学部侍郎宝熙的参奏，可当时的朝廷穷于对付革命党，哪有工夫来处置，这件监守自盗文物案由于无人过问，竟然不了了之。”血气方刚的陈万里说起来也是愤慨不已。

石虎想起长途运送时的艰辛，更是越听越气：“啊，这帮黑手，比我们路上遇到的土匪还可恨，怎么能无人过问？”

“改朝换代，事过境迁，现在也管不了啦！”陈万里叹了口气接着问，“你知道那里发现的古卷都运来了吗？”

“我当时看见藏经洞里的卷子都装上了车，应该是都运来了。但那里还有几百个佛窟一个连着一个，一层接着一层；窟里的佛像高的有几十丈，金光闪闪，低的与真人一般，神气活现；还有窟里的墙上、顶上全是彩画，又多、又好看、又气派，比这些卷子更有意思。每逢佛会，成千上万的人去进香、去朝拜，比这天桥还热闹，连一些洋人也跑了去看画，去照相，去偷、去骗那里的东西……”不知是几杯热酒下肚激起了说话的兴致，还是莫高窟的佛教艺术给石虎留下的印象太深，提起敦煌莫高窟，他的话说起来便没完没了。

石虎的话把虽在攻读医学，但却爱好美术，喜做远游的陈万里深深地吸引住了，没待石虎介绍完，他即感叹道：“啊，听你这么说那莫高窟真是一个佛教圣地，艺术宝库，可怎么连外国人都盯上了，却没引起国人的重视。明朝还有个徐霞客，读万卷书，行万里路，遍游中国名山大川，写出了千年不朽的著作。而腐败的大清王朝竟把国家弄得如此落后，任人侵犯，任人掠夺。丝绸古道上像莫高窟这样累遭外人染指的宝地，除了有人空发议论之外，至今也不见有国人去那里考察，真令人可悲可叹！”

听出陈万里的口气，性格直爽的石虎当即相邀：“你要是想去考察，就跟我走吧！”

“我现在在学堂里，一时脱不了身，但只要今后有机会，我一定要去敦煌、去莫高窟！”陈万里不无遗憾地表示。

石虎举起酒杯：“来！干一杯，愿上天保佑，有朝一日，咱们能在敦煌相聚！”

陈大哥给石虎斟酒后关切地问：“虎子，你还要去敦煌？那儿离老家太远了吧？”

石虎有些伤感：“是很远，从那里过来，风风雨雨走了大半年才到老家。人们都说穷家难离，可我回家一看，除了被洋鬼子轰塌的祖屋，就只有埋着亲人的坟头，除了还有一生都割舍不断的亲情、乡情，哪还能把人留得住呀！”

提起亲情陈大哥问：“你上次说家里给你定过亲，找到人没有？”

“老人们都过世了，定的是谁？人在哪儿？谁都说不清楚，只找到我娘临终前托付乡亲留给我的一个莲花玉坠，说那是定亲的信物，看来也只能留着纪念了。”

“别想那些了，大哥托人另给你找一个。”

“多谢大哥的好意，不过，我……我还得走！”

“别走了，留在这儿，大哥帮你找份差事，咱们兄弟在一起也好相互照应。”

“对，大哥，兄弟好照应……”大概是久别逢知己多喝了几杯，再加之这酒家就叫“不醉无归”，不胜酒力的石虎说话时舌头已经不听使唤了。

整整过了一度春秋，运送经卷进京的车把式们都已先后归来，但却唯独不见石虎的影子。韩辛等几个孩子经常念叨起他们的虎叔，因为他许过愿，让孩子们好好练功，以后谁的功夫好，就把他家祖传的绝技“滚龙刀”教给谁。夏莲也常常提起替他寻找金泉的石虎，担心在这兵荒马乱的年月，一个血气方刚的汉子单身漂泊在外，是极易遭遇不测的。秋莲的牵挂可能在心里埋得更深，只是出于年轻女人特有的那种矜持才轻易不肯流露，她喜欢听孩子们说起虎叔，也愿意听姐姐、听宋福、听周围的人谈及石虎。当那些又疲惫又兴奋的车把式来客栈讲述一路上的惊险遭遇和京城见闻时，她总是凑得很近，不仅聚精会神地倾听，满心地希望能从他们那里多听到一些与石虎有关的事情，并总是期待着石虎能早日出现在她的眼前。

时光流逝，当期待变得越来越渺茫，希望渐渐地向失望转移。当那些回到老家的车把式不再来客栈闲聊，当车队进京之事日趋淡化时，心情抑郁的秋莲忍不住地在姐姐面前发出了一阵叹息：“姐呀，都说他探亲、找人去了，也不知他家乡怎么样？也不知他找到姐夫没有？也不知他还回不回来？让人天天盼，他也不捎个信来！”

夏莲知道妹妹说的他是谁，真心地宽慰道：“也没再见有人从京城来，他怎么捎信呀！”

“捎信来了！”看门的陈大爷大概是听见了夏莲的后半句话提到捎信的事，也不知道是啥意思，接着话岔大声喊叫着走了过来，但当又惊又喜的夏莲、秋莲急切地伸手向他讨信时，这才见他手里空空如也，不禁同声询问：“信呢？”

“捎的口信。”

“谁的口信？”

“张举人家二先生。”

“他不是关在肃州大牢里吗？”

“出狱了。他请人捎信来说，民国政府已经决定将敦煌抗粮事件在押服刑的人犯大赦开释，他说自己的命是韩禄换来的，回家之前他请你们领他去给大恩人祭奠扫墓。”

四年过去了。莫高窟前，大泉河畔，三危山下，韩禄的黄土坟上已长出了青草，经风沙吹蚀，盖在坟头上的皮衣不见了，坟前木碑上的墨书已经褪色模糊了。孤零零的坟茔，只有残留在墓碑前的香烛余烬和散落在草丛中的纸钱纸锭，表明亲朋好友们并没有因岁月消逝而忘记安息在这里的故人。

前来为韩禄扫墓的人不少，有二先生张鉴铭及一起出狱的同案难友，有夏莲、秋莲和几个孩子，有王道士、杨先生、三青及太清宫新增的道士，有宋福一家，有谢大哥和众多的乡邻，有二先生特意邀来唱“大戏”“小戏”的民间艺人。此外还有许多来莫高窟上香、拜佛的香客游人闻讯后也加入了扫墓者的行列，使得汇聚在墓前的人越来越多，真像是在举行一次盛大的庙会。

时辰到了，墓碑前摆好了供品，点燃了香烛，秋莲领着韩辛、韩茹肃立一侧。身披道袍的王道士领着三青等念过经文、做毕法事后，二先生张鉴铭近前上香行礼，举

杯致祭："鉴铭及同案难友，谨陈酒食瓜果于墓前，敬告韩禄壮士在天之灵。欣逢民国兴起，暴政覆灭，我等有幸洗冤出狱，感念壮士大义凛然，赴汤蹈火，以命代罪，换我偷生，并保佛窟安宁。如此侠肝义胆，不唯天地感戴，亦当流芳百世，谨此敬立石碑以告后人，以垂千古！"话毕，张鉴铭将杯中的白酒倾洒在地，并随即与众人一起，将一块石碑树立在墓碑之旁，石碑上雕刻有 14 个大字："壮士英名垂百代，侠义精神照千秋"。

祭礼及树碑活动既毕，墓地上乐声响起，民间艺人们的演唱开始了。一出出激越高亢的秦腔，回肠荡气，像在讴歌义士不朽的壮举；一曲曲音韵婉转的眉户，情意悠长，似在抒发对逝者在天之灵的无尽哀思。

回到太清宫，留在客堂里小憩的二先生张鉴铭激情尚难平静，他望着王道士深情地缅怀道："王阿菩，你最清楚，韩禄不仅仅是以命救我，他为维护莫高窟、保卫藏经洞也淌过不少汗、流过不少血，确实功不可没啊！"

王道士也很是有些激动地回答："是的，二先生，为莫高窟做过好事的人我一个也忘不了，特别是已经归天的张举人和韩禄，我每天都要念经为他们超度。"

张鉴铭又转身夸奖秋莲："韩禄是位大义凛然、无私无畏、热爱乡里的壮士，秋莲你也是个情坚意笃、忠贞不渝、令人敬佩的烈女。你能痴心不改、临危成亲救夫，含悲抚养遗孤，也真是难能可贵呀！"

秋莲看看立在左右的韩辛、韩茹，低声回应："二先生过奖了，俺秋莲生性忠实，抚育子女应是俺的本分。"

张鉴铭望着眼前的孤儿寡母，思量着秋莲朴实平淡的答话，心中不禁泛起怜悯之情，他以一种出自长辈关照体贴的口气说："话是这么讲，可把两个孩子压在你一个单身女子身上，担子也太重了。过去我身陷牢狱，有心无力，爱莫能助，如今我出来了，让我把两个孩子带去抚养好么？叫我在有生之年也为大恩人尽一份心，分一点儿劳吧！"

秋莲听后既很感动又觉意外，下意识地伸出双手把两个孩子紧紧地搂住，好像生怕被人分开，并随即坚定地表示："不，二先生，你的情意，俺和孩子都心领了。俺虽单但不孤，俺身后有二姐，有王阿菩、三青、宋福，还有你二先生和众多热心的乡邻，俺对韩大哥发过誓，一定要教辛儿、茹儿习武识字，不论吃多少苦，受多少累，也要把他们拉扯成人！"

"你既有如此决心，那我也不再强求。"张鉴铭露出信服、敬佩的神情表态后，又转身对两个孩子叮嘱，“韩辛、韩茹，你们的父亲出身贫寒，他没有读过诗书，但通情达理，品格高尚；他没有习过武艺，但铁骨铮铮，侠义过人；他虽以卖杵为生，但关爱乡邻，热心护窟。你们一定要继父志，竟父业，长大成才，光耀乡里！”

张鉴铭一阵安排嘱咐后，驱车回城去了。王道士盛情挽留夏莲、秋莲等在客房过夜。

夜深了，韩辛、韩茹早已进入梦乡，而秋莲外出还没有回来。夏莲担心在这山谷荒野会不会发生什么意外，便叫起三青陪她出去寻找。

按照推测，他们走过流水淙淙的大泉河，爬上平缓的黄土坡，直向韩禄的墓地，果然见到秋莲的身影无声无息地在朦胧月光下、在萧萧夜风中徘徊。夏莲不忍心惊动她，拉住三青伫立远处静静等候。此时，阵风轻轻拂过，随风似乎传来艺人们即兴唱起的一曲情意缠绵的眉户：

冷月清幽，风摇溪边柳。秋夜深深人难眠，清泪涓涓似水流。相逢难得又相知，相思无尽愁。生离死别送君去，遗恨在心头。思也悠悠，恨也悠悠，此情何日了？此恨何时休？

就在张二先生为韩禄树碑之事过去了大约半年，韩辛等几个孩子的念叨越来越少，似乎对虎叔的思念渐渐淡漠的时候，秋莲的心上却难以抹掉这个禀性淳厚、忠于友情、身怀绝技又藏而不露的同乡人，她深信他的许诺：“回来、回来、一定回来！”她在人前也许很少提起石虎，但心中的怀念与期盼，却像那深藏于幽谷秘窖中的醇酒，随着时间的推移而愈香愈浓。

苍天不负有心人，真心的期盼终成现实。突然有一天，石虎在兴隆客栈出现了。阔别一年多的石虎始终记得分别时秋莲的殷殷嘱咐：“要是还忘不了这儿，就早些回来吧！就像回自己的家。”是呀，只有久行沙漠的人才知道泉水的甘甜，只有冬去春来的候鸟才知道家园的美好，只有四海漂泊的人才知道友情的温馨。他回来了，因为他忘不了秋莲的热情豪爽，夏莲的豁达持重，宋福的忠实厚道，孩子们的天真活泼……他忘不了与他交往过的质朴的敦煌人。

喜出望外的秋莲由衷地欢迎他归来，在他休息数日后，夏莲就委托他管理客栈，欣喜之余的他，终于有了一种越来越浓重的亲切感，禁不住常常在夜深人静时抚摸着挂在胸前的那只莲花玉坠，扪心自问：“难道我此身此世真的与莲花有缘么？”

雪飘雪融，转眼间又到了 1913 年 8 月。那个曾在新疆大肆发掘后仍贼心不死，曾在莫高窟骗得几千经卷仍欲壑难填的斯坦因，又像一个幽灵闯入新疆，他企图趁当时新旧政权更迭、中央政府鞭长莫及而出现的混乱之机，浑水摸鱼再次大捞一把。到达喀什噶尔后，马继业警告说，迪化当局阻止他考察军事重地。作为久经风雨的探险老手，他虽然没被吓走，但形势所逼他还是打算先进沙漠以求暂避风头。他很想请老助手蒋师爷同行，但多年不见这位师爷已大显老态，很难再做长途跋涉，万不得已只好寻了一位小个子李师爷权充其职。

斯坦因此行的第一个目标是米兰。因为 1907 年他在那里的佛塔围廊和佛寺墙壁上发现精美的壁画后，就恨不得将其全部搬走，但限于条件未能如愿，其后虽专程派他的助手兰姆·辛格去剥取，但这位印度人还未曾走到那里便病得双目失明，又是无功而返。为此，几年来他总是耿耿于怀，始终牵挂着那里，生怕他梦寐以求的那些稀世珍宝被其他争夺者弄走。所幸此次赶去后，佛寺依旧迎风屹立，壁画也是安然无恙，而他也就狠下了毒手，为盗劫壁画，不惜彻底损毁了一座在风沙中傲然挺立了两千多年的绝世古寺。可在他的记述中就此破坏古代文化遗存的罪孽，却是一段轻描淡写的表白：“可怜的兰姆·辛格没有弄到精美壁画。取下它们是非常困难的任务，因为必须把后面的墙壁挖掉一半，取下易碎的泥表面之前还得剥开那些砖石。多亏过去的经验，11 幅壁画被安全地剥离下来，‘加固’并装箱完毕，总共是六只又重又大的木箱。”对于这种国际大盗的行径，马继业却睁着眼睛说瞎话，他致电北京的公使，请其向中国中央政府保证斯坦因的工作纯属科学性质，而袁世凯当总统的中国外交部竟然深信不疑，电示新疆省政府对他友好，不要阻碍他的考古工作。有了如此的保护伞做掩护，斯坦因大大地放心了。他“带着轻松、成功的感觉”，畅行无阻，为所欲为地探寻于蜚声中外的丝路古道之上，发掘于故城、古寺、烽燧之间，他甚至狂妄地宣称那一片沙漠是他个人的领地。

1914 年 3 月 24 日，斯坦因领着队伍又到达了敦煌，旧地重游使他产生了一种“就好像野鸽子归了巢”的感觉，于是他在安顿好住处后，又吩咐李师爷带上礼品，按照惯例，拜访地方长官去了。

斯坦因骑在马背上，信马由缰漫步敦煌大街，进入他眼帘的往来行人中，不少男人依然拖着长辫，许多女人照常缠着小脚……改朝换代之后的敦煌几乎是景物依旧。当他来到挂有共和旗帜的县衙大门旁下马，正让守卫的士兵通报时，忽然传来一阵开道的锣声，紧随其声出现在人们眼前的仍然是过去县太爷出巡的老一套阵势。一班举着“肃静”“回避”的木牌、打着大伞的衙役簇拥着一乘八抬大轿，威风凛凛、浩浩荡荡地巡行归来。衙门外的卫兵见状后像老鼠见到猫似的肃然立正并小声提示斯坦因：“你快靠边，县长林大人回衙了！”

斯坦因十分无奈地后退一步侧目看去，只见大轿落定后，从轿子里出来的这位林大人，留的是短发分头、八字胡，穿的是白色衬衣、黑西服，戴一副金边眼镜，手提一根黑漆拐棍，全身上下除了是黄皮肤黑眼睛之外，活脱儿一副假洋鬼子的打扮和做派，与他出巡的排场极不协调，让斯坦因见了就像见到小丑一般，感到十分滑稽，以致差点儿笑出了声来。

林县长见有洋人来访，不敢怠慢，相互见过礼后，为显示礼貌和尊敬，又沿袭老一套礼节，与客人携手步入客厅。对于林县长的表现，当地人也并不感到奇怪，因为虽然已是民国三年，但那些自旧朝廷覆亡后倒戈而在继续在新政府掌权的官僚们的脑子里除了陈年老酒之外，还能有什么新鲜货色呢？

林县长骨瘦如柴，面容清癯，面色萎黄，携客入室坐定，见过年轻师爷呈上的礼品后，表面上故作殷勤地请斯坦因品尝茶点、瓜果，心里却一个劲儿地怪罪这个洋人来得真不是时候。因为这位县长大人早有吸食鸦片的嗜好，一通摆谱儿的全城巡行，早已疲惫不堪，他虽然强打精神，硬撑着与客人应酬，但从他鼻涕不断、哈欠连连的样子来看，显然是大烟瘾发作了。无奈中他下意识地从斯坦因送来的礼品中取出一合洋烟，打开来抽出一支点燃后一连猛吸了几口，这才向客人表示：“先生不远万里来访，实在令人敬佩，方才听说，先生已是旧地重游，第二次来敦煌了？”

斯坦因点头称是：“是的！上次造访莫高窟，意犹未尽，此次又来打扰，还望林大人多多关照。”

“不用客气，上头已有指示，善待友邦，方便贵客，是本官分内之事。先生再去莫高窟，无论绘画、照相、考察、研究，一切悉听尊便，凡需地方料理之事，请尽管吩咐，本官自当效力。”林县长不待客人细数要求便主动地承揽了一切，意在赶快结束对话好行方便。没料到不但这位洋人安然不动，连他带来的师爷好像也不懂行、不知趣，坐在一旁不理不睬，急得烟瘾难熬、如坐针毡的他，只得站起身来拱手抱拳做出歉意的姿态说：“本官马上就派人去通知那里的王道士，要他好好接待，先生远途劳累，就请先生回去休息吧！抽空我再去回拜。”

斯坦因再访莫高窟，王道士像喜逢旧友迎接贵客似的热情接待了他。为什么王道士如此善待这位洋人呢？原来在他的脑海里，自藏经洞发现以来，他自认为在与之打过交道的洋人中，最粗暴无礼的是那个“老毛子”、最狡猾无赖的是日本“法师”、最不讲信誉的是那位伯先生、最信守诺言的便是这位洋居士了。他始终相信斯坦因真是来自佛祖的故乡，是与他志同道合的唐僧法师的追随者，是支持他维佛兴道的大施主，所以一见如故的他便领着老朋友四处参观，在他引为骄傲的太清宫门前，他指点着寺院禁不住地颂扬：“居士，建成这座寺院有你的大功大德呀！”在进入寺门后，他又说：“我特别感谢你信守诺言，没有随便暴露，不像那个背信弃义的家伙跑到京城去乱捅娄子，闹得官府不但限令将经卷全部送京，还得让我先垫运费！”在客厅里，他还拿出账簿来，自我标榜，自恃清白地要斯坦因过目：“请看看吧，这是寺院的收支账目，包括你的施舍，一笔一笔都记得一清二楚。”

其实孤陋寡闻的王道士哪里知道，他信赖的这位“访经人”并没把弄走的经卷迎归佛国供奉，而是落入了大英博物馆之手，成了他自己扬名、获奖的资本；他崇敬的这位“洋居士”不但没有严守秘密，而是在国际上公开地大肆张扬，这才引来一伙伙争名逐利之辈竞相插脚，闹得莫高窟不得安宁；他感激不尽的“大施主”不仅没有心满意足地“放下屠刀”，而是贪得无厌地又来莫高窟，准备做最后的打劫。不过令斯坦因也没料到的是，怎么王道士刚见面就告知官府不仅已将经卷全部运京，而且还是要寺院先垫的路费。听到这令人扫兴但又言之凿凿的消息，对直冲着经卷而来的斯坦因，不啻像是挨了一记当头棒喝，表面上虽不动声色，但骨子里却十分忧虑，七年的痴心企盼难道会化成泡影？

第二十三章 斯氏贪心再得逞 鄂氏携宝夜消遁

坦因是个不见棺材不落泪，不肯向命运低头的人。根据他的观察、了解和分析，他深信像王道士这样看似诚恳朴实、待人憨厚，实则爱耍小聪明，显得异常狡猾。虽称洁身自爱、无欲无求，然为兴教争利，却是十分贪心的人，是绝不可能白白垫付运费将藏经和盘托出的，他就是不为私利而为寺院计，也会截留、会私藏、会给自己留条后路，给寺院设个“小经库”。但纵是如此，又该如何去探明虚实哩？遗憾的是能言善辩、极善于与王道士打交道的蒋师爷不在左右，而身边的这位李师爷性情冷峻、待人粗暴，与王道士格格不入，根本不宜担此重任，无奈之下只得亲自出马，巧与王道士周旋。

但是经过几次接触，他发现已经十分显老的王道士口风甚紧，不但谨小慎微，而且顾虑重重，谈话中只要稍一涉及寺院是否还存有藏经洞经卷的话题，便支吾其词顾左右而言他，根本不予接话，以致多次交谈均不得要领，总是无功而返，迫使他不得不及时改变谈话策略。

又一次，王道士陪同斯坦因踏过古汉桥沿着修复的栈桥去参观高层洞窟，一路上斯坦因竭力找王道士喜欢听的话说，王道士也不停地用恭维的话回应，你来我往，谈笑风生。当他们登上高处展目四望时，斯坦因又对王道士大加赞扬：“道长，几年不见，这里真是大变样了。清除了流沙，打扫了佛窟，新建了寺院，维修了栈桥……真是处处都留下了你的功德。”

惯于听人奉承的王道士听见洋居士如此的夸奖，当然喜在心里，但嘴上仍客气地表示：“不，不，那都是各位施主，包括你这位大施主的功德，贫道只不过尽尽力，跑跑腿罢了！”

“啊！尽尽力，跑跑腿，这就是件了不起的事！”斯坦因接过话岔，引出了他的话题："你想想，当年玄奘大法师经风历雨，从东土去西天取经。如今我斯坦因翻山越岭，自印度来敦煌访经；你王道长不辞辛劳四方化缘，建寺兴教，劝人向善，这一切仅仅是尽尽力、跑跑腿么？你可别小看了这跑腿的功劳！"

提起王道士崇拜的唐僧，他与斯坦因之间便有了某种共同话题、某种共识，特别是把自己、把他们所做的事与世人传颂的唐僧取经的伟业相提并论，更是淡化了两人之间的隔膜，拉近了他们之间的距离。他禁不住频频地点头表达出对斯坦因一番高论的认同："对、对、对，我们要在人世上办成什么事，都需要尽力，都需要跑腿。看来我们不仅有缘分，而且还是同路人！"

斯坦因随着王道士继续前行，来到维修过的栈桥尽头，这才发现已经维修过的仅是残损栈桥的一段，而前方还有许多高层洞窟孤零零地呈现在崖壁之上，无道可通，令人可望而不可即。见此情景，斯坦因驻足探问："道长，过不去了，怎么不往前修？"

王道士实话相告："不瞒你说，募化来的银子都花完了。"

"那就不修了？"

"哪能不修，得化了缘再说。"

"哪得修到何年何月！"

"说不准，这也由不得我呀。"

"我看这也是件急事你得抓紧点儿才行。"

"你来这儿也有急事吧？"

听见王道士主动问起自己的来意，斯坦因感到是该把谈话引入正题的时候了，便试探性地表白："是呀，我是专程来告诉你，上次我带回去的经卷都精心地保护了起来，比存放在这里的条件好多了。作为你的同路人，我想要是这里还有的话，迎到佛祖身边去供奉是最最妥当、最最安全的，这是我对老朋友的忠告。"

自从斯坦因再次出现在莫高窟，王道士早已猜到了他的来意，如果开初不愿听他谈论是出于谨慎的话，那么此时主动问起也是出于担心。在不长的时间里为什么会出现这样的变化呢？原来是近日里他收到了一张字迹娟秀的字条告诉他有人去县衙告密，说他曾经截留了一批藏经洞的经卷，县里可能要派人来查抄。

事也凑巧，王道士还没来得及回答斯坦因的话，就听见三青在栈桥下大声呼喊："师父，快下来！县长大人来了，叫你赶快去见他。"

听说县长大人来了，心中有鬼的王道士吓得胆战心惊，也顾不得招呼同行的斯坦因，自己掉头便跑。及至跑到太清宫门前，只见有一辆卸辕的篷车停在那里，几个衙役和带枪的士兵懒懒散散地坐在附近晒太阳。跑得上气不接下气的王道士踏进寺门，迎头碰见杨先生便问："县长大人呢？"

"大人在客房休息。"杨先生做了个抽大烟的手势后接着说，"叫我来把门，令闲杂人等不得入寺打扰。"

心慌意乱的王道士小声问："大人还有什么吩咐吗？"

杨先生摇摇头："他只说是来巡视。"

"巡视！"当过兵的王道士对巡视二字从无好感，对刘师爷坑害他的事更是记忆犹新，他提心吊胆地嘱咐杨先生："咱们得小心为妙。"

心神不定的王道士老老实实地站在门廊里不声不响地等了好一阵，这才见过足了烟瘾后精神焕发的林县长带着一位侍从大摇大摆地走了出来，他连忙屈身上前问安，但林县长只是淡淡地对他点头答礼后，便径自走近已经赶来的斯坦因，热情地握手问候："博士先生，多日不见，你在这里还好吧？在下因公务繁忙，延至今日才来看望，还请多多见谅。"

林县长与斯坦因一阵寒暄后，不知是为了当面讨好还是出于其他什么原因，当即要王道士领他去瞻仰那尊几年前新塑的玄奘法师像，及至到了那里，他一边看一边赞扬："塑得好、塑得好，玄奘法师牵上驮满经书的白马，真是一幅活灵活现的唐僧西天取经图。"接着他又大声夸奖斯坦因："博士先生，听说这是你的善举，我特意要来看看，我是敦煌的父母官，应当当面向尊敬的外国施主表示谢意。"

"不敢当，不敢当，县长大人过奖了，其实也算不上多大的善举。玄奘法师名扬四海，东方人、西方人无不敬仰，应该说没有国界限制。以我来说吧，就不仅是他的崇拜者，而且还是他的忠实追随者！"斯坦因在客气的回答中也忘不了吹嘘自己。

林县长赞同他的说法："对，对，佛祖不也是外国人吗，哪能划什么国界呢！王道长，你说是吗？"

"是、是、是，大人所言极是。"王道士一个劲儿地点头。

林县长举起手中拐棍指着驮载经书的白马，突然转了话题问："王道长，我早年听人传说，唐僧自西天取经归来途经敦煌时曾将一些经卷秘藏在这里，你知道吗？"

王道士不住地摇头："啊，古时候的事，我哪能知道。"

林县长进一步追问："那有关藏经洞的事你该知道吧？"

"知道，知道，不过洞藏的经卷几年前就送京城了。"王道士答话时显得惴惴不安。

"全都送走了吗？"林县长严厉的目光透过他的金边眼镜逼视着王道士。

王道士哪敢接触林县长的目光，他瞅了瞅一旁的斯坦因和杨先生，一口咬定："送走了，全都送走了。"

林县长用手中的拐棍在地上磕了几下，皮笑肉不笑地警示道："王道长，我可要提醒你，俗话说无风不起浪。自本县上任以来，风言风语总有话传到我耳边，说你这里还暗藏有藏经洞的卷子。满清王朝的事，咱们可以既往不咎，但如今早已进入民国，如果再有什么隐秘之事给捅了出来，查实之后那是要从严惩处的啊！"

林县长巡视一通后打道回府去了。被县太爷的查问吓得心惊肉跳的王道士却像突患重病，返回太清宫，躺在土炕上，便觉得四肢无力，头昏脑涨，心慌意乱，六神无主。林县长撂下的那句查实之后要从严惩处的话，就像一把悬空的利剑，不停地在他头上晃动，不断地在他的耳边发出嗖嗖的响声。可就在这时，三青又跑来报告，说县太爷走后留下两个探子，见了人就打听有没有私藏经卷的地方，谁要说出来，重重地有赏。

三青告知的消息像火上浇油，差点儿没把王道士给吓晕，深感大祸将临，失魂落魄的他一声不吭地躺在炕上，过了好长时间才回过神来对守在炕边的杨先生诉苦，后悔当年留下那点儿东西遗患无穷，一会来个师爷搜查，一会又来个县长巡视，实在叫人受不了，真是早知今日，何必当初，要是送个干干净净，落得个无牵无挂，心安理得，也免得担惊受怕。

杨先生掂量了一下，也觉得形势不妙，所谓来者不善，善者不来，县太爷不但亲自出马打招呼，而且留下密探打探消息，这是先礼后兵，显然不是好兆头！

当天晚上，王道士去经堂燃烛焚香，纹丝不动地跪在彩塑的道君像前念经祈祷，过了半夜才回到住房，一直抽着水烟等候的杨先生问他："道君有啥训示吗？"王道士一头躺在炕上神经兮兮地回答："有、有……人生在世，百年烟云，一切珍奇异宝，都是生不带来、死不带去的身外之物。佛修来世，道炼今生，与其在红尘中争争夺夺，你死我伤，还不如回归山林清清净净，修身养性。佛祖赏赐的经卷，并非道家经典，何必藏来藏去，还是让其回归佛祖身边为好。"杨先生弄不清他的话是得自道君的明示，还是出于自己的感悟，很想听个明白，但又惊、又吓、又累、又困、又像入了迷、掉了魂的王道士已经闭上了眼睛，再也不搭理了。

夜深人静，住房里鼾声大作，睡梦中的王道士突然发出一阵惊恐的呓语："我没藏！我没藏！"并失身滑下土炕，窜向房门。躺在王道士身旁的三青被惊醒后，急忙跳下炕头，连声追问："师父，师父，你怎么啦？出啥事了？"撞门倒地的王道士身子缩成一团，惊恐万状地呼喊："快、快、快把门顶上，他们要抓我！"

顾及自己的名声，操心着寺院的前途，思想上饱受煎熬的王道士在经历了彻夜不安的噩梦纠缠后，一起床便与杨先生商量应急之策，想来想去，为了摆脱县太爷的追查，决定采用一个万全之计——釜底抽薪。

在房门紧闭的太清宫客厅里，神情恍惚的王道士由杨先生陪同，正与应约而来的斯坦因低声密谈。

密谈刚开始，王道士就开门见山地对斯坦因表示他已经想通了，接受忠告。喜出望外的斯坦因当然明白对方接受的是什么忠告，但出于谨慎仍追问他是真的接受吗?王道士一脸苦涩的表情坦诚相告："你都看见了，这是形势所迫呀！本想留下一点儿权作镇寺之宝、传世之物，以求吸引香客施主，兴我寺院，没想到却成了招惹是非的把柄，继续收藏下去，真恐后患无穷！"

杨先生跟着插话："道长一世清白，敦煌人有口皆碑，他宁愿暗中放弃那些经卷，也不肯公开张扬出去，落个暗藏的罪名，玷污了他的名声。"

"也不是暗中放弃，而是顺乎天意，将佛祖所赐之物送归佛祖之乡。"王道士对自己的作为，当然也有冠冕堂皇的解释。

"我懂了，我懂了，不是无奈地放弃，而是有意地送归。道长放心，我将竭诚效力实现你保护经卷的宏愿。"斯坦因不仅顺从地表示理解，而且做出了自己的承诺。

斯坦因根本没想到自己梦寐以求的东西，竟如此轻而易举地又将到手。不过他心里明白自己绝不会把经卷"送归佛祖之乡"，所以他偷梁换柱地做出了"实现你保护经卷的宏愿"的许诺，以待经卷到手，至于送到哪里去保护？如何保护？那就任随他解释了。不过十分看重名声的他，也担心万一实情败露会落得后世的骂名，便暗自盘算还是要对寺院做些施舍，好让双方的行为有个其他的借口。就这样，他主动地告诉王道士，来而不往非礼也，不论怎么说这些东西既是寺院秘藏的古籍，也是寺院的一笔财产，让他白白带走也是于心不安，所以他想再做一次善举，捐一些银子供寺院维修栈桥。

斯坦因的"善举"，对离不开化缘为生的王道士来讲当然是求之不得，以经卷换施舍本来就是他当年转移卷子的初衷，没想到事情竟有如此凑巧。斯坦因的追索由他提了出来；而他的企求又由斯坦因说了出来，真是不谋而合。

为了逃避官府的查究，王道士就这样与斯坦因达成了协议。但在商谈结束时，他仍很不放心地一再叮嘱斯坦因一定要避开官府耳目，不要装箱，不要声张，弄几匹牲口，用麻袋悄悄运走。斯坦因心领神会，不但一再地要王道士一千个放心、一万个放心，而且坦白地承认他办这种事很有经验，绝对保证万无一失。

就在当天的后半夜，趁着静悄悄四处无人，夜茫茫原野无声，斯坦因一行骑着马，牵着几峰驮着行李和麻袋的骆驼，像当年蒋师爷夤夜接运经卷一样，踏着夜色离开了莫高窟。接着他又重施故技，派遣忠实可靠的老雇工易卜拉欣伯克押运到手的文物直去安西，而他又与其分道扬镳，走下驿道，循着残存的烽火台，沿着疏勒河以北一线，继续发掘、搜寻古代遗物去了。

王道士煞费苦心留作镇寺之宝的600多卷佛经，又被披上玄奘追随者外衣的斯坦因，仅以极少的代价便轻而易举地弄走了，而让愚昧的王道士信以为真的“迎归佛祖身边供奉”“送归佛祖之乡”却是个弥天大谎。因为斯坦因先后到手、但被宣称为“交换”得来的经卷、文书、绘画，绝大部分都落入了大英博物馆之手。而这位热衷于外国考察，极富于冒险精神，骄傲自大，曾狂妄地把中国新疆视为他个人禁苑的匈牙利考古探险家，竟以他在中国丝绸古道上大肆发掘的收获及敦煌藏经发现者之名，不仅获准成为维多利亚女王的臣民，得到“发现者金质勋章”和“印度帝国骑士”等褒奖，得到牛津、剑桥大学荣誉学位和比利时科学院名誉院士等称号，而且还得到德国政府的巨额奖金，连他的出生地布达佩斯，也誉他为“功勋卓著的匈牙利儿子”。

至此，古丝绸路上曾秘藏于大漠深处、密封于石室之中、安居斗室、与佛为伴、无声无息地在那里历经千秋岁月依旧安然无恙的经卷、文书、绘画、绣帛等珍贵文物，却在一朝重见天日之后累遭厄运，只不过短短 14 年光景，4 万余件历史文化荟萃的稀世之宝，便落得个片纸不剩，荡然无存。其中，除送京的约 9000 件外，有数可查者：斯坦因骗走约 13000 件；伯希和挑去约 6000 件；吉川小一郎和桔瑞超讵得约 500 余件，而奥勃鲁切夫等人所获及其他流失，则难以计数。千古秘藏散尽，石室空空如也，只遗下窟中诸佛无声的叹息，只留得壁上侍女无言的心酸。国运衰微，导致列强猖狂劫掠；道士愚昧，频遭洋人巧取豪夺。锦绣河山变成了冒险家的乐园，国之珍宝流失于异域他乡。不堪回首的敦煌瑰宝劫难史，将成为华夏儿女心上永难抹去的一道伤痕。

四海闻名的莫高窟虎去狼来，真是多灾多难，难有几日安宁。英国人斯坦因心满意足地刚刚离去，北方的俄国人又于 1914 年的夏天大摇大摆地插足进来了。这个由鄂登堡率领的第二次中国西北探查团，是从属于沙皇俄国外交部，由政府插手在中国西北等地窃取科学情报的前哨组织“俄国委员会”派遣的。因为它有沙俄帝国政府做靠山，又得到十万卢布的拨款，所以这个由研究梵文和佛学的鄂登堡及摄影师、测量师、画家、翻译等十人组成的队伍在莫高窟期间就显得既狂妄自大、目中无人，又处处藏头露尾，遮遮掩掩，神神秘秘，总像在干什么不可告人的勾当。

鄂登堡一行到达莫高窟后也不向任何人打招呼，便在中寺附近的林间空地上搭设帐篷，安营扎寨，还唯恐外人不知其情，特意挂出了一面沙皇俄国的旗帜。接着便摆出要长期进行探查的架势，每天从早到晚，又是测量，又是画图，又是拍照佛像，又是临摹壁画，又是描绘窟室，又是抄录碑文，真让局外人弄不清楚他们到底要干什么。其间，鄂登堡也带着翻译去过太清宫，他探询过藏经洞发现古卷的情况，又让王道士领着去看了看已是空无一物的窟室，在获知要从道士那里弄到经卷已无可能时，仍不肯善罢甘休。他暗自盘算，既然王道士能在偶然中发现一个封闭的秘室，难道在其余的几百个佛窟中就不会有第二个、第三个吗？于是便不事声张地安排人力由南向北、由下至上，对一切能进入的洞窟，做拉网式地全面搜寻。

俄国人鄂登堡

逐窟搜寻虽然耗时费力，但却往往有些意外的发现，得到一些意想不到的收获，深受鼓舞的鄂登堡哪肯放弃如此难得的机遇，竟然从夏天一直干到冬天仍无离去之意。

俄国人在莫高窟的长时期滞留，像一伙瘟神在佛窟里游来荡去，不免引起众多香客游人的厌恶和猜疑，特别是有人发现他们像密探似的拿着木棰偷偷摸摸地四处敲击窟壁；又有人发现他们用狐尾锯丧心病狂地在切割263窟的精美壁画时，猜疑转化成了愤怒，一群怒火中烧、情绪激动的香客游人跑进太清宫，围着王道士争先恐后地倾诉意见：“王阿菩，那些‘老毛子’也太不像话了，他们拿着木棰到处乱敲！把佛窟敲塌了怎么办？”“他们用刀、用锯去盗壁画你管不管？”……

面对怨声载道的香客游人，王道士也是有苦难言：“没办法呀！连县太爷林大人都不管，贫道还能管得了？”

“林大人也知道？”

王道士指指身旁的杨先生：“我请杨先生专程去禀告过。”

“林大人怎么说？”

杨先生也是一脸困惑："林大人说，只要他们不把莫高窟搬走，就算不了什么大事。当今民国初立，百废待兴，要管的事太多，切不可因小失大，为区区小事与强大的邻邦伤了和气。"

香客游人们一听，像遭凉水浇顶，肺都快气炸了，直气得有的摇头，有的叹息，有的跺脚，有的大发牢骚："一县之长都不管，干脆咱们老百姓自己管！"

几个月来，心里一直很窝火的王道士对当年奥勃鲁切夫强行诈换经卷的事，不仅深恶痛绝，而且耿耿于怀。他虽无法了解鄂登堡等人的作为，但心里明白"黄鼠狼进宅"绝没安什么好心。见他们赖着不走，又频繁出入于洞窟之中，真担心夜长梦多，后患无穷。他很想把这伙瘟神赶走，但却又无计可施，正当他忍无可忍之际，听香客游人们义愤之余说出"干脆咱们老百姓自己管"的话来，不免有所触动，经与杨先生一再商量之后，这才下决心派三青去新店台与夏莲、秋莲等人通通气，看他们有没有驱赶瘟神的好主意。

得悉王道士求助后，一时间，夏莲也束手无策，想不出什么道道来。秋莲说"三个臭皮匠，赛过诸葛亮"，随即把宋福、石虎找来一起商量。宋福一听就主张召集些人去把他们轰走，但听说十个"老毛子"都有枪，又怕对抗起来会把事态闹大，不好收场。秋莲听说他们常派人来村里买粮买肉，心想何不断其供应，把他们逼走，但大家也说不行，你新店台不供应，他有车有马可进城去买呀！大家你一言我一语说个不停，只有石虎坐在旁边一言不发，直到大家绞尽脑汁想不出好办法，眼看快冷场了，石虎才冒出一句话来："我倒有个点子，不知道行不行？"

石虎想到的是什么点子呢？原来有一个来自俄国、通晓汉语的商人，在住进客栈后，便托石虎代雇一个向导陪他去莫高窟观光。闲聊中听他说俄国那边又是出兵参加世界大战，打了败仗，弄得人心不安；又是闹革命、闹罢工，闹得不可开交。石虎设想要是让待在莫高窟的那些"老毛子"听到这些消息，他们能无动于衷，能继续赖在那里不走吗？

按照石虎的设想，第二天他便以向导的身份陪同那俄国商人早早地赶到了莫高窟，叫上三青领路由北向南沿洞窟参观。由于石虎已暗自对三青做过安排，所以看了不一会儿，便十分凑巧地与鄂登堡手下的几个探查团员相遇了。在远离故土的异国他乡，在大漠深处的鸣沙山下，在久别亲人的境遇之中，意外地与来自国内的同胞相逢，自然引发了久藏心底的思乡之情，他们围着俄商又是握手，又是拥抱、又是相吻，并争相探问国内情况，而最关心的是：

"前线还在打仗吗？"

“协约国打胜没有？”

“彼得堡有啥新闻？”……

面对众多的提问，俄商的回答也是东一句西一句，归纳起来其大概意思是军队在前线获得过一些小胜利之后，就开始节节败退，德军进占了白俄罗斯一些地区，千百万人背井离乡逃往内地。内地人对政府不满，集会演讲，散发传单，工人罢工，军警镇压，谣言纷纷，人心惶惶，恰似“山雨欲来风满楼”，出现了要天下大乱的样子。

真是一石击起千层浪。俄商的介绍，活像煽风点火，顷刻间便激起了这些久离国土、置身异域、消息闭塞的探查团员的忧国之念、思亲之情，他们在与俄商告别后，便不约而同地放下工作找鄂登堡去了。

队员们一窝蜂拥入帐篷后，那吵嚷声就像炸开了锅：

“听说军队节连吃败仗，咱们连家都难保，还待在这儿干什么？”

“难道这儿是世外桃源，咱们连家都不要了吗？”

“咱们在这儿弄人家的东西，难道就不怕德国人去抢咱们的家产？”

“谁知家里的妻儿老小怎么样了？”……

听见有的团员说得声泪俱下，鄂登堡也是满腹愁怅，他听着听着也忍不住地发了言：“说句实话，我的心情也和大家一样，国事、家事哪一件不压在心中，可我们是受政府派遣的呀！不干出点儿名堂来，不多弄点儿东西回去怎么好交差？现在大家既然思归心切，那就赶快把各人取得的成果汇总一下吧！”

鄂登堡率领的“探查”队伍

这一汇总，使得一直埋头苦干的鄂登堡心中有了数，他这才决定立即返国。因为他们不仅测绘了443个洞窟，拍摄了3000多张照片，临摹了2000多张画稿，剥取了多幅壁画，而且还弄到了大约4000件写本、经卷。至于这批经卷是怎么到手的？鄂登堡始终没有对外吐露只言片语，以致此事成了一个后人难以解开的谜团。

过了两天。太清宫里的王道士等人还在睡梦之中，突然传来大门响动声，接着是三青欢快的呼喊声："快起来看呀！'老毛子'跑光了！"

听得喜讯，兴奋不已的王道士、杨先生急忙起身随三青赶到鄂登堡等人扎过的营地时，见那里已经聚集了不少围观的香客游人。在那拆去帐篷、带走车马后的土地上，虽见遗痕斑斑、弃物横陈、垃圾成堆，一片脏乱，但毕竟人去林空，多少给冬日的莫高窟恢复了几分安闲与宁静。

曾去新店台搬兵的三青做梦也没想到，石虎哥带个人来转了一趟，遇上探查团的"老毛子"叽里咕噜地一阵闲聊，竟然不费吹灰之力就叫他们不声不响地溜走，真是太神了。他禁不住有些沾沾自喜地问杨先生知不知道石虎哥用的是啥计谋？兴致勃勃的杨先生见周围的人好像也很关注，当即讲了秦汉末年，楚汉相争，西楚霸王项羽被围困于垓下，汉王刘邦令部下夜唱楚歌动摇敌方军心，楚军思归兵败，项羽自刎于乌江的故事后才回答三青："你石大哥用的大概就是瓦解士气、动摇军心的计谋吧！"

杨先生的话音方落，一位香客高兴地在挂过俄国旗的木杆上点燃了一挂鞭炮，并大声呼喊："送瘟神啦！送瘟神啦！"

"噼里啪啦"的鞭炮声中，王道士感慨不已地仰天长叹："天啦！送走了这伙瘟神，莫高窟能长久安宁了吧！"他的叹息中既深含哀怨和祈求，又饱含着听天由命的几分无奈。

在鞭炮声中送走瘟神后，莫高窟稍稍安宁了几年，王道士也得以继续实施他维修栈桥的夙愿，让香客游人们可以登临上层洞窟，烧香拜佛，观光游览。但饱经磨难和操劳过度的他，似已元气大伤、锐气大减，除了日复一日地上香、念经、做法事，满足于平静、单调、枯燥的生活之外，他好像失去了追求，甚至连久藏心底要去新疆寻找芙蓉姑娘的念头也多少有些淡忘了。他对那红绸巾上的"义"字的理解除了仁义、道义、情义之外，似乎又添了一个正义的含义。再遇上1920年9月和12月敦煌境内先后发生的两次地震，曾波及莫高窟，震坏了几个洞窟，造成了一处崖壁坍塌，这不免又在他心上蒙上一层阴影。以至到了次年春天，当他雇工前来清理、维修时，大泉河畔虽又是桃红柳绿，一派旖旎风光，但到工地察看的他却无心留恋景色，木愣愣地望着崩坍的崖壁，百感交集地对探家回来的杨先生说：“我看这世间诸事，总是祸不单行，地震之后必有灾祸，也不知这莫高窟还有什么劫难？”

杨先生宽慰他：“藏经洞早空了，‘老毛子’早走了，还有啥可操心的，这几年不也平安无事么。”

心力交瘁的王道士仍是忧心忡忡：“人常说‘物极必反’，也许是这大半辈子让我担惊受怕的事太多了，越安宁、越平静我却越怕出事，我看这份担心，怕是一辈子也免不了啦！”

“你不是常说不经过九九八十一劫不能修成正果吗，看来这经灾历难也是在劫难逃呀！”

“好了，不说这些。你对我讲讲这一趟回家听见有什么消息吗？”

“有呀。在安西、肃州到处都听人说，北边的俄国人闹革命，穷人组成的红军把皇帝推翻了，白军叛乱失败后四处逃窜。有好几股流窜到了新疆，抢劫商民，索要粮草，四处骚扰，组织暴动，闹得鸡犬不宁，老百姓叫苦连天！”

“咱们的防军怎么不抵挡？”

“挡不住呀，听说还有一支溃军要经过这儿转移去内地嘞！”

“是真的吗！？”

杨先生听到的消息确实是真的，在俄国十月革命胜利后，大约有三四万白俄败军和“难民”先后窜入新疆塔城、伊犁一带。而当时新疆的军队包括老弱病残也不过万余，根本不是白俄军的对手。在形势极为不利的情况下，老谋深算的新疆都督杨增新采取了“济以权宜，示以宽大”的策略，巧与周旋，以求先卸其武装，再逼其就范。

阿连阔夫率领的哥萨克骑兵便是白俄溃军中的一股，当初窜入伊犁之时约有官兵5000多。几经周折后，1920年9月，他率残部约700人，马800匹到了迪化，11月移驻古城子（奇台）城外。1921年1月6日竟围攻县城，所幸守军早有防备而未能得逞，其后他发现当地有大部队集结，唯恐遭到围歼，才于2月下旬同意缴出武器，率部入关，计划经甘肃、宁夏去外蒙库伦，与流窜在那里的白俄陆军总司令谢米诺夫残部汇合。根据这一安排，阿连阔夫的部下便以十人一车、五车一队分批出发，向甘肃敦煌开拔。而新疆也派徐谟营长率骑兵118名负责解送。

这支白俄溃军离开古城子后，阿连阔夫再也没有露面，原来这位梦想东山再起的败军之酋、已由杨增新派来的专车骗去迪化，软禁在“西稽所”里抽大烟、泡女人去了。其东行的部属暂由其副手伊拉列耶夫统领。

当白军还在行进途中时，由甘肃省长公署委派的接待专员与肃防支队司令、敦煌县长等人会商，竟以防止白军进城滋事为由，做出了极其无知、极为轻率、极端糊涂、极其错误、极为愚蠢的安排，竟然引狼入室，要把这帮为非作歹劫掠成性的亡命之徒，安置在莫高窟这座闻名中外的宗教文化艺术宝库之中，其可能造成的严重后果不堪设想。

自白俄溃军要入驻莫高窟的消息传开后，敦煌城乡民怨沸腾，就在此时，风光明丽的大泉河畔又迎来了一年一度的浴佛节。

但年年过节节相似，节日景象总不同。这一年的浴佛节出现了三多，一是香客游人中剪了辫子改着短装的人多，因为这已经是民国十年了；二是官府派来的军警人员多，因为当官的知道老百姓对于安顿白军进驻佛地多有怨言，唯恐节日期间发生骚乱；三是香客游人中举家出动者多，因为他们担心“老毛子”来了谁还敢来上香，干脆趁早先来拜拜佛，也好了个心愿。

白俄溃军将临引起的恐惧之风，也给秋莲等人造成了极大的思想压力。趁着浴佛节，夏莲、宋福等上过香、拜过佛，留在太清宫休息之机，秋莲领着已经长大成人的韩辛、韩茹，在三青、石虎的陪同下给韩禄扫墓去了。秋莲的这次扫墓不同于往常，因为她有大事需要跟韩禄商量。来到韩禄坟地，她让韩辛、韩茹点燃蜡烛，摆上供品后跪在墓碑前，她在上香叩拜后，才低声细述：“韩大哥，有你在天之灵的保佑，辛儿、茹儿总算长大成人了。近些日子，到处都传说‘老毛子’溃军将流窜过境，到时候兵荒马乱，恐怕日子不得安宁。俺跟二姐，跟宋福、林芝、二先生、王阿菩他们商量，想给孩子们都成家，既为了续韩家的香火，又为了结成亲家相互间更好照应。辛儿要娶俺姐的滢珠，茹儿要嫁宋福家的大泉，他们自小在一起，青梅竹马、两小无猜，你对他们也知根知底，不知你同不同意？喜不喜欢？”述说末了，她点燃一叠烧纸对空遥祝后放在墓碑前。忽然，平地上刮起一阵旋风，把烧纸的灰烬卷上了天空。秋莲望着那随风飘荡的飞灰渐渐淡去，影影绰绰地感到天地上下、阴阳之间似有割不断的联系，真像韩禄仍在，他虽没有显形，但却显了灵，她认为那阵清风就是韩大哥的化身，飞灰凌空而去便是表示接受和默许了孩子们的终身大事。

为韩禄扫墓归来，见二先生张鉴铭、王道士、夏莲、杨先生等正在太清宫客厅里议事。王道士待他们都进门后指着三青说：“三青，衙门里下了通知，省上、县上要派人来给‘老毛子’白军号地方，你原来的喇嘛师父说他年事已高，上寺、中寺地方大人手少，他难以照管，想叫你回去替他撑持一下，不知你愿不愿意？”

面对这突如其来的问题，三青也不知该如何回答：“师父，这事该由你来决定。”

张鉴铭插话鼓励道：“三青，我看你也能独当一面了，你师父是想听听你的意见。”

三青想了想说：“要说真的，我愿意留在这儿，跟了师父整整20年，他现在身体不好，我跟在身边也好照护他。”

夏莲帮助解释：“师父你照样照护，只让你去协助关照一下上寺、中寺，为的是怕遭到‘老毛子’破坏。”

“我一个人去对付得了吗？”三青有些顾虑，有点儿胆怯。

秋莲出了个主意：“那就请个人陪你去，给你壮壮胆，石大哥你肯去吗？”

石虎看了秋莲一眼，爽快地表态：“去就去，可我不出家呀！”

石虎的回答引起了一阵欢笑声，秋莲心想这石虎大概还在等那送玉佩的姑娘吧。

第二十四章 驻窟流寇正造孽 “牛仔”远征又西行

1921 年 6 月 11 日，通向莫高窟的山前谷地路口，大批军警层层排列，荷枪实弹如临大敌。经过长途跋涉远道而来的白俄溃军陆续到达后，遵照命令下车、下马排成单行，有的背着背包，有的扛着行李，逐一通过设在路口的检查哨接受检查。由于手中的武器在离开古城子不久即被重兵布防的哨卡搜缴，眼前又面临弹上膛、刀上枪、全副武装的军警，这一帮昔日为非作歹、骄横一时、不可一世的狂暴之徒，如今不得不强压怒火，耷拉着脑袋，忍气吞声地通过检查哨口。

通向莫高窟南端的小道上，三步一岗，五步一哨，军警密布。接受过检查的白俄溃军活像一群落网的野牛，一个跟着一个，拖着沉重的脚步，露出无奈的表情行进在小道上。围聚在小道两侧的香客游人们看着如此众多的“老毛子”从眼前走过，步向他们心目中崇高、圣洁、庄严、宁静的佛窟，沉默的目光中无不透露出焦虑、愤恨、憎恶、不安的神情。

沙俄白军阿连阔夫残部进驻敦煌莫高窟

白俄溃军的驻地，划在莫高窟南段上层各洞窟。在通向二层洞窟的石级前侧，设立了临时的监交站。出席交接仪式的接待专员吕季贤、肃防支队司令杜清楷、敦煌县长陆恩泰等坐在前排，地方士绅、寺院住持坐在后排，其中有张鉴铭、王道士及已临时改着喇嘛装束的三青等人。他们作为新疆、甘肃间的监交人员，自始自终看着白俄军一一从站前走过，缓步登上石级走向上层。等到最后一个人走过后，新疆解送部队的骑兵营长徐谟，敦煌驻军管带周炳南随带翻译陪同白俄军首领伊拉列耶夫来到站前。徐营长行了个军礼报告说："诸位长官、士绅、方丈，阿连阔夫将军不知何事耽搁，至今尚未赶来，但他的部下已经到达，经清点实到官兵469名，战马488匹，大车18辆，少数随军眷属未计。目前率队的首领，是这位伊拉列耶夫副司令。"

神色异常紧张的伊拉列耶夫上前两步，故作镇静地靠响马靴，昂首挺胸，威仪不减地行了个军礼。接待专员起身与之握手，并请他在一旁坐下后，即席发表演讲说："副司令率部过境，长途跋涉路过敦煌，因无适当营房，只得来此暂住，虽条件所限不免委屈，但毕竟佛地清静，山野空阔，不失为休养生息、训练队伍的好地方，但愿副司令严格约束部下官兵，遵守约定之规则，不可损坏文物古迹。"

白俄军就这样在莫高窟暂时安顿下来了，但他们既不是安分守己之辈，更不肯放下屠刀立地成佛，他们进驻佛窟后，只放假睡了两三天懒觉便恢复了训练。在三危山下遥对莫高窟的一片开阔坡地上，虽有新疆及敦煌部队监视，但一贯骁勇骄悍的一队队哥萨克骑兵根本不把那些哨兵放在眼里。他们或列队操练，或扬鞭驰骋，或冲锋陷阵，耀武扬威，杀声四起，山地上不时扬起一阵阵沙尘。登上莫高窟俯瞰，只见鸣沙山东，三危山西，大泉河两侧到处是军人，到处是战马，昔日清静、安宁的佛窟圣地，如今已变成了战马奔腾的演武场。

如果说白俄军的操练直接带来的影响，是令已经大大减少的香客游人感到厌烦的话，那么这伙曾经攻城略地、烧杀抢掠、臭名昭著的百战枭雄，在身处逆境时仍不忘训练，其用心何在就更令人担忧了。对此，除了有些施主在谈论中说起之外，陪同三青暂住在中寺的石虎更是多次在王道士面前提及。而王道士回到太清宫，听住在客房里的接待专员吕季贤问及香客游人们有什么反应时，便回答说："有，有人说'老毛子'都是些身经百战的老兵，骑马弄枪的好手，虽说流窜来此，仍坚持操练不息，显然不会安分守己。有人说'老毛子'人马共处一地，天天纵横驰骋，极易发生变故。万一图谋不轨，飞马而去，日驰百里，西可劫敦煌，东可扰安西，均如近在咫尺，如此心腹之患不可不防。"在场的肃防支队司令杜清楷很关注后半段意见，追问是谁说的，他要接见，王道士连忙去中寺叫人。

石虎来到客房，杜司令见他身材魁伟，举止大方，随口猜测道："你当过兵吧？"

石虎回答："回禀司令，年轻时当过。"

杜司令哈哈大笑："现在也不老嘛，人到壮年正是报效国家的大好时候。我问你，你说这伙'白俄军'人马共处一地，极易发生变故，那你说说该怎么办？"

石虎答道："司令知道，马是骑兵的翅膀，我看防范之计是人马分离，断其羽翼。"

吕专员插问："他们要是不愿意呢？"

石虎自有见解："莫高窟附近没有草场，只要断其饲料供应，定能逼其就范。"

杜司令再问："那你知道何处才有草场？"

石虎想了想："听说北面新店台附近就有，但不知能否容纳得下这几百匹战马？"

杜司令和吕专员对白俄军坚持不懈的操练本已有所警觉，唯恐其伺机发难，但对如何驾驭这帮桀骜不驯的狂暴之徒，一时也无良策。石虎的一番见解十分符合他们的心意，故而对他非常赏识，当即委派他去新店台寻找草场，预做准备，同时又将此消除隐患之计上报甘肃省长公署，请求指示。

接受了任务后的石虎随即赶往新店台，先回兴隆客栈告知夏莲、秋莲后，便去宋福家求助。此时宋福家的门楣上还留有给大泉办喜事贴上的红对联，见石虎到来，宋福、林芝、滢珠都出门迎接，石虎由于未见大泉，跳下马背，冲着滢珠便问："滢珠，新郎官呢？"

滢珠上前去接石虎的马缰，听他问话，腼腆地笑着回答道："虎叔你好，大泉他放马去了。"

石虎将马缰绳交给滢珠："啊，我正是来问放马的事。"

宋福有些不解："你要问放马的事？"

"对，记得你说起过，新店台附近有一片适合放马的草场。"

"是，是有一片草场，还与大泉同名哩！"

"大泉草场，能放几百匹马吗？"

"能行，几百匹没问题。干啥，你要当马贩子？"

当宋福听石虎详细地讲述了急于寻找草场的原因后，便立即备上马领着石虎出发了。

大泉草场又称大泉草湖，距莫高窟有四十余里。那里地势开阔，人烟稀少，时值6月天气，起伏如浪的草场上，绿草如茵，野花似锦。石虎随着宋福放开马缰，迎着微风，踏着轻快的步伐，踩过松软的草地，对草场进行了一番踏勘后，认为它是适合牧马的地方，当即请宋福事先给物色几个牧马人，说等他回去报告后，只要吕专员、杜司令做出决断便要去接马。宋福担心几百匹战马，只叫几个人怎么能够用。石虎说杜司令交代过，真要把马接过来，"老毛子"可能要来人照料，巡防营也要派骑兵来监视，这边有几个懂行的接应就行了。

石虎返回莫高窟做了汇报，杜司令夸奖他办事利索，让他先回中寺休息待命。可石虎休息了两三天，也不见有什么动静，白俄军照常练兵习武，莫高窟依然乌烟瘴气。专员和司令为什么迟迟不采取行动哩？原来他们要等省署的指示，要安排逐渐减少马料的供应以施加压力，要与其首领进行艰难的谈判，还要做其他准备。

又过了两天，省署指示下达，施加的压力见效，走投无路的副司令被迫同意，准备工作也做好了。石虎这才奉命再去新店台招人协助接马，结果带回来的人是宋福、大泉、韩辛和几个青年。原来敦煌曾是“天马”的故乡，宋福就是跟随在南山牧马的父亲在马背上长大的，他当之无愧地来挑头。按他的心思“上阵还得父子兵”，带上大泉、韩辛可以传给他们一些牧马、驯马的本领，而其余几个也都是有为的青年。

几百匹军马，既有从俄国骑来的，也有在新疆补充的，为了便于管理，避免与当地马匹混淆，转移之前要再打烙印，一时间弄得烟气四散，焦气横溢，人喊马嘶，尘飞土扬。从早上一直折腾到下午，终于才将马匹赶走。围观的人们望着马群北去并渐渐地从视野中消失，无不期盼莫高窟能恢复昔日的安宁。

但是，事态的发展往往与善良人们的愿望背离。

马群转移后的当天晚上，夜空万里无云，天穹月明星稀，当人们正想安安静静地入睡时，突然有人发觉莫高窟南端崖前空地上火光冲天。听过值哨士兵的报告，吕专员、杜司令、徐营长、周管带等均急忙赶去查看，王道士、杨先生、三青、石虎等得悉后也跟去想看个究竟。

原来那火光是白俄军用打碎的门窗、匾额燃起的一大堆篝火。烈焰熊熊的火堆四周，白俄军人影晃动，在手风琴等乐器激越、高亢、急促的乐声中，这一帮昔日骁勇善战、不可一世的哥萨克骑兵官兵及家眷，有的发疯似的狂舞，有的狼嚎似的高歌，有的号啕痛哭，有的放声大笑，有的求救似地呼喊，有的绝望似的乱叫……不知是在发泄对战马离去的愤懑，在倾吐对故国亲人的思念，还是在表达对前途的绝望……夜空下、篝火旁、群魔乱舞，鬼哭狼嚎，闹成一团，乱成一团。

吕专员、杜司令等站在远处看了一会儿，商量了一下，除吩咐徐营长、周管带通知部属加强戒备外，没有采取其他任何措施，因为他们认为如果在此时对这一伙亡命之徒过分约束，很容易激化矛盾，万一事态扩大闹翻了天，将更不好收拾。所以眼看着这帮强人歇斯底里地疯狂发泄，也只能听之任之。面对这伙流寇卸门砸匾、恣意毁坏洞窟的行为，也只能忍气吞声。

当官的胆小怕事无所作为、姑息养奸，放任“老毛子”破坏佛窟的行为，激起了一些香客游人的不满，他们不敢对官员们反映意见，只能找王道士、三青、石虎等人诉说，甚至拉着他们到中寺附近去指点“老毛子”们损毁佛窟的恶行。

果然，从低处仰望，只见崖壁南端二层“老毛子”们居住的一些洞窟里涌冒出缕缕浓烟，一处、二处、三处……竟有十余处之多，好端端的佛窟里怎么会冒烟呢？原来在一处佛窟里，几个“老毛子”正在生火做饭，柴草燃起的烟雾在窟室里缭绕，把整个佛窟都淹没在黑烟之中。

又一处佛窟里几个“老毛子”，正围在火堆旁吃烤肉，烟熏火燎，乌烟瘴气，污浊的油烟弥漫，使得那些鲜艳的壁画改了颜色，弄得那些彩塑佛像蒙上了烟尘。

另一处佛窟里，两个随军眷属各自架起一只铜壶在烧茶，升腾的水气直冲窟顶，满布于穹顶上的彩绘经不起摧残，不时便有碎片脱落，还有两个小男孩正对着一侧的壁画比赛，看谁的尿撒得更高……

看来将这伙流寇安置在这儿，就像是让大象群踏入了菜园子，让野猴群窜进了瓷器店，其对这座佛教艺术宝库所造成的损坏，确实是毁灭性的，是无法弥补的。

面对众多佛窟惨遭破坏的厄运，迫于香客游人们强烈的呼声，经不住王道士、石虎、三青等的一再呼吁，又害怕今后给自己留下骂名，吕专员、杜司令等这才安排约见白俄军头头，郑重其事地进行了一次会谈。

会谈的地点，选在“五层楼”大雄宝殿门前的廊檐之下，那里摆上了一张方桌和几把木椅。方桌一边坐着伊拉列耶夫和一位翻译，身后还站着两个警卫。方桌的另一边，坐着吕专员、杜司令、徐营长、周管带、王道士和三青，他们身后没有警卫，但却挤满了香客游人。

会谈开始，双方客套了几句，还没等吕专员提出问题，伊拉列耶夫便通过翻译大肆抱怨。既嫌供应的面粉质量不好、烧柴太湿、灯油太少，更说资助用于购盐买菜的银两不够，摆出了一副恶人先告状的无赖样子。纠缠了好一阵，吕专员才扭转局面转入正题，指出对方的官兵不仅劈门窗、砸匾额，而且天天在佛窟里生火，熏黑了壁画，毁坏了佛像，严重地违背了入住时的承诺，伊拉列耶夫让他的翻译代答说，对于部下官兵不当的行为他深感遗憾，还望吕专员、杜司令多多谅解。

杜司令见对方的表态不痛不痒十分不满，当即站起身来指指身旁的王道士、三青及身后的香客游人，大声说：“副司令，你问问寺院里的方丈能谅解吗？众多的香客能谅解吗？敦煌的百姓能谅解吗？他们要是都不谅解，吕专员和我能谅解吗？”

杜司令严厉的语气，方丈们愤怒的神色，围观者激怒的表情，着实让伊拉列耶夫大吃一惊，他深知众怒难犯，这才勉强地表示愿意接受意见，约束部下。在此基础上，吕专员提出禁止再在佛窟内生火，另行派人在洞窟外重砌炉灶的建议，伊拉列耶夫也只得表示接受。

过了两天，在准备好材料后，石虎跟几个工匠一道，搬起砖头，提上泥桶，拿着瓦刀、泥铲，登上洞窟二层，给白俄军重砌炉灶去了。石虎并非工匠，他为啥要跟上去呢？原来在进驻之初的协议中有一条规定，即白俄军驻地划属他们的营区，由他们设岗警戒，未经允许，外人不得进入，所以他们在佛窟里到底干了些啥，外人不得而知，因此忧心佛窟遭殃的王道士趁着重砌炉灶之机，便让石虎混上去查探情况去了。

也真是，不探不知道，一探吓一跳。

一个洞窟门旁，工匠们开始垒砌炉灶，石虎趁洞中无人溜了进去，但见窟壁的彩绘不仅已被烟火熏得面目全非，而且画面上还留下了用锐器乱刻乱画的俄文题字（后来才知道题字中有些是下流话）。

另一个洞口，工匠们在给炉灶砌烟筒时，洞窟里传出的“沙沙”声引起了石虎的注意，他蹑手蹑脚地进去探看，惊异地发现两个“白俄军”正用小刀刮取佛像身上粘贴的金箔。

又一个洞窟是那个白俄军翻译的住处，当工匠们在洞外砌炉灶时，他很关心地在一旁指指点点，问这问那。此时，石虎发现几个白俄军聚于附近，正望着崖壁最高层的洞窟叽里呱啦地议论。石虎很想知道这些家伙对什么发生了兴趣，但又听不懂他们的语言，灵机一动便主动地问翻译：“翻译官，你也从俄国来？”

翻译打量了一下石虎才回答：“不，我家在伊犁。”

“那怎么跟上了他们？”

“唉！要不是为了挣钱养家，谁愿意跟他们受罪呀！”

“他们有银子付给你吗？”

“很难说，那天杜司令还劝他们把马匹卖掉。”

“卖了也好。他们讲话你都能听懂？”

“那是当然，要不我怎么敢给他们当翻译。”

石虎随手指指那几个还在议论的家伙问：“你能听懂他们在说啥吗？”

翻译稍稍留心听了一会儿以后说：“他们说那上层有个洞窟，门上挂了把大锁，从门缝里可以看见里面有一尊与真人一般大小的女菩萨，全身都戴满了金银珠宝。”

石虎追问：“他们还说啥啦？”

翻译也露出鄙视的口气：“还能说啥，说这是个发财的好机会！”

“啊！”石虎发出一声惊叹后没有再问什么，但心里对那个满身珠宝的女菩萨却有几分担忧。等到收工返回见到王道士和三青时，便急不可待地问那最高一层的洞里是不是有一尊披金戴银的女菩萨？

“有，那个洞叫公主洞，你上去了？”王道士肯定地回答。

三青也说：“我上去过，那尊神像满身都是金银珠宝，也不知是啥菩萨？”

王道士更正道：“那不是菩萨是公主，那个洞人们叫它公主洞。”

“怎么会叫公主洞？”三青好奇地追问。

据王道士介绍，公主洞面积不大，但建在崖壁高处，由于攀登困难，很少有人上去。相传是在七八百年前元朝时期，有位青海王公的公主，一生敬佛、礼佛，捐资兴建佛窟，后来坐化在那里了，由于肉身不朽，就成了后人敬奉的神像。他曾多次上去敬香，还在门上挂了一把铜锁，两次地震后再没上去过。但他清楚地记得，那“青海公主”供奉在西壁之下，其真身盘腿端坐，头上戴着镶满珠宝的金冠，身上披着锦绣缎袍，颈下吊有绿松石项链，胸前挂有红玛瑙佛珠，腕上佩有羊脂玉镯，指上戴有翡翠玉戒。整座肉身神像，不仅满身珠光宝气，庄严圣洁，而且好像深藏着难解的奥秘，显得神奇无比。

听过王道士介绍后，石虎推测那帮劫掠成性的家伙，可能在策划要去打劫“青海公主”，他接着讲了亲眼所见佛窟惨遭破坏的情况，催促王道士赶快去向吕专员、杜司令报告。

王道士报告回来后传达吕专员指示，要杨先生把石虎所见所闻写成一份呈文，以寺院和众香客的名义，状告白俄军的劣迹，恳请省署尽快安排他们离开，以解佛窟之灾。石虎眼下更关心公主洞的命运，便催问吕专员、杜司令准备怎么对付？但王道士却说他根本没提这事，他认为世上的事多一事不如少一事，公主洞孤悬在最高的崖壁之上，平时洞门紧锁，一般香客游人既不知道，也不上去。如果报告了，必然就会声张出去，那些军警也是鱼龙混杂，难免没有贪赃枉法之辈、鸡鸣狗盗之徒，万一起了歹意，家贼更难对付。至于“老毛子”那边，我们可以暗中防范，不到万不得已，还是不对外张扬为好。

第二天一大早，王道士就叫上石虎、三青去查看公主洞的位置。他们顺着大泉河边的林带由北向南，隐身于正对公主洞的树丛之中。石虎问三青是从哪儿上去的，三青指认了线路后，石虎仔细一看，发现那通路正好在公主洞右下方崩塌了，而王道士的印象中是没有第二条路的。如果真是没有其他可上之路，那“老毛子”是怎样上去的哩？正当石虎百思不得其解时，王道士又想起好像还有一条险路，那就是绕道南端爬上鸣沙山，再从崖顶顺壁而下。师父的话提醒了机灵的三青，凭着他特好的眼力，终于发现就在崖顶与公主洞之间，好像竖有一架木梯，而那位置正好又距原通路上的崩塌处很近，于是一个阻断“老毛子”的黑手，保护“青海公主”安全的应急方案便形成了。

当天晚上，月色清朗，四野静谧，偶有夜风拂过，“五层楼”檐角的铁马发出一阵阵“叮叮当当”之声，在这万籁俱寂之夜，那声音清清脆脆、低低沉沉、飘飘忽忽，好像是千年佛窟响起了神秘的夜更声，昭示着莫高窟已经进入梦乡。但是，山野已静人未静，佛窟已眠人未眠，一心要去护卫“青海公主”的石虎和三青已由北向南、由低向高，踏着朦胧夜色，渐渐地接近了公主洞，但那崩塌的一段远比自远处看见的严重得多，任凭他们如何努力，也无法通过，眼巴巴地望着近在咫尺的公主洞，他们真恨不得插上翅膀飞过去。

就在石虎、三青摸黑去公主洞时，王道士和杨先生一直在太清宫大门外静静地等候。等了好一阵没见他们返回，却等来了一骑快马飞驰而至，王道士辨认出下马的人是秋莲，不免有些惊讶地问她深夜赶来有啥急事？秋莲说宋福捎话，在大泉草场照料马匹的“老毛子”近来一再传言，说放牧的马匹要卖掉，他不知是真是假，担心“老毛子”耍花招，特意要她来问问虚实。

对于卖马之说，王道士曾听杜司令讲过，不但确有其事，而且每匹马作价 18 两银子的价钱都谈定了。促成此事的原因一是缘于白俄军方缺乏后勤供应，恐有断炊之虑，急需银钱；二是中方欲乘机折其翅膀，以逼其离开敦煌。秋莲听后放下心来，反身上马打算连夜返回，但因见王道士身边只有杨先生一人，又不免关心地问起石虎和三青，在得知他们去了公主洞时，不禁为之所动，当即纵身跳下马背。

再说公主洞附近，由于行动意外受阻，一时想不出对付的办法，三青十分扫兴，他低声向石虎建议：“回吧，石虎哥，这边过不去就等明天，咱们上鸣沙山，从崖顶上去抽梯子。”

三青的建议，打开了石虎的思路，他仔细地望了望那靠在崖壁上的木梯，打量了一下距离，很有把握地说：“不，你看这儿相距不远，只要有一根长杆子，准能把梯子撬掉。”

三青看看也觉可行，转身便走：“你等我，我去弄根杆子来！”

果然不一会儿，三青就找了一根又细又长的木杆来了。他俩站在距木梯最近的位置上，齐心协力地伸出木杆去拨那竖在高崖下的木梯，一次、两次、三次……任他们使出多大的力气，那木梯只见晃动而不见倒下，一阵努力失败之后，这才发现那木梯的上端竟然还系有绳索，任他们如何撬动，木梯也都是晃而不倒。以致已经累得汗流浃背的石虎也失去了信心，他收起木杆露出失望的口气告诉三青："走吧，等明晚上崖顶！"

就在此时，突然出现了秋莲的声音："等等，让俺来试试！"原来秋莲早已赶来助阵，她不声不响地站在一旁观看，心里似乎已经有数，当石虎和三青异口同声地说那梯子上端系有绳子时，她却胸有成竹地回答："我就是要帮你们对付那绳子。"接着她便指挥石虎、三青再用木杆去撬木梯，直到系木梯的那根灰白色的绳子拉得紧紧绷绷的、看得清清楚楚的那一瞬间，但听得"嗖"的一声响，一只银光闪闪的飞镖由秋莲手中飞出，系绳应声而断，木梯当即被撬倒，并随着"哗啦啦"一声响动落向崖下。通向公主洞的通道被阻断了，但"青海公主"是否能因此避免一场劫难，仍旧令人难以预料。

1921年9月7日，即白俄军进驻莫高窟将近三个月时，敦煌地区又发生了一次震感比较强烈的地震，睡梦中被震醒的官兵深恐洞窟塌陷被埋其中成为异域之鬼，纷纷跑向洞外躲避，一时间危言四起，人心不安，闹得不可开交。中方趁机逼其商谈，谈判历尽周折，一直拖到11月，眼看朔风阵起，寒气逼人，严冬将至。伊拉列耶夫恐冬日难熬，在万般无奈之下这才同意了甘肃省长公署提出的每人发给路银6两、资遣回国的方案。但由于是分批上路，所以一直延续到1922年3月这几百亡命之徒才全部离去，多灾多难的莫高窟也才得以从一场浩劫之中解脱出来。

佛窟里的壁画惨遭烟熏火燎

经受了长达八九个月的损毁、破坏和肆意糟蹋，莫高窟南端佛窟已是千疮百孔。许多洞窟里烟尘尽染、狼藉一片，随处可见遭毁的壁画，到处都有打碎的塑像，一场大灾大难之后的佛窟，已是伤痕累累、残迹斑斑，其景象令人惨不忍睹，尤其是石虎、王道士和三青特别挂记的公主洞，当他们在崩塌地段临时搭起木板通道走近洞口时，只见门锁掉地，洞门虚掩。进入洞中不禁令人大惊失色，西壁下神坛上原有的那尊披金挂银、珠玉满身，完好地保存七八百年后依然活灵活现、光彩照人的“青海公主”肉身像已被彻底毁坏了。劫后现场，只在神坛上留下一些撕破的缎袍和支离破碎的尸骨，就像是残留在刑台上的遗骸，让人们刻骨铭心，永远也忘不了那些卑鄙、暴戾的匪徒对神灵的肢解与亵渎。石虎等对他们未能及时阻止这场暴行也深感内疚，其实这哪能责怪他们哩。显然那一伙劫匪不是抢在了他们的行动之前，就是另外开辟了通路，看来既然虎狼入室，那“青海公主”自然是在劫难逃！

华尔勒在“考察”途中

华尔勒一行途经西安城门前

人们常说，家人不和外人欺，国内争斗难御敌。1923 年秋天，趁着我国军阀纷争不休、帝国主义列强议决对华“利益均沾”之机，两个心怀叵测的美国人华尔勒和杰恩，借助河南军阀吴佩孚的武装护送到西安后，便打出中国亚细亚美国远征队的旗号开始了西征。顾名思义，所谓征者行也、上伐下也。这些美国人漂洋过海来到东方，又明目张胆地打出远征的旗号要去遥远的中国西北，难道他们要去征伐、征战、征服……难道善良的人们不该警惕、警觉、警醒……

1923 年 9 月 4 日，四辆带篷的双轮骡车穿过市容古朴、店铺林立、行人熙熙攘攘、尘土纷纷扬扬的古城西安西大街，大摇大摆地驶出高大雄伟的安定门，几个荷枪实弹的士兵当即上前拦车检查。始终坐在车上闭目养神的华尔勒见有人拦车，不觉为之一惊。他忘不了在住地旁刑场上，眼见三颗人头落地的血腥场面；他记起了北方军阀对他们此行安全的担忧，他心想难道还没出城门就会遇到刁难？他摸了摸插在腰间的短枪给自己壮壮胆，强打起精神跳下车去，用力地靠响脚上的长筒皮靴，对着拦车的士兵，趾高气扬地举起手中的马鞭指了指车篷。原来每辆车上都插有一面崭新的星条旗，虽然那些旗子是在西安临时请裁缝用手工缝制的，不仅尺寸、比例不对，而且每面上只缀了六颗星，实在有些不伦不类，但他却是想拉大旗做虎皮吓唬吓唬中国的老百姓。果然这一招还真有效，拦车的士兵本来就没见过什么世面，一看车上跳下一个身着短衣、马裤，头戴帆布帽，腰挎左轮枪，红头发、蓝眼睛，高高的鼻子，瘦干巴条的洋人，脑子便有点儿发蒙，再一看骡车上也不知是什么旗，更被吓得有点儿不知所措，连忙侧身让出迎上来的一位军官。这时远征队的翻译王近仁也钻了出来对着士兵大声呵斥："你们没接到督军刘大人的指令吗？这是从美国来的远征队！"他特别拖长声音，强调了"美国"两个字，值勤的军官也不知真的接到过什么指令，或是被翻译的声音糊弄住了，连忙举手敬礼，露出巴结讨好的笑脸，挥手放行。

离开西安后，西行路上的一些遭遇不但让华尔勒、吉恩经常感到不快，而且有时会感到一丝恐惧。比如经过陕西村镇，路旁宅院的土墙上一再出现一些白底黑字的大幅标语，华尔勒好奇地指着一幅叫王近仁翻译，那内容竟是"洋人们把我们的山东抢夺去了，我们和洋人拼命吧"，落款是"三秦救鲁义勇军"，时间是"民国十年"，时间虽然过去了两年，但知道那标语的内容后，华尔勒不免有些提心吊胆，生怕遇到的人会找他们拼命。进入陇东，他们又赶上了连绵不断的秋雨，骡车艰难地涉过水深及腹的泥沙河，颠簸不停地走过黄土淤积的泥泞路，把体质虚弱的杰恩折腾得叫苦不迭。

在一个凄风苦雨的晚上，华尔勒一行终于走近了兰州，先是看见黑乎乎的城楼，后是看见高悬在木杆上的油灯灯光照射着的黑洞洞的城门。还好，不见有人，城门也尚未关闭，但当四辆骡车刚刚驶近城门洞时，却像遭遇埋伏似的，神不知鬼不觉地突然从黑暗中闪出一群士兵，把几辆骡车团团围住，就像打了胜仗抓了俘虏似的乱声叫嚷"逮住了！逮住了！""四辆车！""四匹骡子！""来得正好，统统征用！"

一路劳顿，企盼着进入兰州好好休息的华尔勒，没想到未进城门便遭拦截，气急败坏地跳下车来正要发火，王翻译害怕惹出事端，急忙抢上一步大声解释："弟兄们，不能动，北京的黎大总统有批示，要保护人车的安全！"

一名矮个儿的军官听后，以一种轻蔑的口气回应道："球啊！什么黎大总统，驴大总统，在这儿不管用，他早下台了，咱们不听他的！"

王翻译本想搬个大人物做挡箭牌，没料到竟讨了个没趣，只得赔着笑脸问："那你们听谁的？"

"听谁的？除了咱们长官的话，谁的也不听！"军官仗势露出桀骜不驯的样子。

华尔勒听过翻译后勃然大怒，他像一只好斗的公鸡一手掏枪一手伸出去揪住那矮个子军官的衣领，气势汹汹大声喊叫，王近仁赶紧翻译："走！去见你们的长官！"

矮个儿军官冷不防地被一位洋人抓住衣领，很是有些尴尬，但望着那对准自己脑袋的黑洞洞的枪口再大的气也不敢发作，只得忍气吞声地答应领他们去见长官。

长官官邸就在离城门不远的地方。当华尔勒被领去那里时，地方行政长官——一位大胡子旅长正躺在卧室的土炕上，抱着烟枪吞云吐雾，一个妖艳的女人靠在一侧精心地就着油灯替他裹烟泡。忽然室外传来一阵吵闹声打扰了室内的安宁，他很不耐烦地吩咐侍候一旁的听差："去看瞎吵吵啥？"听差看后回来报告："旅长，有人吵着要见你。"

"没告诉他我睡觉了。"

"告诉了，可他说，说……"

"说什么？"

听差压低嗓门儿："他说，他说要不要进来帮你穿衣服。"

"混账王八蛋！"旅长勃然大怒，"给我抓起来，毙了他！"

"旅长，那是高鼻子洋人，说是从北京来的。"

"洋人，北京来的？你怎么不早说？"旅长像触了电似的放下烟枪吩咐道，"赶快叫陈副官陪客，说我随后就到。"

有了旅长的命令，陈副官立即陪华尔勒、杰恩、王翻译进入客厅，摆上了瓜子、花生、盖碗茶"三炮台"款待客人。华尔勒略坐片刻，斜眼瞟了瞟立在一旁的矮个子军官，怒气未消地站起身来把积在雨披上的泥水嘀嘀嗒嗒地摔向四周。凑巧有几点水洒在刚进客厅来的旅长身上，他见是洋人，不仅没有责怪，反而赔着笑脸，双手抱拳向客人问好。王翻译见状连忙呈上名片介绍："这位是华尔勒先生，这位是杰恩先生，他们此行是率领中国亚细亚美国远征队去肃州、敦煌等地考察，路过兰州，还请旅长大人多多关照。"

旅长坐下后，把指关节掰得咔吧咔吧直响。他故作斯文，咬文嚼字地应酬道："不知贵客远来，未能迎候，多有怠慢，实感抱歉。两位先生深夜光临，不知有何吩咐。"

听过翻译的话后，华尔勒又嘱王翻译代答："美国远征队是河南吴佩孚大帅派兵护送到西安，陕西刘督军也要礼送，被华先生谢绝了，想不到未进兰州城，插着美国国旗的骡车被扣留，华先生很不高兴，他不希望因此事引起国际纠纷……"

王翻译的几句话绵里藏针，着实让旅长捋着胡须愣怔了片刻。当时的大小军阀们虽然割据一方争战不息，但对洋人总是敬畏三分，从来不敢得罪，以免招惹祸端。听说部下闯了祸，忙把矮个儿军官招近身边，几句询问后，抹了抹额上的汗珠，又摆出笑脸竭力敷衍："误会了，误会了，都怪天太黑、雨太大，下面的人有眼不识泰山，明天我摆席给各位接风洗尘，压惊赔罪。保境安民是军人的天职，诸位旅途劳累，请先安歇。至于车辆牲口，我让他们看好，喂好，随时听候差遣，让大家前往肃州。至于敦煌……敦煌……"旅长欲言又止。

提及敦煌，大胡子旅长吞吞吐吐的样子，不免引起了华尔勒的疑惑。因为作为一个有经验的艺术历史和考古的行家，自从他在丝绸之路上的俄属中亚进行过考察，在伦敦参观过斯坦因从中国新疆、敦煌弄回去的大量文物，在北京当面聆听过伯希和介绍敦煌莫高窟的壁画、塑像和秘藏的卷子后，他要去探访、去研究、去征服那里的欲望便与日俱增。1908 年他曾得到过 1 万美元的经费，但由于种种原因而未能成行，以至让他人捷足先登，大有斩获，使得他又忌妒又怨恨，并一直耿耿于怀，故对此次筹划已久的远征，他除了想顺便去喀喇库图（黑城子）发掘外，其主要目标还是要到敦煌去实现他多少年来梦寐以求的愿望。因此，当听过翻译旅长的话之后，他生怕敦煌有什么意外，让他此行受阻，当即要王翻译追问："敦煌怎么啦？"

第二十五章

无法无天华尔勒 丧心病狂剥壁画

肃州，先称金泉，后名酒泉，其名称各异但皆因泉而得名。有人说是因其地有三泉，水质清冽，有气泡升腾，似金珠串串，以形而名；有人说是因其水碧澄，味美如酒，以味而名；还有人说是汉骠骑将军霍去病出征匈奴凯旋后，将武帝赏赐的御酒一坛倾注于泉中与将士共饮，以史而名。所以在有备而来的华尔勒心目中，肃州不仅是丝绸古道上紧邻嘉峪关的一处充满传奇色彩的地方，而且是他此度西征中设想的一个重要的中转地。由此他要追寻俄国人的足迹北去黑城子继续发掘“淘金”，他要步英国人、法国人的后尘西去敦煌搜寻秘宝。但长路漫漫，不时遭遇可恨的兵丁，偶尔出现可怕的标语，随处可见的可疑目光，总让他经常感到似有暗藏的危机伴随，特别是大胡子旅长半吞半吐的话，像是笼罩在他心上的阴影，更叫他一路上提心吊胆。

离开兰州后，整整走了 20 天，插着星条旗的四辆骡车才慢腾腾地驶入肃州城东关。丝绸古道上的这座小城虽然街道狭窄，房屋低矮，但市场上摊点林立，行人不少，有装束各异的商人，有驮人载物的驼队、马队，车来人往，匆匆忙忙。由于人们都专心于自己的事情，对几辆普通骡车和随车步行的洋人并没有给予过多的关注，华尔勒那份紧张的心情才多少有些放松，尤其是在经过教堂门前，长期在这一带从事传教活动的苏格兰人亨特神父挤出人群，欣喜地冲着他和杰恩挥手致意时，他这才有了一点儿平静、安详的感觉。

当华尔勒一行在离教堂不远的一家东升客栈住下时，亨特神父便登门拜访来了。他们之间过去虽不相识，但同为洋人，异国相逢，仍有他乡遇故人之感，相互间似有谈不完的话题。久居小城的神父关心他们途中的遭遇，问起他们此行的目的。离京整整三月的华尔勒，却更急于探问近来有什么大事发生没有。

亨特神父谈了他所得悉的军阀纷争，政权更迭、山东临城发生劫车案，列强国家外交团正强力交涉等消息后，华尔勒免不了又问肃州的情况。神父答道："中国人说'山高皇帝远'，这里的驻军就是独霸一方的土皇帝，可以说是无法无天，偶尔也来教堂敲诈勒索。"

华尔勒冷冷一笑："啊，那帮扛枪的我们领教过了，这边老百姓怎么样？"

"教民还好，由于信教，常来教堂走动，大家相处还算融洽。但其他百姓，特别是那些多少接受了一点儿新知识的学生和难以维持生计的农民，好像有什么怨气，不时地便与我们闹些小摩擦。"

"惹他们了吗？怎么会这样？"

"不是我们惹的，是沙俄的官兵。老百姓说近几年走过这里的洋人，比两千年之间来过的还要多。"亨特指点着墙壁上横七竖八地胡乱涂写的沙俄军人的姓名、团队编号、日期甚至下流的话语，让华尔勒、杰恩看后又接着讲："听说这些残兵败将在敦煌驻扎期间曾大肆破坏，干尽坏事，惹得老百姓怨声载道，恨之入骨，不仅骂他们是'老毛子''红胡子''白匪军'，而且把所有的外国人都视为'洋鬼子'，所以奉劝你们暂时不要去敦煌。"

亨特神父介绍的情况，印证了大胡子旅长的说法，引起了华尔勒的警觉。为了安全，他不得不克制住急于去敦煌的情绪，决定先去黑城子。

黑城子又称喀拉库图，是一座位于肃州以北，额济纳河下游，曾辉煌于 11 世纪初叶至元朝、西夏王朝，大约衰落于 14 世纪的古城，意大利人马可·波罗东游经过时，曾盛赞其城门高大，建筑宏伟，并称其为额济纳。1908 年至 1909 年俄国人科兹洛夫从这座古城废墟中窃走了保存完好的古代文书 2000 多卷，绢画、布画、纸画 300 余幅及其他历史文物。而华尔勒之所以被吸引去那里，是因为 1913 年他在圣彼得堡见到过那些珍贵无比的文物，在极端羡慕之余，也萌动了探寻之念。但华尔勒在这场争夺战中，显然行动太晚。因为不仅 1914 年斯坦因骗去藏经洞最后一批经卷后，又去那里进行了大规模的发掘，而且肃州人还曾见有六批外国人先后去那里"探宝"，每一批都是骆驼驮、大车装，满载而归。多次遭受洗劫的黑城子，还能给后来的盗宝者留下什么宝贝吗？

华尔勒一行组成了一支由几个雇工、一个木匠和二十多峰骆驼组成的队伍，沿着额济纳河古道，迎着寒风，踏着冰雪，经过无垠的戈壁，穿过干枯的树丛，越过起伏的沙丘，北行近半月才找到了他们向往已久的古城黑城子。

此时，古城废墟已被黄沙淹没，但那高大的城垣、破败的断墙、宽阔的殿堂、耸立的佛塔、笔直的街道、残破的民居……仍依稀可辨，既透露出昔日的辉煌，又显示出今日的凄凉，引得华尔勒一再对杰恩表示：“这个地方之可爱远远超过了我的想象。”并随即指挥带来的雇工挥铣动镐开始了发掘。

发掘工作远不像华尔勒预想的那样顺利，因为此前柯兹洛夫和斯坦因的两度打劫，已经挖地三尺，扬沙过筛，把地下文物收拾得干干净净，除了留下大坑小洞和他们看不上的残渣碎片之外，很难再有“漏网之鱼”，以致连华尔勒这样的盗宝老手置身于古城废墟之中，都有一种阴森、恐怖、不寒而栗的感觉。

一天，天色阴霾，古城废墟死一般的沉寂。华尔勒在一座佛寺遗址中发现了一堵绘有佛经故事彩色壁画的土墙，虽历经千年风沙吹蚀，又遭近世外人劫掠，以致画面中心被剥去部分只剩下斑驳的黄土，但侧旁遗存的残画却勾起了他的记忆，原来几年前在圣彼得堡见过的那幅线条流畅、色彩鲜艳、人物生动的壁画就出自这里。对中国古代壁画既爱不释手又急于占有的他，见残画仍有极高的价值，下意识地看看左右无人，这才摸出一把特备的扁锉刀，动手去剥壁画，正剥着、剥着，“嗖”的一声，一个土块打在他的脚下，吓得他连退两步，做贼心虚地扔下锉刀，惊慌失措地拔出手枪四下搜寻，及至未见再有任何动静，这才平静下来继续他的剥画勾当。

十天的搜寻、挖掘和清理，虽然也出土了一些汉文、西夏文、回鹘文的文书和金、石、陶器、木雕、泥塑，但对野心不小的华尔勒来说仍不免大失所望，他推测也许还会有些文物深埋地下，但由于大雪覆盖，酷寒难耐，粮草不足和人力有限，也不得不准备撤离。临行前的深夜，雪在飘，风在吼，狼在嗥，在油灯照亮的帐篷里，王翻译、木匠老周协助他把搜得的文物小心翼翼地装进木箱后，他看看那些箱子又看看杰恩，很不满足地抱怨：“看吧，十天工夫，就这么几箱，我真忌妒那些俄国熊、英国佬，他们也太贪心，把这里的好东西都‘胡乱砍’走了，难道他们真要让这座古城从地球上消失，连一点儿痕迹也不留？”杰恩听后觉得他的话十分矛盾，但由于翻译、木匠在场，不便多话，只好一笑置之。

返回肃州途中，由于风更急、雪更大、天更冷，连生性最能忍饥受渴、抗风耐寒的沙漠之舟——骆驼也是举步艰难、疲惫不堪。面对大雪、酷寒，有经验的驼工关照大家要步行以免冻伤。华尔勒、王翻译等都听从告诫，各自牵着骆驼坚持徒步行进，只有体质较弱的杰恩走不多久，人也困腿也乏、筋疲力尽几乎连迈步也很困难，只好爬上驼背，蜷伏在鞍鞯上听天由命。周木匠出于好心，通过王翻译一再劝说，但早已冻得缩成一团，连说话都有气无力的他又哪能听得进去呢？果然，只走了半天，由于风雪太大，骆驼队不得不在一处土崖下暂歇避风时，驼背上的杰恩已经动弹不得了。大家手忙脚乱地把他弄下来，他坐在雪地上十分痛苦地咧着嘴向华尔勒求助：“救救我，我的脚不行了！”华尔勒当即吩咐雇工拾来柴草，在他身后生起一堆篝火，并帮他脱下皮靴，这才发现他的双脚已经完全冻僵。按照传统的急救措施，华尔勒和王翻译各人抱起他的一只脚，就近抓起雪来轻轻地搓揉、摩擦，整整持续了两三个小时。但当他的脚刚刚恢复知觉时，一阵钻心的疼痛，竟然疼得他昏厥了过去。为了保住他的双脚，华尔勒硬着心肠一面继续为他擦脚，甚至把他的脚塞进自己的皮衣贴在自己的身上为之取暖，一面吩咐雇工们支撑帐篷，就地宿营。

夜深了，又困、又乏、又晦气、又不安的华尔勒根本无法入睡，帐篷外寒风怒吼，而他却心急如焚，因为虽已采取一切必要的救助措施，杰恩的双脚仍无法复原，显然是既不能步行又不宜再骑骆驼了。长留在此，不仅不能帮助他康复，全队人员也有断炊之虑，唯一的出路是尽快离开这狂风扫荡、暴雪肆虐的死亡之地，以求得一条保全他双脚的生路。

第二天一大早，王翻译和木匠老周奉派出发，他们十万火急的任务是要到距此最近的村落去雇一辆马车以充急用。

日子一天一天地过去，面对杰恩双脚丝毫未见好转，且又出现高烧和发生坏疽的危急症状，华尔勒心急如焚。他除了坚持不懈地用酒精轻轻地揉擦他那肿胀起泡的双脚外，唯一的办法就是按雇工们的建议，用羊油涂抹以求保护他冻伤的皮肤。

时间一分钟一分钟地流逝，杰恩的心情越来越忧伤、情绪越来越低落，听着帐篷外又单调、又凄厉、又恐怖的风声既像是一曲漫长的哀乐，又像是一支送别的挽歌。他身不由己地躺在帐篷里，不由得想起了曾有探险者不上麻药便用猎刀截下残肢以求保命的传闻。他后悔自己不该贪图一时的安逸而招致不幸，也许会造成“一失足成千古恨”的可怕后果。他想到了故乡，想起了亲人，甚至想到了异国他乡的这片土地会不会是他通向地狱的门？难道黑城子也留有惩戒盗掘者的咒语，可怎么就偏偏落在自己的身上呢？悔恨交加的他真是度日如年，忍不住一再地问华尔勒：“王翻译怎么还不回来？”华尔勒只得如实告诉他：“周木匠说距这里最近的人家也有两天的路程。”

等到第三天晚上，杰恩几乎有点儿沉不住气了，既操心王翻译他们会不会在风雪中迷路又担心他们能不能雇到马车。他躺在帐篷里直到深夜方才朦胧入睡，谁知一阵噩梦又向他袭来：在黑城子古城，他指使雇工们在一座寺院废墟里挖掘出来的泥塑神像都复活了，千夫所指，诸神要清算他的罪行，他上天无路，入地无门，想要开溜，双脚又像被大绳紧紧拴住，根本迈不开步……他大声呼救，用力挣扎，好不容易才苏醒过来，而恰恰就在此时，他听到帐篷外有人高呼：“回来了，回来了！”接着便由远而近地传来了马蹄声、马车声。

马车的到来，虽然为杰恩解了一时之难，为远征队化解了受阻之忧，但同时又带来意外的消息，经周木匠探悉，治疗冻伤的名医远在甘州（张掖），由此不绕肃州，直接向东南斜插过去，大约有十几天路程。杰恩一听又急了，他焦虑不安地问华尔勒："去甘州等于后退，难道不去敦煌了？"

是呀，为去敦煌而精心准备的许多东西还留在肃州，当然不会半途而废，但毕竟救人是第一等大事，华尔勒只能横下心来安慰杰恩："谁说不去，中国人有句话说'留得青山在，不怕没柴烧'，等你把脚治好，我们再去放开手脚大干一番！"

在打发了部分雇工后，华尔勒一行轻车简从，晓行夜宿，直指甘州，途中虽然波折不断，困难不少，但总算在十来天后赶到了目的地。

名扬河西的中医是甘州的一位中国传教士，他一面传播福音，一面以他祖传秘方配制的丸散膏丹济世活人。在那战乱常起、天灾人祸不断的岁月里，能救死扶伤、拯民于伤病的这位善良的传教士，很自然地受到教民和百姓的赞扬。杰恩去那里就诊之初，双脚发紫，下肢肿胀，皮肤上起了许多水泡，局部还有一些溃疡。当忧心忡忡的华尔勒问能否保住那双脚时，他只得回答说，尽力吧，我有功效神奇的秘方冻伤药，如能阻止坏疽发展，那就还有一线希望。请相信仁慈的上帝会赐福给他的。

好像真有上帝庇佑，杰恩的双脚经过几天用药，外敷内服双管齐下后，溃疡处逐渐愈合，肿胀处日见消退，奇迹般地渐趋好转，又经过几天的调养，竟可轻微活动了。

一天，雪霁天晴，又当城中集日，久卧病榻的杰恩在华尔勒、王翻译伴随下拄着双拐上街去散步、散心。走过一处闹市，当他们选择一个摊位坐定，刚想尝尝摊主端上来的一盘烤饼时，便有一个衣衫褴褛、白皮肤、黄头发、高鼻子、碧眼睛的俄罗斯男孩过来乞讨。华尔勒见在众多的黄种人中钻出来一个讨饭的白人孩子，不禁产生了一种难以言表的怜悯之心，当即递了一个烤饼给他，男孩接过去像饿极了似的也顾不上道谢，便狼吞虎咽地塞进了嘴里。华尔勒盯住他问："你家在这儿吗？"男孩摇摇头，华尔勒又问："你在这儿有亲人吗？"男孩依然摇摇头。好奇的华尔勒又递给他一个饼，并和王翻译一道追问，这才得知原来他的父亲是阿连阔夫的部下，在逃来中国后病故，驻扎莫高窟期间，他母亲嫁了另一个军官，走出敦煌不久，生病的他被继父遗弃，为了追寻母亲，他一路乞讨流落到了这里。男孩说起母亲，伤心地低下头，并下意识地从胸衣袋里摸出一只十分精美的铜铸小佛像抚弄起来。华尔勒要过佛像，仔细鉴赏后，掏出两枚银币要跟他交换。男孩坚定地拒绝说："不，这是妈妈留给我的护身佛，带着它我才能找到妈妈！你想要就去莫高窟吧，那里的壁画看也看不完，那里的佛像数也数不清。"听完男孩的话，华尔勒把小佛像连同银币送还给他，并侧首对杰恩说："听见了吗？莫高窟正等我们去，就看你这双脚争不争气了！"

华尔勒一行又重返肃州，回到了他们曾住过的东升客栈。离开这里不到两个月，虽然客栈内外景物依旧，但敏感的华尔勒心里总有一种说不清道不明的异样感觉。首先是到达以后便有不少人围上去，指着几只刚从车上卸下的新木箱窃窃私议："看！准是洋人又盗宝了！"接着是杰恩被扶下马车时虚弱得几乎难以站稳、顺势跌坐在木箱上后，不仅没人同情，围观者反而发出一阵幸灾乐祸的讪笑声，并有人指责说："报应！报应！盗宝贼都没好下场！"这些话虽是王翻译事后告诉的，但他越想心里越是不安。

客栈门前的情景，不由得让华尔勒想起护送杰恩去甘州途中的一段遭遇。当时由于赶路心切，杰恩坐的马车急穿村落时撞伤一位老者，村民拦车交涉时发现了新木箱，认定他们十有八九是从黑城子过来的盗宝贼，干脆挡在车前不给让道。华尔勒拔出手枪想鸣枪威吓，只听得有人一声呼喊，便有一大群村民举着木棍、扛着铁锹蜂拥而来把马车团团围住，眼看就要爆发一场冲突。危急时刻，幸好王翻译阻止了华尔勒的粗暴举动，并出面向受伤的老者赔情道歉，周木匠和赶车人也帮助说情，说明车上有危急的病人，这才逐渐平息了村民们的愤怒，让开了道路。

路是让开了，可在华尔勒的脑海里又平添了一层阴影。西安、兰州、肃州，前前后后发生的种种事态历历在目，像狂浪冲击，像乱云翻滚，不能不加重他对西去敦煌的担忧。但冒险的性格，莫高窟的魅力，强烈的妒忌心和占有欲，促使他坚定了孤注一掷，不达目的誓不罢休的信念。他向亨特神父求助，请他派可靠的人趁黑夜送了几只旧木箱过来，换装上黑城子的劫获物，安排杰恩带上那些东西先期返回北京。

白俄军阿连阔夫的残部离开莫高窟后，王道士指挥三青等人断断续续花了一年多时间才把那些被糟蹋得不像样子的洞窟清扫了一遍，不仅打扫出大量的生活垃圾，而且还清理出不少遭烟熏火燎的、被人为破坏的、残破的佛像，眼看四处堆放越积越多，香客游人见后经常提出意见。他便吩咐三青安排民工在千相塔旁开挖一个土坑准备加以掩埋。过了不久，等他外出化缘归来，听说土坑已经挖好，那些散乱堆放的残像也都集中到坑旁，查查历书，第二天是个好日子，便早早地起身上了香、念过经，到千相塔掩埋残像去了。

正当王道士聚精会神地关注着民工把残像一个个搬进土坑时，陪同在他身旁的杨先生急切地用胳膊捅了捅他说："没看见？陆县长来了！"

王道士一抬头，果然发现身穿西式大衣，头戴皮帽的陆县长在几个衙役的护拥下，和许多香客游人一样不动声色地正立在一旁观看，他真没想到堂堂的县太爷会在此时光临，会不会又要来找麻烦？胆小怕事的他，手忙脚乱地拍了拍棉袍上的尘土，连忙迎上去施礼问候："陆大人，这么冷的天，什么仙风把您吹来了？有啥事派个人来吩咐一下就行了。"

陆县长淡淡一笑："身为一县之长，也该下来走走呀！王道长，你们这是在干啥？安葬菩萨吗？"

王道士赶紧解释："这都是那伙白俄军亵渎损坏的佛像，打扫洞窟时请到洞外，常遭日晒雨淋，近有天神托梦，多加斥责，这才请他们到千相塔这块净土来。"

"啊，入土为安，想得也真周到。"陆县长略加赞许后，便转了话题，"道长，你对泥塑、木雕都如此恭敬，想必对客人也安排得很好吧？"

王道士不知县太爷问话的用意，顺口回答："善待客人是贫道的本分。"

"那本县长前几天介绍来的贵客，你安排得好吗？"陆县长追问。

"大人介绍来了贵客？我出去化缘，昨晚刚回来，怎么没听说？"王道士有些惊慌地问杨先生，"来了贵客？"

杨先生想了想："近几天香客不少，但没人说是县长大人介绍来的。"

陆县长正色道："不是普通香客，是从京城来的美国客人，知道吗？是洋人！"

"洋人？"杨先生急忙声明，"陆大人，确实没听说，也没看见。"

陆县长也觉意外："那怎么可能！"

此时围观者中有人说："陆大人，那边洞里好像是住了个洋人，但很少露面，洞门口还有人把守，不让外人进去。"

那洞里是住了个洋人吗？那洋人是谁？他怎么不肯露面呢？

原来那洞里住的就是陆县长问起的华尔勒。这位红头发的美国人经过几个月磕磕绊绊的远征，在对中国西部多少有些接触后，已感到在当前环境下再趾高气扬地插上星条旗，不但起不到任何威慑作用，反而可能引火烧身，遭遇难以估量的后果。所以自肃州上路他便偃旗息鼓，只带了翻译王近仁和木匠老周，仅备了一辆马车和几匹马，就像普通的过路人一样，不声不响地走进敦煌城，拿着礼物去拜访陆县长，由于出示了北京政府的文书，使得县长大人对他另眼相看，保证对他格外关照。

由于得到县长的认可，华尔勒像有了靠山，腰也直了，心也安了，胆也大了。到达莫高窟后，听说住持寺院的道士不在，不禁暗自庆幸，心想没人管了，自由自在，那不更好吗，便一头扎进了洞窟，打算自行其事。

对于具有专业美术知识的华尔勒来说，几百洞窟中，从四壁到穹顶绘满了精美绝伦的彩绘壁画，不但内容丰富，人物生动，线条流畅，色泽鲜艳，艺术高超，而且年代久远，大多保存完好，真叫他看得眼花缭乱，目迷五色。对于一个生长在建立不过百余年的国度里的他，过去就像生活在古文化的沙漠之中，见到这历史悠久、成就辉煌的东方宗教艺术宝库，真令他大开眼界。他赞其美、叹其古、惊其多，他羡慕，他嫉妒，一股强烈的占有欲不但发自心底，而且恶性膨胀。本来此次西征就是有备而来，他在美国就准备了能使壁画从墙上分离下来的特种粘胶，打算来此小试锋芒。如今见这里既无人管理，又无人过问，被白俄军熏得面目全非的一些壁画也历历在目，心里好像吞下狼心豹胆，顿时贼性大发，什么人类的良知良能、社会的道德风尚，统统被他抛在了脑后。他发誓要大显身手、大干一番，就是剥光这里的一切，全搬到美国去，他也绝不手软。

主意既定，从哪里下手哩？华尔勒凭着他在艺术方面的鉴赏力，首先看中了初唐、盛唐时代的洞窟，因为出自此一时期的壁画或金碧辉煌，气势磅礴，着实美不胜收；或素洁淡雅，明丽清新，令人赏心悦目，无一不是壁画中的精品，无一不是艺苑中的瑰宝。由于壁画的面积一般都不小，任凭华尔勒的野心有多大，也难以将壁画整体剥离，无奈之下，他只得挑选某幅画中最精美的部分，采取最富破坏性、最卑鄙无耻的剜心战术。他从 321 窟南壁宝雨经变图中，剥走了造型优美的天龙八部与听法菩萨头像；从 323 窟南北壁 8 幅佛教故事画中，剥走了张骞通西域和西晋江南百姓迎佛彩船等等，无一不是取其精华，毁其整体。

华尔勒钻进洞窟后，就像着了魔、发了疯，夜以继日地接连干了几天，当陆县长来寻找时，他正拼着命地在 320 窟里忙活。按他们的分工，王翻译负责把守洞门，严禁外人窥视，华尔勒选好壁画，勾出范围，便由木匠老周爬上木凳，用软毛刷把用火盆加热后的固定剂迅速地涂在画面上，接着再由他把浸透胶水的纱布覆盖上去并紧紧地贴在壁上，直到固定剂渗入画面表层与纱布黏合凝结后，再小心翼翼均匀地用力撕揭，一幅在墙壁上保存了上千年的彩绘，便被活生生地粘在纱布上剥离下来，就像横遭凌迟酷刑，只在壁上留下一片片惨白色的伤痕。

正当华尔勒冷笑着庆幸又一幅壁画剥离成功时，守在洞门口放哨的王翻译突然回头招呼：“快！收拾一下，那个陆县长带着人来了。”

华尔勒一听惊慌不已，他深知自己干的缺德事确实有些无法无天，只要没人现场抓住，以后还可以抵赖，真要是有人，特别是县长大人当场发现，人赃俱获，那后果就不堪设想了。想到这里，有些惊慌失措的他连声吩咐王翻译：“挡住他，挡住他，莫让他进来！”

当陆县长在王道士陪同下带着衙役等人沿着崖前由北向南走来时，320窟的木门已紧紧地关上了，而华尔勒和王翻译已转移到紧邻的另一洞窟门外。

陆县长一见华尔勒便露出亲近的样子快步上去握手，并满脸堆笑地问候：“多日不见，有失关照，真是抱歉得很，华先生怎么没住寺院？”

华尔勒回答了一通，王翻译随即口译道：“华先生说谢谢陆县长关照，他来此后派人问过，听说寺院住持化缘去了。他见这里的洞窟无遮无拦，香客们进进出出，白天烧香拜佛祈佛保佑，晚上住在洞里伴佛而眠，自由自在，惬意得很，非常适合他们美国人的生活方式，所以他决定就不再去打扰寺院了。”

陆县长笑意不减：“啊，这哪算什么打扰，贵客临门，尽一份地主之谊也是人之常情。王道长，你来拜识一下，这位是美国中亚远征队的华先生，是北京前任黎大总统关照过的客人。”

王道士见县长大人亲自出面介绍又提到什么大总统，知道是有背景、有来头、丝毫不能怠慢的贵客，致礼问候毕，当即恭请客人去寺院小坐。华尔勒唯恐暴露他的劣迹，很想把大家引开。陆县长为了巴结、讨好华尔勒，专门备了食品来待客，正想做个安排。王道士的邀请正中下怀，他们便欣然应邀去了太清宫。进入客厅分主宾坐定后，衙役们手脚麻利地在茶桌上摆出了各色点心及干鲜果品，陆县长望着华尔勒说：“华先生，县城离此太远不便款待，特意送些地产果品和点心来，请先生品尝品尝敦煌的风味。”

王翻译转述道：“华先生说，几日前曾蒙陆县长在县衙盛宴接风，令他久久难忘，今日又承招待，如此深情厚谊，他心里十分感激。”

陆县长继续客套：“礼尚往来，也是答谢华先生的厚赠嘛！今日王道长在座，华先生看看是否需要搬到寺院里来住？”

“是呀，寺院里有客房，被褥也还干净，住进来我们也好招待。”王道士顺着陆县长的话表了态。

又是王翻译转达：“华先生说不必了，一来是天气太冷，洞窟里暖和些；二来是他特别欣赏那些壁画，住在洞里静心研究，也许悟性更好，只是希望不要有闲杂人去打扰他的工作。”

陆县长听后立即叮嘱王道长：“听见了吗？叫你们莫去打扰。这里的壁画比比皆是，多得无法计数，真要连接起来得有几十里长，难得远渡重洋而来的华先生如此欣赏，你们就不要多管闲事，放心地任随华先生自己去研究吧！”

王道士不仅文化水平低，艺术水平更低，他除了因藏经洞的卷子可以换来银子曾

十分看重外，对莫高窟无洞不有的壁画反因其太多而从来都不怎么在意，心想既然陆县长发话可以任随华先生去研究就让他去吧，反正他也没有移山之术，总不至于把窟壁搬走。

陆县长的话无异于给华尔勒的所作所为开了绿灯，但欲壑难填的他，仍得寸进尺地通过翻译提出了要求："陆县长，华先生说，莫高窟的泥塑佛像举目皆是，他希望能送给他几尊。"

"啊，那可使不得，谁要拿走洞窟里的佛像会招来天怒人怨，惹下天灾人祸的！"王道士不愿意了。

陆县长心想客人开口要几件泥塑，又不是什么大不了的事，你王道士何必那么吝啬，便开导他："王道长，方才看见你那'千相塔'旁不是正在挖坑掩埋么？"

王道士仍很倔强："那都是些缺胳膊断腿的，华先生能要么？再说我们也是念过经、做过法事才把佛像迎到'千相塔'去的呀！"

王翻译听后十分机灵地补充道："华先生说他漂洋过海，万里迢迢，难得来莫高窟一趟，也就是想迎请佛像回去，专门设立馆舍供奉让万人瞻仰，这不也是弘扬佛法么！"

王道士一时没了主见，低头斜望着杨先生，不知该如何回答。

王翻译又趁机进劝："华先生说，他也不是白拿白要，他愿意捐一笔银子给寺院，道长可用来为陈旧的佛像重塑金身，光耀佛窟，如此对寺院有利的事，道长又何乐而不为呢？"

陆县长见王道士仍然低头不语，便以父母官的口气做出了决断："王道长，我看华先生的话也很通情达理，这件小事就按他的意见办吧！"

陆县长所说的"不要多管闲事"，"任随华先生自己去研究"之类的话，像是给贼胆包天的华尔勒撑了腰、壮了胆。但他疯狂地又干了两天后，突然像挨了一记当头闷棒，哭丧着脸告诉王翻译："准备撤退！"

正踌躇满志干得得心应手的华尔勒为何做出如此决定呢？有传闻说是佛祖发怒、天公显灵，其实是寒流侵袭，气温骤变，使得他带来的固定剂和胶水都冻结变质失去作用，这才让一些已被他选中的壁画侥幸逃过一劫，得以保存下来。

不过华尔勒面对挫折虽很丧气但却不死心，他言之凿凿地向王翻译表示过了冬天他一定还要来，因为他认为当今世界上探险考古界的列强，也是凭借实力拼着命地在相互竞争，都是先下手为强，谁先抢到的东西就归谁所有。黑城子他去晚了，被人家挖了个底朝天；莫高窟他来迟了，藏经洞的东西遭英国人、法国人、俄国人、日本人抢了个精光；剩下的这些壁画、塑像，留在这儿不被风沙吹蚀也会遭人劫走，他决心要把其中的精华弄回美国替中国人保护起来。他甚至在其后的记述中写道：“就是剥光这里的一切，我也毫不动摇。”

王翻译见华尔勒越说越激动，那神态活像是不愿走出围场的猎手、不甘心离开牌桌的赌棍、不肯放下钢刀的屠夫，不免有些担心地提醒他：“等你走了，万一寺院的僧道、拜佛的香客发现壁画遭揭，你不怕他们诅咒吗？”

华尔勒对自己无法无天之举多少有些心虚，但在王翻译面前仍装出一副无所谓的样子：“怕什么，只要我走了，谁能证明那是我剥走的？你看那些英国、法国、俄国、日本人，谁承认自己是骗子，谁没有回国去领奖赏、受表彰！”

王翻译听后不便与之争辩，只是说夜长梦多，催他赶快离开。其实他何尝不想赶快溜走，但当着陆县长面他曾向王道士索要过几尊塑像的事没有落实，他实在很不甘心，虽多次派王翻译去交涉也未得解决。万不得已，他又叫王翻译送了 70 两银子过去，事情才有了转机，王道士的答复是佛像不能买卖，银子要是捐的香火钱可以收下，但要请走佛像必须做法事，他必须亲自去磕头，而且只能请走一尊菩萨。

磕头就磕头吧，一尊就一尊吧。当天晚上，华尔勒带着王翻译和周木匠，遵从王道士的条件，去了 328 窟。

328 窟是一座建于唐代的佛窟，其窟室西壁敞口佛龛内，塑有一佛、二弟子、二菩萨、二供养菩萨，佛龛外两侧台上又各塑一供养菩萨，这一铺九身彩塑，均为盛唐艺术精品，故被华尔勒选中，而王道士答应让他请走的便是龛外南侧的那尊供养菩萨。这座色彩艳丽的圆雕彩塑，高约 127 厘米，头上椎髻，身着时装，窄袖小衫，圆领露胸，双手合十于胸前，单脚跪坐于莲台，形象秀美，神情端庄，仪态万方，极富世俗生活气息，堪称唐代彩塑杰作。

进入佛窟，但见佛龛前供台上早已点燃香烛，淡淡的光焰映照着窟室四壁和穹顶的彩绘，映照着壁龛内外姿态各异的彩塑佛像，千年宝窟里烛光佛影，若虚若幻，既显示出古拙、神奇，又透露出玄妙、奥秘，慈祥的菩萨们仍以其历经千年而不变的爱心和笑脸面对世人，而不知已有强人入室，一场浩劫即将降临。

见华尔勒等人进来，等候在窟室里的王道士十分虔敬地跪拜、祈祷后，转身对王翻译说：“请华先生磕头吧！”王翻译告诉了华尔勒，便和周木匠一道下跪叩拜，但华尔勒却只是行了个鞠躬礼。王道士见后，很不满意地对王翻译重申：“华先生不磕头，这尊菩萨他是请不走的！”华尔勒听过翻译，瞅了瞅又倔又强的王道士，似觉无可奈何，这才勉强地跪了下去。

华尔勒粘剥 323 窟《西晋松江石佛浮江图》中的江南百姓迎佛彩船图

华尔勒掠走 328 窟的初唐彩塑供养菩萨

壁画到手了，塑像到手了，华尔勒深恐有什么闪失，急于离去的他便连夜突击装箱。他除了用早已准备好的毛毡、木板逐一保护粘揭下来的壁画外，对彩塑佛像的包装更是小心翼翼，竟然用自己的羊毛内衣包裹佛头，用短袜紧套佛手，还剪开了一条羊皮裤围护住佛身后，才将佛像放入衬有毛毡的木箱之中，并用棉花塞满空隙以防震动，以求安全。

该装的东西都装完了，却还有一只空箱没派上用场，心里早有盘算的华尔勒指着墙角几尊小佛像对王翻译说："把他们装进去！"王翻译这时才明白华尔勒前几夜偷偷摸摸搬来小佛像，原来是早有预谋，不免反问了一句："都带走吗？"

华尔勒坚定地表示："带走！反正这里的佛像多得没有数。"

"这么多木箱能躲得过那道长的眼睛吗？"王翻译想着西行途中发生的事情，总担心会不会弄出什么意外来。

华尔勒却心存侥幸："躲得过、躲得过，你赶快去安排车马，既然我们能悄悄地钻进来，就一定能悄悄地溜出去！"

过了一天。当太阳从三危山上升起，和煦的阳光斜照着鸣沙山下幽深安详的佛窟时，崖壁中段却传出了一阵阵很不和谐的喧嚣之声。华尔勒住过的一层 320 窟至 331 窟之间，香客游人们进进出出，不断有人发出愤怒的呼叫声：

华尔勒粘剥的 321 窟《宝雨经变》壁画中的佛头像

“洋人不见了！”

“洋人跑了！”

“洋人把壁画盗走了！”

紧接着从华尔勒进出过的二层 398 至 411 窟室里，被激怒的人们也在高喊：

“这洞里的壁画也被盗了！”

“准是那红毛洋人干的！”

……

消息传开，拥入洞窟亲眼见证过红毛洋人罪孽的人们无不为之发指，他们围聚在洞窟外吵吵嚷嚷，正不知该如何举措时，忽见杨先生和三青急匆匆地赶来，当即一拥而上大声呼问：“王阿菩哩？”“王道长哩？”“他怎么不来看看？”……

“看什么？”杨先生确实还不明真相。

“洋人溜了！”“洞里壁画不见了！”……人们七嘴八舌地叫嚷。

杨先生听罢不禁为之一震。他心想绘在墙壁上已历经千百年的画怎么能弄得走哩？再说红头发华先生虽然长相是凶些，但堂堂敦煌县长总不至于把一个江洋大盗亲自介绍来吧？深感意外的他急不可待地招呼三青分开众人，径自钻进洞窟查看去了……

第二十六章 掠夺成性再西征 众志成城驱蟊贼

太清宫里，王道士按部就班地还在经堂里诵经，杨先生慌慌张张地闯进来冲着他喊：“出事了，你快躲一下！”

“出了啥事？为啥要躲？”王道士大惑不解。

“香客们要找你！”

“找我干啥？”

“洋人跑了！”

“那洋人是陆县长介绍来的，跑了咱们更安宁。”

“他把壁画盗走了！”

“不可能吧，墙壁上的画他能盗走？走，我们去看看。”

“现在不能去，香客们正在气头上，都怪你纵容洋人，还说你收了人家上千两银子，要叫你交出来！你现在去说不清楚。”

“那我得背黑锅了？”王道士听说要追索上千两银子，吓得两腿发软，周身直哆嗦。

“背就背嘛！快，还是先躲一下吧！”

“啊，真是‘我不入地狱，谁入地狱！’”

王道士的话音方落，外面就传来吵闹声，一大群香客尾随着三青拥入太清宫，不依不饶地大声呼叫着：“王道长！”“王阿菩！”“把银子交出来！”一窝蜂似的在寺院里寻找。三青势单力薄，也没应付这种场面的经验，生怕师父吃亏，不免有些担心、有些紧张，所幸他见杨先生神态自若地站在经堂前，这才逐渐镇静下来。

香客们在寺院里搜寻一通不见王道士的身影，初进寺院时的怒气多少有些减弱，待他们汇聚到经堂门前时，杨先生见是时机，这才出面劝解：“各位香客、各位施主，佛窟里的壁画被盗窃，谁不气愤，谁不痛心，可你们找王道长有什么用？一来他确实是化缘去了；二来他一点也不知情，寺院穷得叮当响，他哪收过洋人的银子呀！”

“他是住持怎么不知情？”“那这事该找谁？”……香客们纷纷逼问。

杨先生如实相告：“那洋人是陆县长介绍来的，说是京城黎大总统的客人，千万不可怠慢。”

三青见状也跟着帮腔：“陆县长还吩咐师父，要任随洋人去研究，不得打扰。你们说我师父还敢过问吗？”

杨先生和三青的话如出一口，说得头头是道，香客们原本冲着王道士而来的一腔怒气才渐渐化解……

不过，香客们的抱怨虽暂得平息，但红毛洋人盗走莫高窟壁画的消息却不胫而走，在敦煌城乡流传得沸沸扬扬，直吓得王道士心惊肉跳再也不敢出去化缘，而到浴佛节时，又遭到了更多的香客游人的质问，更闹得他神魂颠倒，无颜见人，几乎下不了台。所幸还有杨先生、三青及一些知情人替他解围，这才渐次让大家明白，放纵洋人盗画的责任不在他，其罪魁祸首应是身为敦煌父母官的县长陆恩泰。

得悉真相后，香客们敢怒不敢言，这件人们所关注的事，便渐渐凉了下来。但在浴佛节过去不久，突然传出陆县长要卸任的消息，关注此事的人们又发出了“找陆恩泰要壁画”“不能让他溜走”“要他给敦煌百姓做个交代”的呼声，并随即掀起了“找陆恩泰算账”的浩大声势。

敦煌人民在十几年前就经历过抗粮斗争的洗礼，从此之后，但遇维护地方利益的事往往都能一呼百应。而此次“算账”必须挡住陆县长的去路，自然便商定由地当驿道要冲的新店台人来挑头。但不知是消息泄漏还是陆县长急于离去，当各乡代表正去宋福家商量时，为他搬家的车队已经出城了。所幸城郊百姓警惕性较高，发现情况后毫不犹豫地立即上马跟踪。由于闻讯赶来的人越聚越多，搬家的车队东行约 20 里，在一处树林边上便被追赶的人马围得水泄不通。

陆恩泰对敦煌百姓追究洋人盗画的事早已风闻，但当他还在任上时，只不过有人说说罢了，谁敢去找他的岔子。没料到刚一卸任便传来风声，说百姓要找他“算账”，他琢磨三十六策，走为上计，本想“兵贵神速”一走了之，万万没想到还没走出敦煌地界便被截住了。他见车队四周黑压压的一片人马，早已失去了在任时的威风。多亏几个护送的差兵护卫，他才得以留坐在车上，胆战心惊地竖起耳朵听取面前的百姓指着鼻子数落他贪赃枉法、欺压百姓、纵容洋人盗剥壁画的种种劣行。有人问他得了洋人多少好处，有人逼他把洋人盗走的画追回来，还有人威胁他不交出赃物休想离开敦煌……

正当陆恩泰搬家的车队受阻、双方对峙之际，宋福家后院里已经聚集有三四十人了，人群之中除了宋福、秋莲、谢大哥、石虎和在“抗粮”“截道”“劫法场”“夺宝”活动中熟悉的勇士之外，大泉、韩辛、韩茹、滢珠等一批年富力强的青年也充实到了这支队伍里来了。

经过一阵议论，大家认为近 20 年来，莫高窟成了洋人们盗宝的目标，一茬接一茬真像虎去狼来。先骗经卷，后盗壁画，得寸进尺，贪得无厌，再不加以阻止，恐怕连佛像、佛窟都会被他们劫走。原指望能有官府出面保护，但从过去当官的作为和陆县长纵容洋人的事实来看，护窟的事只得靠敦煌百姓了。经商量后，众人一致同意成立一个护窟会，并推举宋福领头当总指挥。

一片热烈的掌声中，宋福未加推辞，爽快地表示：“只要大家信得过，我就领着大家干，可总不能就我一个头呀！”

“那你说还要谁？”“由你点将！”

宋福环视四周，稍加思索后提议道：“那就请精明能干的谢大哥、行伍出身的石虎哥当副总指挥，请远近闻名的‘飞镖客’朱秋莲当军师，大家赞不赞成？”

“赞成！”“赞成！”众口一词既表达了大家对领头人的支持、拥戴与信赖，又显示出大家齐心合力的爱乡护窟之情。

欢快之声尚未平静，即有快马飞至，来人下马急入后院挤到宋福身边耳语几句，宋福露出严肃的表情告诉大家：“陆县长搬家的车队已被乡亲们堵在前面，县衙得知后正集合队伍要来解围，我们得马上行动！”

四位被推举出来的领头人商量了一下，决定将现有的人分成两拨。一拨由谢大哥、石虎带领去加强对陆县长车队的围堵，不让其脱逃；一拨由宋福、秋莲带领去阻挡衙门派来解围的差兵，不让他们靠近车队。同时还商定，由于是护窟会成立后的初次行动，其目的只是敲山震虎，教训教训那些吃里爬外勾结洋人的贪官污吏，因此，只要差兵不动手就不主动出击，不惹事端，造造声势就行了。

可事态的发展并不像设想的那么简单、那么顺利。因为由衙门派来的一队差兵又是由“小叫驴”肖矫力领队。他快马驰来，但见宋福立马在前，秋莲等人列马在后，把驿道堵得严严实实，当即大声呵斥：“让路、让路、快让路！”眼看对方毫无动静，又厉声斥责：“你们堵塞驿道，阻碍官兵，又想造反吗？”

宋福不卑不亢地回答：“我们不造反，只是要陆县长把他纵容洋人盗走的壁画追讨回来。”

“洋人盗画关你们啥事？”“小叫驴”凶气不减。

宋福坦言道："莫高窟的壁画是祖先留给后人的，除了不肖子孙，人人都该操心。"

"洋人盗窃壁画，有本事你们去找洋人呀，找陆大人干什么？""小叫驴"举起马鞭，"快让开！快让开！"

"我们找陆县长交涉，也不关你的事！"宋福岿然不动。

"小叫驴"大声狂叫："护送陆大人出敦煌就是我们的事，你们要是知趣就赶快让开！"他见宋福依然不动，不禁勃然大怒，一面命令差兵，"枪弹上膛，准备冲过去！"一面掏出短枪对着宋福，"你让不让？再不让我就要开枪了！"

见"小叫驴"举枪威胁，韩辛、大泉带马上前护在宋福左右，为他撑腰，为他壮胆，组成了一道坚不可摧的人墙。

"小叫驴"见状，穷凶极恶地下令："开枪！"差兵们乱枪竞发，但面对着无所畏惧的人群，他们的枪也只敢指向天空。"小叫驴"一看，气急败坏地拍马向前，瞄准宋福举枪欲射……就在这千钧一发的危急时刻，眼明手快的秋莲对准"小叫驴"的坐骑掷出一只飞镖，只见马匹倒地，"小叫驴"坠落鞍下，接着是一声枪响，"小叫驴"手中的短枪走火射中了自己的心窝。差兵们见他负伤，连忙上去救护。宋福、秋莲交换了一下眼色，立即指挥众人后撤，与差兵脱离接触。

就在"小叫驴"带领的差兵受阻、对峙、冲突时，敦煌县城里的几位绅士绕行到被围困的车队旁，陪着狼狈不堪的陆恩泰与谢大哥、石虎等群众代表进行了谈判。等宋福一拨人撤至附近时，谢大哥向他们通报，说陆县长承认洋人盗画与他轻信、失察、纵容有关，他为官一任，丢失了老祖宗的遗物，愿向敦煌父老乡亲谢罪。如能让他继续上路，不论走到哪里，只要有机会他一定尽力追讨。

宋福、秋莲斟酌后，既考虑到出面说情的地方绅士的情面，又考虑到留下一个卸任县官也于事无补，反正百姓起来闹一闹，让当官的知道敦煌人的心思，今后再别屈从于洋人，也就达到了目的。于是在陆恩泰写出认罪书后，便指挥拦车的人群闪出一条通道让他离去。敦煌百姓的这一自发举动，虽然没追回被盗的壁画，但却显示了人们思想的觉醒，显示出一股爱护乡里、保护文物的决心和力量。

放走陆恩泰，聚集的人们正要散去，由宋福派遣进城打探消息的人快马返回，向大家报告了一个大快人心的好消息："'小叫驴'死了！"

人们一听立即发出一片欢呼声，无不庆幸真是应了一句老话："善有善报，恶有恶报，不是不报，时辰未到，时辰一到，立刻就报。"在场人中，最激动的当数秋莲，她泪眼花花地搂着韩辛、韩茹说："谢天谢地，总算给你们爹娘出了气、报了仇！"

但稍稍平静下来，她不无担心，死了条“叫驴”，他们会不会来找事？

是呀，出了人命，死的又是一贯以势欺人、无恶不作的一条恶棍，他们能善罢干休吗？方才还很开心的人们不免又产生了担忧。

其实，人们的担心并非杞人忧天。因为肖矫力丧命虽属自己的短枪走火与他人无关。陆恩泰脱险去后，接任的县长初来乍到立足未稳，轻易又不敢再惹事端，所以除了安排厚葬死者之外，没有采取什么过激的行动。但肖矫力的独生儿子、当时已在警署任哨官的肖一虎对亡父之恨却耿耿于怀。血气方刚的他自小受到善良的母亲的熏陶，其行为举止虽与其父迥然相异，但经常跟随在肖矫力左右的何贵却在他面前一再搬弄是非，声称其父之死是有暗器伤马在先，短枪走火在后，竭力怂恿他一定要查明祸首，为父报仇。他听后信以为真，当即把暗查凶手的任务托付给了何贵。

这位何贵是什么人哩？他为什么要教唆肖一虎去追凶复仇哩？原来他便是当年曾在大街上挥鞭殴打拦轿告状的韩禄、在张家堡开枪打死张举人、在县衙屋脊上指挥开枪开炮伤及众勇士、被秋莲飞镖击落房下毙命的衙役何林的儿子。仇恨郁积在心的何贵久有报复之念，他一心想找到“飞镖客”，为父雪仇，所以他不遗余力地挑动肖一虎，妄图借刀杀人，以泄私愤。

华尔勒偷偷地离开莫高窟，经历了几个月的跋涉，虽将他盗剥的壁画和骗得的佛像运回了美国，但对粘贴在纱布上的画能否脱胶复原丝毫没有把握，故而也是提心吊胆，唯恐落败而招致盗剥、破坏的双重骂名，所幸通过实验室的精心处置，终于从盗得的 12 幅壁画中成功地剥离了 11 幅。至此欣喜若狂的他不仅大言不惭地吹嘘自己到手的东西“是极可宝贵的珍品，在我们美国还从未见过与之类似的东西。同时这些东西和德国人从土耳其斯坦的灰泥墙壁上锯下来并已弄成了方形的壁画相比，很可能会引起他们的忌妒。”而且还恬不知耻地宣称他所弄到的稀世珍品，是其他任何一个博物馆所没有的，小小的福格艺术馆也会因有这些美国人从未见过的东方艺术珍品而永久闻名于世。

不过和有些人越贪越富、越富越贪一样，贪心不足的华尔勒并不满足于已有的收获，遥远的敦煌莫高窟像一个具有强大磁力的宝库深深地吸引着他，而途中折返的杰恩也是贼心不死，欲罢不能，于是二度远征中亚便紧锣密鼓地筹组起来了。华尔勒为了把他“剥光那里的一切也毫不动摇的决心”变成现实，这一次他不仅准备了大量的被称为“不道德的胶水”和纱布，而且约请曾教他如何使用胶水的年轻壁画专家汤姆生加盟，并特意把时间安排在胶水不会冻结的春天，以保证这次大规模行动的万无一失。

华尔勒一行远涉重洋，又自西半球赶到了东方。当他在北京东四头条暂时落脚，见到过去的翻译王近仁，了解了当时中国的情况后，回想起前一次西行途中的遭遇和自己在莫高窟可能留下的坏名声，禁不住对此行的前景产生了几分忧虑。他深深地意识到继续单独打上美国旗再去敦煌可能招惹是非，灵机一动，又想出了一个花招，那就是改“远征队”为“考察队”，拉中国同行参加，借以遮人耳目，转移视线，分散中国政府和百姓注意力，从而达到见机行事，暗中下手的目的。

主意拿定后，他安排杰恩、汤姆生、溥爱伦等伙伴进行物资准备，而他则带着王翻译积极开展组队活动。由于当时的民国政府临时执政段祺瑞上台时曾公开向全世界发表过“外崇国信”的宣言，明白表示过允许外国人来中国探险考察，而华尔勒又宣称他们是由哈佛大学派遣来进行历史博物调查的，所以在经过相关人士的斡旋后，北京大学研究所国学门便同意派医学博士陈万里参与其事。陈万里虽是学医的但他又爱好绘画、探险、考古，此行正好可以了结他多年的夙愿。经商定他的任务是协调考察队与各地官府的联系、交涉，帮助解决途中的问题，帮助辨识碑文、古籍。他为了途中顺利，又特意托人找到了仍滞留京城的熟悉西行路径的丁金泉，并推荐给华尔勒，雇他负责途中车马等庶务工作。

华尔勒拉上中国学者参与其事，在他的几位美国同伙间也有过争执，特别是那位粘剥壁画的专家汤姆生更是担心他的工作受阻，一再追问剥画的事在合作协议中是否谈妥了，华尔勒的回答是：“那样的事能摆到桌面上谈吗？反正你们放心，上了我们的船就由不得他，必要时可以把他支使开，你想咋干就咋干！”说话间，华尔勒的脸上露出了一丝令人难以察觉的奸笑。

1925 年 2 月 16 日，“中亚考察队”由代理队长杰恩率领自北京登车赴太原。而狡猾的华尔勒却借口留京办事需缓行一步，要到肃州再与大家汇合。

到太原后，改租大车三辆，双套车八辆，由丁金泉在前，溥爱伦、陈万里等居中，汤姆生、杰恩等殿后，首尾相接，风雨兼程，一路西行。他们渡过浊浪滚滚的黄河风陵渡，经过悬有“屏藩两陕”匾额的潼关东门，路过危峰接天的华阴太华山，走过楼阁高耸的长武大佛寺，3 月 22 日抵达泾川。因自北京出发已历时月余，一路上坐车、骑马、步行，风餐露宿，饥渴劳顿，杰恩决定在城中小歇，不意在游览中得悉早已闻名之南石窟寺就在东门外泾川对岸，欣喜不已，当即决定前往考察，一试身手，没想到这一试却惹出了一场风波。

原来这南石窟寺有东西二窟，东窟很大，西窟较小。西窟窟室坐北向南，窟室外两侧有与人等身之高的力士塑像相对而立，形象极为生动。窟室内，北壁神坛上有较大的佛像三尊，东西壁下，各有较小佛像两层，上层各四，下层各八，造型十分精美。溥爱伦进入西窟后，见东壁下层佛像上抹有重彩胶泥，便用钢凿剥去胶泥，以求暴露石雕像，陈万里提醒他乱剥佛像会遭到老百姓的反对，他不但不听劝阻，反而跳上神坛挥起钢斧一阵猛砍，顷刻间一尊尊五色描金的彩塑佛像便成了伤痕累累的残雕废塑，让陈万里大吃一惊。

破坏佛像之举被村民发现了，他们鸣锣告警召来六村村民兴师问罪，像一张罗网将杰恩等团团围住，其声势之浩大，情绪之激愤，令破坏佛像的罪魁祸首溥爱伦胆战心惊。多亏陈万里和王翻译出面调解，方才达成了为损坏的18尊小佛像、一尊大佛像共计赔偿66元修理费的协议。

一场风波虽然了结，但因溥爱伦肆意妄为的鲁莽之举所造成的后果，也着实给初战失利的杰恩等人留下了极为深刻的教训。从此之后，考察队便加快了西进的步伐。

3月25日，杰恩率队悻然离开泾川后晓行夜宿，经兰州、越凉州、过甘州，一路风尘。5月1日，由首尾相衔14辆大车组成的车队驶过一片姹紫嫣红的桃花林，穿过一段古柳成行，枝叶依依，满目新绿，树荫蔽日的古道后，走在最前方的丁金泉高声向大家通告："肃州城到了。"

肃州城是杰恩记忆中十分难忘的地方。为去敦煌，他曾历经磨难两过于此，但又不得不拖着冻伤的虚弱之躯，带着梦断西行路的失望之情怏怏离去。所幸今又重来，再踏旧地，确实令他感慨万端，他不假思索地便把队伍安顿在他与华尔勒曾经入住过的东关大街东升客栈里，似乎要找回当年的感觉。

果然，杰恩入住后还没来得及打开行李，丁金泉便将传教士亨特神父迎进门来，杰恩见到在困难时刻关照过自己的神父后，欣喜不已地迎了上去。神父见到杰恩也似故友重逢，十分兴奋地握手问候："辛苦了，辛苦了！去年分别时，你们信誓旦旦地都说还要来，但我哪敢相信呀！没想到今天又见面了，真得感谢上帝又赐给我们相聚的机会。华尔勒先生呢？他来了吗？"

"我还想问你呢，他没到吗？真奇怪，我们是分头出发的，约定在这儿汇合。"

杰恩急于了解情况，见丁金泉候在门旁，似觉不便，找事情把他支开后，这才向传教士急切地探问有关敦煌方面的消息。

亨特神父坐下，压低嗓门把他所听到的、有关华尔勒粘剥壁画的事败露，引起敦煌百姓强烈反感的前前后后讲述了一遍，又加重语气说："事情越闹越大，连姓陆的县太爷离任时都被村民围了整整一天，死活不让他走，硬要他把盗走的壁画追回来！"

杰恩一听倒吸了一口冷气："有那么严重？后来呢？"

"听说是写了认罪书，立下了字据，保证要追查盗画人的下落，要把盗走的壁画追回来。"

"那，那我们现在还能去吗？"

"幸好华尔勒先生还没来,你们可以说与他无关,只是去参观考察,也许能混过去。"

"实话对你说吧，我们这次就是专程为壁画而来，但对外准备讲是弄到北京去保管起来好就近研究。"

"那恐怕得先报官府，得到他们的允诺才行，如果贸然行动，恐怕凶多吉少。"

亨特神父的一席话，不仅叫杰恩大吃一惊，而且让他心里也凉了半截，他这时才理解，华尔勒为啥要让他领队先行，为啥迟迟不来汇合，为啥一定要拉北京大学参加……不过事已至此，哪有时间去深究这些，不甘心半途而废的他抱定不达目的绝不罢休的决心，准备按神父出的点子，硬着头皮去闯一闯，去试一试。

主意既定，杰恩安顿好众人后，便带着翻译王近仁拜访当地官员去了。他为什么只带翻译而不让陈万里也陪同呢？原来他知道华尔勒在京城与北京大学研究所国学门洽商合作事宜时，根本没提到过粘剥壁画的事，他们的如意算盘是到了莫高窟再见机行事，妄图避开陈万里和当地人的耳目，像上次一样暗中下手。没想到过去的事已经暴露，现在去找官府，恐怕只有打着北京的旗号去诓骗以求蒙混过关，如果拉陈万里同去，万一他不配合，反而会惹出矛盾，考虑再三，认定还是避开他自己单独去交涉为好。

被蒙在鼓里的陈万里也是在途中才知道他们不仅有剥壁画的意图，而且还特意带了几箱特种胶水和几捆纱布，苦于无法与学校联系，一直在思考对策。及至抵达肃州，有关华尔勒曾经盗画的种种劣行陆续传入他的耳中，更深知问题的严重，但又拿不准应如何处置为妥。当得悉杰恩独自去官府活动，便乐得与之保持距离，以静观事态的发展。于是他按照既定的分工，除了去邮局、电报局、安肃道署等处查阅电、信、汇款外，更是忙里偷闲，干脆步出南稍门观赏远处的美景祁连积雪去了。

及至陈万里观赏归来，见到了丁金泉问起杰恩和王翻译，金泉指着客房小声说他们在开会。陈万里走近客房门，便听见客房里传出一阵阵争吵声。

原来自作聪明又心存侥幸的杰恩完全没料到自己出去拜访竟碰了一鼻子灰。镇守使吴大人和安肃道台祁大人对他们去敦煌考察虽然都表示欢迎，还客气地表示要在东花园镇远亭设宴为他们接风洗尘，但当他提及剥取壁画时不但遭到异口同声的断然拒绝，而且还明确无误地警告说敦煌百姓把莫高窟的佛像、壁画都视同神物，视为珍宝，绝对不允许外人染指，真要有人去捅了马蜂窝，一切后果自负，官府对其安全不承担任何责任。

神情沮丧的杰恩将官府的表态向队友们转达后，当即引起了强烈的反响。汤姆生气急败坏地指着堆在墙角的五箱粘胶和几捆纱布抱怨那些东西都白带了，他也算白来了。溥爱伦也跟着大发牢骚说恐怕连这次敦煌考察也得泡汤！

正当在场的人群情激愤争吵不休时，突然间见陈万里推门进来，屋子里立刻静了下来，杰恩也立即阻止了争论："少说丧气话，出来考察哪能没有困难，但我们应当坚信天无绝人之路，有上帝保佑，等我们到达敦煌，问题一定会迎刃而解！"

杰恩的嘴上虽然佯装自信，但心里却七上八下地很不踏实。他唯恐当地百姓视他为华尔勒一伙而找他清算，所以决定不等华尔勒汇合，自己先行一步以摆脱关系。他生怕随带的粘胶、纱布引起当地人怀疑而遭致意外，在装车前特意召集几个有关的人征求意见。汤姆生最先表态说必须带走，要不他去了怎么工作？杰恩是在这条路上吃过苦头的，目前他最担心的是安全，见汤姆生十分固执，当即叫来丁金泉要他给大家介绍一下敦煌老百姓的情况。

丁金泉如实答道："敦煌的百姓可不敢惹，听说他们连知县衙门都敢砸，带枪的巡警都敢打，那年抗粮抗暴，一次就打死 14 个巡警，官府派兵去抓了些疑犯也不敢在当地过堂，还得悄悄地押到肃州来审讯，看来比泾川的乡民是厉害多了！"

溥爱伦对发生在泾川的事仍心有余悸，听过丁金泉的话，当即表示："我们都没去过敦煌，还是小心谨慎为好。"

陈万里见是时机也接着进言："是呀！小心为上，谨慎为好，装上那些东西万一被老百姓发现，再和过去的事牵连到一起，那后果确实不堪设想。"

汤姆生垂头丧气地低头不语。

谈论停顿了片刻，应杰恩之约而来的亨特神父这才出面解围："我看就把那些容易招惹是非的东西暂时存在教堂里吧。你们先去敦煌，愿上帝保佑，如果一切顺利，再派人来取也不会误事。"

5 月 7 日，由八辆大车和五辆马车组成的车队，载着全队人员加上曾受雇于华尔勒的木匠老周离开肃州，踏上了考察队此行的最后一段路程。由于前方途中除嘉峪关及玉门、安西城有客栈外，其余均少有打尖之站，车把式们惯于夜行晓宿，避开日间的燥热以尽享夜晚之凉爽。虽然考察队员们的生活秩序被搅乱了，一个个疲累得委顿不堪，但毕竟几个月奔波总算快到期盼已久的目的地，以至每每送走一轮落日，迎来一抹朝霞，都会给大家带来一些临近目标的兴奋和喜悦，特别是几位来自大洋彼岸的队员，他们都在心里盘算着如何在莫高窟大显身手，实现自己的美梦。于是在既枯燥又寂寞的行车途中，除了不时有车把式高吼山西梆子、陕西秦腔外，也经常可以听见汤姆生、溥爱伦等唱起一曲曲美国的乡村小调，好像是在排解旅途的苦闷，抒发心中渐渐泛起的喜悦。

5月17日晚车至甜水井，距敦煌仅有140里了，由于赶路心切，仅在此处唯一的一家小客店稍事休息进食后，复又登车踏上茫茫夜路匆匆西行，在叽叽嘎嘎的车轱辘声中，不少人都沉入了甜美的梦乡。一夜颠簸，拂晓时分车队已走过70里路程到达疙瘩井，此地距新店台约25里，仅有废寺一座、荒店两间，景况十分荒凉。车队停下，睡眼惺忪、疲惫不堪的杰恩正欲下车问话，丁金泉突然从队前跑来递过一张名帖并向他报告："统领周静山大人已在此恭候。"

杰恩接过名帖十分惊讶，这位统领前几天还在安西陈知县的宴席上陪他们品尝过当地的名产鲇鱼，怎么就到这儿来了？

满腹狐疑的杰恩一下车便看见前方出现了一队威风凛凛的骑兵挡住去路，他深恐凶多吉少，连忙招呼汤姆生、陈万里和王翻译陪同，壮着胆子去与周统领会面。果然不出所料，一见面几句客套的应酬后，周统领便摆出武将的架势，冷冰冰地宣布："诸位先生，我奉劝大家，为了自身的安全，不要再前进了，还是原路返回吧！"

面对这突如其来的宣告，杰恩极力克制着自己的失望和愤懑问："周将军，难道北京政府批准的这次考察，就这么夭折了？"

汤姆生也大发牢骚："难道这路上几个月的辛苦，大量的花费就让它付诸东流？"

周统领沉着地回答："先生们，你们在肃州、安西都知道，镇、道两署和安西县衙是欢迎大家来考察的，为此还特意派我先一步去敦煌安排。可我去了那里才了解，敦煌的百姓，特别是前方25里新店台的乡民，对前年盗割壁画的事仍记忆犹新，听说又来考察队极为反感，可能已有准备要清算旧账。你们冒险闯去，就是不落入他们手中，恐怕也难有作为，与其前行激起众怒，安全难保，不如后退以息民愤，落得平安无事。"

汤姆生哪肯服输，仍顽固地怂恿杰恩："探险考察本来就是冒险的事，中国人说'不入虎穴，焉得虎子'，咱们就冒个风险去闯一闯吧！"

进退两难、犹豫不决的杰恩无奈地用目光征询陈万里的意见。陈万里趁机表态："中国还有一句名言'识时务者为俊杰'，记得离京时，同仁们一再叮咛，要听从地方当局的意见，要爱护当地的古迹，要尊重当地百姓。如今，过去的积怨未了便又接踵而去，很有可能火上浇油，再惹祸端。为了大家的平安，我看周将军的意见值得三思。"

杰恩的本意是想让陈万里在周统领面前帮他说话，没想到他的话却像是与周统领一鼻孔出气，不仅让他难以接受，反而刺激了他的虚荣心，当即表示出强硬的姿态："周将军的好意我很感谢，但如果在即将到达敦煌之前突然折返，我们回去怎么交代？我想还是有劳将军护送一程，考察队的进退，待去敦煌县署再行定夺吧！"

拗不过杰恩的固执，周统领让了步，答应让考察队先去敦煌县城。不过他担心大白天通过新店台会激怒那里的老百姓，想绕道又嫌道远路况不好，只好决定就地休息，等到晚上再过去。

周统领做出安排后，挡在驿道上的骑兵下马散开，受阻车队也原地歇息。起初有些紧张的对峙气氛随即松弛下来，放眼四看，只见御辕的大车停在道旁，驾车的骡、马在附近进料、饮水，杰恩等人都在大车上睡觉，车把式们或在车下、或在树下各自选择地方裹衣而睡，有的还发出阵阵鼾声。

在考察队临近敦煌之际，心中深感不安的陈万里实在难以入睡，他溜下车来，先是悄悄地找木匠老周详细了解了当年随华尔勒去黑城子挖宝、去莫高窟盗画的详细经过，后又把丁金泉叫到一个僻静处问他是否去过新店台。

丁金泉回答道："去过，去过，新店台是西去敦煌城，南去莫高窟的必经之地。"

"你见没见过那里有个兴隆客栈？"

"见过，见过，是有个兴隆客栈，你有啥事吗？"

"找人。"

"找谁？"

"客栈的女掌柜夏莲、秋莲姐妹俩。"

"夏莲，秋莲，她们是姓朱吗？"

"对，是姓朱，朱夏莲、朱秋莲……你认识她们？"

惊讶万状的丁金泉没有直接答话，他两眼盯住陈万里审视了一阵后反问："你认识她们？"

"不认识。"

"那找她们干啥？"

"通过她们打听一个人。"

"打听谁？"

"石虎。"

"你认识他？"

"认识，当年他赶车送敦煌卷子去京城，我们相约敦煌再见，没想到一晃就过去了十几年，也不知朱家的客栈有没有变动？也不知能不能找到他？”

“老天保佑，但愿他们平安，但愿能见到他们！”丁金泉双手抱拳对天求告。

陈万里恳求道：“那你就帮帮我吧！”

丁金泉抓住陈万里的手激动无比地说：“不是帮，是我们一道去找，告诉你，我找她们已经找了二十多年了！”

原来丁金泉随伯希和离开莫高窟途经肃州时，从一位车马店的老掌柜那里打听到一条消息，说几年前确实有名叫夏莲、秋莲的姐妹带有一个小孩在店里住过，自去敦煌后再没见过，如果没去新疆很可能就是返回关内去了。丁金泉听后暗自琢磨，既然她们没到迪化，在敦煌也不见人影，那只有返回关内一条路。恰在此时，伯希和担心过早地放他回到澜公爷身边去说长道短对自己不利，便执意要他随队东行，直到在京展出结束动身回国前夕，才给了些盘缠，打发他回迪化向澜公爷复命。找不到妻小的丁金泉心灰意懒，哪还有心思再回去过那孤单的生活，他推测夏莲如果不在西行路上寻他，可能就会在老家或京津一带等候。他四处打听，八方寻找，找呀，找呀！不知度过了几度冬夏，不知走过了多少路，不知磨破了多少双鞋，直到找遍他设想中夏莲可能出现的所有地方仍不见踪影。虽然失望的阴影一再向他袭来，但他始终记得洞房之夜“白头偕老”的誓言，坚信只要夏莲在世一定会等他，只要有妻儿的等待，就会有一股无形的力量在支持他继续寻找。所以听说有考察队要去敦煌时，他又受雇于人踏上西行之路，以便去续他的寻妻之梦。

意外的沟通，将陈万里和丁金泉紧紧地联系在一起，他们推心置腹地相互倾诉了自己的心事，谈及了眼下引起他们关注和担心的问题，商量了下一步的行动计划。

考察队在疙瘩井休息了大半天，直到大漠落日，周统领才派人通知准备，待到夜色降临才宣布出发。虽然又是夜行，但杰恩等人既兴奋又紧张，既感到一种潜在的压力，又心存一线侥幸的希望，面对着夜色茫茫的戈壁滩上闻声远遁的群群黄羊，他们的睡意全消，无不期盼着平安地通过新店台，顺利地进入敦煌城。

车队到达新店台，已是夜深人静时分。周统领唯恐发生什么意外，将随带的骑兵分为两队，前队开道，后队压阵，小心翼翼地护送车队通过。

此时新店台的百姓早已进入梦乡，除了车马店、客栈依然还亮着灯以招引夜行的车马过客外，道旁的店铺、人家早已关门闭户。整个村落里，除了几声狗吠猫叫之外，只有车队和骑兵们经过时发出的嘀嘀嗒嗒的马蹄声、咿咿呀呀的车轴声划破静静的夜空。

车队经过新店台，只见兴隆客栈的灯笼仍高挂在门前，灯笼上的“兴隆客栈”四个字清晰可见。开道的骑兵走过去了，接着是马车、大车一辆接一辆地缓缓驶过。突然间，在朦胧的夜色中，隐约可见一个黑影离开车队走近客栈，悄悄地在那里停留片刻后，又忽悠悠地迅疾返回了车队。这一瞬间发生的行动，除了受到陈万里的关注外，丝毫未被他人发现，真可谓神不知鬼不觉。

次日早上，晨曦初露。在兴隆客栈后院院场上，闻鸡起舞的夏莲、秋莲、石虎、韩辛、滢珠正在练刀舞剑。看门的陈大爷走来，将两封信交给秋莲说："刚才在大门缝里拾到的。"秋莲接信看后随即高呼近处的夏莲和稍远处的石虎："二姐，有你的信！石大哥，有你的信！"

"谁会给俺写信！？"夏莲半信半疑地跑了过来把信接到手里后不觉又惊又奇，急不可耐地启开信封抽出信纸一看，禁不住滚滚热泪夺眶而出。二十多年的风风雨雨，千万里路的寻寻觅觅，那坎坷的经历、难熬的岁月，那无尽的思念、无言的期盼，人渐老了，发渐白了，连出世后尚未见过生父一面的女儿都成婚了，才终于盼到了一纸家书。她把信纸紧紧地贴在胸前，激动万状地大声高呼："滢珠，你爹找俺们来了！"

石虎闻听秋莲呼喊跑了过来，也是多年未见过书信的他接信后连忙打开。秋莲见他看得聚精会神不禁问："谁写来的？"石虎边看边说："是我上次赶车进京结识的好朋友陈万里，他说去年盗剥壁画的那伙洋人贼心不死，还想故技重演，又妄图盗画来了！希望我们尽快告知敦煌各界护境爱乡的仁人志士，赶快行动起来竭力阻止，他和金泉大哥从中接应，里外配合，绝不能让洋人盗画的阴谋得逞！"

天大的喜讯，动人的消息，像乍起的春风搅动了平静已久的一池湖水，失望的心激活了，深埋的情沸腾了，抑制不住惊喜的夏莲、滢珠又是打扫房屋，又是缝制新衣，又是准备食物……企盼着早日与亲人团聚。

盗画的洋人又来了，像是来逞凶，像是来寻衅，极大地激起了敦煌百姓的愤怒。以宋福、谢大哥、秋莲、石虎为首的护窟会面对"善者不来，来者不善"的洋人，也立即开展行动，又是打探消息，又是四乡联络，又是派人跟踪，密切注视着洋人的动向。

杰恩一行在周统领率队护卫下趁着夜深人静通过新店台，西行 40 里进入敦煌县城东关，留宿于万玉店中。稍事休息后，陈万里便借去邮局取信为名，抢先一步只身前去县署拜会杨县长，陈述了考察队邀北大研究所合作的经过，并特别说明合作考察内容中并无粘剥壁画之说。杨县长得知底细后也向他透露，肃州镇、道两署对此极为重视，不仅下达了密令，而且派了专人前来处置。

5月20日是农历四月二十八日药王诞辰，每年此日，均有隆重的佛会在月牙泉举行。考察队到来次日正逢此盛事，杰恩急于找杨县长交涉去莫高窟考察之事，而杨县长却发出请帖邀他们去月牙泉一睹盛况。

月牙泉在敦煌县城之南、鸣沙山之北，四周沙山环绕，沙浪起伏，中则一泓清泉，形如地上的一弯新月，状如天下的一块翡翠，满池清水澄碧，迎风波光粼粼，相传食之长寿的铁板鱼畅游于水下，服之不老的七星草散见于泉边，真是大自然的杰作，大漠中的奇观。月牙泉南台地之上，自东向西建有娘娘殿、达摩殿、七真观、道院、龙神祠、菩萨殿、玉皇楼、天神殿、药王殿、雷台阁等众多庙宇，楼阁相望，殿堂错落，雕梁画栋，斗拱飞檐，气势十分宏伟。时值佛会，但见鸣沙山下车如流水，马如游龙，但闻寺院内外鼓乐齐鸣，人声沸腾。

杨县长、周统领陪同杰恩、汤姆生、溥爱伦、陈万里及王翻译等漫步于沙山下、清泉畔、寺庙中，饱览黄沙绿水的神奇玄妙风光，尽赏有声有色的当地风俗民情。

来到鸣沙山下，周统领主动向杰恩等介绍说："鸣沙山又名神沙山，相传在古代位于党河南岸的此处是兵家征战之地，曾有兵将数万为捍卫疆土战死沙场而惊动了天地，当即扬起大风，以五色之沙伏其尸骨，遂成山阜，故每当风起便有鼓角之声和将士哀歌之声，实为民族精神永垂不朽也！"杰恩听得此言出自周将军之口，既不知其真假，更感其似在借题发挥以警示自己，便也不加追问，一声不吭地抬头远望，只见已有不少人艰难地踏着流沙登上了陡峭的山脊，他们或数人、或数十人成群结队如风驰电掣般地滑流沙而下，引发一阵阵"轰轰隆隆"的鸣响在沙山间回荡，忽然让敏感的他产生了一种像是遭重兵包围的感觉。

走到月牙泉边，但见许多游人在沙地上铺开地毯，摆上食品、酒具，或阖家欢聚尽享休闲之乐，或呼朋唤友共叙交谊之欢。见此情景，杨县长又向客人介绍说："有关月牙泉的传闻很多，有说是世居敦煌的青龙和黄龙搏斗，善良的青龙不幸败北，告别故土时，洒下的泪水汇聚而成；有说是一位忠诚于爱情的姑娘，久盼出征的情郎未归，死后一只未闭的眼睛所化；有说是释迦牟尼所赐的圣水；有说是观音菩萨净瓶中的仙液。但不论怎么说，敦煌的山山水水、草草木木、佛寺道观、神像彩绘，无一不是上苍所赐，祖先所留，那是一点儿也不容损毁的。"杰恩一听，又觉得杨县长的话好像也是含沙射影、旁敲侧击地在警告自己。

走过药王殿，那里香火正旺，殿前有跳神者多人，均在发辫上加系彩色毛绳，手执挂有铁环之藤圈皮鼓，且击鼓、且甩辫、且跳、且唱，鼓声咚咚，铁环铿锵，若神若怪，动人心魄。

行至玉泉楼，楼下戏桌横陈，名伶、票友荟萃一堂，竞相献艺，时而锣鼓喧腾，时而丝竹抑扬，或唱秦腔，或唱眉户，或歌敦煌小调，此伏彼起，热闹非凡。

精彩的表演和五光十色的场面虽然让众人看得津津有味，但急于找杨县长交涉的杰恩却总是心事重重，愁眉不展，他终于趁着演唱的间隙，忍不住地小声问周统领："周将军，我们去莫高窟的事，啥时候与杨县长商谈？"

周统领回答说："莫急嘛，今天庙会，杨县长理当来此与民同乐。他安排好了，下午四时便请诸位去县署开会仔细商议。"

好不容易等到下午，杰恩这才偕同汤姆生、溥爱伦、陈万里及王近仁等去敦煌县署赴会。进得议事大厅，没料到候在那里准备谈判的人员竟然超出客人一倍以上，这人数上的悬殊对比，真的给了杰恩一个下马威，令他倒吸了一口冷气，下意识地预感到即将进行的商议很可能是十分艰难的。

待杰恩等人坐定后，在主持会议的杨县长示意下，周统领起身向客人介绍道："杰恩先生及诸位尊贵的客人，今天在此恭候诸位的有肃州镇、道两署特派专员张参谋长、牛科长，敦煌县杨县长、商会会长、教育会会长及地方绅士代表张二先生等，杨县长考虑到莫高窟是敦煌百姓心目中的宗教圣地，去那里观光、游览、朝拜都可以，但要去考察，得请贵方先讲明意图，大家才好酌情定夺。"

面对当前的形势，杰恩越来越明白要执行原定的去莫高窟暗中下手的计划显然是行不通了，当他愈来愈感到走投无路之际，只得重复在肃州编造过的说词，声称是与北京大学合作，去莫高窟考察临摹、摄影，顺便想用最新技术剥离一些壁画，运去北京陈列，以供中外专家学者就近研究之用。

剥画之言一出，当即遭到与会人士的同声反对。

有人说："既是研究为啥不到这儿来？"

有人称："把壁画弄走了莫高窟还存在吗？"

有人问："你们上次盗割的壁画哩？是陈列在北京吗？那还不够你们研究吗？"

……

面对着一个接一个连珠炮似的追问，杰恩极力搪塞："上次，上次来的不是我们，与我们毫无牵连。"

听见杰恩矢口否认，在座的地方绅士十分愤慨：“怎么不是？上次来的也是你们美国人！”

“你们这位王翻译上次不就来过吗！”

……

待各界人士表明意见后，专为此事由肃州赶来的特派专员张参谋长，十分严肃地宣示：“有鉴于敦煌百姓对莫高窟宗教圣迹的崇敬、爱护之情和对以往壁画等珍贵文物被盗的愤怒，陆省长特别从兰州发来专电：考察队除调查历史博物，准许记录、临摹、摄影事宜之外，其他事项一律不许，尤其剥离壁画之事，需坚决制止！”

咄咄逼人的议论和张参谋长态度强硬地传达电文，让杰恩为之一震，有点儿招架不住的他一再用目光向陈万里寻求支持，但陈万里只顾饮茶，连头也没抬一抬。而汤姆生、溥爱伦等也像遭了霜打似的，一个个蔫不拉唧地低头坐在那里一言不发。

会谈到最后，杨县长归纳各方意见明确宣布：允许考察队去莫高窟游览、观光，调查历史博物，时间以两星期为限。为了安全，考察队成员必须留住城中，由军警护送，当日往返。

在县署开会的同时，宋福、谢大哥、秋莲等也正在积极安排，以防万一。会谈做出决定后，与会的张二先生也立即派人将消息转告他们，以便于他们做好准备。

5 月 21 日，杰恩一行乘坐的几辆马车在一队骑警的严密护卫下到达莫高窟，当即有人指引他们直接去了中寺。带队的哨官肖一虎下马后见三青迎了出来劈头便问：“王道长哩，昨天就通知过，他怎么不出来接待客人？”

三青从容地回答：“他病得厉害，躺在炕上起不来了，来的客人由我照应，我是中寺住持。”确实，经历过洋人盗画风波的刺激，王道长不但病了而且病得不轻。

肖哨官冷眼看看三青，显得很不满意地问：“知道要准备午饭吗？”

三青答道：“知道，安排好了，放心吧，误不了事。”

肖哨官勉强地点了点头：“好吧，那现在就抓紧时间，请方丈指引客人们去参观！”

莫高窟开春后的佛会已过，进香的香客和观光的游客不多。杰恩等人在肖哨官和军警们的护卫下，由三青引导自中段开始先由南而北，后由北向南，逐一进入洞窟参观。杰恩、汤姆生、溥爱伦等人哪见过如此宏伟、如此古老、如此辉煌、如此精美的东方佛教文化艺术，他们不仅称奇叫绝，感到目不暇接，而且又是照相，又是记录，忙得不亦乐乎。他们时而聚拢，时而分散，千方百计地总想摆脱跟随的军警，但事与愿违的是他们发现不但有军警紧随左右，而且有一群乡民寸步不离地全程跟踪，不论他们在洞窟外、在洞窟里、在记录、在照相、在行进、在休息时，周围的人虽也表现出中国人特有的文明和礼貌，但一种疑惑、监视的目光却无时不在、无处不有，真是离也离不开，甩也甩不掉。以致杰恩也不得不轻声地提醒身旁的溥爱伦："你看见了吧？我们被盯梢了！告诉大家要谨慎、要小心，千万不要惹事。"

跟随监视的乡民，是护窟会派来的，他们当中既有宋福、谢大哥、夏莲、秋莲、石虎等，更有韩辛、韩茹、大泉、滢珠等许多年轻人，他们都以锐利的目光注视着洋人的一举一动，显得十分沉着、十分冷静。

陈万里在乡民中发现石虎后，悄悄地跷起了大拇指，既像是在赞扬乡民的举动，又像是在与石虎进行沟通。

跟随在杰恩身后的丁金泉也在人群中认出了夏莲，但他竭力克制着自己的感情，没有上前招呼，不过当他看见夏莲指点着出落得像一朵山花似的滢珠，而他也本能地意识到那就是他的女儿时，禁不住滚滚热泪夺眶而出。他一边拭去泪水，一边向她们轻轻地招了招手，似有千言万语在心中涌流。

秋莲、石虎也都强忍着心中的思念之情，也都能理解亲人、朋友们当前的处境，身为考察队成员的他们，一时间不便公开相认，不正是为了今后的相聚能更长更久么。

一连三天，杰恩一行都是天不亮便起身出城，坐上马车长驱四五十里赶到莫高窟，仓仓促促地进出洞窟，走马观花地进行一番考察后，又匆匆忙忙地登上马车颠簸几十里，摸黑赶回城中。往返途中的劳累他们尚且可以克服，军警们的护卫也勉强可以接受，唯独乡民们的监视，就像布了一张大网，让他们不敢越雷池一步。他们除了老老实实地参观、拍照之外，丝毫不敢有非分之举，预谋已久的暗中剥离壁画的打算显然已经彻底落空。

面对无情的现实，杰恩的希望逐渐滑落为失望，并最终转化为绝望。他考虑如此继续下去不仅在莫高窟得不到什么，而且万一华尔勒冒冒失失地赶来必将造成难以收拾的局面，因为在考察 320、321、331 等洞窟时，引导参观的三青方丈就一再指点着壁画上缺损处，义正辞严地谴责华尔勒盗剥壁画的斑斑劣迹。而肖哨官也一再地向他提醒："敦煌百姓要追讨失窃的壁画，清算盗画人的罪行！"杰恩越想越感到处境的不利，越想越害怕华尔勒出现。他深切地感到在这危机四伏的地方多留一天就多一份危险，自己何必要去承担华尔勒闯下的祸端、犯下的罪孽，去担这一份风险哩？在他看来，当今之计，迅速离开敦煌东归以阻止华尔勒西来应为上策，于是只去莫高窟浏览了三天，他便十分无奈地做出了 24 日动身先返回肃州的决定。

考察队要撤退的消息向风一样飞快地传开了。24 日黄昏时分，除了新店台各商家住户的男女老少像聚会似的守候在门前外，闻讯后从四乡骑着马、套着车拥来的乡民也像赶集似的汇集驿道两旁，不但把车来人往的驿道挤得水泄不通，而且发出了像欣逢喜事似的欢声笑语。

突然欢笑声平息下来，乡民们随即自发地让出了一条通道，原来是周统领率领的骑兵和肖哨官带领的军警，正护卫着考察队的骡车、马车，要将他们礼送出境。

夹道而立的乡民们默默无语，因为他们知道由于官府态度坚决，护窟会行动得力，考察队在莫高窟的三天观览是遵守了敦煌县署与之约定的规矩的。人有信我有义，所以乡民们除了心中暗自高兴之外对他们并无任何刁难之举，对于洋人离去，乡民们只不过出于好奇，感到舒心，前来看看他们是如何撤离的罢了。

驿道上除了嘀嘀嗒嗒的马蹄声和咿咿呀呀的车轴声之外，新店台道上一片静寂。虽然杰恩等人对如此众多的乡民汇聚在道旁一度也十分紧张，生怕他们会把对华尔勒的愤恨转嫁到自己身上，但在看清乡民们静立一旁并无恶意时，惊恐的气氛也多少有些缓解。不过车上的洋人们灰溜溜、怯生生，深感失望压抑的苦涩表情，和围观的乡民们乐呵呵、喜滋滋，扬眉吐气的欢乐神态，形成了十分强烈、十分鲜明的对比。

陈万里有意指使自己乘坐的马车掉在队尾，经过新店台时很容易地便在夹道的人群中找到了石虎。故友重逢，他干脆跳下马车挽着石虎同行，并赞不绝口地夸奖：“你们干得真好，显示了敦煌百姓的力量，打破了他们剥画的妄想，关闭了劫夺者的盗宝之门，真的大长了国人的志气！”

石虎回答道：“可是你跟着他们受牵连也够委屈的了，还不如留下来，我陪你住到莫高窟去，任随你去考察、去研究。”

陈万里也很无奈：“说实话，由京城来此往返耗时半年，却只在莫高窟停留了三个半天，我真的很想多留些日子，但他们还要去榆林窟等地方，那个华尔勒也可能要去，我必须跟上他们。”

“那你以后还来吗？这一次我连酒都没有请你喝一杯，心里真过意不去。”石虎十分歉意，十分惋惜。

陈万里也很激动：“看见你们齐心护窟，没喝你的酒我的心也醉了！好酒越藏越香，回去后我邀约些中国学者自己来考察，到那时再与你放开肚子喝他个一醉方休！”

石虎早已估计到他难以分身留下，特意准备了一包礼物送他，礼物中有他自张二先生那里要来的两个古卷，自乡民手中求得的一对夜光杯和特意请秋莲绣有“鹏程万里”字样的一双鞋垫。陈万里也回赠了他由京城带来的绸缎布料等一大包礼物。

车队快走出新店台了，为了不让杰恩等人觉察，陈万里不得不与石虎道别，留下说不完的离情别意，相约后会有期。此时，石虎才发现怎么没见丁金泉的身影？陈万里见问，回过头笑眯眯地望着远处说："他该回家了。"

目送着陈万里随着车队消失在远方后才转身返回的石虎，没走多远便听得一阵鞭炮声在兴隆客栈门前响起，他急跑过去，穿过欢笑声四起的人群，透过弥漫的硝烟，欣喜地看见丁金泉在宋福、谢大哥等人的簇拥下，正兴高采烈地步入客栈的大门。

患难夫妻、久别重逢，确实是人生的一大喜事，特别是曾经先替金泉去肃州寻过夏莲、后帮夏莲去京城找过金泉的石虎，更能体会到他们长期分离的思念之苦，更能感受到他们一朝相逢的喜悦之情。而作为与夏莲浪迹天涯、相依为命、患难与共的秋莲，也深深地为二姐、二姐夫爱坚情笃、忠贞不渝的深情厚谊和高尚情操所感动。石虎、秋莲当即与宋福等摆出酒席，隆重庆贺他们今日欢聚，热情祝愿他们未来幸福。

在红烛高照的堂屋里，摆开了两桌酒席，主人和亲友们欢聚一堂，谈笑风生，喜气洋洋，猜拳饮酒，其乐融融。

石虎起身提起酒壶一连斟满几杯酒，恭恭敬敬地放在坐于正上方的丁金泉和夏莲面前说："金泉哥，夏莲嫂子，你们分别25年，难得今天相聚，真乃是天从人愿，可喜可贺，人常说久别胜新婚，你们一定要畅饮三杯！"

在众人的赞同、鼓励、催促声中，神采飞扬的丁金泉扬起脖子利利落落地一连干了三杯。容光焕发的夏莲也是爽爽快快地三杯入口。在大家的喝彩声中，丁金泉站了起来，他斟满酒回敬石虎并同时招呼："秋莲，你也起来，我也回敬你和石虎三杯！"

秋莲应声站起，但又深感莫名其妙地问："二姐夫，你是喝醉了吧？你回敬石虎哥的酒拉上俺干啥？"

丁金泉答道："俗话说好事成双，他敬我的酒都把你姐拉上，我回敬他不拉你拉谁呀？"

夏莲一听，急忙贴近金泉耳语了几句，他这才恍然大悟："原来你们还不知道！"

"不知道啥呀？"确实毫不知情的秋莲如坠五里雾中。

丁金泉告诉秋莲："你要是真不知道，那我就告诉你，你爹当年给你定了亲。"

"奇怪，连俺都不知道，你啥时候听谁说的？"

"十几年前回乡去找你们，听家乡的老人们说，是战乱时双方老人结的亲家。"

"无凭无据，叫谁相信！"

"有凭据，你爹去世前把定亲的信物托付了人，我给你捎来了。"丁金泉从身上摸出一个玉佩递给秋莲。

秋莲接过玉佩一看，原来是一只雕琢的憨态可掬的小老虎，十分敏感的她当即联想起上次石虎从老家取回一只莲花玉佩的事，下意识地去看石虎，没料到石虎也正痴痴地望着自己，两对含情脉脉的眼神交织在一起，她的脸上立即泛起了红晕。

丁金泉看见眼前的一切，当即问石虎："虎子，你手里有信物吗？"

"有！是俺娘临终前交人保存的，可就是不知道女方是谁？"石虎从脖子上取下他珍爱的玉佩，高高地提起，当在座的人们都清清楚楚地看到那是一枝其美无比的玉雕莲花时，无不称奇叫绝："啊！一只老虎、一枝莲花，那不就是石虎、秋莲么！"……

霎时间，堂屋里掌声雷动，欢声四起：

"双喜临门！"

"双喜临门！"

"快拿酒来！"

……

紧接着门外又响起了激动人心的鞭炮声。

又是一阵清脆悦耳的鞭炮声响起，但这已是在三危山下韩禄的坟前了。

那天，农历七月十五，既是道教所称的地官下降定人间善恶的中元节，又是佛教所奉的追荐亡灵报答亲恩的盂兰盆会。秋莲、韩辛、韩茹、张鉴铭、三青、夏莲、滢珠、宋福、大泉、谢大哥、石虎、丁金泉和许多护窟会的成员，相约而至，为韩禄扫墓。

离开人世 17 年了，安卧在三危山下的韩禄虽不再去清除流沙，维护佛窟，但他的在天之灵若能看见韩辛、韩茹在秋莲抚养下已成为护窟会的骨干，他也当含笑九泉了。

伫立在雕有"壮士英名垂百代，侠义精神照千秋"青石碑前的人们，透过鞭炮扬起的烟尘，西望鸣沙山，但见灾难深重的莫高窟依然那样巍巍峨峨、莽莽苍苍，恰似那历尽劫数仍不屈不挠的巨龙傲然横亘于万顷沙山之下，世世代代供天南海北慕名而来的香客游人们朝拜、瞻仰。

鞭炮声声仍在山谷之间回响。而此时此刻，王道士正盘腿静坐在太清宫的经堂门前。饱尝辛酸，了断尘缘，为维护莫高窟倾注了半世心血，但因痴于改佛弘道而干了不少蠢事的他，因发现藏经洞功不可没，但因愚昧无知、为换取布施而造成宝贵的经卷大量流失的他，自壁画被劫，多次遭到香客、游人的质询、围攻、责难，特别是得悉陆县长离任受阻的消息后，既心虚又胆怯，生怕受到清算的他，几乎成了惊弓之鸟，惶惶不可终日。他不再外出化缘，也不再替人念经做法，整日里不是躲在经堂里迷迷糊糊地念经祈祷，就是在院墙下浑浑噩噩地晒太阳，他为道家的香火可继、门徒之修持有资而修建的太清宫，已成了他的避风港。只有在游人稀少时，他才由三青或杨先生陪同或去窟前散步，或在16窟前打坐，似在回忆往事，似在忏悔自己的过错。据常在其左右的杨先生透露，王道士现有四怕：一怕天神惩罚，二怕官府查究，三怕洋人再扰，四怕百姓指责。他的神经好像出了毛病，时而糊涂，时而清醒。糊涂时说话颠三倒四，许多事记不得了，许多人认不得了，见了谁都是一脸的傻笑；清醒时又四处翻箱倒柜，找出那只用黄绫绸包裹的红绸巾藏进他的衣服里，还不时地念叨着芙蓉的名字，他想那红绸巾表达的应是情义，而那绣的“义”字包含的应是正义的意思吧！

想不到就在王道士病势沉疴，连给韩禄扫墓都不便让他去，而由杨先生陪护着在寺内休息之际，又有祸事临头。警署哨官肖一虎听信了不怀好意的何贵密报，竟然带着几个骑警以调查劫案为借口去兴隆客栈寻衅，得知朱家姐妹去了莫高窟，而何贵挑拨说敦煌发生的许多事情都与王道士有牵连，正好肖一虎对王道士没有出面接待他陪同来的考察队，好像不给他面子，也想教训一下这个老道，便领兵上门察问朱家姐妹的行踪。早已经不起风吹草动的王道士突见军警上门再次受惊，竟吓得躲进经堂，钻到供桌下不敢出来。杨先生深知来者不善，趁人不防溜出太清宫去韩禄墓地告急。

心术不正的何贵见寺院里没有杂人，很想从王道士嘴里掏出话来，便又向肖一虎出坏点子，说装神弄鬼、装疯卖傻都是道士的惯技，不让他尝点儿苦头他是不会老实的，说着便从桌上抓起王道士为人驱鬼做法时用的那把宝剑往桌下乱戳，痛得哇哇乱叫的王道士不得不爬了出来，但肖一虎继续问话他仍不理不睬。何贵毫不手软，竟然叫人找来绳子，将经堂大门推上，高声威胁王道士，说再要装聋作哑就把他吊起来拷问，见王道士仍无反应，便动手要去捆他，拉扯间他那珍爱无比的红绸巾从他敞开的上衣里掉落在地，肖一虎俯身刚刚拾起，忽听得门外一阵响动，紧接着便有人闯门进来厉声指责肖一虎：“光天化日之下，菩萨神仙之前，公然拷问老道长，就不怕天怒人怨，老天爷降罪么！？”

肖一虎抬头见是自己的老娘站在面前，一面喝令何贵住手，一面按何贵的说法向她解释拷问王道士的缘由。

肖一虎的老娘是何许人？她为何要赶来插手干预？原来她不是别人，她既是王道士多年来始终难忘的芙蓉姑娘，又是夏莲、秋莲的亲姐姐春莲。幼年时姐妹分手，她过继人家改名芙蓉，其后在西行谋生途中遭难。为葬父与王圆禄相遇，得其救助，爱其仁厚，便以身相许，没想到一夜风流，珠胎暗结，后被肖娇力劫走，强霸为妻，生下儿子乳名虎子，大名一虎。她自去莫高窟上香便认出了自己的心上人，却碍于对方出家人的身份，想必他已看破红尘，了断情缘；而自己虽旧情难忘，但毕竟已为人妻，又遭严格约束，众目睽睽之下，哪敢上前相认，几次排队去转经筒，也只不过多停留一会儿，聊解相思之苦罢了。此后，每有佛会她都混迹于香客游人之中，偷偷地去看上几眼；每逢新春她都以布施之名，悄悄地送去一套衣服；危难时她也曾设法助他出险……心地善良又性格软弱的她虽难忘一夜夫妻永世之爱，但又相信此生无缘是命中注定的，自己深陷在一个有权有势的恶人之家，其行为举止稍有不慎不仅有灭顶之灾，而且还可能给自己的救命恩人招来杀身之祸。她啊！一个饱受折磨的弱女子，就这样忍气吞声、郁郁寡欢地苦度岁月。没想到肖娇力自毙之后，在何贵的教唆下，肖一虎想为父报仇，竟无端地牵扯到自己至亲至爱的人，她能不出面干预吗？

听过肖一虎的解释，她先让儿子叫何贵等人退出经堂，关上大门，再让他把王道士扶到椅子上坐下后，才低声开导，说他口口声声要替父报仇，但坐在椅子上的人才是他的亲生父亲。二十多年来毫不知情的一虎对母亲虽很孝顺，但突如其来地被告知自己的生父竟是眼前的道长，心里哪能接受。无奈之下，当娘的含着泪水讲述了此生的经历，并说当年叫他虎子就暗示有“虎是兽中之王，虎子是王子”即王姓人之子的意思。聆听着母亲辛酸的遭遇和难言的隐秘，那份坦诚之心，那份深爱之情，让虎子也禁不住潸然泪下。

见此情景，她又指着虎子手中绣有“义”字的红绸巾和王道士敞开的衣服里衬上绣的白莲花叮嘱说：“虎子你记着，你眼前的人才是你的亲爹，朱夏莲、朱秋莲是你的亲姨妈！而这红绸巾是你姥爷当年牺牲时留下的一面义和团团旗，你爷爷为教育我们不忘记家仇国恨，把它剪成三块，我得了‘义’字，你两位姨妈得的是‘和’字、‘团’字。”

百感交集的肖一虎跪倒在王道士面前并把红绸巾送还他手里，但王道士除了满脸的傻笑之外，似乎真的了断了尘缘，什么往事也记不起了。

正在韩禄墓地上的秋莲等人得悉肖一虎领人去太清宫滋事的消息后，不免为重病缠身的王道长担心，当即跟随杨先生急匆匆地赶回太清宫去援救。没想到寺院里风平浪静，寂然无声，经堂里王道士安然无恙地端坐在木椅之上，身上换了一套新衣服，手里捧着绣有“义”字的红绸巾。秋莲、夏莲见后不禁大吃一惊，因为她们记得绣字的红绸巾共有三块，夏莲的是“和”字，秋莲的是“团”字，还有一“义”字的应在过继给人家的大姐春莲身上，而王阿菩捧的正是绣有“义”字的红绸巾，这样的传家之宝怎么会在他的手上出现？她们耐心地一再探问，希望能得到一点儿蛛丝马迹，但神思恍惚的王道士除了满脸的笑容之外几乎什么都不知道，好像他已完全了断尘缘进入了一个与世无争的境界。

看着眼前木然不动、只言不发、爱憎不露的王道长形同佛窟里的那些泥塑木雕的菩萨、神仙。大难不死、对世事看得很淡很淡的二先生张鉴铭不免有些迷惘，王道长修炼一世，无欲无求，与世无争，劝人为善，难道他追求的就是如此的境界吗？

望着王道士那佝偻的身子、颤抖的双手和木然的神态，杨先生更是感慨万端。藏经洞发现后 25 年来莫高窟的种种遭遇，他都清清楚楚、明明白白，许多难忘的往事也是历历在目。几万古卷失散了，几十幅壁画被盗了，几百尊塑像损毁了，莫高窟这颗丝绸古道上的璀璨明珠，这座先人精心创建、后人疏于管理的宗教艺术宝库，由于天灾人祸，如今已是百孔千疮，满目疮痍。谁有意去修复那些损毁的佛窟？谁有心去继承祖先的文化遗产？谁有志去追讨那流失的宝物？谁又有能力去复兴丝路再创辉煌？恐怕只有寄希望于后辈子孙了！

附录

一、丝绸之路大事记略

公元前 138 年（西汉武帝建元三年），为联络大月氏共击屡侵中原，“攻城屠邑，殴略畜产”的北方强敌匈奴，汉武帝派遣张骞率百余随从出使西域，途经陇西时虽为匈双所俘，但他矢志不渝，不辱使命，历 11 载磨难，冒死脱逃，终达大月氏。公元前 126 年返长安时，仅余两人。史称张骞“凿空”西域。

公元前 121 年（汉武帝元狩二年），汉骠骑将军霍去病进军河西，击败匈奴，置武威、酒泉郡。

公元前 119 年（西汉武帝元狩四年），为继续在西域寻找同盟者，汉武帝再命张骞出使西域，到达乌孙国都赤谷城，并“分遣副使使大宛、康居、大月氏、大夏、安息（今伊朗）、身毒（今印度）、于阗、扜弥及诸旁国”开展亲善友好访问，于公元前 115 年返回。两次出使，为丝绸之路南北道的形成打下了官方的印记。堪称“一使胜千军，两出惠万年”。

公元前 115 年（汉武帝元鼎二年），西汉在敦煌屯田，西域之路初通。

公元前 105 年（汉武帝元封六年），汉武帝应乌孙王“使使献马，愿得尚汉公主，为昆弟”之请，封江都王刘建之女为细君公主，出塞与乌孙王和亲。细君去世后公元前 100 年，武帝又封楚王刘戊的孙女为解忧公主，再嫁乌孙王。两公主远嫁联姻为增进中华民族团结、融合和丝路畅通做出了不可估量的贡献。

此年，汉在乌孙眩雷开始屯田。

公元前 104 年（汉武帝太初元年），为维护丝路安宁，贰师将军李广利率军出玉门伐大宛受挫，退兵驻玉门关外后坑（又称西湖其南为榆树泉盆地）整训。公元前 102 年再击大宛，获胜而归，得良马 3000 匹，汗血马 30 匹。

公元前 101 年（汉武帝太初四年），汉在轮台、渠犁屯田，设使者校尉管理。

公元前 77 年（西汉昭帝元凤四年），因楼兰王安归依附匈奴，在丝绸古道上制造血腥恐怖，一再袭击过往使团，杀害了三批汉朝使臣及安息、大宛使节。傅介子奉大将军霍光之命，带领少数精兵诛杀安归。立其弟尉屠耆为新王，改国名鄯善迁都至阿尔金山之北、丝路南道所经若羌城西的扜泥城。

公元前72年（西汉宣帝本始二年），汉与乌孙联合打败匈奴。

公元前60年（西汉宣帝神爵二年），汉命郑吉为都护，设西域都护府于乌垒，西域正式划入祖国版图。

公元73年（东汉明帝永平十六年），志在异域、投笔从戎后、在征讨北匈奴夺取伊吾之战中初立战功的班超，奉大将军窦固之命带36吏士出使西域，从此他在经略西域31年间，控鄯善、服于阗、通疏勒、守盘橐、慰乌孙、降莎车、平龟兹、镇焉耆。公元84年丝路南道贯通。公元91年，班超任西域都护，驻龟兹。北匈奴大规模西迁。公元94年西域五十余国纳贡内附，丝路南道、北道畅通。公元102年，年届七十的班超奉诏返回洛阳，二十余天后病逝，真可谓“鞠躬尽瘁，死而后已”。

公元107年（东汉安帝永初元年）初登帝位的安帝拗不过部分老朽懦弱大臣“道路险远，难相应处”之言，下诏罢都护，弃西域，闭玉门关，丝路中断。

公元123年（东汉安帝延光二年），班勇任西域长史。公元125年，班勇率兵击败匈奴，丝绸之路再度疏通。

公元286年（西晋武帝太康七年），月氏僧竺法护到中国。

公元353年（东晋穆帝永和九年），沙门乐樽开始营建敦煌莫高窟。

公元383年（东晋孝武帝太元八年），龟兹名僧鸠摩罗什到中原宣扬佛教，翻译佛经。

公元399年（东晋安帝隆安三年），高僧法显往印度求取佛经。

公元509年（梁武帝天监八年），西域3000多僧人齐集洛阳，听北魏明帝讲佛经。

公元518年（梁武帝天监十七年），北魏派宋云和僧人慧生往西域求佛经。

公元608年（隋炀帝大业四年），隋在西域东南部设鄯善、且末二郡。

公元629年（唐太宗贞观三年），玄奘走丝路北道去天竺取经，公元645年经丝路南道归国。公元646年写成《大唐西域记》。

公元630年（唐太宗贞观四年），唐军平定东突厥，征服大漠南北，在伊吾设西伊州。高昌王麴文泰朝见唐太宗。

公元640年（唐太宗贞观十四年），唐灭高昌，设置安西都护府。

公元641年（唐太宗贞观十五年），唐文成公主嫁吐蕃松赞干布。

公元648年（唐太宗贞观二十二年），唐迁安西都护府于龟兹。设龟兹、焉耆、于阗、疏勒四镇，史称“安西四镇”。

公元658年（唐高宗显庆三年），唐设金山都护府治庭州。

公元661年（唐高宗龙朔一年），唐将西域各国改作州府，隶属安西都护府管辖。

公元 711 年（唐睿宗景云二年），北庭升格为大都护府，与安西大都护府分治西域。

公元 719 年（唐玄宗开元七年），康国、石国等因遭受侵略派使节向唐救助。

公元 755 年（唐玄宗天宝十四年），“安史之乱”爆发，安西、北庭及西域地方兵马奉调入关平乱。

公元 1275 年（元世祖至元十二年），意大利人马可·波罗东游，走丝绸之路，到达元大都，他在中国游历了 17 年。1324 年《马可·波罗游记》出版。

公元 1646 年（清世祖顺治三年），吐鲁番、叶尔羌、和田、阿克苏等地遣使奉表向清朝进贡。

公元 1762 年（清高宗乾隆二十七年），清政府设立伊犁将军，管理天山南北并建成伊犁城垣和公署，建喀什噶尔城。

公元 1864 年（清穆宗同治三年），英国势力侵入新疆。

公元 1867 年（清穆宗同治六年），浩罕军头目阿古柏勾结英国侵略者，统治喀什噶尔。

公元 1871 年（清穆宗同治十年），俄军侵占伊犁。

公元 1875 年（清德宗光绪一年），清政府任命陕甘总督左宗棠为钦差大臣督办新疆军务。

公元 1876 年（清德宗光绪二年），左宗棠率军入新疆，收复古牧地、乌鲁木齐、玛纳斯。

公元 1877 年（清德宗光绪三年），左宗棠军收复吐鲁番和天山南路东四城。英侵略者的走狗阿古柏自杀。

公元 1878 年（清德宗光绪四年），左宗棠军收复天山南路西四城，阿古柏入侵势力被驱逐出新疆。

公元 1881 年（清德宗光绪七年），中俄签订《伊犁条约》，清政府收回伊犁。

公元 1882 年（清德宗光绪八年），清政府与俄国签订《伊犁界约》《喀什噶尔界约》。

公元 1883 年（清德宗光绪九年），中俄签订《科塔界约》《塔尔巴哈台西南界约》。

公元 1884 年（清德宗光绪十年），中俄签订《续勘喀什噶尔界约》。

公元 1891 年（清德宗光绪十七年），俄国军官杨诺夫率兵侵犯帕米尔。

公元 1898 年（清德宗光绪二十四年），英、俄、德、法、日强制在中国划分“势力范围”。

公元 1899 年（清德宗光绪二十五年），瑞典人斯文、赫定第三次进入西域探险，在维吾尔族向导奥尔德克发现的古城遗址上组织发掘，证实是消失千余年的古丝绸之

路必经的咽喉之地楼兰古城。

公元 1900 年（清德宗光绪二十六年），八国联军攻占天津北京，慈禧太后和光绪帝同逃西安。

公元 1900 年、1907 年、1914 年，英国人（原匈牙利人）斯坦因三度进入我国以探险、考古之名，对古丝绸之路沿线多处重要遗址，肆无忌惮地“搜索”、发掘，除带走了许多极为珍贵的历史文物之外，还从莫高窟弄走大量藏经洞的经卷文书。

公元 1902 年至 1914 年，德国人格伦维德尔、范勒柯克等先后四次在古丝绸之路所经吐鲁番、库车地区的伯兹克里克、黑孜尔、宫杜勒、森木赛克大肆发掘，仅第三次就获得文物 128 箱。更为丧心病狂的是他们竟用狐尾鋸锯走了被誉为中亚、西亚艺术顶峰的壁画 620 多幅（其中多数已在第二次世界大战时毁于柏林轰炸中，给世人留下了难以挽回的损失）。

公元 1905 年俄国人奥勃鲁切夫，1908 年俄国人鄂登堡多次辗转丝路南北线及敦煌莫高窟，掠走文物不少。

公元 1906 年，法国人伯希和先在吐木休克及库车、焉耆发掘了八个多月获得了大量稀世珍品。后在敦煌莫高窟以 500 两白银，换得 6000 余件由他自藏经洞中精选出来的经卷文书。

公元 1902 年至 1911 年，日本人桔瑞超等先后三次进入塔克拉玛干、楼兰、敦煌等地，仅在敦煌即弄到经卷文书等约 600 余卷。

公元 1923 年，美国人华尔纳用特制化学溶液剥走莫高窟绘于公元 8 世纪的精美壁画约 26 方。1925 年又率远征队再闯敦煌，准备重施故技，被觉醒的群众包围，终于夹尾而逃。

1959 年，新疆综合考察队进入罗布泊考察。

1980 年 3 月，新疆社会科学院考古研究所与中央电视台《丝绸之路》拍摄组深入楼兰古城。

1980 年 5 月，中国科学院新疆分院罗布泊综合考察队开展大规模考察工作，6 月 17 日队长彭加木失踪。

1995 年 10 月，中国地质科学院矿床所研究员进入罗布泊寻找钾盐。

1996 年 6 月，徒步走中国的余纯顺牺牲于罗布泊探险途中。

1996 年 9 月，中国地质科学院与新疆地矿局第三地质大队联合调查队，进入罗布泊，找到特大液体钾盐矿床。

1997 年 10 月，“百名中国人徒步穿越罗布荒漠”之举，创“大世界吉尼斯之最”

世界纪录。

2002年4月4日，罗布泊镇在罗中正式成立，面积4万平方公里。

2006年4月25日，新疆罗布泊钾肥基地年产120万吨硫酸钾工程正式开工建设。

2008年11月18日，罗布泊钾肥基地投料试车成功，生产出优级品硫酸钾产品。加上前期的10万吨工业性试验装置，已具备年产130万吨的能力。

2012年11月29日，哈罗铁路正式建成通车。

2013年9月，习近平主席访问中亚时提出了："为使欧亚各国经济联系更加紧密、相互合作更加深入、发展空间更加广阔，中国和中亚国家可以用创新的合作模式，共同建设'新丝绸之路经济带'"的构想。这将是一条东起西太平洋沿岸、西到波罗的海的大通道、大动脉，一个横跨欧亚大陆，覆盖30亿人口的巨大的新兴经济合作区，是"世界上最长、最具有发展潜力的经济大走廊"。

二、敦煌莫高窟近百年大事记略

1900年（清光绪二十六年），敦煌莫高窟道士王圆箓，无意间发现了藏经洞，秘藏千年的数万卷经卷、文书、绢画、刺绣、法器等极为珍贵的文物重见天日。

1904年（清光绪三十年），甘肃省责令县衙"石窟秘籍就地封存"。

1904—1907年（清光绪三十—三十三年），敦煌农民掀起了声势浩大的抗粮斗争。

1905年（清光绪三十一年）俄国人奥勃鲁切夫窜来莫高窟，仅以六袋普通的宗教、生活用品，便强行换走了两大包无价的经卷、文书。

1907年（清光绪三十三年），英国人斯坦英闻讯到达莫高窟，以"玄奘法师追随者"为名，仅用40个银锭（白银500两），非法从王道士手中骗得藏经洞经卷、文书24大箱，绢画、绣品5大箱，成为劫掠敦煌文物的始作俑者。

1908年（清光绪三十四年），法国人伯希和赶到莫高窟，借助他通晓汉文等13种中亚文字的优势，直接进入藏经洞中，历时三周，翻遍洞藏的数万经卷等文物，挑走其中最为珍贵的古籍6000余卷，仅以其中极少数在北京展出，引起中国学人震惊，社会舆论哗然。

1910年（清宣统二年），敦煌知县奉命移送藏经洞经卷、文书等去北京，自装车出发前、途中及到达后一路遭遇窃夺，损失不少。

1911—1912年（清宣统三年—民国元年），日本人吉川小一郎、桔瑞超先后到了敦煌莫高窟，弄走经卷文书600余卷。至此，藏经洞秘藏千年的数万经卷、文书、绢

画等，除运京部分和王道士暗藏的部分之外，几乎已损失殆尽。1914 年吉川小一郎又专程到过敦煌。

1914 年 3 月 24 日（民国三年），斯坦因再临莫高窟，又从王道士手中弄到了他暗藏的经卷文书等 600 余卷。

同年，俄国人鄂登堡率团至莫高窟，除拍摄了 3000 多张照片、临摹了 2000 多张画稿外，不知从哪里弄到了写本、经卷 4000 件。

1921 年（民国十年），流窜新疆的白俄军阿连阔夫残部，骑兵 469 人、战马 488 匹，进驻莫高窟，时间长达九个多月，对洞窟、佛像、壁画损坏极大，莫高窟又遭一场浩劫。

1924 年（民国十三年），美国人华尔勒先去肃州以北、额济纳河下游古城黑城子（喀垃库图）发掘，后又窜至莫高窟，暗自用化学胶布粘走壁画约 26 方，劫走彩塑数尊，因进入冬季粘胶布失效才不得不住手离去。

1925 年（民国十四年），欲壑难填的华尔勒又备上化学胶布，准备去莫高窟大干一场，但因做贼心虚，不敢先行，指派同伙杰恩率队先至敦煌后，即遭当地政府和百姓的强烈反对和严密监视，剥画阴谋未能得逞。

1930 年（民国十九年），著名国学大师陈寅恪先生说："敦煌者，吾国学术之伤心史也。"

1935 年（民国二十四年），英国人巴慎思自称北平英文《时事日报》特约记者去莫高窟，暗自剥取壁画，为当地群众发现并截获赃物后，被驱逐出境。

1938 年（民国二十七年），西安艺术专科学校李丁陇先生去莫高窟临摹壁画，返回后举行画展，引起了社会各界对莫高窟的关注。

1941 年（民国三十年）5 月，著名画家张大千先生偕夫人、次子及学生赴莫高窟临摹壁画，时间长达两年多，复制成画 276 件。他曾慨叹："莫高窟是国宝，给斯坦因、伯希和之流的外国人明目张胆地偷、抢，把我们国家的国宝一偷就是几十骆驼运到英国等国家的博物馆收藏，我作为一个中国百姓，怎么不感到羞辱。"

1941 年（民国三十年），国民政府监察院长于右任由重庆到西北考察，10 月 15 日正值中秋，曾咏诗抒怀："壁画三百八十洞，时代北朝唐宋元；醰醰民族文化海，我欲携汝还中原。""斯氏伯氏去多时，东窟西窟也可悲；敦煌学已名天下，中国学人知不知？"他深感莫高窟现状岌岌可危，12 月 14 日回重庆后即向政府送达建议，设立"敦煌艺术研究院"以鼓励学人研究敦煌艺术。其文中称："惜在过去未加注存，经斯坦因、伯希和诱取洞中藏经及写本书籍，又用药布拓去佛画，将及千数。复经白俄摧残，王道士涂改，实为可惜。”

1944 年（民国三十三年），敦煌艺术研究所成立，委任从法国留学归来的著名画家常书鸿任所长。他历经妻离子散等打击，义无反顾，锲而不舍，坚守“保护敦煌、研究敦煌、弘扬敦煌、继续敦煌”的理念，奉献了毕生精力，被人们誉为“敦煌守护神”。

1948 年（民国三十七年），敦煌艺术研究所在南京、上海举办“敦煌艺展”，展出临摹壁画 800 余幅，引起国内外学术界对敦煌艺术的重视。

1949 年 9 月 28 日，解放军进入敦煌，莫高窟获得解放。

1950 年，莫高窟壁画摹本在北京展出，周恩来总理亲临参观，亲切关坏。此后，在党和政府的关怀下，莫高窟的维护建设得到长足发展。终使早已百孔千疮，残破不堪的莫高窟及其姊妹窟榆林窟旧貌换新颜。

1951 年，敦煌艺术研究所更名为敦煌文物研究所。1951 年 5 月、1955 年 10 月、1959 年 10 月，在北京先后举行了三次“敦煌艺术展览会”。

1957 年 2—3 月，在波兰华沙、捷克布拉格举办了“敦煌艺术展”。

1958 年 1 月，在日本东京举行了“中国敦煌艺术展”。

1958 年 10 月 24 日，彭德怀同志在参观莫高窟 17 窟（藏经洞）后说：“真可惜，这么多的稀世珍宝，先人存宝，后人遗失，这件事情反映了清朝、国民党腐败无能，外国人能拿走，自己人保存不下来。”

1961 年 3 月，国务院公布莫高窟、榆林窟为“全国第一批重点文物保护单位”。

1963 年以后，对莫高窟、榆林窟的崖体进行加固，安装了铝合金窟门，在供游人参观的洞窟壁画前安装了玻璃屏风。

1972 年，敦煌文物研究所清理莫高窟南区的积沙。

1981 年 8 月 7 日，时任中国共产党中央委员会主席的邓小平同志视察莫高窟时指示：“敦煌文物天下闻名，是祖国文化遗产，一定要想方设法保护好。”

1983 年 2—3 月，在法国巴黎举行了“中国敦煌壁画展”。

1984 年 8 月，在敦煌文物研究所的基础上，扩大规模建立了敦煌研究院。

1985 年 10 月—1986 年 3 月，在日本东京、奈良、福冈、长野、静冈等地举行了“中国敦煌展”。

1985 年后，莫高窟加强了石窟及其壁画、彩塑的科技保护及石窟的环境治理。

1986 年 12 月，敦煌被国家列为“历史文化名城”。

1988 年 12 月，联合国教科文组织将莫高窟列入“世界文化遗产名录”。

1990 年 10 月 8—14 日，“敦煌学国际学术讨论会”在莫高窟举行。

1992 年 5 月 11 日，李瑞环同志视察莫高窟时指示：“……敦煌有我们的国宝莫高窟。敦煌莫高窟在我国文化遗产中占有很重要的分量，同时，被联合国列为世界文化遗产，应该把它保护好，不要让历史断在我们这一辈人手里。”

1992 年 2—3 月、6—9 月，在台湾高雄、台北举办了“中国敦煌古代艺术及科技展”。

1992 年 8 月 9 日，中国共产党中央委员会总书记江泽民同志视察莫高窟时对敦煌的发展、莫高窟的维护做了重要指示。

1996 年 10 月 26 日—1997 年 4 月 20 日，先后在东京、福岗、神户举办了“沙漠中的美术馆——永远的敦煌”展览。

1999 年 10 月，在香港举办了“敦煌壁画五台山图展”。

2008 年 2 月 20 日，国家发展和改革委员会批复《敦煌莫高窟保护利用工程可行性研究报告》，中央和地方将为保护敦煌莫高窟投入 2.61 亿元人民币。

2014 年 9 月 10 日，敦煌莫高窟保护利用工程全部竣工。

三、敦煌藏经洞遗书分类及现存文物分布

1. 遗书分类

藏经洞原存有从六朝、隋、唐、五代到宋的约五六万写本、雕刻版本、绢画、铜佛、法器等各类文物。敦煌遗书内容浩繁，约可分为：

（1）宗教文献

（2）儒家经典

（3）史籍、地志

（4）公私文书

（5）文学、语言资料

（6）文化教育资料

（7）科教资料

（8）其他民族语言文字资料

2. 敦煌现存文物分布

中国国家图书馆（北京图书馆）藏有 16000 余件，甘肃、上海、天津、旅顺、南京、浙江、新疆、台湾等地也有少量收藏。

英国国家博物馆藏有 11297 件。

法国国家图书馆藏有 6000 余件，吉美亚州艺术博物馆藏有绢画 200 幅。

俄罗斯科学院东方研究所圣彼得堡分所藏有 18943 件（包括自吐鲁番地区所得），国立艾尔米塔什博物馆藏有 350 件。

日本收藏数量不详（有称 3000 余件）。

德国收藏数量不详（有称原柏林科学院藏有 6000 余件，包括自吐鲁番地区所得）。

韩国收藏数量不详（有称原汉城博物馆藏有 2000 余件）。

印度德里博物馆和瑞典、奥地利等国也有少量收藏。

后 记

2013 年 9 月 7 日，习近平主席在哈萨克斯坦提出了共同建设丝绸之路经济带的战略构想，赋予了这条“欧亚大陆的桥梁”“繁荣人类文化的运河”以复兴的生机、创新的动力和更加宏伟的前景，更加辉煌的梦想，确实令国人振奋，令世界鼓舞。

但在振奋之余，回顾两千多年来古丝绸之路历尽沧桑的经历，除了颂扬先辈们挥洒血汗开通丝路的丰功伟绩，赞美中西文化交融、经济交流、人民友好往来、国家友好相处的历史成就之外，自公元 1840 年到 1949 年间，长夜难明、群魔乱舞，丝绸古道竟然成了“冒险家的乐园”“亡命之徒的天堂”，他们猖狂地测绘地图、探查资源、收集情报、发掘古城古墓、破坏佛窟寺院、盗窃古卷、切剥壁画，不仅盗走了大量的文物，而且给丝绸之路极为珍贵的文化遗存造成了毁灭性的破坏，真可谓罪恶昭著、罄竹难书。丝路明珠敦煌莫高窟的劫难即为一例。

我国著名学者、国学大师陈寅恪先生说：“敦煌者，吾国学术之伤心史也。”著名国画大师张大千先生慨叹：“莫高窟是国宝，给斯坦因、伯希和之流的外国人明目张胆地偷、抢，把我们国家的国宝一偷就是几十骆驼运到英国等国家的博物馆收藏，我作为一个中国百姓，怎么不感到羞辱。”1981 年 8 月，邓小平主席视察敦煌莫高窟时指示：“敦煌文物天下闻名，是祖国文化遗产，一定要想方设法保护好。”

1952 年我在重庆大学求学期间，读到《斯坦因西域考古记》中，他对骗取敦煌莫高窟藏经洞数千件绝世古卷的阴暗心态的自白时，不禁为之震惊、为之心酸、为之激愤。一个探索、记述 19 世纪后期至 20 世纪初期我国丝绸古道无数珍宝横遭盗掠的劫难史，以昭示于世人的梦想油然而生。大学毕业后我主动申请去新疆工作，19 年间走遍天山南北，巡行丝路，造访敦煌，广泛采集相关史实，搜集民间传闻。但由于种种原因，就此题材的写作未能如愿。其后调入学校任教，又因教学科研任务繁重，也无余力了结心愿，以致几十年积郁心中的情结难解，长梦难圆。直到退休后，丝路之情念念不忘，追梦之心益发执着，又在 63 岁、65 岁、70 岁时三度穿越世称“地球上最后的秘境”丝绸古道最艰险的西域沙漠段，两度与中外专家学者同行考察梦幻之都楼兰，五次探访敦煌。循着当年斯坦因、伯希和、桔瑞超等探险家、考察队的行踪，亲睹了被他们盗掘后百孔千疮的断墙残垣，查看了被他们盗劫殆尽的藏经窟室，寻访了不少知情的老人，搜集了许多流传的故事，阅读了众多的史料，了解了相关的史实。历半世纪之思考，书百年前之往事，终于赶在藏经洞发现百年忌日前写成长篇小说《莫高劫》，道出了我几十年的心愿。但愿读者能略知 20 世纪初叶中国衰败之际，丝路国宝累遭劫掠的史实，了解那些在庄严圣洁的佛地好话说尽、坏事做绝、坑蒙拐骗、巧取豪夺的黑手们狂妄、自私、贪婪、虚伪、阴险的丑恶嘴脸；了解当时国运衰微、官府腐败无能，官员贪赃枉法，王道士愚昧无知、逐名贪财、丧失国宝的行径；了解敦煌儿女们从麻木到觉醒、从沉默到奋起、同仇敌忾、英勇护窟的感人事迹。能不忘伤心史，激发爱国情，爱我中华，强我中华。

在我的诗集《丝路寻梦》中，曾对横跨亚欧连接中西的古丝绸之路殷殷寄语：“情寄华夏振兴日，流失国宝归故园。”“唯盼丝路飞花雨，再架彩虹在人间。”习近平主席提出共同建设丝绸之路经济带的战略构想，赋予我新的活力，激起我新的梦想，促使我修改原作奉献世人，正是“丝路茫茫丝魂在，丝情悠悠天地间。华夏儿女再奋起，誓教丝路谱新篇”。

在我对古丝绸之路的采访考察中，特别要提及的是曾先后两度在探访梦幻之都楼兰时，有幸与孟凡人（中国社科院考古所研究员）、王炳华（原新疆考古研究所所长、研究员）、侯灿（新疆师范大学教授、1980 年曾发掘得楼兰文书 65 件）、杨镰（中国社科院文学所研究员）、金子民雄（日、联合国教科文组织成员）、李青（广东工业大学艺术设计学院院长、教授、丝绸之路美术史专家）、何德修（新疆楼兰学会秘书长）等文物、考古界专家学者同行，实地近听了他们的一些精辟的论断，独到的见解，确实受益匪浅。

本书在搜集资料过程中，先后得到周伟洲（陕西师范大学教授、教育部民族学学术委员）、李最雄（敦煌研究院副院长、研究员）、傅骏、蒋仲达、李艳培、赵海鹰等的关照协助；在探访写作、出版过程中得到李守华、蒋伯琼、邵玉玺、蒋奇初、杨仁旭、蒋铁侠、龚廉光、蒋慧深、阳春妮、蒋昆、姜毅、蒋仑、周树燕、张茹、柴火、刘锦棠和西安地图出版社毛腊梅社长，张海潮编审，王淑敏、陈菊菊、陈扬眉、任兴编辑，王丽丽美编，校对何晓红等人的关心支持帮助，谨致诚挚谢意。

绵绵丝路万里，悠悠岁月千年，走不完的沧桑古道，读不尽的万卷文书。拙著虽然只描述了百年前的一段辛酸往事，但由于阅历和水平所限，不足之处在所难免，敬请读者诸君批评指正。